카오스 워킹

심문과 해답

CHAOS WALKING BOOK TWO

심 문 과 해 답

카오스 워킹

패트릭 네스 지음 | 박산호 옮김

THE ASK
AND THE
ANSWER

문학수첩

《심문과 해답》에 쏟아진 찬사들

"독창적이고 스릴 넘친다." –더 타임스

"이보다 더 빠르게 페이지가 넘어가면서 액션으로 꽉 찬 소설은 찾아보기 힘들다." –파이낸셜 타임스

"충성과 헌신, 교활한 조종, 윤리적 모호함과 폭력 이면에 있는 구원과 사랑이라는 주제를 호쾌한 액션과 반전이 넘치는 플롯으로 엮은 이야기."
–데일리 메일

"작가 패트릭 네스는 읽기 쉽고 단순하면서도 심장이 멎을 듯한 박진감 넘치는 스타일로 테러리즘, 페미니즘, 집단 학살, 사랑이란 거대한 주제들을 정교하게 다룬다." –선데이 타임스

"정신없이 빠져들게 되는 무시무시하면서도 강렬한 이야기." –인디펜던트

"한순간도 눈을 뗄 수 없다. 전쟁에서 말살되는 인간의 윤리를 놀라울 정도로 선명하게 묘사한 작품이다. 그와 동시에 권력을 욕망하고, 상황에 따라 충성하는 대상을 바꾸고, 배신하고, 폭력을 행사하기 위해 갖가지 이유를 정당화하는 것이 바로 전쟁이라는 메시지를 던진다." –월스트리트 저널

"반드시 읽어야 할 작품." -선데이 익스프레스

"패트릭 네스의 스릴 넘치는 상상력과 다음 이야기가 궁금해서 환장하게 만드는 결말이 끝내주는 〈카오스 워킹〉 1권을 읽은 사람에게 굳이 2권인 이 소설을 읽으라고 권할 필요도 없을 것이다. 이 2권은 1권만큼이나 야심만만하면서도 그에 걸맞은 힘이 넘치는 문장과 정교한 플롯으로 정신 없이 책장이 넘어간다." -인디펜던트 온 선데이

"식민지 건설과 인종 학살이라는 문제와 씨름하며 부단히 노력하는 작품. 네스는 온 세계를 뒤흔드는 결말이 나오는 과정을 매끄럽게 펼쳐 보인다." -데일리 텔레그래프

"눈부신 상상력, 복잡다단한 윤리적 문제, 강박적일 정도로 치밀한 플롯으로 구성한 이야기." -코스타 어워드 수상 위원회

"참혹하기 그지없는 이야기지만 도저히 책을 내려놓을 수 없다." -북셀러

"흥미진진하다." -아이리시 인디펜던트

"악과 인간성의 본질에 대한 도발적인 고찰을 훌륭하게 써 내려간다." -퍼블리셔스 위클리

"스릴 넘친다." -타임 아웃

"스토리텔링의 거장이 쓴 작품을 읽는 황홀한 경험." -아이리시 타임스

〈카오스 워킹〉 시리즈는 이메일이나 문자, 페이스북, 트위터 등을 통한 정보의 홍수가 오늘날 우리의 일상 속에 얼마나 만연해 있는가를 실감하면서 시작되었습니다. 원하지 않아도 우리는 다른 누군가의 생각을 보고 듣게 될 수밖에 없지요.

만약 당신이 어리다면 이런 상황이 얼마나 더 끔찍할까요?

요즘 10대들은 역사상 그 어느 때보다 개인의 자유를 존중받지 못하고 있습니다. 현대의 삶은 예전에는 상상도 못 할 정도로 온라인에 기반을 두고 있지요. 누구나 휴대전화로 동영상을 찍고 5분 안에 유튜브에 올릴 수 있기 때문에 이젠 더 이상 마음 놓고 바보 같은 짓을 할 수도 없습니다.

저는 개인의 자유나 사생활이 가장 필요한 순간에 이것을 전혀 보장

받지 못하고, 이런 상황으로부터 도망칠 수도 없다면 어떨지 궁금해지기 시작했습니다. 그리고 이런 생각이 가지를 뻗어 소설 속의 '소음'과 지나치게 개방된 정보의 무게로 인해 고통받는 '토드'라는 주인공이 탄생했습니다. 어느 날 아주 우연히, 토드는 전혀 예상 못 한 방식으로 자신이 바라던 '고요함'을 찾을 수 있다는 사실을 발견합니다.

어둡고 고통스럽기도 한 이 소설들은 청소년에게 가장 중요한 것이 무엇인가에 대한 저의 생각을 담고 있습니다. 그것은 누군가에게 다가가는 법을 배우고, 타인의 참모습을 깨닫고, 그리고 무엇보다도 사람을 믿는 법을 배우는 것입니다.

패트릭 네스

패트릭 게일을 위해

괴물이 되지 않도록

괴물과 싸우지 마라

심연을 들여다보면

심연이 너를 마주 볼 것이다.

프리드리히 니체

"네 소음이 너를 드러낸다, 토드 휴잇."

목소리가 들린다.

어둠 속에서.

나는 눈을 깜박이며 떴다. 모든 것이 흐릿하게 그림자만 보이면서 온 세상이 빙빙 도는 것 같고, 내 피는 너무 뜨겁고, 머릿속은 꽉 막혀 있고, 생각도 할 수 없고, 여기는 어둡고······.

다시 눈을 깜박였다.

잠깐······.

아니, 잠깐만······.

방금, 방금 전까지 우리는 광장에 있었는데······.

방금 전까지만 해도 내 품에 안겨 있었는데······.

내 품에서 죽어가고 있었는데······.

"그 애는 어디 있어?" 나는 어둠 속에서 부르짖었다. 입속에서 피 맛이 났고, 내 목소리는 형편없이 쉬었고, 내 소음은 느닷없이 불어닥친

끝

15

허리케인처럼 격노해 시뻘건 색으로 물들면서 홱 치솟았다. "**그 애는 어디 있냐고?**"

"여기서 질문은 내가 한다, 토드."

저 목소리.

그의 목소리.

어둠 속 어딘가.

내 뒤 어딘가 보이지 않는 곳에 있다.

프렌티스 시장이.

다시 눈을 깜박이자 흐릿하던 것의 정체가 거대한 방으로 변했다. 단 하나뿐인 창문으로 햇빛이 들어오고 있었다. 높은 곳에 있는 창문의 색유리는 신세계와 그 주위를 도는 두 개의 달 형상이었고, 거기서 비스듬하게 들어오는 달빛이 나만 비추고 있었다.

"그 애에게 무슨 짓을 한 거야?" 나는 소리를 지르다가 피가 천천히 눈 속으로 흘러내리는 바람에 눈을 깜박였다. 피를 닦기 위해 손을 들려고 보니 두 손이 등 뒤에 묶여 있었다. 순간 무시무시한 공포가 솟구쳐 올라 묶인 채로 몸부림을 치면서 숨을 몰아쉬며 다시 소리 질렀다. "**그 애는 어디 있냐고?**"

난데없이 어디선가 주먹이 날아와 내 배를 힘껏 쳤다.

나는 그 충격에 몸을 앞으로 숙였다가, 지금 내가 나무 의자에 앉혀진 채 발이 의자 다리에 묶여 있다는 걸 깨달았다. 셔츠는 먼지가 자욱하게 낀 언덕 위 어딘가에서 사라져 버렸다. 고개를 떨군 채 빈속에 헛구역질을 하다가 밑에 깔려 있는 카펫을 봤다. 거기에도 신세계와 두 개의 달 패턴이 반복적으로 찍혀 있었다.

이제 기억이 하나씩 돌아왔다. 우리가 광장에 있던 기억, 내가 그곳으로 달려갔던 기억, 그 애를 안고 가면서 계속 죽지 말라고, 안전하게 도착할 때까지 살아 있으라고, 헤이븐에 도착해서 구할 수 있을 때까지 살아 있으라고 말했던 기억들.

하지만 헤이븐은 안전하지 않았다. 그러기는커녕 거기에 시장과 그의 패거리만 있었다. 그들이 내 품에 있던 그녀를 뺏어갔다. 내 품에서 그녀를 뺏어서…….

"저 아이가 물어보지 않은 거 눈치챘어? 여기가 어디냐고 묻지 않잖아." 어딘가에서 시장의 목소리가 움직였다. "눈을 뜨자마자 한 첫 마디가 그 애는 어디 있어, 라니. 소음도 똑같은 말을 하고. 정말 흥미롭단 말이야."

속이 울렁거리고 머리가 욱신거리는 와중에 정신이 조금씩 돌아왔다. 그들과 싸웠던 기억이 서서히 떠올랐다. 그 애를 뺏어가려는 그들에 맞서 싸우다가 개머리판으로 관자놀이를 세게 한 대 맞고 기절해 버렸고…….

나는 뻑뻑한 목으로 억지로 침을 넘기며 두려움과 공포도 같이 꿀꺽 삼켰고…….

이제 끝이다, 그렇지 않나?

다 끝났다.

시장이 날 붙잡았다.

시장이 그녀도 잡았다.

"그 애를 해치면……." 나는 아까 맞은 배의 통증이 채 가시지 않는 걸 느끼면서 말했다. 콜린스 아저씨가 반쯤 어둠에 가려진 채 내 앞에 서 있었다. 옥수수와 콜리플라워를 키우고 시장의 말을 관리하던 콜린스 아저씨가 이제는 허리에 권총을 차고, 등에는 소총을 메고, 여차하

끝

면 다시 날 후려칠 기세로 내 앞에 서 있었다.

"그 아이는 이미 심하게 다쳤던데, 토드. 불쌍한 것." 시장이 콜린스 아저씨를 제지하면서 말했다.

묶여 있는 두 손이 나도 모르게 주먹을 쥐었다. 내 소음은 여기저기 혹이 나고 반쯤 두들겨 맞은 것처럼 느껴졌지만 그래도 데이비 프렌티스의 총이 우리를 겨눴던 기억, 그 애가 내 품으로 쓰러지던 기억, 그 애가 피를 흘리며 숨을 헐떡이던 기억이 났다.

그다음에 내 주먹이 데이비 프렌티스의 얼굴을 치는 느낌, 데이비 프렌티스가 말에서 떨어져 등자에 한쪽 발이 낀 채 쓰레기처럼 질질 끌려가던 기억이 떠오르면서 내 소음은 또다시 시뻘겋게 달아올랐다.

"흠, 내 아들이 대체 어디 있나 했더니 그런 사연이 있었군."

시장의 목소리는 얼핏 들으면 재미있어하는 것 같았다. 한때 프렌티스타운 어른들 중 그 누구보다 날카롭고 똑똑했던 목소리. 그런데 내가 헤이븐에 정신없이 뛰어 들어왔을 때 아무 소리도 들을 수 없었던 것처럼, 이제 여기가 어딘지 모르겠지만 시장에게선 아무 소음도 들리지 않았고 콜린스 아저씨도 마찬가지로 조용했다.

그들에게서 소음이 들리지 않았다.

둘 다.

여기서 들리는 것이라고는 다친 송아지처럼 꽥꽥 소리를 질러대는 내 소음뿐이다.

나는 고개를 비틀어서 시장이 어디 있는지 찾아보려고 했지만 조금만 움직여도 온몸이 기절할 듯이 아팠다. 그래서 지금 어떤 방의 한가운데, 먼지 낀 색유리 창을 통해 햇빛이 한 줄기 들어오는 곳에 앉아 있다는 사실만 간신히 파악했다. 이 방은 너무 커서 저쪽에 떨어져 있는 벽들이 가까스로 보인다.

그리고 어둠 속에 작은 테이블 하나가 놓여 있다. 너무 멀리 있어서 그 위에 있는 것까지는 보이지 않았다.

반짝이면서 어딘지 으스스한 느낌이 드는 금속이 얼핏 보인다. 그게 뭔지는 생각하고 싶지도 않다.

"이 아이는 여전히 나를 시장으로 생각하고 있어." 가벼운 목소리는 다시 재미있어하는 것 같았다.

"이제 프렌티스 대통령이셔, 이놈아. 확실하게 기억해 두는 편이 좋을 거다." 콜린스 아저씨가 툴툴거리면서 말했다.

"그 애를 어떻게 했어? 그 애를 건드리면 내가……." 나는 어떻게든 고개를 돌려보려다가 순간 목에 통증이 후끈하게 올라와 움찔했다.

"넌 오늘 아침 내 도시에 도착했어. 가진 것 하나 없이, 심지어 셔츠도 안 입은 맨몸으로 끔찍한 사고를 당한 여자아이를 안고……." 시장이 내 말을 잘랐다.

순간 내 소음이 왝 치솟았다. "그건 사고가 아니었……."

"사실 아주 심각한 사고였지." 시장이 말을 이었다. 그 목소리에서 우리가 광장에서 만났을 때 느꼈던 그 초조한 기미가 다시 살짝 풍겼다. "목숨이 경각에 달할 정도로 상태가 위중했는데 여기 이 남자아이, 우리가 그토록 많은 시간과 힘을 쏟으면서 찾으려고 애썼던 아이, 우리를 그토록 애먹이던 이 아이가 자진해서 스스로를 바쳤잖아. 우리가 그 여자아이를 구해주기만 하면 뭐든 다 하겠다고 해놓고 이제 와서……."

"그 애는 잘 있어요? 안전해요?"

시장이 말을 멈추자 콜린스 아저씨가 다가와서 손등으로 내 얼굴을 후려쳤다. 화끈거리는 통증이 뺨에 확 퍼지는 바람에 한참 동안 아무

끝

말도 못 하고 앉아서 헐떡거리기만 했다.

그때 시장이 동그란 빛 속으로 들어와 내 앞에 섰다.

그는 항상 그렇듯 구김 하나 없는 말끔한 차림이었다. 숨 쉬는 인간이 아니라 걸어 다니고 말을 하는 얼음 덩어리가 옷 속에 들어 있는 모양이다. 콜린스 아저씨조차 땀자국과 먼지투성이에 땀 냄새를 풍기지만 시장은 아니다. 절대 아니다.

시장에게는 보는 사람으로 하여금 자신이 박박 문질러 깨끗하게 해야 할 더러운 쓰레기처럼 느끼게 만드는 재주가 있다.

시장이 허리를 숙여서 나와 눈을 맞췄다.

그러더니 그저 궁금해서 그러는 듯 물었다.

"그 아이 이름이 뭐지, 토드?

나는 놀라서 눈을 깜박였다. "뭐라고?"

"그 아이 이름이 뭐지?"

분명 그 애의 이름을 알고 있을 텐데. 분명 내 소음에 있을 텐데…….

"당신은 그 아이 이름을 알잖아."

"네 입으로 말하면 좋겠어서 그러지."

나는 시장을 보다가 콜린스 아저씨에게 눈길을 돌렸다. 아저씨는 팔 짱을 낀 채 서서 입을 다물고 있었지만, 언제든 내가 쓰러질 때까지 아주 기쁜 마음으로 두들겨 패주겠다는 표정이 역력했다.

"한 번 더 묻겠다, 토드." 시장이 아주 대수롭지 않게 말했다. "네가 대답을 해줬으면 좋겠구나. 그 아이 이름이 뭐니? 다른 세계에서 온 그 여자아이 말이야."

"그 애가 다른 세계에서 온 걸 알고 있다면 분명 이름도 알고 있을 텐데."

그러자 시장이 미소를 지었다. 진심으로 재미있어하는 표정이었다.

그러자 그 어느 때보다 더 그가 두려워졌다.

"자자, 그렇게 나오면 안 돼, 토드. 내가 질문하면 네가 대답하는 거다. 그 아이 이름이 뭐지?"

"그 애는 어디 있어?"

"그 아이 이름이 뭐야?"

"그 애가 어디 있는지 알려주면 이름을 말하지."

시장은 마치 내가 그를 실망시킨 것처럼 한숨을 쉬었다. 시장이 콜린스 아저씨에게 고개를 끄덕이자, 아저씨가 다가와 다시 내 배를 주먹으로 쳤다.

"이건 아주 단순한 거래야, 토드." 내가 카펫에 대고 토하는 동안 시장이 말했다. "넌 그냥 내가 알고 싶은 걸 말하면 돼. 선택은 내가 한다. 정말이지 더 이상 널 다치게 하고 싶지 않아."

나는 몸을 앞으로 구부리고 힘겹게 숨을 몰아쉬었다. 배가 너무 아파서 제대로 숨을 쉴 수 없었다. 결박된 손목으로 피가 쏠리고 얼굴에 흐른 피가 꾸덕꾸덕 말라갔다. 나는 부연 눈으로 방 한가운데 한 줄기 햇살이 꽂히는 출구도 없는 감옥 같은 곳에서 바깥을 내다봤다.

내가 죽게 될 이 방에서……

이 방……

그녀는 없는 이 방에서.

그때 내 속의 뭔가가 선택했다.

이게 끝이라면 그렇게 하자고 내 속의 뭔가가 결심했다.

말하지 않기로.

"당신은 그 애의 이름을 알잖아. 날 죽이고 싶다면 그냥 죽여. 하지만

끝

당신은 이미 그 애의 이름을 알고 있어."

그러자 시장은 날 물끄러미 보기만 했다.

시장이 날 지켜보면서, 내 의중을 읽으며 내 말이 진심이라는 걸 알아차리는 동안 내 인생에서 가장 긴 1분이 흘러갔다.

그때 그가 그 작은 목제 테이블로 다가갔다.

그게 뭔지 보려고 했지만 시장은 보여주지 않았다. 시장이 테이블 위에 있는 것들을 만지작거리자 나무에 금속이 부딪치면서 스으슥 소리가 났다.

"당신이 원하는 건 뭐든 다 할게요." 시장은 그때 내가 했던 말을 흉내내고 있었다. "이 아이를 구해만 준다면 당신이 원하는 건 뭐든 하겠어요."

"난 당신이 두렵지 않아." 입으로는 그렇게 말했지만 저 테이블 위에 있을 수 있는 온갖 도구들을 상상하는 내 소음에선 다른 말이 나왔다. "죽는 거 따위 겁나지 않는다고."

지금 내가 하는 말이 진심인지도 잘 모르겠다.

시장은 두 손을 등 뒤에 감춘 채 돌아섰다. 그래서 그가 테이블에서 뭘 집어 들었는지 볼 수 없었다. "넌 사나이니까. 그렇지, 토드? 사나이는 죽음을 두려워하지 않으니까?"

"그래. 난 사나이니까."

"내 계산이 맞는다면 네 생일은 아직 14일 남았는데."

"그건 그저 숫자에 지나지 않아. 아무 의미도 없어. 내가 구세계에 있었다면……." 나는 숨을 힘겹게 몰아쉬며 말했다. 이런 이야기를 하고 있자니 속이 벌렁벌렁 뒤집히는 것 같았다.

"여긴 구세계가 아니잖아, 이 새끼야." 콜린스 아저씨가 말했다.

"토드 말뜻은 그게 아닌 것 같아, 콜린스." 시장이 나를 뚫어져라 보며 말했다. "그렇지, 토드?"

내 시선은 시장과 콜린스 아저씨 사이를 오락가락했다. "난 살인을 했어. 사람을 죽였다고."

"그래, 네가 살인을 했다고 믿을게. 수치스러워 어쩔 줄 몰라 하는 네 표정이 보이는군. 하지만 누굴 죽였냐가 문제겠지? 넌 누굴 죽였지?" 시장은 빛의 원을 빠져나와 어둠 속으로 들어가, 테이블에서 뭘 집었건 계속 그걸 숨긴 채 내 뒤로 향했다. "누가 아니라 무엇을 죽였냐고 물어야 하나?"

"난 아론을 죽였어." 나는 그렇게 대답하면서 시장을 눈으로 좇으려 했지만 실패했다.

"그랬단 말이지?" 소음이 없는 시장은 끔찍했다. 특히 그를 볼 수 없을 때는 더욱더 그랬다. 그건 소녀의 침묵과는 다르다. 소녀의 침묵은 들리지 않아도 계속 생기를 띤 채 살아 있는 존재로 그 주위를 둘러싸고, 요란한 소리를 내는 소음 속에서 하나의 형상을 드러낸다.

(그녀를 생각하자 그녀의 침묵이 생각나고, 그 침묵이 자아내는 가슴 미어지는 슬픔이 생각났다.)

(그녀의 이름은 생각하지 않는다.)

시장이 어떻게 그와 콜린스 아저씨의 소음을 없앴는지 몰라도 그들의 침묵은 마치 죽은 것 같다. 마치 그 어떤 형태나 생명이나 소음도 없는 돌멩이나 벽, 결코 정복할 수 없는 요새처럼 느껴진다. 시장이 지금 내 소음을 읽고 있다는 짐작이 들었지만, 스스로를 돌멩이로 만들어 버린 남자의 마음을 내가 어떻게 읽을 수 있겠는가?

어쨌든 나는 그가 원하는 걸 보여줬다. 소음 앞부분에 폭포 밑에 있

끝

는 그 교회를 내세우고 거기서 아론과 했던 진짜 싸움들을 다 보여줬다. 그 격렬한 몸싸움과 피바다, 내가 아론을 갈겨서 바닥으로 쓰러뜨리고 내 칼을 꺼내는 장면들.

내가 아론의 목을 칼로 찌르는 장면도 만들어 냈다.

"거기엔 진실도 있군. 그렇지만 전부 진실일까?" 시장이 말했다.

"그래. 다 진실이야." 나는 시장이 들을 만한 다른 소음들을 전부 묻어버리려고 아주 크고 요란한 소음을 방출하면서 말했다.

시장은 여전히 재미있어하는 목소리로 말했다. "넌 거짓말을 하고 있는 것 같은데, 토드."

"아니라니까!" 나는 소리를 꽥 질렀다. "나는 아론이 원하는 대로 했어. 내가 그를 살해했다고! 당신이 만든 법에 따라 나는 사나이가 됐어. 당신 군대에 날 집어넣고 원하는 건 뭐든 시켜도 돼. 그러니까 그 애를 어떻게 했는지 말하란 말이야!"

콜린스 아저씨가 어떤 신호를 보고 내 뒤에서 다시 다가와 주먹을 드는 걸 보자…….

(나도 어쩔 수 없이.)

의자를 옆으로 끌며 아저씨를 피해 몸을 움츠렸는데…….

(아무 소리 하지 마.)

주먹은 날아오지 않았다.

"좋아. 잘했어." 시장의 목소리는 상당히 기분 좋은 것 같았다. 그는 다시 어둠 속에서 움직이기 시작했다.

"몇 가지 설명해 주지, 토드. 넌 지금 헤이븐의 성당이었던 곳에 있어. 이곳은 어제부로 대통령궁이 됐지. 나는 너를 도울 수 있을 거라는 희망을 품고 내 집에 데려온 거야. 네가 나에게, 우리에게 맞선 이 가

망 없는 싸움에서 엄청난 오판을 하고 있다는 사실을 알려주려고 말이야."

그의 목소리가 콜린스 아저씨 뒤에서 움직였는데…….

그의 목소리…….

순간 시장이 소리 내어 말하는 것 같지도 않았고…….

마치 내 머릿속에서 말하고 있는 것 같았는데…….

그러다가 그 느낌이 사라졌다.

"내 군인들이 내일 오후에 여기 도착할 거야. 너, 토드 휴잇은 먼저 내가 물어보는 질문에 대답해야 하고, 그다음에 네가 한 약속을 지켜서 우리가 새로운 사회를 만들어 가는 데 힘을 보탤 것이다." 시장은 계속 움직이면서 말했다.

그가 다시 빛 속으로 들어와 내 앞에 멈춰 섰다. 테이블에서 뭘 집었는지 모르겠지만 두 손을 여전히 등 뒤로 감추고 있었다.

"하지만 내가 여기서 먼저 시작하고 싶은 일은 내가 너의 적이 아니라는 사실을 네가 아는 거야."

너무 놀란 나머지 순간 두려움마저 사라져 버렸다.

내 적이 아니라고?

나는 눈을 크게 떴다.

내 적이 아니야?

"아니야, 토드. 네 적이 아니야."

"당신은 살인자야." 나는 무심코 입을 열었다.

"난 장군이다. 그 이상도 그 이하도 아니야."

나는 시장을 빤히 쳐다봤다. "당신은 여기까지 행군해 오면서 수많은 사람을 죽였어. 당신은 파브랜치 주민들을 모조리 죽였어."

끝

"전시에는 유감스러운 일들이 일어나게 마련이야. 하지만 전쟁은 이제 끝났어."

"당신이 그들에게 총을 쏘는 장면을 봤어." 나는 소음이 없는 남자의 말이 돌멩이처럼 너무나 단단하게 들리는 현실을 증오하며 말했다.

"내가 직접 쏘는 걸 봤어, 토드?"

나는 입속에서 넘어오는 신물을 삼켰다. "아니, 하지만 당신이 일으킨 전쟁이잖아!"

"꼭 필요한 전쟁이었다. 병들고 죽어가는 이 행성을 구하기 위해서."

내 호흡이 빨라지고, 마음은 점점 더 복잡해지고, 머리는 점점 더 무거워졌다. 그만큼 내 소음도 시뻘겋게 달아오르고 있었다. "당신이 킬리언 아저씨를 죽였어."

"정말 애석한 일이지. 킬리언이 살아 있었다면 아주 훌륭한 군인이 됐을 텐데."

"당신이 우리 엄마를 죽였어." 내 목소리가 목에 걸리고(시끄러), 소음이 격노와 슬픔으로 가득 차고, 내 눈은 흘러나오는 눈물에 저절로 찌그러졌다(닥쳐, 닥쳐, 닥치라고). "당신이 프렌티스타운 여자들을 다 죽였잖아."

"넌 사람들이 하는 말을 다 믿니, 토드?"

내 소음마저 그의 말을 듣고 이해하려고 애쓰는 사이에 침묵이, 진정한 침묵이 흘렀다. "여자들을 죽이고 싶은 마음은 없다, 토드. 단 한 번도 그런 적 없어." 시장이 덧붙였다.

나도 모르게 입이 떡 벌어졌다. "있잖아. 당신이 그랬잖……."

"지금 너에게 역사를 가르칠 시간은 없다."

"당신은 거짓말쟁이야!"

"넌 네가 모든 걸 다 안다고 생각하지?" 그의 목소리가 차가워지면서 내게서 물러서자, 콜린스 아저씨가 내 귓방망이를 너무나 세게 갈겨서 나는 바닥으로 쓰러질 뻔했다.

"당신은 **거짓말쟁이고 살인자야!**" 나는 맞아서 귀가 울리는 상태에서 버럭버럭 소리를 질렀다.

콜린스 아저씨가 나무토막처럼 단단한 손으로 내 반대쪽 머리를 있는 힘껏 후려쳤다.

"난 너의 적이 아니야, 토드. 제발 더 이상 네게 손대지 않게 해주렴." 시장이 다시 말했다.

나는 머리가 너무 아파서 아무 말도 하지 않았다. 아무 말도 할 수 없었다. 그가 원하는 말을 할 수도 없었다. 맞아서 정신을 잃지 않는 한 아무 말도 할 수 없었다.

이제 끝이다. 아무래도 이게 끝인가 보다. 이들은 나를 살려두지 않을 것이다. 그녀도 살려두지 않을 것이다.

이렇게 끝나겠구나.

"이게 끝이길 빈다. 우리가 그만할 수 있게 내 질문에 대답하길 바란다." 시장의 목소리는 진심처럼 들렸다.

그리고 그가 말했다······.

그는······.

이렇게 말했다. "제발."

나는 고개를 들고 부어오르기 시작한 눈을 껌벅이며 그를 바라봤다.

시장의 얼굴엔 걱정하는 기색이 어려 있었다. 한편으로 조금은 애원하는 표정이기도 했다.

이게 뭐지? 대체 빌어먹을 이게 뭐냐고?

끝

그때 내 머릿속에서 다시 윙윙거리는 그 소리가 들렸다…….

다른 사람의 소음과는 다른 소리…….

마치 내 목소리로 하는 듯한 **제발**…….

내게서 흘러나오는 듯한 **제발**…….

그 말이 날 재촉하고 있었다…….

내 머릿속에서…….

마치 내가 그 말을 하고 싶은 것처럼 느끼게 만든다…….

제발…….

"네가 안다고 생각하는 것들 말이다, 토드." 시장의 목소리는 여전히 내 머릿속을 빙글빙글 맴돌았다. "그것들은 사실이 아니야."

그러다가 기억이 났다…….

벤 아저씨가 기억났다…….

벤 아저씨가 내게 똑같은 말을 했다…….

내가 잃어버린 벤 아저씨…….

그 순간 내 소음이 더 거세지면서.

시장의 말을 차단해 버렸다.

그러자 시장의 얼굴에서 애원하는 표정이 사라졌다.

"좋아." 시장이 얼굴을 조금 찡그리면서 말했다. "하지만 잊지 마. 이건 네가 선택한 거야." 그는 허리를 펴고 똑바로 섰다. "그 아이 이름이 뭐니?"

"당신은 그 애의 이름을 알고 있잖아."

콜린스 아저씨가 또다시 머리를 내려치는 바람에 내 몸이 한쪽으로 기울어졌다.

"그 아이 이름이 뭐냐고?"

"이미 알고 있잖……."

픽, 또다시 주먹이 날아왔다. 이번에는 반대쪽이다.

"그 아이 이름이 뭐야?"

"몰라."

픽.

"그 아이 이름을 말해."

"싫어!"

픽!

"그 아이 이름이 뭐냐니까, 토드?"

"씨발, 모른다고!"

다만 실제로 '씨발'이란 말은 하지 않았다. 콜린스 아저씨가 내 머리를 너무나 세게 갈겨서 의자가 옆으로 기우는 바람에 나는 의자와 함께 바닥으로 쓰러졌다. 몸이 카펫에 세게 부딪쳤고, 내 시야는 온통 신세계 패턴들로 가득 찼다.

나는 카펫에 얼굴을 처박고 숨을 들이마셨다.

시장의 부츠 앞부리가 내 눈앞으로 다가왔다.

"난 너의 적이 아니야, 토드 휴잇. 그냥 그 아이 이름만 말하면 다 끝난다." 시장은 다시 한번 말했다.

나는 숨을 들이마셨다가 다시 기침하면서 뱉어내야 했다.

나는 다시 한번 숨을 들이마신 후에 해야 할 말을 했다.

"당신은 살인자야."

또다시 침묵이 흘렀다.

"할 수 없지." 시장이 말했다.

시장의 신발이 멀어졌다. 콜린스 아저씨가 내 의자를 바닥에서 끌어

끝

올리면서 내 몸도 함께 올라가는 게 느껴졌다. 온몸에서 저절로 신음이 나왔다. 마침내 빛의 원 안에 다시 앉았다. 눈이 사정없이 부어서 바로 앞에 서 있는 콜린스 아저씨도 잘 안 보였다.

시장이 그 작은 테이블 앞에 다시 서는 소리가 들렸다. 그가 테이블 위에 있는 것들을 움직이는 소리도 들렸다. 또다시 금속이 스치는 소리도 들렸다.

시장이 다가와 내 옆에 서는 소리도 들렸다.

그 모든 불길한 징조 끝에, 마침내 정말 그 일이 벌어지려 했다.

나의 끝.

미안해. 정말, 정말 미안해.

시장이 내 어깨에 한 손을 대자 나는 움찔하면서 몸을 뒤로 움직였다. 그가 내 어깨에 다시 손을 대고 지그시 눌렀다. 그가 내 얼굴을 향해, 뭔지 모를 단단한 금속을 들고 있었다. 고통으로 가득 찬 그것은 나를 괴롭히다가, 내 삶을 끝낼 것이다. 내 속에는 이 모든 고통을 피해 기어 들어갈 수 있는 깊고 검은 구멍이 하나 있다. 나는 이게 모든 것의 끝이며, 여기서 결코 도망칠 수 없고, 시장이 날 죽이고 그녀를 죽일 것이며, 이제 그 어떤 기회도, 삶도, 희망도 없이 아무것도 남지 않으리라는 걸 알았다.

미안해.

그때 시장이 내 얼굴에 붕대를 붙여줬다.

그 서늘한 감촉에 놀라 헉 소리를 내면서 숨을 들이마시며 그의 손길을 피했지만, 시장은 혹이 난 이마에 대고 그 붕대를 부드럽게 붙인 다음 이어서 내 얼굴과 턱에도 붙였다. 시장의 몸이 너무나 가까이 있어서 그의 냄새, 그 깨끗한 냄새, 그가 쓰는 비누에서 나는 나무 향기, 내 뺨을 스치는 그의 숨결, 내 상처들을 부드럽게 스치는 손가락, 퉁퉁 부은 내 눈과 찢어진 입술에 붙이는 붕대가 느껴졌다. 그 붕대들이 순식간에 효과를 발휘해서 부기가 가라앉더니 그 속에 있는 진통제가 내 몸속으로 흘러 들어왔다. 나는 순간 헤이븐에 있는 붕대들이 약효가 정말 좋다고, 그녀가 가지고 있던 붕대와 아주 비슷하다고 생각했다. 안도감이 밀려오는 동시에 너무 뜻밖의 일이라 나도 모르게 울컥해졌다. 나는 억지로 그 감정을 삼켰다.

"난 네가 생각하는 그런 사람이 아니다, 토드." 시장은 내 귀에 대고 속삭이다시피 말하면서 내 목에 붕대를 또 하나 붙여줬다. "난 네가 생각하는 그런 일은 하지 않았다. 내 아들에게 너를 데리고 오라고 했지, 총으로 쏘라고 하진 않았어. 아론에게 널 죽이라고 하지도 않았고."

"당신은 거짓말쟁이야." 내가 말했지만 목소리에 힘이 하나도 없는데다 울지 않으려고 안간힘을 써서 온몸이 덜덜 떨렸다(닥쳐).

시장은 내 가슴과 배에 생긴 멍들에도 붕대를 붙여줬다. 참을 수 없을 정도로 손길이 다정했다. 마치 아플까 봐 엄청 신경 쓰는 사람처럼 조심스러웠다.

"난 정말로 너에게 신경을 많이 쓰고 있다, 토드. 네가 내 진심을 알게 될 때가 올 거야."

시장은 내 뒤에서 움직이면서 손목을 묶은 끈 주위에 붕대를 붙여주고, 엄지손가락으로 내 손을 꼭꼭 눌러서 다시 피가 돌도록 했다.

"네가 나를 믿게 될 때가 올 거야. 어쩌면 나를 좋아하게 될지도 모르지. 언젠가는 아버지 같은 사람으로 생각하게 될 날이 올지도 모른다, 토드."

모든 고통이 사라지면서 내 소음이 진통제에 녹고 있는 듯이 느껴졌고, 그 고통과 함께 나도 사라지는 것 같았다. 시장이 결국 나를 처벌이 아니라 치료제로 죽이려는 것 같았다.

내 목구멍에서, 내 눈에서, 내 목소리에서 터져 나오는 울음을 참을 수 없었다.

"제발. 제발."

하지만 지금 내가 중얼거리는 말이 무슨 의미인지는 나도 모른다.

"전쟁은 끝났어, 토드. 우린 새로운 세계를 세우고 있다. 이 행성은 마침내 진정 그 이름에 걸맞은 곳이 될 거야. 내 말을 믿어라. 일단 그 세상을 보게 되면, 너도 그곳의 일부가 되고 싶을 거야."

나는 어둠에 대고 숨을 들이마셨다.

"너는 리더가 될 수 있다, 토드. 너는 자신이 아주 특별한 존재라는 걸 스스로 입증해 냈어."

나는 계속 숨을 들이쉬면서 정신을 차리려고 애썼지만, 서서히 의식이 사라져 갔다.

"내가 어떻게 알 수 있죠?" 마침내 목소리가 나왔지만 발음이 꼬이고 소리가 꺾여 제대로 말하는 것 같지도 않았다. "그 애가 아직 살아 있다고 어떻게 알 수 있냐고?"

"넌 알 수 없지. 내가 그렇게 약속할 뿐이지."

시장이 다시 입을 다물어서 나는 어쩔 수 없이 기다려야 했다.

"당신이 하라는 대로 하면 그 애를 구해줄 건가요?"

"필요한 건 뭐든 다 하마."

통증이 사라지자 내 몸이 사라지고 유령이 돼버린 느낌이었다. 눈도 멀고 완전히 유령이 돼버린 내가 의자에 앉아 있는 것 같았다.

마치 내가 이미 죽어버린 것처럼.

더 이상 아프지 않다면 내가 살아 있다는 걸 어떻게 알 수 있지?

"우리는 스스로 내린 선택들로 만들어지는 존재다, 토드. 그 이상도 그 이하도 아니야. 네가 네 의지로 내게 대답하길 바란다. 그러면 아주 좋겠구나."

여기저기 덕지덕지 붙은 붕대 밑으로 여전히 길고 짙은 어둠이 떠돌았다.

그 어둠 속에 나 홀로 있었다.

시장의 목소리와 함께 나 홀로.

어떻게 해야 할지 알 수 없었다.

아무것도 알 수 없었다.

(내가 뭘 해야 하지?)

하지만 기회가 있다면, 단 한 번이라도 기회가 있다면…….

"이게 정말 그렇게 큰 희생일까, 토드? 여기 과거가 끝나는 곳에서? 미래가 시작되는 이곳에서?" 시장이 내 생각을 들으면서 물었다.

아니. 안 돼. 난 그럴 수 없어. 뭐라고 지껄이건 이자는 거짓말쟁이에 살인자야…….

"기다리고 있다, 토드."

하지만 그녀가 살 수 있을지도 몰라. 시장이 그녀를 살려줄지도 모른다…….

"네 마지막 기회가 사라지고 있다, 토드."

나는 고개를 들었다. 그 바람에 붕대 몇 개가 벌어졌다. 나는 햇살에 눈을 가늘게 뜨면서 시장의 얼굴을 올려다봤다.

그의 얼굴은 언제나 그렇듯 무표정했다.

마치 생명이 없는 벽처럼 텅 비어 있었다.

이건 바닥이 없는 구덩이에 대고 이야기하는 것 같잖아.

내가 그 구덩이가 되는 편이 나으려나.

나는 고개를 돌렸다. 그 구덩이 밑을 내려다봤다.

"바이올라. 그 애의 이름은 바이올라예요." 나는 카펫을 보며 말했다.

시장이 환희에 찬 듯한 소리를 내며 오랫동안 가만히 숨만 쉬었다.

"잘했다, 토드. 고맙다."

그리고 콜린스 아저씨 쪽으로 돌아섰다.

"가둬놔."

PART 1

탑에 갇힌
토드

1

구시장

〈토드〉

나는 콜린스 아저씨에게 이끌려 창문도 없는 좁은 계단 위로 끝도 없이 올라갔다. 가끔 가파른 층계참이 나오기도 했지만 계단은 끝날 기미가 보이지 않았다. 더 이상 올라갈 수 없다는 생각이 막 들던 찰나 문이 하나 나왔다. 콜린스 아저씨는 문을 열고 다짜고짜 나를 안으로 휙 밀어버렸다. 마룻바닥으로 굴러떨어졌는데, 팔이 너무 뻣뻣해서 바닥을 짚지도 못하고 신음을 흘리며 몸을 굴려 옆으로 누웠다.

그러다가 밑을 보자 그 옆에 뚫린 바닥이 30미터 아래로 뚝 떨어져 있었다.

내가 허겁지겁 거기를 피해서 벽에 붙자 콜린스 아저씨가 껄껄 웃었다. 나는 네모난 방의 벽에 판자 다섯 장 정도를 붙인 공간에 올라와 있었다. 방 한가운데에 대롱대롱 매달린 밧줄 몇 개가 관통하는 어마어마하게 큰 구멍이 뚫려 있다. 그 밧줄들을 따라 위를 올려다보자 내가 지금까지 본 것 중에서 가장 큰, 내가 들어가서 살아도 될 정도로 거대한

종 한 쌍이 나무 들보에 매달려 있고, 탑의 양쪽 벽에는 종소리가 잘 들리도록 아치가 파여 있었다.

콜린스 아저씨가 문을 쾅 닫고 자물쇠를 잠갔다. 난 철컹 소리에 화들짝 놀랐다. 도망칠 생각은 꿈도 꾸지 말라는 소리 같았다.

나는 일어나서 다시 제대로 숨 쉴 수 있을 때까지 벽에 기댔다.

그리고 눈을 감았다.

나는 토드 휴잇이다. 나는 킬리언 보이드와 벤 무어의 아들이다. 내 생일은 14일 남았지만 나는 사나이다.

나는 토드 휴잇이고 나는 사나이다.

(시장에게 그 애의 이름을 불어버린 사나이지.)

"미안해. 정말 미안해." 나는 속삭였다.

잠시 후 눈을 떠서 주위를 둘러보고, 위를 올려다봤다. 내가 발을 디디고 선 이 방의 벽에는 눈높이에 맞춰 작은 직사각형 구멍들이 세 개씩 뚫려 있다. 거기로 들어온 희미한 햇살이 먼지 사이로 떨어졌다.

나는 가장 가까이 있는 구멍으로 다가갔다. 나는 지금 성당 종탑의 높은 곳에 있다. 밖을 보니 성당 앞쪽이 보이고, 아래를 보자 이 도시에 들어왔을 때 처음 본 광장이 있었다. 그게 기껏해야 오늘 아침 일인데 벌써 전생에 일어난 일처럼 느껴진다. 저물어 가는 황혼을 보니 시장이 나를 깨우기 전까지 오랫동안 의식을 잃었던 모양이다. 그동안 시장은 그녀에게 무슨 짓이든 할 수 있었고, 그가 뭐든……

(닥쳐, 그만 닥치라고.)

나는 광장을 내다봤다. 광장은 비어 있었다. 고요한 도시의 고요한 광장이다. 소음이 없는 도시, 군대가 와서 정복하길 기다리는 도시.

싸우려는 시도조차 하지 않은 도시.

시장이 나타나자 마을 사람들이 그대로 갖다 바친 도시. 가끔은 군대에 대한 소문이 군대만큼이나 힘을 발휘한단다. 시장이 한 말인데, 정말 맞는 말이지 않나?

그동안 우리는 죽어라 달렸다. 헤이븐이 어떤 곳일지는 생각지도 않은 채 거기가 안전하길, 거기가 천국이길 바란다는 말은 차마 못 했지만 그래도 내심 그러길 간절히 바라면서 그토록 열심히 달려왔는데.

내가 장담하는데 너희를 위한 희망이 있어. 벤 아저씨는 그렇게 말했다.

하지만 아저씨가 틀렸다. 여긴 헤이븐이 아니었다.

여기는 뉴 프렌티스타운이다.

가슴이 답답해진 나는 얼굴을 찡그리면서 서쪽 광장을 가로질러 고요한 집들과 거리까지 뻗어 있는 나무들 위를 지나 폭포로, 계곡의 입구에서 요란한 소리를 내며 떨어지는 폭포로, 그 옆에 있는 언덕으로 지그재그 올라가는 도로, 내가 데이비 프렌티스 주니어와 싸웠고 바이올라가 있던 그 도로를 내다보다가…….

다시 방 안쪽으로 돌아섰다.

눈이 서서히 희미해지는 햇살에 적응했다. 이곳에는 널빤지들과 희미한 악취 말고는 아무것도 없는 것 같다. 어디서 보나 종에 연결된 밧줄들이 2미터 정도 떨어져 있다. 나는 실눈을 뜨고 구멍 아래를 내려다봤다. 너무 어두워서 바닥에 뭐가 있는지 보이지 않았다. 아마 단단한 벽돌만 있겠지.

하지만 2미터는 그리 대단한 거리가 아닌데. 아주 쉽게 뛰어서 밧줄을 잡고 밑으로 슥슥 내려갈 수 있을지도 모른다.

하지만 그때…….

"그거 꽤 독창적인 생각인데." 저쪽 구석에서 어떤 목소리가 들렸다.

나는 깜짝 놀라 주먹을 쳐들었고, 내 소음이 순식간에 치솟았다. 구석에 앉아 있던 한 남자가 일어섰다. 그도 소음이 없었다.

다만…….

"보는 사람 감질나게 만드는 저 밧줄들을 타고 내려가면, 이 도시에 있는 사람들 모두 네가 도망친다는 걸 알게 될걸." 그 남자가 이야기를 이어갔다.

"당신 누구야?" 나는 놀라서 심장이 벌렁벌렁 뛰었지만 두 주먹을 불끈 쥐고 말했다.

"그래, 네가 헤이븐 사람이 아닌 건 알겠다." 그는 구석에서 나와 햇살에 자신의 얼굴을 드러냈다. 멍이 든 한쪽 눈과 찢어져서 이제 막 딱지가 생긴 것 같은 입술이 보였다. 이 남자에게 붙여줄 붕대는 없었던 모양이다. "소음이 얼마나 시끄러운지 그새 잊어버렸어." 남자는 혼잣말을 하듯 중얼거렸다.

그 남자는 나보다 키가 작았지만 몸집은 더 컸고, 벤 아저씨보다 더 나이가 들었지만 크게 차이가 나 보이진 않았다. 다만 온몸이, 심지어 얼굴까지 물렁해 보였다. 만약 싸운다면 내가 이길 수 있을 정도로.

"그래. 내 생각에도 네가 이길 것 같다." 그 남자가 말했다.

"당신 누구야?" 나는 다시 물었다.

"내가 누구냐고?" 그 남자는 조용히 뇌까리더니 마치 연기하는 배우처럼 목청을 높였다. "난 콘 레저란다, 얘야. 헤이븐의 시장이지." 그는 멍한 얼굴에 미소를 띠었다. "하지만 뉴 프렌티스타운 시장은 아니지." 그는 고개를 설레설레 저으면서 나를 바라봤다. "피난민들이 몰려들기 시작했을 때 우리는 그 사람들에게까지 치료제를 줬는데."

그때 그의 미소가 진짜 미소가 아니라 고통으로 찡그린 표정이라는 걸 알아챘다.

"맙소사, 애야. 네 소음은 정말 시끄럽구나."

"난 애가 아니라고." 난 계속 주먹을 든 채 말했다.

"그게 지금 이 상황에서 무슨 의미가 있는지 모르겠구나."

하고 싶은 말이 차고 넘쳤지만 나는 호기심을 이길 수 없었다. "그러니까 정말 치료제가 있어요? 소음 치료제가?"

"아, 그렇지." 그는 입속에서 뭔가 끔찍한 맛이 나는 것처럼 날 향해 얼굴을 살짝 찡그리며 말했다. "토종 식물에 천연 신경화학 물질과 우리가 합성해 낸 몇 가지를 섞었더니 치료제가 만들어지더군. 마침내 신세계에 침묵이 찾아온 거야."

"다 그런 건 아니죠."

"뭐, 그건 그렇지." 그는 그렇게 대꾸하면서 뒷짐을 지고 고개를 돌려 네모난 구멍으로 바깥을 내다봤다. "그건 만들기가 아주 어려워, 그렇지 않겠니? 아주 오랫동안 천천히 발전했어. 우리도 작년 말에야 겨우 만들어 냈는데, 그게 20년간 노력한 결과물이었단 말이지. 우리끼리 쓰기에 충분할 만큼 만든 후에 이제 막 외부로 판매를 시작하려던 찰나에……."

그는 말끝을 흐리더니 단호한 표정으로 도시를 내려다봤다.

"당신이 겁쟁이처럼 항복했을 때 말이지." 그렇게 말하는 내 소음이 붉은색으로 물들면서 낮게 윙윙거렸다.

그가 내게 돌아섰다. 얼굴을 움찔거리는 미소는 싹 사라지고 없었다. 흔적도 없었다.

"내가 왜 시시한 남자아이의 생각에 신경을 써야 하지?"

"난 아이가 아니라니까." 난 다시 반박하면서, 여전히 주먹을 쥐고 있던가? 그랬다, 계속 주먹을 쥐고 있었다.

"딱 봐도 애구만. 사나이라면 한 도시가 흔적도 없이 사라질 절체절명의 위기에 처했을 때 어쩔 수 없이 내려야 하는 선택을 이해할 테니까."

나는 눈을 가늘게 떴다. "당신이 내게 절체절명의 위기에 대해 가르칠 자격은 없다고 보는데."

그는 내 소음에서 그 진실을 보면서, 마치 눈이 멀 것처럼 밝은 빛을 바라보듯 눈을 조금 깜박이더니 어깨를 축 늘어뜨렸다. "미안하다. 내가 원래 이런 사람은 아닌데." 그는 무심코 손을 올려 얼굴을 문지르다가 눈 주위에 든 멍을 건드려 쓰라림에 찔끔했다. "어제까지만 해도 나는 아름다운 도시의 자애로운 시장이었다. 하지만 그건 어제 일이지." 그는 혼자만 아는 농담이 떠오른 것처럼 피식 웃었다.

"헤이븐은 인구가 얼마나 되죠?" 나는 아직 그를 용서하지 않은 채 물었다.

그는 날 찬찬히 살펴봤다. "얘야⋯⋯."

"내 이름은 토드 휴잇이에요. 휴잇 씨라고 불러도 되고."

"그자는 우리에게 새로운 시작을 약속했⋯⋯."

"그 사람이 거짓말쟁이인 건 나도 아는데, 원. 여기 사람이 몇 명이나 있냐고요?"

그는 한숨을 쉬었다. "피난민들까지 합해서 3300명."

"군대는 그거의 3분의 1도 안 되는데. 당신들은 싸울 수 있었어요."

"여자들과 아이들이 있어. 게다가 다들 농부들이고."

"다른 마을들은 여자들과 아이들도 싸웠어요. 그러다가 여자들과 아이들이 죽었고."

내게 다가오는 그의 표정이 점점 험악해졌다. "그래. 이제 이 도시의 여자들과 아이들은 죽지 않을 거야! 내가 평화 협상을 맺었으니까!"

"그래서 당신 눈이 멍들었군요. 입술도 찢어지고."

그는 날 물끄러미 보더니 서글프게 코웃음 쳤다. "촌놈이 현자 같은 말을 하네."

그러더니 다시 등을 돌려 밖을 내다봤다.

그때 낮게 윙 소리가 울렸다.

내 소음이 물음표로 가득 찼지만 미처 입을 열기도 전에 시장, 구舊시장이 말했다. "그래, 지금 네 귀에 들리는 그거 내 소음이야."

"당신 소음? 치료제는 어쩌고요?"

"너라면 정복한 적에게 네가 좋아하는 약을 주겠니?"

나는 윗입술을 핥았다. "그게 다시 돌아오나요? 그 소음이?"

"아, 그럼. 매일 그 약을 먹지 않으면 확실하게 돌아오지." 그는 내 쪽으로 다시 돌아서서 원래 있던 구석으로 돌아가 천천히 앉았다. "여기에 변기가 없는 게 보이지? 앞으로 불쾌해질 텐데 미리 사과하마."

나는 그가 앉는 모습을 지켜봤다. 내 소음은 아직도 붉게 물든 채 요란한 소리를 내며 수많은 의문과 원한으로 가득 차 있었다.

"그거 너였지? 내가 오해한 게 아니라면, 오늘 아침에 말이야. 너 때문에 이 도시를 싹 다 비워놓고 시장이 직접 말을 타고 맞으러 갔지?"

나는 입을 다물었지만 내 소음이 대답했다.

"그러니까 네가 그 사람이구나, 토드 휴잇? 넌 뭣 때문에 그렇게 특별한 거니?"

그거야말로 정말 좋은 질문이군.

금방 밤이 돼서 사방에 짙은 어둠이 깔리자 레저 시장은 점점 말수가 줄어들면서 초조해하다가 마침내 참지 못하고 벌떡 일어나서 이리저리 걸어 다니기 시작했다. 그 사이에 그의 소음이 계속 커져서 마침내 그와 이야기를 하려면 소리를 질러야 할 지경에 이르렀다.

나는 탑 앞쪽에 서서 하늘에 별이 하나둘씩 뜨고 계곡이 어둠에 덮이는 모습을 지켜봤다.

나는 생각을 하면서도 그러지 않으려고 안간힘을 썼다. 그 생각만 하면 속이 뒤집히면서 넘어올 것 같거나, 아니면 목이 죄어들면서 토할 것 같거나, 눈물이 고이면서 토할 것 같았다.

그녀가 바깥 어딘가에 있으니까.

(제발 어딘가에 있기를.)

(제발 괜찮기를.)

(제발.)

"너 항상 그렇게 짜증 나게 시끄러운 소리를 내니?" 레저 시장이 쏘아붙였다. 내가 고개를 돌려 응수하려 하자 그가 사과하는 의미로 두 손을 올렸다. "미안하다. 내가 원래 이런 사람이 아닌데." 그는 다시 손가락을 꼼지락거리기 시작했다. "갑자기 치료제를 뺏기니 적응하기가 쉽지 않구나."

나는 집집마다 하나둘씩 불이 켜지는 뉴 프렌티스타운을 내다봤다. 바깥에 나온 사람은 하루 종일 한 명도 보이지 않았다. 모두 집 안에만 있었는데 아마 시장이 그러라고 명령했을 것이다.

"시민들도 같은 일을 당하겠죠?" 내가 물었다.

"그렇지. 모두 집에 어느 정도 쟁여놨을 텐데, 아마 다 뺏길 거야."

"군대가 오면 그건 일도 아니겠죠."

세상에 서두를 일은 하나도 없는 것처럼 두 개의 달이 하늘 위로 꾸물꾸물 올라왔다. 밝은 달이 뉴 프렌티스타운을 훤히 비춰서 강이 이곳을 가로지르며 흘러가는 모습을 볼 수 있었다. 도시 북쪽에서는 쭉 뻗은 들판이 달빛에 휑한 모습을 드러내다가 느닷없이 바위투성이 절벽들이 불쑥 솟아서 계곡의 북쪽 벽을 이뤘고, 언덕에서 가느다란 도로 하나가 나왔다가 다시 시내로 들어오면서 사라졌다. 그 길이 바로 파브 랜치에서 바이올라와 내가 선택하지 않았던, 시장이 택해서 먼저 도착한 또 하나의 도로다.

동쪽에는 강과 주도로가 어디까지인지 모르겠지만 죽죽 나아가서 모퉁이를 돌아 더 먼 언덕으로 뻗어갔고, 그러는 사이에 변두리가 나왔다. 또 하나 있는 비포장도로가 광장에서부터 시작해 남쪽으로 뻗어나갔다. 건물들과 집들이 서 있는 그 길은 숲속으로 이어졌고, 그 언덕 꼭대기에 산이 하나 솟아 있었다.

뉴 프렌티스타운은 대충 그 정도로 보였다.

3300명이 모두 자기 집에 숨어 있다. 다들 죽은 것처럼 너무나 조용한 곳.

그중 누구 하나 다가올 위기에 맞서 스스로를 구하기 위해 손 하나 까딱하지 않았다. 순종하면, 자신들의 힘이 괴물의 상대가 되지 않을 정도로 약하면 괴물이 자기들을 잡아먹지 않기를 바라면서 말이다.

바로 이런 곳에 오겠다고 우리가 그렇게 자나 깨나 달렸다.

광장에 뭔가가 있었다. 휙휙 움직이는 그림자 하나. 자세히 보니 개였다. **집, 집, 집.** 개가 생각했다. **집, 집, 집.**

개들에게는 인간과 같은 문제가 없다.

개들은 언제고 행복할 수 있다.

나는 가슴을 옥죄는 갑갑함과 눈에 고인 눈물을 떨쳐버리려고 한참 동안 숨을 길게 내쉬었다.

내 개에 대한 생각을 그만하려고.

다시 밖을 내다볼 수 있게 됐을 때, 개가 아닌 누군가가 보였다.

그는 고개를 푹 숙이고 말 한 마리를 천천히 끌면서 광장을 가로질러 오고 있었다. 말발굽이 벽돌 바닥과 부딪치며 다가닥 다가닥 소리를 냈다. 그가 다가오는 동안 레저 시장의 윙윙거리는 소음이 짜증 날 정도로 커져서 잠이나 잘 수 있을지 모를 상황이었지만, 밖에서 나는 그 소음은 계속 들려왔다.

소음이라니.

조용히 기다리는 도시 맞은편에서, 그 남자의 소음이 들려왔다.

그리고 그는 내 소음을 들을 수 있다.

토드 휴잇?

그리고 그의 얼굴에서 커져가는 미소의 소리도 들렸다.

내가 뭘 좀 찾아냈지, 토드. 그는 광장을 가로질러 탑 위쪽으로, 달빛 속에서 날 찾으며 말했다. **네 것을 찾아냈어.**

나는 아무 말도 하지 않았다. 아무 생각도 하지 않았다.

내가 말없이 지켜보는 동안 그는 등 뒤로 손을 뻗어서 날 향해 뭔가를 높이 치켜들었다.

이렇게 멀리 떨어져 있는데도, 불빛이라곤 달빛밖에 없는데도 나는 그것이 뭔지 알 수 있었다.

우리 엄마의 일기.

데이비 프렌티스가 엄마의 일기장을 가지고 있었다.

2

목을 짓밟는 발

〈토드〉

다음 날 아침 일찍 종탑 밑에 마이크가 있는 연단이 시끄러운 소리를 내며 설치됐고, 오전이 오후로 흘러가는 사이에 뉴 프렌티스타운의 남자들이 그 앞에 모였다.

"왜 모이죠?" 나는 그들을 내려다보며 물었다.

"왜 그러겠어?" 레저 시장이 어두운 구석에 앉아 관자놀이를 문지르며 대꾸했다. 뜨거운 금속성인 그의 소음이 마치 톱질하듯 울렸다. "새 지도자를 만나기 위해서지."

사람들은 별말이 없었다. 창백하고 우울한 얼굴들이었지만, 소음을 들을 수 없으니 무슨 생각을 하는지 어떻게 알겠는가? 하지만 이들은 우리 마을 남자들보다 훨씬 깨끗해 보이고, 머리도 더 짧고, 면도도 한 데다 입고 있는 옷도 훨씬 나았다. 레저 시장처럼 둥글둥글한 체격에 근육은 하나도 없어 보이는 남자들이 많았다.

헤이븐은 살기 편하고, 살아남기 위해 악착같이 싸우지 않아도 되는 곳이었나 보다.

어쩌면 너무 편해진 게 문제였는지도 모른다.

레저 시장은 코웃음을 쳤지만 아무 말도 하지 않았다.

말을 탄 프렌티스 시장의 부하들이 광장 곳곳의 전략적인 위치에 열 명에서 열두 명씩 서서 소총을 들고 대기한 채, 주민들이 엇나가지 않도록 감시하고 있었다. 다만 곧 군대가 도착한다는 소식만으로도 다른 꿍꿍이를 품는 사람들은 없어 보였다. 테이트 아저씨와 모건 아저씨와 오헤어 아저씨가 보였다. 어렸을 때부터 매일 농사짓는 모습을 봤던 아저씨들인데, 그때는 인간이었다가 어느 날 갑자기 인간이 아니게 됐다.

데이비 프렌티스는 어디서도 보이지 않았다. 그를 생각하자 내 소음에서 또다시 우르르 요란한 소리가 나기 시작했다.

그는 말에 질질 끌려 언덕으로 갔다가 내 배낭을 발견하고 다시 내려온 게 틀림없었다. 그 배낭 속엔 망가진 옷더미와 그 책밖에 없다.

우리 엄마의 일기.

엄마가 내게 전하는 말.

내가 태어났을 때 쓴 말들. 엄마가 죽기 직전에 쓴 말들.

엄마가 살해되기 전.

내 놀라운 아들, 이 세상이 좋아지는 모습을 보게 될 거라고 맹세하마.

내가 읽을 수 없어서 바이올라가 읽어준 말들…….

그런데 이제 빌어먹을 데이비 프렌티스가…….

"제발 좀." 레저 시장이 이를 악물고 말했다. "최소한 노력이라도……." 그러다가 말을 멈추고 미안해하는 표정으로 나를 바라봤다. "미안하다." 그는 콜린스 아저씨가 아침 식사를 가져와서 우리를 깨운 후에 백만 번은 했던 사과를 또 했다.

그 말에 뭐라고 대꾸를 하기도 전에 느닷없이 심장이 너무나 세게 잡아당겨지는 느낌에 나도 모르게 숨을 헉 들이마셨다.

나는 다시 바깥을 내다봤다.

뉴 프렌티스타운의 여자들이 오고 있었다.

그들은 먼 곳에서 나타나기 시작했다. 남자들이 모여 있는 곳을 피해 옆길로 무리 지어 와서, 말을 타고 순찰하는 시장 부하들의 감시를 받으며 그 자리에 머물렀다.

남자들의 침묵과는 다른 느낌이 그들의 침묵에서 풍겼다. 마치 뭔가 잃어버린 것 같은 느낌이었다. 세상의 소리에 맞선 거대한 슬픔의 무리 같아서 다시 눈시울을 닦아야 했지만, 그래도 나는 밖으로 난 구멍에 몸을 바짝 붙이고 그들 하나하나를 모두 보려고 사력을 다했다.

혹시 그녀가 거기 있는지 보려고.

하지만 없었다.

그녀는 없었다.

그들은 남자처럼 보였다. 긴 스커트를 입은 여자들도 있었지만, 대부분 바지에 각기 다른 디자인의 셔츠를 입은 깨끗한 차림으로, 잘 먹고 편하게 살아온 것처럼 보였다. 헤어스타일은 좀 더 다양해서 뒤로 넘겼거나, 올렸거나, 짧거나, 길거나 각양각색이었지만 우리 마을 남자들 소음에서 보이던 것처럼 금발 머리가 많지는 않았다.

남자들보다 더 많은 수가 팔짱을 꼈고, 표정도 더 회의적이었다.

남자들보다 더 분노하고 있는 표정도 보였다.

"당신에게 맞서 싸운 사람이 있었나요? 포기하지 않으려던 사람이 있었냐고요?" 나는 여자들을 계속 보면서 레저 시장에게 물었다.

"여긴 민주주의 사회야, 토드. 그게 뭔지는 아니?" 레저 시장은 한숨을 쉬며 말했다.

"전혀 모르겠는데." 나는 여전히 여자들을 훑으며, 그녀를 찾지 못한 채 대꾸했다.

"민주주의란 소수의 의견도 경청하지만 다수의 의견이 지배한다는 뜻이야."

나는 그를 바라봤다. "이 사람들이 다 항복하고 싶어 했다고요?"

"대통령이 선거로 선출된 위원회에 제안을 했어. 항복하면 이 도시는 무사할 거라고 약속했지." 그는 찢어진 입술을 만지며 말했다.

"당신은 그 말을 믿었단 말이에요?"

시장이 발끈하는 눈빛으로 나를 바라봤다. "너는 우리가 과거에 큰 전쟁을 치른 사실을 잊어버렸거나 모르는 모양이구나. 네가 태어났을 즈음에 모든 싸움을 끝내기 위해 했던 전쟁 말이야. 만약 그런 전쟁이 다시 일어나는 사태를 막을 수 있다면……."

"살인자에게 스스로를 바칠 마음이 있단 말이군요."

시장이 다시 한숨을 쉬었다. "내가 이끄는 위원 대다수가 가장 많은 사람들을 살릴 수 있는 최선의 길이라고 판단했다." 그는 벽돌에 머리를 기댔다. "세상 모든 게 흑과 백으로 선명하게 구분되지는 않는다, 토드. 사실 그런 건 거의 없어."

"하지만 만약……."

철컹. 빗장이 열리는 소리가 나더니 콜린스 아저씨가 우리에게 권총을 겨누며 들어왔다.

아저씨는 곧바로 레저 시장을 바라봤다. "일어나."

나는 두 사람을 번갈아 봤다. "무슨 일이에요?"

레저 시장이 구석에서 일어났다. "응보를 받을 시간인가 보다, 토드."
시장은 가볍게 말하려고 애썼지만 웅웅거리는 그의 소음에서 공포가
사정없이 솟구쳤다. "여긴 아름다운 도시였어. 나는 원래 지금보다 더
나은 사람이었고. 제발 그걸 기억해라."

"지금 무슨 소리를 하는 거예요?"

콜린스 아저씨가 우악스럽게 시장의 팔을 움켜쥐고 문 밖으로 밀어
냈다.

"이봐요!" 나는 나가는 두 사람을 향해 소리 질렀다. "그 사람을 어디
로 데려가는 거예요?"

콜린스 아저씨가 주먹을 들어 나를 치려 했고…….

나는 움찔하면서 피했다.

(빌어먹을.)

아저씨는 피식 웃더니 나가서 문을 잠가버렸다.

철컹.

이제 탑 안에는 나만 남았다.

레저 시장의 소음이 계단 밑으로 사라지는 그때, 그 소리가 들렸다.

멀리서 군인들이 행군해 오는 소리가.

나는 구멍 쪽으로 걸어갔다.

그들이 도착했다.

정복자들이 헤이븐으로 행군해 들어오고 있었다.

그들은 검은 강물처럼 지그재그 도로로 흘러 들어오고 있었다. 먼지
투성이에 더러운 그들은 댐이 터진 것처럼 네다섯 명씩 줄을 맞춰 밀려
들어왔다. 제일 앞에 서 있는 이들이 언덕 밑에 있는 나무들 속으로 사

라지는 동안 마침내 마지막 군사들이 언덕 정상으로 올라왔다. 군중이 그들을 지켜보고 있었다. 남자들은 연단에서 돌아서서, 여자들은 옆길에서 그들을 내다봤다.

척 척 척 소리가 마치 똑딱거리는 시계 소리처럼 도시의 거리에 울려 퍼졌다.

군중이 기다렸다. 나도 그들과 같이 기다렸다.

그때, 무성한 나무들을 통과해 도로 모퉁이에서…….

그들이 나왔다.

군대가.

해머 아저씨가 제일 앞에 있었다.

우리 고향의 주유소에서 살던 해머 아저씨, 어떤 아이도 결코 들어선 안 될 극히 추악하고 폭력적인 생각만 하던 해머 아저씨, 파브랜치에서 도망치는 사람들 등에 총을 쐈던 그 사람.

그 해머 아저씨가 군대를 이끌고 있었다.

이제 그의 소리를 들을 수 있었다. 군인들의 발을 맞추기 위해 구령을 붙이는 소리가 들렸다. 해머 아저씨가 군인들의 걸음에 맞춰 소리를 지르고 있었다.

오른발.

오른발.

목을 짓밟는 발.

그들은 광장으로 들어와서 옆길은 본척만척하고, 누구도 막을 수 없는 기세로 남자들과 여자들 사이를 뚫고 지나갔다. 해머 아저씨는 얼굴에 서린 미소까지 보일 정도로 가까이 있었다. 사람들을 두들겨 패는 미소, 사람들 위에 군림하는 미소.

해머 아저씨가 가까워질수록 내 확신은 점점 더 커졌다.

그것은 소음이 없는 미소였다.

누군가가 아마 말을 타고 도로로 오고 있는 군대를 맞으러 갔다. 그가 치료제를 가져갔을 것이다. 군대는 발소리와 다 같이 외치는 구령 외에는 아무 소리도 내지 않았다.

오른발, 오른발, 목을 짓밟는 발.

그들은 광장 옆으로 행군해서 연단으로 향했다. 해머 아저씨가 모퉁이에 멈춰서, 연단 뒤에서 대형을 갖추도록 했다. 그들은 모두 내게 등을 보인 채 줄을 맞춰 서서 군중을 마주 봤다.

줄을 서는 군인 중에서 아는 사람들이 하나하나 보이기 시작했다. 월리스 아저씨. 스미스 부자 중 아들 스미스. 가게 주인인 펠프스 아저씨. 프렌티스타운 남자들과 그보다 더 많은 다른 마을 출신들.

군대는 정말 이곳으로 오면서 계속 불어났다.

이반도 보였다. 파브랜치 헛간에서 일하던 남자, 군대에 동조하는 남자들이 있다고 내게 은밀하게 말하던 그 남자. 이반은 선두에 서 있었다. 그의 옆에 차렷 자세로 서서, 언제라도 사격할 준비를 하고 있는 남자들이 그의 말이 옳았음을 입증해 주고 있었다.

구령을 외치며 마지막 군인이 제자리로 들어섰다.

목을 짓밟는 발!

그리고 침묵이, 뉴 프렌티스타운을 휩쓰는 바람인 양 흘렀다.

밑에서 성당 문이 열리는 소리가 들렸다.

프렌티스 시장이 새 시민들에게 연설을 하러 나왔다.

"지금 여러분은 두려워하고 있습니다." 시장은 해머 아저씨와 경례를 주고받은 후 연단으로 올라가서 마이크에 대고 연설을 시작했다.

헤이븐 시민들은 아무 말도 하지 않고 아무 소음도 내지 않은 채 다시 고개를 들어 그를 봤다.

옆길에 서 있는 여자들 역시 침묵을 지켰다.

군인들은 차렷 자세로 선 채 모든 사태에 대비하고 있었다.

문득 지금 내가 숨을 죽이고 있다는 사실을 깨달았다.

시장은 이야기를 이어갔다. "여러분은 지금 정복당했다고 생각할 것입니다. 희망이 없다고 생각하고 있겠죠. 제가 여기에 여러분의 파멸을 알리러 왔다고 생각할 겁니다."

그는 나를 등지고 있었지만 광장의 네 모퉁이에 숨겨진 스피커들을 통해 목소리가 크고 또렷하게 울려 퍼지면서 이 도시 전체로, 아마 계곡과 그 너머까지 들리고 있을 것이다. 여기에 이들 말고 또 누가 그의 연설을 듣겠는가? 여기 모이거나 땅속에 있는 이들 말고 신세계에 달리 또 누가 있겠는가?

프렌티스 시장은 지금 이 행성의 모든 사람에게 이야기하고 있었다.

"여러분 생각이 맞습니다." 시장이 지금 미소를 짓고 있다고 내기라도 할 수 있다. "여러분은 정복됐습니다. 여러분은 패배했습니다. 저는 여러분의 파멸을 알리러 왔습니다."

그는 사람들이 이 말을 되새길 수 있도록 잠시 입을 다물었다. 내 소음에서 우르르 소리가 나자 남자 몇 명이 고개를 들어 탑 위를 바라봤다. 나는 조용히 하려고 애썼지만 참을 수 없었다. 이 사람들은 대체 뭔가? 깨끗하고 편하게 잘 먹고 잘 살다가 자기 손으로 이 도시를 시장에게 갖다 바치지 않았나?

"하지만 여러분을 정복한 사람은 제가 아닙니다. 여러분을 패배시키거나 노예로 만든 사람은 제가 아닙니다."

시장은 잠시 말을 멈추고 군중을 둘러봤다. 그는 온통 흰색으로 전신을 휘감고 있었다. 흰옷, 흰 모자, 흰 부츠, 거기다가 연단을 덮은 흰 천과 거기 비치는 오후의 햇살 때문에 그를 보고 있자니 눈이 멀 지경이었다.

"여러분은 게으름의 노예가 됐습니다. 여러분은 현재에 안주했기 때문에 패배한 겁니다. 여러분의 파멸은." 그는 이 부분에서 갑자기 목소리를 높여서 파멸이란 말을 후려치듯 내뱉었다. 듣고 있던 사람들이 순간 움찔했다. "여러분의 선의에서 비롯됐습니다!"

시장은 슬슬 분위기를 고조시키려고 마이크에 대고 숨을 거세게 몰아쉬었다.

"여러분 모두 이 세계가 던지는 도전에 직면해 점점 나약하고 무기력해져서 단 한 세대 만에 소문에 항복하는 사람들이 된 겁니다!"

시장은 마이크를 한 손에 쥔 채 연단 위를 이리저리 걷기 시작했다. 겁에 질린 사람들, 군인들 모두 그의 그런 모습을 지켜보았다.

나도 보았다.

"여러분은 싸우는 대신 이 도시를 자발적으로 바쳐서 군대가 제 발로 이곳에 들어오게 만들었습니다!

그는 계속 이리저리 걸었고, 목소리는 커져갔다.

"그래서 제가 어떻게 했는지 여러분은 아실 겁니다. 제가 차지했습니다. 제가 여러분을 차지했습니다. 제가 여러분의 자유를 차지했습니다. 제가 여러분의 도시를 차지했습니다. 제가 여러분의 미래를 차지했습니다."

시장은 자신의 이런 행운을 믿을 수 없다는 듯이 웃었다.

"저는 전쟁이 일어나리라고 예상했는데."

사람들 몇 명은 다른 이의 눈을 피해 자신의 발을 내려다봤다.

그들이 수치스러워하는 건 아닐까 하는 의문이 들었다.

부디 그러길 바랐다.

"하지만 전쟁 대신 대화를 하게 됐습니다. 그 대화는 이렇게 시작됐죠. 제발 우리를 해치지 말아주세요. 그리고 당신이 원하는 건 뭐든 다 가져가세요, 라는 말로 끝났고요."

시장은 연단 한가운데서 멈췄다.

"나는 **전쟁**을 예상했는데!" 그는 군중을 향해 주먹으로 허공을 찌르며 외쳤다.

군중은 움찔했다.

그런 일이 가능할 수 있다면, 그런 일이 일어났다.

천 명도 넘는 남자들이 한 남자의 주먹 밑에서 움찔했다.

여자들이 뭘 했는지는 보지 않았다.

"여러분은 전쟁을 하지 않았기 때문에 그 대가를 치르게 될 겁니다." 시장이 가벼운 목소리로 말했다.

성당 문이 다시 열리고, 콜린스 아저씨가 도열해 있는 군인들 사이로 레저 시장의 등을 떠밀면서 앞으로 나가는 소리가 들렸다. 레저 시장은 손이 등 뒤로 결박돼 있었다.

프렌티스 시장은 팔짱을 낀 채 레저 시장이 다가오는 모습을 보았다. 마침내 모여 있는 남자들 사이에서 웅성거리는 소리가 흘러나오기 시작했다. 여자들이 있는 곳에서 나는 소리보다 더 컸다. 그러자 말을 탄 남자들이 소총을 휘둘러 입을 다물게 했다. 프렌티스 시장은 신경 쓸 필요도 없다는 듯이 그쪽으로는 고개조차 돌리지 않았다. 그저 콜린스 아저씨가 레저 시장을 등 떠밀어서 연단 뒤쪽에 있는 계단을 올라가게 하는 모습만 보고 있었다.

레저 시장은 계단 꼭대기에서 멈춰 밑에 있는 군중을 둘러봤다. 그들도 그를 마주 보다가 그의 소음에서 새된 소리가 나오자 눈살을 찌푸렸다. 이제 그의 소음에선 공포의 말들, 공황 상태에 빠져 주절거리는 말들과 콜린스 아저씨가 그의 눈을 멍들게 하고 입술을 찢어지게 만든 장면이 흘러나왔다. 그리고 그가 항복에 동의하고 탑에 갇히는 장면도 나왔다.

"무릎 꿇어." 프렌티스 시장이 마이크에 대지도 않고 멀리서 조용히 말했지만 어떻게 된 일인지 내 머릿속 한가운데서 마치 종이 울리는 것처럼 똑똑히 들렸다. 군중 역시 헉 하는 소리를 내는 걸로 봐서 나와 같은 소리를 들은 것 같다.

레저 시장은 지금 자신이 뭘 하고 있는지도 모르는 것 같은 표정으로 연단 위에 무릎을 꿇은 채, 그런 자신에게 놀란 것처럼 앉았다.

시민들 모두 그가 무릎을 꿇는 모습을 지켜봤다.

프렌티스 시장은 잠시 기다렸다.

그러다가 레저 시장 앞에 서서 그를 내려다봤다.

그리고 칼을 뺐다.

살기를 품은 어마어마하게 큰 칼이 햇살에 반짝 빛났다.

시장이 그것을 높이 치켜들고 있었다.

그리고 이제부터 무슨 일이 벌어질지 모두 볼 수 있도록 천천히 한 바퀴 돌았다.

모두 그 칼을 볼 수 있도록.

나는 순간 가슴이 철렁 내려앉았지만…….

그건 내 칼이 아니었다…….

아니었다…….

그때 누가 광장 건너편에서 소리를 질렀다. "살인자!"

광장에 흐르는 침묵을 타고 날아온 단 하나의 목소리.

여자들이 있는 곳에서 나온 소리였다.

순간 내 심장이 펄쩍 뛰었지만…….

물론 그녀일 리가 없지만…….

하지만 적어도 누군가가 있었다. 그렇게 말한 누군가가.

프렌티스 시장이 침착하게 마이크 쪽으로 걸어갔다.

"승리를 거둔 여러분의 적이 여러분에게 말하겠습니다." 그는 마치 소리를 지른 사람이 그 사실을 이해하지 못하는 것처럼 정중하고 부드럽게 말했다. "여러분의 지도자는 여러분이 패배했기 때문에 처형되는 겁니다."

그는 돌아서서 연단 위에 무릎 꿇고 있는 레저 시장을 바라봤다. 레저 시장은 침착한 표정을 지으려고 용을 썼다. 하지만 치료제가 끊긴 바람에 다시 돌아와 이 광장을 가득 채운 그의 소음이 그가 얼마나 살고 싶어 하는지, 얼마나 아이처럼 그 소원을 칭얼대는지를 요란하게 떠들어 댔고 모든 사람이 그 소리를 들었다.

"여러분은 알게 될 겁니다. 여러분의 새 대통령이 어떤 사람인지, 그리고 그가 여러분에게서 뭘 요구할지 알게 될 겁니다." 프렌티스 시장은 군중을 향해 다시 돌아서면서 말했다.

레저 시장의 흐느껴 우는 소리를 제외하고, 침묵은 더욱더 깊어졌다.

프렌티스 시장이 그에게 다가갔다. 그가 쥐고 있는 칼날이 햇빛에 반사됐다. 이제부터 뭘 보게 될지 마침내 이해한 사람들 사이에서 다시 술렁거리는 소리가 퍼져나가기 시작했다. 프렌티스 시장은 레저 시장 뒤에 서서 다시 칼을 치켜들었다. 그는 거기 서서 그를 쳐다보는 군중을 바라보며, 이전 시장이 자신의 소음을 들키지 않으려고 애쓰다가 실패하는 모습과 그걸 듣고 있는 그들의 모습을 지켜봤다.

"똑똑히 보십시오! 여러분의 미래를!" 프렌티스 시장이 소리 질렀다.

그는 다시 똑똑히 보라고 말할 것처럼 칼을 찌를 수 있는 각도로 바꿔 쥐었다.

군중들의 술렁거림이 더 커지고…….

프렌티스 시장이 팔을 올리고…….

목소리, 여자의 목소리, 아마도 아까 그 여자의 것일 목소리가 크게 울려 퍼졌다. "안 돼!"

그때 나는 문득 이제 무슨 일이 일어날지 알아차렸다.

색유리 창으로 햇빛이 들어오는 방에서 그는 의자에 앉은 나를 패배시켰다. 그는 나를 죽기 직전까지 몰고 가서, 내가 죽게 될 거라는 사실을 암시하고…….

그러고 내게 붕대를 붙여줬다.

바로 그때 나는 그가 원하는 행동을 했다.

칼날이 허공을 가르면서 레저 시장의 손을 묶고 있던 끈을 잘랐다.

온 도시 전체가 헉 하고 숨을 들이마셨다. 아니, 이 행성 전체가.

프렌티스 시장은 잠시 기다렸다가, 다시 한 번 말했다. "여러분의 미래를 보세요." 그는 마이크에 대지도 않고 아주 조용히 말했다.

하지만 다시 한 번 그 목소리가 우리의 머릿속에서 들렸다.

시장은 칼을 허리띠 뒤쪽에 꽂고 마이크 앞으로 돌아왔다.

그리고 대중의 마음에 붕대를 붙이기 시작했다.

"난 여러분이 생각하는 그런 사람이 아닙니다. 나는 적들을 도살하기 위해 쳐들어온 폭군이 아닙니다. 나는 파괴를 일삼는 광인이 아닙니다. 설사 그렇게 해서 내 목숨을 구한다고 해도 말입니다. 난……." 그는 레저 시장을 훑어봤다. "……여러분의 처형자가 아닙니다."

군중은 이제 너무나 조용해서 광장이 텅 비어 있는 것 같았다.

"전쟁은 끝났습니다. 이제 새로운 평화가 찾아올 것입니다." 시장이 이야기를 계속했다.

그리고 하늘을 가리켰다. 사람들은 마치 시장이 허공에서 뭔가를 만들어 내 그들 위로 떨어지게 할 것처럼 위를 바라봤다.

"여러분은 소문을 들었을지도 모릅니다. 새 정착민들이 오고 있다는 소문을요."

내 속이 다시 뒤틀렸다.

"여러분의 대통령으로서 말씀드리는데, 그 소문은 사실입니다."

어떻게 알지? 빌어먹을, 저자가 그걸 어떻게 아냐고?

이 뉴스에 군중이 웅성거리기 시작했다. 남자들과 여자들 모두. 시장은 기분 좋게 그들의 관심을 독차지하면서 그들이 떠들게 내버려 뒀다.

"우리는 그들을 맞이할 준비를 할 겁니다! 그들을 새로운 낙원이자 자부심이 넘치는 사회로 환영할 준비를 할 겁니다!" 그의 목소리가 다시 올라갔다. "그들이 구세계를 떠나 **천국**에 왔다는 걸 우리가 보여줄 겁니다!"

웅성거리는 소리가 점점 커졌다. 사람들이 사방에서 이야기하고 있었다.

"전 여러분의 치료제를 거둬가겠습니다."

그러자 와우, 이야기 소리가 일순간에 멈춰버렸다.

시장은 잠시 아무 말도 하지 않은 채 침묵이 점점 커지길 기다렸다가 다시 입을 뗐다. "당분간은요."

남자들은 서로 얼굴을 쳐다보다가 다시 시장을 봤다.

"우린 새로운 시대에 들어서고 있습니다. 여러분은 새로운 사회를 건설하는 저에게 합류할 때 저의 신뢰를 얻게 될 겁니다. 그 새로운 사회가 건설되고, 우리가 초기에 닥쳐올 도전들을 극복하고 거둘 첫 성공을 축하하게 될 때, 그때 다시 사나이라고 불릴 권리를 획득하게 될 겁니다. 여러분은 다시 치료제를 받을 권리를 획득할 것이고, 그때 모든 남자가 진정한 형제가 될 것입니다."

그는 여자들 쪽은 보지도 않았다. 남자들도 마찬가지였다. 여자들에게는 치료제라는 보상이 아무짝에도 쓸모가 없으니까.

"쉽지 않을 겁니다. 안 그런 척 가식을 떨진 않겠습니다. 하지만 보람이 클 겁니다." 시장은 군대를 손으로 가리켰다. "제 부관들이 이미 여러분이 들어갈 조직들을 꾸리기 시작했습니다. 여러분은 계속 그들의 지시를 따르겠지만 그게 견딜 수 없을 정도로 부담스럽진 않을 것이고, 제가 정복자가 아니라는 사실을 곧 알게 될 것입니다. 전 여러분의 파멸을 불러오는 존재가 아닙니다. 전." 그는 잠깐 입을 다물었다가 말했다. "여러분의 적이 아닙니다."

시장은 마지막으로 다시 한 번 남자들을 둘러봤다.

"전 여러분의 구세주입니다."

사람들의 소음은 들리지 않았지만 시장의 말이 진실인지, 정말 앞으로 괜찮을지, 만약 그렇다면 두렵긴 하지만 전쟁에 패배한 대가를 치르지 않아도 되는 것인지 궁금해하는 표정들을 볼 수 있었다.

그렇진 않거든. 절대 그럴 리가 없어.

시장의 말이 끝나고 사람들이 미처 광장을 떠나려고 하기도 전에 감방 문이 철컹 소리를 내며 열렸다.

"안녕, 토드." 프렌티스 시장이 종탑 감방에 들어와 주위를 둘러보다가 방에서 나는 악취에 코를 찡그렸다. "내 연설이 마음에 들었니?"

"정착민들이 온다는 건 어떻게 알았어요? 그동안 그 애와 이야기를 나눴나요? 그 애는 괜찮아요?" 내가 연거푸 물었다.

시장은 내 질문에 대답하지 않았지만, 그렇다고 때리지도 않았다. 그저 미소만 지으며 대답했다.

"다 때가 되면 말해줄게, 토드."

그때 문 밖에서 올라오는 소음이 들렸다. **살았어, 난 살았다고. 살았어 살았어 살았어.** 그러더니 콜린스 아저씨에게 등 떠밀려 레저 시장이 들어왔다.

그는 서 있는 프렌티스 시장을 보고 그 자리에 우뚝 서버렸다.

"내일 새 침구가 올 거다. 변기를 쓸 수 있는 혜택도 줄 거고." 시장은 여전히 나를 보면서 말했다.

레저 시장의 턱이 씰룩거렸다. 몇 번을 시도한 후에야 간신히 말이 나왔다. "대통령 각하……."

프렌티스 시장은 그를 무시했다. "너의 첫 작업도 내일 시작한다, 토드."

"작업요?"

"모두 일을 해야 한다, 토드. 일이란 자유로 가는 길이지. 나도 일할 거야. 레저 씨도 그렇고."

"저도?"

"하지만 우리는 감옥에 갇혀 있는데." 내가 말했다.

시장은 다시 미소를 지으며 이 상황을 아주 즐거워했다. 그걸 보자 내일 어떤 고통을 겪게 될지 궁금해졌다.

"잠을 좀 자두렴." 시장은 문 쪽으로 가면서 내 눈을 똑바로 쳐다봤다. "내일 아침 일찍 내 아들이 널 데리러 올 거다."

3

새로운 인생

〈토드〉

하지만 다음 날 쌀쌀한 아침 댓바람부터 성당 앞으로 끌려 나갔을 때 내가 걱정한 건 데이비가 아니었다. 데이비에겐 눈길도 주지 않았다.

내가 두려운 건 말이었다.

수망아지, 말은 그렇게 말하면서 양발을 번갈아 들어 올리며 말 특유의 광기 서린 눈을 크게 떴다. 나를 보는 눈빛이 마치 제대로 밟아줘야 할 놈을 만난 듯했다.

"나 말 탈 줄 모르는데."

"이 아이는 내가 개인적으로 키우던 무리에 있었다." 프렌티스 시장이 자신의 말인 모페스 위에 올라탄 채 말했다. "그 암놈의 이름은 앙가르드야. 그 아이는 네게 잘해줄 거다, 토드."

모페스는 내 말을 보면서 계속 **복종해, 복종해, 복종해,** 라고 생각했다. 그것 때문에 내 말은 더 불안해했고, 그렇게 어마어마하게 불안하고 긴장한 짐승을 이제부터 타야 한다.

"무슨 문제 있어? 너 겁나냐?" 데이비 프렌티스가 또 다른 말을 탄 채 비웃으며 말했다.

"너야말로 무슨 문제 있어? 아버지가 너에겐 아직 치료제를 안 줬나 보지?"

데이비의 소음이 곧바로 확 솟구쳤다. "이 빌어먹을 개새……."

"둘 다 그만해. 입 열자마자 싸우기냐." 시장이 말했다.

"쟤가 먼저 시작했어요."

"내가 장담하는데 끝내는 것도 쟤가 끝낼 거다." 시장은 날 찬찬히 보면서, 붉게 물든 채 초조해하는 내 소음을 읽으며 말했다. 바이올라에 대한 절박한 의문들과 데이비 프렌티스에게서 대답을 뽑아내고 싶은 더 절박한 의문들로 가득 차 있는 내 소음을. "가자, 토드." 시장이 자기가 탄 말의 고삐를 잡아당기면서 말했다. "사나이들의 리더가 될 준비가 됐니?"

"분리 방법은 간단하다." 다 같이 말을 타고 가는 동안 시장이 설명했다. 우리는 불안할 정도로 사정없이 달리고 있었다. "남자들은 성당 앞에 있는 계곡의 서쪽 끝으로 옮겨 가고, 여자들은 그 뒤에 있는 동쪽으로 갈 거다."

우리는 뉴 프렌티스타운의 시내 중심가에서 동쪽으로 가고 있었다. 폭포 옆에서 시작되는 지그재그 도로로, 마을 광장을 지나 성당 주위를 돌아서 이제 계곡 뒤쪽으로 빠졌다. 한 무리의 병사들이 옆길로 오가며 행군하고 있었고, 뉴 프렌티스타운 남자들은 배낭과 다른 짐들을 가지고 우리 맞은편으로 지나갔다.

"여자들이 전부 안 보이는데요." 데이비가 말했다.

"전부가 아니라 하나도 안 보인다고 해야지. 그래, 여자는 없어. 모건 대위와 테이트 대위가 어젯밤에 남은 여자들을 전부 이동시켰다." 시장이 아들의 말을 바로잡았다.

"그 여자들을 어떻게 할 거예요?" 나는 그렇게 말하면서 손가락 마디들이 새하얗게 질리도록 안장을 세게 움켜쥐었다.

시장이 다시 날 힐끗 봤다. "아무것도 안 한다, 토드. 그들은 신세계의 미래에 중요한 역할을 할 것이니 그에 걸맞은 대우와 보살핌을 받게 될 거야." 그는 고개를 돌렸다. "하지만 지금은 서로 분리하는 게 최선이다."

"그년들이 있어야 할 자리로 보내시는 거네요." 데이비가 빈정거리며 말했다.

"내 앞에서 그런 상스러운 말은 쓰지 마라, 데이비드." 시장이 침착하게 웃음기가 전혀 없는 근엄한 목소리로 말했다. "여자들은 항상 예의를 갖춰서 편안하게 지내도록 대할 거야. 표현은 천박했다만, 그래, 네 생각이 맞다. 우리 모두 지켜야 할 본분과 자리가 있는 법이야. 신세계 남자들은 자신의 본분을 잊었어. 그러니 우리가 누구고, 어떤 사람이 되어야 하는지 모두 기억할 때까지 여자들로부터 떨어져 있어야 해."

시장의 목소리가 조금 밝아졌다. "사람들은 이 조치를 환영할 거야. 내가 전에는 혼란스러웠던 일들을 명쾌하게 정리해 주겠다고 했으니까."

"바이올라는 그 여자들과 같이 있나요? 바이올라는 괜찮아요?"

시장은 다시 나를 바라봤다. "넌 약속을 했다, 토드 휴잇. 그걸 다시 상기시켜 줘야 하니? 이 아이를 구해만 준다면 당신이 원하는 건 뭐든 다 할게요. 그때 네가 정확히 이렇게 말했던 것 같은데."

나는 초조하게 입술을 핥았다. "당신이 약속을 지키고 있다는 걸 내가 어떻게 알죠?"

"너야 모르지." 그는 마치 내가 할 수 있는 모든 거짓말을 꿰뚫어 보는 듯한 눈빛으로 나를 바라봤다. "네가 나를 믿길 바란다, 토드. 증거가 있어야 믿는 건 믿음이 아니지."

시장은 다시 도로를 향해 걸어갔고, 내 옆에는 히죽거리는 데이비만 남았다. 나는 "착한 아가씨야"라고 내 말에게 속삭였다. 내 말의 털은 짙은 갈색에 하얀 줄무늬 하나가 코까지 내려와 있었고, 빗질이 잘된 갈기는 너무나 매끄러워 보였다. 이걸 잡았다가는 화를 낼 것 같아 그러지 않으려고 애썼다. **수망아지.** 말이 생각했다.

암말, 나는 생각했다. 암말. 그때 전에는 물어볼 기회가 없었던 의문이 떠올랐다. 옛날에 농장에서 내가 키우던 암양들도 소음이 있었는데, 만약 여자가 소음이 없다면······.

"여자들은 짐승이 아니니까 그렇지." 내 소음을 읽은 시장이 말했다. "다른 사람들이 뭐라고 하건 나는 그렇게 믿는다. 여자들은 그냥 원래 소음이 없어."

그리고 목소리를 낮췄다. "그래서 그들이 우리와 다른 거야."

이쪽 도로변에는 나무들 사이로 주로 가게들만 드문드문 있는데 모두 문이 닫혀 있었다. 이들이 언제 문을 다시 열지는 아무도 모르는 일이다. 샛길에서부터 뻗어 나온 집들이 왼쪽 강가와 오른쪽에 있는 계곡의 언덕을 향해 양쪽으로 즐비하게 늘어서 있다. 건물들이 대부분 상당히 거리를 둔 채 떨어져 있는데, 소음 치료제를 찾기 전까지는 도시를 건설할 때 이런 식으로 구획 정리를 할 수 밖에 없었을 것이다.

다섯이나 열 명씩 모여 행군하는 병사들과 자주 마주쳤다. 아까보다 더 많은 남자들이 소지품을 가지고 서쪽으로 향했고, 그중에 여자는 하나도 없었다. 나는 지나가는 남자들의 얼굴을 봤다. 대부분은 땅바닥만 보고 있었다. 싸울 태세인 얼굴은 하나도 없었다.

"살살 좀 가자, 아가씨야." 말을 타자 나의 은밀한 부위가 엄청나게 불편해졌다.

"토드 좀 보게. 벌써부터 앓는 소리나 하고." 데이비가 내 옆으로 다가오면서 말했다.

"닥쳐, 데이비."

"너희 서로에게 프렌티스 주니어 씨와 휴잇 씨라고 불러." 시장이 우리에게 소리쳤다.

"뭐라고요? 얘는 아직 사나이가 안 됐어요! 얘는 그저……." 데이비의 소음이 확 올라갔다.

시장이 노려보자 데이비는 입을 다물었다. "오늘 새벽에 강가에서 시체 한 구가 발견됐다. 몸에 끔찍한 상처가 많았고, 목에 커다란 칼이 박혀 있었어. 길어야 죽은 지 이틀도 안 된 시체였다."

시장은 날 빤히 보면서 다시 한 번 내 소음을 들여다봤다. 나는 그가 보고 싶은 장면들을 앞에 내세우고, 내가 상상한 장면들이 실제로 일어난 일인 양 꾸몄다. 소음이란 게 그런 거니까. 소음에는 진실만이 아니라 그 사람이 생각하는 모든 것이 보인다. 뭔가를 했다고 열심히 생각하면, 실제로 그 일을 한 거나 마찬가지 아닐까.

데이비가 코웃음을 쳤다. "네가 아론 목사를 죽였다고? 난 못 믿겠다."

시장은 아무 말 없이 그저 모페스를 조금 더 빨리 몰았다. 데이비가 나를 보고 냉소를 날리더니, 자신의 말을 걷어차서 아버지를 따라갔다.

"따라와." 모페스가 히이힝거리며 말했다.

"따라와." 데이비의 말도 그에 화답해 말했다.

따라와. 내 말도 그들을 따라 달리느라 내 몸이 아까보다 더 심하게 흔들렸다.

가면서 나는 계속 바이올라를 찾았다. 물론 그녀를 볼 가능성은 전혀 없지만. 그녀가 살아 있다 해도 아직은 너무 아파서 걸을 수도 없을 것이고, 걸을 수 없을 정도로 아프지는 않다고 해도 나머지 여자들과 어딘가에 갇혀 있을 것이다.

하지만 나는 계속 찾아봤고…….

(왜냐하면 바이올라가 도망쳐서…….)

(어쩌면 나를 찾고 있을지도 모르고…….)

(어쩌면…….)

그러다가 그 소리가 들렸다.

나는 원이고 원은 나다.

머릿속에서 종이 울리는 것처럼 또렷한 시장의 말이 내 목소리와 엉켜 들렸다. 마치 내 소음에 대고 바로 말하는 것 같았는데, 너무나 갑작스럽고 생생해서 순간 허리를 곧추세우고 앉다가 말에서 굴러떨어질 뻔했다. 데이비는 놀란 표정이었다. 내가 뭣 때문에 이러는지 궁금해하는 그의 소음이 들렸다.

하지만 시장은 아무 일도 없던 것처럼 그저 말을 타고 달려갔다.

성당에서 동쪽으로 멀어질수록 주위가 점점 황량해져 갔고, 얼마 못가 우리는 자갈길을 달렸다. 건물들도 아까보다 평범해져서 마치 나무들이 들어선 빈터에 떨어뜨린 벽돌들처럼 긴 목제 주택들이 서로 거리를 둔 채 떨어져 있었다.

거기서 여자들의 침묵이 흘러나왔다.

"맞아. 우린 이제 여자들의 새 거주 구역으로 들어가고 있어." 시장이 말했다.

그 집들을 지나치는 동안 내 심장이 조여들기 시작했고, 침묵 역시 커져갔다.

나는 말 위에서 허리를 곧추세워 앉으려고 애썼다.

여기가 그녀가 있는 곳일 테니까, 여기서 그녀가 상처를 치료하고 있을 테니까.

데이비가 다시 내 옆으로 바짝 다가왔다. 그는 듬성듬성 난 한심한 콧수염을 일그러뜨리며 흉한 미소를 지었다. 네가 찾는 창녀가 어디 있는지 말해줄게.

순간 프렌티스 시장이 안장에서 몸을 홱 돌렸다.

그때 마치 소리를 지르는 것 같으면서도 아주 조용하고 이상한 소리가 내 옆을 휙 지나갔다. 그것은 이 세상 소리 같지 않았다. 마치 백만 마디의 말을 하나로 응축한 것 같은 데다 바람에 머리카락이 나부끼는 것처럼 순식간에 날아가 버렸다.

이번에 반응한 사람은 데이비였는데…….

그는 마치 한 대 맞은 것처럼 고개를 뒤로 홱 젖히고, 굴러떨어지지 않도록 고삐를 잡은 채 말을 한 바퀴 돌렸다. 멍하니 뜬 눈은 커졌고, 헤 벌어진 입에서 침이 흘렀다.

대체 이게 무슨……?

"데이비는 아무것도 몰라, 토드. 데이비의 소음이 그 아이에 대해 하는 말은 다 거짓말이다." 시장이 말했다.

나는 아직도 멍한 표정으로 고통스러워 눈을 깜박이는 데이비를 보다가 다시 시장을 봤다. "그 말은 그 애가 안전하다는 뜻인가요?"

"난 그저 데이비가 모른다는 말을 한 거야. 그렇지, 데이비드?"

네, 아버지. 아직도 충격에서 헤어 나오지 못한 데이비의 소음이 들렸다.

프렌티스 시장이 눈썹을 치켜올렸다.

데이비가 이를 악물고 큰 소리로 말했다. "네, 아버지."

"내 아들이 거짓말쟁이인 거 안다. 이 자식은 남들을 괴롭히는 망나니고, 내가 뭘 중요하게 생각하는지도 모르지. 그래도 내 아들이야." 시장은 다시 도로를 향해 돌아섰다. "나는 인간이 속죄하면 구원받을 수 있다고 믿는다."

그때부터 데이비의 소음은 조용해졌지만, 그 안에서 검붉은 기운이 부글부글 끓었다.

뉴 프렌티스타운이 저 멀리로 사라졌고 도로변에서 건물들이 사라졌다. 나무들 사이로 언덕을 올라가자 붉은색과 초록색 밭들이 모습을 드러냈다. 내가 아는 작물들도 있고, 모르는 것들도 있다. 여자들의 침묵이 줄어들기 시작했고, 계곡이 넓어졌다. 배수로에서 꽃들이 자랐고, 털에서 윤기가 흐르는 다람쥐들이 서로 욕을 해댔다. 태양은 환하게 빛났고 공기는 서늘했다. 마치 아무 일도 일어나지 않은 것처럼.

강굽이에서 언덕 모퉁이를 돌자 꼭대기에 커다란 금속 탑 하나가 하늘을 찌를 기세로 쭉 뻗어 있는 모습이 보였다.

"저게 뭐야?" 내가 물었다.

"궁금하냐?" 데이비가 말했지만 그도 모르는 게 뻔했다. 시장은 대답하지 않았다.

탑을 지나자마자 도로가 다시 구부러지면서 나무들 뒤로 돌담들이 보이기 시작해 죽 이어졌다. 조금 더 가자 커다란 아치형 출입구에 거대한 나무 문 두 짝이 달려 있었다. 그 기나긴 돌벽에서 유일한 출구였다. 그 너머의 도로는 방금 우리가 온 길처럼 흙길이었다.

"신세계 최초이자 마지막 수도원이야." 시장이 그 문 앞에 멈춰 서면서 말했다. "성직자들이 묵상에 잠길 수 있는 은신처로 지어졌지. 이곳을 지을 때만 해도 소음 세균을 금욕과 절제로 물리칠 수 있다는 믿음이 아직 남아 있었어." 그의 목소리가 차가워졌다. "제대로 완성하기도 전에 버려졌지."

시장이 돌아서서 우리를 봤다. 데이비의 소음에서 이상하게 즐거워하는 기운이 커지고 있었다. 프렌티스 시장이 경고하는 표정으로 그를 바라봤다.

"넌 궁금해하고 있겠지. 내가 왜 내 아들을 너의 감독관으로 임명했는지 말이야."

나는 여전히 보기 싫은 미소를 짓고 있는 데이비를 흘끗 봤다.

"널 확실하게 통제해 줄 사람이 필요해, 토드. 너는 지금도 기회만 생기면 바로 도망쳐서 너의 소중한 바이올라를 찾을 생각만 하고 있잖아."

"그 애는 어디 있어요?" 나는 대답을 듣지 못할 걸 알면서도 물었다.

"여기 있는 데이비드가 널 확실하게 잡아줄 거라고 나는 굳게 믿고 있다." 시장이 이어서 말했다.

데이비의 표정과 소음 모두에서 웃음이 넘치고 있었다.

"그에 대한 보답으로 데이비드는 진정한 용기가 어떤 것인지 배우게 될 거다." 데이비의 웃음이 싹 사라졌다. "명예롭게 행동하는 것이 어떤 것인지, 진정한 사나이답게 행동하는 것이 어떤 것인지 배우게 될 거다. 한마디로 말해 토드 휴잇, 너처럼 행동하게 될 거야." 그는 마지막으로 아들을 한 번 보고 모페스를 도로 쪽으로 돌려세웠다. "너희 둘이 함께하는 첫날을 어떻게 보냈는지 꼭 듣고 싶구나."

시장은 거기서 이야기를 끝내고 뉴 프렌티스타운을 향해 떠났다. 애초에 왜 여기까지 왔는지 궁금했다. 분명 이보다 더 중요한 일도 많을 텐데.

"그건 그렇지. 하지만 너 자신을 과소평가하지 마라, 토드." 시장은 돌아보지도 않은 채 큰 소리로 말했다.

그리고 달려가 버렸다. 데이비와 나는 시장이 우리가 하는 말을 들을 수 없을 정도로 멀리 갈 때까지 기다렸다.

먼저 입을 연 사람은 나였다.

"벤 아저씨가 어떻게 됐는지 말해, 안 그러면 네 모가지를 확 찢어버릴 테니까."

"야, 내가 네 상관이거든." 데이비가 다시 능글맞게 웃으면서 말에서 훌쩍 뛰어내렸고, 배낭은 땅바닥에 집어던졌다. "예의를 갖춰 나를 대하지 않으면 우리 아버지가……."

하지만 나는 이미 앙가르드에서 뛰어내려 한심한 그 콧수염을 노려서 주먹으로 힘껏 쳤다. 그는 한 방 맞았지만 재빨리 반격했다. 우리는 고통을 잊은 채 땅바닥에 쓰러져 서로에게 주먹을 날리고, 발로 차고,

팔꿈치와 무릎으로 쳤다. 그는 여전히 나보다 덩치는 컸지만 별 차이가 없을 것 같았는데, 결국 나를 땅바닥에 내리꽂고 팔뚝으로 내 목을 무지막지하게 눌렀다.

그의 입술과 코에서 피가 흘렀다. 나도 몰골이 형편없지만 상관없었다. 데이비는 손을 뒤로 뻗어서 허리에 찬 권총집에서 총을 꺼냈다.

"총을 쏘면 너희 아버지가 가만히 있지 않을 텐데."

"그렇지. 하지만 난 총이 있고 넌 없잖아."

"벤 아저씨가 널 이겼어. 아저씨가 널 막은 덕분에 우리는 너에게서 벗어났지." 나는 그에게 목이 눌린 채 끙끙거리며 말했다.

"벤이 날 막은 게 아니라 내가 그를 잡았어, 아닌 것 같아? 내가 벤을 데리고 아버지에게 갔지. 아버지는 내가 그를 고문하게 해줬어. 내가 벤을 고문해서 죽이게 허락했다고." 데이비가 나를 비웃으며 말했다.

그리고 그의 소음에…….

나는…….

데이비의 소음에 뭐가 보였는지 말할 수 없지만(그는 거짓말쟁이다, 거짓말쟁이야), 그를 홱 밀어낼 정도로 갑자기 열이 뻗친 건 사실이었다. 우리는 아까보다 더 격렬하게 싸웠다. 나는 개머리판으로 날 막는 놈의 목구멍을 팔꿈치로 쳐서 마침내 쓰러뜨렸다.

"이건 잊지 마라." 데이비는 여전히 총을 부여잡은 채 캑캑거리며 말했다. "우리 아버지가 너 듣기 좋으라고 온갖 말을 다 하지만, 날 시켜서 너의 벤 아저씨를 고문한 사람도 바로 우리 아버지라는 거."

"넌 거짓말쟁이야. 벤 아저씨가 널 이겼어."

"아, 그래? 그렇다면 벤은 지금 어디에 있는데? 널 구하러 오는 중인가?"

나는 두 주먹을 치켜들고 그에게 다가갔다. 그의 말이 틀리지 않으니까, 그렇지 않나? 내 소음은 다시 한 번 벤 아저씨를 잃은 듯한 상실감에 거세게 치솟았다.

데이비가 웃으면서 나를 피해 뒤로 물러나 거대한 나무 문에 기대섰다. "우리 아버지는 네 마음을 읽을 수 있어." 데이비는 눈을 크게 뜨며 나를 조롱하는 듯한 표정을 지었다. "책을 읽듯 너를 읽을 수 있지."

내 소음이 더욱 격렬하게 솟구쳐 올랐다. "그 책 내놔! 안 그러면 넌 죽는다!"

"넌 나한테 아무 짓도 할 수 없어, 휴잇 씨." 데이비는 그렇게 말하면서 일어섰다. 여전히 문에 등을 기댄 채. "네가 사랑하는 그 계집이 위험해지는 건 싫을 거 아니야, 안 그래?"

그래, 이거다.

이들은 자기들이 완벽하게 내 목줄을 잡고 있다는 걸 안다.

그 애가 위험에 처하게 될 일은 내가 하지 않을 테니까.

나는 데이비 프렌티스를 더 두들겨 패줄 준비가 돼 있다. 이 자식이 그녀를 다치게 했을 때, 그녀에게 총을 쐈을 때 그랬던 것처럼······.

하지만 지금은 그럴 수 없다······.

그럴 수 있긴 하지······.

이 새끼는 나보다 약하니까.

우리 둘 다 그 사실을 알고 있다.

데이비가 미소를 일그러뜨리며 내뱉었다. "네가 특별하다고 생각해? 우리 아버지가 널 특별 대우한다고 생각해?"

나는 주먹을 쥐었다 풀기를 반복했다.

하지만 움직이지는 않았다.

"아버지는 널 알아. 네 마음을 읽는다고." 데이비가 말했다.

"네 아버지는 몰라. 너도 모르고."

데이비가 다시 나를 비웃었다. "그러셔?" 그는 뒤에 있는 문의 주철 손잡이를 잡았다. "그렇다면 와서 네가 맡은 새로운 떼거지를 만나보시지, 토드 휴잇."

문을 밀어 열어서 작은 방목지 안으로 들어간 데이비는 내가 잘 볼 수 있도록 옆으로 비켜섰다.

백 명 정도 되는 스패클들이 나를 빤히 마주 보고 있었다.

4

신세계 건설

〈토드〉

처음 든 생각은 돌아서서 그대로 달리는 거였다. 달리고 달리고 또 달리고 하염없이 달리면서 절대 멈추지 않으리라.

"그 꼬락서니 나도 보고 싶네." 데이비가 문 안쪽에 서서 방금 상이라도 탄 사람처럼 싱글거리며 말했다.

너무 많은 스패클, 너무 많은 하얀 얼굴들이 나를 마주 보고 있었다. 너무 큰 눈, 너무 작고 이빨은 너무 많은 데다 인간과 달리 높은 곳에 있는 입, 인간의 것과는 전혀 다르게 생긴 귀.

그래도 여전히 그들에게서 인간의 얼굴을 볼 수 있다. 감정을 느끼고 두려워하며······.

고통을 느끼는 얼굴.

그들의 피부에 인간의 옷처럼 다 똑같은 모양의 이끼가 자라 있어서 남자와 여자를 구분하긴 힘들었지만, 스패클 가족들이 다 모여 있는 것처럼 보였다. 체구가 큰 스패클들이 아이들을 보호하고, 남편처럼 보이는 이들이 아내들을 보호하고 있었다. 모두 서로를 감싸 안은 채 머리를 맞대고 있었다. 모두 조용히……

소리 없이.

"나도 알아! 이 짐승들에게 치료제를 줬다니 믿을 수 있어?" 데이비가 말했다.

이제 데이비를 본 그들 사이에서 기묘하게 혀를 차는 소리가 퍼져가기 시작했다. 다들 일제히 데이비를 힐끗거리고 보면서 고개를 끄덕였다. 데이비가 권총을 들고 수도원 안쪽으로 더 깊숙이 들어가며 외쳤다. "지금 뭐 해보자는 거야? 내가 총을 쏠 이유를 하나만 줘! 어서! **이유를 하나만 줘보라고!**"

스패클들은 그를 피해 할 수 있는 한 작은 무리끼리 서로 바짝 모여들었다.

"이리 와, 토드. 우린 할 일이 있어."

나는 여전히 꿈쩍도 하지 않았다.

"이 자식이 너희 중 하나를 죽였어." 데이비가 스패클들에게 말했다.

"데이비!" 나는 소리를 꽥 질렀다.

"칼로 머리를 잘라냈지. 톱질하듯 썰고 또 썰고……"

"그만해!" 나는 저 망할 놈의 입을 닥치게 하려고 데이비에게 달려갔다. 어떻게 알았는지 모르겠지만 그는 알고 있었다. 이제 빌어먹을 입 좀 제발 다물어.

내가 다가가자 문에서 가장 가까이 서 있던 스패클들이 허겁지겁 뒤로 물러나면서 겁에 질린 얼굴로 나를 바라봤다. 부모들은 모두 자식들을 자기 뒤에 세웠다. 나는 데이비를 사정없이 밀어버렸지만 그는 웃기만 했다. 나는 이제 수도원의 돌담 안에 들어왔음을 깨달았다.

그리고 거기에 스패클이 얼마나 많이 있는지도 봤다.

사원의 돌담은 거대한 땅을 둘러싸고 있지만 그 안에는 창고처럼 보이는 건물 하나밖에 없었다. 나머지 땅은 오래된 나무 울타리들과 낮은 문으로 분리된 작은 들판들로 나뉘어 있다. 대부분의 땅에 키가 큰 풀이 무성하게 자라 있고, 빽빽한 잡초와 덤불들이 100미터는 족히 떨어진 뒷담까지 뻗어 있었다.

하지만 주로 보이는 건 스패클들이었다.

스패클 수백 명이 그 땅에 흩어져 있었다.

어쩌면 천 명이 넘을지도 모른다.

그들은 수도원 벽에 기대서, 썩어가는 울타리들 뒤에 무리 지어 앉아 있거나 줄을 맞춰 서 있었다.

모두 나를 보면서 무덤처럼 조용히 있었다. 그동안 내 소음이 사방으로 흘러갔다.

"이 자식은 거짓말쟁이야! 그때는 그런 게 아니었어! 전혀 아니었다고!"

하지만 그때는 어땠는데? 그때 어떤 사정이 있었는지 설명할 수 있을까?

어쨌든 난 스패클을 죽였잖아, 안 그런가?

데이비가 말한 그대로는 아니지만 그 정도로 나쁜 장면이 내 소음 속에서 크게 나왔다. 그들이 모두 날 지켜보고 있는 상황에서 감출 수도 없었고, 진실을 거짓말들로 에워싸서 혼란스럽게 하기엔 너무 크게 울렸다. 스패클 무리가 아무 소리도 내지 않은 채 나를 빤히 보고 있는 상황에서 나는 속수무책으로 소음을 흘렸다.

"그건 사고였어." 내 목소리가 점점 작아졌다. 나는 스패클들의 기묘한 얼굴을 하나하나 봤지만 그들의 소음에 떠오르는 장면도 볼 수 없었고, 그들이 혀를 차는 소리도 이해할 수 없었다. 그들이 무슨 생각을 하는지 짐작조차 할 수 없었다. "그러려고 그런 게 아니었어."

하지만 아무도 그 말에 대꾸하지 않았다. 그들은 그저 나를 빤히 보기만 했다.

삐걱거리는 소리와 함께 뒤에서 수도원 문이 다시 열렸다. 우리는 돌아섰다.

파브랜치에서 온 이반, 적군과 싸우느니 차라리 손을 잡은 바로 그 인간이었다.

이반은 자신이 얼마나 옳은 선택을 했는지를 온몸으로 보여줬다. 장교 제복을 입은 그는 부하 한 무리를 거느리고 있었다.

"프렌티스 주니어 씨." 이반은 데이비에게 목례를 했고, 데이비도 그에게 인사했다. 이반이 나에게 돌아섰을 때 그의 눈에 떠오른 표정은 읽히지가 않았다. 그의 소음도 들리지 않았다. "잘 있는 걸 보니 좋네, 휴잇 씨."

"둘이 아는 사이예요?" 데이비가 사납게 물었다.

"과거에 만난 적이 있죠." 이반은 여전히 나를 보면서 말했다.

하지만 나는 그에게 한 마디도 대꾸하지 않았다.

그저 내 소음 속에서 여러 장면을 분주하게 떠올렸다.

파브랜치의 광경. 힐디와 탬과 프란시아의 모습. 거기서 벌어졌지만, 그는 빠져나간 학살 장면들.

이반의 얼굴에 짜증스러운 표정이 떠올랐다. "사람은 권력이 있는 곳으로 움직여야 해. 그게 살아남는 법이야."

나는 그가 살던 마을이 불타는 장면, 남자들과 여자들과 아이들이 그 속에서 불타는 장면을 떠올렸다.

이반의 얼굴이 더욱 심하게 일그러졌다. "이 병사들은 여기 보초를 서러 왔어. 너희는 이 스패클들이 들판을 개척하는 작업을 감독하고, 이들에게 먹이와 물을 주라는 지시가 내려왔고."

데이비가 사정없이 눈동자를 굴렸다. "저기, 그건 우리도 아는데……."

하지만 이반은 이미 돌아서서 문 밖으로 나가버렸고, 소총을 든 군인 열 명만 남았다. 그들은 수도원의 돌담 위에 서서 돌돌 말려 있던 가시 철사를 풀어 담장 위에 쳤다.

"소총으로 무장한 군인 열 명과 우리 대 이 많은 스패클이라니." 나는 조용히 말했지만 내 소음에서도 같은 말이 들렸다.

"아, 우린 괜찮을 거야." 데이비는 가장 가까운 곳에 서 있는 스패클에게 권총을 겨눴다. 스패클 아기를 품에 안은 자세가 여자 스패클 같았다. 그녀는 아기를 뒤쪽으로 돌려 자신의 몸으로 막아 보호했다. "어쨌든 이들에게는 싸울 의지도 없어."

나는 아기를 감싸고 있는 스패클의 얼굴을 봤다.

패배자의 얼굴이란 생각이 들었다. 그들 모두 그랬다. 그리고 그들도 그 사실을 알고 있었다.

그들이 어떤 기분일지 나는 잘 안다.

"이봐, 돼지오줌, 이것 좀 봐." 데이비는 두 팔을 번쩍 들어 모든 스패클이 자기를 보게 만들었다. "뉴 프렌티스타운 사람들! 나는 여러분에게 여러분의 파아아아아멸을 알려주러 왔습니다!" 그는 그렇게 소리를 지르면서 두 팔을 흔들었다.

그러더니 웃고 또 웃고 또 웃었다.

데이비는 스패클들이 벌판에 있는 덤불들을 뽑아내는 작업을 감독하기로 결정했다. 그건 내가 창고에 있는 사료를 삽으로 퍼다 날라 이 스패클들을 다 먹이고, 그들이 마실 수 있도록 여물통에 물을 채워야 한다는 뜻이었다.

하지만 그건 농장에서 늘 하던 일이라 익숙하다. 벤 아저씨와 킬리언 아저씨가 매일 내게 시키던 집안일들. 내가 투덜대던 모든 집안일들.

나는 눈을 벅벅 문질러 닦고 일을 시작했다.

스패클들은 내가 일하는 동안 최선을 다해 내게서 멀찍이 떨어져 있었다. 그건 나로선 괜찮다고 말해야겠지.

차마 그들의 눈을 볼 수가 없으니까.

나는 고개를 푹 숙인 채 계속 삽으로 사료를 퍼다 날랐다.

스패클은 이곳 사람들 집에서 하인이나 요리사로 일하고 있었는데, 프렌티스 시장이 오자마자 처음에 내린 명령 중 하나가 데리고 있던 스패클들을 집에 가둬놓으라는 것이었다고 데이비가 말했다. 그리고 어젯밤 내가 자고 있을 때 군대가 이들을 모아서 여기로 데려왔다고 한다.

"여기 사람들은 저것들을 자기 집 뒤쪽 정원에서 살게 했대." 오전이 오후로 흘러가는 동안 데이비가 내 삽질을 구경하면서 혼자 점심을 먹으며 말했다. "너무 어이없지 않냐? 무슨 빌어먹을 식구들처럼 말이지."

"어쩌면 정말 식구인지도 모르지."

"뭐 이젠 아니야." 데이비는 일어서서 권총을 꺼냈다. 그리고 나를 보며 씩 웃었다. "다시 일해야지."

창고에 있던 사료 대부분을 퍼냈지만 여전히 스패클들이 먹기엔 충분해 보이지 않았다. 게다가 물 펌프 다섯 개 중 세 개가 고장 나 있었다. 해가 질 때까지 나는 가까스로 그중 하나를 고쳐놓았다.

"갈 시간이야." 데이비가 말했다.

"아직 일이 안 끝났어."

"좋아." 데이비는 문으로 걸어갔다. "그럼 너 혼자 여기 남아 있어."

나는 스패클들을 돌아봤다. 오늘 일이 다 끝났기 때문에 그들은 군인들과 정문으로부터 가능한 한 아주 먼 곳에서 서로 몸을 바짝 붙이고 있었다.

나는 그들과 떠나는 데이비를 번갈아 돌아봤다. 그들에게는 먹을 음식이 부족했다. 물도 부족했다. 화장실이라고 할 만한 공간도 없고 쉴 곳도 없었다.

나는 그들에게 빈손을 들어 보였지만 이 중 하나라도 괜찮아지게 할 만한 설명은 하지 못했다. 그들은 내가 손을 내리고 데이비를 따라 문 밖으로 나가는 모습을 빤히 보기만 했다.

"용감한 남자가 되는 일도 쉽지 않지, 돼지오줌?" 데이비가 묶어놓았던 말의 고삐를 풀면서 말했다. 그는 자기 말을 데드폴이라고 불렀지만, 그 말은 에이콘이란 이름에만 대답하는 것처럼 보였다.

나는 스패클들에 대해 생각하느라 그의 말은 그냥 흘려버렸다. 내가 어떻게 그들에게 잘해줄 수 있을지를 생각했다. 난 그럴 것이다. 그들이 충분한 물과 음식을 섭취하게 할 것이고, 그들을 보호하기 위해 할 수 있는 모든 일을 할 것이다.

난 그렇게 할 것이다.

나는 스스로에게 약속했다.

그게 바로 그녀가 원하는 바일 테니까.

"아, 그 애가 정말 원하는 게 뭔지 내가 말해주지." 데이비가 나를 비웃으며 말했다.

우리는 다시 피 터지게 싸웠다.

탑으로 돌아오자 새 침구가 와 있었다. 매트리스 하나와 시트 하나가 내 자리에 놓여 있고, 반대쪽에는 레저 시장을 위한 침구가 있었다. 그는 이미 자기 매트리스 위에 앉아서, 신경에 몹시 거슬리는 소음을 내며 그릇에 든 스튜를 먹고 있었다.

지린내도 사라졌다.

"그래. 과연 누가 그걸 치워야 했을까?" 레저 시장이 말했다.

알고 보니 그는 청소부로 일하게 됐다.

"정직한 노동이지." 레저 시장은 어깨를 으쓱했지만, 그의 회색 소음은 말과 달랐다. 그가 정직한 노동의 가치를 전혀 믿지 않는다는 생각이 들었다. "이건 상징적인 조치일 거야, 내 생각엔 그래. 나는 정상까지 올랐다가 바닥으로 추락한 거지. 이렇게 대놓고 보여주지만 않았어도 꽤 시적이었을지 모르겠는데 말이야."

내 침대 옆에 내 스튜도 있었다. 나는 접시를 들고 창가로 가 바깥을 내다봤다.

밖에서 **윙윙**거리는 소리가 울리기 시작했다.

치료제가 남자들의 몸속에서 빠져나가기 시작하면서 그들의 소음이 들리기 시작했다. 집과 건물 속에서, 샛길에서 그리고 나무들 뒤에서.

뉴 프렌티스타운에 소음이 돌아오고 있었다.

올드 프렌티스타운에서는 그 소음 때문에 걸어 다니기도 힘들었지만 거기에는 고작 남자 146명이 살고 있었다. 뉴 프렌티스타운에는 그 열 배는 있을 텐데. 게다가 남자아이들도 있고.

어떻게 그걸 참아내야 할지 알 수가 없다.

"너도 익숙해질 거야." 시장이 남은 스튜를 다 먹어치우면서 말했다. "잊지 마. 나는 치료제를 찾아내기 전까지 여기서 20년을 살았어."

나는 눈을 감았지만 보이는 것이라고는 날 마주 보는 스패클 무리뿐이었다.

나를 비난하는 그 눈들.

레저 시장이 어깨를 툭툭 치더니 내 스튜 그릇을 손으로 가리켰다. "이거 먹을 거니?"

그날 밤 꿈을 꿨다.

그녀에 대한 꿈…….

그녀 뒤에서 태양이 반짝이고 있어서 얼굴은 볼 수 없었다. 우리는 언덕에 있었다. 그녀가 뭐라고 말했지만 뒤에 있는 폭포 소리가 너무 커서 나는 "뭐라고?"라고 되물으며 그녀에게 손을 뻗었다. 하지만 그녀는 내 손에 잡히지 않았고, 피 묻은 손만 돌아와…….

"바이올라!" 나는 어둠 속에서 외치며 매트리스 위에서 벌떡 일어나 앉아 거친 숨을 몰아쉬었다.

그리고 내게 등을 돌리고 누워 있는 레저 시장을 봤다. 그의 소음은 자는 사람의 소음이 아니었다. 그가 깨어 있을 때 들리는 회색 소음이었다.

"안 자는 거 알아요."

"넌 꽤 요란하게 꿈을 꾸는구나. 그 여자아이가 너에게 중요한 사람이니?" 그는 돌아보지도 않고 말했다.

"신경 꺼요."

"우린 그저 버텨야 한다, 토드. 지금은 그렇게 하는 수밖에 없어. 살아남아서 끝까지 버텨야 해."

나는 벽 쪽으로 얼굴을 돌렸다.

할 수 있는 게 하나도 없었다. 그들이 그녀를 잡고 있는 한.

내가 아무것도 모르는 한.

그들이 그녀를 해칠 수 있는 한.

어떻게든 살아남아서 버텨내야 해.

그리고 저 어딘가에 있을 그녀를 생각했다.

나는 어디 있는지 모를 그녀에게 속삭였다. "어떻게든 살아남아서 버텨."

살아남아야 해.

PART 2,

치유의 집

5

깨어난 바이올라

〈바이올라〉

"진정해라, 애야."

목소리.

환한 빛 속에서…….

나는 눈을 깜박여서 떴다. 모든 것이 새하얗고 너무 환해서 마치 하나의 소리 같았다. 그 속에 목소리가 하나 있었다. 머릿속이 온통 어지러웠고 옆구리는 너무나 아프고 주위가 너무 밝아서 아무것도 생각할 수 없는데…….

잠깐…….

잠깐…….

그가 날 안고 언덕을 내려갔는데…….

좀 전까지 날 안고 언덕을 내려가 헤이븐에 들어가서…….

"토드?" 내 목소리는 쉬어 있었다. 마치 침 범벅인 솜뭉치로 입안이 가득 차 있는 듯한 기분이었다. 나는 있는 힘껏 그 솜뭉치를 눈이 멀 정도로 환하게 빛나는 바깥으로 밀어냈다. "**토드?**"

"진정하라니까, 자."

내가 모르는 목소리. 여자 목소리인데…….

여자.

"누구세요?" 나는 그렇게 물으면서 일어나 앉으려고 애썼다. 두 손을 짚고 주위를 더듬자 서늘한 공기가 느껴지고, 부드러운…….

침대?

나는 공황 상태에 빠지기 시작했다.

"**토드는 어디 있어요? 토드?**" 나는 소리를 질렀다.

"토드가 누군지 모르는데, 애야." 그 목소리가 다시 들리면서, 빛과 어둠이 서서히 갈라지며 한 형상이 드러나기 시작했다. "하지만 네가 뭘 물어볼 상태가 아니라는 건 안다."

"넌 총에 맞았어." 또 다른 목소리, 또 다른 여자, 첫 번째 여자보다 더 젊은 목소리가 오른쪽에서 들렸다.

"입 다물어, 매들린 풀." 첫 번째 여자가 말했다.

"네, 코일 선생님."

계속 눈을 깜박이자 바로 앞에 있는 것이 보이기 시작했다. 나는 좁고 흰 방의 좁고 흰 침대에서, 뒤가 묶인 얇은 흰색 가운을 입고 있었다. 내 앞에 키가 크고 통통한 여자가 서 있었다. 앞으로 뻗은 파란색 손 그림이 어깨에 수놓인 흰색 상의를 입은 그녀는 입을 일자로 다물고 엄격한 표정을 짓고 있었다. 코일 선생님. 그녀의 뒤쪽 문가에 김이 나는 물그릇을 든 소녀가 있었다. 나와 나이 차이가 많이 나 보이지 않는다.

"난 매디라고 해." 소녀가 슬쩍 미소 지으며 말했다.

"나가라." 코일 선생님은 고개를 돌리지도 않고 말했다. 매디는 나가면서 다시 한번 나와 눈을 마주치고 미소를 지어 보였다.

"여긴 어디예요?" 나는 코일 선생님에게 물었다. 아직도 숨이 가빴다.

"이 방 말이니, 애야? 아니면 이 도시 말이니?" 그녀는 내 눈을 바라봤다. "아니면 이 행성?"

"제발." 갑자기 눈에 눈물이 고이기 시작해서 화가 났지만 그래도 계속 말했다. "어떤 남자아이와 같이 있었는데."

그녀는 한숨을 쉬더니 순간 나를 외면했다가 입술을 오므리면서 침대 옆에 있는 의자에 앉았다. 표정은 굳어 있었고, 뒤로 넘긴 머리는 어찌나 단단히 땋았는지 그걸 잡고 올라갈 수도 있을 것 같았다. 크고 듬직한 체격에서 함부로 대할 상대가 아니라는 인상이 풍겼다.

"미안하다." 그녀는 한결 누그러진 목소리로 말했다. 하지만 여전히 근엄했다. "난 남자아이에 대해선 아무것도 모른다. 내가 아는 거라곤 어제 아침에 네가 이 치유의 집에 실려 왔고. 우리가 널 살려낼 수 있을지도 잘 모를 만큼 위중한 상태였다는 것뿐이야. 다만 네가 살아야 우리도 살 수 있다는 말은 확실하게 들었다."

그녀는 내가 그 말을 어떻게 받아들이는지 보려고 잠시 기다렸다.

나는 어떻게 받아들여야 할지 알 수 없었다.

토드는 어디 있을까? 그들이 그에게 무슨 짓을 했을까?

나는 그녀에게서 등을 돌리고 생각해 보려고 애썼지만 허리에 붕대가 단단히 감겨 있어서 제대로 일어나 앉을 수도 없었다.

코일 선생님은 손가락으로 이마를 문질렀다. "이제 네가 깨어나긴 했지만 이런 세상에 돌아오게 했으니 고맙다는 인사를 듣긴 힘들 것 같구나."

그녀는 헤이븐에 군대가 쳐들어온다는 소문이 돌고 있을 때 프렌티스 시장이 도착한 이야기를 해줬다. 군대도 그냥 군대가 아니라 한 도시를 아주 쉽게 짓밟고 온 세상을 불바다로 만들 만큼 어마어마한 대군이 온다는 소문이었다. 또 레저 시장이란 사람이 항복한 사연도 들려줬다. 싸우고 싶어 했던 소수의 의견을 그 시장이 어떻게 윽박질러서 막았는지, 시민 대부분이 어떻게 '이 도시를 예쁘게 리본까지 두른 접시에 올려서 바치자는' 시장의 의견에 동조했는지 말해줬다.

"그러다가 치유의 집들이." 그녀의 목소리에서 진정한 분노가 뿜어져 나왔다. "갑자기 여자들의 감옥이 돼버렸다."

"그럼 당신은 의사군요?" 나는 그렇게 물으면서 우리가 실패했고, 군대보다 앞질러 헤이븐에 도착한 것이 결국 아무 소용이 없었다는 사실을 깨달았다. 가슴이 답답하면서 금방이라도 가라앉을 듯이 무겁게 느껴졌다.

그녀의 입술이 일그러지더니 작고 은밀한 미소가 떠올랐다. 내가 방금 무슨 비밀을 누설한 것 같았다. 하지만 잔인한 미소는 아니었다. 그녀와, 이 방의 의미와, 나의 미래에 대한 두려움이 줄어들었다. 하지만 토드에 대한 걱정은 더 커져갔다.

"아니란다, 애야." 그녀가 고개를 한쪽으로 기울이며 말했다. "너도 알겠지만, 신세계에 여자 의사는 없어. 난 힐러(치료해 주는 사람─옮긴이)야."

"그게 무슨 차이가 있어요?"

그녀는 다시 손가락으로 이마를 문질렀다. "정말 무슨 차이가 있을까?" 그녀는 무릎에 두 손을 떨어뜨리고 찬찬히 바라봤다. "있지, 우리는 갇혀 있긴 하지만 소문은 계속 듣고 있단다. 시내 곳곳에서 남자들과 여자들이 분리되고 있다는 소문, 오늘쯤 군대가 도착할 거라는 소문, 우리가 아무리 자진해서 항복했더라도 이곳을 완벽하게 정복하기 위해 우리를 학살하려는 군대가 오고 있다는 소문들 말이다."

그녀는 이제 나를 차가운 눈으로 바라보고 있었다. "그러다가 네가 왔지."

나는 그녀의 눈길을 피했다. "난 특별한 사람이 아니에요."

"특별하지 않다고? 네 도착에 맞춰서 이 도시가 통째로 비워졌는데도? 내 목숨을 걸고 너를 살리라는 명령을 받았는데도? 너는……." 그녀는 내 말에 전혀 납득하지 못한 표정으로 말했다. 그러다가 내가 잘 듣고 있는지 보려고 내게 몸을 기울였다. "머나먼 우주를 가로질러 온 거지?"

순간 숨이 막혔지만 그녀가 눈치채지 못했기를 빌었다. "왜 그렇게 생각하죠?"

그녀는 다시 미소 지었지만 매정한 눈빛은 아니었다. "난 힐러라니까. 난 사람을 볼 때 제일 먼저 피부부터 봐서 잘 알아. 피부는 그 사람의 내력, 지금까지 어디서 살았는지, 뭘 먹었는지, 그 사람이 어떤 사람인지 다 말해주거든. 겉은 좀 딱딱해졌어도 네 속살은 내가 20년 동안본 환자들 중에서 가장 부드럽고 희었어. 농부들의 행성에 사는 사람치고는 너무 부드럽고 희단 말이지."

나는 계속 그녀의 눈을 피했다.

"그러다가 또 다른 소문들이 들어왔어. 새 정착민들이 이곳으로 오고 있다고 피난민들이 그랬다더라. 수천 명의 정착민들이 말이야."

"제발." 나는 조용히 말하면서 다시 차오르는 눈물을 멈추려고 애를 썼다.

"그리고 신세계 여자들은 절대 여자에게 의사냐고 물어보지 않지."
그녀는 그렇게 말을 끝냈다.

나는 침을 꿀꺽 삼키면서 한 손으로 입을 가렸다. 토드는 어디 있을까? 지금 이 말들에 신경이 쓰이지 않는 이유는 그가 어디 있는지 몰라서일까?

"네가 두려워하고 있는 건 안다. 하지만 이 도시의 우리도 감당할 수 없을 정도로 두려워하고 있지. 내가 할 수 있는 일도 없고." 그녀는 거친 손을 뻗어 내 팔을 만졌다. "하지만 너는 우리를 위해 뭔가 할 수 있을지도 모르겠구나."

나는 침을 꿀꺽 삼켰지만 아무 말도 하지 않았다.

내가 믿을 수 있는 사람은 하나뿐인데.

그가 여기 없다.

코일 선생님은 의자에 등을 기댔다. "우리가 네 목숨을 구해줬잖니. 아주 적은 정보라도 안다면 우리에게 도움이 될 수 있다."

나는 깊이 숨을 들이마시고, 주위를 둘러보고, 나무들과 강이 내다보이는 창문으로 들어오는 햇살을 바라봤다. 저 강, 안전한 곳이 앞에 있을 거라 믿고 저 강을 따라왔는데. 이렇게 햇살이 환하게 빛나고 있는데 어디선가 나쁜 일이 일어나고 있고, 언제 위험이 닥칠지 모르고, 군대가 오고 있다니 그럴 리 없을 것 같았다.

하지만 군대가 오고 있다 .

정말로.

그리고 토드에게 무슨 일이 생겼더라도, 그 군대가 코일 선생님과 잘 지낼 것 같지 않다…….

가슴이 살짝 뻐근했다.

하지만 나는 숨을 들이마셨다.

그리고 입을 뗐다.

"내 이름은 바이올라 이드예요."

"정착민들이 더 온단 말이지?" 매디가 싱긋 웃으며 말했다. 그녀는 옆으로 누워 있는 내 허리에 감긴 긴 붕대를 풀고 있다. 붕대 안쪽은 피로 물들어 있고, 피가 말라붙은 부위는 칙칙한 갈색이었다. 내 배에 생긴 작은 구멍은 실로 묶어서 매듭지어져 있었다.

"왜 여기가 아프지 않아?"

"붕대에 천연 아편인 제퍼스 뿌리를 묻혀놨거든. 통증은 느껴지지 않겠지만 한 달 동안은 화장실에 갈 수 없을 거야. 게다가 넌 5분 후에 곯아떨어질 거고."

나는 총을 맞은 부위의 피부를 아주 조심스럽게 만져봤다. 내 등에 총알이 뚫고 들어온 또 다른 구멍이 있었다. "내가 왜 죽지 않은 거야?"

"차라리 죽었으면 싶어?" 매디가 다시 싱긋 웃었다. 그러다가 미소가 채 가시지 않은 얼굴을 찡그렸다. "이런 걸로 농담하면 안 되는데. 코일 선생님은 항상 내가 힐러가 되기엔 너무 진중하지 못하다고 야단치시거든." 매디는 뜨거운 물이 들어 있는 대야에 수건을 담갔다가 꺼내서 상처를 닦기 시작했다. "네가 죽지 않은 이유는 코일 선생님이 헤이븐 최고의 힐러이기 때문이야. 이곳 의사라고 하는 작자들보다 훨씬 뛰어나시지. 나쁜 놈들도 그건 알아. 놈들이 왜 병원이 아닌 여기로 너를 데려왔겠어?"

매디는 코일 선생님처럼 길고 흰 상의를 입고 머리에는 그 파란색 손이 수놓인 낮은 흰색 모자를 쓰고 있었다. 수련생들은 그걸 써야 한다고 매디가 말했다. 이 행성에서 나이를 어떻게 계산하든, 매디는 나보다 기껏해야 한두 살 많아 보였다. 하지만 내 상처를 치료하는 그녀의 손길은 아주 부드러우면서 단호하고 확실했다.

"자. 이 악당들은 대체 얼마나 질이 나쁜 거야?" 매디의 목소리는 거짓말처럼 가벼웠다.

그때 문이 열렸다. 수련생 모자를 쓴 키 작은 소녀 하나가 몸을 방 안쪽으로 기울이고 들여다봤다. 매디 또래로 보였지만 진한 갈색 피부에 표정은 험악했다. "코일 선생님이 당장 치료를 끝내래."

매디는 내 몸에 감은 새 붕대 앞쪽에 테이프를 붙이느라 여념이 없어 고개도 들지 않았다. "아직 치료를 절반밖에 못 끝낸 걸 아실 텐데."

"우린 소집됐어."

"넌 우리가 항상 소집되는 것처럼 말하는구나, 코린." 이 붕대는 우리 우주선에서 가져온 것만큼 효과가 뛰어났다. 약 기운이 돌면서 벌써 몸의 열이 내려가기 시작했고, 눈꺼풀이 무거워졌다. 매디는 앞쪽을 끝내고 등에 붙일 테이프를 또 한 세트 잘랐다. "난 지금 치료 중이야."

"총을 든 남자가 왔어."

매디는 붕대를 감다가 멈췄다.

"모두 마을 광장으로 나오래. 너, 매들린 풀도 가야 해. 치료 중이건 아니건." 코린은 팔짱을 끼었다. "분명 군대가 오는 걸 거야."

그 말에 매디가 내 눈을 바라보자 나는 고개를 돌려버렸다.

"우리의 종말을 마침내 내 눈으로 보게 됐어."

매디가 눈동자를 굴렸다. "넌 참 매사에 긍정적이라니까. 코일 선생님에게 금방 나간다고 말해줘."

코린은 뚱한 표정으로 매디를 보더니 나갔다. 매디가 내 등에 테이프를 다 붙였을 때쯤에는 밀려오는 잠을 이길 수 없었다.

"넌 이제 잠 좀 자둬. 아무 일도 없을 거야. 그들이 왜 너를 살리려고 하겠어. 만약 그들이……." 매디는 말을 끝내지 못한 채 입술을 일그러뜨리더니 미소를 지었다. "난 항상 코린이 우리 수련생들이 갖춰야 할 진지함을 독점하고 있다고 말하지."

잠이 들기 전에 내가 마지막으로 본 건 매디의 미소였다.

"토드!"

나는 또다시 느닷없이 잠이 깼고, 그 악몽은 순식간에 사라졌다. 토드가 내게서 슥 빠져나가는…….

툭 소리가 나더니 매디의 무릎에서 책이 떨어졌다. 매디는 침대 옆 의자에 앉아 졸고 있다가 눈을 깜박이면서 깼다. 밤이 찾아온 방은 어두웠고, 매디가 책을 읽던 곳에는 작은 램프만 하나 있었다.

"토드가 누구야?" 매디가 하품을 하면서 물었다. 얼굴은 벌써 싱글거리고 있었다. "네 남자 친구?" 하지만 내 얼굴에 떠오른 표정을 보고 곧바로 농담을 접었다. "네게 중요한 사람?"

나는 고개를 끄덕이면서 조금 전에 꾼 그 악몽 때문에 계속 가쁜 숨을 몰아쉬었다. 땀범벅이 된 머리카락이 이마에 찰싹 달라붙어 있었다. "중요한 사람."

매디는 침대 옆 테이블에 있는 주전자에서 물을 한 잔 따라줬다. "무슨 일 있었어? 넌 소집됐잖아." 나는 물 잔을 받으면서 물었다.

"아, 그거. 참 흥미로웠어." 매디는 다시 의자에 앉으며 말했다.

매디는 내게 이 도시—이젠 헤이븐이 아니라 뉴 프렌티스타운으로 도시의 이름이 바뀌었다는 말에 가슴이 철렁 내려앉았다—사람들이 다 모여서, 군대가 시내로 행군해 들어오고 새 시장이 예전 시장을 처형하는 모습을 지켜봤다고 했다.

"다만 실제로 처형을 하진 않았어. 새 시장이 예전 시장의 목숨을 살려줬지. 우리 모두 살려줄 거라고 하더라. 그리고 소음 치료제를 뺏어가겠다고 했어. 그러니까 남자들은 기분 나빠했고. 맙소사, 지난 반년간 그 투덜거리는 소음들을 안 들어서 얼마나 좋았는데. 새 시장이 우리 모두 자기 본분과 있어야 할 자리를 알아야 한다고 하더라. 그리고 우리가 어떤 사람이었는지 기억하고, 앞으로 올 정착민들을 맞이할 수 있도록 함께 새 집을 지어야 한다고."

매디는 내가 어떻게 반응하는지 보려고 눈을 크게 뜨고 기다렸다.

"무슨 소리인지 절반도 이해가 안 된다. 여기에 치료제가 있어?"

매디는 고개를 살래살래 저었지만 아니란 말은 하지 않았다. "와우, 너 정말 여기 출신이 아니구나, 그렇지?"

나는 물 잔을 내려놓고 그녀 쪽으로 몸을 기울이면서 목소리를 낮춰 속삭였다. "매디, 여기에 통신 센터가 있니?"

매디는 내가 달로 여행을 가자고 한 것처럼 나를 바라봤다. "우리 우주선에 연락하려고 그래. 아마 크고 동그란 접시나 탑처럼 생겼을 텐데?"

그녀가 생각에 잠겼다. "언덕 위에 오래된 철탑이 하나 있긴 있어. 하지만 그게 통신 센터인지는 모르겠어. 방치된 지 오래됐거든. 게다가 거긴 군대가 지키고 있어서 갈 수 없어, 바이올라." 그녀도 나처럼 속삭였다.

"군인들이 얼마나 많은데?"

"엄청 많아." 우리 둘 다 계속 속삭였다. "그들이 마지막 남은 여자들을 오늘 밤에 옮길 거라는 말이 있어."

"뭘 하려고?"

매디는 어깨를 으쓱했다. "코린이 광장에 있던 어떤 여자한테 들었는데, 군대가 스패클도 다 잡아갔대."

내가 벌떡 일어나 앉자 붕대가 배를 사정없이 눌렀다. "스패클이라고?"

"여기에 원래부터 살던 종족이야."

"그건 나도 알아." 나는 몸을 사정없이 누르는 붕대에 맞서서 허리를 더 곧추세우고 앉았다. "토드가 내게 이곳 사정을 말해줬어. 과거에 무슨 일이 있었는지도. 매디, 만약 시장이 여자들과 스패클들을 남자들로부터 분리시키고 있다면 우리는 위험에 빠진 거야. 최악의 위험에 빠진 거라고."

내가 이불을 밀어내고 일어나려고 한 순간 배에 번갯불을 맞은 듯한 통증이 확 일었다. 나는 비명을 지르며 침대에 쓰러졌다.

"실밥이 뽑힌 거야." 매디가 혀를 차면서 바로 일어났다.

"제발, 우리는 여기서 나가야 해. 도망쳐야 한다고." 나는 통증을 참으려고 이를 악물면서 말했다.

"네 몸으론 아무 데도 갈 수 없어." 매디가 내 붕대 쪽으로 손을 뻗으며 말했다.

바로 그때 시장이 방 안으로 들어왔다.

6

편이 나뉘다

〈바이올라〉

코일 선생님이 그를 안내해서 들어왔다. 선생님의 얼굴은 몹시 굳어 있었고, 이맛살을 찌푸린 데다 턱에는 힘이 잔뜩 들어가 있었다. 그녀를 딱 한 번 본 나도 지금 심기가 몹시 불편하다는 것을 알 수 있었다.

시장은 선생님 뒤에 서 있었다. 키가 크고 마른 체격에 어깨는 넓고, 온통 흰옷 일색에 실내에 들어왔는데도 흰 모자를 그대로 쓰고 있었다.

시장을 제대로 본 적은 한 번도 없다. 마을 광장에서 그가 다가왔을 때 나는 피를 흘리며 죽어가고 있었다.

하지만 바로 그 사람이다.

그가 틀림없다.

"안녕, 바이올라. 널 얼마나 만나고 싶었는지 모른다."

코일 선생님은 시트를 가지고 몸부림치는 나와 내게 손을 뻗는 매디를 바라봤다. "무슨 일 있니, 매들린?"

"바이올라가 악몽을 꾸다가 실밥이 하나 터진 것 같습니다." 매디는 슬쩍 내 눈을 보면서 대답했다.

"그건 나중에 해결하기로 하자." 코일 선생님은 그렇게 대꾸하고 매디가 정신을 바짝 차리도록 침착하고 진지하게 지시했다. "그 전에 바이올라에게 제퍼스 뿌리 400유닛을 놔줘라."

"400요?" 매디는 놀란 목소리를 냈지만 코일 선생님의 표정을 보고 대답했다. "알겠습니다, 선생님." 매디는 마지막으로 내 손을 한 번 꼭 잡아주고 나갔다.

선생님과 함께 오랫동안 나를 지켜본 시장이 물었다. "이걸로 다 된 거죠, 선생?"

코일 선생님은 나가면서 말없이 나를 바라봤다. 안심시키려고 그런 것 같기도 하고, 아니면 뭔가를 묻거나 말하려 했는지도 모르겠다. 나는 너무 겁이 나서 선생님의 의중을 짐작할 수 없었다. 그 사이에 그녀는 나가서 방문을 닫았다.

이제 방에는 나와 시장만 남았다.

시장은 계속 입을 다문 채 내가 먼저 입을 열지 않고는 못 배길 때까지 기다렸다. 나는 가슴까지 덮은 시트를 꽉 움켜쥔 채, 조금만 움직여도 번개 같은 통증이 옆구리에서 타오르는 걸 느끼고 있었다.

"당신이 프렌티스 시장이군요." 목소리가 떨렸지만 나는 굴하지 않고 말했다.

"프렌티스 대통령이다. 넌 물론 나를 시장으로 알고 있겠지만."

"토드는 어디 있어요?" 나는 그의 눈을 바라보며 물었다. 눈을 깜박이지도 않았다. "토드에게 무슨 짓을 했어요?"

시장은 다시 미소 지었다. "처음 한 말은 영리했고, 그다음 말은 용감했다. 우린 친구가 될 수 있을 것 같네."

"토드가 다쳤나요?" 나는 가슴 속에서 올라오는 화끈거리는 느낌을 애써 삼키며 물었다. "살아 있어요?"

순간 그는 대답하지 않을 것처럼, 내 질문 자체를 무시해 버릴 것처럼 보였다. 하지만 그러다가 입을 열었다. "토드는 잘 있다. 살아 있고 건강하게 잘 있는 데다 기회만 생기면 너에 대해 물어보고 있어."

나는 그가 대답할 때까지 숨을 참고 있었다는 사실을 깨달았다. "사실이에요?"

"물론 사실이지."

"토드를 보고 싶어요."

"토드도 너를 보고 싶어 한다. 하지만 모든 건 그에 맞는 때와 장소가 있는 법이야."

그는 계속 미소를 짓고 있었다. 친절해 보이기까지 하는 미소였다.

여기에 우리가 몇 주 동안 계속 도망친 남자가 있다. 그가 바로 내 방에 있다. 통증 때문에 나는 꼼짝할 수 없는 이 방에서.

만면에 미소를 띠고서.

친절해 보이기까지 하는 미소.

만약 이 남자가 토드를 해쳤다면, 손가락 하나라도 건드렸다면…….

"프렌티스 시장……."

"프렌티스 대통령." 그가 정정하더니 목소리가 밝아졌다. "하지만 너는 나를 데이비드라고 불러도 된다."

나는 아무 말도 하지 않고, 고통을 참으며 붕대를 칭칭 감고 있는 내 몸을 더욱 꾹 눌렀다.

이 남자에게는 뭔가 있다. 이거다 하고 짚어낼 수는 없지만 뭔가 특별한 것이⋯⋯.

"내가 널 바이올라라고 불러도 된다면 말이지."

그때 문 두드리는 소리가 들렸다. 작은 유리병 하나를 든 매디가 문을 열었다. "제퍼스예요." 매디는 고집스럽게 바닥만 보면서 말했다. "바이올라 통증 때문에."

"아, 그렇군." 시장이 내 침대에서 비켜서면서 뒷짐을 지었다. "치료하도록 해."

매디는 내게 물 한 잔을 따라주고 내가 노란색 젤라틴 캡슐을 네 개나 삼키는 걸 지켜봤다. 전에 먹은 양의 두 배였다. 매디는 물 잔을 다시 받고 시장을 등진 채 서서, 내게 아주 단호한 표정을 지어 보였다. 웃음기 하나 없이 아주 용감한 그 표정을 보니 기분이 조금 좋아지고, 더 강해진 느낌이 들었다.

"바이올라는 금방 지칠 겁니다." 매디가 여전히 시장을 외면한 채 말했다.

"알았다." 시장이 대꾸했다. 매디가 나갔다. 배 속이 곧바로 따뜻해지기 시작했지만, 통증이 사라지거나 온몸이 덜덜 떨리는 증상이 없어지려면 아직 1분 정도 남았다.

"자, 그래도 될까?"

"뭘 그래도 돼요?"

"널 바이올라라고 불러도 되니?"

"내가 하지 말란다고 안 할 것도 아니잖아요."

"좋아." 시장은 여전히 그 자리에 서서 미소를 지었다. "네가 좀 나아지면 이야기를 하고 싶구나."

"뭐에 대해서요?"

"물론 네가 타고 온 우주선이지. 지금도 우리에게 시시각각 가까워지고 있을 그 우주선."

나는 침을 꿀꺽 삼켰다. "우주선이라뇨?"

"아, 아니지. 그렇게 나오면 안 돼." 시장은 고개를 저었지만 미소는 여전했다. "넌 영리하고 용감하게 이야기를 시작했잖니. 넌 겁이 났지만 그래도 침착하게 나와 이야기를 시작했어. 너의 그런 면들이 아주 존경스럽다." 그는 나를 향해 고개를 숙였다. "하지만 솔직함도 필요하지. 서로 솔직하게 이야기하자, 바이올라, 안 그러면 어떻게 이야기를 계속할 수 있겠니?"

누가 계속한다고 그랬나?

"내가 토드는 아주 건강하게 잘 있다고 했잖아. 내 말은 사실이다." 시장은 그 말을 하면서 침대 끝에 있는 가로대에 한 손을 댔다. "토드는 계속 안전하게 있을 거야." 그는 잠시 뜸을 들였다가 말을 이었다. "너는 나와 솔직하게 이야기를 할 거고."

나는 시장이 내게 조건을 제시했다는 걸 이해했다.

온기가 배에서부터 위로 올라오면서 모든 것이 늘어지고 노곤해졌다. 옆구리에서 번갯불처럼 번득이는 통증도 희미해졌고, 동시에 졸음이 밀려왔다. 두 알만 먹어도 금방 잠이 쏟아졌을 텐데 왜? 어째서 내가 말을 하지도 못할 정도로 빨리 잠이 오게……

아하.

아하.

"토드를 봐야 당신을 믿을 수 있어요."

"조만간." 시장이 말했다. "뉴 프렌티스타운에는 해야 할 일이 아주

카오스 워킹 2

많다. 없애야 할 것도 아주 많고."

"사람들의 생각과는 상관없이 말이죠." 눈꺼풀이 걷잡을 수 없이 무거워졌다. 나는 억지로 눈을 떴다. 그때 아무 생각 없이 말을 내뱉었다는 것을 깨달았다.

시장은 다시 미소를 지었다. "요새 이 말을 자주 하게 되네. 바이올라. 전쟁은 끝났다. 난 너의 적이 아니야."

나는 깜짝 놀라서 흐릿해지는 눈을 들어 그를 바라봤다.

나는 그가 두렵다. 정말 두려워.

하지만⋯⋯.

"당신은 프렌티스타운 여자들의 적이었잖아. 파브랜치에 있는 모든 사람의 적이었고."

시장은 몸이 살짝 굳었지만 그런 내색을 하지 않으려고 애썼다. "오늘 아침 강에서 시체가 한 구 발견됐다. 목에 칼이 꽂힌 시체가."

나는 제퍼스를 먹어 몽롱한 상태에서도 갑자기 눈이 커지지 않도록 사력을 다했다. 그는 이제 아주 가까이서 나를 들여다보고 있었다. "아마 그 남자는 그럴 만한 이유가 있어서 죽었겠지. 그에겐 적들이 있었을 거야."

나는 그걸 하는 내 모습을 봤다⋯⋯.

내가 칼로 찌르는 모습⋯⋯.

나는 눈을 감았다.

"내 전쟁은 끝났다. 군인으로 활약하던 시절도 막을 내렸지. 이제는 지도자로서 사람들을 하나로 모을 때야."

그들을 분리하는 방식으로 말이지. 그렇게 생각하는 와중에도 내 호흡은 점점 느려졌다. 방의 흰색이 점점 커지면서 환해졌다. 아주 부드러운 그 빛 속에 떨어져서 계속 자고만 싶었다. 나는 베개에 고개를 더 깊이 파묻었다.

"이제 그만 나가보마. 또 만나자."

나는 입으로 숨을 쉬기 시작했다. 참을 수 없을 정도로 졸렸다.

그는 내가 잠에 빠져드는 모습을 지켜봤다.

그러다가 정말 놀라운 일을 했다.

내게 다가와서 마치 이불을 덮어주는 것처럼 시트를 끌어 올렸다.

"가기 전에 한 가지 부탁할 게 있다."

"뭐죠?" 나는 계속 깨어 있으려고 애쓰면서 말했다.

"날 데이비드라고 불러다오."

"뭐라고요?" 나는 잔뜩 잠이 묻어나는 목소리로 반문했다.

"네가 이렇게 말해줬으면 좋겠구나. 잘 자요, 데이비드."

약에 취할 대로 취한 내 입에서 부지불식간에 그 말이 튀어나왔다. "잘 자요, 데이비드."

몽롱한 약 기운에 취한 내 눈에 조금 놀라고, 심지어 조금 실망한 것 같은 시장의 표정이 보였다.

하지만 재빨리 원래의 표정으로 돌아갔다. "너도 잘 자라, 바이올라." 그는 고개를 끄덕여 보이고 문을 향해 걸어갔다.

그때 나는 그의 어떤 점이 그렇게 남다른지 깨달았다.

"안 들려." 나는 침대에서 속삭였다.

그는 멈춰 서서 돌아섰다. "너도 잘 자라고……."

"아니. 내 말은 당신을 들을 수 없다고. 당신이 생각하는 소리." 내 혀는 간신히 움직였다.

시장이 눈썹을 치켜올렸다. "네가 들으면 안 되지."

나는 그가 떠나기도 전에 잠이 들었던 것 같다.

오랫동안 잠에 빠져 있다가 마침내 다시 눈을 깜박이며 뜨자 환한 햇살이 보여 이게 꿈인지 생시인지 알 수 없었다.

(······해치로 올라가는 사다리에서 아빠가 내게 손을 내밀어 도와주며 "우주선에 승선한 걸 환영합니다, 선장님"이라고······.)

"너 코 골더라." 목소리가 들렸다.

코린이 의자에 앉아서 바느질을 하고 있었다. 손이 너무 빨라서 누군가의 화난 손이 그녀의 무릎을 잠시 빌리고 있는 것 같아 보였다.

"나 코 안 골거든."

"발정 난 암소처럼 시끄럽던데."

나는 이불을 젖혔다. 붕대가 교체됐고 번갯불이 치는 것 같은 통증이 사라진 걸 보니 실밥 문제도 해결된 모양이다. "내가 얼마나 잤어?"

"하루도 넘게 잤어. 대통령이 벌써 사람을 두 번이나 보내서 네 상태를 확인하고 갔어." 코린이 못마땅해하는 목소리로 말했다.

나는 옆구리에 한 손을 대고, 시험 삼아 상처 부위를 살짝 눌러봤다. 통증은 거의 없었다.

"뭐 할 말 없어?" 코린이 격렬하게 바늘을 움직이면서 말했다.

나는 이마를 찡그렸다. "내가 무슨 할 말이 있겠어? 고작 한 번 만나본 사람인데."

"하지만 그 사람은 너를 알고 싶어 안달이던데, 안 그래? 아야!" 코린은 비명을 내지르며 손가락 끝을 입속에 찔러 넣었다. "그동안 우리는 계속 갇혀 있었어. 이 건물 밖으로 나갈 수도 없었다고." 그녀는 입속에 손가락을 넣은 채 말했다.

"그게 왜 내 잘못인지 모르겠네."

"그게 네 잘못은 아니지, 애야." 코일 선생님이 방으로 들어오면서 말했다. 그리고 엄한 표정으로 코린을 봤다. "여기서 그렇게 생각하는 사람은 아무도 없다."

코린은 일어서서 코일 선생님에게 살짝 고개를 숙여 인사하고 나가 버렸다.

"기분이 좀 어떠니?" 코일 선생님이 물었다.

"피곤해요." 나는 허리를 세워 일어났다. 이제는 좀 더 쉽게 일어날 수 있었다. 방광이 터질 것 같아 코일 선생님에게 말했다.

"내가 도와줄 테니 네가 일어설 수 있는지 보자."

나는 숨을 한 번 들이마시고 몸을 돌려서 바닥에 발을 내려놨다. 다리가 금방 말을 듣진 않았지만 결국 내 뜻을 따라줬고, 심지어 문까지 걸어갈 수 있었다.

"매디가 선생님이 이곳 최고 힐러라고 하더니 정말이네요." 나는 감탄하며 말했다.

"매디가 거짓말은 안 하지."

선생님은 날 데리고 길고 흰 복도를 지나 화장실로 갔다. 볼일을 보고 손을 씻고 다시 화장실 문을 열었을 때, 코일 선생님이 내가 입을 묵직한 흰색 가운을 들고 있었다. 지금 입고 있는 뒤로 끈을 묶는 가운보다 훨씬 더 길고 근사한 그 가운을 머리 위로 뒤집어써서 입었다. 조금씩 비틀거렸지만 어쨌든 걸어서 방으로 돌아왔다.

"대통령이 네 상태를 계속 물어봤다." 코일 선생님은 내가 넘어지지 않도록 잡아주면서 말했다.

"코린이 말해줬어요. 우주선 때문에 그렇죠 뭐. 난 그를 몰라요. 그 사람 편도 아니고." 나는 고개를 들어 곁눈질로 선생님을 보며 말했다.

"그렇군." 코일 선생님은 내가 방으로 들어가 침대에 눕는 걸 도와주며 말했다. "그러니까 편이 갈렸다는 걸 알아차렸구나?"

나는 혀로 이 안쪽을 누르면서 다시 침대에 누웠다. "내가 그 사람과 오래 이야기하지 않아도 되도록 제퍼스 복용량을 두 배나 늘리신 거예요? 아니면 별 이야기를 못 하게 하려고 그런 건가요?"

그녀는 아주 영리한 아이라는 표정으로 고개를 끄덕였다. "둘 다라고 하면 내가 나쁜 거니?"

"저에게 말하지 말라고 언질을 줄 수도 있었잖아요."

"그럴 시간이 없었어." 선생님은 침대 옆 의자에 앉으면서 말했다. "우린 그저 그의 내력만 알고 있다, 얘야. 그런데 그의 내력은 아주, 아주, 아주 나빠. 그가 새로운 사회에 대해 무슨 말을 하건 그와 이야기를 할 때는 미리 대비를 하고 있어야 해."

"난 그를 몰라요. 아무것도 모른다고요."

"하지만 넌 아주 제대로 해냈다." 그녀는 살짝 미소를 지으며 말했다. "너에게 관심이 있는 남자에게 한두 가지 알아낼 수 있을지도 모르고."

나는 선생님의 의중을 읽으려고 애썼지만, 물론 여기 여자들은 소음이 없다.

"지금 무슨 말을 하시는 거예요?"

"이제 너도 단단한 음식을 먹을 때가 됐다는 말이다." 선생님은 일어서면서 내가 입고 있는 새 하얀 가운의 보이지도 않는 실밥을 쓸어냈다. "매들린에게 네 아침 식사를 가져다주라고 말했다."

선생님은 문 쪽으로 가서 손잡이를 잡았지만 돌리진 않았다. "이거 하나는 알아둬라." 그녀는 나를 돌아보지도 않은 채 말했다. "만약 여기서 편이 갈렸는데 대통령이 어느 한쪽 편이라면······." 선생님은 어깨 너머로 날 흘긋 돌아봤다. "난 분명 반대편이다."

7

코일 선생님

〈바이올라〉

"우주선은 여섯 척이에요." 나는 침대에서 말했다. 사흘 동안 세 번이나 이 이야기를 했다. 그동안 토드는 여전히 바깥 어딘가에 있었고, 그나 밖에 있는 다른 사람들에게 무슨 일이 일어나고 있는지 아무것도 알수 없었다.

내 방 창문으로 병사들이 행군하는 모습이 항상 보였지만 그게 다였다. 여기 치유의 집에 있는 사람들은 모두 그들이 언제 어느 때 문을 부수고 들어와 끔찍한 짓들을 저지른 후 승리했다고 주장할지 모른다며 두려워했다.

하지만 그런 일은 일어나지 않았다. 그들은 행군을 계속하며 지나갈 뿐이었다. 다른 남자들이 뒷문으로 식량을 갖다줬고, 힐러들이 하던 일을 계속하게 놔뒀다.

우린 여전히 밖에 나갈 수 없었지만 바깥세상이 끝장난 것 같아 보이진 않았다. 그건 아무도 예상 못 한 일이었다. 코일 선생님은 그저 끔찍한 비극의 전조일 뿐이라고 확신하고 있었다.

유감스럽게도 선생님의 짐작이 맞는 것 같다.

선생님은 노트를 보며 얼굴을 찡그렸다. "고작 여섯 척?"

"각 우주선마다 수면 중인 정착민 800명과 그들을 돌보는 세 가족이 있어요." 시장기가 점점 커졌지만 이 상담이 끝나기 전까지는 먹을 수 없다는 걸 이제는 안다. "코일 선생님……."

"그들을 돌보는 가족이 전부 81명인 건 확실해?"

"확실해요. 그 아이들과 같이 학교에 다녔으니까."

코일 선생님이 고개를 들었다. "너로선 아주 지루한 이야기라는 걸 나도 안다, 바이올라. 하지만 정보가 바로 우리의 힘이야. 우리가 그에게 주는 정보. 우리가 그에게서 알게 되는 정보 전부 다."

나는 초조해져서 한숨을 쉬었다. "나는 스파이 짓 할 줄 몰라요."

"넌 스파이가 아니야." 코일 선생님은 다시 노트로 눈길을 돌리면서 말했다. "그저 정보를 알아내자는 거지." 선생님은 뭔가를 더 적으며 혼잣말처럼 중얼거렸다. "4881명."

그게 무슨 의미인지 나는 알고 있다. 이 행성의 전 인구보다 더 많은 사람들이 우주선에 있다. 모든 것을 바꿔놓기에 충분한 숫자다.

하지만 어떻게 바꾼단 말인가?

"다시 대통령과 이야기할 때 우주선에 대해서 말하면 안 된다. 계속 짐작하게 만들되 정확한 숫자는 알려주지 마."

"그러면서 내가 알아낼 수 있는 건 다 알아내고요."

선생님은 노트를 덮고 상담을 끝냈다. "정보가 힘이야." 선생님이 다시 말했다.

나는 침대에 일어나 앉았다. 이제 환자 노릇도 지겨워 죽을 것 같다.

"뭐 하나 여쭤봐도 돼요?"

선생님은 일어서면서 자신의 망토로 손을 뻗었다. "물론이지."

"선생님은 왜 나를 믿죠?"

"그 사람이 방에 들어왔을 때 네 표정이 마치 최악의 적을 만난 것처럼 보였거든." 선생님은 망설이지 않고 대답했다.

그리고 망토의 단추들을 턱 밑부터 하나씩 채웠다. 나는 선생님을 주의 깊게 살펴봤다. "내가 토드를 찾아내거나 그 통신 탑에 가면……."

"그러다가 군대에 잡혀가려고?" 선생님은 얼굴을 찡그리진 않았지만 눈빛은 환했다. "그래서 우리의 무기를 하나 잃으라고?" 그녀는 문을 열었다. "안 돼. 조만간 대통령이 널 부를 거야. 그때 네가 그에게서 알아내는 정보가 우리에게 힘이 될 거다."

나는 선생님의 그녀의 등에 대고 큰 소리로 말했다. "우리라니, 누구 말예요?"

하지만 선생님은 가버렸다.

"……그 애가 날 안고 기나긴 언덕을 내려오면서 계속 난 죽지 않을 거라고, 날 구해줄 거라고 말한 게 마지막 기억이야."

"와우." 매디가 조용히 한숨을 내쉬었다. 모자 밑으로 매디의 머리카락 몇 가닥이 삐져나와 있었다. 그녀와 나는 내 체력을 키우기 위해 천천히 복도를 걷는 중이다. "그 사람이 정말 널 구했구나."

"하지만 그 애는 사람을 죽이지 못해. 자신의 목숨이 달린 상황에서도 말이지. 그게 그 애의 특별한 점이고, 그래서 놈들이 그토록 간절히 원하는 거야. 그 애는 그들과 달라. 그 애가 스패클을 죽인 적이 있는데 그것 때문에 얼마나 고통스러워했는지 네가 봤어야 해. 그런데 이제 놈들에게 잡혔으니……."

나는 더 이상 말을 잇지 못하고 눈을 사정없이 깜박이며 바닥을 내려다봤다.

"난 여기서 나가야 해. 난 스파이가 아니야. 난 토드를 찾고 그 통신탑으로 가서 그들에게 경고해야 해. 새 정착민들이 도와줄 사람들을 보낼 수 있을지도 몰라. 그들에겐 여기 올 수 있는 정찰선이 몇 척 더 있어. 무기도 있고……." 나는 이를 악물고 말하다가 멈췄다.

매디는 내가 이런 말을 할 때면 항상 그렇듯 긴장한 표정이다. "우린 외출조차 금지됐어."

"사람들이 하는 말을 곧이곧대로 들어선 안 돼, 매디. 그들이 틀렸다면 따르지 말아야 한다고."

"하지만 너 혼자서 군대와 싸울 순 없어." 그녀는 부드럽게 내 어깨를 잡고 방향을 틀게 하면서 미소를 지어 보였다. "아무리 위대하고 용감한 바이올라라도 혼자선 안 돼."

"전에도 했던 일이야. 그 애와 같이 했다고."

매디가 목소리를 낮췄다. "바이……."

"난 부모님을 잃었어. 엄마 아빠가 다시 살아 돌아오실 순 없지. 그런데 이제 토드까지 잃었어. 그러니까 만약 기회가 있다면, 단 하나라도 있다면……." 나는 쉰 목소리로 말했다.

"코일 선생님이 허락하지 않으실 거야." 매디의 목소리에 어딘가 석연치 않은 구석이 있어서 나도 모르게 고개를 들어 그녀를 봤다.

"하지만?"

매디는 아무 대꾸도 하지 않고 길이 내다보이는 복도 창가로 날 데려갔다. 환한 햇빛 속에서 군인들이 지나갔고, 먼지가 잔뜩 낀 보라색 곡물로 가득 찬 수레 하나가 반대편으로 지나갔다. 마을에서 나는 소음이 군대처럼 거세게 우리를 향해 밀려왔다.

그건 지금까지 들어본 어떤 소음과도 달라서, 금속끼리 마찰하는 것처럼 기이하게 윙윙거렸다. 그러다가 점점 커졌는데, 마치 남자 천 명이 동시에 고함을 지르는 것 같았다. 아마 실제로도 그럴 것 같았다. 온갖 소리가 엉켜 너무 시끄러운 그 속에서 한 사람의 목소리를 분간해 내기는 불가능했다.

한 소년의 목소리를 찾아내기란 불가능했다.

"어쩌면 우리 생각과 달리 지금 상황이 그렇게 나쁘지 않을 수도 있어." 매디는 한 마디 한 마디를 시험해 보듯 천천히, 무게를 실어서 말했다. "이곳은 평화로워 보이잖아. 시끄럽긴 하지만, 식량을 갖다주는 남자들 말로는 곧 가게들도 다시 문을 열 거래. 너의 토드도 저 밖 어딘가에서 멀쩡하게 일을 하며 널 만나기를 기다리고 있을 거야."

정말 그렇게 믿어서 이런 말을 하는지 아니면 날 설득하려고 이러는지 분간할 수 없었다. 나는 옷소매로 코를 닦았다. "그럴 수도 있지."

매디는 아주 오랫동안 나를 물끄러미 바라봤다. 분명 뭔가 생각하고 있었지만 아무 말도 없었다. 그러다가 다시 창가로 고개를 돌렸다.

"그냥 남자들이 내는 소리를 들어봐."

이곳에는 코일 선생님 외에도 힐러가 세 명 더 있다. 키가 작고 포동포동한 체격에 얼굴엔 주름이 자글자글하고 콧수염이 난 왜거너 선생님, 방문을 닫고 들어가는 모습만 한 번 본 암 치료 전문 나다리 선생님, 또 다른 치유의 집에서 아이들을 치료하던 중에 레저 시장이 항복했을 당시 코일 선생님에게 상의를 하러 왔다가 여기 갇힌 로손 선생님이다. 로손 선생님은 그 후로 치료를 못 받고 있는 어린 환자들을 생각하며 계속 초조해하고 있다.

수련생들은 더 많아서 매디와 코린을 제외하고도 10여 명은 있다. 코일 선생님 밑에서 환자 치료를 하는 매디와 코린이 헤이븐에 있는 수련생 중에는 실력이 가장 뛰어난 모양이다. 다른 수련생들은 다른 힐러 뒤를 따라갈 때 외에는 거의 볼 기회가 없었다. 목에 건 청진기를 흔들면서 하얀 가운 자락을 날리며 뭔가를 하러 가는 그들의 모습이 간간히 보였다.

시간이 흐르면서 시민들은 치유의 집 바깥에서 일상을 이어갔고 여기 있는 환자들 대부분의 상태가 호전됐지만, 새 환자는 들어오지 않았다. 여기서 지내던 남자 환자들은 항복한 첫날 다짜고짜 군인들에게 모두 끌려 나갔다고 매디가 말해줬다. 침략을 당하고 항복했다고 해서 사람들이 병에 안 걸리는 건 아닌데도 그 후로 새 여자 환자는 들어오지 않았다.

코일 선생님은 그 점을 걱정하고 있었다.

"흠, 선생님이 치료를 할 수 없다면 뭘 할 수 있겠어?" 코린이 내 팔뚝에 고무줄을 지나치게 세게 묶으면서 말했다. "코일 선생님은 여기뿐 아니라 헤이븐에 있는 치유의 집들을 전부 다 운영했어. 모두 코일 선생님을 알고 존경했지. 한동안은 시 의회 의장까지 하셨거든."

나는 눈을 깜박였다. "선생님이 지도자였단 말이야?"

"몇 년 전에는 그랬지. 자꾸 움직이지 마." 코린은 필요 이상으로 따끔하게 주사를 놓았다. "지도자의 삶이란 사랑하는 사람들에게 날마다 조금씩 더 미움을 받는 거라고 선생님이 그러셨지. 나도 그렇게 생각해." 코린은 이 말을 하면서 내 눈을 똑바로 봤다.

"그럼 무슨 일이 있었던 거야? 왜 지금은 지도자가 아닌데?"

"실수를 하나 하셨거든. 선생님을 못마땅해하던 사람들이 이때다 싶어 내쫓았지." 코린이 매몰차게 말했다.

"어떤 실수?"

그렇지 않아도 항상 인상을 쓰고 다니는 코린의 얼굴이 한층 험악해졌다. "누군가를 살려줬어." 코린이 고무줄을 확 빼버리는 바람에 내 팔에 자국이 남았다.

또 하루가 가고 또다시 하루가 갔지만 아무것도 변하지 않았다. 우린 밖에 나갈 수 없었고, 식량은 계속 배달됐고, 시장은 여전히 날 부르지 않았다. 부하들이 규칙적으로 와서 내 상태를 확인하고 갔지만 나에 관해선 아무 말도 없었다. 지금까지 그는 나를 여기에 마냥 내버려 두고 있다.

그 이유를 누가 알겠는가?

하지만 시장은 항상 화제에 올랐다.

"그 사람이 무슨 짓을 했는지 아니?" 코일 선생님이 저녁을 먹으면서 말했다. 그날 나는 처음으로 침대가 아니라 구내식당에서 다른 사람과 함께 식사를 했다. "그 사람이 우리 성당을 자기 작전 본부만이 아니라 아예 집으로 삼았어."

다들 역겨워하면서 혀를 찼다. 왜거너 선생님은 먹고 있던 접시를 밀어내기까지 했다. "그 인간은 이제 자기가 신인 줄 안다니까." 왜거너 선생님이 말했다.

"하지만 이 마을을 불질러 버리지는 않았잖아요." 테이블 끝에 앉은 내가 무심결에 내 생각을 말해버렸다. 식사를 하고 있던 매디와 코린이 눈을 동그랗게 뜨고 고개를 들었다. 나는 어쨌든 하던 이야기를 계속했다. "다들 그럴 거라고 생각했는데 안 했잖아요."

왜거너 선생님과 로손 선생님이 의미심장한 눈빛으로 코일 선생님을 바라봤다.

"너의 젊은 혈기를 보여주는 건 괜찮지만 연장자 의견에 토를 달면 못써." 코일 선생님이 말했다.

나는 놀라서 눈을 깜박였다. "내 말은 그런 뜻이 아니라, 그저 우리의 예상과 다르다는 말을 했을 뿐이에요."

코일 선생님은 나를 찬찬히 보면서 한 입 더 먹었다. "그 사람은 자기 마을에 있던 여자들을 하나도 안 남기고 싹 다 죽였어. 그 여자들의 소리를 들을 수 없었으니까. 여자들 속내를 몰라서 다 죽여버렸다고."

다른 선생님들이 고개를 끄덕였다. 내가 입을 떼려고 하자 코일 선생님이 끼어들었다.

"게다가 이 행성에 도착한 후로 우리가 겪은 모든 일, 소음으로 인한 충격과 혼란을 저 위에 있는 네 친구들은 전혀 모르고 있지." 선생님은 찬찬히 나를 살펴봤다. "그들도 곧 우리와 같은 일을 겪게 될 거야."

나는 말없이 선생님을 빤히 보기만 했다.

"그때 그 상황을 주도하는 사람이 누구길 바라니? 그자?" 선생님이 물었다.

코일 선생님은 이야기를 끝내고 나직한 목소리로 다른 선생님들과 회의했다. 코린은 의기양양한 미소를 지으며 다시 식사를 시작했다. 매디는 여전히 눈을 크게 뜨고 나를 빤히 봤지만, 난 아직 사라지지 않은 그 말의 여운만 곱씹고 있었다.

선생님이 "그자?"라고 물었을 때, 거기에는 '아니면 나?'라는 뜻도 있었을까?

갇혀 지낸 지 아흐레째 되는 날, 나는 더 이상 환자가 아니게 됐다. 코일 선생님이 사무실로 나를 불렀다.

"네 옷이다." 선생님이 책상 너머로 꾸러미 하나를 내밀면서 말했다. "원하면 지금 입어도 돼. 다시 온전한 사람이 된 기분이 들 거야."

"고맙습니다." 나는 진심으로 고마움을 표하고 선생님이 가리킨 칸막이 뒤로 갔다. 거기서 환자복을 벗고 잠시 상처를 살펴봤다. 앞쪽과 뒤쪽의 상처 둘 다 이제 거의 다 나았다.

"선생님은 정말 대단한 힐러세요."

"그러려고 노력은 한다."

꾸러미를 열자 내 옷이 다 있었다. 새로 빨아서 깨끗하고 상쾌한 향기가 났다. 얼굴이 이상하게 일그러지는 것이 느껴졌다. 잠시 후 내 얼굴에 미소가 떠올랐음을 깨달았다.

"너도 알겠지만 넌 용감한 아이다, 바이올라." 내가 옷을 입는 동안 코일 선생님이 말했다. "언제 입을 다물어야 할지 모르는 점이 흠이긴 하지만."

"감사합니다." 살짝 짜증이 났다.

"네가 타고 온 우주선이 추락하고 부모님이 돌아가셨는데도 너는 지능과 지략을 십분 활용해서 여기까지 오는 놀라운 일을 해냈다."

"도와준 사람이 있었으니까요." 나는 깨끗이 빤 양말을 신으려고 앉으면서 대꾸했다.

그때 작은 사이드 테이블 위에 놓인 코일 선생님의 노트가 눈에 들어왔다. 우리가 했던 상담 내용을 다 적은 노트. 나는 고개를 들었지만 선생님은 여전히 칸막이 반대편에 있었다. 나는 얼른 그 노트를 집어서 펼쳐 봤다.

"내가 보기에 너는 크게 될 사람이야. 리더감이지."

노트는 거꾸로 놓여 있었다. 그걸 움직이면 소리가 날 것 같아서 나는 몸을 비틀었다.

"넌 나와 닮은 면이 많다."

노트 첫 페이지에 파란색으로 글자 하나가 적혀 있었다.

A.

백지 위에 그 한 글자만 있었다.

"우리는 스스로 내린 선택들로 만들어지는 존재야, 바이올라. 그리고 너는 우리에게 아주 중요한 존재가 될 수 있어. 네가 그러기로 선택한다면 말이야." 선생님이 이야기를 계속했다.

나는 노트에서 고개를 들었다. "우리가 누구죠?"

그때 문이 요란한 소리를 내며 열려서 나는 벌떡 일어나 칸막이 뒤를 봤다. 매디였다. "여자들이 집에서 나와도 된다는 통보가 왔어요."

"여긴 정말 너무 시끄럽다." 나는 뉴 프렌티스타운의 소음이 모두 한데 엉켜서 나오는 어마어마한 아우성에 움찔했다.

"너도 금방 적응하게 돼." 매디가 말했다. 우리가 가게 밖 벤치에서 기다리는 동안 코린과 테아라고 하는 수련생이 치료소에서 필요한 물품들을 사고 있었다. 이제부터 몰려올 새 환자들에게 필요한 물자들을 비축해 둬야 했다.

나는 거리를 둘러봤다. 가게들이 다 문을 열었다. 지나다니는 사람들은 대체로 걸어 다녔지만 핵분열 자전거를 타고 다니는 사람도 있고, 말을 타고 다니는 사람도 있었다. 언뜻 보면 평화로운 일상처럼 보였다.

하지만 조금 더 자세히 보면 길을 오가는 남자들이 결코 다른 사람들과 말을 섞지 않는다는 것을 눈치챌 수 있다. 여자들은 네 명씩 짝을 지어서 대낮에 딱 한 번, 한 시간만 외출할 수 있었다. 그리고 여자들은 다른 사람과 소통할 수 없다. 심지어 헤이븐 남자들조차 우리에게 다가오지 않았다.

그리고 거리 모퉁이마다 소총을 든 군인이 서 있었다.

종이 울리면서 가게 문이 열렸다. 문 밖으로 뛰쳐나온 코린의 두 팔에 짐이 가득했고, 표정은 험악했다. 테아는 허둥지둥 그 뒤를 따라오고 있었다. "가게 주인이 그러는데 스패클들이 잡혀간 후로 어떻게 됐는지 아무도 모른대." 코린이 그렇게 말하면서 내 무릎에 봉지 하나를 툭 떨어뜨렸다.

"코린과 코린의 스패클들." 테아는 눈동자를 굴리며 내게 봉지를 하나 더 건넸다.

"그렇게 비꼬지 마. 우리가 그들을 인간적으로 대하지 않으면, 그 인간이 그들에게 무슨 짓을 할 것 같아?" 코린이 말했다.

"나도 유감스럽게 생각해, 코린." 코린 말이 무슨 뜻이냐고 내가 묻기도 전에 매디가 말했다. "하지만 지금은 우리 코가 석 자야." 그러면서 매디는 군인들을 살펴봤다. 그들은 자세 하나 바꾸지 않고 가게 베란다에 서서 언성을 높이는 코린을 보고 있었다.

계속 우리를 지켜보고 있었다.

"우리가 그들에게 한 짓은 비인간적이었어." 코린이 말했다.

"그래. 하지만 그들은 인간이 아니야." 테아 역시 군인들의 눈치를 보면서 나직한 목소리로 대꾸했다.

"테아 리스! 넌 어떻게 힐러라는 사람이 그런 말을……." 코린의 이마에서 핏줄이 하나 불거졌다.

"그래, 그래, 맞아." 매디가 코린을 진정시키려고 애쓰면서 말했다. "그건 끔찍한 짓이었어. 나도 동의해. 우리 다 같은 마음이라는 거 너도 알 거야. 하지만 우리한테 무슨 힘이 있니?"

"대체 무슨 소리야? 그들에게 무슨 짓을 했는데?" 내가 물었다.

"그 치료제." 코린이 마치 욕이라도 하듯 역겨워하며 말했다.

매디는 나를 보면서 답답해서 한숨을 쉬었다. "그 치료제가 스패클에게도 효과가 있다는 걸 알아냈어."

"그들에게 테스트해서 알아냈지." 코린이 말했다.

"그게 다가 아니야. 스패클은 말을 하지 않아. 혀를 차긴 하지만 그건 우리가 손가락을 튕기는 거랑 다를 바가 없어." 매디가 말했다.

"소음만이 그들이 의사소통하는 유일한 방법이야." 테아가 말했다.

"알고 보니 그들에게 일을 시킬 때 굳이 그들이 하는 말을 들을 필요가 없었던 거지. 그러니 그들의 소통 수단을 뺏는다고 해도 누가 신경이나 쓰겠어?" 코린의 언성이 점점 높아졌다.

나는 그제야 상황이 파악되기 시작했다. "그러니까 그 치료제는……."

테아가 고개를 끄덕였다. "그들을 순종적으로 만들지."

"더 나은 노예로 만드는 거야." 코린이 신랄하게 말했다.

나도 모르게 입이 떡 벌어졌다. "그들이 노예였어?"

"쉿." 매디가 쏘아붙이면서 우리를 지켜보고 있는 군인들을 향해 고갯짓했다. 요란한 소음이 흘러나오는 다른 남자들 속에서 아무 소리도 나지 않는 그들은 불길한 여백처럼 느껴졌다.

"우리가 그들의 혀를 자른 거나 마찬가지야." 코린은 목소리를 낮췄지만 여전히 불같이 화를 내며 말했다.

매디가 서둘러 우리를 끌고 가면서 어깨 너머로 군인들을 바라봤다. 그들은 우리가 가는 모습을 지켜보고 있었다.

우리는 치유의 집으로 가는 얼마 안 되는 길을 걸어 문틀에 파란색 손 그림이 있는 정문으로 들어섰다. 코린과 테아가 들어가자 매디가 내 팔을 살짝 잡아서 남게 했다.

잠시 땅바닥만 보던 매디는 뭔가를 골똘히 생각하느라 미간에 주름을 잡았다. "아까 그 군인들이 우리를 보던 눈길 말이야."

"어."

그녀는 팔짱을 끼면서 살짝 몸을 떨었다. "이런 식의 평화가 좋은 건지 모르겠어."

"무슨 말인지 알아." 나는 부드럽게 말했다.

매디는 잠시 말없이 있다가 다시 나를 봤다. "새로 오는 정착민들이 우리를 도울 수 있을까? 이런 상황을 바꿀 수 있을까?"

"나도 몰라. 하지만 최악의 사태가 일어나길 기다리며 가만히 있느니 차라리 어떻게 될지 직접 알아내는 편이 낫겠지."

매디는 엿듣는 사람이 있을지 몰라 주위를 두리번거렸다. "코일 선생님은 훌륭한 분이시지만, 가끔 너무 본인 생각만 고집하셔."

그러더니 윗입술을 깨물고 한동안 아무 말도 하지 않았다.

"매디?"

"좀 지켜보자."

"뭘?"

"적당한 때가 되면, 그때가 되면." 그녀는 다시 주위를 둘러봤다. "너희 우주선에 연락할 방법을 찾아보자고."

8

새 수련생

〈바이올라〉

"하지만 노예 제도는 옳지 않아요." 나는 새 붕대를 감으면서 말했다.

"힐러들은 항상 그 제도에 반대했다. 스패클과 전쟁을 치른 후에도 우리는 그게 비인간적이라고 생각했지." 코일 선생님은 재고 목록의 표시 칸에 체크를 하면서 말했다.

"그럼 왜 막지 않았어요?"

"네가 전쟁을 겪어보면." 선생님은 클립보드에서 눈을 떼지 않으며 대답했다. "전쟁은 그저 파괴의 연속이라는 걸 알게 된다. 아무도 전쟁에서 벗어날 수 없어. 아무도. 심지어 생존자들까지도. 다른 때라면 끔찍한 충격을 받았을 일들도 전쟁 때는 받아들이게 되지. 그때 삶은 일시적으로 모든 의미를 잃어버리니까."

"전쟁은 남자들을 괴물로 만든다." 나는 신세계의 묘지에서 보냈던 밤에 벤 아저씨가 했던 말을 인용했다.

"여자들도 마찬가지다." 코일 선생님은 내 말에 대꾸하면서 주사기가 든 상자들을 손가락으로 톡톡 치면서 하나씩 셌다.

"하지만 스패클 전쟁은 오래전에 끝났잖아요, 그렇지 않아요?"

"이제 13년 됐지."

"13년이면 잘못을 바로잡을 수 있었을 시간인데요."

코일 선생님이 마침내 나를 바라봤다. "애들에겐 원래 인생이 단순한 법이지"

"하지만 선생님은 지도자셨잖아요. 그러면 뭔가 하실 수 있었을 텐데."

"내가 지도자였다고 누가 그러든?"

"코린이……."

"아, 코린." 선생님은 다시 클립보드를 보면서 말했다. "그 아이는 어떤 상황에서도 항상 날 좋게 보려고 애쓰지."

나는 또 다른 비품 상자를 열면서 끈질기게 추궁했다. "선생님이 의장이셨다면, 분명 뭔가 하실 수 있지 않았나요?"

"가끔은 사람들을 원하지 않는 방향으로 이끌 수 있지만, 대개는 그럴 수 없어. 스패클은 풀어줄 수 없었다. 그 끔찍하고 잔인한 전쟁에서 우리가 승리한 직후에는 말이야. 그때는 이 세계를 재건하기 위해 노동력이 많이 필요했어. 다만 그들을 더 잘 대우할 수는 있었지. 제대로 먹이고 적당히 일하게 하고 가족과 함께 살게 해줄 수 있었어. 그게 그들을 위해 내가 거둬낸 승리들이었다, 바이올라." 선생님은 못마땅한 표정으로 나를 보며 말했다.

이제 선생님은 아까보다 더 힘을 줘서 클립보드에 뭔가를 쓰기 시작했다. 나는 잠시 선생님을 물끄러미 바라봤다. "선생님이 누굴 구해줘서 의회에서 쫓겨났다고 코린이 그랬어요."

선생님은 아무 대꾸도 하지 않고 클립보드를 내려놓은 후에 높은 곳에 있는 선반을 바라봤다. 그러더니 팔을 뻗어 거기서 수련생 모자 하나와 개켜진 수련생 망토를 끄집어 내렸다. 그리고 돌아서서 그것들을 내게 던졌다.

"누구 건데요?" 나는 그것들을 받으면서 물었다.

"지도자에 대해 알고 싶니? 그렇다면 너를 지도자의 길로 보내주마."

나는 선생님의 얼굴을 바라봤다.

그리고 고개를 숙여 망토와 모자를 봤다.

그때부터는 밥 먹을 시간도 거의 없었다.

여자들의 외출이 허용된 다음 날부터 새 환자들이 열여덟 명이나 들어왔다. 모두 여자로 온갖 병에 시달리고 있었다. 맹장염, 심장병, 암 재발, 골절 등등. 모두 남편과 아들로부터 격리돼서 집에 갇힌 사람들이었다. 그다음 날엔 열한 명이 추가됐다. 로손 선생님은 허가가 떨어지자마자 아이들을 치료하는 집으로 돌아갔지만, 코일 선생님과 왜거너 선생님과 나다리 선생님은 이 방 저 방 정신없이 돌아다니면서 큰 소리로 수련생들에게 지시를 내리며 환자들을 치료했다. 그 후로 잠을 잔 사람은 하나도 없는 것 같다.

나와 매디가 적당한 때를 볼 시간은 물론 없었고, 여전히 아무 연락이 없는 시장을 생각할 겨를도 없었다. 나는 여기저기 뛰어다니면서, 가끔 사람들에게 거치적거리는 신세가 되면서도 할 수 있는 한 도우며 수련생으로서 틈틈이 배웠다.

알고 보니 내게 힐러가 될 소질은 없었다.

"이건 진짜 못 하겠어." 나는 나이가 지긋하고 다정한 폴스 노부인의 혈압 수치를 읽는 데 또다시 실패한 후에 중얼거렸다.

"내가 보기에도 그래." 코린이 벽시계를 흘끗 보며 말했다.

"인내심을 가져요, 예쁜 아가씨." 폭스 부인이 주름진 얼굴에 미소를 지으며 말했다. "배울 만한 가치가 있는 일은 잘 배워야 하는 법이거든."

"맞아요, 폭스 부인." 코린은 다시 나를 힐끗 봤다. "다시 해봐."

나는 폭스 부인의 팔에 찬 혈압측정기에 펌프질로 공기를 주입해서 부풀린 후, 청진기로 맥박 소리를 듣고 거기에 맞춰 다이얼을 돌렸다. "60에서 20?" 나는 자신 없이 말했다.

"어디 한번 볼까? 혹시 오늘 아침에 돌아가셨나요, 폭스 부인?" 코린이 물었다.

"오, 맙소사, 아니야."

"그럼 60에서 20은 아니겠네."

"난 이 일을 시작한 지 사흘밖에 안 됐어"

"난 이 일을 한 지 6년 됐어. 너보다 훨씬 어렸을 때부터 말이야. 그런데 넌 뭐야? 혈압 하나 제대로 못 재는 애가 나와 같은 수련생이 됐단 말이지? 너는 인생이 참 쉽겠다?"

"아가씬 잘하고 있어." 폭스 부인이 날 위로했다.

"아뇨, 그렇지 않아요, 폭스 부인. 이런 말 해서 미안하지만, 우리는 이 일이 신성한 의무라고 생각해."

"나도 그렇게 생각해." 나는 무심결에 그렇게 말해버렸다.

그러지 말아야 했는데.

"치유란 단순한 직업이 아니거든, 애야." 코린은 얘라는 말을 욕처럼 썼다. "생명을 지키는 것보다 더 중요한 일은 없어. 우린 이 세상에서

신의 손 같은 존재야. 네 친구인 그 폭군과는 정반대라고."

"그 사람은 내……."

"누구든 고통스럽게 만드는 건 가장 큰 죄악이야."

"코린……."

"아무것도 모르면서 아는 척 좀 하지 마." 코린은 낮은 목소리로 사납게 쏘아붙였다.

그녀의 사나운 기세에 폭스 부인도 나만큼이나 기가 죽었다.

코린은 부인을 힐끗 보다가 나를 봤다. 그러더니 모자를 똑바로 쓰고 망토의 옷깃을 잡아당기면서 목을 좌우로 돌렸다. 그리고 눈을 감고 아주 길게 심호흡을 했다.

그러더니 날 보지도 않고 말했다. "다시 한 번 해봐."

"클리닉과 치유의 집의 차이점은?" 코일 선생님이 목록에 있는 박스들에 체크를 하면서 물었다.

"주된 차이점은 클리닉은 남자 의사들이 운영하고, 치유의 집은 여자 힐러들이 운영한다는 거죠." 나는 각 환자들에게 나눠줄 작은 컵에 그날 복용해야 할 알약들을 세어 넣으면서 대답했다.

"왜 그렇지?"

"남자나 여자 환자에게 선택권을 주려고요."

선생님은 한쪽 눈썹을 치켜올렸다. "진짜 이유는 뭐지?"

"정치죠." 나는 선생님이 했던 말을 반복했다.

"맞아." 그녀는 서류 작업을 끝내고 내게 건넸다. "이 서류들과 약들을 매들린에게 갖다주렴."

코일 선생님이 나갔고, 나는 쟁반에 있는 컵들 속에 알약을 채우는 작업을 끝냈다. 그 쟁반을 들고 방에서 나왔을 때 코일 선생님이 복도 끝에서 나다리 선생님 옆을 슥 지나가는 모습이 보였다.

그때 코일 선생님이 나다리 선생님에게 쪽지 한 장을 슥 쥐여주고 가는 걸 내 두 눈으로 확실히 봤다.

우리는 여전히 넷이서 짝을 지어 하루에 한 번 한 시간만 외출할 수 있었지만, 이제 뉴 프렌티스타운이 어떻게 돌아가고 있는지 충분히 알 수 있었다. 수련생이 된 첫 주가 끝나갈 무렵, 여자들만 무리를 지어서 밭에 나가 일을 하게 된 경우도 있다는 소문이 들렸다.

그리고 스패클들이 도시 변두리 어딘가에 갇혀 '처리'를 기다리고 있다는 소식도 들었다. 그게 무엇을 뜻하는지는 모르겠지만.

구시장이 청소부로 일한다는 얘기도 들었다.

한 소년에 대한 이야기는 어디서도 들을 수 없었다.

"토드의 생일이 지나버렸어." 나는 고무로 만든 다리에 붕대 감는 연습을 하면서 매디에게 말했다. 실물과 아주 흡사한 그 다리를 모두 루비라고 부른다. "나흘 전이었는데. 내가 의식을 잃은 동안 날짜가 얼마나 지났는지 몰라서……."

나는 더 이상 말을 잇지 못하고 붕대만 세게 잡아당겼고…….

토드가 내게 붕대를 감아줄 때를 생각하고…….

내가 그에게 붕대를 감아줄 때를 생각했다.

"난 토드가 분명 잘 있을 거라고 믿어, 바이올라." 매디가 말했다.

"아니, 너 안 믿잖아."

"하긴 그래." 매디는 길가가 보이는 창문을 다시 돌아봤다. "하지만 이 도시는 그 모든 역경을 견뎌내고 전쟁에 휘말리지 않았어. 우리도 그 모든 역경을 견디고 아직까지 살아서 이렇게 일하고 있고. 그러니까 토드도 모든 역경을 견디고 잘 지내고 있을 거야."

나는 붕대를 더 세게 감았다. "파란색 A에 대해 아는 거 있어?"

매디가 내게 돌아섰다. "A 뭐?"

나는 어깨를 으쓱했다. "코일 선생님의 노트에서 봤어."

"모르겠는데." 매디는 창밖을 내다봤다.

"뭘 찾아?"

"군인들을 세고 있어." 매디는 다시 나와 루비를 봤다. "붕대 감는 실력이 수준급인데." 그녀의 미소를 보고 나는 그 말을 믿을 뻔했다.

루비를 들고 복도를 걸어가는 동안 루비의 다리가 허공을 이리저리 찼다. 루비의 다리에 주사 놓는 연습을 해야 하는데. 내 첫 주사를 맞을 이 여자가 벌써 불쌍해졌다.

모퉁이를 돌자 복도와 건물 중앙이 만나는 곳이 나왔다. 여기서 90도로 꺾으면 별채가 나오는데, 거기서 선생님들과 부딪칠 뻔했다. 그들은 내가 오는 걸 보고 멈춰 섰다.

코일 선생님 뒤에 넷, 다섯, 여섯 명의 힐러들이 서 있었다. 나다리 선생님과 왜거너 선생님이 보였고, 로손 선생님도 있었다. 다른 셋은 처음 보는 얼굴이었다. 그들이 치유의 집에 들어오는 모습은 보지 못했는데.

"넌 할 일 없니?" 그렇게 물어보는 코일 선생님의 목소리에 날이 서 있었다.

"루비를 가지고 연습해야 해서요." 나는 그 다리를 들어 보이며 더듬거렸다.

"이 아이가 그 아이인가요?" 내가 모르는 힐러 하나가 물었다.

코일 선생님은 나를 소개하지 않고 이렇게만 대답했다.

"맞아요. 바로 그 아이입니다."

하루 종일 기다린 후에야 매디를 만날 수 있었다. 내가 묻기도 전에 매디가 입을 열었다. "방법을 알아냈어."

"그중에 윗입술에 흉터가 있는 분이 있었어?" 매디가 어둠 속에서 속삭였다. 지금은 자정이 지나서 불을 끈 지 오래고, 매디가 자기 방에 갔어야 할 시간도 훌쩍 넘어버린 후다.

"그런 것 같아. 다들 금방 가버렸어." 나도 속삭였다.

우리는 또 다른 군인 한 쌍이 도로 위를 행군해서 가는 모습을 지켜봤다. 매디의 계산에 따르면 앞으로 우리에게 남은 시간은 3분이다.

"그럼 바커 선생님일 거야. 나머지 두 분은 브레이스웨이트 선생님과 포스 선생님이고." 매디가 다시 창밖을 내다봤다. "이건 미친 짓이야. 만약 선생님에게 들키면 우린 죽은 목숨이야."

"이 판에 선생님이 설마 너를 자르시겠어?"

매디가 생각에 잠긴 표정을 지었다. "그 선생님들이 하는 말 들었어?"

"아니. 날 보자마자 다들 입을 다물어 버리던데."

"하지만 네가 그 아이라고?"

"그래. 코일 선생님은 그 후로 하루 종일 나를 피하시더라."

"바커 선생님이라……. 하지만 그분들이 뭘 할 수 있지?" 매디는 여전히 생각에 잠겨 말했다.

"뭘 어떻게 한다는 거야?"

"그 세 분은 코일 선생님과 함께 의회에 계셨어. 바커 선생님은 지금도 시의원이고. 이 사달이 일어나기 전까진 그랬지. 하지만 그분들이 왜……." 매디는 말을 멈추고 창으로 몸을 기울였다. "저들이 마지막 네 명이야."

나는 군인 넷이 이쪽으로 걸어오는 모습을 내다봤다.

매디가 발견한 패턴이 맞는다면 지금이 기회다.

만약 그 패턴이 맞는다면.

"너 준비됐어?" 내가 속삭였다.

"물론 안 됐지." 매디가 겁에 질린 미소를 지으며 말했다. "하지만 갈 거야."

떨지 않으려고 주먹을 쥔 매디의 두 손이 보였다. "우린 그냥 보기만 할 거야. 그게 다야. 나갔다가 금방 돌아올 텐데 뭐." 내가 말했다.

매디는 여전히 두려운 표정으로 고개를 끄덕였다. "나 이런 일은 처음 해봐."

"걱정하지 마." 나는 내리닫이창을 끝까지 밀어 올리면서 말했다. "이 방면은 내가 전문가야."

모두 잠들어 있는데도 어마어마하게 크게 울리는 마을의 소음이 어두운 잔디밭을 살금살금 가로질러 가는 우리의 발소리를 잘 가려줬다. 하늘에 반원 모양으로 떠 있는 두 개의 달빛만이 우리를 비추었다.

우리는 도로 옆 배수로까지 가서 덤불 속에 쭈그리고 앉았다.

"이제 뭐 해?" 매디가 속삭였다.

"네가 2분 후에 또 한 쌍이 온다고 했잖아."

매디가 그늘 속에서 고개를 끄덕였다. "그리고 다시 7분 동안 쉬어."

그 7분 사이에 매디와 내가 도로로 나가서, 나무들 옆에 딱 붙어 어둠을 틈타 움직이면서 통신 탑에 갈 수 있을지 볼 것이다.

도착하면 거기 뭐가 있는지도 보고.

"너 괜찮아?" 내가 속삭였다.

"응. 무섭지만 설레기도 해." 매디도 속삭였다.

무슨 뜻인지 안다. 어두운 밖에 나와 배수로 속에 쪼그리고 앉아 있는 건 위험한 짓이지만 마침내 뭔가 하고 있는 것 같고, 침대에 틀어박혀 있다가 처음으로 내 인생의 주도권을 잡은 듯한 느낌을 준다.

마침내 토드를 위해 뭔가 하고 있는 듯한 느낌.

그때 자갈 도로 위를 저벅저벅 밟는 소리가 들려서 조금 더 몸을 낮추는 사이에 예상했던 대로 군인 두 명이 우리 옆을 지나쳐 갔다.

"이제 가자." 내가 말했다.

우리는 최대한 용기를 내서 일어나 재빨리 배수로 속을 달려 시내를 빠져나왔다.

"우주선에 아직 네 가족이 남아 있니? 부모님 말고 다른 가족?" 매디가 속삭였다.

그녀의 목소리에 몸이 움찔했지만, 긴장을 숨기기 위해 말을 걸었다는 걸 안다. "아니. 하지만 다들 알고 지내는 사이야. 브래들리 텐치는 베타호 관리인 가족의 리더야. 감마호의 시몬 왓킨은 엄청 똑똑하고."

도랑이 길을 따라 구부러지면서 우리가 건너야 할 교차로가 나왔다.

매디가 다시 말을 꺼냈다. "그러니까 시몬이 네가 말한……."

"쉿." 무슨 소리가 들려서 나는 매디를 제지했다.

매디가 내게 가까이 다가와 몸을 바짝 붙였다. 그녀는 온몸을 덜덜 떨면서 숨을 가쁘게 몰아쉬고 있었다. 매디가 그 탑의 위치를 알고 있기 때문에 오늘 같이 나와야 했지만, 다음에 갈 때는 나 혼자 가야 한다.

만약 일이 잘못되면…….

"가도 괜찮을 거 같아." 내가 말했다.

우리는 천천히 도랑에서 나와 교차로를 건너려고 주위를 둘러보며, 자갈길 위로 살금살금 발을 뗐다.

"어디 가나?" 어느 목소리가 들렸다.

매디가 내 뒤에서 헉 소리를 냈다. 군인 하나가 나무에 기대서 아주 느긋하게 다리를 꼬고 있었다.

흐릿한 달빛에도 그의 손에 무심히 걸려 있는 소총이 보였다.

"밖에 나다니긴 너무 늦은 시간 아닌가?"

"우린 길을 잃었어요. 어쩌다 보니 일행에서 떨어져서……." 내가 더듬거렸다.

"그래. 픽도 그러겠다." 군인이 내 말을 잘랐다.

그러더니 입고 있는 군복 재킷의 지퍼에 대고 성냥을 확 그었다. 순간 타오르는 불빛에 그의 주머니에 새겨진 '해머 상사'란 이름이 보였다. 군인은 입에 물고 있는 담배에 불을 붙였다.

담배는 시장이 금지했는데.

장교는 괜찮은 모양이지.

소음도 없이 어둠 속에 몰래 숨어 있을 수 있는 장교라면.

그가 우리에게 한 발짝 다가오자 얼굴이 보였다. 담배를 꼬나물고 미소를 짓고 있는 모습이 아주 추했다. 지금까지 본 미소 중에서 가장 추한 미소.

"너로구나." 군인은 점점 가까이 다가오다가 나를 알아보는 목소리로 말했다.

그리고 소총을 치켜들었다.

"네가 바로 그 여자아이지."

"바이올라?" 매디가 뒤에서 한 발 떨어져서 속삭였다.

"프렌티스 시장은 나를 알아요. 당신은 나를 해칠 수 없어."

군인은 담배를 한 모금 빨더니, 담뱃불을 번득이면서 내 눈에 대고 연기를 내뿜었다. "프렌티스 대통령이 널 아시는 거지."

그러더니 매디를 보고 소총으로 그녀를 겨냥했다.

"하지만 너는 모르는 것 같은데."

그러더니 내가 미처 입을 떼기도 전에…….

그 어떤 경고도 없이…….

마치 숨 쉬는 것처럼 자연스럽게…….

해머 상사는 방아쇠를 당겼다.

9

전쟁은 끝났다

〈토드〉

"이번엔 네가 화장실 청소할 차례야." 데이비는 내게 석회가 든 통을
던지며 말했다.

볼일을 볼 때 파놓은 구덩이를 이용하는 스패클은 한 번도 보지 못했
지만, 매일 아침 올 때마다 그곳은 조금 더 커지고 냄새도 더 지독해져
있었다. 그래서 냄새를 줄이고 질병이 퍼질 위험도 줄이기 위해 주기적
으로 그 위에 석회를 뿌려줘야 했다.

나는 석회가 냄새보다는 질병을 막는 데 더 효과가 있기를 바랐다.

"왜 항상 나만 하는데?"

"우리 아버지가 나보다는 네가 낫다고 했잖아, 이 돼지오줌 같은 놈
아. 어쨌든 감독은 나고." 데이비가 대꾸했다.

그리고 나를 보며 씩 웃었다.

나는 구덩이를 향해 걸어가기 시작했다.

하루가 가고 또 가고 그렇게 끊임없이 흘러서 2주가 지났고, 그 후로도 시간은 멈추지 않고 흘렀다.

나는 목숨을 부지하며 어떻게든 버텨냈다.

(그 애도 그럴까?)

(그 애도?)

데이비와 나는 매일 아침 말을 타고 수도원으로 향했다. 데이비는 스패클들이 울타리들을 허물고 덤불들을 뽑아내는 걸 감독하고, 나는 하루 종일 부족한 사료를 삽으로 퍼다 나르고 마지막 남은 물 펌프 두 개를 고치려다가 실패하고 화장실에 매일 석회 가루를 뿌렸다.

스패클들은 계속 침묵을 지키며 스스로를 구하기 위한 일은 하나도 하지 않았다. 마침내 1500명으로 숫자가 파악된 그들은 양 200마리도 들여놓지 못할 그런 좁은 공간에 몰려 있었다. 전보다 더 많은 보초들이 와서 돌담 위에 올라서서 소총을 겨누며 감시하지만, 스패클들은 위협으로 느껴질 행동조차 하지 않았다.

그들은 살아남았다. 그들은 어떻게든 버텨냈다.

뉴 프렌티스타운도 마찬가지였다.

레저 시장은 매일 거리 청소를 하면서 보는 광경들을 이야기해 줬다. 남자들과 여자들은 여전히 분리돼 있고, 전보다 세금을 더 많이 거두고, 복장에 대한 규칙들이 늘어났으며, 금서 목록이 나와서 해당 도서들을 불태웠고, 사람들은 의무적으로 교회에 나가게 됐다고 한다. 물론 새 시장이 사는 성당은 아니고 다른 곳으로.

하지만 그런 한편으로 다시 일상으로 돌아가기 시작했다. 상점들이 문을 열었고, 수레들과 핵분열 자전거들과 심지어 핵분열 차량 한 두 대까지 도로에 나왔다. 남자들은 일터로 돌아갔다. 수리공들은 다시 수리를 하고, 제빵사들은 빵을 굽고, 농부들은 농사를 짓고, 벌목꾼들은 나무를 베고, 군에 입대하는 남자들도 있었다. 신병이 누군지는 쉽게 분간할 수 있었다. 그들은 아직 치료제를 받지 못하니까.

"있지." 레저 시장이 어느 날 입을 뗐는데, 그때 그의 소음에서 나는 아직 못 했고 차마 하려 하지 않았던 그의 생각을 볼 수 있었다. "생각했던 만큼 상황이 나쁘진 않은 것 같아. 난 대학살이 일어날 줄 알았거든. 나는 분명 죽은 목숨일 거고, 어쩌면 이 도시가 몽땅 불탈지도 모른다고 생각했어. 항복은 어리석은 선택이었을지도 모르지만, 아무튼 그자가 거짓말을 하는 것 같진 않아."

레저 시장은 일어나서 뉴 프렌티스타운을 내다봤다. "어쩌면 전쟁은 정말 끝난 건지도 몰라."

"뭐야!" 내가 화장실 구덩이에 반쯤 다다랐을 때 데이비의 외침이 들렸다. 나는 돌아섰다. 스패클 하나가 그에게 다가왔다.

그는 길고 흰 두 팔을 들어 올리고 혀를 차기 시작하면서, 스패클 한 무리가 울타리 해체 작업을 끝내고 서 있는 곳을 가리켰다. 그 스패클은 계속 혀를 차면서 텅 빈 물통용 구유를 가리켰다. 하지만 소음이 들리지 않으니 그의 의중을 헤아릴 길이 없었다.

데이비는 눈을 커다랗게 뜨고, 그 스패클에게 가까이 다가서면서 알겠다는 듯이 고개를 끄덕였다. 하지만 그의 얼굴에는 위험한 미소가 떠올라 있었다. "그래, 그래. 힘든 일을 끝냈으니 목이 마르겠지. 당연히 그렇겠지. 당연히 그럴 거야. 그런 걸 다 알려주고 고마워. 정말 고마워. 내 대답은 이거야."

데이비는 들고 있는 권총의 뭉툭한 끝부분으로 그 스패클의 얼굴을 갈겼다. 뼈 부러지는 소리가 들리면서 그 스패클은 턱을 움켜쥐며 땅바닥에 쓰러졌다. 그의 긴 다리가 허공에서 버둥거렸다.

그러자 우리 주위에서 혀를 차는 소리들이 파도처럼 퍼져나갔다. 데이비는 다시 권총을 들어서 그 끄트머리를 군중에게 내밀었다. 담장 위에 있는 보초병들도 소총의 공이치기를 당기고 스패클들을 겨냥했다. 스패클들은 슬금슬금 뒤로 물러났고, 턱이 부서진 스패클은 여전히 땅바닥에 누운 채 몸부림을 쳤다.

"그거 알아, 돼지오줌?"

"뭘?" 쓰러진 스패클을 바라보는 내 소음이 금방이라도 땅바닥으로 떨어질 나뭇잎처럼 사정없이 떨렸다.

데이비는 권총을 내민 채 나에게 돌아섰다. "감독이 되니 이렇게 좋을 수가 없네."

매 순간 이 삶이 금방이라도 산산조각 날 것 같았다.

하지만 그런 일은 일어나지 않았다.

나는 매일 그녀를 찾았다.

종탑 꼭대기에 뚫린 구멍으로 그녀를 찾았지만 보이는 거라곤 행군하는 군인들과 일하는 남자들뿐이었다. 바이올라의 얼굴은 나타나지 않았고, 그녀의 침묵도 찾을 수 없었다.

데이비와 말을 타고 수도원을 오가면서 여자들이 있는 구역의 창문들을 열심히 살폈지만, 바깥을 내다보는 바이올라의 얼굴은 보이지 않았다.

심지어 스패클 무리 속에서도 그녀가 숨어 있다가 짠하고 나타나서 그들을 두들겨 패지 말라고 데이비에게 소리 지르며 내게 다 괜찮다는 말을 하지 않을까, 반쯤 기대하며 찾아봤다. "나 여기 있어, 나야." 이렇게 말하면서.

하지만 그녀는 거기 없었다.

그녀는 거기 없었다.

프렌티스 시장을 만날 때마다 바이올라에 대해 물어봤다. 하지만 그는 자기를 믿어야 한다고, 자기는 내 적이 아니란 말만 하면서 믿으면 모든 게 괜찮아질 거라고 했다.

하지만 나는 계속 찾았다.

그녀는 없었다.

"안녕, 아가씨." 하루 일이 끝났을 때 나는 앙가르드에게 이렇게 속삭이면서 등에 안장을 올렸다. 나는 전보다 능숙하게 앙가르드를 타게 됐다. 그녀에게 말도 더 걸게 됐고, 기분도 더 잘 읽게 됐다. 좀 더 편한 마음으로 앙가르드를 타게 됐고, 앙가르드도 날 자기 등에 태울 때 긴장을 덜했다. 오늘 아침에는 사과를 하나 주자 같은 말끼리 장난치는 것처럼 앙가르드가 내 머리카락을 한 번 물었다.

수망아지. 앙가르드가 중얼거리는 동안 나는 그녀의 등에 올라타서 데이비와 함께 시내를 향해 출발했다.

"앙가르드." 나는 머리를 숙여서 그녀의 두 귀 사이에 대고 속삭였다. 이렇게 해야 말이 좋아하는 것 같으니까. 이렇게 해야 모두 한 무리에 속해 있다는 걸 일깨워 줄 수 있으니까.

말은 혼자 있는 걸 가장 싫어한다.

수망아지. 앙가르드가 다시 말했다.

"앙가르드."

"맙소사, 돼지오줌. 너 그 잡것과 결혼하지……." 데이비는 그렇게 말하다가 문득 멈추고 갑자기 목소리를 낮춰 속삭였다. "와우, 저기 좀 봐."

나는 고개를 들었다.

한 상점에서 여자들이 나오고 있었다.

여자 넷이 짝을 이루고 있었다. 여자들에게 외출이 허락됐다는 사실은 알았지만 그들은 항상 우리가 수도원에서 일하는 대낮에만 나온다. 그래서 우리는 언제나 남자들만 있는 도시로 돌아왔다. 우리에게 여자들은 유령이자 소문에 지나지 않았다.

창문이나 종탑 꼭대기의 구멍을 통해서가 아니라 실제로 밖에서 여자를 본 건 참 오랜만이다.

그들은 전에 봤을 때보다 훨씬 소매가 긴 윗도리에 긴 치마를 입고 있었다. 그리고 모두 머리를 뒤로 넘겨 하나로 묶고 있었다. 여자들은 거리에 죽 늘어서 있는 군인들과 나와 데이비를 초조한 표정으로 바라봤다. 모두 가게 앞 계단으로 내려오는 그들을 지켜보고 있었으니까.

거기에는 변함없이 가슴이 미어지는 듯한 침묵이 흘러서 데이비가 안 보고 있을 때 얼른 눈가를 닦아야 했다.

그중에 그녀는 없었으니까.

"저 여자들 늦었네." 그렇게 말하는 데이비의 목소리가 너무 조용해서 그동안 여자를 전혀 못 본 모양이라고 짐작했다. "모두 해가 지기 전에 집에 들어가 있어야 하는데."

여자들이 가는 모습을 지켜보느라 우리 모두의 고개가 돌아갔다. 그들은 가슴에 꾸러미를 꼭 껴안은 채 여자들 구역으로 걸어갔다. 가슴이 찢어질 것 같았고 목도 메었다.

그중에 그녀가 없었으니까.

나는 깨달았다…….

다시 한번 깨달았다. 내가 얼마나…….

그러다가 내 소음이 탁해졌다.

프렌티스 시장은 그녀를 이용해서 나를 조종하고 있다.

이런.

아무리 멍청한 바보라도 그건 알겠다. 그들이 시킨 대로 하지 않으면 그들은 그녀를 죽일 것이다. 내가 도망치려 들면 그녀를 죽일 것이다. 내가 데이비에게 무슨 짓이라도 하면 그녀를 죽일 것이다.

그녀가 이미 죽지 않았다면.

내 소음은 더욱 어두워졌다.

아니야.

아니야.

그녀는 안 죽었어.

그녀는 여기 어딘가, 바로 이 거리로 또 다른 여자들과 무리를 지어 나왔을지도 모른다.

살아 있어. 나는 생각했다. 제발 제발 제발 살아 있어.

(제발 살아 있어줘.)

레저 시장과 저녁을 먹는 동안 나는 다시 종탑의 구멍 앞에 서서, 다시 그녀를 찾으며 몰려오는 남자들의 소음에 귀를 닫으려고 애썼다.

레저 시장의 말이 옳았다. 이곳엔 남자가 너무 많아서 일단 그들의 몸에서 치료제 성분이 다 빠져나간 후에도 개별적인 소음은 들을 수 없었다. 그건 마치 강 한가운데서 물방울 하나의 소리를 들으려고 애쓰는 거나 마찬가지다. 그들의 소음은 모두 하나로 뭉개진 일종의 벽이 돼서 우르르 소리를 내며 더 이상 아무것도 이해할 수 없게 만들었다.

하지만 사실은 그래도 어느 정도 익숙해진다. 어떤 면에서는 레저 시장의 회색 소음 속에서 부글부글 끓어오르는 그의 말과 생각과 감정 들이 훨씬 더 정신 사납다.

"그건 맞는 말이야. 개인은 생각할 수 있지만 군중은 그럴 수 없지." 레저 시장이 배를 두드리며 말했다.

"군대는 생각할 수 있어요."

"똑똑한 지휘관이 있을 경우에만 그렇지."

레저 시장은 내 옆에 있는 구멍 앞에 서서 바깥을 내다봤다. 프렌티스 시장이 말을 타고 광장을 가로지르고 있었다. 해머 아저씨, 테이트 아저씨, 모건 아저씨와 오헤어 아저씨가 그 뒤에서 말을 탄 채로 그가 내리는 명령을 듣고 있었다.

"최측근 그룹이군." 레저 시장이 말했다.

순간 그의 소음에서 언뜻 비친 감정이 질투가 아닐까 하는 생각이 들었다.

우리는 시장이 말에서 내려 고삐를 테이트 아저씨에게 건네고 성당으로 들어가는 모습을 지켜봤다.

2분도 못 지나서 철컹, 콜린스 아저씨가 감방 문을 열었다.

"대통령께서 부르신다."

"잠깐만, 토드." 시장은 그렇게 말하면서 나무 상자 하나를 열어서 그 안을 들여다봤다.

우리는 성당의 지하실에 있다. 콜린스 아저씨는 성당 로비 뒤쪽에 있는 계단 밑으로 나를 데려왔다. 나는 거기 서서 기다리면서 내가 없는 동안 레저 시장이 내 저녁밥을 다 먹어치우겠다는 생각을 했다.

그러면서 프렌티스 시장이 또 다른 상자 속을 살펴보는 모습을 지켜봤다.

"프렌티스 **대통령**이라니까." 시장은 고개를 들지도 않고 말했다. "잊지 말도록 해." 그러더니 허리를 펴고 일어났다. "전에는 여기가 와인 저장고였단다. 성찬식에 쓸 양보다 더 많은 와인이 있었지."

나는 아무 대꾸도 하지 않았다. 시장은 호기심 어린 시선으로 날 바라봤다. "넌 안 물어볼 거지, 그렇지?"

"뭘요?"

"치료제 말이다, 토드." 시장은 주먹으로 상자 하나를 쿵 치면서 말했다. "내 부하들이 뉴 프렌티스타운에 있는 집집마다 찾아가서 마지막 남은 것까지 죄다 가져왔어. 그것들이 다 여기 있다."

시장은 상자 속으로 손을 넣어서 알약이 들어 있는 약병 하나를 꺼내 뚜껑을 열고 엄지와 검지로 희고 작은 알약 하나를 들어 올렸다. "내가 왜 너나 데이비에게 치료제를 안 주는지 궁금하지 않니?"

나는 체중을 한쪽 발에 실었다가 다시 다른 발로 옮겼다. "별로?"

시장은 고개를 저었다. "레저 시장은 아직도 안절부절못하니?"

나는 어깨를 으쓱했다. "가끔 그래요."

"그들은 치료제를 만들어 냈다. 그리고 그것의 노예가 됐지." 시장은 줄줄이 늘어서 있는 나무 상자와 박스 들을 가리켰다. "그러니 내게 그들이 필요로 하는 게 다 있다면……."

시장은 그 알약을 다시 약병에 넣고 내게 돌아서서 활짝 미소 지어 보였다.

"저를 왜 불렀죠?" 내가 중얼거렸다.

"넌 정말 모르는구나, 그렇지?"

"뭘요?"

그는 다시 입을 다물었다가 말했다. "생일 축하한다, 토드."

나는 입을 벌렸다. 그리고 더 크게 벌렸다.

"나흘 전이었어. 네가 생일 이야기를 안 해서 놀랐다."

믿을 수 없어. 완전히 까맣게 잊고 있었다.

"축하할 필요는 없지. 우리 둘 다 네가 이미 사나이가 됐다는 걸 알고 있으니까, 그렇지 않니?"

나는 또다시 아론이 나오는 장면들을 머릿속에 떠올렸다.

"너는 지난 2주 동안 눈부시게 활약해 줬다." 시장은 내가 보여주는 장면들을 무시하면서 말했다. "그동안 아주 힘들었다는 거 안다. 바이올라가 어쩌고 있는지도 모르고, 그녀를 안전하게 지키기 위해 네가 어떻게 처신해야 하는지도 잘 모르는 상황에서 말이지." 그의 목소리가 내 머릿속에서 윙윙 울리면서 내 본심을 찾아 헤집고 다니는 게 느껴졌다. "그런데도 넌 아주 열심히 일했지. 데이비에게까지 좋은 영향을 미쳤고."

순간 데이비가 피를 흘리며 곤죽이 될 때까지 두들겨 팰 방법들이 머릿속에 떠올랐지만 프렌티스 시장은 이렇게만 말했다. "상으로 생일 선물을 두 개 주마."

내 소음이 홱 치솟았다. "그 애를 볼 수 있나요?"

시장은 내 반응을 예상했다는 듯이 싱긋 웃었다. "그건 안 된다. 하지만 이거 하나는 약속하마. 네가 날 믿게 되는 날, 이 도시와 너에 대한 내 선의를 이해하게 되는 날, 바로 그날 내가 정말 믿을 만한 사람이라는 걸 너는 알게 될 거다."

귓가에 내 숨소리가 들렸다. 그는 방금 바이올라가 잘 있다는 말을 돌려 말한 것이다.

"아니, 너의 첫 생일 선물은 네 힘으로 획득한 거야. 내일부터 새로운 일을 시작하게 될 거야. 여전히 우리 스패클 친구들과 같이 일하겠지만, 책임도 늘어나고 우리가 실시하는 새 사업에서 중요한 역할을 맡게 될 거다." 시장은 그 말을 하면서 다시 냉정한 눈으로 나를 봤다. "네가 아주 높이 올라갈 수 있는 그런 일이야."

"지도자 자리까지 올라갈 수 있나요?" 내가 시장의 비위에 거슬릴 정도로 비아냥거렸는지도 모르겠다.

"그렇지."

"두 번째 선물은요?" 나는 여전히 그게 바이올라이길 바라며 물었다.

"너에게 주는 두 번째 선물은, 이 많은 치료제에 둘러싸여 있으면서도 너에게는 하나도 주지 않는 것이다." 그는 치료제 상자들을 손으로 훑어 보이며 말했다.

나는 입술을 비쭉였다. "뭐라고요?"

하지만 시장은 이미 이야기가 끝난 것처럼 나를 향해 걸어왔다.

그가 내 옆을 지나치는 순간…….

나는 원이고 원은 나다.

그 소리가 딱 한 번 내 머릿속에서, 바로 내 한가운데서, 내 속에서 울렸다.

나는 깜짝 놀라 펄쩍 뛰었다.

"당신은 치료제를 먹고 있는데 왜 내게 당신 소리가 들리죠?"

하지만 시장은 교활한 미소를 지으며 나를 보더니 말없이 계단을 올라가 사라져 버렸다.

늦었지만 내 생일을 축하한다.

나는 토드 휴잇이다. 나는 침대에 누워 어둠 속을 물끄러미 올려다보며 생각했다. 나는 토드 휴잇이고 나흘 전에 사나이가 됐어.

하지만 정말 아무 차이도 느껴지지 않았다.

그날을 그토록 갈망했는데, 그날이 그토록 중요하다고 생각했는데. 나는 여전히 멍청한 토드 휴잇, 아무것도 할 수 없는 무력한 인간, 그녀는 고사하고 나 하나도 구하지 못하는 인간에 지나지 않는다.

토드 빌어먹을 휴잇.

매트리스 위에 누워 잠든 레저 시장의 요란한 코골이가 어둠 속을 채우고, 바깥 어딘가 멀리서 희미하게 탕 소리가 들렸다. 어떤 멍청한 병사가 누군지도 모를 사람에게 총을 쏜 모양이다. 그때 생각했다.

그때 살아서 버티는 것만으로는 충분하지 않다고 생각했다.

근근이 살아가는 것만으로는 부족하다.

내가 계속 손을 놓고 있는 한 그들은 계속 나를 가지고 놀 것이다.

그동안 그녀는 저 바깥에 있을 수 있는데.

오늘 밤 저 바깥에 있을 수도 있는데.

그녀를 찾아내겠다.

기회만 생기면 그 기회를 잡아서, 그녀를 찾아내고…….

그때…….

문득 더 이상 레저 시장의 코골이가 들리지 않는다는 걸 알아챘다.

나는 어둠 속에서 언성을 높였다. "뭐 할 말 있어요?"

하지만 그때 다시 코골이가 들렸다. 그의 회색 소음은 흐릿했다. 나는 좀 전의 상황이 그저 내 상상이었나 보다고 생각했다.

10

하느님의 집에서

〈바이올라〉

"정말 이루 말할 수 없이 유감스럽구나."

나는 그가 권한 커피를 받지 않았다.

"제발 받아라, 바이올라." 그는 내게 컵을 내밀면서 말했다.

그걸 받는 내 손은 여전히 덜덜 떨리고 있었다.

어젯밤 이후로 이 떨림이 멈추지 않는다.

그녀가 쓰러지는 모습을 본 이후로.

그녀는 먼저 무릎을 꿇고, 그다음에 자갈 바닥으로 비스듬히 쓰러졌다. 눈을 여전히 뜬 채였다.

뜨고 있지만 이미 아무것도 보지 못하는 눈.

나는 그녀가 쓰러지는 모습을 봤다.

"해머 상사는 처벌을 받게 될 거다." 시장이 맞은편 의자에 앉으면서 말했다. "상사는 절대 내 명령에 따라 그런 짓을 한 게 아니다."

"그 사람이 매디를 죽였어요." 나는 들릴락 말락 한 목소리로 말했다.

해머 상사는 날 질질 끌고 치유의 집으로 가서, 소총으로 문을 쾅쾅 두드려 모두를 깨워 매디의 시체를 찾아가게 했다.

나는 말을 할 수 없고, 울 수조차 없었다.

치유의 집 사람들은 나를 외면했다. 선생님들과 다른 수련생들 모두다. 코일 선생님까지 나와 눈을 마주치려 하지 않았다.

넌 대체 무슨 짓을 했니? 매디를 어디로 데려가려고 한 거야?

그러다가 프렌티스 시장이 오늘 아침 자신의 성당이자 자기 집이자 하느님의 집으로 오라고 나를 불렀다.

그러자 그들은 정말 나와 눈을 마주치려 하지 않았다.

"미안하다, 바이올라. 프렌티스타운, 그러니까 올드 프렌티스타운 남자 중 일부는 오래전에 일어난 그 일 때문에 아직도 여자들에게 원한을 품고 있단다."

그는 내 얼굴에 떠오른 충격을 보고 말했다. "네가 알고 있다고 생각하는 그 이야기는 사실이 아니야."

나는 여전히 입을 떡 벌린 채 시장을 바라봤다. 그는 한숨을 쉬었다. "프렌티스타운 사람들도 그 스패클 전쟁에 나가 싸웠다, 바이올라. 끔찍했지. 하지만 여자들과 남자들은 스패클에 맞서 같은 편이 돼서 싸웠어." 그는 두 손가락 끝을 모아 삼각형으로 만든 채, 여전히 침착하고 다정한 목소리로 말했다. "하지만 승리를 거둔 후에도 우리의 작고 외딴 마을은 분열돼 있었다. 남자와 여자 사이에 분열이 일어난 거지."

"그랬다고 하더군요."

"여자들은 자기들만의 군대를 만들었어, 바이올라. 그들은 남자들의 생각을 읽을 수 있는데도 그들을 믿지 못하고 우리에게서 갈라져 나왔다. 우리는 이성적으로 설득하려고 했지만 결국 여자들이 전쟁을 원했어. 유감스럽게도 그렇게 전쟁이 일어났지."

시장은 허리를 곧추세우고 앉아 슬픈 표정으로 나를 바라봤다. "여자들로 이뤄졌다고 해도 총을 가진 군대고, 상대를 패배시킬 수 있는 군대란다."

나는 거칠게 숨을 몰아쉬었다. "당신은 여자들을 하나도 남기지 않고 다 죽였잖아요."

"그건 사실이 아니야. 전쟁에서 죽은 여자들은 많았지만, 전쟁에서 진 걸 알았을 때 살아남은 여자들은 우리가 그들을 몰살했다는 소문을 퍼뜨리고 자살했어. 남자들을 어떤 식으로든 파멸시키려고 말이야."

"당신 말은 믿지 않아요. 그때 그 일은 당신의 말과는 달라요." 나는 벤 아저씨가 들려준 다른 이야기를 생각하며 말했다.

"난 그 자리에 있었다, 바이올라. 잊고 싶어도 너무나 또렷하게 그 일을 기억하고 있어." 그는 그 말을 하면서 나와 눈을 마주쳤다. "나도 역사가 반복되지 않기를 누구보다 간절히 바란다. 나를 이해하겠니?"

나는 그를 이해할 수 있을 것 같았다. 가슴이 무너져 내리면서 눈물이 나오기 시작했다. 어떻게 매디의 시체를 가져왔는지 생각하면서, 코일 선생님이 장례식을 치르기 위해 매디의 시신을 염할 때 꼭 내가 옆에서 보조해야 한다고 주장했던 걸 생각하면서, 그렇게 통신 탑을 찾으려 한 대가를 내 두 눈으로 똑똑히 보게 만든 선생님을 생각하면서 울었다.

"코일 선생님이, 코일 선생님이 오늘 오후에 매디의 장례식을 치러도 되는지 물어보라고 하셨어요." 나는 감정을 자제하려고 애쓰면서 말했다.

"그러라고 벌써 연락했다. 코일 선생에게 필요한 물건들은 모두 그곳으로 배달되는 중이다."

나는 의자 옆에 있는 작은 테이블에 커피 잔을 내려놨다. 우리는 거대한 방에 있었다. 우리 우주선의 격납고를 제외하면 이보다 더 큰 실내 공간은 본 적이 없다. 푹신한 의자 두 개와 나무 테이블 하나만 놓기엔 너무 컸다. 조명이라고는 신세계와 두 개의 달을 보여주는 색유리 창으로 들어오는 햇살뿐이었다.

다른 건 모두 그늘 속에 있었다.

"그 사람을 어떻게 생각하니? 코일 선생 말이다." 시장이 물었다.

내 어깨를 짓누르는 매디의 죽음이란 무게, 아직 찾지 못한 토드의 무게가 너무 무거워서 잠시 시장이 거기 있다는 사실조차 깜박했다. "무슨 뜻이에요?"

시장은 어깨를 으쓱했다. "같이 일하기에 어때? 교사로서 어떠니?"

나는 침을 꿀꺽 삼켰다. "헤이븐에서 가장 뛰어난 힐러시죠."

"지금은 뉴 프렌티스타운 최고의 힐러지. 사람들 말로는 코일 선생이 여기서 꽤 힘이 있는 인물이었다고 하던데. 배후에 무시 못 할 세력이 있다고." 시장이 내가 쓴 명칭을 바로잡으며 말했다.

나는 입술을 깨물며 다시 카펫을 내려다봤다. "선생님은 매디를 구하지 못했어요."

"음, 그건 용서해 주기로 하자. 완벽한 사람은 없으니까." 시장의 목소리는 낮고 부드러워서 다정하게 들릴 정도였다.

시장은 자신의 커피 잔을 내려놨다. "네 친구 일은 미안하게 됐다." 그리고 아까 한 말을 또 했다. "그리고 이제야 너를 불러서 미안하구나. 할 일이 아주 많았다. 이 행성에서 고통스러운 일이 더 이상 일어나지 않게 하려고 애쓰고 있었는데, 네 친구가 죽다니 정말 슬프다. 그동안 그런 일에 헌신하고 있었는데 말이야. 전쟁은 끝났다, 바이올라. 정말로 끝났어. 이제는 전쟁의 상처들을 치유할 때야."

나는 그 말에 아무 대꾸도 하지 않았다.

"하지만 네 선생님은 나를 그런 식으로 보지 않지? 코일 선생은 나를 적으로 보고 있어."

오늘 새벽 매디에게 하얀 수의를 입히는 동안 선생님이 말했다. 그자가 전쟁을 원한다면, 전쟁을 하게 될 거다. 우리의 싸움은 아직 시작도 안 했어.

하지만 내가 이곳에 호출됐을 때, 선생님은 시장에게 그런 말은 하지 말고 그저 장례식에 대해서만 물어보라고 지시했다.

그리고 내가 뭘 할 수 있는지도 알아내고.

"너도 나를 적으로 보고 있구나. 그러지 않았으면 좋겠다. 이 끔찍한 사건 때문에 나에 대한 네 의심이 더 커져서 아주 실망스럽구나."

내 가슴속에서 매디가, 토드가 다시 고개를 들었다. 나는 한동안 입으로 숨을 내쉬어야 했다.

"이 상황에서 편을 가르고 싶은 마음이 얼마나 큰지 잘 안다. 네가 그녀 편에 서야 한다고 생각하는 것도 알아. 널 탓하려는 게 아니야. 난 너의 우주선에 대해 물어보지도 않았어. 네가 거짓말을 할 걸 알고 있기 때문이야. 그 선생이 그러라고 시켰을 테니까. 내가 코일 선생 입장이라면 나도 그렇게 했을 거야. 날 도우라고 강요하고, 내 손에 들어온 자산인 너를 이용하려 들겠지."

"선생님은 날 이용하지 않아요." 나는 조용히 말했다.

넌 우리에게 아주 중요한 존재가 될 수 있어. 네가 그러기로 선택한다면. 나는 그 말을 떠올렸다.

시장이 나를 향해 몸을 숙였다. "뭐 하나 말해줄까, 바이올라?"

"뭐요?"

그는 고개를 외로 꼬았다. "네가 정말 나를 데이비드라고 불러주면 좋겠는데."

나는 다시 카펫을 내려다봤다. "뭔데요, 데이비드?"

"고맙다, 바이올라. 참 기쁘구나." 시장은 내가 다시 고개를 들고 그를 볼 때까지 기다렸다. "나는 과거에 헤이븐을 운영하던 의회 의원들을 만났다. 헤이븐의 예전 시장도 만났어. 이전 경찰 서장과 의료 책임자와 교육 책임자도 만났다. 이 마을의 유력 인사들은 다 만나봤지. 그중 몇 사람은 이제 나를 위해 일한다. 새 정부에 맞지 않는 사람도 몇명 있지만 괜찮아. 이 도시를 재건하고 너의 동료들을 맞을 준비를 하고, 그들이 원하고 기대하는 제대로 된 천국을 만들기 위해 할 일은 아주 많으니까."

시장은 여전히 내 눈을 뚫어져라 바라봤다. 그의 눈은 석판 위로 흘러내리는 물처럼 짙은 파란색이었다.

"뉴 프렌티스타운에서 만났던 사람들 중 코일 선생만이 리더가 뭔지 진정으로 알고 있는 유일한 사람이었어. 리더십이란 키운다고 키워지는 게 아니다. 그건 쟁취하는 거야, 바이올라. 그런데 그녀에게는 그걸 쟁취할 만큼 충분한 힘과 의지가 있어. 그런 사람은 이 행성에서 나 말고 그 선생밖에 없을 거야."

그의 눈을 계속 보고 있으려니 문득 어떤 의문이 들었다.

시장의 소음은 그의 뒤쪽에 있는 어둠처럼 고요하고, 그의 얼굴과 눈에선 그 어떤 생각이나 감정도 읽을 수 없었다.

하지만 궁금해지기 시작했다.

그 궁금증의 끄트머리에서 불쑥 이런 생각이 떠올랐다.

이 사람 혹시 코일 선생님을 두려워하나?

"내가 왜 너를 코일 선생에게 데려가 총상을 치료하라고 했을까?"

"최고의 힐러니까요. 아까 그렇게 말했잖아요."

"그렇지. 하지만 힐러가 그 여자 하나만 있는 건 아니야. 치료도 붕대와 약을 쓰는 게 대부분이지. 코일 선생은 그저 그런 방면에 솜씨가 좀 뛰어날 뿐이야."

나는 무의식적으로 배에 있는 흉터로 손을 가져갔다. "그게 다가 아니에요."

"그렇지, 네 말이 맞다." 시장은 내 쪽으로 몸을 더 기울였다. "나는 코일 선생이 내 편이 되길 바란다, 바이올라. 이 새로운 사회를 성공시키려면 그녀가 필요해. 코일 선생과 내가 같이 일할 수 있다면, 와우, 우리가 만들어 낼 세상이 얼마나 대단할지 생각해 봐."

"당신이 선생님을 가둬놨잖아요."

"계속 그럴 생각은 아니다. 그동안 남자들과 여자들 간의 경계가 흐려졌어. 그 경계를 다시 세우려면 시간도 많이 걸리고 힘들지. 상호 신뢰는 금방 형성되지 않거든. 하지만 중요하게 기억해야 할 점은, 아까 내가 말한 것처럼 전쟁이 끝났다는 거야. 바이올라. 정말 끝났어. 난 더이상 싸움도, 유혈 충돌도 원하지 않는다."

손을 가만히 두기가 어색해서 식어가는 커피 잔을 들어 입술에 댔지만 마시진 않았다.

"토드는 잘 있어요?" 나는 그를 보지 않고 물었다.

"행복하고, 건강하게 햇빛을 쬐며 열심히 일하고 있다."

"토드를 만날 수 있어요?"

시장은 마치 내 질문을 고려해 보는 것처럼 아무 말도 하지 않았다.

"날 위해 뭔가 해주겠니?"

"뭘요? 선생님을 염탐하라는 건가요?" 내 머릿속에서 또 다른 생각이 떠오르기 시작했다.

"아냐, **염탐**이 아니야. 그저 내가 그 사람이 생각하는 그런 폭군이 아니라고, 그녀가 알고 있는 역사는 틀렸다고 설득해 줬으면 좋겠구나. 우리가 같이 일한다면 아주 오래전에 우리가 구세계를 떠날 때 원했던 그런 세상을 만들 수 있다고, 난 그녀의 적이 아니라고 말이다. 네 적도 아니고 말이야."

시장은 진심인 것처럼 보였다. 정말 그래 보였다.

"난 지금 너에게 도와달라고 부탁하는 거야."

"당신은 이곳을 완벽하게 지배하고 있잖아요. 내 도움은 필요 없으면서."

"필요하다. 넌 그 사람과 굉장히 가까워졌잖니." 시장은 끈질기게 말했다.

내가?

맞아요. 바로 그 아이입니다. 선생님의 그 말이 기억났다.

"그 첫날 밤 그 사람이 너에게 약을 먹인 것도 알고 있다. 네가 나에게 아무 말도 못 하도록 재우려고 그랬겠지."

나는 차갑게 식은 커피를 홀짝홀짝 마셨다. "당신도 그렇게 하지 않았겠어요?"

시장은 미소를 지었다. "그러니까 넌 우리가 별반 다르지 않다는 점에 동의하는구나. 코일 선생과 나 말이다."

"내가 어떻게 당신을 믿을 수 있죠?"

"너에게 약을 먹인 사람은 어떻게 믿니?"

"선생님은 내 목숨을 구했어요."

"내가 그러라고 시켰지."

"선생님은 날 치유의 집에 가둬놓지 않았어요."

"넌 혼자 여기 왔잖아, 그렇지? 이걸 가둬놨다고 할 수 있을까?"

"선생님은 저를 힐러로 교육시키는 중이세요."

"선생이 만나는 다른 힐러들은 누구지?" 시장은 다시 두 손을 세워 마주 댔다. "그들이 무슨 꿍꿍이를 꾸미고 있는 것 같니?"

나는 커피 잔을 들여다보면서 침을 꿀꺽 삼키며, 시장이 그걸 어떻게 아는지 머리를 굴려봤다.

"그들이 너에 대해 어떤 계획을 세웠니?"

나는 계속 그를 외면했다.

시장이 일어섰다. "나와 같이 가자."

시장은 나를 데리고 그 거대한 방을 나와 성당 앞에 있는 짧은 로비를 가로질렀다. 마을 광장으로 향한 문이 활짝 열려 있었다. 밖에서 군대가 행군 연습을 하느라 발을 구르는 소리가 밀려왔고, 이젠 치료제를 먹지 못하는 남자들의 거대한 소음이 그 뒤로 와르르 쏟아졌다.

나는 살짝 움찔했다.

"저기를 봐라." 시장이 말했다.

군인들 너머 광장 한가운데, 남자들 몇 명이 단순한 나무로 작은 단을 만들고 그 위에 구부러진 기둥 하나를 세우고 있었다.

"저게 뭐예요?"

"내일 오후, 해머 상사가 저지른 끔찍한 범죄에 대한 처벌로 저기서 교수형을 당할 것이다."

매디의 기억, 생명이 빠져나간 그녀의 눈이 다시 떠올랐다. 나는 소리를 내지 않기 위해 손으로 입을 틀어막아야 했다.

"나는 이 도시의 구시장은 살려줬다만, 내게 가장 오랫동안 충성하고 받들어 온 상사의 목숨은 살려주지 않을 것이다." 시장은 나를 바라봤다. "솔직하게 한번 생각해 봐라. 내게 중요한 정보를 가진 여자아이의 기분을 맞춰주자고 이렇게까지 할 것 같니? 네 말대로 내가 이곳을 완벽하게 지배하고 있는데 굳이 이런 수고를 한다고 생각해?"

"그럼 왜 하는데요?"

"그 상사가 법을 어겼으니까. 문명 세계인 이곳에서 야만적인 행동은 용인될 수 없기 때문이지. 전쟁은 끝났어." 시장이 내 쪽으로 얼굴을 돌렸다. "이 점을 코일 선생에게 납득시켜 주면 좋겠다." 그는 내게 더 가까이 다가섰다. "그렇게 해줄래? 최소한 이 비극적인 상황을 바로잡기 위해 내가 이런 일들을 하고 있다고 그 사람에게 전해주겠어?"

나는 발끝을 내려다봤다. 마음이 소용돌이치면서 유성처럼 뱅글뱅글 돌았다.

그가 한 말은 사실일 수도 있었다.

하지만 매디가 죽었다.

그건 내 잘못이다.

그리고 토드는 여전히 내 옆에 없다.

내가 뭘 해야 하지?

(내가 뭘 해야 하냐고?)

"그렇게 해주겠니?"

적어도 그건 코일 선생님에게 전해야 할 정보긴 하지. 나는 생각했다.

나는 침을 꿀꺽 삼켰다. "한번 해볼까요?"

시장은 다시 미소를 지으며 부드럽게 내 팔을 만졌다. "좋다. 이제 어서 돌아가렴. 장례식을 치를 때 네가 필요할 테니."

내가 고개를 끄덕이고 계단을 내려와 광장에 발을 들여놓는 순간, 소음의 함성이 강렬한 태양처럼 나를 사정없이 두들겼다. 나는 그 자리에 멈춰 서서 숨을 돌리려고 애썼다.

"바이올라." 시장은 여전히 성당 계단에서 나를 지켜보고 있었다. "내일 저녁에 나랑 같이 저녁 먹지 않을래?"

그는 씩 웃으면서 내가 가고 싶지 않은 마음을 숨기려고 애쓰는 모습을 보았다.

"토드도 올 거다."

나는 눈을 크게 떴다. 가슴에서 또 다른 물결이 밀려오면서 눈물이 났다. 놀란 나머지 딸꾹질이 나오기 시작했다. "정말요?"

"정말이다."

"진심이에요?"

"진심이란다."

그리고 시장은 나를 안으려고 두 팔을 벌렸다.

11

내가 널 살렸다

〈토드〉

"저것들에게 번호를 찍어야 해. 그게 우리가 맡은 새 일이야." 데이비가 수도원 창고에서 묵직한 캔버스 가방 하나를 꺼내 풀밭 위에 털썩 떨어뜨리며 말했다.

어젯밤 시장이 내게 늦은 생일 축하 인사를 하고, 내가 그녀를 찾아내고 말겠다고 맹세하고 맞은 첫 아침이다.

하지만 달라진 건 하나도 없네.

"번호를 찍는다고?" 나는 스패클들을 바라보며 물었다. 그들은 여전히 이해할 수 없는 침묵 속에서 우리를 빤히 마주 보고 있었다.

"넌 우리 아버지가 하는 말은 귓등으로도 안 듣지?" 데이비가 그 가방에서 연장 몇 개를 꺼내며 말했다. "모두 자기가 있어야 할 자리를 알아야 한다고 했잖아. 게다가 키우는 짐승이 몇이나 되는지 어떻게든 파악해야 할 거 아니야."

"저들은 짐승이 아니야, 데이비. 외계인일 뿐이라고." 전에도 몇 번이 문제로 싸운 적이 있기 때문에 나는 열의 없이 말했다.

"네 맘대로 생각해, 돼지오줌." 그는 가방에서 볼트 커터를 꺼내 풀 위에 올려놨다. 그리고 다시 가방 속으로 손을 넣었다. "이것들 좀 받아." 그는 금속 밴드 한 움큼을 내밀면서 말했다. 그것들은 좀 더 기다란 금속 밴드로 묶여 있었다. 나는 그것들을 받았다.

그리고 그게 뭔지 알아봤다.

"설마 그걸 할 작정은 아니겠지."

"아, 할 거야. 우리가." 그가 내민 또 다른 도구도 낯익은 것이었다.

모두 우리가 프렌티스타운에 살 때 양에게 낙인을 찍던 도구들이었다. 데이비가 들고 있는 도구를 가지고 금속 밴드를 양의 다리 하나에 감는다. 그 도구로 밴드의 양쪽 끝을 단단하게 접합한다. 그 밴드가 양의 다리를 사정없이 죄어 살 속으로 파고 들어가면서 감염이 시작된다. 하지만 밴드 금속에 약이 발려 있어서 염증이 치료된다. 그 결과 밴드 주위의 피부가 낫기 시작하면서, 그 위로 살이 자란다. 결국 그 부위의 살이 밴드와 합쳐져 하나가 된다.

나는 다시 스패클들을 봤다가 눈길을 돌렸다.

이 밴드의 문제는 이걸 벗겨버리면 상처가 아물지 않는다는 점이다. 양의 다리에 씌웠던 밴드를 빼면 양은 피를 끝없이 흘리다가 죽고 만다. 밴드를 일단 채우면 죽을 때까지 차야 한다. 돌이킬 방법은 없다.

"그냥 쟤들이 양이다, 이렇게 생각해." 데이비가 접합 도구를 가지고 일어서서 스패클들을 바라봤다. "모두 한 줄로 서!"

"한 번에 한 구역씩 작업한다." 데이비가 소리를 지르면서 한 손에 접합 도구를 들고 다른 손에는 권총을 든 채 스패클들을 향해 손짓했다.

돌담 위에 서 있는 군사들은 스패클 무리에게 소총을 겨누고 있었다. "일단 번호가 찍히면, 너희는 절대 이 구역을 나가면 안 돼. 내 말 이해해?"

그들은 이해하는 것처럼 보였다.

그게 바로 문제다.

이들은 양보다 훨씬 많은 걸 이해한다.

나는 손에 든 금속 밴드 뭉치를 바라봤다. "데이비, 이건……."

"그냥 하기나 해, 돼지오줌. 오늘 작업 목표는 200마리야." 데이비가 초조하게 말했다.

나는 침을 꿀꺽 삼켰다. 줄 맨 앞에 선 스패클도 그 밴드 뭉치를 보고 있었다. 아무래도 여자 같았다. 가끔은 그들의 몸에서 자라는 이끼 색깔로 성별을 구별할 수 있을 때가 있다. 그녀는 스패클 치고 키가 작아서 나와 비슷해 보였다.

나는 어쩌면 좋을지 궁리해 봤다. 내가 이 일을 하지 않으면, 하다가 스패클이 다쳐도 개의치 않을 다른 사람을 시킬 것이다. 그러느니 차라리 내가 부드럽게 하는 편이 낫다. 데이비보다는 내 손으로 하는 편이 낫다.

그렇지?

(그런가?)

"그냥 그 빌어먹을 밴드를 팔에 채워. 오전 내내 그러고 서 있을 작정이야?" 데이비가 말했다.

나는 그녀에게 팔을 내밀라고 손짓했다. 그녀는 눈을 깜박이지도 않고 나를 빤히 보면서 팔을 내밀었다. 나는 다시 침을 꿀꺽 삼키면서 포장지를 벗겨 0001이라고 표시된 밴드를 꺼냈다. 그녀는 계속 눈도 깜박이지 않고 나를 바라봤다.

나는 그녀가 내민 팔을 잡았다.

그 살은 따뜻했다. 예상보다 훨씬 따뜻했다. 보기에는 하얗고 차가울 것만 같은데.

나는 그녀의 손목에 밴드를 감았다.

내 손가락 끝에서 그녀의 맥이 뛰는 걸 느낄 수 있었다.

그녀는 여전히 내 눈을 들여다보고 있었다.

"미안해." 내가 속삭였다.

데이비가 나와서 그 밴드의 늘어진 양쪽 끄트머리를 볼팅 공구로 잡고 세게 꼬았다. 너무 세게 꼬아서 스패클이 고통스러워 쉭쉭 소리를 지르는 사이에 데이비가 볼트를 박았다. 그녀를 영원히 0001이라고 칭할 금속 밴드가 채워졌다.

그 밴드 밑으로 피가 흘렀다. 붉은 피였다.

(나는 이미 알고 있었다.)

그녀는 다른 손으로 다친 손목을 잡은 채, 우리를 계속 뚫어져라 보면서 저주와 같은 침묵 속에서 우리 옆을 지나갔다.

우리에게 맞서 싸우는 스패클은 하나도 없었다. 길게 줄을 선 그들은 그저 우리를 빤히 보기만 했다. 가끔 서로에게 혀를 차는 소리를 내긴 했지만 어떤 소음도 내지 않고, 몸부림을 치지도 않고, 저항도 하지 않았다.

그래서 데이비는 더 화를 냈다.

"빌어먹을 것들." 그는 스패클들이 더 소리를 지르도록 밴드에 볼트를 박을 때 좀 더 오래 뜸을 들이면서 내뱉었다. 계속 그렇게 했다.

"이건 맛이 어떠냐, 어?" 데이비는 손목을 잡고, 우리를 빤히 보면서 지나가는 한 스패클에게 소리 질렀다.

그다음에 나온 스패클은 0038번이었다. 키가 큰 그 스패클은 남자인 것 같았고, 무지하게 마른 데다 점점 더 살이 빠지고 있었다. 매일 아침 주는 사료만으로는 1500명의 스패클이 먹기에 턱 없이 부족하다는 건 바보라도 알 수 있으니까.

"그 밴드를 목에 채워." 데이비가 말했다.

"뭐라고?" 나는 눈을 동그랗게 떴다. "안 돼!"

"그걸 빌어먹을 목에 채우란 말이야!"

"난 안……."

데이비가 갑자기 뛰어와서 볼팅 공구로 내 머리를 퍽 치고 나서 내 손에서 금속 밴드 뭉치를 빼앗아 갔다. 나는 한쪽 무릎을 꿇고 주저앉으면서 머리를 움켜쥐었다. 통증 때문에 순간적으로 고개를 들 수 없었다.

위를 봤을 때는 너무 늦은 후였다.

데이비가 그 스패클의 무릎을 꿇리고 0038밴드를 목에 단단히 채우고서 볼팅 공구로 단단히 조이고 있었다. 담장 위에 서 있는 병사들이 정신없이 웃어댔고, 그 스패클은 숨을 쉬려고 헐떡이면서 손가락으로 밴드를 죽어라 할퀴었다. 목에 찬 밴드 밑에서 피가 흐르고 있었다.

"멈춰!" 나는 소리를 지르며 일어서려고 애썼다.

하지만 데이비가 그 볼트를 조여버렸다. 그 스패클은 잔디 위로 쓰러지면서 숨이 막혀 캑캑대며, 머리가 끔찍하게도 분홍색으로 변하기 시작했다. 데이비는 그 스패클이 목이 졸려 죽어가는 모습을 내려다보며 꼼짝 않고 서 있었다.

나는 데이비가 풀 위에 놔둔 볼트 커터를 보고, 비틀거리며 그쪽으로 가서 커터를 들고 0038에게 서둘러 돌아왔다. 데이비가 날 막으려고 했지만 내가 볼트 커터를 휘두르자 펄쩍 뛰어 뒤로 물러났다. 나는 0038 옆에 무릎을 꿇고 앉아 그 밴드를 자르려고 했지만, 데이비가 너무 세게 조여 놓은 데다 숨이 막힌 스패클이 너무 세게 몸부림치는 바람에 결국 주먹으로 몇 대 쳐서 움직이지 못하게 해야 했다.

나는 그 밴드를 잘라서 풀었다. 그것은 피와 살이 묻어 범벅이 된 채 떨어져 나갔다. 그 스패클이 갑자기 공기를 요란하게 빨아들이는 바람에 귀가 아플 정도로 큰 소리가 났다. 나는 볼트 커터를 손에 든 채 뒤로 물러났다.

그 스패클이 다시 숨을 쉬려고 애쓰다가 그러지 못하는 모습을 지켜보면서, 데이비가 내 뒤에서 볼팅 공구를 들고 맴도는 게 느껴지는 사이에 스패클들 사이에서 혀를 차는 소리가 점점 크게 퍼져나갔다. 다른 모든 순간을 제쳐놓고 지금 이 순간, 모든 이유를 제쳐놓고, 바로 이것 때문에……

그들은 공격하기로 결심한 것이다.

첫 번째 펀치는 내 정수리를 가볍게 스치고 지나갔다. 비쩍 마른 데다 몸이 너무 가벼워서 그들의 주먹에는 무게가 거의 실리지 않았다.

하지만 그들은 자그마치 1500명이나 된다.

그런 그들이 물결처럼, 너무 두꺼워서 마치 내가 그 물속에 풍덩 빠진 것처럼 밀려왔다.

수많은 주먹들이 나를 치고 내 얼굴과 뒷목을 할퀴는 바람에 나는 땅바닥으로 쓰러졌다. 그들이 몸으로 나를 짓누르고, 내 팔과 다리를 움켜쥐고, 옷과 머리카락을 잡아당겼다. 나는 소리를 질렀다. 그들 중 하나가 내 손에서 볼트 커터를 뺏어서 그걸로 내 팔꿈치를 세게 쳤는데, 그 고통은 내가 참을 수 있는 정도를 넘어섰다.

그 와중에 내가 하는 생각이라곤, 내가 하는 멍청한 생각이라곤……. 왜 나를 공격하는 거지? 나는 0038을 구하려고 애썼는데.

(하지만 그들은 안다, 그들은 알고 있다…….)

(그들은 내가 살인자라는 사실을 안다…….)

데이비가 소리를 지르는 사이에 돌담 위에서 최초의 총성들이 터져 나왔다. 나를 때리는 주먹들과 할퀴는 손길들이 더 많이 몰려들었지만 총성도 더 많아졌고, 스패클들은 흩어지기 시작했다. 팔꿈치의 통증이 너무 심해서 눈도 제대로 뜰 수 없어 나는 그저 그 소리만 듣고 있었다.

그런데 여전히 내 몸을 찍어 누르며 풀밭 위에 엎어져 있는 나를 할퀴어 대는 스패클이 하나 있었다. 나는 간신히 몸을 뒤집었다. 총알들이 날아다니고, 사방에 화약 냄새가 진동하고, 스패클들이 달아나고 있는 상황에서도 이 스패클은 나를 타고 앉아서 사정없이 할퀴고 후려치고 있었다.

그 스패클이 0001, 제일 처음 줄을 섰던, 내가 처음 만졌던 스패클이란 사실을 깨닫는 순간 탕 소리가 났다. 그녀는 몸을 빙그르르 돌려서 내 옆으로 떨어졌다. 죽었다.

데이비가 권총을 든 채 나를 내려다보고 서 있었다. 총구에서 연기가 피어올랐다. 그의 코와 입에서 피가 흘렀다. 나만큼이나 많이 할퀸 데다 몸이 한쪽으로 심하게 기울어 있었다.

하지만 데이비는 미소 짓고 있었다.

"내가 너 살렸다."

소총 사격이 계속됐다. 스패클들은 계속 달렸지만 도망칠 곳이 없었다. 그들은 쓰러지고, 쓰러지고, 또 쓰러졌다.

나는 팔꿈치를 내려다봤다. "아무래도 팔이 부러진 것 같아."

"나는 다리가 부러진 것 같아. 하지만 넌 우리 아버지에게 돌아가. 가서 무슨 일이 있었는지 말해. 내가 네 목숨을 구했다고 말하라고."

데이비는 내 쪽은 보지도 않은 채, 여전히 총을 들고 쏘면서 체중을 한쪽 다리에만 싣고 있었다.

"데이비……."

"가!" 그렇게 말하는 데이비의 얼굴에서 기묘하게 기뻐하는 기색이 비쳤다. "난 여기서 끝내야 할 일이 있으니까." 데이비가 다시 총을 쐈다. 스패클이 하나 더 쓰러졌다. 그들은 사방에서 쓰러지고 있었다.

나는 문을 향해 한 걸음 떼었다. 그리고 한 발자국 더 걸었다.

그다음엔 달렸다.

한 발자국씩 걸을 때마다 팔이 욱신욱신 쑤셨지만 앙가르드는 나를 보자 수망아지라고 부르면서 내 얼굴에 축축한 코를 대고 킁킁거렸다. 앙가르드는 내가 안장에 올라탈 수 있게 무릎을 꿇고 내가 똑바로 앉을 때까지 기다렸다가, 일어서서 출발해 전에 없이 빨리 달렸다. 나는 성한 손으로 갈기를 꽉 잡고 다친 팔은 구부린 채, 토하지 않으려고 안간힘을 썼다.

달리다가 가끔씩 고개를 들면 멀리 떨어진 창가에서 조용히 내가 지나가는 모습을 지켜보는 여자들이 보였다. 말을 타고 달리는 내 피투성이 얼굴을 보는 남자들도 있었다.

그들이 나를 어떤 사람으로 생각할지 궁금했다.

　　　　　　　　　　　　　　　　카오스 워킹 2

내가 그들 중 하나라고 생각할까?

대체 내가 누구라고 생각할까?

순간 눈을 감았다가 균형을 잃고 떨어질 뻔해서 다시 눈을 떴다.

앙가르드는 나를 태우고 성당 옆 도로로 향한 뒤, 불꽃이 튀기도록 발굽을 자갈에 세차게 부딪쳐 달리면서 모퉁이를 돌아 정문으로 갔다. 군대는 광장에서 행군 연습을 하고 있었다. 군인 대부분은 소음이 없지만 그들이 발을 구르는 소리는 공기를 구부릴 수 있을 정도로 요란했다.

나는 그 소리에 움찔하면서 고개를 들어 우리가 지금 가고 있는 성당 정문을 보다가…….

내 소음에 너무 큰 충격이 느껴지자 앙가르드가 우뚝 멈춰 서며 자갈 길 위에서 비틀거렸다. 여기까지 나를 태우고 정신없이 달려오느라 옆구리에서 땀이 흘러내렸다.

나는 그건 눈치도 못 챘고…….

내 심장은 그만 멈춰버렸고…….

왜냐하면…….

그녀가 있었다.

내 눈 앞에, 성당 계단을 올라가는…….

그녀가 있었다.

이윽고 내 가슴이 쿵 소리를 내며 다시 뛰었고, 내 소음은 그녀의 이름을 힘껏 부를 준비가 됐고, 내 고통이 사라지고…….

그녀가 살아 있으니까…….

그녀가 살아 있다…….

하지만 그때 보였다…….

그녀가 계단을 올라가…….

프렌티스 시장을 향해…….

그가 활짝 벌린 두 팔을 향해…….

그리고 그가 그녀를 껴안고…….

그녀는 가만히 있었고…….

내가 생각할 수 있는 거라곤…….

내가 말할 수 있는 거라곤…….

그건…….

"바이올라?"

PART 3

전쟁은 끝났다

12

배신

〈바이올라〉

프렌티스 시장이 거기 서 있었다.

이 도시, 이 세계의 지도자.

두 팔을 활짝 벌린 채.

마치 그것이 대가인 것처럼.

내가 저걸 지불해야 하나?

그냥 포옹 한 번인데.

(그렇지 않나?)

토드를 보기 위한 포옹.

나는 앞으로 갔고…….

(그냥 포옹 한 번인데.)

……그가 나를 안았다.

나는 그의 손길에 뻣뻣해지지 않으려고 애썼다.

"너에게 이런 말은 한 적 없지? 여기로 행군해 오는 길에 늪에서 네 우주선을 발견했다. 네 부모님도 발견했어." 시장이 내 귀에 대고 속삭였다.

나는 헉 소리를 내며 터져 나오려는 울음을 삼키려고 애썼다.

"그분들을 제대로 묻어드렸다. 정말 유감이구나, 바이올라. 네가 얼마나 외로울지 잘 안다. 언젠가는 이렇게 생각해 주면 좋겠구나. 언젠가는 네가 날 너의……."

그때 사람들의 소음 위로 갑자기 소리가 들렸다.

소음 하나가 나머지 소음보다 높게 화살처럼 또렷하게 날아왔다.

날 향해 곧바로 날아오는…….

바이!올라! 그것이 고함을 지르면서 시장의 입에서 나오는 말들을 한 방에 날려버렸다.

내가 시장의 품에서 물러서자 그의 팔이 축 처졌고…….

내가 돌아서자…….

거기에, 오후의 햇살 속에, 광장에서 10미터도 안 떨어진 곳의 말 위에…….

그가 있었다.

바로 그다.
정말 그야.

"**토드!**" 나는 소리 지르며 이미 달려가고 있었다.

토드는 말에서 내려와 그 자리에 서서 팔을 이상한 자세로 잡고 있었다. 그의 소음에서 바이!올라가 어마어마하게 큰 소리로 울려 퍼졌다.

동시에 그의 팔에서 느껴지는 고통과 그 속에 뒤범벅된 혼란도 들을 수 있었다. 하지만 내 마음이 너무나 빨리 달리고 내 심장이 너무나 요란하게 뛰어서 그 어떤 소리도 제대로 들리지 않았다.

"**토드!**" 나는 다시 소리 지르면서 그에게 도착했고, 그의 소음이 드넓게 열려서 담요처럼 나를 감쌌고, 나는 그를 껴안았고, 나는 다시는 놓지 않을 것처럼 그를 꽉 끌어안았고, 그는 아파서 비명을 지르면서도 다른 팔로 나를 끌어안고, 또 끌어안고……

"네가 죽은 줄 알았어. 네가 죽은 줄 알았다고." 그렇게 말하는 토드의 숨결이 내 목에 느껴졌다.

"토드." 나는 그저 그의 이름만을 부르며 울었다. "토드."

토드가 다시 격렬하게 숨을 들이마셨다. 그의 고통이 소음 속에서 너무나 요란하게 번득여서 눈이 멀 것 같았다. "네 팔." 나는 그에게서 몸을 떼면서 말했다.

"부러졌어. 그게……" 토드는 숨을 헐떡이며 말했다.

"토드?" 시장이 바로 우리 뒤에 서서 토드를 날카로운 눈빛으로 들여다보며 불렀다. "일찍 돌아왔구나."

"내 팔, 스패클이……" 토드가 말했다.

"스패클?" 내가 반문했다.

"상태가 심각해 보인다, 토드." 시장이 우리를 내려다보며 말했다. "당장 치료부터 해야겠다."

"토드는 코일 선생님에게 데려가면 돼요!"

"바이올라." 시장이 나를 부르자 토드가 바이**올라?**라고 생각하며 왜 시장이 날 이렇게 부르는지 의아해했다. "토드는 너무 많이 다쳐서 네가 있는 치유의 집까지 걸어갈 수 없다."

"내가 같이 갈게! 난 지금 수련생으로 교육받고 있어!"

"네가 뭐라고?" 토드의 통증이 사이렌처럼 울부짖었지만, 그의 시선은 여전히 나와 시장 사이를 오락가락하고 있었다. "무슨 일이 있었던 거야? 네가 어떻게……?"

"내가 다 설명하마. 우선 치료부터 받자." 시장이 토드의 성한 팔을 잡으며 말했다. 그리고 내게 돌아섰다. "내일 저녁 초대는 아직 유효하다. 넌 장례식을 치르러 가야지."

"장례식? 무슨 장례식?" 토드가 물었다.

"내일." 시장은 다시 한번 단호하게 말하고는 토드를 끌고 갔다.

"기다려요……."

"바이올라!" 토드가 소리를 지르며 시장의 손아귀에서 팔을 빼려다가 그만 부러진 팔을 움직이고 말았고, 극심한 고통에 한쪽 무릎을 꿇었다. 토드의 소음 속에서 들리는 고통이 너무나 날카롭고 요란하고 또렷해서 행군을 하던 병사들도 그 소리를 듣고 멈춰 섰다. 나는 그에게 달려가 도우려 했지만 시장이 한 손을 들어 막았다.

"가거라." 말대꾸는 더 이상 허용하지 않겠다는 단호한 목소리였다. "토드는 내가 돌보마. 넌 장례식에 가서 친구의 죽음을 애도해야지. 내일 밤 토드를 만나게 될 거야. 말짱해진 토드를 말이다."

바이올라? 토드의 소음이 다시 울렸다. 토드는 고통이 너무 심해서 울음을 참고 있었다. 너무 아파서 이제 말도 못할 것 같았다.

"내일, 토드." 나는 그의 소음 속으로 파고들려고 애쓰면서 큰 소리로 말했다. "내일 만나자."

바이올라! 토드가 다시 불렀지만 시장이 이미 그를 데려가고 있었다.

"약속했어요! 약속한 거 잊지 말아요!" 나는 둘을 향해 소리쳤다.

시장이 내게 미소를 지어 보였다. "네 약속도 잊지 마라."

내가 약속을 했다고?

나는 그들이 가는 모습을 지켜봤다. 너무 순식간에 일어난 일이라 꿈을 꾼 것 같았다.

하지만 토드…….

토드가 살아 있다.

나는 잠시 허리를 숙이고 그 사실을 받아들였다.

"무거운 마음으로 당신을 이 땅에 묻습니다."

"자. 이걸 관 위에 뿌려라." 여사제가 기도를 마치자 코일 선생님이 내 손을 잡고 흙을 한 줌 쥐어줬다.

나는 내 손에 있는 흙을 물끄러미 바라봤다. "왜요?"

"매들린은 우리 모두의 노력으로 여기 묻히게 됐으니까." 선생님은 무덤가에 모여 있는 힐러들에게 나를 이끌었다. 한 사람씩 그 구덩이를 지나치면서 나무 관 위로 흙 한 줌을 던졌다. 그 관 속에 매디가 누워 있었다. 장례식이 열리는 동안 모두 내게서 최대한 멀찍이 떨어져 있었다.

코일 선생님 말고는 아무도 나와 말도 섞지 않았다.

그들은 나를 탓했다.

나도 나를 탓했다.

장례식에는 여자들 열다섯 명이 참석했다. 힐러들, 수련생들, 환자들. 군인들이 우리 주위를 동그랗게 둘러쌌다. 장례식 경비치고는 과할 정도로 군인들이 많이 왔다. 매디의 아버지를 비롯한 남자들은 무덤 맞은편에 따로 분리돼 있었다. 매디의 아버지가 흐느껴 우는 소음은 너무나 슬펐다.

그 한가운데서 나의 죄책감은 점점 더 커져갔다. 내 머릿속에는 토드 생각밖에 없으니까.

토드와 떨어져 있으니 그의 소음에서 흘러나온 혼란스러운 마음을 좀 더 또렷하게 볼 수 있었다. 시장의 품에 안겨 있는 내가 어떻게 보였을지, 시장과 내가 얼마나 친밀해 보였을지도 익히 짐작할 수 있었다.

그 상황을 다 설명할 수 있다고 해도 수치스러운 마음은 가시지 않을 것이다.

그런데 그는 가야만 했다.

내가 매디의 관 위에 흙을 뿌리자 코일 선생님이 내 팔을 잡았다. "이야기 좀 하자."

"그자가 나와 같이 일하고 싶어 한다고?" 코일 선생님이 작은 내 방에서 차를 마시다가 되물었다.

"선생님을 존경한대요."

선생님은 눈썹을 치켜올렸다. "이젠 존경까지 한대?"

"이 말이 어떻게 들릴지 나도 알아요. 하지만 시장이 하는 말을 선생님이 들어보시면……."

"아, 우리 대통령님이 하는 말은 충분히 들은 것 같은데."

나는 다시 침대에 등을 기댔다. "저도 잘은 모르지만 시장은 제게 우주선에 대해 말하라고 강요할 수도 있었잖아요. 그런데 그러지 않았어요. 내일 제 친구도 만나게 해주겠다고 했어요." 나는 선생님을 외면하며 말했다.

"너의 토드?"

나는 고개를 끄덕였다. 선생님의 표정은 돌처럼 무감각했다.

"그래서 넌 그자가 고맙겠군, 그렇지?"

"아뇨. 전 시장의 군대가 행군하면서 저지른 짓들을 봤어요. 제 두 눈으로 똑똑히 봤다고요." 나는 두 손으로 얼굴을 벅벅 문지르며 말했다.

기나긴 침묵이 흘렀다.

"하지만?" 코일 선생님이 마침내 입을 열었다.

나는 계속 선생님을 외면했다. "하지만 시장이 매디를 쏜 남자를 교수형에 처하겠다고 했어요. 내일 사형을 집행한대요."

선생님은 혀를 찼다. "그런 남자가 사람 하나 더 죽이는 게 뭐 대수라고? 사람 목숨 하나 더 뺏는 건 일도 아니다. 그런 식으로 문제를 해결하려 하다니 그 인간답구나."

"진심으로 유감스러워하는 것 같았어요."

선생님은 나를 곁눈으로 봤다. "분명 그랬겠지. 정확히 그렇게 보였겠지." 그녀는 목소리를 낮췄다. "그는 거짓의 대통령이란다, 얘야. 거짓말을 너무 잘해서 너는 그게 진실이라고 믿을 거야. 악마는 원래 끝내주는 이야기꾼이란다. 엄마가 그런 것도 안 가르쳐 주시던?"

"시장은 자기가 악마라고 생각하지 않던데요. 그저 전쟁에 승리한 군인이라고 생각하고 있어요."

선생님은 날 찬찬히 뜯어봤다. "회유. 그걸 회유라고 한다. 회유란 미끄러운 비탈길 같은 거란다."

"그게 무슨 뜻이죠?"

"네가 적에게 협력하고 싶게 만든다는 뜻이야. 그와 맞서 싸우느니 손을 잡고 싶게 만드는 거지. 그것이야말로 확실히 패배하는 길이고."

"전 그런 걸 원하지 않아요! 전 그저 이 모든 게 끝났으면 좋겠어요!

이곳이 여기 오는 모든 이들의 집이 됐으면 좋겠다고요. 우리 모두 그 토록 고대하던 집. 전 이곳이 평화롭고 행복하길 바라요." 내 목소리가 흐려지기 시작했다. "더 이상 누구도 죽지 않길 바란다고요."

선생님은 찻잔을 내려놓고 두 손을 무릎에 올린 후에 날 매섭게 노려 봤다. "그게 정말 네가 바라는 거 확실하니? 그 남자아이를 위해 뭐든 하겠다는 게 너의 진심 아닐까?"

순간 선생님이 독심술을 하나, 라는 의문이 들었다.

(그 말이 맞으니까, 난 토드가 너무 보고 싶으니까…….)

(토드에게 내 사정을 설명하고 싶으니까…….)

"확실히 너는 우리에게 충성하진 않는구나. 네가 매디와 그 어리석은 짓을 벌인 후에 네가 우리의 자산이라기보다는 위험이라고 보는 사람 들도 있다."

자산이라.

선생님은 땅이 꺼져라 한숨을 쉬었다. "분명히 말하는데 매디가 너 때문에 죽었다는 생각은 하지 않는다. 매디는 스스로 결정을 내릴 수 있는 성인이었어. 그 아이가 널 돕기로 했다면, 음, 그렇다면 어쩔 수 없지." 선생님은 손가락으로 이마를 문질렀다. "넌 나와 아주 많이 닮 았어, 바이올라. 안 좋은 면까지도." 선생님이 일어났다. "그러니까 제 발 알아주렴. 난 널 탓하지 않는다. 무슨 일이 일어나더라도."

"무슨 일이 일어나더라도, 라니. 그게 무슨 뜻이에요?"

하지만 선생님은 더 이상 아무 말도 하지 않았다.

그날 밤 '경야'라는 의식을 치렀다. 치유의 집에 있는 사람들 모두 도 수가 낮은 맥주를 엄청나게 마시고, 매디가 좋아했던 노래들을 부르고,

그녀에 대한 이야기들을 나눴다. 나를 포함해서 눈물을 흘리는 사람도 많았다. 행복한 눈물은 아니었지만 그렇다고 세상에서 가장 슬픈 눈물도 아니었다.

그리고 나는 오늘 밤 토드를 다시 만날 것이다.

그래서 그나마 지금 이 상황이 그럭저럭 괜찮다고 느낄 수 있었다.

나는 치유의 집 안을 돌아다니면서, 이야기를 나누는 다른 힐러들과 수련생들과 환자들 주위를 지나쳤다. 아무도 내게 말을 걸려 하지 않았다. 코린이 혼자 창가 의자에 앉아 있는 모습이 보였다. 다른 사람들보다 그녀가 특히 감정이 격해진 것 같았다. 코린은 매디가 죽은 후로 누구와도 이야기를 하지 않았고, 장례식 때 매디를 위해 한마디하라는 것도 거부했다. 자세히 들여다보면 그녀의 뺨에 무수한 눈물 자국이 나 있었다.

아마 맥주에 취해 용기가 났겠지만, 코린이 너무 상심하고 있는 것 같아서 다가가 옆에 앉았다.

"미안……." 내가 입을 열자마자 코린이 벌떡 일어서서 날 혼자 남겨두고 가버렸다.

코일 선생님이 맥주 두 잔을 들고 와서 한 잔을 건넸다. 우리는 방을 나가는 코린의 뒷모습을 지켜봤다. "코린은 너무 신경 쓰지 마라." 코일 선생님이 그렇게 말하면서 앉았다.

"코린은 원래 나를 지독하게 싫어하니까요."

"그렇지 않아. 코린이 워낙 힘들게 살아와서 그럴 뿐이야."

"얼마나 힘들게요?"

"그건 내 입으로 말할 게 아니라 본인에게 직접 들어야지. 쭉 마셔라."

나는 한 모금 마셨다. 입천장을 적시는 거품이 톡 쏘는 맛이 있었지만, 달콤한 밀 맛이 나는 맥주는 불쾌하지 않았다. 우리는 한동안 묵묵히 맥주를 마셨다.

"너 바다 본 적 있니, 바이올라?" 코일 선생님이 물었다.

나는 캑캑거리면서 마시던 맥주를 조금 뿜어냈다. "바다요?"

"신세계에는 바다가 있어. 아주 큰 바다가."

"전 우주선에서 태어났어요. 하지만 정찰 비행을 할 때 궤도에 진입하다가 바다를 본 적은 있어요."

"그럼 넌 파도가 밀려오는 해변에 서 본 적은 한 번도 없겠구나. 바닷물이 네 발치에서부터 보이지 않는 머나먼 곳까지 밀려 나가지. 살아 움직이는 것처럼 철썩이는 파란 바닷물이 끝도 없이 이어져 있어. 속에 있는 것들을 모두 감춘 거대한 공간이지." 선생님은 행복한 표정으로 고개를 저었다. "신이 만든 이 세상에서 네가 얼마나 작은 존재인지 보고 싶다면 바다 가장자리에 서 있으면 돼."

"전 강에 가본 게 다예요."

선생님은 아랫입술을 비쭉 내밀면서 나를 찬찬히 바라봤다. "이 강이 바다로 흘러가는 건 너도 알겠지. 바다는 여기서 그렇게 멀지도 않아. 기껏해야 말 타고 이틀 정도 가면 돼. 도로 사정은 그렇게 좋지 않다만 핵분열 차를 타고 오전 내내 달리면 도착한단다."

"바다로 가는 도로가 있어요?"

"이젠 뭐 도로라고 할 수도 없다만 있긴 있지."

"바다에 뭐가 있는데요?"

"예전엔 거기에 내 집이 있었어." 선생님은 앉은 자세를 바꾸며 말했다. "우리가 여기 처음 착륙했을 때, 그러니까 지금으로부터 23년 전에 말이야. 처음에는 어촌을 만들려고 했다. 보트도 몇 척 있었어. 100년 정도 후에 그곳이 항구가 됐을지도 모르지."

"무슨 일이 있었는데요?"

"신세계 곳곳에서 일어난 일이 그곳에서도 일어났지. 우리가 세운 모든 원대한 계획들은 이곳에 도착하고 몇 년 만에 다 시련에 부딪치면서 무너져 버렸다. 새로운 문명을 시작하기가 생각보다 쉽지 않았어. 걸을 수 있기 전에는 먼저 기어야 하는 법이지." 선생님은 맥주를 한 모금 마셨다. "그러다가 가끔은 다시 기어야 할 때도 있고." 선생님은 혼자 피식 웃었다. "아마 그게 최선이었을지도 몰라. 알고 보니 신세계의 바다는 낚시를 할 만한 곳이 아니었거든."

"왜요?"

"아, 우리가 만든 배랑 덩치가 비슷한 물고기들이 옆에서 나란히 헤엄치면서 우리 눈을 마주 보며 잡아먹겠다고 말했거든." 선생님은 피식 웃었다. "그리고 정말 잡아먹었지."

나도 피식 웃었다. 그러다가 지금까지 일어난 일들이 다 떠올랐다.

선생님은 다시 나와 눈을 마주쳤다. "하지만 바다는 아주 아름답단다. 네가 지금까지 본 것과는 전혀 달라."

"선생님은 바다를 그리워하시는군요." 나는 남은 맥주를 마저 마셨다.

"바다를 한 번 보면 평생 그리워하게 된단다." 선생님은 그렇게 말하면서 내 잔을 가져갔다. "한 잔 더 갖다주마."

그날 밤 꿈을 꾸었다.

바다와 나를 잡아먹으려는 물고기 꿈을 꾸었다. 그곳에서 헤엄치는 군대와 그들을 이끄는 코일 선생님을 보았다. 매디가 내 손을 잡고 내가 물 위에 떠 있을 수 있게 잡아줬다.

천둥이 요란하게 **쾅!** 소리를 내면서 하늘을 두 쪽으로 갈랐다.

내가 그 소리에 놀라자 매디가 미소 지었다. "난 토드를 만날 거야." 내가 매디에게 말했다.

매디가 내 어깨 너머를 흘끗 보면서 말했다. "저기 있네."

나는 돌아봤다.

나는 잠에서 깼다. 해가 이미 중천에 떠 있었다. 일어나 앉았는데 머리가 돌덩이처럼 묵직하고 사방이 뱅뱅 돌아서 잠시 눈을 감아야 했다.

"숙취라는 게 이런 느낌인가?" 나는 큰 소리로 말했다.

"그 맥주 무알콜인데." 코린이 대꾸했다.

눈을 번쩍 뜨자 순식간에 시야가 검은 점들로 가득 찼다. "너 여기서 뭐 해?"

"네가 일어나길 기다리고 있었어. 대통령의 부하들이 널 데리러 왔거든."

"뭐라고? 이게 어떻게 된 거야?" 내가 그렇게 말하는 사이에 코린이 일어났다.

"선생님이 네게 약을 먹인 거야. 네 맥주에 제퍼스를 넣고 쓴맛을 감추려고 밴디 뿌리도 넣었어. 이걸 전해주라고 하셨어." 코린이 작은 종잇조각 하나를 내밀었다. "읽고 나서 없애버려."

나는 그 종이를 받았다. 코일 선생님이 쓴 쪽지였다.

날 용서해다오, 얘야. 하지만 대통령이 틀렸어. 전쟁은 끝나지 않았어. 옳은 편에 서서 계속 정보를 모으고, 그자를 혼란스럽게 만들어라. 연락하마.

"그들이 상점 앞을 폭파하고 그 혼란을 틈타 떠났어."

"그들이 뭘 했다고? 코린, 대체 이게 무슨 일이야?" 내 목소리가 점차 커졌다.

하지만 코린은 내 얼굴을 보려고 하지도 않았다. "난 그들에게 말했어. 그들이 신성한 믿음을 저버리고 있다고. 사람의 목숨을 구하는 것보다 더 중요한 일은 없다고 분명히 말했는데."

"여기 우리 말고 또 누가 있어?"

"너랑 나. 그리고 밖에서 널 대통령에게 데려가려고 기다리고 있는 군인들." 코린은 그렇게 말하고 고개를 숙여 자신의 발치를 바라봤다. 그때 처음 그녀가 분노에 불타오르고 있음을 알아챘다. "아마도 난 못생긴 놈에게 심문을 받겠지."

"코린……."

"이제부터는 와이어트 선생님이라고 불러." 코린은 문을 향해 돌아서면서 말했다. "별로 가능성은 없지만 우리 둘 다 살아서 돌아올 경우에는 말이지."

"그들이 떠났다고?" 나는 여전히 이 상황을 믿지 못하며 말했다.

코린은 말없이 나를 노려보며 내가 일어나기만을 기다렸다.

그들이 떠났다.

선생님이 여기에 코린과 나만 남겨두고 가버렸다.

날 여기에 내버려 두고.

전쟁을 일으키러 갔다.

13

파편들

〈토드〉

"점토 분말에 핵분열 연료를 적셔서 반죽을 만들어……."

"덤불 폭탄 만드는 법은 나도 알아, 파커 하사." 시장이 말 위에서 피해 상황을 살펴봤다. "내가 모르겠는 건, 어떻게 무기도 없는 여자들이 자네 지휘하에 있는 병사들이 다 보는 앞에서 폭탄을 설치할 수 있었냐는 것이지."

우리는 파커 하사가 침을 꿀꺽 삼키는 모습을, 실제로 그의 목울대가 움직이는 모습을 봤다. 그는 올드 프렌티스타운 출신이 아니니 이곳으로 오는 길에 군에 합류한 게 분명하다. 사람은 권력이 있는 곳으로 움직여야 해, 이반이 그렇게 말했지. 하지만 그 권력이 난감한 질문을 할 때는 어떻게 해야 하나? "여자들만 있던 게 아닐지도 모릅니다, 대통령님. 사람들 말로는 저기 그……." 파커가 대답했다.

"이걸 봐, 돼지오줌." 데이비가 내게 말했다. 그는 데드폴/에이콘을 타고 어떤 나무의 몸통을 넘어가고 있었다. 우리가 서 있는 길 건너편에 폭파된 상점이 있었다.

나는 앙가르드에게 쯧쯧 소리를 내면서 성한 팔로 고삐를 톡톡 치며 달랬다. 앙가르드는 발을 들고 사방에 흩어져 있는 나뭇조각들, 회반죽 조각들, 유리 조각들, 음식물 조각들을 가볍게 넘어갔다. 마치 상점이 오랫동안 참고 참던 재채기를 한 방에 터트린 듯한 광경이었다. 앙가르드가 데이비 쪽으로 갔다. 데이비는 가게 근처에 있는 나무 몸통 여기 저기에 박혀 있는 밝은 색의 나뭇조각들을 가리켰다.

"얼마나 세게 터졌으면 이 파편들이 나무에 박혀버렸을까. 잡년들."

"이 일은 밤늦게 일어났어. 그들은 아무도 해치지 않았다고." 나는 붕대에 걸려 있는 팔의 위치를 다시 바로잡으면서 말했다.

"잡년들." 데이비는 다시 고개를 설레설레 저었다.

"받은 치료제를 다 반납하도록, 파커 하사." 시장이 하는 말이 들렸다. 그는 파커의 부하들에게까지 그 처벌이 다 들리게 큰 소리로 말했다. "너희 모두 반납하도록. 개인의 사생활이란 그럴 만한 자격이 있는 자만 누릴 수 있는 특권이다."

시장은 파커 하사가 "네, 알겠습니다"라고 중얼거리는 소리를 무시하고 돌아서서 오헤어 아저씨와 모건 아저씨와 짧게 이야기를 나눴다. 대화가 끝난 후 그들은 말을 타고 각기 다른 방향으로 출발했다. 시장은 우리에게 왔다. 아무 말 없이, 마치 뺨이라도 한 대 맞은 사람처럼 얼굴을 사정없이 찡그리고 있었다. 모페스도 우리가 탄 말들을 사납게 노려봤다. **복종해. 복종해. 복종해.** 모페스의 소음이 말했다. 데드폴과 앙가르드 둘 다 고개를 숙이고 뒤로 한 발자국 물러났다.

말들은 죄다 살짝 돌았다.

"그것들을 사냥하러 갈까요, 아버지? 이 짓을 한 잡년들 말이에요."

"내가 말 좀 가려 하라고 했지. 너희 둘 다 해야 할 일이 있잖아."

데이비가 날 곁눈질하면서 종아리에 깁스를 한 왼쪽 다리를 내밀었다. "아버지, 제대로 안 보신 것 같은데 전 잘 걷지도 못하고 돼지오줌은 팔이 부실⋯⋯."

데이비가 말을 마치기도 전에 시장에게서 휙 소리가 날아왔다. 생각의 속도보다 더 빠른 게 마치 소음으로 만든 총알 같았다. 데이비가 안장에 앉은 채로 움찔하면서 몸을 뒤로 젖혀 고삐를 세게 잡아당기는 바람에 데드폴이 뒷다리로 일어났다. 땅바닥에 떨어질 뻔한 데이비가 가까스로 균형을 회복하면서 숨을 거칠게 몰아쉬었다. 두 눈의 초점이 풀려 있었다.

대체 저게 뭐지?

"오늘이 한가하게 쉴 수 있는 날처럼 보이냐?" 시장이 주위에 흩어진 잔해들을 가리키며 말했다. 상점 여기저기에서 아직도 연기가 피어오르고 있었다.

폭파된 폐허.

(나는 그 생각을 드러내지 않으려고 최선을 다해 소음 속에 계속 감췄지만⋯⋯.)

(하지만 그건 거기 숨겨진 채 밑에서 부글부글 끓고 있고⋯⋯.)

(폭파된 그 다리를 생각⋯⋯.)

나는 다시 고개를 돌렸다가 사납게 노려보는 시장을 보고 엉겁결에 이 말을 불쑥 내뱉었다. "그 애는 아니었어요. 분명 그 애가 한 짓은 아니에요."

시장은 계속 나를 바라봤다. "그럴 거라곤 생각도 안 했다, 토드."

어제 시장은 날 질질 끌고 광장을 가로질러 병원에 데려갔다. 팔 치료는 금방 끝났다. 하얀 가운을 입은 남자들이 내 팔을 다시 맞추고 팔이 부러지는 것보다 더 아픈 뼈 주사를 두 방 놨다. 그때쯤 시장은 이미 가버린 지 오래였다. 다음 날 밤(그러니까 오늘 밤) 바이올라를 만나게 될 거라고 약속도 했는데. 그렇게 시장이 가버려서 어떻게 바이올라를 껴안게 됐는지, 어떻게 둘이 친한 척 이름을 부르는 사이가 됐는지, 어떻게 그녀가 의산지 뭔지로 일하게 됐고 어떻게 장례식에 참석하러 그 자리를 떠야 했는지 물을 기회도 사라져 버렸다.

(그녀를 봤을 때 심장이 폭발할 것 같았는데…….)

(그러다가 떠나자 다시 심장이 찢어질 것처럼 아팠는데…….)

그녀는 어떻게 된 일인지 나 없이 자기만의 인생을 이미 살아가고 있었다. 그래서 나는 다친 팔을 안고 성당으로 다시 돌아갔고, 진통제를 맞은 탓에 매트리스에 쓰러지자마자 그대로 기절해 버렸다.

나중에 레저 시장이 돌아와 쓰레기를 청소하며 보낸 하루에 대해 투덜거리는 회색 소음을 내도 깨지 않았다. 저녁 식사가 와서 레저 시장이 내 밥까지 다 먹었을 때도 깨지 않았다. 철컹 소리를 내며 또다시 감방 문이 잠겼을 때도 깨지 않았다.

하지만 **쾅!** 소리가 도시를 통째로 뒤흔들어 놨을 때는 확실히 깼다.

어둠 속에서 일어나 앉아 배 속에 남은 진통제 기운 때문에 욕지기가 났을 때는 **쾅** 소리가 뭔지, 그게 어디서 나는지, 그게 뭘 의미하는지 몰랐다. 다만 상황이 다시 변했다는 것, 이 세계가 다시 한번 바뀌었다는 것을 알았다.

아니나 다를까, 우리야 다쳤거나 말거나 동이 트자마자 부하들을 거느린 시장과 함께 바로 폭발 현장에 나가야 했다. 나는 모페스를 탄 시장을 바라봤다. 아침 햇살이 등 뒤로 비치면서 그의 그림자가 사방에

드리워져 있었다.

"그래도 오늘 밤에 바이올라를 만날 수 있는 거죠?" 내가 물었다.

시장이 나를 빤히 바라보는 동안 긴 침묵이 흘렀다.

"각하?" 부하들이 폭발에 날아와 또 다른 나무에 기대어 있는 긴 널빤지를 치우는 사이에 파커 하사가 시장을 불렀다.

그 판자 밑 나무 몸통에 뭔가가 있었다.

내가 읽을 줄 아는 글자가 별로 없긴 하지만…….

그래도 그게 뭔지는 알 수 있었다.

나무 몸통에 파란색으로 쓴 글자 하나가 얼룩져 있었다.

A였다. **A**란 글자 하나만 덜렁 있었다.

"어제 그렇게 어마어마한 공격을 받고 싸운 곳으로 돌아가라고 하다니 정말 믿을 수가 없다." 툴툴거리는 데이비와 함께 수도원으로 가는 기나긴 도로를 지나갔다.

솔직히 말해서 나도 황당했다. 데이비는 제대로 걷지도 못하고 나도 약 효과를 좀 보긴 했지만 둘 다 몸이 정상으로 돌아가려면 며칠은 쉬어야 한다. 내 팔은 벌써 조금씩 구부러지긴 했지만 이 팔로 스패클 군대와 싸울 수는 없는 노릇이다.

"아버지에게 내가 네 목숨을 구했다고 말했어?" 데이비는 화가 난 한편 수줍어하는 표정으로 물었다.

"네가 직접 말 안 했어?"

데이비는 입술을 오므리면서 그 한심한 콧수염을 잡아당겼다. 그렇지 않아도 성긴 콧수염이 더 없어 보였다. "아버지는 내가 하는 말은 안 믿어."

나는 한숨을 쉬었다. "내가 말했어. 내 소음에서도 그 장면을 봤을 테고."

그리고 한동안 말없이 말을 타고 가는데 마침내 데이비가 다시 입을 열었다. "그랬더니 아버지가 뭐라고 하셔?"

나는 망설였다. "데이비가 잘했네."

"그게 다야?"

"나에게도 잘했다고 했고."

데이비는 입술을 깨물었다. "그게 다야?"

"그게 다야."

"알았어." 데이비는 더 이상 묻지 않고 데드폴을 조금 더 빨리 몰았다.

어젯밤 폭파된 건 건물 하나였지만, 말을 타고 가면서 보니 도시가 전반적으로 달라져 있었다. 순찰을 도는 군인들이 갑자기 늘어나서 많은 군인들이 도로와 옆길에서 뛰는 것처럼 빠르게 행군하고 있었다. 군인들이 지붕 위 이곳저곳에서 소총을 들고 계속 사방을 감시했다.

밖에 나와 있는 민간인들은 고개를 푹 숙이고 최대한 빨리 이동하면서 군인들을 방해하지 않으려고 애썼다.

오늘 아침에 여자는 보이지 않았다. 단 한 명도.

(그녀도 안 보였다.)

(그녀는 그와 대체 뭘 하고 있었을까?)

(그녀가 그에게 거짓말을 하고 있었나?)

(그는 그녀를 믿고 있나?)

(그 폭발 사건과 그녀는 무슨 관계가 있지?)

"누가 그것과 무슨 관계가 있다는 거야?" 데이비가 물었다.

"닥쳐."

"어디 한번 덤벼봐." 데이비의 목소리에는 열의가 없었다.

우리는 두 손을 결박당한 채 사정없이 두들겨 맞은 몰골의 한 남자를 끌고 가는 일단의 군인들 옆을 지나쳤다. 나는 붕대에 건 팔을 가슴에 더 찰싹 붙이고 계속 말을 몰았다. 금속 탑이 서 있는 언덕을 지나 수도원으로 가는 마지막 모퉁이를 돌아갈 무렵 해는 중천에 떠 있었다.

더 이상 그곳에 도착하는 걸 미룰 수 없었다.

"어제 내가 간 후에 어떻게 됐어?"

"우리가 이겼지." 데이비가 다리에서 올라오는 통증 때문에 조금 씩씩거리면서 대답했다. 그의 소음에서 통증이 보였다. "우리가 놈들을 제대로 두들겨 패줬어."

그때 앙가르드의 갈기에 뭔가가 내려앉았다. 손으로 털어내자 내 팔뚝에 또 뭔가가 떨어졌다. 나는 고개를 들었다.

"대체 저게 뭐야?" 데이비가 말했다.

눈이 내리고 있었다.

내 평생 눈은 딱 한 번 봤다. 그땐 너무 어려서 눈이 얼마나 희귀한지 잘 몰랐다.

하얀 눈송이들이 나무들 사이, 도로, 우리의 옷과 머리카락에 떨어졌다. 소리도 없이 내리는 눈 때문에 사방이 아주 고요해지는 것 같아 기분이 묘했다. 마치 이 눈이 우리에게 아주 끔찍하기 그지없는 비밀을 말해주려는 것 같은 분위기였다.

하지만 지금은 태양이 이글이글 타오르고 있는데.

게다가 이건 눈이 아니다.

"재야." 눈송이가 입에 떨어지자 데이비가 뱉어내면서 말했다. "시체들을 태우는 거야."

스패클들이 시체들을 태우고 있었다. 돌담 위에서 소총을 들고 감시하는 군인들이 살아남은 스패클들에게 죽은 동족의 시체를 쌓아올리라고 시키고 있었다. 불타는 시체 더미는 거대했다. 그것은 살아 있는 가장 키가 큰 스패클보다 더 높게 쌓였고, 시체의 수는 점점 불어났다. 스패클들은 고개를 숙이고 입을 꾹 다문 채 동족들의 시체를 날랐다.
 나는 시체 하나가 그 더미 위쪽으로 던져지는 광경을 지켜봤다. 그것은 비딱하게 떨어져서 옆으로 굴러떨어지면서 여러 시체 위를 데굴데굴 굴러갔다. 불길에 휩싸인 그 시체는 진흙 바닥에 떨어져 멈췄다. 고개를 위로 든 그 시체의 가슴엔 구멍이 여러 개 있었고, 상처마다 피가 말라붙어…….
 (야영장에서 고개를 들고 있던 그 스패클의 생명이 빠져나간 눈…….)
 (가슴에 칼이 꽂힌 그 스패클…….)
 나는 숨을 거칠게 몰아쉬면서 그 광경을 외면했다.
 몇 명이 혀 차는 소리를 제외하면 살아남은 스패클들에게선 여전히 아무 소음도 흘러나오지 않았다. 그들이 치워야 하는 그 시체 더미에 대한 비탄, 분노, 그 어떤 소리도 나오지 않았다.
 마치 모두 혀를 잘려버린 것 같았다.
 이반이 팔에 소총을 걸친 채 우리를 기다리고 있었다. 오늘 아침은 말수가 별로 없는 데다 얼굴에 못마땅한 기색이 역력했다.
 "너희는 계속 번호를 찍어야 해. 전보다 놈들 수가 줄었지만." 이반은 번호가 찍힌 밴드들과 도구들이 들어 있는 가방을 발로 차면서 말했다.

"우리가 몇 놈이나 죽였지?" 데이비가 싱글거리며 물었다.

이반은 짜증을 내며 어깨를 으쓱했다. "300? 350? 확실히는 몰라."

그 말에 또다시 속이 뒤틀렸지만 데이비의 미소는 커져만 갔다. "그 거 기똥찬데."

"너에게 이걸 주랬어." 이반이 내게 소총을 내밀며 말했다.

"이 자식에게 무기를 준단 말이야?" 데이비의 소음이 순간 왹 치켜 올라갔다.

"대통령 각하의 명령이야." 이반이 쏘아붙였다. 그는 여전히 소총을 내밀고 있었다. "근무 끝나고 돌아갈 때는 야간 경비병에게 반납해. 이 건 네가 여기 있는 동안 호신용으로 주는 거야." 이반은 찌푸린 얼굴로 나를 바라봤다. "네가 옳은 일을 하리라는 걸 알고 있다고 각하가 전하 라고 하셨어."

나는 총을 물끄러미 보기만 했다.

"씨바, 이거 실화냐?" 데이비는 조용히 말하면서 고개를 저었다.

소총을 쏘는 법은 알고 있다. 내가 총을 쏘다가 내 머리를 날려버리 지 않도록, 총을 가지고 안전하게 사냥하면서 필요할 때만 쓸 수 있게 벤 아저씨와 킬리언 아저씨가 가르쳐 줬다.

옳은 일이라.

나는 고개를 들었다. 스패클들은 대부분 뒤로 물러나 들판 멀찍이, 문에서 최대한 먼 쪽에 몰려 있었다. 나머지는 부러지고 찢긴 시체들을 옆 들판 한가운데서 타고 있는 시체 더미로 질질 끌고 갔다.

하지만 날 볼 수 있는 스패클들은 다 나를 지켜보고 있었다.

내가 소총을 보고 있는 모습을 지켜보고 있었다.

그리고 내가 들을 수 없는 생각을 하고 있었다.

　　　　　　　　　　　　　　　　카오스 워킹 2

그러니까 그들이 무슨 계획을 세우고 있을지 누가 알겠는가?

나는 소총을 잡았다.

이건 아무 의미가 없다. 쓸 일은 없을 것이고 들고만 있어야지.

이반이 돌아서서 문 쪽으로 걸어갔다. 그리고 나는 알아챘다.

아주 낮게, 들릴락 말락 한 작은 소리로 그에게서 **윙윙** 소리가 나고 있었다. 그 소리가 점점 커졌다.

이반이 그렇게 화가 난 이유가 있었다.

시장이 그의 치료제도 압수한 것이다.

우리는 남은 오전 내내 사료를 삽으로 퍼서 나눠주고, 여물통에 물을 채우고, 스패클들이 화장실로 쓰는 구덩이에 석회를 뿌렸다. 나는 한 손으로, 데이비는 한쪽 다리로 일했다. 데이비도 다치긴 했지만 한없이 느릿느릿 일하는 폼이, 아닌 척해도 바로 스패클들에게 낙인을 찍는 일로 돌아가고 싶지 않은 듯했다. 우리 둘 다 이제 무장하고 있지만, 우리를 죽일 뻔한 적의 몸에 손을 대려면 시간이 좀 더 걸리기 마련이다.

오전이 지나 오후로 넘어갔다. 항상 내 점심까지 먹어치우던 데이비가 웬일로 샌드위치를 하나 던져서 내 가슴에 맞고 떨어졌다.

그래서 우리는 점심을 먹으면서 스패클이 우리를 지켜보는 모습을 보고, 시체들을 태우는 광경을 보고, 사정없이 틀어져 버린 공격에서 살아남은 스패클 1150명을 지켜봤다. 그들은 우리와 불타는 시체 더미를 피해 최대한 멀찍이 떨어져서 들판 가장자리에 몰려 있었다.

"저 시체들은 늪에 넣었어야 하는데. 스패클들은 거기다 시체를 넣잖아. 물속에 시체들을 넣으면……." 나는 힘이 빠진 한 손으로 샌드위치를 들고 먹으면서 말했다.

"저것들은 불에 태우는 것으로도 충분해." 데이비는 낙인 도구들이 들어 있는 장비에 기대며 말했다.

"그래, 하지만……."

"뭘 또 토를 달아, 이 돼지오줌아. 왜 저것들에게 마음 쓰고 지랄이야? 네가 아무리 잘해줘 봤자 다들 네 팔을 찢어버리려고 발악을 해댔잖아, 안 그래?" 데이비가 오만상을 찌푸리며 말했다.

데이비의 말이 맞았지만 아무 대꾸도 하지 않았다. 그저 계속 그들을 보면서 등에 메고 있는 소총의 무게를 느꼈다. 나는 총을 들고 데이비를 쏠 수 있다. 여기서 도망칠 수도 있다.

"저 문까지 가기도 전에 뒈질 거야. 너의 그 소중한 계집애도 마찬가지고." 데이비가 샌드위치를 보면서 중얼거렸다.

나는 그 말에도 아무 대꾸 없이 남은 샌드위치를 다 먹었다. 사료란 사료는 다 퍼냈고, 여물통마다 물도 다 채웠고, 구덩이마다 석회도 다 뿌렸다. 이제 남은 일은 하나도 없었다.

데이비는 자루에 기대앉아 있다가 허리를 세웠다. "몇 번까지 했지?" 그가 자루를 열면서 물었다.

"0038." 나는 스패클에게서 계속 시선을 떼지 않은 채 대답했다.

데이비는 금속 밴드들을 보고 내 말이 맞는다는 걸 확인하며 놀라워했다. "그걸 어떻게 기억해?"

"그냥."

그들은 이제 우리를 마주 보고 있었다. 그들 모두. 그들의 얼굴은 볼이 푹 꺼진 데다 여기저기 멍이 들었고, 아무 표정이 없었다. 그들은 이제 우리가 뭘 하려는지 알고 있었다. 앞으로 무슨 일이 일어날지. 이 자루에 뭐가 있는지도 알고 있었다. 우리에게 저항하면 죽음 외에 다른 길이 없다는 것도.

그런 일을 하자고 내가 총을 메고 있으니까.

(옳은 일이란 뭐지?)

"데이비." 내가 입을 뗐지만 그때 멀리서 소리가…….

쾅!

……멀리서, 마치 멀리서 몰려온 폭풍의 천둥소리 같은, 이제 곧 여기로 폭풍우가 몰려와 우리 집을 무너뜨리기 위해 최선을 다할 것 같은 소리가 났다.

우리는 돌담 너머를 볼 수 있을 것처럼, 저 문들 밖에 있는 나무 꼭대기 위로 이미 연기가 피어오르고 있는 것처럼 고개를 돌렸다.

물론 아직 연기는 피어오르지도 않았다.

"그 잡년들." 데이비가 속삭였다.

하지만 나는 정신없이 생각하느라 바빴다.

(바이올라가 한 일일까?)

(바이올라가 한 일일까?)

(바이올라는 지금 뭘 하고 있을까?)

14

두 번째 폭탄

〈바이올라〉

군인들은 정오까지 기다렸다가 나와 코린을 데리러 왔다. 그들은 환자들을 돌보고 있는 코린을 억지로 끌어내다시피 해서 나와 함께 도로를 걸어가게 했다. 군인 여덟 명이 가냘픈 소녀 두 명을 감시하면서 행군했다. 그들은 심지어 우리를 보려고도 하지 않았다. 내 옆에는 토드 또래로 보이는, 목에 성난 여드름이 하나 크게 난 어린 군인이 서 있었다. 나는 바보처럼 그 여드름에서 눈을 뗄 수 없었다.

그러다가 코린이 숨을 들이마셨다. 군인들이 나와 코린을 데리고 폭탄 때문에 완전히 무너져 버린 상점 앞을 지나가던 중이었다. 남은 폐허를 군인들이 지키고 있었다. 우리를 지키던 군인들도 잠시 걸음을 늦추고 그곳을 바라봤다.

그때 그 일이 일어났다.

쾅!

그 소리가 너무 커서 공기가 마치 꽉 쥐고 있는 주먹처럼 단단하게 느껴졌다. 벽돌들이 물결처럼 밀려왔고, 세상이 내 위로 통째로 떨어져 버리는 것 같았다. 나는 옆으로 굴렀다가 위로 떠올랐다가 다시 바닥으로 털썩 떨어졌다. 이 모든 일이 마치 중력이 없는 어두운 우주에서 일어난 것만 같았다.

잠시 기억에 공백이 생겼다. 눈을 떴을 때 나는 땅바닥에 누워 있었다. 주위에서 연기가 빙글빙글 돌았고, 하늘 여기저기에서 불똥이 천천히 떨어져 내렸다. 순간 그것은 평화롭고 아름다워 보이기까지 했다. 그러다가 내 주위에 있는 사람들이 비틀거리며 일어서거나 입을 벌려 내지를 때 들려야 할 비명 같은 것들이 모두 고음의 끽끽거리는 소리에 묻혀버렸다는 사실을 깨달았다. 나는 천천히 일어나 앉았다. 세상은 여전히 빙빙 돌면서 침묵 속에 잠겨 있었고, 목에 여드름이 난 군인이 있었다. 바로 내 옆 땅바닥에 누워 있는 그 군인의 몸은 박살 난 나뭇조각들로 덮여 있었다. 그는 폭탄이 폭발했을 때 내 몸을 가려 나를 보호해준 모양이다. 나는 다친 곳이 별로 없었는데 그는 꼼짝도 하지 않았으니까.

그는 전혀 움직이지 않았다.

그러다가 소리가 돌아오면서 비명들이 들리기 시작했다.

"이게 바로 내가 되풀이하고 싶지 않은 역사야." 시장은 생각에 잠긴 얼굴로 색유리 창문을 통해 내려오는 햇살을 올려다보며 말했다.

"난 폭탄에 대해선 아무것도 몰랐어요. 우리 둘 다 몰랐어요." 나는 다시 한번 같은 말을 했다. 내 손은 여전히 덜덜 떨리고, 귀가 너무 크게 울려서 시장이 하는 말이 잘 들리지도 않았다.

"네 말을 믿는다. 너도 죽을 뻔했으니까."

"어떤 군인이 막아줬어요." 나는 군인의 시체, 그의 시체에서 흘러나온 피, 몸 곳곳에 박혀 있던 파편들을 떠올리면서 더듬거렸다.

"그 여자가 너에게 또 약을 먹였지? 그 여자가 네게 약을 먹이고 버리고 갔지?" 시장이 다시 색유리 창문을 올려다보면서 물었다. 마치 거기에 답이 있는 것처럼.

그 말에 마치 주먹을 한 방 맞은 것처럼 멍해졌다.

선생님이 정말 날 버리고 갔으니까.

그리고 폭탄을 터뜨려서 어린 병사 하나를 죽였다.

"그래요. 선생님은 떠났어요. 모두 가버렸죠." 내가 마침내 대답했다.

"다는 아니지." 그는 내 뒤로 걸어가서 모습을 감춘 채 내가 잘 들을 수 있게 크고 또렷한 목소리로 말했다. "이 도시에는 치유의 집이 다섯 채가 있다. 한 곳은 직원들이 전원 남아 있고, 나머지 세 채는 힐러들과 수련생들 일부가 남았어. 하나도 남김없이 가버린 집은 네가 있는 그 집 하나다."

"코린이 남아 있어요." 나는 속삭이다가 애원하기 시작했다. "코린은 두 번째 폭발에서 부상당한 병사들을 보살폈어요. 단 한 순간도 망설이지 않고 가장 심하게 다친 군인에게 가서 지혈대를 묶고, 기도를 확보하고……."

"그건 알고 있다." 시장은 내 말을 잘라버렸다. 내 말이 사실이었는데도, 코린이 도와달라고 나를 불러서 우리 둘이 최선을 다했는데도. 그때 우리가 하는 일을 못 봤거나 아예 보지 않으려는 멍청한 병사들이 우리를 잡고 질질 끌어 그 자리를 벗어났다. 코린은 격렬하게 저항하다가 얼굴을 한 대 맞은 후에야 멈췄다.

"제발 코린을 해치지 마세요. 그 애는 이 일과 아무 관계없어요. 코린은 자신이 선택해서 여기 남았어요. 병사들을 도우려고……."

"난 그 아이를 해치지 않아. 그렇게 내 앞에서 움찔거리지 좀 마! 내가 대통령으로 있는 한 절대 여자들은 해치지 않아! 넌 왜 그렇게 나를 못 믿니?" 시장이 버럭 소리를 질렀다.

나는 코린을 주먹으로 때리던 군인들을 생각했다. 땅바닥으로 쓰러지던 매디를 생각했다.

"제발 그 애를 해치지 마세요." 나는 다시 속삭였다.

시장은 한숨을 쉬면서 목소리를 낮췄다. "우린 그 아이의 대답을 들으려고 하는 것뿐이야. 그게 다야. 너도 마찬가지고."

"난 그들이 어디로 갔는지 몰라요. 선생님은 내게 말하지 않았어요. 아무 언급도 하지 않았다고요."

그러다가 내가 입을 다물자 시장이 알아차렸다. 선생님이 넌지시 언급한 게 있긴 하다. 안 그런가?

선생님은 그곳에 대한 이야기를…….

"내게 하고 싶은 이야기가 있니, 바이올라?" 시장이 돌아서서 날 똑바로 보면서, 갑자기 궁금해졌다는 듯한 표정으로 물었다.

"아무것도 아니에요. 아무것도. 단지……." 나는 허둥지둥 말했다.

"단지 뭐?" 시장은 예리한 눈빛으로 내 얼굴을 훑어보면서 내 마음을 읽으려고 애썼다. 내겐 소음이 없는데도. 순간 그래서 내가 얼마나 미울까 하는 생각이 들었다.

"그저 선생님은 신세계에 도착해서 처음 몇 년 동안 언덕 위에서 살았다고 하셨어요. 폭포 지나서 있는 서쪽 말이에요. 난 별 의미 없는 이야기라고 생각했고." 나는 침을 꿀꺽 삼키며 거짓말을 했다.

시장은 말없이 내 얼굴을 뚫어져라 보기만 하다가 다시 방 안을 걷기 시작했다.

"가장 중요한 문제는 두 번째 폭탄이 실수였는지, 첫 번째 터진 폭탄의 일부가 나중에 사고로 터진 것인지 그거다." 시장은 다시 돌아와서 내 표정을 읽으려 했다. "아니면 고의로 터트린 걸까? 내 부하들이 범죄 현장을 둘러싸고 있을 때 터지도록 의도적으로 계획했을까? 인명 피해를 최대한 늘리려고?"

"아니에요. 선생님은 그럴 분이 아니에요. 선생님은 힐러예요. 사람을 죽이지 않⋯⋯." 내가 고개를 저으며 말하는데 시장이 또다시 내 말을 잘랐다.

"지휘관이라면 전쟁에서 이기기 위해 무슨 짓이든 하지. 그래서 전쟁이라고 하는 거야."

"아니에요. 아니야, 난 믿지 않⋯⋯." 나는 계속 그렇게 말했다.

"네가 믿지 않는다는 건 나도 안다. 그래서 너만 놔두고 간 거야." 시장은 다시 내게 등을 돌린 채 걸어갔다.

시장은 의자 옆에 있는 작은 테이블에 가서 종이 한 장을 집어 들어 내가 그걸 볼 수 있게 높이 들었다.

거기에 파란색 A가 적혀 있었다.

"이게 무슨 뜻인지 아니, 바이올라?"

나는 얼굴에 최대한 아무 감정도 드러내지 않으려고 애썼다.

"처음 보는 건데요. 그게 뭐죠?" 나는 다시 침을 꿀꺽 삼키다가 그러는 스스로에게 마음속으로 욕을 퍼부었다.

시장은 다시 오랫동안 나를 노려보다가 종이를 테이블 위에 내려놨다. "그 여자가 네게 연락할 거다." 그는 내 얼굴을 살펴보며 말했다. 나는 아무 내색도 하지 않으려고 애썼다. "그래." 그는 혼잣말처럼 말했다. "그 여자가 연락을 할 텐데 그때 네가 메시지를 하나 전해줬으면 한다. 제발 부탁이다."

"아니……."

"그 여자에게 우리가 함께 이 유혈사태를 즉시 멈출 수 있다고, 이 모든 일을 시작하기도 전에 끝낼 수 있다고, 더 많은 사람들이 죽기 전에 그리고 평화가 영원히 사라지기 전에 그럴 수 있다고 말해주렴. 그 여자에게 그렇게 전해, 바이올라."

시장이 너무나 무섭게 보려보는 바람에 나는 어쩔 수 없이 대답했다. "알겠어요."

그의 눈은 깜박이지도 않았다. 검은 구멍 같은 그 눈을 도저히 피할 수 없었다. "하지만 전쟁을 원한다면 전쟁을 치르게 해주겠다는 말도 꼭 전해라."

"제발……." 나는 다시 입을 뗐다.

"오늘은 이만 하자." 그는 일어나서 문을 가리키며 가라는 손짓을 했다. "네 치유의 집으로 돌아가라. 가서 네가 치료할 수 있는 환자들을 치료해."

"하지만……."

시장이 날 위해 문을 열어줬다. "오늘 오후 교수형은 취소됐다. 최근에 일어난 테러리스트들의 공격들을 고려해서 정부 업무가 줄어들 거다."

"테러리스트……?"

"그리고 네 선생님이 저지른 사고를 뒷수습하느라 너무 바빠서 오늘 저녁 식사도 할 수 없게 됐다."

나는 입을 열었지만 아무 소리도 나오지 않았다.

시장이 내 면전에서 문을 닫아버렸다.

비틀거리면서 큰길을 걸어가는 동안 머리가 사정없이 빙빙 돌았다. 토드가 어딘가에 있다. 그런데 지금은 그를 만날 수 없고, 그에게 그동안 일어난 일들이나 내 처지에 대해 아무 말도, 설명도 할 수 없게 됐다는 생각만 계속 떠올랐다.

다 선생님 잘못이다.

사실이 그렇잖아. 이렇게 말하긴 싫지만 이건 전적으로 선생님 잘못이다. 이 모든 게. 설사 선생님이 옳다고 생각한 이유가 있어서 그랬을지라도 다 선생님 잘못이다. 오늘 밤 토드를 만나지 못하게 된 건 선생님 잘못이다. 전쟁이 다가오는 것도 선생님 잘못이고. 선생님 잘못…….

다시 오늘 폭탄이 터진 그 폐허에 이르렀다.

길가에 시체 네 구가 누워 있었다. 모두 흰 천에 덮여 있지만 그 밑에 고인 피 웅덩이까지 가리지는 못했다. 내 눈 앞, 폭발 현장을 지키는 병사들이 쳐놓은 저지선 너머 천에 덮여 있는 군인은 우연히 날 구해준 사람이었다.

난 이 사람 이름도 모르는데.

그는 허망하게 죽어버렸다.

선생님이 그냥 기다렸더라면. 시장이 선생님에게 뭘 원하는지 알았더라면…….

하지만 그때 선생님이 했던 말이 떠올랐다. 회유, 그건 미끄러운 비탈길 같은 거란다, 얘야…….

하지만 여기 이 길가의 시체들은…….

하지만 죽은 매디는…….

하지만 날 구해준 소년 병사는…….

하지만 그들을 도우려다가 맞은 코린은…….

(아, 토드, 넌 어디 있니?)

(내가 뭘 해야 하니? 뭐가 옳은 일일까?)

"거기, 어서 움직여." 어떤 군인이 꽥 소리를 지르는 바람에 나는 깜짝 놀랐다.

나는 서둘러 걸어갔고, 정신을 차리고 보니 어느새 미친 듯이 달리고 있었다.

나는 헉헉거리면서 텅 빈 치유의 집으로 돌아와 현관문을 쾅 닫았다. 도로에는 전보다 군인이 늘어났고, 순찰도 더 자주 돌고, 소총을 든 지붕 위 군인들이 달리는 나를 아주 가까운 거리에서 감시했고, 한 군인은 내가 지나가자 무례하게 휘파람을 불기도 했다.

이제 통신 탑에 갈 길은 없어졌다. 완전히.

선생님이 또 하나의 기회를 망쳐버린 것이다.

숨을 돌리고 있자니 이제 여기서 힐러 비슷한 사람은 나 하나밖에 없다는 생각이 불현듯 들었다. 기력이 있는 환자들은 대부분 코일 선생님을 따라 가버렸다. 폭탄을 설치한 사람 중에는 그 환자들도 있을지 모른다. 하지만 아직도 침대에 누워 있는 환자들이 20여 명 정도 남아 있고, 매일 새로운 환자들이 들어오고 있다.

게다가 나는 아마도 뉴 프렌티스타운에서 최고로 형편없는 힐러일 텐데.

"제발 도와주세요." 나는 홀로 속삭였다.

"모두 어디 갔어?" 내가 병실 문을 열자마자 폭스 부인이 말했다. "밥도 안 주고, 약도 안 주고……."

"죄송해요." 나는 서둘러 부인의 요강을 들어 올리며 말했다. "얼른 식사부터 갖다드릴게요."

"맙소사, 아가씨!" 내가 돌아섰을 때 부인이 눈을 휘둥그레 뜨면서 말했다. 부인의 눈길을 따라 내가 입고 있는 가운의 뒤쪽을 봤다. 젊은 군인의 피로 밑단까지 얼룩져 있었다.

"괜찮아?" 폭스 부인이 물었다.

나는 이 말밖에 할 수 없었다. "식사 갖다드릴게요."

그다음 몇 시간은 흐릿하게 지나갔다. 지원 인력들도 다 사라져서 최선을 다해 요리하고, 환자들의 시중을 들고, 어떤 약을 언제 얼마나 먹는지 물어봤다. 모두 무슨 일인지 궁금해하는 표정이 역력했지만 내 표정을 보고 최대한 협조하려고 애썼다.

해가 지고도 한참 지나서 내가 빈 접시들로 가득 찬 쟁반을 가지고 모퉁이를 돌았을 때, 이제 막 돌아온 코린이 벽에 한 손을 짚고 간신히 서 있는 모습이 보였다.

나는 쟁반을 바닥에 던지고 코린에게 달려갔다. 하지만 가까이 다가가기도 전에 그녀가 한 손을 들어 올려 나를 제지했다. 내가 다가가자 그녀는 움찔했다.

눈 주위가 부어 있는 게 보였다.

아랫입술도 퉁퉁 부어 있었다.

몸을 쭉 펴고 있는 자세는 아파서, 정말 너무 아파서 그런 것처럼 보였다.

"코린……."

"그냥, 그냥 내 방까지 가게 도와줘." 코린은 숨을 들이쉬며 말했다.

그녀의 손을 잡고 걸어가는데, 손바닥에 숨겨진 뭔가가 내 손을 지그시 누르는 게 느껴졌다. 코린은 내가 퍼부을 질문에 대비해 입술에 손가락을 대고 조용히 시켰다.

"여자아이 하나가 도로 옆 덤불에 숨어 있었어. 그냥 어린아이였어." 코린이 속삭였다. 그러면서 화가 난 것처럼 고개를 흔들었다.

먼저 코린을 방에 데려다주고 그녀의 얼굴에 붙일 밴드와 가슴에 감을 압박붕대를 가지러 갔다. 물품 보관실에 가서야 나는 손바닥을 벌렸다.

바깥쪽에 V라고 적힌 쪽지였다. 안에 몇 줄 적혀 있었지만 그마저도 별 내용은 없었다.

얘야. 이제 네가 선택해야 할 때가 됐다.

질문이 하나 있었다.

우리가 널 믿어도 되니?

나는 고개를 들었다.

그리고 침을 삼켰다.

우리가 널 믿어도 되니?

그 쪽지를 접어서 주머니에 넣고 밴드와 압박 붕대를 챙겨서 코린에게 다시 갔다.

코린은 시장의 부하들에게 맞았다.

하지만 코일 선생님을 대변할 필요가 없었다면 맞을 필요도 없었을 테지.

하지만 시장은 코린을 해치지 않겠다고 해놓고 그녀를 때렸다.

우리가 널 믿어도 되니?

거기에 서명은 없었다.

그냥 이렇게만, 해답(Answer)이라고만 적혀 있었다.

그리고 그 글자의 A는 파란색으로 적혀 있었다.

15

감금

〈토드〉

쾅!

우리 뒤에서 하늘이 찢기고 세찬 바람이 도로에서 솟구치면서 앙가 르드가 공포에 휩싸여 뒷다리를 들고 일어섰고, 그 바람에 나는 땅바닥에 떨어졌다. 먼지가 자욱하고, 사람들의 비명이 울렸고, 귀가 욱신거렸다. 내가 죽었는지 살았는지도 알 수 없었다.

또다시 폭탄이 터졌다. 이번 주 들어 세 번째 폭탄이다. 이번에는 우리가 있는 곳에서 채 200미터도 떨어지지 않은 곳에서 터졌다.

"잡년들." 데이비가 내뱉는 소리가 들렸다. 데이비는 일어나서 우리가 온 도로를 돌아봤다.

귀가 사정없이 울리고 온몸이 정신없이 떨리는 가운데 나도 일어났다. 폭탄은 이제 도시 곳곳에서 밤낮을 가리지 않고 터지고 있었다. 한 번은 도시 서쪽에 물을 공급하는 수도관이 폭파됐고, 또 한 번은 강 북쪽에 있는 농지로 가는 도로 두 군데가 날아가기도 했다. 오늘은……

"저기 구내식당이네." 데이비가 데드폴/에이콘이 도망치지 않게 잡으려고 애쓰면서 말했다. "병사들이 밥 먹는 곳 말이야."

그는 데드폴이 몸을 한쪽으로 기울이게 한 후에 다시 안장에 올라타며 소리 질렀다. "어서 가자! 우리 도움이 필요할지도 몰라."

나는 여전히 겁에 질려 있는 앙가르드에게 두 손을 댔다. 앙가르드는 계속 **수망아지 수망아지**란 말만 반복하고 있었다. 앙가르드의 이름을 몇 번 부르면서 진정시킨 후에야 마침내 올라탈 수 있었다.

"엉뚱한 생각은 아예 하지도 마. 내 눈 밖으로 벗어나지 마." 데이비가 권총을 꺼내서 내게 겨눴다.

폭탄들이 터지기 시작한 후 내 일상은 매사 이런 식으로 돌아갔다.

아침에 눈을 떠서 데이비와 같이 있는 내내 데이비는 내게 총을 겨누고 있다.

내가 바이올라를 찾으러 가지 못하게 하려고.

"그 여자들은 자기들이 내세우는 대의에 도움이 안 되는 짓만 하고 있군." 레저 시장이 입속에 닭고기를 가득 넣은 채로 말했다.

나는 아무 대꾸 없이 그냥 저녁만 먹으면서 그의 소음에서 나오는 질문들은 무시해 버렸다. 구내식당은 이 '해답'이라는 단체가 설치한 폭탄들이 다 그렇듯 닫혀 있던 시각에 폭파됐다. 하지만 닫혀 있다고 해서 사람이 없으라는 법은 없다. 데이비와 내가 달려갔을 때 거기에는 죽은 병사가 둘 있었고 민간인이 한 명 더 죽어 있었다. 아마 거기 바닥 청소를 하거나 허드렛일을 하는 사람이었을 것이다. 또 다른 폭파 사건에서는 군인 세 명이 사망했다.

이 폭탄들 때문에 프렌티스 시장은 화가 머리끝까지 났다.

요새 그는 얼굴도 볼 수 없었다. 내 팔이 부러진 그날 이후로, 내가 다시 바이올라를 만나기로 했던 그날 이후로 말이다. 레저 시장 말로는 프렌티스 시장이 사람들을 체포해서 마을 서쪽에 있는 감옥에 처넣고 심문을 하고 있지만, 원하는 정보는 하나도 못 얻었다고 한다. 모건 아저씨와 오헤어 아저씨와 테이트 아저씨가 폭탄을 설치하는 자들, 첫 번째 폭탄이 터졌던 밤에 사라진 여자들의 기지를 찾아서 마을 서쪽에 있는 산으로 군대를 이끌고 갔다.

하지만 군대는 아무것도 발견하지 못했다. 프렌티스 시장의 분노가 커질 대로 커져서 야간 통행금지 시간을 계속 앞당기고, 군인들의 치료 제를 압수하고 있다고 한다.

뉴 프렌티스타운은 매일매일 점점 시끄러워지고 있었다.

"시장은 해답이 존재한다는 사실조차 부인하고 있어요." 내가 말했다.

"뭐, 대통령이야 자기 맘대로 뭐든 말할 수 있지. 하지만 사람들에게서 말이 나오고 있어. 정말 그렇다니까." 레저 시장은 포크로 저녁밥을 쿡쿡 찌르면서 말했다.

종탑 감방에 매트리스가 들어온 후에 그들은 매일 아침 새 물이 담긴 세숫대야를 갖다주고 방구석에 작은 화학적 변기를 설치해 줬다. 음식도 한결 나아졌다. 콜린스 아저씨는 음식을 갖다준 후에 다시 문을 잠 갔다.

철컹.

그렇게 데이비와 같이 있을 때를 제외하면 매일 여기에 갇혀 지내고 있다. 시장은 나더러 자기를 믿으라고 그렇게 뻔질나게 말하면서 내가 밖에 나가서 바이올라를 찾으러 다니는 건 싫은 모양이다.

"그게 다 여자들의 소행인지는 모르잖아요. 아직 확실한 건 알 수 없죠." 나는 소음에서 바이올라를 빼려고 애쓰면서 말했다.

"스패클과의 전쟁에서 자칭 해답이라고 하는 무리가 한몫을 한 적이 있단다, 토드. 그들의 주특기는 비밀 폭파, 야간 작전 뭐 그런 것들이었지."

"그런데요?"

"그 무리는 전원 여자들이었어. 너도 알겠지만 적들이 듣고 알아챌 소음이 없는 여자들. 하지만 결국 그들을 감당할 수 없게 돼버렸지. 자기들 멋대로 행동하고, 평화가 찾아온 후에 심지어 우리 도시까지 공격했어. 결국 어쩔 수 없이 그들 중 몇 명을 처형해야 했지. 아주 고약한 일이었어." 레저 시장은 고개를 흔들었다.

"하지만 그때 처형했다면서 어떻게 그들이 이런 짓을 할 수 있죠?"

"사람은 죽어도 그 사람의 생각은 살아남는 법이거든. 하지만 대체 무슨 영화를 보려고 이러는지 모르겠다. 대통령이 그들을 찾아내는 건 시간문제일 텐데." 레저 시장이 조용히 트림했다.

"사라진 남자들도 있잖아요." 그건 사실이다. 하지만 나는 이 생각을 하려고…….

(그녀가 그들과 같이 갔을까?)

나는 입술을 핥았다. "그 여자들이 일하는 치유의 집이라는 거, 그 집들에는 무슨 표시가 돼 있나요? 거기가 치유의 집이란 걸 알아볼 방법이 있어요?"

시장은 물을 한 모금 마시면서 컵 너머로 나를 찬찬히 지켜봤다. "그건 왜?"

나는 내 속셈을 감추려고 소음을 흔들었다. "딱히 이유는 없어요. 신경 꺼요." 나는 그들이 갖다 놓은 작은 테이블 위에 내 저녁밥을 내려놨다. 남은 건 그가 먹어도 된다고 우리끼리 정해놓은 신호다. "난 잘 거 니까."

나는 침대에 누워 벽을 바라봤다. 저물어 가는 햇살이 구멍들을 통해 들어왔다. 그 구멍들은 숭숭 뚫려 있는데 겨울이 다가오고 있었다. 그 추위를 어떻게 버틸지 알 수 없다. 나는 베개 밑에 팔을 넣고 다리를 한 껏 위로 끌어 올린 채, 너무 큰 소리를 내지 않고 생각하려고 애썼다. 레저 시장이 내 밥을 먹는 소리가 들렸다.

그때 그의 소음에서 한 장면이 떠올라 내게 흘러왔다. 파란색으로 칠 해진, 뻗고 있는 손 하나였다.

나는 고개를 돌려 시장을 바라봤다. 수도원으로 가는 길에 있는 건물 들 중 적어도 두 채에서 그 손 그림을 봤다.

"이곳에는 그 건물이 다섯 채가 있어. 그게 어디 있는지 말해줄 수 있 어. 네가 원한다면 말이야." 시장이 나지막한 목소리로 말했다.

나는 그의 소음을 들여다봤다. 그도 내 소음을 들여다봤다. 우리 둘 다 겹겹이 쌓인 생각들 이면에 뭔가를 감추고 있었다. 지금까지 수많은 나날을 한방에 갇혀 있었는데도 우리는 여전히 서로를 믿어도 될지 확 신하지 못했다.

"말해줘요."

"1017." 내가 숫자를 읽어주는 동안 데이비가 스패클에게 그 밴드를 채웠다. 그는 즉시 1017이 됐다.

"오늘은 이정도면 충분해." 데이비가 연장을 자루에 던지면서 말했다.

"우린 아직……."

"이 정도면 됐다고 하잖아." 그는 절뚝거리며 물병이 있는 곳으로 가서 한 모금 마셨다. 다리가 지금쯤이면 나았어야 하는데. 내 팔은 다 나았는데 그는 여전히 절뚝거리고 있었다.

"원래 1주일 만에 끝내야 하는 일을 2주째 이러고 있잖아."

"빨리하라고 재촉하는 사람도 없는데 왜 그래?" 데이비가 마시던 물을 뱉으면서 말했다.

"아니, 하지만……."

"다른 일을 하라는 지시도 안 내려왔고……." 데이비는 말끝을 흐리면서 물을 한 모금 더 마셨다가 뱉었다. 그러더니 내 왼쪽을 노려봤다.

"뭘 봐?"

1017이 계속 그 자리에 서서, 한 손으로 밴드를 잡은 채 우리를 노려보고 있었다. 이 스패클은 소년인 것 같다는 생각이 들었다. 그는 우리에게 혀를 한 번, 그리고 다시 한 번 찼다. 소음은 나지 않지만 확실히 혀 차는 소리는 무례하게 들렸다.

데이비도 그렇게 생각했다. "아, 그러셔?" 그는 등에 둘러메고 있는 소총으로 손을 뻗었다. 그의 소음에서 도망치는 그 스패클에게 계속 총을 쏘는 장면이 떠올랐다.

1017은 물러서지 않았다. 그는 내 눈을 보면서 다시 혀를 찼다.

맞다. 확실히 무례한 자식이네.

그는 계속 우리를 노려보면서, 한 손으로 금속 밴드를 문지르며 뒷걸음쳐 물러났다. 데이비 쪽으로 돌아서자 그가 소총을 꺼내서 멀어지는 1017에게 겨누고 있었다.

"하지 마."

"왜? 누가 우리를 막을 건데?"

나는 대답하지 않았다. 그럴 사람은 없어 보였으니까.

폭탄은 사나흘 간격으로 터졌다. 폭탄이 어디 있을지, 어떻게 설치됐는지는 아무도 몰랐다. **쾅! 쾅! 쾅!** 여섯 번째 폭탄은 밤에 터졌는데, 이번에는 작은 핵분열 원자로가 폭파됐다. 레저 시장은 한쪽 눈에 멍이 들고 코가 띵띵 부은 몰골로 감방에 돌아왔다.

"무슨 일 있었어요?"

"군인들 짓이지." 레저 시장은 침을 뱉고 저녁이 담긴 접시를 들었다. 또 스튜였는데, 한 입 먹은 레저 시장의 얼굴이 일그러졌다.

"뭘 어쨌는데 그래요?"

레저 시장의 소음이 조금 올라가면서 성난 눈으로 날 바라봤다. "난 아무 짓도 안 했어."

"내 말이 무슨 뜻인지 알잖아요."

레저 시장은 혼자 투덜거리더니, 스튜를 좀 더 먹고 나서 말했다. "내가 해답이라는 황당한 생각을 한 놈들이 있었어. 내가 해답이라니."

"진짜요?" 내가 아무래도 너무 놀란 티를 낸 것 같다.

시장은 일어나면서 스튜를 내려놨다. 거의 안 먹은 걸 보니 정말 많이 아픈 모양이었다. "이 사달을 벌인 여자들은 못 찾겠는데 책임을 물을 사람은 있어야 하니까 그러겠지." 시장은 탑의 구멍으로 한때 그의 도시였던 곳에 어둠이 번지는 모습을 지켜봤다. "우리 대통령께서는 내가 구타당하는 걸 막으려고 뭐라도 했을까? 아니, 손 하나 까딱 안 했어." 그는 혼잣말을 하듯 중얼거렸다.

나는 계속 저녁을 먹으면서 생각하고 싶지 않은 일들이 소음에 나타나지 않게 하려고 애썼다.

"사람들 사이에 소문이 돌고 있어." 레저 시장은 나지막한 목소리로 말했다. "사람들이 처음 본 어린 힐러, 새 힐러에 대해 말이야. 얼마 전에 이 성당을 들락거리던 여자아이가 지금은 코일 선생이 운영하던 치유의 집에서 일하고 있다던데."

바이올라. 미처 덮기도 전에 내 소음에서 크고 또렷한 소리가 나와버렸다.

레저 시장이 내게 고개를 돌렸다. "거기는 네가 지금까지 보지 못했던 집이야. 큰길에서 나와 수도원으로 가는 길 중간쯤의 강가 쪽에 있는 작은 언덕 밑에 있어. 도로에 헛간 두 개가 나란히 있는데, 모퉁이를 끼고 돌아야 보여." 시장은 다시 구멍 밖을 내다봤다. "찾기 어렵지 않을 거야."

"데이비를 따돌릴 수가 없어요."

"무슨 소리인지 당최 모르겠다. 난 그저 우리의 아름다운 도시의 별반 쓸모없는 정보들을 말해준 것뿐이야." 시장은 다시 침대에 누우며 말했다.

나는 거칠게 숨을 몰아쉬면서 거기 어떻게 갈 수 있을지, 데이비에게서 어떻게 벗어나서 그 치유의 집을 찾을 수 있을지를 온 정신을 집중해서 생각했다.

(그녀를 찾기 위해.)

한참 후에야 이 질문이 떠올랐다. "코일 선생이 누구예요?"

어둠 속에서도 레저 시장의 소음이 조금 더 붉어지는 걸 느낄 수 있었다. "아, 뭐. 그 사람이 너의 해답이 되겠지. 그렇지 않니?" 그는 어둠에 대고 말했다.

"이게 끝이야." 나는 1182 스패클이 손목을 문지르면서 슬금슬금 물러가는 모습을 보며 말했다.

"젠장, 끝날 때도 됐다." 데이비는 잔디밭에 털썩 주저앉으며 말했다. 공기는 서늘하고 상쾌했고, 해는 높이 떠 있었고, 하늘은 대체로 맑았다.

"이제 뭘 해야 해?"

"시바 나도 몰라."

나는 거기 서서 스패클들을 바라봤다. 잘 모르는 사람이라면 스패클이 양보다 똑똑하다는 생각은 못 할 것이다.

"쟤들이나 양이나 거기서 거기지." 데이비가 햇빛이 눈부셔서 눈을 감으며 말했다.

"닥쳐." 내가 말했다.

하지만 저들을 보면 나도 심란해졌다.

그들은 풀밭 위에 앉아서, 아무 소음도 내지 않고, 아무 말도 하지 않았다. 절반은 우리를 빤히 보고, 절반은 서로를 보면서 가끔씩 혀를 차긴 하지만 그 외에는 움직이지도 않고, 손을 써서 뭘 할 생각도 안 하고, 이렇게 흘러가는 시간에 뭘 해보려는 생각도 하지 않는다. 생기가 하나도 없는 하얀 얼굴로 돌담 옆에 앉아서, 뭔가를 기다리고 또 기다리면서 하염없이 기다린다. 뭔가, 무슨 일이 일어나길 기다리는 것이다.

"지금이 뭔가 할 때다, 토드!" 뒤에서 천둥 같은 소리가 들렸다. 데이비가 허둥지둥 일어나는 사이에 시장이 정문으로 들어왔다. 말은 밖에 매어두고 걸어오고 있었다.

시장은 나를, 오직 나만 바라봤다. "새로운 일을 할 준비가 됐니?"

"나랑은 몇 주 동안 제대로 말 한 마디 안 했는데." 말을 타고 집에 오는 내내 데이비가 씩씩거렸다. 이 부자는 사이가 썩 좋지 않다. "만날 토드를 계속 감시해라, 스패클 작업을 빨리 끝내라, 그런 소리만 하지."
데이비는 말고삐를 세게 움켜쥐었다. "단 한 번이라도 고맙다는 말을
했냐고? 단 한 번이라도 잘했다, 데이비드, 라는 말을 했냐고?"

"원래 스패클들에게 밴드 채우는 일은 1주일 만에 끝내야 했잖아.
그런데 두 배도 넘게 걸렸으니까." 나는 시장이 그에게 한 말을 되풀
이했다.

데이비가 나를 향해 홱 돌아섰다. 그의 소음이 시뻘게져서 사정없이
올라가고 있었다. "우린 공격을 받았잖아! 그게 어떻게 내 잘못이야?"

"네 잘못이라는 말은 하지 않았어." 나는 그렇게 맞받아쳤지만 내 소
음에서 0038의 목에 채웠던 밴드가 떠올랐다.

"그러니까 너도 내 탓이라는 거네?" 데이비는 말을 멈추고 날 노려보
면서, 몸을 앞으로 기울여 언제라도 말에서 뛰어내릴 준비를 했다.

나는 대답을 하려고 입을 벌렸다가 그의 뒤쪽에 있는 길을 흘끗 봤
다. 길이 꺾이는 곳에 헛간이 두 개 있었다. 강으로 내려가는 쪽에 있는
헛간들.

나는 재빨리 데이비를 다시 봤다.

그는 사악한 미소를 짓고 있었다. "저 밑에 뭐가 있는데?"

"아무것도 없어."

"네 여자지, 그렇지?" 데이비가 이죽거리며 말했다.

"닥쳐, 데이비."

"아니, 돼지오줌. 너나 닥쳐." 데이비가 말안장에서 미끄러져 내려왔
다. 그의 소음이 그 어느 때보다 시뻘겋게 달아올라 있었다.

이제는 싸울 수밖에 없다.

"군인들에게 맞았어?" 그날 저녁 감방에 들어왔을 때 내 얼굴에 든 멍과 핏자국을 본 레저 시장이 물었다.

"신경 끄라고 했죠." 나는 으르렁거리듯 말했다. 나와 데이비는 오랜만에 정말 치열하게 싸웠다. 온몸이 너무 아파서 침대까지 가지도 못할 지경이었다.

"너 그거 먹을 거니?" 레저 시장이 물었다.

내 소음에서 안 먹을 거라는 소리가 흘러나왔다. 시장은 고맙다는 말도 없이 음식을 집어 들고 우적우적 먹었다.

"그렇게 열심히 먹어서 자유를 되찾을 작정이에요?"

"배를 곯아본 적도 없는 자식이 그런 소리를 하는군."

"난 자식이 아니라고요."

"우리가 이곳에 처음 착륙했을 때 가져왔던 식량은 1년 후에 떨어져 버렸어. 그때 우리의 사냥과 농업 실력은 형편없었지." 시장은 음식을 계속 씹으면서 말하다가 또 한 입 먹었다. "너도 한번 힘들게 살아봐라. 그럼 따뜻한 밥이 얼마나 고마운지 알게 된다, 토드야."

"사람들은 왜 항상 모든 이야기에서 교훈을 끌어내지 못해 용을 쓸까?" 나는 팔로 얼굴을 가렸다가 시커멓게 멍든 눈에 닿자 너무 아파서 얼른 뗐다.

다시 밤이 됐다. 날씨가 어제보다 더 쌀쌀해져서 옷을 거의 다 입은 채로 담요 속으로 들어갔다. 레저 시장은 코를 골면서 방들이 끝도 없이 이어진 집에서 출구를 찾을 수 없어 계속 걷는 꿈을 꾸었다.

이때가 그녀를 생각할 수 있는 가장 안전한 시간이다.

그녀는 그곳에 있을까?

그 해답이라는 조직의 일원일까?

다른 생각도 했다.

그녀가 날 보면 뭐라고 할지 그런 생각.

내가 매일 하는 일을 본다면 뭐라고 할까?

그리고 누구랑 같이 있는지 본다면?

나는 서늘한 밤공기를 꿀꺽 삼키고 눈가에 고이려는 눈물을 깜박여서 쫓아버렸다.

(넌 아직 나와 같은 마음이니, 바이올라?)

(그래?)

한 시간 후에도 나는 여전히 잠을 이루지 못했다. 뭔가 마음에 걸리는 게 있었다. 나는 이불 속에서 뒤척이며 흐트러진 소음을 정리해서 털어내고, 시장이 계획한 그 새 작업을 할 수 있도록 진정하려고 애를 썼다. 새 일은 솔직히 말하면 그렇게 나쁜 일 같진 않다.

하지만 내가 뭔가 놓친 것 같은, 뭔가 아주 당연한 걸 눈앞에서 놓치고 못 본 것 같은 느낌이 찜찜했다.

뭔가…….

나는 벌떡 일어나 앉아 레저 시장의 코골이, 밖에 있는 뉴 프렌티스 타운 주민들이 자면서 내는 어마어마한 소음, 밤새들이 지저귀는 소리, 심지어 멀리서 세차게 흘러가는 강물 소리까지 들었다.

아까 콜린스 아저씨가 날 방에 가두고 나서 철컹 하며 문을 잠그는 소리가 들리지 않았다.

나는 다시 그때를 돌이켜봤다.

확실히 안 들렸다.

나는 어둠 속에서 문을 바라봤다.

아저씨가 문을 잠그는 걸 잊어버린 것이다.

바로 지금, 바로 이 순간.

문은 잠겨 있지 않다.

16

너는 누구야

〈바이올라〉

"밖에서 소음이 들려." 밤에 마실 수 있도록 내가 물 주전자를 채우는 사이에 폭스 부인이 말했다.

"소음이 안 들린다면 그거야말로 정말 놀라운 일이겠죠, 폭스 부인."

"바로 창밖에서……."

"군인들이 담배를 피우고 있잖아요."

"아니야, 분명 그 소음은……."

"죄송하지만 전 정말 무지하게 바빠요, 폭스 부인."

나는 폭스 부인의 베개를 교체하고 요강을 비웠다. 부인은 내가 나가려고 할 때까지 입을 다물었다.

"여기도 예전 같지 않지?" 부인이 조용히 말했다.

"정말 그래요."

"헤이븐은 이보다는 나은 곳이었는데. 완벽하진 않지만 이보단 나았어."

폭스 부인은 그렇게 말한 후 말없이 창밖을 내다봤다.

오늘 일을 다 마치자 피곤해서 죽을 것 같았지만 침대 위에 앉아서 주머니에 계속 넣고 다닌 쪽지를 꺼냈다. 이제 100번, 1000번째 읽는 참이다.

얘야.

이젠 네가 선택해야 할 때가 됐다.

우리가 널 믿을 수 있을까?

해답

심지어 선생님의 서명조차 없었다.

근 3주 동안 이 쪽지를 가지고 다녔다. 3주가 다 됐는데 아무 연락이 없었다. 그러니까 그들은 이 정도로 나를 믿지 못하는 것이다. 그 후로 다시는 쪽지도, 어떤 신호도 받지 못한 채 이 집에서 코린과―이제는 코린이 아니라 와이어트 선생님이라고 불러야 하지만―환자들과 틀어박혀 있다. 평소처럼 병이 나서 온 환자들도 있지만, 해답에 대해 시장의 부하들과 '면담'을 하고 온 여자들도 있었다. 여기저기 멍이 들고 살이 찢기고 베인 여자들, 갈비뼈 또는 손가락 또는 팔이 부러진 여자들. 몸에 화상 자국이 있는 여자 환자들도 있었다.

그나마 이들은 운이 좋은 편이었다. 감옥에 있는 여자들에 비하면.

그리고 사나흘 간격으로 **쾅! 쾅! 쾅!** 폭탄이 터졌다.

그 후에는 더 많은 사람들이 체포됐고, 더 많은 여자 환자들이 들어왔다.

코일 선생님에게선 아무 연락이 없었다.

시장도 감감무소식이고.

내가 왜 혼자 여기 남겨졌는지에 대한 설명은 그 누구도 해주지 않았다. 상식적으로 생각하면 나를 제일 먼저 끌고 갔을 것 같은데. 끝도 없이 면담을 하고, 감방에서 썩어가는 사람은 나여야 할 것 같은데.

"하지만 아무것도 없어. 아무것도." 나는 속삭였다.

토드에게서도 아무 소식이 없다.

나는 눈을 감았다. 너무 피곤해서 아무 느낌이 없었다. 매일같이 통신 탑에 갈 수 있는 방법을 찾아봤지만 이제는 사방에 군인이 좍 깔린 데다 수도 너무 많아서 교대 시간을 알아낼 수도 없었다. 새 폭탄이 터질 때마다 상황은 점점 악화되기만 했다.

"난 뭔가 해야 해. 그러지 않으면 미쳐버릴 거야." 나는 큰 소리로 말하다가 웃었다. "미쳐서 혼잣말을 시작할 거야."

나는 더 크게 웃었다. 사실 별로 웃기지도 않는데.

그때 내 방 창문을 똑똑 두드리는 소리가 들렸다.

나는 벌떡 일어나 앉았다. 심장이 방망이질을 하기 시작했다.

"코일 선생님?"

드디어 왔나? 이제 때가 됐나?

이제 내가 선택해야 할 때인가?

그들이 날 믿는 걸까?

(하지만 지금 들리는 건 혹시 소음······?)

나는 침대 위에 무릎을 꿇고 바깥을 아주 살짝만 볼 수 있게 커튼을 젖혔다. 얼굴을 찌푸린 채 이마에 손가락을 댄 선생님이 있을 거라고 예상했지만······.

아니었다.

선생님이 아니었다.

"토드!"

나는 커튼을 젖히고 창문을 들어 올렸다. 토드가 창문 안으로 고개를 들이밀었고, 그의 소음이 내 이름을 부르고 있었다. 나는 그를 안고 땅바닥에서 들어 올려 창문 안쪽으로 끌어당겼다. 그와 나는 얼싸안은 채 내 침대 위로 떨어졌다. 나는 그의 몸에 깔렸고, 그는 내 위에 있었다. 우리는 서로의 얼굴을 마주 봤다. 아론이 우리 뒤를 바짝 쫓아왔을 때, 우리가 폭포 밑으로 점프해서 떨어졌을 때 바로 이렇게 누워서 서로의 눈을 들여다봤었다.

그때 우리는 무사할 거라고 생각했는데.

"토드."

방 불빛에 시커멓게 멍이 든 토드의 눈과 피가 묻은 코가 보였다. "무슨 일 있었어? 너 다쳤잖아. 내가······."

하지만 토드는 이렇게만 말했다. "정말 너구나."

우리는 거기 그렇게 누워서 상대방이 정말 여기 있다는 걸, 정말, 정말 있다는 걸, 정말 살아 있다는 걸 느꼈다. 그가 옆에 있어 안전하다고 느끼면서 내 몸에 닿은 그의 무게, 내 얼굴을 만지는 거친 손가락, 그의 온기와 체취와 옷에 밴 먼지 냄새를 맡으면서 얼마나 오랫동안 그렇게 있었는지 모르겠다. 그동안 말은 거의 하지 않았다. 토드의 소음은 감정에 북받쳐 소용돌이치고 있었다. 그의 소음 속에서 수많은 기억이 요동쳤다. 내가 총에 맞은 기억, 내가 죽어가고 있다고 생각했을 때 느낀 감정, 이렇게 손가락으로 만져본 내 느낌에 대한 기억들이었다. 하지만 그는 그 모든 감정과 기억을 뒤로한 채 계속 이 말만 했다. 바이올라, 바이올라, 바이올라.

토드가 왔다.

정말 토드가 왔어.

그러니 이제 다 괜찮아.

그때 복도에서 발걸음 소리가 들렸다.

바로 내 방문 밖에서 그 소리가 멈췄다.

우리는 둘 다 문을 바라봤다. 문 밑으로 그림자가, 문밖에 서 있는 누군가의 다리가 보였다.

나는 그 사람이 문을 두드리길 기다렸다.

토드를 내보내라는 지시가 떨어지길 기다렸다.

내가 싸워야 할 순간을 기다렸다.

하지만 그때 그 발은 다시 걸어가 버렸다.

"저 사람 누구야?" 토드가 물었다.

"와이어트 선생님." 나는 그렇게 대답하면서, 스스로의 대답에 깜짝 놀랐다.

"그러더니 그 후에 폭탄들이 터지기 시작했어. 시장은 나를 딱 두 번 불렀어. 날 불러서 그 일에 대해 아는 게 있냐고 물었는데 내가 정말 모르니까 그걸로 끝이었어. 그 후론 아무것도 없어. 그게 그 사건에 대해 내가 아는 전부야. 맹세해." 내가 말을 끝냈다.

"폭탄이 터진 후로 시장은 나와도 거의 이야기를 안 해. 그 폭탄들을 터트린 사람이 너일까 봐 걱정했어." 토드는 그렇게 말하면서 고개를 숙여 자신의 발치를 바라봤다.

그의 소음 속에서 그 다리가 폭파되는 모습이 보였다. 내가 그걸 폭파시키는 모습도 보였다. "아니야. 나는 아니었어." 나는 주머니 속에 있는 쪽지를 생각하며 부정했다.

토드는 침을 꿀꺽 삼키더니 간단하고 분명하게 말했다. "우리 도망쳐야 할까?"

"그래." 이런 식으로 코린을 너무나 빨리 배신해 버리다니, 순간 수치심에 얼굴이 달아올랐다. 하지만 맞다. 우리는 도망쳐야 한다. 둘이 같이 도망쳐야 한다.

"하지만 어디로? 어디 갈 곳은 있어?"

나는 입을 열어서 대답하려다가 망설였다.

"해답은 어디에 숨어 있어? 우리가 거기로 갈 수 있을까?"

그때 토드의 소음이 긴장하는 걸 알아챘다. 그의 소음에서 이래선 안 된다며 주저하는 감정이 느껴졌다.

그 폭탄들. 토드는 그 폭탄들을 못마땅해하고 있었다.

폐허가 된 식당에서 죽은 군인 몇 명이 보였다.

하지만 그게 다가 아니었다, 안 그런가?

나는 다시 망설였다.

순간, 마치 파리 한 마리를 손으로 저어 쫓아버리듯 찰나의 순간, 나는 궁금해졌다.

그걸 토드에게 말해도 될지 궁금해졌다.

"난 몰라. 정말 몰라. 만약의 경우를 대비해서 그들은 내게 말해주지 않았어."

토드는 고개를 들어 나를 바라봤다.

순간 그의 얼굴에도 나를 의심하는 기색이 얼핏 보였다.

"날 안 믿는구나." 부지불식간에 말이 나와버렸다.

"너도 날 안 믿잖아. 넌 지금 내가 시장을 위해 일하고 있는지 궁금해하고 있어. 그리고 내가 널 찾는데 왜 이렇게 오래 걸렸는지도." 토드는 아주 슬픈 표정으로 바닥을 내려다봤다. "난 지금도 네 마음을 읽을 수 있어. 내 마음만큼이나 환하게 보인다고."

나는 토드를 보고, 그의 소음을 들여다봤다. "넌 내가 해답에 가담했는지 궁금해하고 있어. 그게 내가 할 만한 일이라고 생각하고 있지."

그는 나를 보지 않았지만 고개를 끄덕였다. "난 그저 살아남으려고 노력하는 중이었어. 널 찾을 길을 알아내려고 애쓰면서, 네가 날 버리고 떠나지 않기를 바랐지."

"절대. 절대 그러지는 않아."

토드는 다시 고개를 들어 나를 바라봤다. "나도 절대 너를 두고 떠나지 않을 거야."

"약속해?"

"내 목숨을 걸고 맹세해." 그가 수줍게 웃으며 말했다.

"나도 약속해. 절대 널 떠나지 않을 거야, 토드 휴잇. 절대, 절대로." 나는 그를 보며 미소 지었다.

내가 절대, 절대로, 라고 말하자 토드의 미소가 더 밝아졌지만 내게 뭔가, 뭔가 말하기 어려운 것, 수치스러워 하는 걸 말하려고 소음을 정리하고 있다는 걸 알 수 있었다. 하지만 그걸 말하기 전에 먼저 이걸 알아주길 원했다, 확실히 알아주길.

"내 생각에 그들은 바다에 있는 것 같아. 코일 선생님이 떠나기 전에 바다에 대한 이야기를 해줬어. 거기로 간다는 말을 하려고 그랬던 것 같아."

토드는 다시 고개를 들어 나를 바라봤다.

"이제 내가 널 안 믿는다고 말해봐, 토드 휴잇."

그리고 내 실수를 알아차렸다.

"왜?" 내 얼굴에 떠오르는 표정을 보고 토드가 물었다.

"그게 네 소음에 있어. 그게 네 소음의 사방에 있다고. 바다란 말이 거듭거듭 나오고 있어." 나는 벌떡 일어서면서 말했다.

"일부러 그러는 거 아니야." 토드의 눈이 휘둥그레 커졌다. 그의 소음에서 갇혀 있던 방의 문이 잠기지 않은 장면이 보였다. 그리고 그와 함께 방을 쓰는 남자가 내가 있는 곳을 말해주는 장면이 보였고, 이어서 수많은 의문이 올라오더니…….

"난 너무 멍청해. 빌어먹을 너무나 멍청해! 우린 가야 해. 지금 당장!" 토드도 벌떡 일어서면서 말했다.

"토드……."

"여기서 바다가 얼마나 멀어?"

"말 타고 이틀 정도……."

"그럼 걸어선 나흘이겠네." 토드는 이제 방 안을 서성거리고 있었다. 그의 소음이 다시 폭탄을 터트리는 것만큼이나 분명하게 바다를 떠들어 댔다. 그는 내가 자기를 보는 걸, 자기의 소음을 보는 걸 알았다. "난 널 염탐하려는 게 아니야. 그런 게 아니라고. 아저씨가 일부러 문을 열어놓고 간 게 분명해. 그래서 내가……." 토드는 짜증이 나서 자신의 머리카락을 사정없이 잡아당겼다. "내가 숨길게. 아론에 대해서 숨겼으니 이것도 숨길 수 있어."

시장이 아론에 대해 내게 한 말이 떠오르면서 뱃속이 울렁거렸다.

"우린 가야 해. 가져갈 수 있는 음식이 있을까?" 토드가 물었다.

"내가 좀 챙길 수 있어."

"서둘러."

내가 방을 나가려고 돌아섰을 때 그의 소음 속에서 내 이름이 들렸다. 바이올라. 그 말은 걱정에 뒤덮여 있었다. 우리가 함정에 빠졌을까 봐, 그들이 그를 일부러 여기 보냈다고 내가 의심할까 봐, 그가 거짓말을 하고 있다고 내가 생각할까 봐 염려하고 있었다. 내가 할 수 있는 거라곤 그저 그를 보면서 그의 이름을 생각하는 것뿐이었다.

토드.

그리고 내 말이 무슨 뜻인지 토드가 알기를 바라는 마음뿐.

나는 구내식당에 뛰어들어서 찬장이 있는 곳으로 달려갔다. 불은 켜지 않고, 최대한 조용히 상자에 담겨 있는 음식과 빵 덩어리들을 움켜쥐었다.

"그렇게 빨리 가려고, 어?" 코린의 목소리가 들렸다.

코린은 어둠 속에서 커피 한 잔을 앞에 두고, 저쪽 멀리 있는 테이블에 앉아 있었다. "네 친구가 오자마자 가버리는구나." 그녀가 일어서서 내게 걸어왔다.

"난 가야 해. 미안해."

"미안하다고?" 코린은 눈썹을 치켜뜨면서 말했다. "여기는 어떻게 하고? 여기서 널 필요로 하는 환자들은 다 어떻게 하려고?"

"어차피 난 형편없는 힐러잖아. 내가 하는 거라곤 환자들을 씻기고 밥을 먹이고……."

"네가 그렇게 해줘서 내게 조금이라도 치료할 시간이 생기잖아."

"코린……."

그녀의 눈이 사납게 번득였다. "와이어트 선생님."

나는 한숨을 쉬었다. "와이어트 선생님." 그러면서 나는 순간 떠오른 생각을 그대로 말해버렸다. "우리랑 같이 가자!"

코린은 깜짝 놀란 듯, 마치 내게 협박당한 듯한 표정을 지었다. "뭐라고?"

"여기가 앞으로 어떻게 될지 모르겠어? 감옥에 있는 여자들, 다친 여자들. 이 상황은 앞으로 절대 나아지지 않을 거라는 걸 모르겠냐고?"

"매일매일 폭탄이 터지고 있으니 나아질 리가 없지."

"우리의 적은 대통령이야."

코린이 팔짱을 꼈다. "넌 적이 하나뿐이라고 생각해?"

"코린……."

"힐러는 사람의 목숨을 빼앗지 않아. 힐러는 절대로 살생을 하지 않는다고. 우리가 하는 첫 번째 서약은 사람에게 해를 끼치지 않는다는 것이야."

"그 폭탄들은 사람이 없는 곳에 설치됐어."

"그렇다고 항상 사람이 없지는 않잖아, 안 그래?" 코린은 고개를 내저으며 말했다. 갑자기 그녀의 표정이 슬퍼 보였다. 이렇게 슬픈 얼굴은 처음이었다. "난 내가 어떤 사람인지 알아, 바이올라. 내 영혼 깊은 곳에서 알고 있어. 나는 아프고 다친 사람을 치료하는 사람이야. 그게 나야."

"계속 여기 있으면 놈들이 결국 우리를 잡으러 올 거야."

"우리가 떠나면 환자들이 죽겠지." 그녀의 목소리는 더 이상 화가 난 것 같지도 않았다. 그래서 더 무서웠다.

"만약 네가 잡혀가면? 그러면 누가 환자들을 치료하는데?" 나는 점점 더 시비조로 말했다.

"난 네가 하길 바라고 있었어."

순간 아무 말도 못하고 숨만 들이마셨다. "그렇게 간단한 일이 아니야."

"내겐 간단해."

"코린, 내가 여기서 빠져나갈 수 있다면, 우리 우주선에 탄 사람들에게 연락만 할 수 있다면……."

"그럼 뭐? 그들이 도착하려면 아직도 5개월이나 남았다고 네 입으로 그랬잖아. 5개월은 긴 시간이야."

나는 찬장을 향해 돌아서서 자루에 계속 음식을 담았다. "난 시도해 봐야 해. 뭔가 해야 한다고." 나는 자루에 음식을 가득 채운 후에 코린을 향해 돌아섰다. "나는 그런 사람이야." 기다리고 있는 토드를 생각했다. 그러자 심장이 더 빨리 뛰기 시작했다. "어쨌든 이제는 그런 사람이 됐어."

코린은 조용히 날 살펴보더니 코일 선생님이 전에 내게 한 말을 다시 들려줬다. "우리는 스스로 내린 선택들로 만들어지지."

그녀가 방금 작별 인사를 했다는 것을 잠시 후에야 깨달았다.

"왜 이렇게 오래 걸렸어?" 토드는 초조한 표정으로 창밖을 내다보며 말했다.

"별일 아니야. 나중에 말할게."

"먹을 거 가져왔어?"

나는 자루를 들어 올렸다.

"다시 강을 따라가야겠지?" 토드가 말했다.

"그렇겠지."

토드는 날 어색한 표정으로 보면서 미소를 짓지 않으려고 애썼다. "이렇게 다시 가는구나."

그러자 기쁜 마음이 세차게 밀려왔다. 지금 우리가 아무리 큰 위험에 처했더라도 난 행복했고, 토드도 그렇게 느끼고 있었다. 우리는 잠시 손을 꼭 맞잡고 있었다. 이윽고 토드가 침대에서 일어서서, 한쪽 다리를 창턱에 올리고 밖으로 뛰어내렸다.

나는 음식이 든 자루를 그에게 넘기고 창밖으로 기어 나와, 단단한 진흙 바닥에 쿵 소리를 내며 뛰어내린 후에 속삭였다. "토드."

"응?"

"도시 밖 어딘가에 통신 탑이 있다고 말해준 사람이 있어. 아마 군인들이 지키고 있겠지만, 그곳을 찾을 수 있다면……."

"큰 철탑 말이야? 나무들 위로 솟아 있는?" 토드가 끼어들었다.

나는 눈을 깜박였다. "아마도?" 그리고 눈을 크게 떴다. "너 그게 어디 있는지 알아?"

토드는 고개를 끄덕였다. "매일 거길 지나가."

"정말?"

"응, 정말." 이제 그의 소음에서 그곳, 그 도로가 보였고…….

"내 생각엔 이 정도면 충분한 것 같은데." 어둠 속에서 목소리가 들렸다.

우리 둘 다 아는 목소리.

시장이 어둠 속에서 모습을 드러냈다. 그 뒤에 군인들이 한 줄로 서 있었다.

"두 사람 다 잘 있었니?"

시장에게서 강렬한 소음이 휙 발사되는 소리가 들렸다.

그러자 토드가 쓰러졌다.

17

중노동

〈토드〉

그것은 소리였지만 소리가 아니고, 세상에 존재하는 것이 아닐 만큼 시끄러웠으며, 머리가 아닌 귀로 들었다면 고막이 터져버렸을 듯했다. 그 소리를 듣는 순간 모든 것이 새하얗게 변했다. 내가 눈이 멀어버렸다는 것이 아니라, 귀가 안 들리고 말문이 닫히고 얼음처럼 굳어버렸다는 뜻이다. 그리고 내 몸 한가운데 깊고도 깊은 곳에서 너무나 커다란 고통이 솟아나서 무방비 상태가 된 나를 따끔따끔 찌르고, 불같이 뜨겁게 후려쳤다.

시장의 소음으로 맞을 때마다 데이비는 바로 이렇게 느꼈던 것이다.

그리고 그 말들…….

그 소음은 그저 말에 지나지 않았지만…….

그 말 하나하나가 내 머릿속에 박혔고, 온 세상이 나에게 그 말을 소리쳤다. **넌 아무것도 아니야 넌 아무것도 아니야 넌 아무것도 아니야.** 그 말이 쉴 새 없이 머릿속에서 메아리치면서 내 모근까지 휘어잡고 두

피에서 찢어내는 것처럼, 내가 가진 모든 말을 뽑아내려 했다.

내가 아무것도 아니라는 시장의 불화살 같은 말······.

난 아무것도 아니다······.

넌 아무것도 아니다······.

나는 땅바닥에 쓰러졌고, 시장은 나를 마음대로 할 수 있었다.

그다음에 일어난 일은 말하고 싶지 않다. 시장은 군인 몇 명을 그 치유의 집에 남겨서 감시하게 했고, 나머지 군인들은 나를 질질 끌고 성당으로 돌아갔다. 가는 동안 시장은 내게 한 마디도 하지 않았다. 나는 그녀를 해치지 말라고 애원하면서 그가 원하는 건 뭐든 다 하겠다고 약속하고, 비명을 지르며 울었다(닥쳐).

(닥쳐, 닥치라고.)

성당에 도착했을 때 시장은 나를 다시 의자에 묶었다.

그리고 콜린스 아저씨를 내보냈다.

그리고······.

더 이상은 말하고 싶지 않다.

나는 울면서 토하고, 애원하고, 그녀의 이름을 소리 내어 부르고, 또 애원했다. 모든 게 너무나 수치스러워서 말하고 싶지 않다.

그런 내내 시장은 아무 말도 하지 않았다. 그저 내 주위를 걷고 또 걸어 다니면서 내가 지르는 소리, 애원하는 소리를 들었다.

그 이면에 있는 내 소음을 들었다.

나는 스스로를 이렇게 설득했다. 내가 이렇게 소리 지르는 건, 이렇게 애원하는 건 다 그녀가 내게 해준 말을 소음에서 숨기기 위해, 그녀를 안전하게 지키기 위해, 시장이 알아내지 못하게 하려고 그러는 거라

카오스 워킹 2

고. 시장이 내 소음을 들을 수 없도록 최대한 큰 소리로 울고 애걸해야 한다고 스스로에게 말했다.

(닥쳐.)

나는 스스로에게 그렇게 말했다.

그 일에 대해선 더 이상 말하고 싶지 않다.

(그냥 빌어먹을 그 입 닥치라고.)

다시 감방으로 돌아왔을 때는 아침이 다 되어 있었다. 레저 시장이 날 기다리고 있었다. 나는 아무것도 할 수 없는 상태로, 레저 시장이 이 일에 어떤 식으로든 연관돼 있는 게 아닌가 하는 생각을 했다. 하지만 날 보자마자 걱정하는 그의 표정, 내 처참한 몰골을 보고 경악하는 표정과 소음에서 나오는 소리는 모두 진실하게 들렸다. 나는 천천히 매트리스에 누웠다. 이제 무슨 생각을 해야 할지도 알 수 없었다.

"콜린스는 여기 들어오지도 않았어. 그냥 감방 문을 열어보더니 한 번 슥 들러보고 다시 문을 잠갔어. 다 아는 눈치더라고." 레저 시장이 내 뒤에 서서 말했다.

"그래요. 정말 아주 잘 알고 있더군요." 나는 베개에 대고 말했다.

"나는 이 일과 아무 관련 없어, 토드. 맹세해. 절대 그자를 돕지 않았어." 시장은 내 생각을 읽고 말했다.

"날 그냥 내버려 둬요."

레저 시장은 그렇게 했다

나는 잠들지 못했다.

그저 활활 타올랐다.

그들에게 그토록 쉽게 속아 넘어간 내 어리석음에 속이 탔고, 날 담보로 그녀를 이용하기 너무나 쉬웠던 것에 속이 탔다. 두들겨 맞으면서 울었던 것이 수치스러워서(닥쳐) 속이 탔고, 바이올라와 다시 강제로 헤어지게 된 고통에 속이 탔고, 그녀가 내게 한 약속이 너무 마음 아파서 속이 탔다. 그리고 이제 그녀에게 무슨 일이 일어날지 모른다는 고통 때문에 속이 탔다.

그들이 내게 무슨 짓을 할지에는 전혀 관심 없었다.

결국 해가 떴고, 나는 내가 무슨 벌을 받게 될지 알았다.

"농땡이 피우지 마, 돼지오줌."

"시끄러."

우리가 새로 맡은 일은 스패클들을 여러 그룹으로 나눠서 수도원 터에 새 건물을 짓기 위한 토대를 파도록 시키는 것이었다. 다가오는 겨울에 스패클들을 그 새 건물에 수용할 계획이었다.

내가 받은 벌이란 그 스패클들과 함께 그들 한가운데서 일하는 것이었다.

내가 받은 벌이란 데이비 혼자서 그 작업을 감독하게 된 것이었다.

내가 받은 벌이란 데이비가 새 채찍을 구했다는 것이었다.

"어서 일해!" 데이비는 그 채찍으로 내 어깨를 사정없이 내려치면서 외쳤다.

나는 휙 돌아섰다. 온몸이 쑤시고 안 아픈 데가 없었다. "한 번만 더 때리면 네 빌어먹을 아가리를 찢어버리겠어."

데이비는 이를 다 드러내며 활짝 웃었다. 그의 소음은 환희와 승리감에 가득 차 넘실거렸다. "그 꼬락서니 한번 보고 싶은데, 휴잇 씨."

그러더니 이 새끼가 낄낄낄 웃어댔다.

나는 내 삽자루가 있는 곳으로 휙 돌아섰다. 내 그룹에 있는 스패클들이 모두 날 빤히 보고 있었다. 나는 간밤에 한숨도 못 잤고, 날카롭게 내리쬐는 햇살에 비친 내 손가락은 모두 곱아 있었다. 나는 끓어오르는 울분을 참지 못하고 그들에게 꽥 소리 질렀다. "일해!"

그들은 혀 차는 소리를 몇 번 내더니 두 손으로 다시 땅을 파기 시작했다.

하나만 빼고. 그 스패클은 다른 스패클보다 조금 더 오래 나를 지켜봤다.

나는 그를 노려보며 부글부글 화를 끓였다. 그를 향한 내 소음에는 짜증과 격노가 극에 달해 있었다. 그는 조용히 나를 마주 봤다. 그의 입에서 김이 나왔고, 어디 한번 덤벼보라는 도전적인 눈빛을 내게 보냈다. 그는 마치 자신이 누구인지 밝히는 것처럼, 그가 누군지 내가 모르는 것처럼 손목을 치켜든 후에 돌아서서 차가운 흙바닥을 최대한 천천히 팠다.

1017은 우리를 두려워하지 않는 유일한 스패클이다.

나는 삽자루를 잡고 땅바닥에 아주 세게 내리꽂았다.

"재미있냐?" 데이비가 소리 질렀다.

나는 내가 생각해 낼 수 있는 가장 무례한 말을 소음에 띄웠다.

"아, 우리 엄마는 오래전에 죽었어. 네 엄마처럼 말이야." 데이비는 그렇게 말하더니 웃었다. "네 엄마가 그 일기에 쓴 것처럼 살아 있을 때도 그렇게 수다쟁이였는지 궁금하다야."

나는 구부리고 있던 허리를 폈다. 내 소음이 벌겋게 달아올랐다. "데이비……."

"안 그래? 무슨 일기가 끝나질 않아."

"언젠가는 데이비……." 그렇게 말하는 내 소음이 너무나 사나워서 마치 열기에 공기가 일렁이는 것처럼 구부러지는 광경을 볼 수 있을 것 같은 느낌이 들었다. "언젠가는 내가 꼭……."

"네가 꼭 뭘 할 건데?" 시장이 모페스를 타고 수도원 안으로 들어오면서 말했다. "저 밖에서도 너희 둘이 다투는 소리가 들리더구나. 다투는 게 일이냐?" 시장은 고개를 돌려 데이비를 바라봤다.

"아, 제가 일 하나는 제대로 시켜놨어요." 데이비가 들판을 향해 고개를 끄덕여 보이며 말했다.

그건 사실이다. 나와 스패클들은 모두 열 명에서 스무 명씩 무리를 지어서, 수도원 곳곳에 흩어져 돌을 치우고 잡초를 뽑았다. 다른 무리들은 파낸 흙을 다른 들판으로 옮기고 있었다. 수도원 앞쪽에 있는 우리 그룹은 첫 번째 건물의 토대를 쌓기 위한 구덩이들의 일부를 벌써 파냈다. 내게는 삽이 있지만, 스패클들은 손으로 땅을 파야 했다.

"나쁘지 않군. 이 정도면 괜찮아." 시장이 말했다.

데이비의 소음이 어찌나 기뻐하는지 민망할 지경이었다. 하지만 아무도 그를 바라보지 않았다.

"그리고 너는, 토드? 너는 오늘 아침 어떠니?" 시장이 내게 얼굴을 돌려 물었다.

"제발 그 애를 해치지 말아주세요."

"제발 그 애를 해치지 말아주세요." 데이비가 비아냥거렸다.

"마지막으로 말하는데 토드, 난 그 아이를 해치지 않아. 그냥 이야기를 하려는 거야. 사실 지금 그 아이와 이야기를 하러 가는 길이다."

그 말에 내 심장이 펄쩍 뛰면서 내 소음이 홱 치켜 올라갔다.

"아, 쟤가 싫어하네요, 아버지."

"조용해라, 데이비드. 토드, 내가 그 아이와의 대화를 좀 더 빨리 끝낼 수 있도록, 모두 편해질 수 있게 네가 할 말은 없니?"

나는 침을 꿀꺽 삼켰다.

시장은 날 빤히 보고 내 소음을 들여다보면서, 내 머릿속에 있는 단어들을 살펴봤다. **제발 그 애를 해치지 말아요**, 라는 내 목소리와 그의 목소리가 한데 섞여 뒤틀리면서 내가 생각하는 것들, 내가 안다고 생각하는 것들을 사정없이 짓눌렀다. 그건 소음으로 후려치는 것과는 달랐다. 그는 내가 원하지 않는 부분들까지 구석구석 찔러보면서 잠겨 있는 문들을 열고, 바닥에 있는 돌들을 들춰 보고, 빛을 비춰선 안 될 구석들까지 다 비추고 있었다. **제발 그 애를 해치지 말아요**, 라고 내가 말하는 내내 그렇게 하고 있었다. 그러자 서서히 (바다를) 말하고 싶어지고, 그 문들을(바다) 열고 싶어지고, 그가 원하는 걸 정확히 말하고 싶은 마음이 들기 시작했다. 시장의 말이 옳으니까, 그의 말은 항상 옳으니까, 그리고 내가 뭐라고 그에게 저항할……

"바이올라는 아무것도 몰라요." 나는 떨리고 숨이 턱 막힐 것 같은 목소리로 간신히 말했다.

시장이 한쪽 눈썹을 찡그렸다. "괴로워 보이는구나, 토드." 그는 모페스가 내 쪽으로 다가가도록 고삐를 쥐었다. **복종해**. 모페스가 말했다. 데이비가 날 뚫어져라 응시하는 시장을 바라보며 질투를 느끼는 소리가 들렸다. "내 열정을 다스려야 할 때 즐겨 사용하는 방법이 하나 있단다, 토드."

시장이 내 눈을 들여다봤다.

나는 원이고 원은 나다.

그 말은 마치 사과 속 벌레처럼 내 뇌 한가운데로 들어갔다.

"그걸 하면 내가 누군지 깨닫게 되거든. 나를 통제하는 법을 다시 깨닫게 되지." 시장이 말했다.

"뭐가요?" 데이비의 질문에 그가 이 소리를 듣지 못한다는 사실을 깨달았다.

나는 원이고 원은 나다.

또다시 내 머릿속 한가운데서 울렸다.

"이게 무슨 뜻이에요?" 그 말이 머릿속에 너무나 묵직하게 자리를 잡고 앉아서 말을 하기 힘들어 나는 내뱉다시피 물었다.

그때 그 소리가 들렸다.

공기 중에 윙윙거리는 소리, 소음은 아닌데 크게 윙윙거리는 소리, 마치 뚱뚱한 보라색 벌이 날 쏘려고 날아오면서 내는 것 같은 소리가 들려왔다.

"이게 뭐⋯⋯?"

데이비의 말이 채 끝나기도 전에 우리는 모두 고개를 돌려서 수도원의 저쪽 끝부분, 돌담 위에 죽 서 있는 군인들의 머리 위쪽을 바라봤다.

부우우우우우우⋯⋯.

한 물체가 날카로운 곡선을 그리며 하늘을 날아 수도원 뒤쪽 나무들 사이를 통과해 다가오고 있었다. 검은 연기를 내뿜는 그것은 윙 소리를 점점 요란하게 내며, 더 짙고 검은 연기를 내뱉었다.

그때 시장이 셔츠 주머니에서 바이올라의 쌍안경을 꺼내서 좀 더 자세히 바라봤다.

그걸 본 내 소음이 격렬하게 흔들리면서 수없는 질문을 쏟아냈지만 시장은 무시했다.

데이비가 언덕 밑에 있던 그걸 시장에게 갖다준 게 분명하다.

나는 주먹을 불끈 쥐었다.

"뭔지는 모르겠지만 이쪽으로 오고 있어요." 데이비가 말했다.

나는 다시 뒤를 돌아봤다. 그것은 하늘 높이 올라 정점을 찍었다가 다시 땅으로 내려오고 있었다.

우리가 서 있는 수도원을 향해.

부우우우우우…….

"나라면 지금 당장 피하겠다. 저건 폭탄이야." 시장이 말했다.

데이비는 문을 향해 정신없이 달려가느라 들고 있던 채찍도 떨어뜨렸다. 담 위의 군인들은 수도원 바깥쪽으로 뛰어내리기 시작했다. 시장은 말을 달릴 준비를 하며 움직이지 않고 서서 폭탄이 어디 떨어질지 보려고 기다렸다.

"예광탄이군. 고물이라 사실상 아무 쓸모가 없는 건데. 스패클 전쟁에서 저걸 썼단다." 그렇게 말하는 시장의 목소리는 호기심으로 가득 차 있었다.

그 부우우우우 소리가 점점 커져갔고, 폭탄은 점점 더 빠른 속도로 밑으로 떨어졌다.

"프렌티스 시장님?"

"대통령이라니까." 시장은 그렇게 정정했지만 최면에 걸린 것처럼 여전히 쌍안경으로 폭탄에 시선을 고정하고 있었다. "저 소리와 연기로 봐선 비밀 작전용이라기엔 너무 눈에 띄는데."

"프렌티스 시장님!" 초조해서 내 소음이 점차 높아졌다.

"시내엔 다 덤불 폭탄을 써놓고 왜 여기는……."

"도망쳐!" 내가 소리를 꽥 질렀다.

모페스가 깜짝 놀랐고, 시장이 날 바라봤다.

하지만 시장에게 한 말이 아니었다.

"도망치라니까!" 나는 가장 가까이 있는 스패클들, 나와 같은 작업 구역에 있는 스패클들을 향해 삽을 든 두 손을 정신없이 흔들었다.

폭탄이 바로 이곳을 향해 날아들고 있었다.

부우우우우…….

스패클들은 지금 이 상황을 이해하지 못했다. 대부분은 그들을 향해 날아오는 폭탄을 멍하니 바라보고 있었다. **"도망치라니까!"** 나는 계속 소리를 지르면서 소음으로 폭발 장면을 보내고 그 폭탄이 떨어지면 어떤 일이 일어날지, 피와 사방으로 날아간 창자들과 **쾅** 소리가 나는 장면을 띄웠다. **"빌어먹을, 달리라니까!"**

마침내 그들이 내 말을 이해했고, 몇 명은 흩어지기 시작했다. 아마 소리를 지르면서 삽자루를 흔들어 대는 내게서 멀어지려고 그랬겠지만. 나는 그들을 쫓아 더 먼 곳으로 보낸 후에 뒤를 돌아봤다. 시장은 수도원 출구로 가면서 여차하면 말을 타고 멀리 달려갈 준비를 하고 있었다.

하지만 날 지켜보고 있었다.

"뛰어!" 나는 계속 소리를 지르면서 스패클들을 최대한 멀리 몰아냈다. 마지막 남은 몇 명은 가장 가까운 벽으로 껑충껑충 달려갔고, 나도 그들과 같이 달리면서 숨을 헉헉 몰아쉬며 다시 한 번 돌아서서 폭탄이 떨어지는 것을 보려다가…….

그때 우리 구역 한가운데 서서 하늘을 올려다보는 1017을 보았다.

그는 자신의 머리 위로 떨어져 즉사시킬 폭탄을 보고 있었다.

나는 생각할 겨를도 없이 담 안으로 다시 훌쩍 뛰어넘어 들어갔다.

내 발바닥이 풀밭 위로 쿵 소리를 내며 떨어졌고…….

우리가 파놓은 구덩이들을 뛰어넘어서…….

너무 세게 달려서 내 소음엔 그야말로 아무것도 없었고…….

폭탄의 **부우우웅** 소리가 점점 더 커지는 사이에…….

점점 더 커지면서 폭탄이 떨어지는 사이에…….

1017이 손을 들어서 햇빛을 피해 눈을 가리는 순간…….

왜 이 자식은 도망치지 않는 거야?

나는 계속 쿵쿵 소리를 내며 달렸고…….

내내 소리를 질렀다. "빌어먹을, 빌어먹을……."

부우우우우우우…….

1017은 내가 오는 걸 못 봤고…….

내가 사정없이 부딪치는 바람에 순간 1017은 허공으로 떠올랐다. 그의 폐에서 공기가 빠져나가는 사이에 우리가 함께 풀밭 저편으로 날아가서 데굴데굴 굴러 얕게 파놓은 구덩이 속으로 떨어지는 순간 거대한

쾅

소리가 단 한 번에 온 행성을 집어삼키면서

모든 생각과 소음을 날려버렸고

우리의 뇌를 집어서 산산조각 냈고

세상의 모든 공기가 빨려 나가 우리 옆을 세차게 스친 후에
흙과 풀 덩어리들이 사정없이 우리를 때리고 가고
연기가 우리 폐를 가득 채우고

그다음에 침묵이 흘렀다.

어마어마한 침묵이.

"다친 데 있어?" 시장이 큰 소리로 물었다. 마치 수 킬로미터 떨어진
깊은 물속에서 지르는 소리처럼 들렸다.
  나는 도랑 속에서 일어나 앉았다. 수도원 한가운데에 연기가 피어오
르는 거대한 구덩이가 생겨 있었다. 그 속에 탈 만한 게 하나도 없어서
연기가 벌써 가늘어지고 있었다. 저 멀리서 스패클들이 줄줄이 모여 그
광경을 바라보고 있었다.
  나는 숨을 몰아쉬었지만 내 숨소리는 들리지 않았다.
  나는 다시 1017을 봤다. 그는 도랑 속에서 내 밑에 깔려 다시 일어나
려고 애쓰고 있었다. 그가 대답할 길은 없지만 그래도 내가 입을 벌려
서 괜찮으냐고 물어보려 했을 때…….
  1017이 내 뺨을 세게 후려쳐서 자국을 남겼다.
  "야!" 내 목소리도 잘 들리지 않는 상황이었지만 나는 화가 나서 소리
를 질렀고…….
  그는 내 밑에서 몸을 비틀어 빠져나오는 중에 내가 손을 뻗어 그를

잡으려 하자…….

아주 작고 날카로운 이빨로 내 손을 세게 물었고…….

나는 벌써 피가 뚝뚝 떨어지는 손을 얼른 빼버렸고…….

그에게 한 방 먹이려고 했을 때, 그를 치려고 했을 때…….

그가 내 밑에서 빠져나와 폭발로 파인 그 구덩이를 기어올라 다른 스패클들이 있는 곳으로 갔다.

"야!" 나는 다시 소리 질렀고, 내 소음은 붉게 달아올랐다.

그는 계속 달리다가 나를 힐끗 돌아봤다. 줄줄이 서 있는 스패클들도 나를 바라봤다. 그들의 멍청하고 말 없는 얼굴은 우리 농장에서 길렀던 멍청한 양들보다도 무덤덤했다. 내 손에선 피가 흐르고, 귀는 사정없이 울리고, 저 자식이 할퀸 뺨은 따끔따끔 아팠다. 저 멍청한 자식을 구해준 보답이 이거냐?

짐승들. 멍청하고 아무짝에도 쓸모없는 빌어먹을 짐승들.

"토드? 다친 데 없니?" 시장이 말을 타고 와서 나를 내려다보며 다시 물었다.

나는 고개를 들어 그를 봤다. 그 질문에 대답할 수 있을 정도로 진정됐는지도 알 수 없었지만 아무튼 대답하려고 했을 때…….

땅이 크게 들썩거렸다.

아직 청력이 돌아오지 않아서 소리를 들었다기보다는 느낀 편에 가까웠다. 흙 사이로 땅이 흔들리면서 강하게 세 번 진동했는데, 그때마다 거기에 맞춰 공기가 툭툭 튀어 오르는 게 느껴졌다. 그렇게 세 번 연속 흔들렸고, 시장이 다시 고개를 돌려 시내 쪽을 바라봤다. 데이비와 스패클들도 똑같이 반응했다.

더 많은 폭탄들이 터지고 있었다.

멀리서, 도시를 향해, 신세계 역사상 가장 위력이 큰 폭탄들이 터지고 있었다.

18

삶은 전쟁이다

〈바이올라〉

시장과 군인들이 토드를 잡아간 후에 내가 너무나 멍청하게 넋을 놓고 있어서 코린이 결국 주사를 놔야 했다. 나는 바늘이 내 팔을 따끔하게 찌르고 들어오는 것도, 그녀가 내 등에 손을 받치고 있는 것도 눈치채지 못했다. 코린은 나를 위로하려는 것도, 내 기분을 달래주려고 그런 것도 아니고 그저 내가 쓰러지지 않도록 받친 것뿐이었다.

미안하지만 코린에게 고맙다는 마음은 들지 않았다.

침대에서 잠이 깼을 때는 아직 새벽이어서 태양이 지평선 위로 아주 낮게 떠 있었고, 모든 것이 어스름에 잠겨 있었다.

코린이 내 옆에 있는 의자에 앉아 있었다.

"좀 더 자면 좋겠지만 유감스럽게도 그럴 수가 없네." 코린이 말했다.

나는 몸이 반으로 접힐 때까지 허리를 굽혔다. 가슴이 너무 무거워서 마치 누가 나를 잡고 바닥으로 끌어당기는 것 같았다.

"나도 알아. 안다고." 나는 속삭였다.

나는 심지어 토드가 왜 쓰러졌는지도 몰랐다. 토드는 멍하니 의식을 잃다시피 했고, 입에서 거품을 뿜었다. 그다음에 군인들이 그의 발을 들어 질질 끌고 갔다.

"그 사람들이 날 잡으러 오겠지. 토드를 끝낸 후에." 나는 잠긴 목으로 힘겹게 침을 삼키며 말했다.

"그래, 나도 그렇게 예상하고 있어." 코린은 그렇게만 말하고 자신의 손을 바라봤다. 손가락 끝에 잡힌 희고 굳은 살, 뜨거운 물에 하도 많이 담가서 껍질이 벗겨진 잿빛 피부를 바라봤다.

아침 공기는 깜짝 놀랄 정도로 혹독하게 차가웠다. 창문이 닫혀 있는데도 한기가 들어오는 것이 느껴졌다. 나는 두 팔로 몸을 감싸 안았다.

토드가 갔다.

토드가 갔다.

이제 무슨 일이 일어날지 모르겠다.

"나는 켄티시 게이트라고 하는 정착지에서 자랐어. 아주 큰 숲의 가장자리에 있던 곳이지." 코린이 갑자기 날 외면하면서 말했다.

나는 고개를 들었다. "코린?"

"우리 아버지는 스패클 전쟁에서 돌아가셨어. 하지만 엄마는 살아남았지. 두 발로 설 수 있게 된 후부터 난 우리 과수원에서 엄마와 같이 일했어. 사과와 크레스티드 파인과 로이진 열매를 땄지."

나는 코린을 물끄러미 바라보며 궁금해했다. 왜 이제 와서, 왜 이런 이야기를 하는 거야?

"그렇게 힘들게 일하고 받는 내 보상은 수확을 끝내고 매년 엄마와 캠핑 여행을 떠나는 거였어. 엄마와 나 단둘이서 용기를 내서 가볼 수 있을 만큼 깊은 숲속으로 가는 여행이었지." 코린은 고개를 돌려 어두운 새벽을 내다봤다. "여기엔 수많은 생명이 있어, 바이올라. 숲속 구석구석과 강과 산마다 무수한 생명이 있지. 이 행성은 그 생명들이 쉬는 숨결로 울리고 있어."

코린은 한 손가락으로 굳은살을 쓸어내렸다. "마지막으로 엄마와 캠핑 여행을 갔을 때 나는 여덟 살이었어. 우리는 남쪽으로 꼬박 사흘을 걸어갔어. 내가 많이 컸다고 엄마가 주는 선물이었지. 우리가 몇 킬로미터를 갔는지는 하느님만 아시겠지만, 아무튼 엄마와 나 단둘뿐이었어. 그게 중요했지."

코린은 한동안 아무 말도 하지 않았다. 나는 그 침묵을 깨지 않았다.

"엄마는 시냇물에 발을 담그고 열기를 식히다가 밴디드 레드에게 발꿈치를 물렸어. 붉은 독사인데, 천천히 퍼지는 치명적인 독을 가졌지." 코린은 다시 자신의 손을 문지르며 말했다.

"아, 코린." 나는 조용히 탄식했다.

그녀는 내 연민을 무례하게 느낀 듯이 갑자기 벌떡 일어났다. 그러더니 창가로 걸어갔다. "엄마가 죽기까지 열일곱 시간이 걸렸어." 코린은 여전히 날 보지 않으며 말했다. "엄마가 눈이 멀었을 때 얼마나 끔찍하고 고통스러웠는지 몰라. 엄마는 날 붙잡고 살려달라고 애원하고 또 애원했어."

나는 아무 말도 하지 않았다.

"지금은 해독법을 알아. 힐러들이 알아냈거든. 그때 알았다면 엄마의 목숨을 구할 수 있었어. 잰더스 뿌리를 끓이기만 하면 됐는데. 그 뿌리가 사방에 널려 있었거든." 코린은 팔짱을 끼며 말했다.

해가 뜨면서 뉴 프렌티스타운의 소음도 요란하게 치솟기 시작했다. 해가 서서히 밝아왔지만 우리는 한동안 아무 말도 하지 않았다.

"정말 유감이야, 코린. 그런데 왜……?" 내가 마침내 입을 열었다.

"여기 있는 모두는 누군가의 딸이야. 저기 밖에 있는 군인들은 다 누군가의 아들이고. 유일한 범죄, 유일한 죄는 목숨을 앗아가는 거야. 그거 말곤 없어." 그녀는 조용히 말했다.

"그래서 너는 안 싸우는구나."

코린이 나를 향해 돌아섰다. "사는 것 자체가 전쟁이야." 그녀는 이렇게 쏘아붙였다. "생명을 지키는 일은 인류를 위해 싸우는 행위라고." 코린은 화가 나서 콧김을 뿜어냈다. "이제 선생님도 폭탄을 터트리며 죄를 짓고 있어. 내가 눈이 멍든 여자에게 붕대를 감아줄 때마다, 폭탄 희생자의 몸에서 파편을 제거할 때마다 나는 그들과 싸우고 있는 거야."

코린의 언성이 올라갔다가 다시 내려왔다. "그게 나의 전쟁이야. 그게 내가 싸우는 전쟁이라고."

코린은 의자로 다시 걸어와서 옆에 있는 옷 뭉치를 집어 들었다. "그러기 위해 네가 이걸 입어줘야겠어."

코린은 내게 논쟁을 하거나 심지어 그녀의 계획에 대해 물어볼 시간도 주지 않았다. 그녀는 내가 입고 있는 수련생 가운과 수도 없이 빨아서 입고 있는 내 옷을 가져가고, 그보다 훨씬 낡은 누더기를 입게 했다. 소매가 긴 블라우스, 긴 치마 그리고 내 머리를 완전히 덮는 스카프였다.

"코린." 나는 스카프를 묶으면서 입을 열었다.

"입 다물고 서두르기나 해."

옷을 다 입자 코린은 날 데리고 치유의 집 옆에 있는 강변으로 나가는 기나긴 복도 끝으로 데려갔다. 약과 붕대로 가득 찬 묵직한 캔버스 가방 하나가 문 옆에 놓여 있었다. 코린은 내게 그걸 건네며 말했다. "소리가 들리길 기다려. 들으면 알 거야."

"코린……."

코린은 이제 내 눈을 똑바로 보며 말했다. "너에겐 기회가 별로 없어. 그걸 알아둬. 하지만 그들이 숨어 있는 곳에 도착하면, 힐러로서 이 물품들을 사용해. 내 말 알아듣겠어? 넌 모르겠지만 너에겐 힐러가 될 소질이 있어."

나는 거칠게 숨을 쉬면서 코린을 보며 대답했다. "알겠어요, 와이어트 선생님."

"그럼, 선생님이지." 코린은 그렇게 말하고 문에 난 창 밖을 내다봤다. 건물 모퉁이에서 군인 하나가 심심해하며 코를 파고 있었다. 코린이 몸을 돌렸다. "이제 날 때려. 빨리."

나는 눈을 깜박였다. "뭐라고?"

"날 때리라고. 적어도 코피가 나거나 입술이 터져야 해."

"코린……."

"빨리 안 하면 거리에 군인들이 금방 쫙 깔릴 거야."

"널 어떻게 때려!"

코린이 느닷없이 팔을 너무나 세게 잡아서 나는 움찔하며 뒤로 물러났다. "만약 대통령이 널 데리고 오라고 하면 네가 다시 이곳으로 돌아올 수 있을 것 같니? 그는 너에게서 진실을 알아내려 할 것이고, 그래도 안 되면 네 친구를 위험한 곳에 가두겠지. 너 정말 그 남자가 계속 인내심을 발휘할 거라고 생각해?"

"코린……."

"그 사람은 결국 너를 해칠 거야. 그를 돕기를 끝끝내 거부하면 널 죽일 거라고."

"하지만 난 모르겠⋯⋯."

"네가 뭘 알건 모르건 그 남자는 관심 없어! 누군가의 죽음을 막을 수 있다면, 그게 너처럼 짜증 나는 아이라도 난 그렇게 할 거야." 코린이 이를 악물고 말했다.

코린의 손가락이 내 팔을 파고들었다. "코린, 아파."

"잘됐네. 화가 난 만큼 있는 힘껏 날 때려."

"하지만 왜⋯⋯."

"그냥 하라니까!" 코린이 소리를 꽥 질렀다.

나는 숨을 한 번 들이마신 후에, 한 번 또 들이마시고, 코린의 뺨을 아주 세게 후려쳤다.

나는 문에 난 창문 밑에 쭈그리고 앉아서 그 군인을 지켜봤다. 접수실을 향해 복도를 달려가는 코린의 발소리가 점점 멀어졌다. 나는 조금 더 기다렸다. 군인은 치료제가 압수된 많은 이 중 하나였다. 이 아침은 비교적 조용해서 그의 생각을 들을 수 있었다. 지루하다는 생각, 군대가 쳐들어오기 전에 살았던 고향 마을 생각, 강제로 입대하게 된 군대 생각.

이미 세상을 떠난 어떤 소녀에 대한 생각.

그때 코린이 집 앞쪽에서 고함을 치는 소리가 희미하게 들렸다. 그녀는 해답이 밤에 몰래 침입해 그녀를 사정없이 때려서 기절시키고 나를 납치했는데, 그들이 내가 도망치려는 방향과 반대쪽으로 달아나는 걸 봤다고 소리를 지르기로 했다.

그런 허술한 이야기가 군인들에게 먹힐 가능성은 높지 않았다. 사방에서 군인들이 감시하고 있는데 누가 몰래 이곳에 숨어 들어올 수 있겠는가?

하지만 나는 코린이 뭘 믿고 저러는지 알고 있다. 바로 점점 커지는 '해답 전설'이다.

아무도 본 사람이 없는데 어떻게 그 폭탄들을 설치할 수 있을까?

그리고 아무도 안 잡히다니?

해답이 그런 일을 해낼 수 있다면, 무장한 경비병들 몰래 숨어들 수도 있지 않을까?

그들이 보이지 않는 존재라면?

지루해하던 군인이 코린이 지르는 소리를 듣고 고개를 번쩍 들었을 때 그런 생각들이 들려왔다. 그 생각들이 그의 소음 속에서 더 커지는 사이에 군인은 모퉁이를 돌아 시야에서 사라졌다.

지금이 기회다.

나는 약이 들어 있는 자루를 어깨에 둘러맸다.

그리고 문을 열었다.

나는 달렸다.

나는 나무들이 한 줄로 늘어선 곳을 향해 강 밑으로 달려갔다. 강둑을 따라 길이 하나 나 있었지만 나무들 옆길을 고수했다. 묵직한 자루 귀퉁이가 내 어깨와 등에 계속 부딪치는 동안 문득 군대를 피해 이 길로 토드와 끝없이 달리고 달리던 그때가 생각났다.

나는 바다로 가야 한다.

토드를 구하고 싶은 마음은 굴뚝같지만 선생님을 먼저 찾는 것이 내가 살 수 있는 유일한 방도다.

그다음에 토드를 구하기 위해 돌아올 것이다.

꼭 돌아올 거야.

절대 널 떠나지 않을 거야, 토드 휴잇.

그 말을 했던 기억이 떠오르자 가슴이 아팠다.

지금 그 약속을 깨고 있으면서.

(정신 단단히 차리고 있어, 토드.)

(꼭 살아 있어야 해.)

나는 달렸다.

나는 순찰대를 피해 사람들의 집 뒤뜰을 가로지르고, 울타리들 뒤로 달리면서 할 수 있는 한 주택가에서 떨어져 강 아래쪽으로 달렸다.

계곡이 다시 좁아지고 있었다. 언덕이 도로와 가까워졌고 집도 줄어들기 시작했다. 한번은 행군 소리를 듣고 덤불 속으로 뛰어드는 사이에 군인들이 지나갔다. 나는 숨을 참은 채 최대한 자세를 낮춰 땅바닥에 납작하게 엎드려 있었다. 새들이 지저귀는 소리(*어디로 가야 안전하지?*)와 이제는 멀게 느껴지는 도시의 웅웅거리는 소음만 들릴 때까지 기다리고 나서도 숨을 한두 번 쉴 정도의 시간을 두고 고개를 들어 도로 아래쪽을 바라봤다.

멀리서 강이 굽이쳤고 도로가 시야에서 사라지면서 구불구불한 언덕들과 숲들이 보였다. 도시에서 멀리 떨어진 도로 맞은편에 있는 이곳의 비탈진 언덕배기에는 주로 농장과 농가 주택 들이 있었고, 그 뒤로 숲이 끝도 없이 나왔다. 내가 있는 곳의 맞은편에 한 농가로 통하는 작은 진입로가 하나 보였다. 그 농가 앞쪽 정원에 나무가 몇 그루 서 있었다.

오른쪽에는 밭이 있었지만 농가 위쪽과 그 너머로 또다시 울창한 숲이 시작됐다. 저 농장까지 올라갈 수만 있다면 안전할 텐데. 밤이 올 때까지 기다렸다가 어두워지면 움직여야겠다.

나는 고개를 들어 다시 한 번 도로 위쪽과 아래쪽을 살펴봤다. 또다시 군대가 행군하는 소리, 거기서 흘러나온 남자의 소음, 수레가 덜거덕거리는 소리가 들렸다.

나는 숨을 한 번 들이마셨다.

그리고 미친 듯이 달려서 도로를 건너갔다.

계속 농가를 보며 달렸고, 자루는 사정없이 내 등을 후려쳤고, 내 팔은 허공을 휘젓고, 내 폐는 산소를 찾아 헉헉거리는 동안 더 빨리 더 빨리 더 빨리 달려서…….

진입로로 올라가…….

거의 나무들이 있는 곳까지 올라가서…….

거의 다 가서…….

그때 나무들 뒤에서 농부 한 명이 나왔다.

나는 흙먼지를 일으키며 주르르 미끄러져 제동을 걸다가 거의 넘어질 뻔했다. 농부는 펄쩍 뛰어 뒤로 물러났다. 갑자기 앞에 나타난 나를 보고 놀란 게 분명했다.

우리는 서로를 빤히 바라봤다.

그의 소음은 신사처럼 조용하고, 세련되게 절제돼 있었다. 그래서 길 건너편에서도 듣지 못했던 것이다. 그는 한 팔에 바구니를 들고 또 한 손에는 붉은 배 하나를 들고 있었다.

농부는 날 위아래로 훑어보며 내가 어깨에 자루를 메고 있고, 법을 어긴 채 홀로 도로에 나와 있으며, 누가 봐도 달리고 있었던 게 분명하도록 숨을 거칠게 헐떡이고 있다는 것을 알아챘다.

마치 아침처럼 빠르고도 또렷한 소리가 그의 소음에서 들렸다.

해답이구나.

"아니에요. 난 아니⋯⋯."

그때 농부가 손가락 하나를 들어 입술에 댔다.

그러더니 도로가 있는 쪽으로 고개를 살짝 기울였다.

멀리서 그쪽으로 행군해 오는 군인들의 소리가 들렸다.

"저쪽으로." 농부가 속삭이며 좁은 길 하나를 손으로 가리켰다. 거기 그냥 지나치기 쉬운, 숲으로 가는 작은 출입구가 하나 있었다. "빨리."

나는 농부를 다시 보고, 혹시 함정이 아닌지 가늠해 보려고 애쓰면서 그와 얘기를 해보려 했지만 시간이 없었다. 정말 시간이 없었다.

"고마워요." 나는 그렇게 인사하고 달리기 시작했다.

그 길로 들어가자 곧바로 울창한 숲과 오르막길이 나왔다. 그 길은 좁아서 덩굴들과 나뭇가지들을 밀어제치며 가야 했다. 나무들이 날 집어삼켰고, 나는 오로지 앞으로만 나아가야 했다. 가는 내내 이러다가 함정에 빠지는 일은 없기를 바랐다. 언덕 꼭대기에 올라가니 다시 밑으로 내려가는 길이 보였다. 그러다가 또다시 작은 언덕이 나왔다. 나는 그 꼭대기까지 다시 달려 올라갔다. 나는 여전히 동쪽을 향해 가고 있었지만 도로나 강이나 당최 어느 쪽으로 가야 하는지 알 수가⋯⋯.

그러다가 발을 헛디뎌 비틀거리다가 빈터로 들어섰다.

내가 있는 곳에서 채 10미터도 안 되는 거리에 군인이 하나 있었다.

그는 나를 등지고 있었다(고맙습니다, 고맙습니다). 심장이 밖으로 튀어나올 것 같아서 간신히 정신을 차리고 덤불 속으로 다시 들어간 후에야 그가 뭘 지키고 있는지가 보였다.

거기에 그게 있었다.

언덕 꼭대기의 빈터 한가운데에 철제 다리 세 개로 받치고 있는 그것이 하늘을 향해 솟아 있었다. 높이가 50미터는 될 것 같았다. 주위 나무들은 다 베여 있고, 빈터 건너편에 작은 건물이 하나 있었다. 언덕 맞은편에서 강으로 이어지는 도로가 하나 보였다.

내가 통신 탑을 발견한 것이다.

그게 여기 있다니.

탑을 지키는 군인은 많지 않았다. 세어보니 다섯, 아니 여섯이었다.

딱 여섯 명. 그들이 듬성듬성 서 있었다.

내 심장이 쿵쿵 뛰었다.

그리고 또 뛰었다.

내가 발견한 것이다.

그때 탑 너머 멀리서 **쾅!** 소리가 울렸다.

나는 군인들과 동시에 움찔했다. 또 폭탄이 터졌다. 해답이 보내는 성명서인 셈이다. 또…….

군인들이 자리를 뜨기 시작했다.

군인들이 달려갔다. 폭발 소리가 나는 곳을 향해 내게서 멀어져, 벌써 하얀 연기 기둥이 피어오르는 언덕 맞은편으로 달려가고 있었다.

탑은 내 앞에 있는데.

갑자기 탑을 지키던 군인들이 모두 사라져 버렸다.

내가 지금 얼마나 멍청한 짓을 하고 있는지 생각도 못 한 채…….

난 그냥 달렸고…….

탑을 향해…….

만약 이게 우리를 구할 수 있는 기회라면…….

나도 잘은 모르겠지만…….

난 그냥 달렸고…….

사방이 트인 빈터를 가로질러…….

탑을 향해…….

그 빈터 건너편 건물을 향해…….

내가 우리를 구할 수 있어…….

방법은 모르겠지만 내가 어떻게든 우리 모두를 구할 수 있어…….

그때 누군가가 내 왼쪽에 있는 나무들 사이에서 뛰쳐나왔고…….

누군가가 바로 나를 향해 달려왔고…….

누군가…….

누군가가 내 이름을 부르면서…….

"바이올라! 돌아와!" 누군가가 소리 질렀다.

"바이올라, **안 돼!**" 코일 선생님이 내게 고함을 지르고 있었다.

나는 멈추지 않았고…….

코일 선생님도 멈추지 않았고…….

"돌아오라니까!" 선생님이 소리를 질렀고…….

선생님이 빈터를 가로질러 내게 달려왔고…….

그때 나는 깨달았고…….

마치 배에 엄청나게 센 주먹을 맞은 것처럼…….

선생님이 소리를 지르고 있는 이유를…….

안 돼…….

내가 주르르 미끄러져서 멈추는 사이에도…….

안 돼…….

안 돼, 당신이 그럴 순 없어…….

그때 코일 선생님이 내게 와서…….

당신이 ***그럴 순 없어***…….

나를 땅바닥으로 밀며 자신도 쓰러졌고…….

안 돼!

눈이 멀듯한 빛이 세 번 번쩍이면서 통신 탑의 다리가 무너졌다.

PART 4

밤이 찾아오고

19

네가 모르는 것

〈바이올라〉

"놔줘요!"

선생님이 얼른 내 입을 손으로 막고 온몸으로 날 붙들고 있는 동안, 통신 탑의 폐허에서 피어오른 먼지 구름이 우리를 감쌌다. "소리 좀 그만 질러." 선생님이 낮은 목소리로 쏘아붙였다.

나는 선생님의 손을 콱 물었다.

선생님은 아프고 화가 나서 사나운 표정을 지었지만, 내 입에 손을 물린 채 가만히 있었다.

"나중에 실컷 비명을 지르고 소리도 지를 수 있다, 얘야. 하지만 2초 안에 군인들이 몰려들 텐데, 정말 네가 우연히 여기를 지나가는 길이었다고 그들이 믿을까?"

선생님은 내 반응을 보려고 기다렸다. 나는 선생님을 노려봤지만 마침내 고개를 끄덕였다. 그러자 선생님이 손을 뗐다.

"얘라고 부르지 말아요, 다시는 그렇게 부르지 말라고요." 나는 목소리를 낮추고 선생님만큼이나 사납게 말했다.

나는 선생님을 따라 가파른 비탈길을 내려가, 땅에 떨어진 나뭇잎들과 고여 있는 이슬에 미끄러지면서도 밑으로 내려가고 또 내려갔다. 땅바닥에 있는 통나무들과 뿌리들을 계속 뛰어넘는 동안 어깨에 멘 캔버스 가방이 돌덩이처럼 무겁게 느껴졌다.

선생님을 따라가는 수밖에 없었다.

시내로 돌아간다면 잡혀서 무슨 일을 당하게 될지 모르니까.

게다가 선생님은 내게 하나 남은 다른 선택권마저 빼앗아 갔다.

우리는 점점 가팔라지는 비탈길 밑 덤불에 이르렀다. 선생님은 얼른 그 덤불 밑으로 숨더니 나에게도 따라오라고 손짓했다. 내가 숨을 헐떡이면서 선생님 옆으로 슥 미끄러져 가서 숨자 선생님이 말했다. "뭘 하건 소리만 지르지 마."

내가 입을 열기도 전에 선생님이 갑자기 덤불 바깥으로 뛰쳐나갔다. 선생님을 따라가려고 나뭇잎들과 나뭇가지를 헤치고 나와야 했다. 그렇게 덤불 속에서 나뭇가지들을 밀어내다가 구르다시피 해서 반대편으로 나왔다.

도로로.

거기에 군인 두 명과 민간인 남자 하나가 수레 옆에 서 있었다. 모두 나와 코일 선생님을 똑바로 보고 있었다.

군인들은 화가 났다기보다 경악한 표정이었지만 소음이 나오지 않으니 속내를 알 길이 없었다.

하지만 소총을 들고 있었다.

그리고 그 소총을 우리에게 겨누고 있었다.

"이건 또 누구래?" 머리를 박박 밀고 턱에 흉터가 하나 있는 중년 남자가 큰 소리로 물었다.

"쏘지 마!" 코일 선생님이 두 손을 들어 올린 채 말했다.

"폭발음이 들렸는데요." 또 다른 군인이 말했다. 어깨까지 금발을 길게 기른, 고작해야 나보다 몇 살 더 많을 것 같은 젊은 군인이었다.

그때 나이가 많은 군인이 내가 미처 예상 못 한 말을 했다.

"늦었네요."

"그쯤 해둬, 매그너스." 코일 선생님이 손을 내리고 수레를 향해 다가가면서 말했다. "그리고 그 총 좀 내려. 이 아이는 나와 같이 왔어."

"뭐라고요?" 나는 아까 멈춰 선 자리에 여전히 못 박힌 채 말했다.

"예광탄이 완전히 고장 나서 어디 떨어졌는지도 모르겠어요." 젊은 군인이 선생님에게 말했다.

"너무 오래된 거라고 내가 말했잖아." 매그너스가 말했다.

"그래도 제 할 일은 다 한 거야. 어디 떨어졌건 말이야." 코일 선생님이 수레 주위에서 바삐 움직이면서 말했다.

"이것 봐요! 지금 이게 무슨 상황이에요?" 내가 물었다.

그러다가 어떤 목소리가 들렸다. "힐디냐?"

코일 선생님이 걸음을 멈췄고, 군인들 역시 그대로 멈춰서 수레를 모는 남자를 빤히 바라봤다.

"힐디 너지, 그렇지? 바이올라라고도 하는 힐디." 그 남자가 말했다.

나는 지금 이 상황이 너무 황당한 데다 군인들에게만 완전히 정신이 쏠려서 수레를 모는 남자는 이제껏 보는 둥 마는 둥 하고 있었다. 거의 무표정한 얼굴, 모자, 목소리, 머나먼 지평선만큼이나 평온하고 고요한 소음까지도.

나와 토드를 수레에 태우고 짐승들의 바다를 건넌 사람.

"윌프 아저씨." 나는 헉 하고 숨을 내쉬며 아저씨를 불렀다.

이제 모두 나를 보고 있었다. 코일 선생님은 눈을 너무 치켜뜬 나머지 눈썹이 머리카락 속으로 기어 들어갈 기세였다.

"잘 있었냐." 윌프 아저씨가 인사했다.

"네." 너무 놀라서 그 말밖에 할 수 없었다.

아저씨는 손가락 두 개를 모자챙에 슬쩍 댔다. "입때까지 살아남은 걸 보니 기쁘구먼."

코일 선생님은 입술을 달싹였지만 잠시 아무 소리도 나오지 않았다. "이야기할 시간은 나중에 있을 거고, 우린 지금 가야 해요." 선생님이 마침내 말했다.

"두 사람이 탈 자리가 있을까요?" 젊은 군인이 물었다.

"어떻게든 만들어야지." 선생님은 수레 밑으로 들어가서 밑면의 판자 하나를 꺼냈다. 그리고 내게 손짓했다. "들어가."

"어디로요?" 나는 허리를 숙여 그 안에 숨겨진 칸을 하나 봤다. 수레의 뒤쪽 차축 위에 좁고 얕은 공간이 하나 숨겨져 있었다.

"자루는 거기 안 들어갈 거여. 그건 내가 가져가마." 윌프 아저씨가 내가 메고 있는 가방을 가리키며 말했다.

나는 그걸 벗어서 건넸다. "고마워요, 아저씨."

"이제 들어가라, 바이올라." 코일 선생님이 말했다.

나는 윌프 아저씨에게 마지막으로 고개를 한 번 끄덕인 후에, 수레 밑으로 들어가서 내 머리가 거의 저쪽 구석에 닿을 때까지 힘겹게 기어 갔다. 코일 선생님은 기다리지 않고 내가 들어가자마자 억지로 몸을 밀어 넣고 따라왔다. 그 젊은 군인의 말이 맞았다.

너무 좁았다. 선생님과 나는 서로 몸을 찰싹 붙인 채 얼굴을 마주 보는 자세를 취해야 했다. 선생님의 무릎이 내 허벅지를 파고 들어왔고, 우리의 코 사이는 1센티미터도 떨어져 있지 않았다. 선생님이 간신히 발을 안으로 넣었을 때 바깥에서 그 판자를 다시 끼워, 우리는 거의 완벽한 어둠 속에 있게 됐다.

"어디로……." 내가 입을 열자 선생님이 바로 입을 다물게 했다.

밖에서 군인들이 빠른 속도로 도로를 행군해 오는 소리가 들렸다. 그 뒤를 이어 다가닥 다가닥 말발굽 소리가 들렸다.

"상황 보고해!" 군인들이 수레 옆에 멈췄을 때 한 군인이 크게 소리 질렀다.

그 목소리…….

높은 곳에서 내려오는, 그 아래의 말이 히이힝거리는 소리가 함께 들렸지만…….

하지만 그 목소리는…….

"폭발음이 들렸습니다. 이 남자가 약 한 시간 전에 여자들이 자기 옆을 지나 강변도로로 가는 걸 봤다고 했습니다." 우리 편 군인 중에서 나이 많은 쪽이 말했다.

진짜 군인이 침을 뱉는 소리가 들렸다. "잡년들."

마침내 그 목소리를 알아차렸다.

해머 상사다.

"너희 둘은 어느 부대 소속인데?" 해머가 물었다.

"1부대 소속입니다. 오헤어 대위님이 지휘하십니다." 잠깐 침묵이 흐른 후에 젊은 군인이 대답했다.

"그 게이 말이야? 진짜 군인이 되고 싶으면 4부대로 와. 내가 아주 잘 이끌어 줄 테니까." 해머 상사는 다시 침을 뱉었다.

"넷, 상사님." 나이 많은 군인이 내가 듣기에도 초조한 목소리로 대꾸했다.

해머 상사의 부하들이 내는 소음이 들려왔다. 그들은 수레를 의심하고 있었다. 그리고 폭탄 폭발을 생각하며 여자들을 총으로 쏘고 싶어 했다.

하지만 해머 상사에게선 아무 소음도 나오지 않았다.

"이자를 체포해." 해머 상사가 마침내 윌프 아저씨에 대고 말했다.

"막 체포하려던 참이었습니다, 상사님."

"잡년들." 해머 상사가 다시 말하면서 (**복종해,** 라고 생각하는) 자기 말에 박차를 가하는 소리가 들렸고, 이어서 부하들이 행군해서 멀어져 갔다.

나는 참고 있는 줄도 몰랐던 숨을 내뱉으며 혼잣말로 속삭였다. "저 인간은 처벌도 안 받았네."

"나중에." 선생님도 속삭였다.

윌프 아저씨가 고삐를 내려치는 소리가 들렸다. 수레가 천천히 앞으로 가는 동안 우리는 사정없이 흔들렸다.

그러니까 시장의 말은 거짓이었다. 처음부터.

당연히 거짓말이지, 이 바보야.

매디의 살인범은 다시 풀려나 마음대로 살인을 일삼고 있는 데다 소음 치료제까지 계속 먹고 있다.

그런데 나는 우리를 구해줄지도 모르는 우주선들과 연락할 유일한 희망을 파괴해 버린 여자와 시도 때도 없이 몸을 부딪치면서 어디론가 가고 있다.

그리고 토드는 밖에 있다. 어딘가에. 홀로 남겨진 채.

내 평생 이렇게 외로운 적은 처음이었다.

수레 안쪽 공간은 지옥처럼 좁았다. 수레를 타고 가는 동안 우리는 얼마 안 되는 공기를 같이 마셨고, 서로의 팔꿈치와 어깨가 끊임없이 부딪쳤고, 더워서 옷이 축축하게 젖어 들었다.

우리는 입을 열지 않았다.

시간이 흘렀다. 그리고 더 흘렀다. 그 후로 더 흘러가면서 머리가 멍해졌고, 갑갑하고 좁은 곳에서 땀을 흘리다 보니 기운도 빠졌다. 수레 속에서 규칙적으로 흔들리는 가운데 결국 모든 걱정이 흐릿해졌다. 나는 눈을 감았다.

나이 많은 군인이 수레의 판자를 두들기는 소리에 눈을 떴다. 마침내 나가려나 보다 생각했을 때 그가 말했다. "이제부터 길이 험해지는데 좀만 더 참아요."

"뭐가 나오는데요?" 내가 물었지만 순간 수레가 절벽에서 굴러떨어지는 것 같은 느낌이 들면서 더 이상 아무 말도 할 수 없었다.

코일 선생님의 이마가 내 코에 부딪치면서 바로 피 냄새가 났다. 저쪽에 있던 내 손이 나도 모르게 선생님의 목을 누르자 선생님이 헉 하면서 목이 졸리는 소리를 냈지만, 수레는 그 와중에도 계속 곤두박질치는 것처럼 여기저기 부딪쳤다. 나는 수레가 쓰러져서 우리가 우르르 쏟아져 뒹굴 순간이 오기를 기다렸다.

그때 선생님이 날 두 팔로 꽉 끌어안고는 한 손을 수레 벽에 대고 한 발로 반대편 벽을 눌렀다. 나는 선생님의 품속에서 몸부림치다가 이 방법이 둘 모두에게 편하다는 걸 깨닫고 멈췄다. 수레가 정신없이 기울고 덜컹거려도 우리는 더 이상 서로의 몸에 부딪치지 않았다.

그래서 코일 선생님의 품에서 여행의 나머지 시간을 보내게 됐다. 그리고 선생님의 품에 안겨 해답 기지로 들어왔다.

마침내 수레가 멈췄고, 곧바로 판자가 떨어져 나갔다.

"도착했어요. 둘 다 괜찮아요?" 젊은 금발 군인이 말했다.

"괜찮지 않을 이유가 있어?" 코일 선생님이 퉁하게 대꾸했다. 선생님은 나를 놔주고 허겁지겁 수레 밖으로 빠져나온 후에 손을 안으로 내밀었다. 나는 그 손을 무시하고 혼자 나와서 주위를 둘러봤다.

우리는 수레 하나 들어오면 딱 맞을 가파른 바위투성이 길을 내려와서 숲 한가운데 바위들의 갈라진 틈처럼 보이는 곳에 있었다. 나무들이 사방에서 안쪽으로 밀고 들어오는 것처럼 무성하게 자라 있었다.

바다는 이 숲 너머에 있는 게 분명했다. 내가 생각보다 더 오래 졸았거나, 아니면 선생님의 말이 거짓이어서 바다가 더 가까이 있을 수도 있고.

그렇다 해도 놀랍지 않지만.

금발 군인은 우리 얼굴을 보고 휘파람을 불었다. 내 코 밑에 피딱지가 붙은 게 느껴졌다. "거기에 바를 약을 좀 갖다줄 수 있는데."

"그 아이는 힐러야. 자기 손으로 할 수 있어." 코일 선생님이 말했다.

"난 리라고 해." 금발 군인이 쌩긋 웃으며 내게 말했다.

순간 코피가 난 데다 이 우스꽝스런 옷을 입고 있는 내가 어떻게 보일지 너무 의식이 됐다.

"난 바이올라." 나는 땅바닥을 보며 말했다.

"여그 네 가방 있다." 윌프 아저씨가 어느새 내 옆에 와서 약과 붕대가 들어 있는 캔버스 가방을 내밀었다. 나는 잠시 아저씨를 보다가 와락 껴안으며 크고 안전한 그의 품을 느꼈다. "이리 본 께 반갑다, 힐디."

"저도요, 윌프 아저씨." 나는 감정에 북받치는 목소리로 말했다. 그리고 아저씨를 놔주고 가방을 받았다.

"코린이 싸 준 거니?" 코일 선생님이 물었다.

나는 거기서 밴드를 하나 꺼내 코에 묻은 피를 닦으면서 말했다. "관심도 없으면서 뭘 물어봐요?"

"내게 비난 받을 부분이 많은 건 알겠지만 관심이 없단 말은 하지 마라, 애야."

"내가 아까 말했죠. 다시는 날 그렇게 부르지 말라고." 나는 선생님의 눈을 똑바로 보며 말했다.

코일 선생님은 혀로 이를 핥았다. 그녀가 리와 매그너스를 힐끗 돌아보자 둘은 재빨리 자리를 피해 나무들 속으로 사라졌다. "당신도요, 윌프."

윌프 아저씨가 나를 바라봤다. "괜찮겄어?"

"네, 윌프 아저씨. 하지만 멀리 가진 마세요." 나는 침을 꿀꺽 삼키며 말했다.

아저씨는 고개를 끄덕이고 다시 모자챙을 손으로 짚더니 군인들을 따라 걸어갔다. 우리는 아저씨가 가는 모습을 지켜봤다.

"좋아, 어디 한번 들어보자." 코일 선생님이 내 쪽으로 돌아서서 팔짱을 끼었다.

나는 몸 안에 있는 모든 반항심을 끌어모아 선생님을 바라봤다. 호흡이 가빠지면서 분노가 너무나 빨리, 너무나 쉽게 올라오는 게 느껴졌다. 이러다가 내 몸이 두 쪽으로 쩍 갈라질 것 같았다. "어떻게 감히……."

하지만 선생님은 벌써 내 말에 끼어들고 있었다. "누가 됐건 네 우주선에 먼저 연락하는 사람이 유리해진다. 만약 그자가 먼저 하면 그들에게 지금 자기가 잡으려 하는 고약한 테러리스트 집단에 대해 떠들어 대면서, 미사일 유도 장치 같은 거로 우리를 추적해서 신세계에서 날려버려 달라고 하지 않겠니?"

"그렇지만 만약 우리가……."

"만약 우리가 그들에게 먼저 연락한다면, 그래, 그렇다면 우리는 그들에게 이곳을 지배하고 있는 독재자에 대해 다 말할 수 있겠지. 하지만 그런 일은 결코 일어나지 않았을 거야."

"시도는 해볼 수 있……."

"너는 뭘 제대로 알고 그 탑을 향해 가고 있었니?"

나는 주먹을 쥐었다. "아뇨, 하지만 난 적어도……."

"뭘 할 수 있었다는 거지?" 선생님이 어디 한번 말해보라는 눈빛으로 다그쳤다. "대통령이 그토록 간절하게 찾고 있는 바로 그 좌표로 우주선에 메시지를 보냈을 거라고? 네가 그래주길 대통령이 기다리고 있었을 거란 생각은 안 드니? 네가 왜 지금까지 체포되지 않았다고 생각해?"

선생님이 하는 말을 듣지 않으려고 애쓰는 동안 나는 손톱이 손바닥을 파고들 정도로 주먹을 세게 쥐었다.

"우리에겐 남은 시간이 별로 없었다. 그리고 우리가 그걸 이용할 수 없다면, 적어도 그자도 그 탑을 사용하지 못하도록 막아야 했어."

"우주선이 착륙할 때는요? 그때는 대체 어떻게 할 계획인가요?"

"음." 선생님은 팔짱을 풀면서 내게 한 걸음 다가섰다. "우리가 그때까지 그자를 타도하지 못한다면 누가 먼저 그들을 만날지 경쟁이 벌어지겠지? 적어도 이런 식으로 처리하면 공정한 싸움이 되잖아."

나는 고개를 저었다. "당신에겐 그럴 권리가 없었어요."

"이건 전쟁이야."

"당신이 시작한 전쟁이죠."

"그자가 시작했어, 얘야."

"당신이 악화시켰죠."

"때로는 힘든 결정들도 내려야 해."

"누가 당신에게 그런 결정을 내릴 자격을 줬죠?"

"누가 그자에게 이 행성 인구의 절반을 가둘 자격을 줬니?"

"당신은 사람들을 폭탄으로 날려버리고 있잖아요!"

"사고였어. 굉장히 유감스러운."

이제는 내가 선생님을 향해 한 발 다가설 차례였다. "그거야말로 그자가 할 만한 말이군요."

선생님의 어깨가 올라갔다. 만약 그녀에게 소음이 있었다면 내 머리가 날아가 버렸을 것이다. "너 여자들이 갇힌 감옥을 본 적 있니? 네가 모르는 사실들로 구덩이 하나는 너끈히 채우고도……"

"코일 선생님!" 나무들 사이에서 목소리가 들렸다. 리가 다시 바위투성이 틈에 있는 길로 나왔다. "방금 보고가 들어왔어요."

"뭔데?" 코일 선생님이 물었다.

리는 내게로 시선을 돌렸다. 나는 다시 땅바닥을 내려다봤다.

"군 사단 세 개가 전속력으로 강변도로를 행군해 바다로 향하고 있다고 합니다."

나는 고개를 홱 치켜들었다. "그들이 여기로 오고 있다고요?"

코일 선생님과 리 둘 다 나를 바라봤다.

"아니, 바다로 가고 있다고." 리가 대답했다.

나는 눈을 깜박이며 선생님과 리를 번갈아 봤다. "그러면 여기는……?"

"물론 아니지." 코일 선생님이 단조로운 목소리로 날 비웃으며 말했다. "네가 무슨 이유로 우리가 바다에 있다고 생각하는지 모르겠지만 말이야. 그리고 대통령이 왜 우리가 바다에 있다고 생각하는지도 모르겠고."

해가 환하게 비치고 있는데도 치솟는 분노에 순간 가슴이 서늘해졌다. 그리고 내가 이 커다랗고 우스꽝스럽게 부풀린 소매 속에서 팔을 부들부들 떨고 있다는 걸 알아챘다.

선생님은 그때 날 시험했던 것이다.

내가 시장에게 그것을 말할지 아닐지를…….

"어떻게 그럴 수……." 나는 다시 입을 뗐다.

그러다가 문득 뭔가 깨달으면서 분노가 힘을 잃었다.

"토드." 나는 속삭였다.

그의 소음에서 들리던 바다.

그걸 감추겠다고 얼마나 열심히 약속했는데.

토드가 그 약속을 어떻게 지킬지 난 알고 있었는데…….

토드가 그럴 수만 있었다면 말이다.

(아, 토드, 그자가……?)

(네가……?)

아아, 안 돼.

"난 돌아가야 해요. 그 애를 구해야 해…….."

선생님은 이미 고개를 흔들고 있었다. "지금으로선 우리가 그 아이를 위해 해줄 수 있는 일이 없다."

"시장이 토드를 죽일 거예요."

선생님은 동정하는 표정으로 날 바라봤다. "이미 죽었을 거다, 애야."

나는 숨이 막힐 것 같았지만 그래도 버텼다. "그건 모르잖아요."

"그 아이가 죽지 않았다면 자진해서 대통령에게 말했겠지. 어느 쪽이 진실이길 원하니?" 선생님이 고개를 한쪽으로 꼬며 말했다.

"아니야. 아니야……." 나는 고개를 흔들었다.

"미안하다, 애야." 이제 선생님의 목소리는 조금 더 침착하고 부드러워졌지만 그래도 여전히 단호했다. "정말 미안하다. 하지만 지금 수천 명의 목숨이 위험해. 그리고 넌 좋든 싫든 편을 택한 거야." 선생님은 리가 서 있는 곳을 바라봤다. "그러니 나와 같이 너의 군대를 보러 가는 게 어떨까?"

20

돌무더기

〈토드〉

"잡년들." 해머 아저씨가 말 위에서 말했다.

"자네에게 분석해 달라고 요청한 적 없는데, 상사." 시장이 연기와 뒤틀린 쇳조각 사이로 모페스를 타고 가면서 말했다.

"하지만 그들이 흔적을 남겼습니다." 해머 아저씨가 빈터 가장자리에 있는 커다란 나무의 몸통을 가리키며 말했다.

거기에 파란색으로 **A**가 그려져 있었다.

"내 시력을 그렇게 걱정을 해주다니 고맙군." 시장이 어찌나 매섭게 말하는지 해머 아저씨마저도 찔끔해서 입을 다물었다.

우리는 수도원에서 여기로 곧바로 오면서 전투태세를 갖추고 언덕을 올라오는 해머 아저씨 소대와 만났다. 언덕 꼭대기에는 탑을 지키고 있어야 할 이반과 군인들이 있었다. 이반은 스패클들을 다 잡아들인 후에 승진한 모양이라고 짐작했다. 하지만 그는 평생 탑의 존재 자체를 모르고 살았기를 바라는 표정으로 서 있었다.

이제 통신 탑은 없으니까. 그저 연기가 피어오르는 쇳덩이가 그 자리에 길게 한 줄로 쓰러져 누워 있었다. 마치 술 취한 남자가 발을 헛디뎌서 넘어진 김에 길바닥에서 잠이나 자자고 결심한 것처럼 보였다.

(나는 그녀가 여기로 가는 길을 물었던 걸 생각하지 않으려고 사력을 다했다.)

(우리가 제일 먼저 여기를 와야 한다고 말했던 것도.)

(아, 바이올라, 설마 네가 한 짓은 아니⋯⋯.)

"그들에게 이렇게 큰 것을 날려버릴 만한 폭탄이 있었다면⋯⋯." 데이비가 내 오른쪽에서 들판을 둘러보면서 말했다. 그는 도중에 말을 멈췄다. 우리 모두 같은 생각을 했고, 모두 소음에 같은 장면을 떠올렸기 때문에.

소음이 있는 사람이라면 모두. 행운아처럼 보이는 해머 상사만 빼고.

"어이, 애야. 너 아직도 사나이가 안 됐지?" 그는 날 비웃으며 말했다.

"자네 가봐야 할 곳이 있지 않나, 상사?" 시장은 그를 쳐다보지도 않고 말했다.

"당장 출발하겠습니다." 해머 아저씨는 그렇게 대답하고 내게 사악한 표정으로 윙크를 한 번 해보인 후에, 말에 박차를 가하면서 부하들에게 따라오라고 소리 질렀다. 그들은 엄청나게 빠른 속도로 행군해서 언덕을 내려갔고, 이제 우리와 이반과 그의 부하들만 남았다. 예광탄이 폭발한 후에 수도원을 향해 달려갔던 걸 후회하는 소음이 모두에게서 흘러나오고 있었다.

하지만 돌이켜 보면 그럴 수밖에 없는 상황이기도 했다. 한 곳에 작은 폭탄을 터트려서, 더 큰 폭탄을 설치하고 싶은 곳에 있던 사람들을 그쪽으로 몰아버린 것이다.

하지만 그들은 왜 수도원을 폭파했을까?

왜 스패클을 공격했지?

왜 나를?

"패로우 상병." 시장이 이반에게 말했다.

"사실 패로우 하사입니다만……." 이반이 대답했다.

시장이 고개를 천천히 돌리자 이반은 시장의 의중을 알아차리고 더 이상 말을 잇지 못했다. "패로우 상병. 여기서 건질 수 있는 금속과 고철을 챙긴 후에 자네 부대 지휘관에게 가서 보고하고 치료제를 반납……."

시장이 말을 멈췄다. 모두 이반의 소음을 대낮처럼 선명하게 들을 수 있었다. 시장이 주위를 둘러봤다. 거기 있는 군인 모두 소음이 있었다. 이미 이런저런 이유로 치료제를 반납하는 처벌을 받은 것이다.

"자네 부대 지휘관에게 가서 적절한 징계를 받도록."

이반은 아무런 대답도 하지 않았지만, 그의 소음은 요란한 소리를 냈다.

"이해가 잘 안 되는 점이 있나, 상병?" 그렇게 말하는 시장의 목소리가 무시무시하게 밝았다. 그는 이반에게서 눈을 떼지 않았다. "너의 부대 지휘관에 가서 적절한 징계를 받으라고 했다." 다시 말하는 시장의 목소리에서 뭔지 모를 기묘한 진동이 느껴졌다.

나는 이반을 바라봤다. 그의 눈은 초점이 풀려서 멍했고, 입이 살짝 처져 있었다. "제 지휘관에게 가서 적절한 징계를 받도록 하겠습니다."

"좋아." 시장은 잔해 더미로 눈을 되돌리며 말했다.

이반은 시장이 눈길을 돌리자 땅바닥에 주저앉으면서, 이제 막 잠에서 깬 사람처럼 눈을 깜박이며 이마를 찡그렸다.

"하지만 각하." 이반이 시장의 등에 대고 말했다.

시장이 다시 돌아섰다. 아직도 이반이 안 가고 말을 걸어서 매우 놀란 표정이었다.

이반이 끈질기게 말했다. "그때 저희는 각하를 도와드리려고 가던 중……."

시장의 눈이 번득였다. "해답의 의도대로 네가 움직이는 걸 보고 나서 그들이 내 탑을 폭파시켰을 때 말이지."

"하지만……."

시장은 얼굴 표정 하나 안 바꾸고 권총을 꺼내서 이반의 다리를 쐈다.

이반은 울부짖으며 쓰러졌다. 시장이 다른 군인들을 바라봤다.

"여기 누구 또 말을 보태고 싶은 사람 있나?"

남은 군인들이 이반의 비명을 무시하고 잔해를 치우는 동안 시장은 모페스를 바로 **A** 글자 앞으로 데려갔다. 그것은 마치 성명서처럼 크고 또렷하게 칠해져 있었다. "해답이라, 해답." 시장은 혼잣말을 하는 것처럼 나직한 목소리로 말했다.

"그것들을 쫓아가죠, 아버지." 데이비가 말했다.

"어?" 시장은 우리가 여기 있는 걸 잊고 있었던 듯 천천히 고개를 돌렸다.

"우린 싸울 수 있어요. 우리가 이미 입증했잖아요. 그런데 아버지는 우리에게 이미 패배한 짐승들을 지키는 일이나 시키고."

시장은 한동안 묵묵히 우리를 바라봤다. 데이비가 어쩌다 나와 자기를 우리라고 했는지는 나도 모르겠지만. "그들이 이미 패배했다고 생각한다면, 데이비드, 넌 스패클에 대해 아무것도 모르는 거야." 시장이 마침내 말했다.

데이비의 소음이 조금 흐트러졌다. "저도 이제 웬만큼은 안다고 생각하는데요."

나도 이러긴 정말 싫지만 데이비의 말에 동의하지 않을 수 없다.

"그래. 그런 것 같다. 너희 둘 다." 시장이 내 눈을 바라보는 순간 나도 모르게 폭탄이 터질 무렵 내가 1017을 구해내던 일, 내 목숨을 걸고 그를 지키려고 했던 일을 생각하지 않을 수 없었다.

그가 고맙다는 인사로 나를 물고 내 얼굴을 할퀸 것도.

"새 프로젝트를 시작해 보겠니? 너희가 그동안 쌓아온 경험을 써먹을 수 있는 일인데." 시장이 모페스를 몰아서 우리 쪽으로 다가왔다.

데이비의 소음은 시장의 제안에 머뭇거렸다. 뿌듯해하면서도 동시에 의심이 서려 있었다.

나는 그저 두렵기만 했다.

"넌 리더가 될 준비가 됐니, 토드?" 시장이 대수롭지 않게 물었다.

"준비됐어요, 아버지." 데이비가 대답했다.

시장은 여전히 나만 보고 있었다. 그는 내가 바이올라 생각을 하고 있는 걸 알면서도 내가 던지는 모든 질문을 무시하고 있었다.

"해답." 시장은 다시 A 글자로 돌아섰다. "그들이 해답이 되고 싶어 한다면, 그렇게 하게 놔두자." 그는 다시 우리를 바라봤다. "하지만 해답이 있으려면 누군가 먼저……."

시장은 말끝을 흐리더니 마치 혼자만 아는 농담에 웃는 것처럼 아련한 미소를 지었다.

데이비는 크고 흰 두루마리를 잔디 위에 펼쳤다. 그것이 차가운 아침

이슬에 젖는 건 신경도 안 썼다. 두루마리 상단에 글자들이 적혀 있었고, 도표와 정사각형들도 있고, 그 밑에 그림이 여러 개 그려져 있었다.

"주로 측량한 수치들이네. 빌어먹을 너무 많아. 이걸 좀 보라고." 데이비가 읽어 내려가면서 말했다.

데이비는 그 두루마리를 내게 들이대며 동의를 구하려고 했다.

그리고 음······.

그래, 그렇지, 나는······.

그러거나 말거나.

"빌어먹을 너무 많네." 나는 겨드랑이에서 배어 나오는 땀을 느끼며 말했다.

어제 통신 탑이 쓰러졌고, 오늘 우리는 다시 수도원으로 돌아와 스패클들을 여러 그룹으로 나눠 일을 시키고 있다. 내 탈출 시도는 전생에 일어난 일처럼 잊힌 것 같았다. 이제 우리에게는 새롭게 해야 할 일들이 생겼다. 시장은 내게 바이올라에 대한 언급은 하지 않았고, 나는 다시 데이비 밑에서 일해야 했다. 데이비 역시 불만이 가득했다.

그러니까 다시 원래대로 돌아간 것이다.

"당장 총 들고 싸워야 할 판에 이런 썩어빠질 궁전이나 지으라고 하다니." 데이비는 그 도면을 훑어보면서 얼굴을 찡그렸다.

사실 궁전은 아니지만 데이비의 말에도 일리는 있었다. 전에 짓던 것은 다가올 겨울에 스패클들을 수용하기 위한 판잣집 같은 곳이었는데, 이번에는 인간을 위해 완전히 새로운 건물들을 짓는 것처럼 보였다. 게다가 이 건물은 수도원 내부의 땅을 다 차지하게 생겼다.

도면 맨 위쪽에 건물 이름까지 적혀 있었다.

내가 그걸 보면서 읽어보려고 애를 쓰는데······.

데이비가 눈을 휘둥그레 뜨며 고개를 홱 돌렸다. 내가 무심코 소음을 크게 낸 것이다.

"이제 작업 시작하자." 내가 일어서면서 말했다.

하지만 데이비는 계속 날 바라봤다. "여기 적힌 내용 어떻게 생각해?" 그는 글자들이 몰려 있는 곳을 손가락으로 짚으며 물었다. "이거 참 근사하지 않아?"

"그래. 그런 것 같다." 나는 어깨를 으쓱하며 대답했다.

데이비의 눈이 신나서 더 커졌다. "이건 재료들 목록이야, 돼지오줌아. 너 글자 못 읽지, 그렇지?" 그의 목소리는 사실상 경축을 외치고 있었다.

"닥쳐." 나는 고개를 돌려버렸다.

"네가 글을 못 읽다니!" 데이비는 차가운 태양을 올려다보고 우리를 지켜보는 스패클들을 둘러봤다. "세상에 대체 어떤 바보가 글도 못 읽고 살……."

"내가 닥치라고 했잖아!"

데이비는 순간 뭔가 깨닫고 입이 떡 벌어졌다.

나는 그가 말을 꺼내기도 전에 무슨 말을 할지 알았다.

"네 엄마의 일기. 네 엄마는 널 위해 그걸 썼는데 넌 읽지도……."

그때 내가 이 자식의 멍청한 아가리에 주먹을 한 방 먹이는 거 말고 또 뭘 할 수 있었겠는가?

키가 자라고 등치도 커진 나와 싸운 데이비는 형편없이 두들겨 맞았지만 별로 개의치 않는 것 같았다. 다시 일하러 나갔을 때도 그는 킬킬 웃으면서 엄청 과장되게 도면을 읽는 척했다.

"아, 이 지시 사항이 돌아버리게 복잡하단 말이지." 데이비는 피가 묻은 입술을 좍 벌려서 미소를 지으며 말했다.

"빌어먹을, 그냥 시작하란 말이야."

"알았어. 알았다고. 먼저 해야 할 일은 우리가 이미 하고 있던 일이야. 내부 벽을 다 뜯어내는 거지. 내가 글로 써줄 수도 있는데 말이야." 데이비가 고개를 들며 말했다.

내 소음이 또다시 붉게 달아올랐지만 나는 소음을 무기처럼 쓰지 못한다.

내가 시장이 아닌 한.

매번 이보다 더 나빠질 수 없다고 생각할 때마다 뒤통수를 때리는 게 인생이다, 그렇지 않은가? 폭탄이 떨어져서 통신 탑이 쓰러지고, 데이비와 일해야 하고, 시장은 날 예의 주시하고…….

(게다가 바이올라가 어디 있는지도 모르고.)

(시장이 바이올라에게 무슨 짓을 할지도 모르고.)

(바이올라가 그 폭탄을 설치했을까?)

(그랬을까?)

나는 작업 현장으로 돌아섰다.

스패클의 눈 1150쌍이 우리를, 나를 지켜보고 있었다. 마치 풀을 뜯고 있다가 시끄러운 소리를 들었을 때 고개를 든 우라질 가축들처럼.

빌어먹을 멍청한 양 떼.

"일 시작해!" 내가 고함을 꽥 질렀다.

"너 몰골이 엉망이다." 내가 침대로 쓰러졌을 때 레저 시장이 말했다.

"뭘 상관이에요."

"그 사람이 널 빡세게 굴리나 보지?" 시장이 먼저 와 있던 저녁을 갖다줬다. 오늘은 시장이 내 밥을 많이 먹은 것 같지 않다.

"그 사람이 아저씨는 빡세게 굴리지 않나 보죠?" 나는 밥을 먹으면서 대꾸했다.

"솔직히 말하면 나는 잊어버린 모양이야. 그 사람과 이야기를 한 지가 언젠지 기억도 안 난다." 레저 시장은 자기 침대로 돌아가 앉았다.

나는 고개를 들어 그를 바라봤다. 그의 소음은 뭔가 감추고 있는 것처럼 회색이었지만, 뭐 평소에도 그러니까.

"청소하고 나도 막 왔어. 사람들 이야기도 듣고." 레저 시장은 내가 저녁을 먹는 모습을 물끄러미 보면서 말했다.

"사람들이 뭐라 그래요?" 어쩐지 그 이야기를 하고 싶어 하는 눈치여서 물었다.

"그게." 시장의 소음이 거북하게 바뀌었다.

"그게 뭔데요?"

그때 왜 그렇게 그의 소음에 힘이 없는지 알았다. 하고 싶지 않지만 어쩔 수 없이 말해야 하는 것처럼 느껴서 그런 것이다. 결국 레저 시장은 입을 열었다.

"그 치유의 집 말이야. 그 집."

"그게 뭐요?" 나는 아무렇지 않은 척 노력했지만 처참하게 실패했다.

"그 집이 폐쇄됐어. 다 비워졌다고."

나는 먹던 걸 멈췄다. "비워졌다니 그게 무슨 뜻이에요?"

"텅 비었다니까. 거기엔 아무도 없어. 환자들까지도 다 나갔다고." 시장은 이게 나쁜 소식이란 걸 알기 때문에 부드럽게 말했다.

"나갔다고요?" 내가 속삭였다.

나갔다.

나는 일어섰지만 갈 곳이 없어 멍하니 저녁밥 접시를 들고 있었다.

"어디로 갔대요? 그자가 그 애에게 무슨 짓을 했죠?"

"아무 짓도 안 했어. 네 친구는 달아났다고 들었다. 그 탑이 무너지기 직전에 그 여자들하고 같이 달아났다던데." 시장이 턱을 문지르면서 말했다. "그 집에 있던 다른 여자들은 전부 체포돼서 감옥에 갔어. 하지만 네 친구는…… 도망쳤다."

시장은 '도망쳤다'는 말을 마치 그녀가 처음부터 그러려고 계획한 것처럼 말했다.

"아저씨도 그건 모르잖아요. 그게 사실인지 아닌지도 모르면서."

시장은 어깨를 으쓱했다. "그럴지도 모르지. 하지만 그 치유의 집을 지키던 군인에게서 들은 이야기야."

"아니야. 아니라고." 난 그렇게 말했지만 뭐가 아니란 건지도 알 수 없었다.

"너는 그 친구를 얼마나 아니?" 레저 시장이 물었다.

"닥쳐요."

나는 가슴을 들썩이며 숨을 거칠게 몰아쉬었다.

바이올라가 도망치다니 잘됐잖아, 안 그래?

그렇지 않아?

그녀는 위험에 처해 있었는데 이제는…….

(하지만.)

(바이올라가 그 탑을 폭파한 걸까?)

(그럴 거라고 왜 내게 말하지 않았지?)

(바이올라가 내게 거짓말을 했나?)

그리고 그 생각을 하면 안 되지만, 그러면 안 되지만 어쩔 수 없이 해 버렸다…….

바이올라는 약속했는데.

떠나버렸다.

날 두고 떠나버렸다.

(바이올라?)

(너 날 두고 가버린 거야?)

21

광산

〈바이올라〉

문밖에서 날개들이 펄럭거리는 소리에 눈을 떴다. 지난 며칠간 여기 있으면서 저 소리는 박쥐들이 밤 사냥을 마치고 동굴로 돌아오는 소리고, 해가 곧 뜨니 이제 일어나야 한다는 뜻이라는 걸 알았다.

여자 몇 명은 간이침대에서 뒤척이기 시작하면서 기지개를 펴고 있었다. 다른 사람들은 여전히 죽은 듯이 자면서 코를 골고, 방귀를 뀌고, 잠이라는 무의 바다를 떠돌았다.

순간 나도 계속 거기 있고 싶었다.

숙소는 긴 판잣집 같은 건물로 비질해서 쓸어놓은 흙바닥, 나무 벽, 나무 문이 달려 있고 창은 없다. 한가운데 철제 난로가 하나 있지만 그거로는 실내를 데우기에 부족하다. 남은 공간에 간이침대들이 이쪽 끝에서 저쪽 끝까지 한 줄로 죽 늘어서 있고, 거기에서 여자들이 잔다.

가장 최근에 온 나는 맨 끝 쪽 침대에 있다.

나는 맞은편에 있는 침대 주인을 지켜봤다. 똑바로 일어나 앉은 그녀는 사실 단 한숨도 안 잔 사람처럼, 마치 다시 일을 시작하기 전까지 몸을 잠시 정지시켜 놓은 것처럼 완벽하게 깨어 있었다.

코일 선생님은 침대에서 일어나 바닥에 발을 내려놓고 곧바로 나를 바라봤다.

일어나자마자 내 상태를 제일 먼저 확인한 것이다.

간밤에 내가 토드를 찾으러 달아난 건 아닌지 확인하려고 봤겠지.

난 토드가 죽었다고 믿지 않는다. 토드가 시장에게 우리에 대해 일러바쳤다고도 믿지 않는다.

분명 다른 이유가 있을 것이다.

나는 꼼짝도 하지 않고 코일 선생님을 마주 봤다.

떠나지 않았어요. 아직은.

하지만 내가 아직 떠나지 않은 이유는 무엇보다 여기가 어딘지도 모르기 때문이다.

우리가 있는 곳은 바다 옆이 아니다. 내가 보기엔 바다에서 가깝지도 않다. 하지만 이곳은 보안이 아주 철저해서 다른 사람에게 물어볼 수도 없다. 꼭 필요한 경우가 아니면 아무도 정보를 공유하지 않는다. 폭탄 공격을 하러 나가거나, 아니면 요즘처럼 밀가루와 약이 떨어지기 시작해서 필요한 물자를 구하러 나갔다가 잡힐 경우에 대비하기 위해서다.

코일 선생님은 정보를 가장 중요한 자원으로 여기면서 소중하게 지키고 있다.

내가 아는 거라곤 이 기지가 폐광에 있으며, 사람들이 처음 여기 착륙했을 때는 아주 큰 기대를 안고 긍정적으로 시작했다가 몇 년 후에, 이 행성에 있는 다른 모든 것들처럼 버려진 곳이라는 점이다. 몇 개의 깊은 동굴 입구 근처에 이런 판잣집이 몇 채 있다. 광산을 개발할 때 지은 오래된 판잣집 몇 채와 새로 지은 몇 채는 사람들이 자는 숙소와 회의실과 식당 같은 용도로 쓰이고 있다.

동굴 중 박쥐가 없는 곳은 음식과 필요한 물자들을 두는 창고인데 천장이 조마조마하게 낮고, 항상 로손 선생님이 두 눈을 부릅뜨고 지키고 있다. 선생님은 놔두고 온 어린 환자들을 걱정하느라 춥다고 담요 한 장 더 달라고 하는 사람들에게 짜증을 내곤 했다.

동굴 속으로 더 깊숙이 들어가면 광산이 나온다. 원래는 석탄이나 소금을 찾으려고 팠는데 둘 다 안 나오자 다이아몬드를 찾았고, 그다음엔 황금을 찾았다. 역시 둘 다 없었지만 설사 있었다 해도 여기서 그게 무슨 쓸모가 있겠는가. 이제 그 광산들 속에 무기와 폭약이 감춰져 있다. 그것들이 어디서 어떻게 여기까지 운반됐는지 모르겠지만, 만약 여기가 발각되면 이것들이 폭파돼서 우리는 우주 밖으로 날아가 버릴 것이다.

하지만 현재 이 기지는 천연 우물 근처에 있으며, 주위를 둘러싼 숲속에 숨겨져 있다. 유일한 입구는 코일 선생님과 내가 온몸으로 부딪쳐 가며 온 길의 끝에 있다. 그다음에는 나무들을 통과해서 가야 하는데, 너무 가파르고 이동하기 힘든 길이어서 멀리서 침입자들이 들어와도 소리가 들리는 곳이다.

"그들은 반드시 온다. 우리는 그저 그들을 맞을 준비를 철저히 하는 수밖에 없어." 내가 여기 도착한 날 코일 선생님이 이렇게 말했다.

"왜 아직 안 왔죠? 사람들은 여기에 폐광이 있는 걸 알 거 아니에요?"

선생님은 말없이 윙크를 하면서 자신의 콧등을 톡 쳤다.

"그게 무슨 뜻이에요?"

하지만 아무 대답도 없었다. 정보는 선생님이 가진 가장 중요한 자원이니까.

아침 식사 때 테아를 비롯해 나를 아는 수련생들은 전처럼 모두 내게 아는 척을 하지 않고, 말도 걸지 않았다. 그들은 여전히 매디가 나 때문에 죽었다고 여기고, 왠지 모르겠지만 내가 배신자고 이 빌어먹을 전쟁도 내 탓이라고 생각하는 것 같다.

신경이 쓰이진 않는다.

관심도 안 가니까.

나는 그들을 식당에 내버려 두고 회색 포리지(오트밀을 물이나 밀크로 걸쭉하게 쑨 죽—옮긴이)가 들어 있는 그릇을 들고 쌀쌀한 아침 공기 속에서 동굴의 입구에 있는 바위로 다가갔다. 아침을 먹으면서 기지가 깨어나기 시작하는 모습을, 테러리스트들이 하루 일과를 시작하려고 모이는 모습을 지켜봤다.

여기에 사람들이 별로 없다는 점이 제일 놀라웠다. 한 백 명 정도로 보이는데, 그게 전부다. 이들이 바로 뉴 프렌티스타운 여기저기에 폭탄을 터트려서 혼란을 야기하고 있는 거대한 해답 조직의 실체다. 백 명의 사람들. 여자 선생님들과 수련생들, 환자들과 그 외 사람들. 밤에 사라졌다가 아침에 돌아오거나 이곳을 오가는 사람들을 위해 기지를 운영하는 사람들, 몇 마리 안 되는 말들과 수레를 끄는 황소들과 달걀을 낳아주는 암탉 몇 마리를 돌보고 그 밖에 수많은 일들을 하는 사람들.

하지만 이들은 고작 백 명밖에 안 된다. 시장의 진짜 군대가 쳐들어오면 기도를 하기에도 부족해 보였다.

"잘 잤냐, 힐디?"

"안녕하세요, 윌프 아저씨." 아저씨가 손에 죽 그릇을 들고 다가와서 인사를 주고받았다. 나는 아저씨가 앉을 수 있게 얼른 옆으로 갔다. 아저씨는 말없이 그냥 죽만 먹으면서 나도 먹게 놔뒀다.

"윌프?" 윌프 아저씨의 부인인 제인 아줌마가 김이 피어오르는 머그잔을 양손에 들고 우리에게 다가오고 있었다. 아줌마는 우리를 향해 바위틈을 조심조심 걸어오다가 비틀거리면서 커피를 조금 쏟았다. 윌프 아저씨가 일어나려고 했지만 아줌마는 다시 똑바로 섰다. "자, 이거 받어!" 제인 아줌마가 큰 소리로 외치면서 머그잔을 쓱 내밀었다.

"고맙습니다." 나는 머그잔을 받으며 말했다.

제인 아줌마는 겨드랑이 밑에 두 손을 밀어 넣어 데우면서 미소를 지으며 눈을 크게 뜨고 주위를 둘러봤다. "밖에서 먹기엔 징그럽게 추운디." 아줌마는 지나치게 다정하면서도 해명을 요구하는 말투로 말했다.

"그라제." 윌프 아저씨는 죽을 먹으면서 대꾸했다.

"그렇게 춥진 않아요." 나도 죽을 먹으면서 대꾸했다.

"사람들이 어젯밤에 밀가리를 구해 왔다는 말 들었냐?" 제인 아줌마는 목소리를 낮춰 속삭였지만 어쩐지 평소보다 목소리가 컸다. "긍께 이제 다시 빵을 먹을 수 있당께!"

"그라제." 윌프 아저씨가 또 그렇게 대꾸했다.

"넌 빵 좋아하냐?" 아줌마가 물었다.

"네."

"넌 빵을 먹어야 해. 암만, 빵을 먹어야 혀." 아줌마는 땅바닥에 대고, 하늘을 보고, 바위에 대고 말했다.

그러다가 말없이 다시 식당으로 돌아갔다. 윌프 아저씨는 그런 아내에게 별로 신경 쓰지 않았다. 아내가 떠난 것도 눈치채지 못한 것 같지만 나는 안다. 분명하게 안다. 윌프 아저씨의 정신이 또렷하며 아저씨의 소음과 적은 말수, 멍해 보이는 표정으로는 그의 진면모를 전혀 알아차릴 수 없다는 걸.

윌프 아저씨와 제인 아줌마는 군대가 쳐들어오자 헤이븐을 향해 도망가던 길에 우리를 만난 피난민으로, 카보넬 다운스에서 토드가 잠을 자면서 열을 내리는 사이에 우리를 지나쳐 갔다. 피난 중에 아내가 열이 나자 윌프 아저씨는 길을 물은 후에 곧바로 포스 선생님이 있는 치유의 집으로 달려갔다. 그 집에서 제인 아줌마가 회복하고 있을 때 군대가 공격해 왔다. 이 행성에서 가장 맑고 순박한 소음을 지닌 윌프 아저씨를 보고 군인들은 아저씨가 바보라고 생각해, 아저씨만 아내를 면회할 수 있게 허락해 줬다.

윌프 아저씨는 치유의 집에 있는 여자들이 도망칠 때 그들을 도와줬다. 내가 이유를 물었을 때 아저씨는 어깨를 으쓱하면서 이렇게 대답했다. "그 사람들이 제인을 데리고 갔으니께." 아저씨는 잘 못 걷는 여자들을 수레에 숨겨줬다. 아저씨는 수레 속에 사람들이 숨을 수 있는 공간을 만들어서 다른 사람들도 임무를 완수하기 위해 뉴 프렌티스타운으로 돌아갈 수 있게 도왔다. 아저씨는 몇 주 동안 목숨을 걸고 그들이 기지를 오갈 수 있도록 수레에 실어 날랐다. 군인들은 아저씨처럼 속이 훤히 들여다보이는 사람은 비밀이 없을 거라고 생각했다.

해답 조직의 리더들에겐 정말 놀라운 일이었다.

하지만 내게는 하나도 놀랍지 않다.

아저씨는 전에 그럴 필요도 없는데 나와 토드의 목숨을 구해줬다. 그리고 더 위험한 상황에서 다시 토드를 구해줬다. 아저씨는 심지어 내가 여기 도착한 첫날 밤 내가 토드를 찾으러 갈 수 있도록 다시 데려다주려고 했다. 하지만 해머 상사가 이제 월프 아저씨의 얼굴을 알아버렸고 아저씨가 체포됐을 거라고 생각하고 있으니, 다시 그곳으로 돌아가는 건 사형선고나 다름없다.

나는 마지막 남은 죽을 수저로 떠서 입에 넣으며 땅이 꺼져라 한숨을 쉬었다. 내 한숨은 추워서일 수도 있고, 죽이 맛없어서일 수도 있고, 이 기지에서 할 일이 없어서일 수도 있었다.

하지만 월프 아저씨는 알고 있다. 어찌된 영문인지 월프 아저씨는 항상 모든 걸 알고 있다.

"그 아이는 괜찮을 거여, 힐디. 그 아이는 살 거여. 우리 토드는 그럴 거여." 아저씨도 남은 죽을 마저 먹으면서 말했다.

나는 차가운 아침 해를 올려다보며 다시 목을 꿀꺽 움직였다. 죽은 이미 다 삼켰지만.

"넌 기운을 내야 혀. 앞으로 일어날 일에 대비해서 기운을 내야 한다니께." 월프 아저씨가 일어서면서 말했다.

나는 눈을 깜박였다. "무슨 일이 일어나는데요?" 내가 묻는 사이에 아저씨는 커피를 마시면서 식당을 향해 걸어갔다.

아무 대답도 없이.

커피를 다 마신 후에 추워서 팔뚝을 문지르면서 오늘 다시 한 번 선생님에게 물어봐야겠다고, 아니, 다음번 임무에는 꼭 따라가겠다고, 그를 찾아야겠다고 생각하고 있을 때…….

"여기서 혼자 앉아 있는 거야?"

나는 고개를 들었다. 금발 병사 리가 서서 활짝 미소를 지으며 날 내려다보고 있었다.

순간 얼굴이 확 달아올랐다.

"아니, 아니야." 나는 곧바로 일어나서, 그를 외면하고 돌아서서 접시를 집어 들었다.

"갈 필요는 없는……."

"아니, 다 먹었……."

"바이올라……."

"난 이제 갈 게……."

"아니, 내 말은 그게……."

하지만 나는 이미 얼굴이 새빨개진 스스로를 저주하며 식당을 향해 쿵쿵 발소리를 내면서 가고 있었다.

리가 이 기지의 유일한 남자는 아니었다. 아니, 남자라고 할 정도로 나이가 많지도 않지만. 윌프 아저씨처럼 리와 매그너스는 이제 군인 행세를 하며 도시로 돌아갈 수 없었다. 다들 얼굴이 알려져 버렸기 때문이다.

하지만 갈 수 있는 남자들도 있었다. 그것이 바로 해답의 가장 큰 비밀이었다.

여기 있는 사람 중 적어도 3분의 1이 남자다. 이들은 군인으로 위장해서 여자들을 도시로 실어 나르거나 도시에서 여자들을 데려왔다. 이들은 계획을 세우고, 목표를 설정하고, 폭발물 취급에 대한 전문 지식을 가지고 선생님을 돕는다. 이들은 해답의 대의가 옳다고 믿으며 시장과 시장의 믿음에 맞서 싸우려는 사람들이다.

이들은 아내와 딸과 엄마를 잃었거나 그들을 구하기 위해, 혹은 그들의 죽음을 추모하며 복수하기 위해 싸우고 있다.

주로 가족을 잃은 사람들이다.

해답이 전원 여자라고 생각하면 유리할 것 같긴 했다. 그러면 남자들이 자유롭게 오갈 수 있다. 시장이 그런 상황을 알고 있더라도 말이다. 그래서 시장이 병사들에게 치료제를 주지 않는 것이다. 그래서 해답이 보유하고 있는 치료제가 도움이 되기보다 점점 부담이 되는 것이고.

나는 뒤에 있는 리를 힐끗 돌아보고 다시 고개를 앞으로 돌렸다.

리가 여기 있는 이유는 잘 모른다.

아직은 물어볼 수……

아직은 물어볼 기회가 없었다.

나는 별생각 없이 식당에 도착했고, 손잡이를 잡기도 전에 문이 열리는 것을 눈치채지도 못했다.

그러다가 코일 선생님과 정면으로 마주쳤다.

나는 인사도 없이 다짜고짜 말했다.

"다음번 습격 때 저도 데려가 주세요."

선생님의 표정에는 변화가 없었다. "네가 갈 수 없는 이유는 네가 더 잘 알잖니."

"토드는 바로 우리 편에 들어올 거예요."

"다른 사람들은 너처럼 그렇게 확신하지 않아, 얘야." 내가 대답하려고 했지만 선생님이 끼어들었다. "그 아이가 설사 아직 살아 있다 해도, 그건 중요하지 않아. 네가 잡힐 위험을 무릅쓸 순 없어. 넌 우리의 가장 귀중한 자산이다. 우주선들이 착륙했을 때 대통령을 도울 수 있는 아이니까."

"나는……."

선생님이 한 손을 들었다. "너랑 다시는 이 일로 입씨름하지 않겠다. 내가 해야 할 중요한 일들이 너무 많아."

식당은 이제 아주 조용해졌다. 우리 둘이 서로 노려보는 동안 선생님 뒤에 있는 사람들은 모두 가만히 서서 우리를 바라봤다. 아무도 감히 선생님에게 비켜달라고 말하지 못했다. 포스 선생님과 나다리 선생님 마저도 뒤에서 끈기 있게 기다렸다. 내가 도착한 후로 그들은 테아처럼 나와 말도 섞지 않았다. 코일 선생님의 수련생들과 다른 사람들도 나처럼 선생님에게 대들면서 이런 말을 할 꿈도 꾸지 못한다.

그들은 모두 나를 위험한 사람으로 대했다.

그런 상황이 내 마음에 든다는 걸 알아차리고 놀랐다.

나는 선생님의 눈을, 선생님의 완고한 눈을 들여다봤다. "선생님을 용서하지 않을 거예요. 절대로, 절대로 하지 않아요." 나는 우리 둘만 있는 것처럼 나직이 말했다.

"너의 용서는 바라지도 않아. 하지만 언젠가는 너도 이해할 거야." 선생님도 조용히 말했다.

그러더니 선생님이 눈을 반짝이면서 미소를 지으며 목소리를 높였다. "그건 그렇고, 이제 너도 일을 할 때가 된 것 같다."

22

1017

〈토드〉

"빌어먹을, 빨리빨리 좀 움직일 수 없어?"

내 근처에 있던 스패클 네댓 명이 놀라 움찔하면서 나를 피했다. 그렇게 큰 소리로 말하지도 않았는데.

"어서 움직여!"

항상 그렇듯이 그들은 아무 생각도, 아무 소음도, 아무 반응도 하지 않았다.

그들은 내가 삽으로 퍼서 갖다주는 사료 속에 들어 있는 치료제를 먹고 있다. 하지만 왜? 다른 사람들은 안 주면서? 이 치료제 때문에 이들은 침묵 속에서 가끔씩 혀를 차는 소리를 내며, 추운 아침에 하얀 등을 구부린 채 입에서 허옇게 김을 뿜어내며 하얀 팔로 흙을 한 줌씩 파고 있다. 수도원 땅에서 하얀 허리를 숙인 채 일하는 모습은 마치 양 떼처럼 보였다.

다만 가까이서 찬찬히 들여다보면 가족들, 남편들과 아내들, 아버지들과 아들들을 볼 수 있다. 나이가 많은 이들이 더 적은 양의 흙을 더 천천히 손으로 파는 모습도 볼 수 있다. 젊은이들이 노인들을 도와주면서 노인들의 느린 일손을 우리에게 들키지 않으려고 애쓰는 모습도 볼 수 있다. 엄마 가슴에 두른 낡은 천에 매달려 있는 아기 스패클도 볼 수 있다. 작업 속도가 좀 더 빠른 조에서 키가 유달리 큰 스패클이 다른 이들을 이끄는 모습도 볼 수 있다. 키가 작은 여자 스패클이 그보다 더 큰 여자 스패클의 밴드 주위 감염된 부위를 진흙으로 덮어주는 모습도 볼 수 있다. 그들이 고개를 숙이고 같이 일하면서 나나 데이비나 담장에 있는 경비병들의 눈에 띄지 않으려고 애쓰는 것도 보인다.

자세히 들여다보면 다 볼 수 있다.

하지만 안 보는 편이 마음 편하다.

그들에게 삽을 내줄 순 없다. 우리를 상대로 무기로 쓸 수 있으니까. 담장 위에 서 있는 병사들은 스패클이 팔만 조금 높게 들어도 긴장한다. 그래서 스패클들은 모두 허리를 숙인 채 땅을 파고, 돌을 나르고, 구름처럼 아무 소리도 내지 않으며 괴로워하고 고통받으면서도 그것을 극복할 아무 일도 하지 않는다.

하지만 내겐 무기가 있다. 소총을 다시 돌려받았다.

내가 그걸 가지고 갈 곳이 없으니까.

이제 그녀도 떠나버렸으니까.

"빨랑빨랑 해!" 바이올라 생각을 하자 소음이 붉은색으로 홱 치솟아버린 내가 스패클에게 냅다 소리를 질렀다.

그러다가 날 쳐다보는 데이비를 보았다. 그는 놀란 듯한 미소를 짓고 있었다. 나는 돌아서서 들판을 가로질러 또 다른 그룹에게 다가갔다. 중간쯤 가고 있을 때 크게 혀를 차는 소리가 들렸다.

나는 그 소리가 나는 곳을 찾아 주위를 빙 둘러봤다.

항상 같은 놈이다.

1017이 나를 빤히 보고 있었다. 날 용서하는 표정은 결코 아니었다. 그는 내 손으로 시선을 돌렸다.

그제야 내가 소총을 두 손으로 꽉 움켜쥐고 있는 걸 깨달았다.

어깨에 메고 있던 총을 언제 내렸는지 기억도 안 나는데.

스패클들을 총동원해서 일을 시키는데도 이 건물을 완성 비슷하게 하는 데만 몇 달은 더 걸릴 듯했다. 이게 무슨 건물인지도 모르겠고 완공될 때쯤이면 한겨울일 텐데, 스패클들은 그때까지 은신처 하나 없이 허허벌판에서 지낼 것이다. 이들이 인간보다는 야외 생활을 더 많이 한다는 사실은 알지만, 그렇다 해도 서리가 어는 겨울에 한데서 살 수 있을 것 같지는 않다. 그런데다 이들이 그때까지 어디서 지낼지에 대해선 아직까지 아무 말도 듣지 못했다.

어쨌든 우리는 원래 일정보다 이틀 빠른 1주일 만에 수도원 안에 있던 벽들을 다 허물었다. 죽은 스패클은 하나도 없었다. 팔이 부러진 스패클은 몇 명 있었지만 그렇게 다친 스패클들은 군인들이 끌고 가버렸다.

다시는 그 스패클들을 볼 수 없었다.

통신 탑이 폭파되고 2주가 지나갈 무렵 우리는 기초 공사에 필요한 구덩이를 다 팠다. 공사 감독은 데이비와 나였지만 콘크리트를 붓는 방식을 알고 있는 것은 스패클들이었다.

"아버지가 그러는데 스패클 전쟁이 일어난 후로 이 도시 재건은 이들의 노동력 덕분이었대. 이것들을 보면 그런 일을 해낼 수 있을지 잘 모르겠지만 말이야."

데이비는 먹고 있던 씨의 껍질을 뱉어냈다. 해답이 폭탄 테러에 덧붙여 식량 창고까지 빈번하게 공격하는 바람에 식량이 점점 부족해지고 있었다. 하지만 데이비는 항상 용케 음식을 구해 왔다. 우리는 돌 더미 위에 앉아 큰 벌판을 굽어봤다. 이제 그 벌판에는 사각형의 구덩이들과 배수로들이 파이고 돌 더미가 곳곳에 쌓여 있어서, 스패클들이 모여 있을 공간도 별로 없었다.

하지만 그들은 추위에 벌벌 떨면서 한쪽 구석에 모여 있었다. 그 점에 대해서도 그들은 한 마디도 하지 않았다.

데이비는 또 껍질 하나를 뱉어냈다. "넌 영영 말 안 할 거냐?"

"내가 언제 안 했다고 그래."

"안 했지. 넌 저것들에게 소리만 빽빽 지르고 나에겐 툴툴대기만 하잖아. 그건 말이 아니지." 데이비는 또다시 껍질 하나를 높고 길게 뱉어서 가장 가까이 서 있는 스패클을 맞췄다. 그 스패클은 그걸 털어버리고 마지막 도랑을 계속 팠다.

"걔는 널 떠났어. 이제 그만 극복해."

내 소음이 홱 치켜 올라갔다. "닥쳐."

"나쁜 뜻으로 한 말은 아니야."

나는 눈을 동그랗게 뜨고 데이비를 돌아봤다.

"뭐? 그냥 말하는 거야. 걔는 떠났다고. 그렇다고 걔가 죽은 것도 아니잖아." 그리고 다시 씨를 뱉었다. "내 기억에 그 계집애가 제 앞가림은 확실히 하던데."

데이비의 소음 속에 강변도로에서 감전된 기억이 떠올랐다. 그걸 보면 웃음이 나와야 했다. 그의 소음 속에서 바이올라가 그를 쓰러뜨리고 있었으니까. 하지만 웃기지 않았다.

바이올라가 거기는 있지만 여기는 없으니까.

(바이올라는 어디로 갔을까?)

(빌어먹을 어디로 갔냐고?)

통신 탑이 폭파된 직후에 군대가 바다로 갔다고 레저 시장이 말해줬다. 해답이 거기 숨어 있다는 제보를 받았기 때문이라나…….

(그건 나 때문일까? 시장이 내 소음에서 들었을까? 그 생각만 하면 애가 타서…….)

하지만 해머 아저씨와 부하들이 도착했을 때, 거기에는 오래전에 버려진 건물들과 반쯤 가라앉은 보트 몇 척 말고 아무것도 없었다고 한다.

그 정보는 가짜로 판명됐다.

그 생각만 해도 또 속이 탔다.

(바이올라가 내게 거짓말을 했을까?)

(일부러 그랬을까?)

"맙소사, 돼지오줌. 너만 없는 게 아니라 우리도 여자 친구가 있어본 적이 없어. 여자들은 다 망할 감옥에 있거나 아니면 매주 폭탄을 터트리거나 그것도 아니면 어마어마한 쪽수로 몰려다녀서 말도 못 건단 말이야." 데이비가 다시 껍질을 뱉으면서 말했다.

"바이올라는 내 여자 친구가 아니야."

"내 말의 요지는 그게 아니잖아. 너나 나나 외롭긴 마찬가지니 그만 극복하라고." 데이비가 대꾸했다.

갑자기 그의 소음 속에서 추악하고 강한 기운이 올라왔다가 내가 자기를 보는 걸 알고 순식간에 지워버렸다. "뭘 봐?"

"아무것도 아니야."

"퍽도 그렇겠지." 데이비는 일어서서 소총을 들고, 쿵쿵 소리를 내며 들판으로 가버렸다.

어떻게 된 일인지 1017은 항상 내가 맡은 작업 팀에 나타났다. 나는 주로 수도원 안쪽에서 도랑 파는 작업을 마무리하는 일을 맡고, 데이비는 콘크리트를 붓고 나면 거기에 세우려고 형태를 잡아놓은 벽들을 조립하는 작업을 스패클들에게 시키고 있다. 원래 1017은 그 일을 하고 있어야 하는데 매번 내가 고개를 들 때마다 눈앞에 그가 있었다. 아무리 그를 데이비 팀으로 보내도 상관없이 항상 나와 가장 가까운 곳에.

그는 일을 하긴 했다. 손으로 흙을 파거나 일정한 간격으로 줄을 맞춰서 흙을 쌓아올리는 작업을 하면서 내내 날 찾아다니며, 항상 나와 눈을 마주치려고 애썼다.

날 향해 혀를 차면서.

나는 소총의 개머리판을 손으로 잡고 그에게 걸어갔다. 내 머리 위에서 회색 구름들이 이리저리 움직이기 시작했다. "아까 너를 저기 있는 데이비에게 보냈는데 여기서 뭐 하는 거야?" 내가 소리를 빽 질렀다.

자기 이름을 들은 데이비가 저쪽 들판에서 큰 소리로 외쳤다. "뭐라고?"

나도 언성을 높여 대답했다. "왜 자꾸 얘가 이쪽으로 오게 놔두는 거야?"

"대체 무슨 소리를 하는 거야? 얘들은 다 똑같이 생겼잖아!" 데이비가 소리 질렀다.

"얘는 1017이라고!"

데이비는 과장되게 어깨를 으쓱해 보였다. "그래서?"

그때 뒤에서 무례하게 나를 조롱하는 듯한 혀 차는 소리가 들렸다.

나는 핵 돌아섰다. 1017이 이죽거리며 날 보고 있었다.

"이 새끼……." 나는 어깨에 멘 소총을 잡아 앞으로 돌렸다.

그때 소음이 언뜻 비쳤다.

1017에게서 소음이 나왔다.

번개같이 빨리 스쳐 지나갔지만, 선명한 소음 속에서 내가 그의 앞에 서서 총으로 손을 뻗는 모습이 보였다. 바로 지금 그가 두 눈으로 보는 이 장면에 지나지 않았지만…….

다만 그 소음 속에서는 그가 총을 뺏어서…….

그러다가 사라져 버렸다.

나는 여전히 총을 잡고 있었고, 1017은 무릎까지 올라오는 도랑 속에 있었다.

소음은 흔적도 없이 사라졌다.

나는 그를 위아래로 훑어봤다. 그는 전보다 말랐지만, 스패클들은 다 그렇다. 사료는 항상 부족하니까. 1017이 끼니를 완전히 거르고 있는 게 아닌가 하는 생각이 들었다.

치료제를 먹지 않으려고 말이다.

"대체 무슨 꿍꿍이야?"

하지만 1017은 다시 작업으로 돌아가 손으로 흙을 퍼 올렸다. 그의 새하얀 옆구리로 갈비뼈가 툭툭 불거져 나왔다.

1017은 아무 말도 하지 않았다.

"너희 아버지가 다른 사람들이 먹는 치료제는 다 뺏으면서 왜 저들에 겐 계속 주는 거지?"

다음 날 나와 데이비는 점심을 먹고 있었다. 하늘에 구름이 짙게 깔려 있는 모양새가 곧 비가 내릴 것 같았다. 아주 오랜만에 내리는 비다. 비가 내리면 추워지겠지만 무슨 일이 있어도 계속 일하라는 명령을 받았다. 그래서 스패클들이 콘크리트 믹서에서 콘크리트를 쏟아내는 모습을 보며 하루를 보내고 있었다.

오늘 아침에 이반이 그 믹서를 가져왔다. 그의 다리는 다 나았지만 절뚝거렸고, 소음은 거센 분노로 가득 차 있었다. 그가 이제 권력이 어디 있다고 생각할지 궁금했다.

"음, 그렇게 약을 먹여야 저것들이 음모를 꾸미지 못할 거 아니겠어? 서로 생각도 전하지 못할 거고." 데이비가 말했다.

"하지만 혀 차는 소리로 그 정도는 할 수 있지 않나? 안 그래?" 나는 잠시 생각해 보다가 물었다.

데이비는 '뭔 상관이야, 이 돼지오줌아'라는 표정으로 어깨만 으쓱했다. "그 샌드위치 좀 남았냐?"

나는 그에게 내 샌드위치를 주고 들판에 있는 스패클들을 계속 주시했다. "저들이 무슨 생각을 하고 있는지 알아야 하는 거 아니야? 그걸 알아야 좋지 않을까?"

나는 들판에 있는 1017을 찾아봤다. 그는 언제나 그렇듯 나를 빤히 보고 있었다.

톡. 첫 빗방울이 내 눈썹을 때렸다.

"아우, 쌍." 데이비가 하늘을 올려다보며 투덜댔다.

비는 사흘 동안 한시도 그치지 않고 내렸다. 작업 현장은 빗물로 질벅질벅해졌지만 시장은 어떻게든 계속 일하길 원했다. 그래서 우리는 사흘 동안 진흙탕에서 계속 미끄러지면서 스패클들이 들판에 세워놓은 건물들의 뼈대 위에 거대한 방수 시트를 씌웠다.

데이비는 실내에 들어가서 스패클들이 그 시트들을 제자리에 씌우는 걸 사사건건 참견하며 감독했다. 나는 빗속에서 주구장창 방수 시트들이 바람에 날아가지 않도록 가장자리를 무거운 돌로 눌러놓았다.

정말 미치도록 지긋지긋한 작업이었다.

"서둘러!" 나는 마지막 가장자리를 땅바닥에 고정시키도록 도와주고 있는 스패클에게 소리 질렀다. 아무도 우리에게 장갑을 주지 않았고, 요청을 들어줄 시장도 옆에 없어서 내 손가락은 꽁꽁 얼어 있었다. "아얏!" 나는 백만 번째 손이 까지는 바람에 피가 난 손가락 마디를 입술에 댔다.

그 스패클은 돌멩이를 가지고 작업을 계속했다. 비가 이렇게 억수같이 쏟아지는데 의식도 못 하는 것 같았다. 지금 방수 시트 밑에 남은 스패클들이 다 몰려 있어서 어차피 들어갈 자리도 없으니 차라리 잘된 일인지도 모른다.

"이봐. 그 가장자리 잘 봐! 거기 보라……" 내가 언성을 높였다.

그때 강풍이 불어와 우리가 방금 돌멩이로 눌러놓은 시트를 통째로 휙 날려버렸다. 그걸 잡고 있던 스패클 하나가 바람에 날려갔다가 땅바닥에 세게 굴러떨어졌다. 내가 쓰러진 그를 뛰어넘어 바람에 휘청거리며 진흙탕을 건너, 작은 비탈길로 날아가는 그 시트를 잡으러 가서 막 낚아채는 순간…….

발을 헛디뎌 비탈길 맞은편으로 주르르 미끄러지면서 세게 엉덩방아를 찧었고…….

그때 내가 어디로 달려왔는지, 어디서 미끄러졌는지 깨달았다.

스패클들이 화장실로 쓰는 구덩이에 빠진 것이다.

나는 진흙을 움켜잡고 구덩이 속으로 들어가지 않으려고 애썼지만 잡고 매달릴 만한 것이 없어서 철썩 소리를 내며 빠져버렸다.

"끄악!" 나는 소리를 지르며 일어나려고 애썼다. 나는 석회 범벅이 된 스패클 똥 더미 속에 허벅지까지 빠졌다. 온몸에 똥이 묻었고, 역겨운 냄새에 구역질이 나고…….

그때 또다시 번개처럼 지나가는 소음이 보였다.

내가 이 구덩이 속에 서 있는 모습.

스패클 하나가 그걸 내려다보며 위에 서 있는 모습.

나는 고개를 들었다.

스패클들이 구덩이를 둘러싸고 서서 나를 내려다보고 있었다.

그들 앞에.

1017이 서 있었다.

내 바로 위쪽에.

거대한 돌멩이 하나를 손에 든 채.

그는 아무 말 없이 돌을 들고 서 있었다. 제대로 던진다면 내가 크게 다칠 정도로 큰 돌을 가지고.

"그래? 넌 그렇게 하고 싶다 이거지?" 내가 올려다보며 말했다.

그는 나를 빤히 보기만 했다.

소음은 이제 보이지 않았다.

나는 천천히 소총으로 손을 뻗었다.

"어떻게 할 건데?" 그는 내 소음에서 내가 얼마나 준비가 됐는지, 내가 얼마나 그와 싸울 준비가 됐는지 볼 수 있었다.

내가 얼마나 준비가…….

나는 이제 개머리판을 잡고 있다.

하지만 그는 날 빤히 보고만 있다.

그러다가 돌을 땅바닥에 던지고 방수 시트가 있는 곳을 향해 돌아섰다. 그가 다섯 발자국, 열 발자국 가는 모습을 지켜본 후에 비로소 내 몸에서 긴장이 풀렸다.

내가 구덩이 밖으로 손을 뻗어서 간신히 올라온 바로 그 순간, 그 소리가 들렸다.

쯧쯧.

무례하게 혀를 차는 그의 소리.

그때 나는 이성을 잃었다.

나는 1017을 향해 달려가면서 소리를 질렀지만 내가 뭐라고 하는지는 나도 몰랐다. 데이비가 깜짝 놀라 돌아본 순간 나는 스패클들이 몰려 있는 방수 시트 가장자리에 막 도착했다. 나는 미치광이처럼 총을 들고 1017을 향해 달려갔다. 1017이 돌아섰지만 나는 뭔가 할 기회도 주지 않고 개머리판으로 그의 얼굴을 세게 내리쳤다. 1017이 땅바닥에 쓰러졌다. 내가 다시 총을 들어서 내리치려 하자 그가 두 손을 들어 자신을 보호하려고 했다. 하지만 나는 그를 계속 때리고 또 때리고 또……

그의 손을…….

그의 얼굴을…….

그의 비쩍 마른 갈비뼈를…….

그때 내 소음은 격노해 날뛰었고…….

나는 치고…….

또 치고…….

또 치면서…….

고함을 지르고…….

또 지르면서…….

"왜 떠났어?"

"왜 나를 두고 떠났냐고?"

그때 그의 팔이 뚝 부러지는 차갑고 서늘한 소리가 들렸다.

허공을 가득 채운 그 소리는 빗소리나 바람 소리보다 더 컸다. 그 소리에 속이 뒤집어지면서, 목구멍으로 뭔가가 울컥 올라왔다.

나는 총을 휘두르다가 멈췄다.

데이비가 입을 떡 벌린 채 나를 빤히 보고 있었다.

스패클들은 모두 겁에 질려 저쪽으로 피해 있었다.

1017이 땅바닥에서 날 올려다봤다. 그의 기이한 코와 너무 높이 있는 눈 가장자리에서 붉은 피가 흘렀지만 아무 소리도 나지 않았다. 그 어떤 소음도, 어떤 생각도, 혀 차는 소리도, 아무것도 없었다.

(그리고 우리는 야영지에 있었고, 땅바닥에는 죽은 스패클이 있었고, 바이올라는 너무나 두려워 보였고, 바이올라는 나를 피해 뒤로 물러났고, 사방에 피가 묻어 있었고, 그런데 내가 또 그 짓을 해버렸고, 또 그 짓을, 넌 왜 가버린 거야, 망할, 빌어먹을, 바이올라, 대체 왜 **떠났냐고**…….)

1017은 날 빤히 바라보기만 했다.

맹세코 그때 1017의 표정은, 승자의 그것이었다.

23

뭔가 일어날 거야

〈바이올라〉

"양수기 다시 작동된다, 힐디."

"고마워요, 윌프 아저씨." 나는 그에게 아직 따끈따끈한 빵이 든 쟁반을 건넸다. "이 빵들 좀 제인 아주머니에게 가져다주시겠어요? 아주머니는 지금 아침 식탁을 차리고 계세요."

쟁반을 받은 아저씨의 소음에서 단조롭고 짧은 선율이 흘러나왔다. 주방으로 쓰는 판잣집을 나갈 때 아저씨가 부르는 소리가 들렸다. "마누라!"

"아저씨가 왜 너를 힐디라고 부르지?" 리가 방금 막 빻은 밀가루가 들어 있는 바구니를 들고 뒷문으로 들어오면서 물었다. 민소매 셔츠를 입은 그의 팔꿈치까지 밀가루가 허옇게 묻어 있었다.

나는 그의 맨살이 드러난 팔을 힐끗 보고 바로 고개를 돌려버렸다.

리가 뉴 프렌티스타운에 돌아갈 수 없게 된 후로 코일 선생님은 우리 둘이 같이 일하게 했다.

그렇더라도 절대 그녀를 용서하지 않을 것이다.

"힐디는 우리를 도와준 사람의 이름이었어. 그분 이름을 따서 내 이름을 지을 만큼 훌륭한 분이지."

"우리라는 건······."

"나와 토드, 맞아." 나는 바구니를 받아서 쿵 소리를 내며 테이블 위에 힘겹게 내려놨다.

토드의 이름이 나올 때는 항상 느껴지는 것처럼 침묵이 흘렀다.

"그를 본 사람은 하나도 없어, 바이올라. 하지만 사람들은 주로 밤에 가니까······." 리가 다정하게 말했다.

"설사 봤다고 해도 선생님은 절대 내게 말해주지 않겠지. 토드가 죽었다고 생각하니까." 나는 밀가루를 그릇 여러 개에 나눠 담기 시작하면서 말했다.

리는 양발을 번갈아 들었다 내렸다 하면서 어쩔 줄 몰라 했다. "하지만 넌 그렇게 안 믿잖아."

나는 그를 바라봤다. 리가 생긋 웃자 어쩔 수 없이 나도 웃음이 나왔다. "넌 내 말을 믿어?"

리는 어깨를 으쓱했다. "월프 아저씨가 널 믿으니까. 여기서 월프 아저씨의 영향력이 얼마나 큰지 알면 놀랄 거야."

"아니. 사실 놀랍지 않아." 나는 창밖으로 월프 아저씨가 사라진 곳을 바라보며 말했다.

그날은 다른 날처럼 지나갔고, 우리는 계속 요리를 했다. 그게 우리가 새로 맡은 일이었다. 리와 나는 기지 사람들을 위해 음식을 만들었다. 우리는 밀가루가 아니라 밀을 도정하는 것부터 시작해서 빵 만드는 법을 배웠다. 다람쥐 껍질을 벗기고, 거북이 껍질도 벗기고, 생선 내장을 빼는 법도 배웠다. 백 명을 먹일 수프의 기본 재료는 얼마나 필요한지도 익혔다. 이 빌어먹을 행성에서 최고로 빨리 감자와 배 껍질을 벗기는 법도 배웠다.

코일 선생님은 이게 전쟁에서 승리하는 법이라고 맹세했다.

"이런 일을 하자고 여기 온 게 아닌데." 리는 그날 오후 숲에서 잡아 온 열여섯 마리째 새의 깃털을 한 움큼 뽑으면서 말했다.

"적어도 너는 네가 원해서 왔잖아." 새의 깃털을 잡아 뜯으면서 내가 말했다. 초록색 깃털들은 끈적끈적한 파리 떼처럼 허공을 날아다니면서 내 손톱 밑, 팔꿈치 안쪽, 눈 가장자리에 찐득찐득하게 달라붙었다.

리의 얼굴, 긴 금발과 팔뚝에 난 금색 털에도 잔뜩 달라붙어 있는 걸 보니 나도 그러리라는 걸 알 수 있었다.

난 다시 얼굴이 붉어지는 걸 느끼며 깃털을 잡고 격렬하게 뜯어냈다.

하루가 지나 이틀이 되고, 이틀이 지나 사흘, 사흘이 1주일, 1주일이 또 한 주, 또 한 주가 되어 흘러가는 내내 리와 요리하고, 설거지하고, 사흘 연속 비가 쏟아지는 동안 이 판잣집에 틀어박혀 있었다.

그런데도 여전히. 여전히.

뭔가가 벌어지려 하고 뭔가가 준비되고 있지만, 아무도 내게 아무 말도 해주지 않았다.

난 여전히 여기 갇혀 있는 신세고.

리가 털을 다 뽑아낸 새를 테이블 위로 던지고 그다음 새를 집어 들었다. "조심하지 않으면 이러다가 우리 때문에 이 종이 멸종되겠어."

"매그너스는 이 새밖에 못 잡잖아. 다른 애들은 너무 빠르니까." 내가 말했다.

"해답에 안경점이 없어서 다른 동물들이 운 좋은 거지." 리가 말했다.

나는 웃었다. 너무 큰 소리로 웃은 것 같아 쑥스러워졌다.

내가 맡은 새의 털 뽑기 작업을 끝내고 다른 새를 집었다. "네가 두 마리 뽑을 동안 나는 세 마리 뽑았어. 오늘 아침에도 내가 빵을 더 많이 구웠고……."

"그중 절반은 태워버렸잖아."

"네가 오븐에 불을 너무 세게 때서 그랬지!"

"난 요리에 소질 없어. 군인 체질이지." 리가 싱글싱글 웃으며 말했다.

나는 숨을 헉 들이마셨다. "그럼 나는 요리에 소질이 있나……."

하지만 리는 여전히 웃기만 했다. 내가 축축한 깃털 한 움큼을 던져서 눈을 정통으로 맞춰도 계속 웃었다. "아야." 리는 눈에 붙은 깃털을 닦아냈다. "제법인데, 바이올라. 총은 네가 잡아야겠어."

나는 재빨리 내 무릎에 있는 백만 번째 새를 내려다봤다.

"아닐 수도 있고." 리는 아까보다 더 조용히 말했다.

"넌 해봤……." 나는 말을 멈췄다.

"내가 뭘 해봐?"

무심코 입술을 핥았는데 실수였다. 깃털을 한 움큼 뱉어내야 했으니까. 다시 입을 열었을 때 의도치 않게 더 노골적인 말이 나와버렸다. "총으로 누굴 쏴본 적 있어?"

"아니. 넌 있어?" 리는 허리를 펴고 똑바로 앉으면서 물었다.

나는 고개를 흔들며 그가 긴장을 푸는 모습을 지켜봤다. 그리고 곧바로 다시 말을 이었다. "총에 맞아본 적은 있어."

리는 다시 똑바로 앉았다. "맙소사!"

미처 그러려고 생각하기도 전에, 내가 그런 이야기를 하게 될 줄도 모른 채 이야기가 터져 나왔다. 하다 보니 이 이야기를 한 번도 해본 적이 없음을, 단 한 번도 누군가에게, 나 스스로에게조차 하지 않았다는 사실을 깨달았다. 그런데 사방에 깃털이 둥둥 떠다니는 이 방에서 나는 정신없이 그 이야기를 하고 있었다.

"그리고 내가 어떤 사람을 칼로 찔러서." 나는 깃털을 뽑다가 멈췄다. "죽였어."

그 후에 침묵이 흐르자 갑자기 몸이 두 배는 더 무거워진 것처럼 느껴졌다.

내가 울음을 터트리자 리는 말없이 키친타월을 건네주고 울게 놔뒀다. 내 옆에 다가오거나, 바보 같은 위로를 하거나, 그 일에 대해 물어보려는 시도조차 하지 않았다. 분명 궁금해 죽을 지경일 텐데도. 그냥 내가 울게 놔뒀다.

그건 너무나 옳은 행동이었다.

"맞아. 하지만 사람들이 우리에게 공감하고 있어." 월프 아저씨와 제인 아주머니와 함께 저녁을 다 먹어갈 무렵 리가 말했다. 나는 최대한 천천히 음식을 먹고 있었다. 다 먹으면 곧바로 부엌으로 돌아가 내일 구울 빵의 이스트를 준비해야 하니까. 사람들 백 명이 빌어먹을 빵을 얼마나 많이 먹는지 믿을 수 없을 정도다.

나는 마지막 남은 빵을 반쯤 먹었다. "난 그저 너희 편이 별로 많지 않다는 말을 했을 뿐이야."

"우리 편이지." 리가 진지한 표정으로 나를 보며 말했다. "우리 첩자들이 시내에서 활약하고 있는 데다 사람들은 기회가 생기는 대로 우리 편으로 들어오고 있어. 거기 상황은 점점 악화되고 있어. 이제 식량은 배급제로 돌렸고 아무에게도 치료제를 안 준대. 사람들이 그자에게 등을 돌리기 시작할 거야."

"게다가 감옥에 갇혀 있는 사람들도 억수로 많아. 여자 수백 명이 지하 감옥에 갇혀서 사슬에 묶여 있다드만. 다들 쫄쫄 굶고 있고 수십 명씩 죽어 나간다던데." 제인 아줌마가 덧붙였다.

"마누라!" 윌프 아저씨가 쏘아붙였다.

"난 그냥 들은 이바구를 한 것뿐이여."

"그런 이바구는 들은 적 없잖여."

아줌마의 표정이 시무룩해졌다. "그래도 내 말은 참말이랑께."

"하지만 감옥에서도 우리를 지지하는 사람이 많아요. 그렇게 되면……."

리는 도중에 말을 멈췄다.

"뭐야? 그렇게 되면 뭐?" 나는 고개를 들고 물었다.

리는 대답은 안 하고 코일 선생님과 브레이스웨이트 선생님, 포스 선생님, 왜거너 선생님과 바커 선생님과 테아가 앉아 있는 다른 식탁을 바라봤다. 그들은 언제나처럼 자기들끼리 앉아서 낮은 목소리로 상의하며 다른 사람들이 실행해야 할 은밀한 지령들을 짜내고 있었다.

"아무것도 아니야." 리는 코일 선생님이 일어나서 우리를 향해 다가오는 모습을 보며 말했다.

"오늘 밤 수레를 쓸 준비를 해야겠어요, 윌프. 부탁해요." 코일 선생님이 우리 테이블로 와서 말했다.

"알겠슈, 슨상님." 윌프 아저씨가 일어서면서 말했다.

"다 먹고 천천히 해요. 이게 뭐 강제 노동도 아닌데." 코일 선생님이 아저씨를 만류하면서 말했다.

"나가 좋아서 하는 건디요." 윌프 아저씨는 그렇게 말하고 바지를 털면서 갔다.

"오늘 밤은 또 누구를 날릴 건가요?"

코일 선생님이 입술을 오므렸다. "오늘은 그만하면 건방은 충분히 떨었다, 바이올라."

"저도 가고 싶어요. 오늘 밤 도시로 돌아가는 거라면, 같이 갈래요."

"인내심을 가져, 애야. 너도 언젠가 갈 날이 있을 거야."

"언제요? 대체 언제?" 돌아서는 선생님의 등에 대고 내가 물었다.

"인내심을 가지라니까."

하지만 그렇게 말하는 코일 선생님 역시 초조해 보였다.

매일 해가 점점 짧아졌다. 밤이 찾아왔을 때 나는 밖에 있는 바위에 앉아, 오늘 밤 임무를 수행할 사람들이 수레 쪽으로 걸어가는 모습을 지켜봤다. 그들이 멘 가방에는 비밀스러운 물건들이 가득 차 있었다. 남자 중 몇 명에게서 소음이 흘러나왔다. 동굴에 숨겨둔 치료제가 점점 줄어들어서 복용량이 줄다 보니 어쩔 수 없는 일이었다. 남자들은 도시에 있는 사람들 속에 쉽게 섞일 수 있으면서도 자신의 속내를 드러내지 않을 만큼만 먹었다. 그 균형을 맞추기가 쉽지 않아서 남자들이 도시로 나가기가 점점 더 위험해지고 있었지만, 그래도 계속 나갔다.

뉴 프렌티스타운 사람들이 자는 동안 그들은 정의의 이름으로 훔치고 폭파할 것이다.

"안녕." 리가 저물어 가는 황혼 속에서 희끄무레한 그림자처럼 나타나 내 옆에 앉았다.

"안녕." 나도 인사했다.

"너 괜찮아?"

"괜찮지 않을 이유라도 있어?"

"그래." 그는 돌을 하나 집어서 밤의 어둠 속으로 던졌다. "괜찮지 않을 이유는 없지."

하늘에서 별들이 하나둘 뜨기 시작했다. 내 우주선들이 저기 어딘가에 있을 텐데. 우리를 도울 수 있었을지도 모르는 사람들. 아니, 내가 연락만 할 수 있었다면 우리를 도왔을 사람들. 시몬 왓킨과 브래들리 텐치, 좋은 사람들, 이 어리석은 상황을 바로잡고 폭발을 막았을 똑똑한 사람들…….

순간 다시 울컥해졌다.

"너 정말 사람을 죽였어?" 리가 돌을 또 하나 던지며 말했다.

"그래." 나는 무릎을 가슴까지 끌어 올리면서 대답했다.

리는 잠시 기다렸다. "토드랑?"

"토드를 위해서. 토드를 구하기 위해, 우리를 구하기 위해 그랬어."

해가 지자 본격적으로 추위가 몰려왔다. 나는 두 무릎을 꽉 끌어안았다.

"있잖아, 그분은 널 두려워하셔. 코일 선생님 말이야. 네가 강하다고 생각하시지."

나는 어둠 속에서 리의 표정을 읽어 보려고 했다. "그건 바보 같은 생각이야."

"선생님이 브레이스웨이트 선생님에게 그렇게 말하는 걸 들었어. 네가 마음만 먹는다면 전군을 이끌 수도 있을 거라고."

나는 고개를 흔들었지만 리는 보지 못했다. "날 잘 알지도 못하면서."

"그래. 하지만 선생님은 머리가 좋아."

"여기 사람들은 모두 어린양처럼 선생님을 따르지."

"너만 빼고." 그는 다정하게 어깨로 나를 툭 치면서 말했다. "아마 그 래서 선생님이 그렇게 말했는지도 모르지."

동굴들 속에서 낮게 우르르 울리는 소리가 들리기 시작했다. 박쥐들 이 밤 사냥을 나갈 준비를 하는 소리였다.

"넌 왜 여기 있어? 왜 선생님을 따르고 있지?"

전에도 물어봤지만 리는 항상 화제를 바꿔버렸다.

하지만 오늘 밤은 달랐다. 확실히 다르게 느껴졌다.

"우리 아버지는 스패클 전쟁에서 돌아가셨어."

"그때 많은 아버지들이 돌아가셨지." 나는 그렇게 말하면서 코린을 생각했다. 코린이 지금 어디 있을지, 만약 그녀가……

"사실 아버지 기억은 잘 안 나. 엄마랑 누나랑 나 이렇게 셋이 살았 어. 우리 누나는……." 리가 웃었다. "넌 우리 누나랑 잘 맞을 거야. 성 격이 불같은 데다 자기주장도 강하거든. 우리는 몇 번 정말 대차게 싸 우기도 했어."

그는 다시 웃었지만 아까보다 소리가 좀 작아졌다. "군대가 왔을 때, 시오반 누나는 싸우고 싶어 했지만 엄마는 아니었어. 나도 싸우고 싶었 지만, 그것 때문에 엄마랑 누나랑 난리도 아니었어. 누나가 무기를 들 고 나가고 싶어 해서, 군대가 행군해 들어왔을 때 누나가 못 나가게 엄 마가 문에 빗장을 질러야 했어."

우르르 소리가 점점 더 커지면서 동굴 입구에서 박쥐들의 소음이 메 아리치기 시작했다. **날자, 날자, 떠나자, 떠나자.**

"그러다가 상황이 걷잡을 수 없게 돼버렸어." 리가 말을 이었다. "군대가 온 첫날 밤, 그들은 여자들을 전부 집에서 끌고 나가 동쪽에 있는 집들로 데려갔어. 엄마는 협조하겠다고 했어. '당분간만 그러자. 앞으로 상황이 어떻게 될지 보면서 말이야. 어쩌면 시장은 그렇게 나쁜 사람이 아닐지도 몰라.' 엄마는 우리에게 그렇게 말했지."

나는 아무 대꾸도 하지 않았다. 너무 어두워서 그가 내 얼굴을 볼 수 없어 다행이었다.

"하지만 시오반 누나는 싸우지도 않고 끌려갈 순 없었어. 누나는 군인들에게 소리치고 비명을 질러대면서 가지 않겠다고 버텼지. 엄마가 누나에게 그만하라고, 군인들을 화나게 하지 말라고 애걸했지만 누나는……." 리는 이야기를 멈추고 혀로 쯧쯧 소리를 냈다. "시오반 누나는 억지로 자기를 끌고 가려고 했던 첫 번째 군인에게 주먹을 날렸어."

리는 심호흡을 한 번 했다. "그다음엔 난리가 났지. 나도 싸우려고 했는데 정신을 차리고 보니까 바닥에 쓰러져 있고 귀가 사정없이 울리더라고. 어떤 군인이 무릎으로 내 등을 누르고 있었고 엄마는 비명을 질렀어. 하지만 시오반 누나에게선 아무 소리도 들리지 않았어. 그때 난 기절했지. 깨어나 보니까 집에 나 혼자 남아 있었어."

날자, 날자, 떠나자, 떠나자, 떠나자. 동굴 입구 바로 안쪽에서 박쥐들의 소음이 들렸다.

"규제가 좀 느슨해졌을 때 엄마와 누나를 찾아봤어. 하지만 어디에서도 찾을 수 없었어. 나는 오두막집, 숙소, 치유의 집마다 다 찾아갔어. 그때 마지막 치유의 집에서 코일 선생님이 나왔지."

리는 말을 멈추고 고개를 들었다. "이제 나온다."

박쥐들이 마치 세상이 뒤집힌 것처럼 동굴 입구에서 우리 위로 쏟아져 나왔다. 검은 밤하늘을 배경으로 흐르는 더욱 검은 물결 같았다. 그들의 날갯짓에서 나는 쉭쉭 소리 때문에 한동안 아무 말도 못 하고 박 쥐들을 바라봤다.

날개에 털이 나고 귀가 짧고 뭉툭한 박쥐 한 마리의 크기는 2미터 정도 된다. 쫙 펼친 날개 끄트머리에 초록색으로 은은하게 빛나는 인이 박혀 있다. 어떻게 하는지 잘은 모르지만 박쥐들은 그걸로 나방들과 벌레들을 어지럽게 해서 기절시킨 후 잡아먹는다. 그 점들은 밤이면 커져서 우리 위에서 잠시 퍼덕거리는 별들의 담요처럼 보인다. 우리는 찰싹찰싹 허공을 때리는 날개들에 둘러싸인 채 그들이 속삭이는 날자, 날자, 떠나자, 떠나자, 떠나자를 들으며 앉아 있었다.

박쥐들은 5분 후 주위의 숲으로 날아갔다가 동이 트기 직전에야 돌아올 것이다.

"뭔가가 일어나려고 해. 너도 알고 있잖아. 그게 뭔지는 말할 수 없지만 나도 같이 갈 거야. 엄마와 누나를 찾아볼 곳이 마지막으로 한 군데 남았거든." 박쥐들이 떠난 후 정적 속에서 리가 말했다.

"그럼 나도 갈래."

"선생님이 허락하지 않으시겠지. 하지만 약속할게. 토드를 찾아보겠다고. 시오반 누나와 우리 엄마를 찾는 것처럼 토드도 열심히 찾아볼게." 리가 내게 고개를 돌리며 말했다.

기지 위쪽에서 종이 울렸다. 마을로 가는 공격 팀들은 지금 출발하고 기지에 남아 있는 사람들은 잠자리에 들라는 신호였다. 리와 나는 조금 더 어둠 속에 앉아 있었다. 서로 어깨를 스치면서.

24

감옥의 벽

〈토드〉

"나쁘지 않은데. 별 기술도 없는 노동자들치고는 말이지." 시장이 모페스에 올라탄 채로 말했다.

"원래는 더 많이 할 수 있었는데, 비가 오는 바람에 죄다 진흙탕이 됐어요." 데이비가 말했다.

"아니야. 아니야. 너희는 아주 훌륭하게 해냈어. 너희 둘 다 말이야. 한 달 만에 아주 많이 해냈구나." 시장이 공사 현장을 둘러보며 말했다.

우리는 잠시 우리가 가까스로 만들어 낸 결과물을 자랑스럽게 바라봤다. 우리는 긴 건물 한 채를 짓기 위한 콘크리트 기초 공사를 끝냈다. 벽의 뼈대란 뼈대는 다 세우고, 그중 몇 개는 수도원 내벽을 헐어서 가져온 돌들로 채우기 시작했다. 그 위에 씌운 방수 시트는 일종의 지붕이 됐다. 이제 제법 건물 같아 보였다.

시장의 말이 맞다. 우리가 훌륭하게 해냈다.

우리와 1150명의 스패클들이.

"그래, 아주 흡족하구나." 시장이 말했다.

분홍색으로 물든 데이비의 소음은 보기 불편할 지경이었다.

"그래서 이건 뭔가요?" 내가 물었다.

시장이 내가 있는 쪽으로 고개를 돌렸다. "뭐가 뭐야?"

"이거요. 뭐에 쓸 건물이에요?" 나는 그 건물을 가리키며 물었다.

"네가 이걸 완공하면 토드, 그 성대한 개막식에 널 초대하겠다고 약속하마."

"하지만 스패클들을 위한 건물은 아니죠, 그렇죠?"

시장이 살짝 얼굴을 찡그렸다. "그래, 토드. 아니다."

나는 손으로 목 뒤를 문질렀다. 데이비의 소음에서 요란하게 덜거덕거리는 소리가 들렸다. 간만에 아버지가 칭찬하는 이 순간을 내가 망치고 있다고 생각하면 소리가 더 커지겠지. "저기, 지난 사흘 밤 내내 서리가 내렸고 날씨도 점점 더 추워져서요."

시장이 모페스를 돌려 내 얼굴을 정면으로 바라봤다. **수망아지. 수망아지. 수망아지 뒤로 물러나.**

나는 무의식중에 뒤로 물러났다.

시장이 눈썹을 치켜올렸다. "네가 데리고 있는 저 노동자들에게 난방기를 주라는 소리냐?"

"그게." 나는 땅바닥을, 그 건물을, 최선을 다해 멀찍이 떨어져 있는 스패클들을 봤다. 그들은 우리 셋을 피해서 좁디좁은 공간에 숨 쉴 틈도 없어 보일 정도로 빡빡하게 모여 있었다. "눈이 내릴지도 몰라요. 저들이 살아남을지 모르겠어요."

"아, 저들은 네가 생각하는 것보다 강하단다, 토드. 훨씬 강해." 시장의 목소리는 낮은 데다 감정적이었다. 그게 어떤 감정인지는 알 수 없지만.

나는 다시 고개를 숙였다. "네. 그렇군요."

"꼭 그렇게 하고 싶다면 패로우 상병에게 작은 핵분열 난로들을 가져다주라고 하마."

나는 눈을 깜박였다. "정말요?"

"정말로요?" 데이비도 물었다.

"저들은 너희의 지도에 따라 일을 아주 잘해냈어. 너는 지난 몇 주 동안 진정으로 헌신하는 모습을 보여줬지. 그리고 진정한 리더십을 보여줬고."

시장은 따뜻하다고도 볼 수 있는 미소를 지었다.

"네가 다른 이들이 고통받는 걸 못 보는 아이란 건 알고 있다. 그런 다정함이 너의 장점이지." 감히 자기 시선을 피하지 말라는 듯 시장이 날 뚫어져라 바라봤다.

"다정함이라." 데이비가 킬킬 웃었다.

"네가 자랑스럽다. 너희 둘 다. 너희는 지금까지 한 노력에 대한 보상을 받게 될 것이다." 시장이 고삐를 모아 쥐면서 말했다.

데이비의 소음이 다시 환하게 빛나는 사이에 시장은 말을 타고 수도원의 문을 빠져나갔다. "너 그 말 들었어? 보상을 받는데, 이 다정한 돼지오줌아." 데이비가 눈썹을 찡긋거리면서 말했다.

"시끄러워." 나는 이미 벽을 따라 건물 뒤쪽으로 걸어가고 있었다. 거기 마지막 남은 빈터에 스패클들이 모여 있었다. 내가 그들 사이를 지나가자 그들은 날 피해 뒤로 물러났다. "난로가 온대. 상황이 좀 더 나아질 거야." 나는 소음에 같은 말을 띄웠다.

하지만 그들은 그저 최선을 다해 나와 몸이 닿지 않으려고 애썼다.

"내가 상황이 나아질 거라고 하잖아!"

멍청하고 배은망덕한…….

나는 거기서 멈췄다. 그리고 심호흡을 한 번 하고 계속 걸어갔다.

나는 사용하지 않는 내벽들을 건물 뼈대에 몇 개 기울여 기대서 일종의 구석진 곳을 만들어 놓은 건물 뒤쪽으로 갔다. "이제 나와도 돼."

잠시 조용하다가 뭔가 부스럭거리는 소리가 나더니 1017이 나왔다. 그는 몇 개 없는 내 셔츠 중 하나로 만든 팔걸이 붕대에 한쪽 팔을 걸치고 있었다. 형편없이 마른 데다 팔이 부러지면서 생긴 불그스름한 붓기가 아직 남아 있긴 해도 서서히 나아지는 것 같았다. "진통제를 좀 구해 왔어." 주머니에서 약을 꺼내면서 말했다.

1017은 내 손바닥을 순간 세게 할퀴면서 약을 낚아채 갔다.

"조심 좀 해. 너도 다친 스패클들이 끌려가는 곳으로 가고 싶어?" 나는 이를 악물고 말했다.

그에게서 갑자기 소음이 터져 나왔다. 이제는 익숙해진 소음이다. 그 속에서 항상 그는 소총을 들고 날 내려다보며 서서 나를 때리고 또 때렸다. 내가 그에게 멈추라고, 내 팔을 부러뜨리지 말라고 애원하는 장면이 나왔다.

"참 나. 그러거나 말거나 관심 없거든."

"네 애완동물이랑 노냐?" 데이비가 갑자기 나타나서 팔짱을 낀 채 건물에 기대섰다. "너도 알겠지만 말은 다리가 부러지면 쏴버리는데."

"얘는 말이 아니야."

"아니지. 쟤는 양이지." 데이비가 대꾸했다.

나는 입술을 내밀었다. "너희 아버지에게 이르지 않아서 고맙다."

데이비는 어깨를 으쓱했다. "우리가 받을 상만 망치지 않으면 상관없어, 돼지오줌아."

1017은 우리 둘에게 무례하게 혀를 차 보였다. 주로 내 쪽을 향해서였다.

"근데 쟤는 별로 고마워하는 눈치가 아닌데."

"아, 뭐. 내가 지금까지 쟤를 두 번 구해줬지만 다시는 안 그럴 거야."

나는 죽어라 날 노려보는 1017의 눈을 정면으로 보면서 말했다.

"말로는 안 그런다 해도 또 그럴 거잖아." 데이비는 그렇게 말하더니 1017을 향해 턱짓을 했다. "그건 쟤도 알아." 그러더니 데이비는 눈을 동그랗게 뜨며 날 비웃었다. "왜냐하면 넌 다정하니까."

"닥쳐."

하지만 그는 벌써 낄낄 웃으면서 가고 있었고, 1017은 나만 빤히 쳐다봤다.

나는 1017을 마주 봤다.

내가 그의 목숨을 구했다.

(바이올라를 위해 구한 것이다.)

(바이올라가 여기 있다면, 바이올라가 볼 수 있다면, 내가 그를 어떻게 구했는지 볼 수 있다면 얼마나 좋을까.)

(바이올라가 여기 있다면.)

(하지만 바이올라는 여기 없다.)

나는 두 주먹을 꽉 쥐었다가 억지로 다시 풀었다.

지난 한 달간 나는 말을 타고 집으로 돌아가면서 뉴 프렌티스타운이 변하는 모습을 매일 지켜봤다.

겨울이 와서 변한 것도 있었다. 보라색과 붉은색으로 물든 나뭇잎들이 떨어지면서 해골처럼 키 크고 벌거벗은 나무들만 남았다. 상록수의 솔잎은 남았지만 솔방울들이 다 떨어졌고, 리처의 가지들은 죽죽 늘어지고 막대기 같은 몸통만 우뚝 서서 매서운 추위를 견디고 있었다. 계속 어두워져 가는 하늘 때문에 뉴 프렌티스타운은 굶주려 보였다.

사실 그랬다. 군대가 수확이 끝날 무렵 쳐들어와서 비축된 식량이 있었지만, 이제는 곡식을 가져와서 거래할 외곽 지역의 정착민들도 남아 있지 않았다. 그리고 해답이 계속 폭탄을 터뜨리면서 식량 창고를 급습했다. 어느 날 밤은 밀 창고가 통째로 털렸다. 낱알 하나 남기지 않고 탈탈 털어 간 걸로 봐서 시내와 군대에 그들을 도와주는 사람들이 있다는 점이 이제 분명해졌다.

그것은 시민들과 군대에게는 골치 아픈 일이었다.

통행금지 시간이 2주 전에 이미 앞당겨졌는데 지난주에 거기서 또 앞당겨져서 순찰대 몇 명 빼고는 해가 지면 아무도 외출할 수 없었다. 성당 앞 광장은 책과, 해답의 동조자들로 밝혀진 사람들의 소지품과, 마지막 남은 치유의 집을 폐쇄하면서 나온 힐러들의 유니폼을 태우는 곳이 됐다. 이제는 시장의 최측근, 그러니까 모건 아저씨, 오헤어 아저씨, 테이트 아저씨, 해머 아저씨처럼 올드 프렌티스타운에서부터 오랫동안 시장을 따랐던 남자들 몇 명을 제외하고는 모두 치료제를 몰수당했다. 그 측근들은 충성에 대한 보상으로 받는 모양이라고 짐작했다.

나와 데이비는 애초에 치료제를 받은 적이 없기 때문에 시장이 뺏어 갈 수도 없었다.

"아마 그게 우리가 받을 상인가 봐. 아버지가 지하실에서 치료제를 꺼내서 우리에게 어떻게 생겼는지 보여주는 거 아닐까?" 어느 날 말을 타고 집에 돌아가는 길에 데이비가 말했다.

우리의 상이라. 우리라.

나는 앙가르드의 옆구리를 손으로 쓸어내리면서, 앙가르드가 피부로 느끼는 한기를 같이 느꼈다. "집에 거의 다 왔어, 아가씨. 따뜻하고 편안한 헛간에 곧 도착할 거야." 나는 앙가르드의 두 귀 사이에 대고 말했다.

따뜻. 수망아지. 앙가르드가 생각했다.

"앙가르드." 내가 대꾸해 줬다.

말은 애완동물이 아니고 항상 반쯤 미쳐 있지만, 자기에게 잘 대해주는 사람은 알아본다는 사실을 알게 됐다.

수망아지. 앙가르드는 다시 그렇게, 마치 내가 그녀와 같은 무리의 말인 듯이 생각했다.

"어쩌면 여자를 상으로 받을지도 몰라!" 데이비가 느닷없이 말했다. "그래! 어쩌면 아버지가 우리에게 여자를 줘서 진정한 사나이로 만들어 주려는 건지도 몰라."

"시끄러." 난 그렇게 쏘아붙였지만 그 말에 데이비가 달려들어 또 싸우진 않았다. 생각해 보니 우리가 싸운 지도 아주 오래된 것 같다.

우린 그냥 서로에게 익숙해졌다.

그리고 우리는 여자도 거의 못 봤다. 통신 탑이 쓰러졌을 때 여자들은 모두 다시 집에 갇혔다. 팀을 짜서 내년에 씨앗을 심을 수 있도록 흙을 고르러 밭에서 일할 때만 나올 수 있는데, 그때도 무장한 군인들의 감시를 받았다. 이제 그들의 남편과 아들과 아버지는 잘해야 1주일에 한 번 방문할 수 있었다.

군인들과 여자들에 대한 흉흉한 소문이 들려왔다. 군인들이 밤중에

카오스 워킹 2

여자 숙소에 몰래 들어간다는 이야기, 거기서 끔찍한 일들이 일어나지만 아무도 처벌받지 않는다는 이야기.

게다가 감옥에 갇힌 여자들의 이야기는 아예 듣지도 못했다. 내가 종탑에서만 본 그 감옥들은 폭포 밑에 있는 마을 서쪽 건물들을 개조한 것이다. 거기서 무슨 일이 벌어지고 있는지 누가 알겠는가? 그곳을 지키는 군인들을 제외하면 아무도 여자들의 소리를 들을 수 없었고, 그녀들이 무슨 일을 겪고 있는지 볼 수 없었다.

이건 뭐 스패클과 비슷한 처지군.

"맙소사, 토드. 넌 어째 항상 음산한 생각만 하냐."

나는 그동안 데이비의 이런 개소리를 무시하는 법을 익혔다. 다만 이번에 그는 나를 토드라고 불렀다.

우리는 성당 근처에 있는 마구간에 우리의 말들을 들여놨다. 데이비는 나를 따라 성당까지 들어왔다. 이제는 그렇게 감시할 필요도 없는데.

내가 갈 곳이 어디 있겠나?

내가 앞문으로 들어가려고 할 때 나를 부르는 소리가 들렸다. "토드?"

시장이 기다리고 있었다.

"네."

"항상 그렇게 공손하단 말이야." 시장은 미소를 지으며 나를 향해 걸어왔다. 그의 부츠 굽이 대리석과 부딪치며 탁탁 소리를 냈다. "넌 요즘 전보다 더 좋아지고 침착해진 것 같구나." 시장은 1미터 정도 떨어진 거리에서 멈췄다. "요즘 그 방법은 쓰고 있니?"

뭐라고?

"무슨 방법요?"

시장은 가볍게 한숨을 쉬었다. 그러더니…….

나는 원이고 원은 나다.

나는 옆머리를 한 손으로 짚었다. "어떻게 이렇게 하죠?"

"소음은 써먹을 수 있단다, 토드. 네가 제대로 훈련을 한다면 말이야. 그 첫 단계는 그 방법을 쓰는 것이지."

"나는 원이고 원은 나다?"

"그건 정신을 집중하는 한 가지 방법이야. 네 소음을 정리하고, 제어하고, 통제하는 거지. 자기 소음을 조절할 수 있는 남자는 남들보다 유리한 위치에 선단다." 시장은 고개를 끄덕이며 말했다.

시장이 올드 프렌티스타운의 자기 집에서 그 구호를 복창하던 기억이 떠올랐다. 그의 소음이 다른 이들의 소음에 비해 얼마나 날카롭고 무섭게 들렸는지도, 그게 얼마나…….

무기처럼 느껴졌는지도.

"원이 뭐예요?"

"그건 너의 운명이란다, 토드 휴잇. 원이란 닫힌 시스템이야. 거기서 빠져나갈 길은 없어. 그러니까 맞서 싸우지 않는 편이 더 나아."

나는 원이고 원은 나다.

하지만 이번에는 거기에 내 목소리도 있었다.

"너에게 가르쳐 주고 싶은 게 얼마나 많은지 모른다." 시장은 그 말만 남기고는 잘 자란 인사도 없이 가버렸다.

나는 종탑의 벽을 따라 왔다 갔다 하면서 서쪽에 있는 폭포, 남쪽에 있는 좁은 길이 파인 언덕과 동쪽에 있는 수도원으로 이어지는 언덕들을 내다봤다. 다만 여기서 수도원으로 가는 길은 보이지 않는다. 보이는 거라곤 뉴 프렌스타운뿐이다. 추운 밤이 되자 사람들은 다들 집에 가서 옹기종기 모여 있었다.

그녀가 저 멀리 어딘가에 있을 텐데.

한 달이 지났는데도 그녀는 오지 않는다.

한 달 하고도…….

(닥쳐.)

(징징거리는 그 빌어먹을 입 좀 닥치라고.)

나는 다시 방 안을 서성거리기 시작했다.

이제 감옥 벽에는 구멍마다 유리가 끼워지고 가을밤의 추위를 막아 줄 난로도 하나 들어와 있다. 담요도 더 들어오고, 전등도 하나 생기고 레저 시장이 읽을 책도 몇 권 허용됐다.

"그래도 감옥은 감옥이지, 안 그래?" 레저 시장이 입속에 음식을 가득 넣은 채 뒤에서 말했다. "지금쯤이면 대통령이 널 위해 더 나은 곳을 찾아줄 거라고 생각했지?"

"제발이지 다들 내 생각 좀 그만 기웃거리면 좋겠는데." 나는 돌아보지도 않고 말했다.

"대통령은 아마 네가 이 도시에서 벗어나길 바랄 거야. 네가 그 모든 소문을 듣지 못하길 바라겠지." 레저 시장은 이제 식사를 마치면서 말했다. 그것은 우리가 전에 먹던 양의 절반밖에 안 됐다.

"무슨 소문요?" 별 관심도 없었지만 아무튼 그렇게 물어봤다.

"아, 우리 대통령의 위대한 마인드 컨트롤 파워에 대한 소문들이지. 소음으로 만든 무기들에 대한 소문. 그가 날 수 있다는 소문 말이야. 물론 그럴 수 있겠지."

나는 그를 돌아보지 않았고, 내 소음도 감춰버렸다.

나는 원이다. 나는 생각했다.

그러다가 멈췄다.

자정이 지난 후에 첫 번째가 터졌다.

쾅!

나는 매트리스에 누워 있다가 화들짝 놀랐지만 그게 다였다.

"어디서 터졌을까?" 레저 시장 역시 침대에서 일어나지도 않은 채 물었다.

"동쪽 가까이에서 들린 것 같은데. 아마 식량 창고?" 나는 어두운 종탑 속에서 위를 올려다보며 대답했다.

우리는 두 번째 폭탄이 터지길 기다렸다. 이제는 항상 두 번째 폭탄이 터진다. 군인들이 첫 번째 폭탄이 터진 곳으로 몰려가는 동안 해답은 그 기회를 이용해서 두 번째를……

쾅!

"역시." 레저 시장이 침대에서 일어나 구멍 밖을 내다봤다. 나도 일어났다.

"빌어먹을."

"뭐예요?" 나는 레저 시장의 옆으로 가면서 물었다.

"방금 강 옆 정수 시설이 터진 것 같은데."

"그런데요?"

"그 말은 이제부터 망할 물 한 잔 한 잔을 다 끓여서……"

쾅!

순간 거대한 빛이 번득여서 우리는 무의식중에 움찔하며 창가에서 물러났다. 틀에 끼운 유리들이 죄다 흔들거렸다.

그러더니 뉴 프렌티스타운의 전깃불이 다 나가버렸다.

"발전소야. 하지만 거긴 24시간 철저하게 지키는 곳인데. 어떻게 거기까지 갔지?" 레저 시장이 믿을 수 없다는 투로 말했다.

"나도 몰라요. 하지만 엄청난 대가를 치르겠어요." 나는 가슴이 철렁하는 걸 느끼며 말했다.

레저 시장이 지친 손으로 얼굴을 쓸어내리는 동안 아래에서 사이렌 소리와 군인들의 고함이 들렸다. 시장이 고개를 설레설레 저었다. "대체 뭘 이뤄보겠다고 이런 짓을 하는지 몰라도……."

쾅!

쾅!

쾅!

쾅!

쾅!

거대한 폭발 소리가 다섯 번 연속해서 들리면서 탑을 사정없이 흔들었다. 나와 시장은 바닥으로 날아갔고, 유리창들은 덜걱거리다가 안쪽으로 터지면서 유리 조각과 가루 들을 우리 몸 쪽으로 뿜었다.

우리는 하늘이 환하게 밝아지는 광경을 바라봤다.

서쪽 하늘이었다.

불기둥과 연기구름이 감옥들 위로 높게 치솟은 모양이 마치 거인이 거기서 난리를 치고 있는 것처럼 보였다.

레저 시장이 옆에서 거칠게 숨을 몰아쉬었다.

"그들이 저질렀어. 정말 저질러 버렸어." 그가 숨을 헐떡이며 말했다.

정말 그렇군. 나는 생각했다.

그들이 전쟁을 시작했다.

나는 어쩔 수 없이…….

어쩔 수 없이 이런 생각을 했다.

바이올라가 날 위해 오고 있을까?

25

그 일이 일어난 밤

〈바이올라〉

"네 도움이 필요하다." 로손 선생님이 부엌 문간에 서서 말했다.

나는 밀가루로 범벅된 두 손을 번쩍 들어 올렸다. "지금 하고 있는 일이……."

"코일 선생님이 꼭 너를 데려다 쓰라고 하셨다."

나는 얼굴을 찡그렸다. 나는 '데려다 쓰다'라는 말을 좋아하지 않는다. "그럼 내일 구울 이 빵 반죽은 누가 끝내요? 리는 장작을 모으러 나갔고……."

"코일 선생님이 네가 의료 물자를 다룬 경험이 있다고 하셨다. 마침 그게 대량으로 들어왔는데, 지금 날 도와주는 아이는 약품 정리에 아주 젬병이더라."

나는 한숨을 쉬었다. 어쨌든 요리보다 그 일이 낫긴 하다.

나는 로손 선생님을 따라 황혼이 지는 밖으로 나가서, 한 동굴로 들어가 구불구불한 길을 따라가다 마침내 가장 중요한 물자들을 보관해

두는 커다란 동굴에 도착했다.

"시간이 좀 오래 걸릴 거야." 로손 선생님이 말했다.

우리는 저녁부터 밤까지 무수한 약, 붕대, 압박붕대, 침대 시트와 베갯잇, 에테르(용매나 마취제로 쓰이는 알코올 추출물―옮긴이), 지혈대, 진료할 때 쓰는 밴드, 혈압 측정기, 청진기, 가운, 정수용 알약, 부목, 면봉, 죔쇠, 제퍼스 뿌리 알약, 접착제 들과 그 외의 모든 의료용품들을 하나하나 세고 종류별로 분류해서 터널 입구 옆에 한 무리씩 펼쳐놨다.

나는 이마에 흐르는 식은땀을 닦았다. "이런 건 쌓아놔야 하는 거 아닌가요?"

"아직은 아니야." 로손 선생님은 우리가 깔끔하게 정리해 놓은 약품들과 의료용품들을 둘러보며 두 손을 문질렀다. 수심이 어린 얼굴에 잔뜩 주름이 졌다. "이걸로 충분해야 할 텐데."

"뭐가 충분해요?" 나는 약품들을 둘러보는 선생님의 시선을 따라 같이 둘러보며 물었다. "뭐에 충분하다는 건가요, 로손 선생님?"

선생님은 고개를 들어 입술을 깨물면서 나를 바라봤다. "너 지금까지 배운 치료법은 얼마나 기억하고 있니?"

나는 잠시 선생님의 얼굴을 빤히 바라보았다. 의심이 일기 시작했다. 마침내 나는 동굴 입구를 향해 달려갔다. "기다려!" 선생님이 내 등에 대고 소리쳤지만, 나는 쏜살같이 가운데 터널을 지나 동굴 입구로 나가서 기지로 들어왔다.

그곳은 텅 비어 있었다.

"화내지 마." 내가 판잣집이란 판잣집은 다 찾아본 후에 로손 선생님이 말했다.

나는 멍하니 서서 허리에 두 손을 올린 채 텅 빈 기지를 둘러보고 있었다. 내 관심을 다른 데로 쏠리게 해놓고 코일 선생님은 로손 선생님만 빼고 다른 선생님들과 같이 나가버렸다. 테아와 다른 수련생들도 갔다. 모두 갔다. 수레와 말과 황소도 싹 다.

리도.

월프 아저씨도 갔지만 제인 아줌마는 남아 있었다. 우리를 제외하고 남아 있는 유일한 사람이었다.

오늘 밤이 바로 그 밤이다.

오늘 밤이 바로 그 일이 일어나는 밤이다.

"왜 코일 선생님이 널 데리고 가지 않는지 너도 알 거야." 로손 선생님이 말했다.

"날 믿지 않으니까. 모두 날 안 믿잖아요."

"그건 중요하지 않아." 선생님은 이제 내가 지긋지긋하게 싫어하게 된 엄격한 교사의 말투로 말했다. "중요한 건 그들이 돌아올 때, 우리가 구할 수 있는 힐러란 힐러는 모두 필요할 거라는 사실이야."

나는 말대꾸를 하려다가, 두 손을 사정없이 비벼대는 선생님의 얼굴에 크나큰 근심이 서려 있음을 알아차렸다. 나는 짐작할 수 없는 엄청난 일이 지금 일어나고 있었다.

그때 선생님이 말했다. "그들 중 하나라도 살아 돌아온다면 말이다."

이제 기다리는 거 말고는 할 일이 없었다. 제인 아줌마가 커피를 끓여줬다. 우리는 점점 매서워지는 추위 속에 앉아서, 숲에서 나오는 길을 바라보며 누가 돌아올지 지켜봤다.

"서리가 내렸네." 아줌마가 발치에 있는 돌멩이에 낀 얇은 얼음을 발로 파내면서 말했다.

"좀 더 일찍 했어야 했는데. 날씨가 추워지기 전에 했어야 했어." 로손 선생님은 잔에서 피어오르는 김을 들여다보며 말했다.

"뭘 해요?" 내가 물었다.

"구조. 윌프가 떠날 때 말해줬어." 로손 선생님이 간단하게 대답했다.

"누굴 구조해요?" 난 그렇게 말했지만 물론 그거야…….

그때 길가에 돌멩이들이 떨어지는 소리가 들려왔다. 매그너스가 언덕 위에서 쏜살같이 달려서 내려올 때 우리는 이미 벌떡 일어나 있었다. "빨리 와요. 어서!" 그가 우리에게 소리 질렀다.

로손 선생님은 구급약품을 낚아채서 그를 따라 언덕을 달려 올라가기 시작했다. 아줌마와 나도 따라갔다.

반쯤 올라갔을 때 그들이 숲속에서 나오기 시작했다.

여러 대의 수레 뒤쪽에 몸을 싣고, 다른 사람들의 어깨에 매달려, 들것에 실려, 말을 타고 오고 있었다. 그리고 그 뒤로 더 많은 사람들이 이쪽으로 물밀듯이 밀려왔고 그보다 더 많은 사람들이 멀리서 언덕을 올라오고 있었다.

모두 구조해야 하는 사람들이었다.

시장의 군대가 가둬놓은 죄수들.

그리고 그들의 상태는…….

"맙소사." 옆에 서 있는 제인 아줌마가 나직이 말했다. 우리는 경악해서 그 자리에 우뚝 멈춰 섰다.

맙소사.

그 후 몇 시간 동안 우리는 다친 사람들을 기지로 서둘러 데려왔다.

그중 일부는 너무 심하게 다쳐서 그 자리에서 치료해야 했다. 나는 여기저기서 치료하는 힐러들이 부르는 곳으로 뛰어다니면서 사람들의 상처를 돌보고, 의약품을 더 가져왔다. 그렇게 눈썹을 날리며 뛰어다니느라 시간이 좀 흐르고 난 후에야 상처 대부분이 싸울 때 생긴 게 아니라는 걸 깨닫기 시작했다.

"이 사람들은 두들겨 맞았군요." 내가 말했다.

"그리고 굶주렸지." 로손 선생님이 분노에 차 중얼거리면서 우리가 동굴로 데려온 한 여자의 팔뚝에 수액 주사를 놨다. "거기다 고문까지 당하고."

그 여자는 끝없이 들어오는 것처럼 보이는 부상자 중 하나일 뿐이었다. 대부분은 너무 충격을 받아서 말도 못 하고, 끔찍한 침묵 속에서 다른 사람을 멀거니 쳐다보거나 울부짖었다. 그들의 얼굴과 팔에는 화상 자국과 치료받지 못한 오래된 상처들이 있었다. 아주 오랫동안 아무것도 먹지 못해 여자들의 눈은 움푹 꺼져 있었다.

"그자 짓이야. 그자가 이런 짓을 저질렀어." 나는 혼잣말을 했다.

"정신 단단히 붙들고 있어, 애야." 로손 선생님이 말했다. 우리는 양팔에 붕대를 가득 안고 다시 허겁지겁 달려 나갔지만 밀려드는 부상자들을 치료하기에는 역부족이었다. 브레이스웨이트 선생님이 이쪽으로 오라고 사정없이 손을 흔들었다. 선생님은 내가 안고 있는 붕대 뭉치를 와락 낚아챈 후에, 죽어라 비명을 지르고 있는 한 여자의 다리에 정신없이 감았다. "제퍼스 뿌리!" 브레이스웨이트 선생님이 사납게 쏘아붙였다.

"그건 안 가져왔는데요."

"그럼 얼른 가져와!"

나는 동굴로 돌아가려고 길가에, 수레 위에, 사방에 있는 환자들을 보살피느라 허리를 숙이고 있는 힐러들과 수련생들과 가짜 군인들 사이를 요리조리 빠져나갔다. 여자들만 다친 건 아니었다. 남자 죄수들도 마찬가지로 두들겨 맞고 굶주린 몰골이었다. 기지에 있던 사람들도 싸우다가 다친 듯했다. 월프 아저씨도 옆얼굴에 화상을 입어 붕대를 감은 채 계속해서 들것에 실린 환자들을 기지로 데려오는 일을 돕고 있었다.

나는 동굴로 달려가 붕대와 제퍼스 뿌리를 챙겨서 바깥의 환자들에게 달려가기를 수십 번쯤 반복했다. 그런 와중에 빈터를 지날 때는 고개를 들어 아직도 몇 명씩 도착하고 있는 길가를 올려다봤다.

거기서 잠깐 멈춰 새로 온 사람들의 얼굴을 확인한 후에 다시 브레이스웨이트 선생님에게 달려가곤 했다.

코일 선생님은 아직 돌아오지 않았다.

리도 아직 안 보였고.

"리는 사람들이 가장 많은 곳에 있었어. 누구를 찾는 것처럼 보이더라." 이제 막 약을 먹인 여자 환자를 일으켜 세우는 것을 돕고 있을 때 나다리 선생님이 말했다.

"엄마와 누나요." 나는 그 여자의 체중을 내 몸으로 떠받치면서 말했다.

"우리가 다 구하진 못했다. 폭탄이 터지지 않은 다른 건물들이 많아서……."

"시오반!" 멀리서 누군가가 외치는 소리가 들렸다.

나는 돌아섰다. 나도 모르게 심장이 사정없이 뛰고 얼굴에 미소가 번져 나왔다. "리가 가족을 찾았어요!"

하지만 그게 아니었다.

"시오반?" 리가 숲속에서 나와 기지를 향해 걸어왔다. 그가 입은 제복의 소매와 어깨가 새까맣고 얼굴도 그을음 범벅이었다. 리는 사방을 둘러보면서 사람들 사이를 걸어 다니며 가족을 찾았다. "엄마?"

"가봐라. 가서 리가 다쳤는지 봐봐." 나다리 선생님이 말했다.

나는 그 여자 환자를 나다리 선생님에게 넘기고 다른 선생님들이 내 이름을 불러도 무시하며 리에게 달려갔다.

"리!"

"바이올라? 엄마랑 누나가 여기 있어? 엄마랑 누나가 여기 있는지 혹시 알아?" 리가 날 보고 물었다.

"너 다쳤어?" 나는 리에게 가서 시커메진 소매를 잡고 그의 손을 살펴봤다. "너 화상 입었잖아."

"거기에 불이 났었어." 리가 그렇게 말하자 나는 그의 눈을 들여다봤다. 리도 날 봤지만 그의 눈은 내가 아니라 감옥에 불이 날 때 본 것들, 그 불 너머에 있던 것들, 그들이 발견한 죄수들을 보고 있었다. 어쩌면 그가 죽여야 했던 간수들을 보고 있는지도 모른다.

리는 누나나 엄마는 찾지 못했다.

"엄마와 누나가 여기 있니? 제발 여기 있다고 말해줘." 리가 내게 애원했다.

"난 네 가족이 어떻게 생겼는지 모르잖아." 나는 조용히 말했다.

리는 입을 떡 벌린 채, 연기를 많이 마셨는지 쉰 소리로 숨을 쉬면서 나를 물끄러미 바라봤다. "거긴……." 그가 입을 뗐다. "아, 맙소사. 바이올라. 거긴……." 리는 고개를 들어 나를 지나, 내 어깨 너머를 봤다. "난 엄마랑 누나를 찾아야 해. 여기 있어야 하는데."

리는 내 옆을 지나 환자들이 있는 곳으로 다가갔다. "시오반? 엄마?"

나는 더 이상 참지 못하고 그에게 소리쳐서 물었다. "리? 토드 봤어?"

하지만 그는 계속 비틀거리며 걸어갈 뿐이었다.

"바이올라!" 그 소리를 듣고 처음에는 또 다른 선생님이 도움을 청하느라 불렀다고 생각했다.

하지만 옆에서 누군가가 그 사람을 불렀다. "코일 선생님!"

나는 돌아서서 고개를 들었다. 말을 탄 코일 선생님이 언덕 꼭대기에서 다가닥 소리를 내면서 달려 내려오고 있었다. 선생님이 앉아 있는 안장 뒤에 누군가가 같이 타고 있었는데, 말에서 떨어지지 않도록 선생님의 몸에 묶여 있었다. 순간 희망이 솟구쳤다. 어쩌면 시오반인지도 몰라. 아니면 리의 엄마거나.

(아니면 토드이거나, 어쩌면 토드일지도 몰라. 어쩌면…….)

"도와줘, 바이올라!" 코일 선생님이 고삐를 잡으면서 소리 질렀다.

내가 그들을 향해 언덕길을 달려서 올라가기 시작했을 때, 말이 제대로 발을 디딜 곳을 찾으려고 몸을 돌렸을 때, 의식을 잃은 채 한쪽으로 사정없이 기울어진 그 사람의 얼굴이 보였다.

코린.

"안 돼." 나는 무의식중에 작은 목소리로 계속 이렇게 중얼댔다. "안 돼, 안 돼, 안 돼, 안 돼, 안 돼." 우리가 코린을 말에서 내려 평평한 바위 위에 눕히는 동안 로손 선생님이 붕대와 약을 한 아름 안고 달려왔다. "안 돼, 안 돼, 안 돼." 내가 딱딱한 바위 위에서 코린의 머리를 두 손으로 안고 있는 동안 코일 선생님은 코린의 소매를 찢고 주사를 놓을 준비를 했다. "안 돼." 내가 계속 그렇게 중얼거리는 동안 로손 선생님이 도착해서 코린을 보고 숨을 헉 들이켰다.

"당신이 이 아이를 찾아냈군요." 로손 선생님이 말했다.

코일 선생님이 고개를 끄덕였다. "네, 찾아냈어요."

손 안에 잡힌 코린의 머리는 열 때문에 타는 듯이 뜨거웠다. 비쩍 말라 뺨이 툭 튀어나오고, 멍이 들어서 변색된 눈 주위 살이 축 늘어져 있었다. 찢어지고 더러운 망토의 목선 위로 앙상하게 마른 쇄골이 튀어나온 것도 보였다. 그녀의 목을 빙 둘러 생긴 화상 흉터들도, 팔뚝 위쪽에 베인 상처들도, 손톱들이 뽑혀 나간 것도 다 보였다.

"아, 코린. 아, 안 돼." 속삭이는 내 눈에서 흘러나온 눈물이 그녀의 이마 위로 뚝뚝 떨어졌다.

"우리를 떠나지 마, 얘야." 코일 선생님이 말했다. 그게 내게 하는 말인지, 코린에게 하는 말인지 알 수 없었다.

"테아는?" 로손 선생님이 고개도 들지 않은 채 물었다.

코일 선생님이 고개를 저었다.

"테아가 죽었어요?" 내가 물었다.

"왜거너 선생도." 코일 선생님이 대답했다. 순간 선생님의 얼굴에 묻은 그을음, 이제 잔뜩 부풀어 오른 이마의 화상 자국들이 보였다. "다른 사람들도 죽었어. 하지만 우리가 구해낸 사람들도 있지." 코일 선생님은 입술을 오므리며 말했다.

"기운 내라, 얘야." 로손 선생님이 여전히 의식을 찾지 못하는 코린에게 말했다. "넌 항상 가장 고집 센 아이였잖니. 지금 좀 그렇게 해봐."

"이걸 잡고 있어라." 코일 선생님이 내게 코린의 팔에 주사한 튜브와 연결된 수액 튜브를 내밀었다. 내 무릎에 코린의 머리를 눕히고 한 손으로 그걸 받았다.

"여기가 다친 부위군." 로손 선생님이 코린의 옆구리에 말라붙은 천한 조각을 떼어냈다. 순간 끔찍한 냄새가 풍겨왔다.

냄새보다 더 끔찍한 건 그 상처였다. 그 상처의 의미는 더 끔찍했다.

"괴저야." 코일 선생님이 아무 의미 없는 말을 했다. 우리 모두 이제 감염된 단계를 훌쩍 넘어버린 코린의 상처를 볼 수 있었으니까. 지금 풍기는 악취는 이 부분의 조직이 죽었다는 뜻이다. 그녀의 몸이 산 채로 썩어 들어가기 시작한 것이다. 코린이 직접 내게 가르쳐 준 지식이다. 차라리 기억이 안 났더라면 좋았을걸.

"놈들은 코린에게 기본적인 치료조차 안 해줬군." 로손 선생님이 툴툴거리면서 일어나 우리에게 있는 가장 약효가 센 약을 가지러 동굴로 다시 달려갔다.

"기운을 내, 까칠한 아이야." 코일 선생님이 코린의 이마를 쓰다듬으면서 조용히 말했다.

"선생님은 코린을 찾을 때까지 거기 계속 계셨군요. 그래서 마지막으로 왔고." 내가 말했다.

"이 아이는 절대 굴복하지 않았지. 놈들에게 무슨 짓을 당하건." 코일 선생님은 거친 목소리로 말했다. 연기를 쐬어 그런 것만은 아니었다.

우리는 코린의 얼굴을 내려다봤다. 그녀는 여전히 눈을 감은 채 입을 살짝 벌리고 불안정하게 호흡하고 있었다.

코일 선생님의 말이 옳았다. 코린은 절대 굴복하지 않고, 다른 사람의 이름이나 정보를 발설하지 않으며, 다른 딸들과 엄마들이 그 고통을 겪지 않도록 자신이 그 모진 고통을 견디는 사람이다.

"이 감염. 이 냄새. 이건⋯⋯." 점점 목이 메어오는 게 느껴졌다.

코일 선생님은 그저 입술을 세게 깨물고 고개를 절레절레 흔들었다.

"아, 코린. 아, 안 돼." 내가 말했다.

바로 그 자리에서, 바로 내 두 손 안에서, 바로 내 무릎에서 코린의 머리가 뒤로 넘어가더니…….

숨을 멈췄다.

그 일이 일어났을 때 침묵만 흘렀다. 그녀의 죽음은 요란하거나, 몸부림을 치거나, 격렬하지 않았다. 코린은 그냥 조용해졌다. 듣는 순간 그것이 끝없는 침묵이란 걸 알아차릴 수 있는 바로 그런 침묵이 흘렀다. 주위의 모든 소리를 덮어버리는, 세상의 볼륨을 꺼버리는 그런 침묵이었다.

사실 내가 들을 수 있는 유일한 소리는 내 숨소리뿐이었다. 축축하고, 묵직하고, 다시는 가벼워질 수 없을 것처럼 느껴지는 숨소리였다. 그 조용한 숨소리 속에서 나는 언덕 밑을 내려다봤다. 주위의 부상자들, 고통스러워 비명을 지르느라 벌어진 그들의 입들, 구조가 됐는데도 여전히 눈에 보이는 무서운 광경들 때문에 멍한 그들의 눈을 바라봤다. 나는 약과 붕대를 가지고 우리에게 달려오는 로손 선생님을 봤다. 너무 늦었어요, 너무 늦었어. 리가 엄마와 누나를 찾아 여기저기 다니면서 그들의 부재를 아직 믿으려 하지 않는 모습을 봤다.

나는 성당에서 이런저런 약속을 하며 거짓말을 늘어놓는 시장을 생각했다.

(나는 시장의 손아귀에서 꼼짝달싹 못 하는 토드를 생각했다.)

나는 내 무릎을 베고 있는 코린을 내려다봤다. 날 걸코, 단 한 번도 좋아하지 않았지만 어쨌든 날 살리기 위해 자신의 목숨을 바친 그녀.

우리는 스스로 내린 선택들로 만들어지는 존재야.

다시 고개를 들어 코일 선생님을 봤을 때 내 눈에 맺힌 눈물 때문에 햇빛을 받은 모든 것이 반짝였고, 이제 막 떠오르는 해가 하늘에 진 얼룩처럼 보였다.

하지만 코일 선생님은 똑똑히 볼 수 있었다.

나는 이를 악물었고, 내 목소리는 진흙처럼 탁했다.

"전 준비됐어요. 선생님이 원하는 일은 뭐든 다 하겠어요."

26

해답

〈토드〉

"아, 맙소사. 아, 맙소사." 레저 시장이 계속 작은 목소리로 중얼거렸다.

"뭘 그렇게 속상해하고 난리예요?" 내가 마침내 쏘아붙였다.

우리의 감방 문은 평소와 달리 열리지 않았다. 아침이 왔다 갔는데도 우리가 여기 있다는 걸 기억하는 사람은 하나도 없어 보였다. 밖에서는 도시가 활활 불타오르고 사람들의 소음이 폭풍처럼 몰아쳤다. 레저 시장이 이렇게 끙끙거리는 게 아침밥이 늦어져서 그런 것 같다는 심술궂은 생각이 들었다.

"우리가 항복했을 때 평화가 찾아왔어야 했어. 그런데 그 빌어먹을 여자들이 다 망친거야."

나는 어이가 없어서 그를 빤히 바라봤다. "그렇다고 여기가 뭐 천국도 아니잖아요. 야간 통행금지에 감옥에…….."

하지만 시장은 고개를 저었다. "그 여자가 이 군사작전을 시작하기 전에는 대통령이 법을 완화시키는 중이었어. 서서히 규제를 풀고 있는 중이었다고. 이곳 사정이 괜찮아지려고 했단 말이야."

나는 창밖으로 서쪽을 바라봤다. 거기서는 아직도 연기와 함께 불이 활활 타오르고 있었고, 남자들의 소음은 멈출 기미가 없었다.

"아무리 독재자의 지배를 받고 있다 해도 현실적으로 굴어야지."

"당신이 그때 한 게 그거였나요? 현실적인 행동?"

레저 시장은 눈을 가늘게 뜨고 나를 바라봤다. "대체 무슨 말을 하려는 건지 모르겠다, 애야."

나도 내가 무슨 말을 하려는지 모르겠다. 난 겁이 나고 배가 고팠다. 세상이 박살 나고 있는데 우리는 이 멍청한 탑에 갇혀 있다. 그걸 지켜보면서도 바꾸기 위해 할 수 있는 게 하나도 없고, 이 난리판에 바이올라가 어떤 역할을 했는지 혹은 어디 있는지도 알 수 없었다. 앞으로 어떻게 될지도 모르겠고 이 일이 어떻게 잘 풀릴지도 모르겠지만, 레저 시장이 자기가 계속 현실적으로 대처했다고 주장하는 얘기를 듣고 있으려니 점점 짜증이 나기 시작했다.

아, 그리고 짜증 나는 게 하나 더 있다.

"나보고 애라고 하지 좀 말아요."

레저 시장은 나를 향해 한 걸음 다가섰다. "어른이라면 세상이 단순한 흑백논리가 아니라 더 복잡한 원리로 돌아간다는 걸 이해할 거다."

"자기 혼자만 살려고 용을 쓰는 남자라면 그렇겠죠." 나는 그렇게 대꾸하면서 소음에 어디 한번 덤벼봐, 어서, 덤벼보라니까, 라는 메시지를 띄웠다.

레저 시장은 주먹을 불끈 쥐고 콧구멍을 벌름거리면서 말했다. "토드, 네가 몰라서 그렇지. 뭘 몰라서 그런 거야."

"내가 뭘 모르는데?" 내가 그렇게 대꾸하는 순간, 갑자기 감방 문이 철컹 소리를 내면서 열려 우리 둘 다 깜짝 놀랐다.

데이비가 소총 두 자루를 들고 허겁지겁 안으로 뛰어 들어왔다. "어서 가자. 아버지가 우리 둘 다 오라고 하셔." 데이비는 내게 총을 홱 내밀면서 말했다.

나는 한 마디 말도 없이 나갔다. "이봐!" 레저 시장이 소리치는 사이에 데이비가 감방 문을 잠가버렸다.

"군인들이 56명이나 죽었어." 탑의 계단을 터덜터덜 내려가는 사이에 데이비가 말했다. "우리가 적들을 10여 명 죽이고 또 10여 명 정도 잡았지만 그들은 거의 200명 정도 되는 죄수들을 데리고 빠져나갔어."

"200명이라고? 대체 얼마나 많은 사람들이 갇혀 있던 거야?" 나는 순간 그 자리에 멈춰 서서 물었다.

"어서 가, 돼지오줌. 아버지가 기다리고 있다니까."

나는 데이비를 따라잡기 위해 달렸다. 우리는 성당 로비를 가로질러 정문으로 나갔다. "그 잡년들." 데이비가 고개를 설레설레 저으며 말했다. "그년들이 어떤 짓들을 했는지 넌 도저히 못 믿을 거야. 그년들이 군인들 합숙소를 날려버렸어. 합숙소를! 남자들이 자는 곳을 말이야!"

우리는 성당을 나와서 아비규환이 펼쳐진 광장으로 나왔다. 아직도 서쪽에서 연기가 피어올라 모든 곳이 연기로 자욱했다. 군인들은 혼자서, 또는 무리를 이루어 여기저기를 뛰어다녔다. 앞에 있는 민간인들을 밀어대고 소총으로 때리는 군인들도 있었다. 다른 군인들은 겁에 질린 것처럼 보이는 여자들을 감시하고 있었고, 그보다 숫자가 적지만 마찬가지로 겁에 질린 남자들을 감시하는 군인들도 있었다.

"하지만 우리가 본때를 보여줬지." 데이비가 얼굴을 찡그리면서 말했다.

"너도 그 자리에 있었어?"

"아니. 하지만 다음번엔 그렇게 할 거야." 데이비는 자신의 소총을 내려다보면서 말했다.

"데이비드! 토드!" 우리를 부르는 소리가 들렸다. 시장이 광장 저쪽에서 우리를 향해 말을 타고 달려왔다. 아주 육중하면서도 빠르게 달리는 모페스의 발굽이 길에 깔린 벽돌들에 부딪쳐 불꽃을 튀겼다.

"수도원에 일이 생겼다. 거기로 가거라. 어서!" 시장이 소리 질렀다.

시내 곳곳마다 지옥 같은 광경이 펼쳐졌다. 사방에 쫙 깔린 군인들이 사람들을 양동이가 있는 곳으로 몰고 가서 어젯밤에 터진 세 건의 폭파 사건으로 여전히 타고 있는 불들을 끄게 하고 있었다. 어젯밤 공격을 받은 발전소와 정수 시설과 곡식 창고 모두 계속 활활 타오르고 있었고, 뉴 프렌티스타운의 소방 호스들은 감옥에 난 불을 끄느라 여념이 없었다.

"그들은 뭐에 당했는지도 모를 거야." 말을 타고 달려가는 동안 데이비가 말했다.

"누가 모른다는 거야?"

"해답과 그들을 돕는 남자들 말이야."

"이젠 그들을 칠 군대도 남아나질 않겠다."

"우리가 있잖아. 거기서부터 시작하면 돼." 데이비가 나를 보며 말했다.

시내를 빠져나오자 도로가 점점 더 조용해졌다. 뒤를 돌아 허공에 피

　　　　　　　　　　　　　　　카오스 워킹 2

어오르는 연기 기둥을 보지 않는 한 평소와 다를 바 없다는 생각이 들 정도였다. 시내에서 멀어지자 도로에는 아무도 없었고, 갈수록 너무나 고요해져서 마치 세상 끝에 온 것 같았다.

우리는 탑의 잔해들이 있는 언덕을 지났지만 그쪽으로 올라가는 군인은 하나도 없었다. 우리는 마지막 모퉁이를 돌아서 수도원으로 갔다.

그리고 무의식중에 말고삐를 세게 잡아당겨 버렸다.

"맙소사." 데이비가 탄식했다.

수도원의 전면부 벽 전체가 폭발로 날아가 뻥 뚫려 있었다. 담장 위에서 수도원을 지키는 군인들은 하나도 없고, 그저 정문이 있던 돌담에 커다란 구멍만 하나 생겼다.

"그 잡년들. 그년들이 고것들을 풀어줬어." 데이비가 말했다.

그 생각을 하자 슬그머니 속으로 웃음이 나왔다.

(바이올라가 한 짓일까?)

"이제 정말 그것들과도 망할 전쟁을 해야겠군." 데이비가 징징거렸다.

나는 앙가르드에서 훌쩍 뛰어내렸다. 내 마음은 온통 가뿐하고 즐거울 뿐이었다. 자유야. 그들은 풀려났어.

(그래서 바이올라가 그들에게 합류한 건가?)

나는 너무나…….

너무나 안도했다.

구멍이 뻥 뚫려 있는 곳으로 가는 동안 내 속도가 점점 빨라졌다. 소총을 움켜쥐고 있었지만 이건 필요 없겠다는 느낌이 들었다.

(아, 바이올라, 널 믿어도 된다는 걸 알았다면…….)

그때 문이 있던 곳에 도착해서 그만 서버렸다.

모든 것이 정지했다.

심장이 철렁 내려앉았다.

"그것들 다 갔어?" 데이비가 내 뒤를 따라오며 물었다.

그러다가 내가 본 걸 봤다.

"이게 대체……?"

스패클은 떠난 게 아니었다.

그들은 여기 있었다.

단 하나도 빠지지 않고.

1150명 모두.

죽었다.

"이 상황이 이해가 안 된다." 데이비가 주위를 둘러보며 말했다.

"닥쳐." 내가 속삭였다.

수도원을 둘러싸고 있던 담들은 모두 무너져 다시 허허벌판으로 돌아갔고 사방에 시체들이 쌓여 있었다. 그 시체들은 여기저기 내던져졌고, 풀밭 위에 굴러가 있었다. 마치 누가 그들을 인정사정없이 던져버린 것처럼, 마치 쓰레기를 버린 것처럼 남자, 여자, 아이, 갓난아기 할 것 없이 모두 내던져져 있었다.

어딘가에서 뭔가가 타고 있었다. 들판에서 연기가 피어올라 시체 더미 주위를 맴돌면서 흰 손가락으로 시체들을 밀어댔지만, 살아 있는 스패클은 하나도 없었다.

정적이 흘렀다.

혀를 차는 소리도 없고, 발을 질질 끄는 소리도 없고, 숨을 쉬는 소리도 없었다.

"아버지에게 말해야겠어. 아버지에게 말해야겠다고." 데이비가 돌아서면서 말했다.

그는 수도원 앞에 난 구멍을 빠져나가, 데드폴 위에 올라타서 왔던 길을 다시 달려갔다.

나는 따라가지 않았다.

내 발은 그저 앞으로만 가면서, 소총을 질질 끌며 그들 사이를 지나갔다.

시체 더미들은 내 키보다도 높게 쌓여 있었다. 뒤로 넘어가 있는 죽은 스패클들의 얼굴을 보기 위해 목을 힘껏 빼고 고개를 젖혀야 했다. 그들은 눈을 뜬 채였고, 머리에 생긴 총상에 이미 파리 떼가 꼬여 있었다. 모두 총에 맞아 죽은 것 같았다. 대부분 높은 이마 한가운데에 명중해 있었다. 칼에 베인 상처도 있었다. 그들은 목이나 가슴을 베였고, 찢겨나간 팔다리들과 엉뚱한 각도로 비틀린 머리들도 보이기 시작했…….

나는 풀밭에 총을 떨어뜨렸다. 내가 그런 것도 의식하지 못했다.

나는 눈도 깜박이지 못하고 입을 벌린 채, 내가 보고 있는 광경을 믿지 못한 채, 이 어마어마한 규모를 받아들이지 못한 채 계속 걷다가…….

팔을 뒤로 젖힌 시체들, 내가 채운 밴드가 있는 그 팔들과 내가 사료를 준 비틀린 입들과 부러진 허리들을 넘어가야 했는데…….

그건 내가…….

아, 맙소사.

아, 맙소사. 안 돼. 난 그들을 증오했는데…….

그러지 않으려고 애썼지만 어쩔 수 없이…….

(아니야, 그러지 않을 수 있었어…….)

내가 그들에게 욕했던 모든 순간을 생각했고…….

그들이 양이라고 상상한 순간들을 떠올렸고…….

(내 손에 칼을 든 채, 찌르는 상상을…….)

하지만 이런 건 원하지 않았는데…….

절대 난…….

그때 동쪽 벽에 기대어 쌓여 있는 가장 큰 시체 더미에 도착해서…….

그걸 봤다.

그리고 서리로 얼어붙은 풀 속에 무릎을 꿇고 무너져 내렸다.

그 벽에, 성인 남자 키만 한 높이에…….

A라는 글자.

해답의 **A**.

그 글자가 파란색으로 쓰여 있었다.

나는 땅바닥에 닿을 때까지 고개를 천천히 숙였다. 땅바닥의 냉기가
머릿속으로 스며 들어왔다.

(안 돼.)

(안 돼, 바이올라가 이런 짓을 할 리 없어.)

(그럴 리 없어.)

내가 숨을 쉬자 하얀 김이 피어올라 내 얼굴 주위에 얼어붙은 진흙이
조금 녹았다. 나는 움직이지 않았다.

(그들이 너에게 이런 짓을 했니?)

(그들이 널 바꿔놓았니?)

(바이올라?)

(바이올라?)

그 암흑이 날 압도하기 시작해서 담요처럼 내 위로 떨어졌고, 마치 머리 위로 차오르는 물처럼 올라가기 시작했다. 바이올라, 안 돼, 네가 아니지? 네가 한 짓일 리 없어. 그럴 리 없어, (안 그래?) 안 돼 안 돼 안 돼, 그럴 리 없어…….

안 돼…….

안 돼…….

나는 일어나 앉아…….

고개를 뒤로 젖히고…….

내 뺨을 때렸다.

날 주먹으로 세게 쳤다.

또 쳤다.

또.

그렇게 나를 때리는데도 아무 느낌도 들지 않았다.

입술이 찢어지고…….

눈이 부었다.

안 돼…….

맙소사, 안 돼…….

제발…….

그리고 다시 주먹을 들어 나를 때리려다가…….

내 속의 스위치를 꺼버렸다…….

내 속이 서서히 차가워지는 느낌이 들었고…….

아주 깊숙한 곳에서…….

(넌 어디서 날 구하러 올 거니?)

나는 스위치를 완전히 꺼버렸다.

나는 멍해졌다.

나는 사방에 널린 죽은 스패클들을 바라봤다.

그리고 바이올라는 가버렸다…….

내가 이 질문을 할 수도 없게…….

(네가 이랬니?)

(나를 찾아내는 대신 이런 짓을 했니?)

내 속에서 나는 그만 죽어버렸다.

그때 시체 하나가 시체 더미에서 굴러떨어져 정통으로 날 쳤다.

나는 허겁지겁 뒤로 물러나 다른 시체들을 넘어가서, 비틀거리며 일어서서 바지에 손을 닦고 손에 스치는 시체들을 밀어냈다.

그때 시체 한 구가 또 떨어졌다.

나는 시체 더미를 올려다봤다.

1017이 시체 더미 속에서 빠져나오고 있었다.

그는 나를 보고 그대로 얼어붙었다. 더미 밖으로 툭 튀어나온 그의 머리와 팔은 뼈만 앙상해서 마치 시체 같았다.

물론 살아남았겠지. 당연히 그랬겠지. 만약 스패클 중 누구 하나라도 살아남을 길을 찾으려고 독기를 품었다면 당연히 1017일 테니까.

나는 시체 더미로 달려가서 그의 어깨를 잡고 죽은 스패클들 속에서 끌어냈다.

1017의 몸이 펑 소리를 내며 빠져나오는 순간 우리 둘 다 뒤로 쓰러져서 땅바닥에 떨어져 데굴데굴 굴러갔다. 우리는 마침내 고개를 들어 서로를 빤히 바라봤다.

우리의 호흡은 거칠었고, 우리가 내쉬는 숨이 공기 중에 허옇게 피어올랐다.

1017이 어깨에 걸고 있던 팔걸이 붕대는 없어졌고, 다친 것처럼 보이진 않았다. 그는 아마도 나만큼이나 눈을 동그랗게 뜬 채 날 빤히 보고만 있었다.

"넌 살았네. 넌 살았어." 나는 멍청하게 말했다.

1017은 날 빤히 보기만 했다. 이번에는 아무 소음도 들리지 않았고, 혀를 차지도 않았다. 그저 오전의 침묵 속에서, 마치 혈관처럼 공기 중을 구불구불 흘러 다니는 연기 속에서 우리 둘은 아무 소리도 내지 않았다.

"어떻게? 어떻게……?" 내가 입을 뗐다.

하지만 1017은 아무 대답도 않고 날 바라보기만 했다.

"너……." 난 그렇게 말하다가 헛기침을 했다. "너 혹시 여자아이 하나 봤니?"

그때 소리가 들렸다. 다가닥 다가닥 다가닥…….

도로를 달려오는 말발굽 소리. 데이비가 가는 길에 그의 아버지를 만난 게 분명했다.

나는 1017을 노려봤다.

"어서 도망쳐. 여기서 빠져나가야 해."

다가닥 다가닥 다가닥…….

"제발. 제발, 정말 미안해. 정말 미안하지만, 제발, 제발 도망쳐. 제발 도망치라고. 제발 여기서 빠져나가……." 나는 그에게 속삭였다.

그가 일어서려는 모습을 보고 나는 말을 멈췄다. 그는 여전히 눈도 깜박이지 않은 채 나만 보고 있었다. 마치 죽은 사람 같은 표정이었다.

다가닥 다가닥 **다가닥**…….

그는 한 발자국 갔다가, 두 발자국 가고, 그다음엔 더 빠르게 구멍이 뚫린 정문을 향해 뛰었다.

그러더니 멈춰서 나를 돌아봤다.

그가 나를 돌아봤다.

선명한 소음 하나가 나를 향해 날아왔다.

나 혼자 있는 영상.

1017이 총을 들고 있고.

나를 향해 방아쇠를 당기는 모습.

내가 그의 발치에서 죽는 모습.

그러더니 돌아서서 문을 빠져나가 숲속으로 들어갔다.

"이게 너에게 얼마나 힘든 일인지 안다, 토드." 시장이 폭파돼서 문이 날아간 곳을 보며 말했다. 우리는 밖으로 나왔다. 스패클들의 시체를 보고 싶은 사람은 하나도 없었으니까.

"하지만 왜? 그들이 왜 이런 짓을 했죠?" 나는 목이 메어오는 걸 떨쳐 버리려고 애쓰면서 말했다.

시장은 스스로 뺨을 때려서 피가 맺힌 내 얼굴을 봤지만 아무 말도 하지 않았다. "우리가 스패클들을 군인으로 써먹을 거라고 생각한 것 같구나."

"그렇다고 몰살을 시켜요?" 나는 고개를 들어 말을 탄 사람을 바라봤다. "해답은 사고로 휘말리는 경우를 빼고는 이제까지 아무도 죽이지 않았잖아요."

"군인이 56명이나 죽었거든." 데이비가 말했다.

"75명이다. 죄수를 300명이나 탈옥시켰고." 시장이 정정했다.

"그들은 전에도 우리가 여기 있을 때 폭탄을 쐈잖아, 기억 안 나? 잡년들." 데이비가 덧붙였다.

"해답이 작전 단계를 높인 거야. 우리도 그에 맞춰 대응할 거고." 시장이 나만 보면서 말했다.

"바로 그렇지. 우리는 그렇게 할 거야." 데이비는 별 이유도 없이 총의 공이치기를 당기면서 말했다.

"바이올라에 대해선 유감이구나. 그 아이가 이런 일에 가담했다니 나도 너만큼이나 실망스럽다." 시장이 내게 말했다.

"그건 당신도 모르잖아요." 내가 속삭였다.

(바이올라가 그랬을까?)

(네가 그랬니?)

"아무튼 넌 더 이상 아이가 아니다. 이제 나에겐 지도자들이 필요해. 네가 지도자가 되어야 한다. 그럴 준비가 됐니, 토드 휴잇?" 시장이 말했다.

"전 준비됐어요." 데이비의 소음에서 자기만 따돌리느냐고 서운해하는 느낌이 풍겼다.

"널 믿을 수 있다는 건 이미 알고 있다, 아들아."

그러자 데이비의 소음이 다시 분홍색으로 물들었다.

"내가 대답을 듣고 싶은 사람은 토드야." 시장은 내게 조금 더 가까이 다가왔다. "넌 더 이상 내 죄수가 아니다. 우리 사이는 이제 그런 단계를 넘어섰잖니. 하지만 네가 우리 편에 들어올지를 알아야겠다." 시장은 벽에 생긴 구멍을 향해 고갯짓을 했다. "아니면 저들 편인지. 선택은 단 두 가지뿐이다."

나는 수도원, 그 모든 시체들, 경악한 채 살해된 얼굴들, 그 의미 없는 종말을 바라봤다.

"날 도와주겠니, 토드?"

"당신을 어떻게 도와요?" 나는 땅바닥에 대고 말했다.

하지만 시장은 다시 물었다. "날 도와주겠니?"

나는 1017을 생각했다. 이제 혼자가 된, 이 험한 세상에서 완전히 혼자가 된 그를 생각했다.

그의 친구들과 가족은, 내가 알기로는 다 쓰레기 더미처럼 높게 쌓인 채 버려져 파리 떼가 들끓는 신세가 됐다.

눈을 감아도 그 광경이 계속 떠오른다.

그 파랗고 환한 A가 뇌리를 떠나지 않는다.

오, 날 속이지 말아요,

오, 날 떠나지 말아요.

(하지만 바이올라는 가버렸다.)

(바이올라는 가버렸다.)

그리고 나는 죽었다.

나의 내면은 죽고 또 죽고 죽어버렸다.

이제 내 속에 남은 건 하나도 없다.

"그럴게요. 도울게요."

"좋다. 네가 특별한 존재가 되리라는 건 알고 있었다, 토드. 처음부터 알고 있었어." 시장이 벅찬 목소리로 말했다.

그 말에 데이비의 소음이 컥 소리를 냈지만 시장은 무시해 버렸다.

시장은 모페스를 돌려세워서 살육 현장이 된 수도원을 바라봤다.

"네가 어떻게 날 도울지는, 음, 우리는 해답을 만나봤잖니." 시장은 다시 돌아서서 반짝이는 눈으로 우리를 바라봤다. "이제 그들이 심문과 만날 때가 됐다."

PART 5

심문 본부

27

지금 우리가 살아가는 방식

〈토드〉

"지금 조용해 보인다고 속지 말아야 합니다." 시장이 연단 위에 우뚝 서서 말했다. 그의 목소리는 광장 구석구석에 설치된 스피커를 통해 우레와 같은 소리로 울려 퍼지고 있었다. 사람들의 소음으로 시끄러웠기 때문에 특별히 더 크게 들리게 해놨다. 뉴 프렌티스타운 주민들은 쌀쌀한 아침 공기 속에서 그를 올려다보고 있었다. 남자들은 연단 앞에 모여 있었고, 그 주위를 군대가 둘러쌌고, 여자들은 옆길 뒤쪽에 멀찍이 물러나 있었다.

우리는 여기에 다시 모였다.

데이비와 나는 말을 탄 채 시장이 서 있는 연단 바로 뒤쪽에 있었다.

일종의 근위대처럼.

새 제복을 입고.

나는 생각했다. 나는 원이고 원은 나다.

이 생각을 하면 다른 생각은 하지 않아도 되니까.

"지금도 적들은 우리를 향해 진격해 오고 있습니다. 지금도 적들은 우리를 파멸시킬 음모를 꾸미고 있습니다. 그들의 공격이 임박했다고 믿을 근거는 충분합니다."

시장은 청중을 죽 둘러봤다. 여기에 아직도 얼마나 많은 사람이 있는지, 얼마나 많은 사람이 일을 하고, 먹고살려고 애쓰면서 일상을 영위하고 있는지 잊기란 아주 쉬운 일이다. 그들은 지치고 굶주려 보였다. 대부분은 몰골이 더럽고 추레했지만, 여전히 시장을 빤히 보면서 그가 하는 말을 듣고 있었다.

"해답은 어디서든, 언제든, 누구든 공격할 수 있습니다." 시장의 말과 달리 해답은 지금까지 거의 한 달 동안 공격을 멈췄다. 탈옥을 끝으로 그들은 사라졌고, 그들을 추적하던 군인들은 엄폐호에서 자던 중에 살해됐다.

하지만 그건 그저 그들이 어딘가에서 자기들이 이룬 승리를 기뻐하며 다음 공격을 계획하고 있다는 뜻일 뿐이다.

"300명의 죄수들이 탈옥했습니다. 그리고 거의 200명에 달하는 군인과 민간인이 사망했습니다."

"숫자가 또 올라갔네." 데이비가 작은 소리로 말했다. "다음번 연설을 할 때는 온 시내 사람들이 다 죽었다고 하겠어." 데이비는 자기가 한 농담에 웃는지 보려고 나를 힐끗 봤다. 나는 웃지 않았다. 그를 보지도 않았다. "흥. 무심한 새끼." 데이비는 그렇게 중얼거리면서 고개를 돌렸다.

"그 집단 학살은 말할 것도 없습니다." 시장이 말했다.

이 말에 사람들이 웅성거리면서, 그들의 소음이 조금 더 커지고 더 붉어졌다.

"지난 10년 동안 여러분의 집에서 봉사했던 스패클들, 억압을 받으면서도 용기를 잃지 않아 우리가 존경하게 됐던 그 스패클들, 신세계에서 우리의 동반자로 여기게 된 그 스패클들 말입니다."

시장은 다시 연설을 잠깐 멈췄다. "모두 죽었습니다. 모두 사라졌습니다."

군중의 소음이 더 커졌다. 스패클들의 죽음은 사람들에게 정서적으로 정말 큰 충격을 줬다. 심지어 군인이나 해답의 공격에 휘말려 목숨을 잃은 시민들의 죽음보다 더 큰 영향을 미칠 정도였다. 사람들은 다시 입대하기 시작했다. 그 후에 시장은 감옥에 있던 여자들 중 몇 명을 풀어줬고, 그중 일부는 숙소가 아니라 가족에게 돌려보냈다. 그리고 시민들에게 나눠주는 음식의 배급량도 늘렸다.

그리고 이런 집회들을 열기 시작했다. 거기서 계속 설명했다.

"해답은 자유를 위해 싸우고 있다고 말합니다. 하지만 그런 사람들을 믿으며 여러분의 구원을 바랄 수 있습니까? 무장도 하지 않은 종족을 몰살하는 그런 사람들을?"

그 말을 듣자 숨이 막힐 것 같아서 내 소음을 텅 빈 황무지 같은 공간으로 만들면서 아무것도 생각하지 않고, 아무것도 느끼지 않고 그저 이 생각만……

나는 원이고 원은 나다.

"여러분이 지난 몇 주 동안 힘들었다는 거 압니다. 음식과 물은 부족하고, 어쩔 수 없이 통행금지를 해야 했고, 전기도 끊겼습니다. 특히 추운 밤에 말입니다. 그런 힘든 시간을 꿋꿋이 버텨낸 여러분에게 찬사를 보냅니다. 이 고난의 시기를 극복할 수 있는 유일한 방법은 우리를 파멸시키려는 자들에 대항해 모두 힘을 합치는 겁니다."

사람들은 이미 힘을 모았잖아, 그렇지 않은가? 그들은 통행금지 시간을 지키고, 불평 없이 물과 음식을 배급받고, 외출이 금지된 시간에는 집에만 있고, 소등 시간에는 불을 껐고, 날씨가 점점 추워지는데도 다들 있는 것을 가지고 그럭저럭 버텨냈다. 말을 타고 도시를 돌아다니다 보면, 문을 연 가게 밖에서 사람들이 길게 줄을 서서 필요한 걸 가져가기 위해 기다리고 있는 모습이 보였다.

모두 땅만 보면서 이 힘든 시기가 끝나기만을 기다렸다.

밤이면 레저 시장은 시민들이 여전히 프렌티스 시장에 대해 불평을 늘어놓지만 이제는 해답에 대한 불만이 더 커졌다고 말했다. 해답이 정수 시설을 폭파시키고, 발전소를 폭파시키고, 무엇보다 스패클들을 다 죽였기 때문에.

"고생도 익숙한 고생이 더 낫다는 거지." 레저 시장은 이렇게 말했다.

나와 레저 시장은 프렌티스 시장만 아는 이유로 여전히 종탑에서 지냈다. 하지만 이제 나에겐 열쇠가 생겨서 나갈 때는 레저 시장을 안에 두고 잠가놓고 나간다. 레저 시장은 불쾌해했지만 그렇다고 자기가 뭘 어떻게 하겠는가?

고생도 익숙한 고생이 더 낫다며.

왜 우리가 할 수 있는 선택이 고작 그 두 개뿐인지 그건 모르겠지만.

"저는 또한 여러분이 계속 자발적으로 정보를 제공해 주셔서 고마운 마음을 표하고 싶습니다. 우리가 빛의 길로 나갈 수 있는 방법은 끊임없는 경계뿐입니다. 여러분이 지켜보고 있다는 걸 여러분 이웃이 모두 알 수 있게 해주세요. 그것만이 우리가 진정으로 안전할 수 있는 길입니다."

"대체 이 연설은 얼마나 더 할 셈일까?" 데이비가 그렇게 말하다 무심결에 데드폴/에이콘에게 박차를 가했다. 말이 자동적으로 앞으로 나가버려서 데이비가 고삐를 잡아당겨 다시 뒤로 물러나게 해야 했다.

"진짜 이러다가 얼어 죽겠어."

앙가르드는 내 밑에서 양발을 번갈아 올렸다 내리면서 초조해했다. *가?* 앙가르드가 소음으로 물었다. 추위에 떠는 앙가르드의 입김이 하얗고 진하게 피어올랐다. "거의 다 끝나가." 나는 앙가르드의 옆구리를 손으로 문질러 주며 말했다.

"오늘 밤부터 통행금지 시간은 두 시간 뒤로 미뤄지고, 아내와 엄마들을 볼 수 있는 방문 시간은 30분 연장됩니다." 시장이 말했다.

모여 있는 남자들 사이에서 몇몇이 고개를 끄덕였고, 여자 중에서도 몇몇이 안도해서 울음을 터트렸다.

저들은 고마워하고 있어. 시장에게 고마워하고 있다고.

이거 참 대단하지 않나.

"마지막으로 새 정부 부처가 들어갈 건물 공사가 완료됐다는 소식을 기쁜 마음으로 전합니다. 그 부처는 해답의 위협으로부터 우리를 안전하게 지켜줄 것입니다. 그 건물에서는 어떤 비밀도 숨길 수 없고, 우리 삶의 방식을 훼손시키려고 하는 자는 누구든 재교육을 받아 우리의 이상을 이해하게 될 것이며, 우리의 미래를 훔치려고 하는 자들에 대항해 탄탄한 미래를 구축하는 곳이 될 것입니다."

시장은 자신의 말에 극적인 효과를 주기 위해 잠시 입을 다물었다.

"오늘은 심문(Ask) 본부가 출범하는 날입니다."

데이비가 나와 눈을 마주치면서 우리의 새 제복 어깨에 꿰매진 은색 *A*를 툭툭 쳤다. 이 글자는 시장이 특별히 고른 것이다. 이걸 보면 여러 모로 연상되는 게 많으니까 그랬겠지?

나와 데이비는 이제 심문 본부 소속 장교다.

나는 데이비처럼 흥분되지 않았다.

하지만 이젠 아무 감정도 느끼지 않아서 그렇기도 하다.

나는 원이고 원은 나다.

"연설 멋졌어요, 아버지. 좀 길긴 했지만." 데이비가 말했다.

"너 들으라고 한 연설 아니다, 데이비." 시장은 아들을 보지도 않고 대꾸했다.

우리 셋은 말을 타고 수도원으로 가는 도로로 가고 있었다.

다만 이제 수도원은 없어졌지만.

"다 준비됐으리라고 믿는다. 난 거짓말은 딱 질색이거든." 시장이 고개를 돌리지도 않고 말했다.

"그렇게 계속 물어본다고 달라지는 것도 없잖아요." 데이비가 중얼거렸다.

시장이 오만상을 찡그리면서 아들 쪽으로 고개를 돌렸다. 시장이 소음 공격을 날리기 전에 내가 얼른 말했다.

"가능한 한 최선을 다해 준비했습니다. 벽과 지붕 공사는 다 끝났지만 내부는……." 나는 아무 감정 없는 목소리로 읊었다.

"그렇게 시무룩한 목소리로 말할 필요는 없잖니, 토드." 시장이 말했다. "실내는 때가 되면 차차 갖춰지겠지. 건물 공사가 끝났다는 게 중요하다. 시민들은 외관을 보며 전율할 테니까."

시장은 이제 앞서가고 있었다. 전율한다고 말할 때 시장이 싱긋 미소를 짓는 걸 느낄 수 있었다.

"우리도 거기서 맡은 역할이 있나요? 아니면 또 보모 노릇을 해야 하나요?" 데이비의 소음에서는 아직도 분노가 느껴졌다.

시장이 모페스를 돌려서 우리 진로를 막았다. "너 토드가 이렇게 불평하는 거 한 번이라도 들어본 적 있어?"

"아뇨. 하지만 얘는 토드잖아요." 데이비가 뚱한 목소리로 대답했다.

시장이 눈썹을 치켜올렸다. "그리고?"

"저는 아버지 아들이고요."

시장이 모페스를 우리 쪽으로 몰자 앙가르드가 뒤로 물러섰다. **복종해.** 모페스가 말했다. **이끌어.** 앙가르드가 고개를 숙이면서 대꾸했다. 나는 앙가르드의 갈기를 쓰다듬으면서 헝클어진 털을 손가락으로 살짝 풀어주며 진정시키려고 애썼다.

"재미있는 이야기를 하나 해주지, 데이비. 장교들, 군인들, 시민들. 너희 둘이 새 제복을 입고, 새로운 권위를 가지고 말을 타고 지나가는 모습을 그들이 보거든. 너희 둘 중 하나가 내 아들이란 것도 알지." 시장은 데이비를 노려보면서 모페스를 몰아 아들이 탄 말을 도로 옆으로 밀어내다시피 했다. "너희들이 말을 타고 지나갈 때, 너희들이 일할 때 그들이 지켜본다. 그런데 그거 아니? 그들은 종종 착각을 한다. 종종 너희 둘 중 누가 내 아들인지 잘못 판단한단 말이지."

시장이 나를 바라봤다. "그들은 토드가 헌신적으로 일하는 모습, 겸손하면서도 진지한 표정과 이마를 보고 침착한 외면과 성숙하게 자신의 소음을 다루는 모습을 보지. 그래서 요란하고, 칠칠맞고, 버릇없는 토드의 친구가 진짜 내 아들이라고는 결코 생각하지 못하는 거야."

데이비는 이를 악물고 땅바닥만 바라봤다. 그의 소음이 부글부글 끓고 있었다. "토드는 아버지랑 비슷하게 생기지도 않았잖아요."

"나도 알아." 시장은 다시 모페스를 도로 앞쪽으로 몰았다. "그래서 재미있다고 생각하는 거야. 그런 일이 굉장히 자주 일어나거든."

우리는 계속 말을 타고 갔다. 데이비는 아무 말 없이 붉은 폭풍 같은 소음에 휩싸여 뒤에서 따라오고 있었다. 시장이 제일 앞에서 다가닥 소리를 내며 갔고, 앙가르드를 탄 내가 중간에 있었다.

"착하지." 나는 앙가르드에게 중얼거렸다.

수망아지. 앙가르드는 그렇게 대꾸한 후에 생각했다. **토드.**

"그래, 아가씨. 난 여기 있어." 나는 앙가르드 귀 사이에 대고 말했다.

요즘은 하루 일이 끝나면 마구간에 머무르면서 내 손으로 앙가르드의 안장을 벗기고, 털을 빗겨주고, 사과를 갖다주는 습관이 생겼다. 앙가르드는 내가 여기 있다는 확신, 내가 떠나지 않았다는 확신만 있으면 만족한다. 그 두 가지가 있는 한 앙가르드는 행복해하며, 내 이름인 **토드**를 부른다. 나에 대해 뭔가 설명할 필요도 없고, 아무것도 물어볼 필요가 없다. 앙가르드도 내게 아무것도 요구하지 않는다.

내가 앙가르드를 떠나지만 않으면.

내가 절대 떠나지만 않으면.

내 소음이 흐려지기 시작하자 나는 다시 생각했다. 나는 원이고 원은 나다.

시장이 나를 돌아봤다. 그리고 미소 지었다.

우리는 제복을 입긴 했지만 군에 들어가진 않았다. 시장은 그 점에 있어서 까다롭게 굴었다. 장교라는 지위 외에 구체적인 계급은 없었지만, 소매에 *A*가 붙은 제복을 입은 우리가 말을 타고 수도원으로 갈 때면 사람들은 알아서 길을 비켰다.

지금까지 우리가 한 일은 감옥에 갇힌 남자들과 여자들을 감시하는 것이었다. 주로 여자들이었다. 해답이 쳐들어와 폭파한 감옥들에 남아 있던 죄수들은 강가에 있는, 과거에 치유의 집이었던 곳으로 옮겨졌다. 어느 집인지는 짐작하겠지?

지난 한 달 동안 데이비와 나는 스패클들이 시작한 작업을 끝내기 위해 치유의 집과 수도원을 오가는 죄수들을 호송했다. 사람들이 스패클보다는 작업 속도가 빠른 것 같았다. 시장이 이번에는 건물 공사를 감독하라는 지시를 하지 않아서 고마울 뿐이었다.

죄수들이 모두 일을 마치고 잠을 자러 치유의 집으로 들어가면, 데이비와 나는 할 일이 없어서 말을 타고 새로 지은 건물 주위를 빙빙 돌면서 안에서 터져 나오는 비명들을 듣지 않으려고 최선을 다했다.

아직 감옥에 남아 있는 죄수 일부는 해답 조직원들로, 탈옥 사건이 일어난 날 밤에 잡힌 사람들이다. 우리는 단 한 번도 그들을 보지 못했다. 그들은 일하러 나가는 죄수들과 달리 하루 내내 심문만 받았다. 지금까지 시장이 그들에게 알아낸 거라곤 폐광 주위에 있는 기지 위치뿐이었지만, 군인들이 도착했을 때 그곳은 이미 비어 있었다. 그 외에 유용한 정보는 금방 나오지 않았다.

감옥에는 다른 죄수들도 있었다. 해답을 도왔다는 죄를 짓거나 다른 죄를 지은 사람들이었지만, 해답이 스패클들을 죽이고 여자들이 수도원 벽에 **A**자를 쓰는 걸 봤다고 말한 죄수들은 석방돼서 가족에게 돌아갔다. 사실 그들은 그때 감옥에 있어서 그걸 볼 수 없었는데도.

다른 죄수들, 음, 다른 죄수들은 대답할 때까지 계속 심문을 받았다.

데이비는 안에서 사람들이 심문받을 때 지르는 비명을 듣지 않으려고 큰 소리로 이것저것 떠들어 대면서 전혀 신경 쓰이지 않는 척했다.

그것 때문에 괴로워한다는 건 누가 봐도 뻔했는데.

나는 눈을 꼭 감고 조용히 비명이 멈추기를 기다렸다.

데이비보다는 그 시간을 훨씬 쉽게 견뎠다.

전에 말했던 것처럼 이제 더 이상 아무것도 느끼지 않으니까.

나는 원이고 원은 나다.

하지만 오늘 모든 것이 변할 예정이다. 오늘 새 건물이 준비되고, 또는 그 정도면 충분한 상태가 되고, 데이비와 나는 치유의 집을 지키는 대신 이 건물을 지키면서 심문 업무를 배우기로 되어 있다.

좋아. 그건 중요하지 않다.

아무것도 중요하지 않아.

"심문 본부는." 마지막 모퉁이를 돌아가는 사이에 시장이 말했다.

다시 지은 수도원의 전면부 벽 너머로 우뚝 솟은 새 건물이 보였다. 그것은 커다란 석제 건물로 너무 바짝 다가선 사람은 대가리를 까부술 것처럼 무시무시해 보였다. 새로 지은 정문에는 우리 제복에 있는 것과 똑같이 크고 반짝이는 은색 **A**가 찍혀 있었다.

제복을 입은 군인들이 정문 양옆에서 보초를 서고 있었다. 그중 하나는 이반이었는데, 여전히 상병에 여전히 뚱한 표정이었다. 내가 말을 타고 지나가는 동안 그는 나와 눈을 맞추려고 애썼다. 그의 소음은 시장이 들으면 안 될 소리들로 요란하게 울려댔다.

나는 그를 무시했다. 시장도 마찬가지였다.

"이제 우리는 진짜 전쟁이 언제 시작되는지 알아낸다." 시장이 말했다.

문이 열리고 심문 업무를 책임진 남자가 걸어 나왔다. 해답이 어디 숨어 있고 어떻게 그들을 공략하는 것이 최선의 방법인지 알아낼 임무를 띤 남자.

새로 진급한 우리의 새 상관.

"대통령 각하."

"해머 대위."

28

군인

〈바이올라〉

"쉿." 코일 선생님이 자신의 입술에 손가락을 대면서 말했다.

바람이 잦아들면서 우리가 나무 발치에 있는 잔가지들을 발로 밟아서 부러뜨리는 소리가 들렸다. 우리는 발을 멈추고, 군인들이 행군하는 소리를 찾아 귀를 활짝 열었다.

아무 소리도 들리지 않았다.

계속 아무 소리도 들리지 않았다.

코일 선생님은 고개를 끄덕이고 계속 언덕을 내려가 나무들 사이로 들어갔다. 나는 그녀를 따라갔다. 지금은 우리 둘밖에 없다.

나와 선생님과 내 등에 짊어진 폭탄.

그 구조 작전으로 132명의 죄수를 구했다. 그중 29명은 오는 길에 죽거나 기지에 도착해서 죽었다. 코린이 서른 번째로 목숨을 잃었다. 불쌍한 폭스 노부인처럼 구조되지 못한 사람들도 있었다. 그들의 운명은 아마 앞으로도 결코 알아낼 수 없을 것이다. 코일 선생님은 우리가 그들의 병사들을 최소한 스무 명 죽인 것으로 추산했다. 원래 공격을 갔던 해답 조직원 중에서 기적적으로 단 여섯 명만 죽었는데, 거기에 테아와 왜거너 선생님도 포함돼 있었다. 그리고 다섯 명이 잡혔는데 해답이 숨어 있는 장소를 불라고 고문을 당하지 않을 가능성은 없었다.

그래서 우리는 기지를 옮겼다. 급하게.

부상당해서 혼자 걸을 수 없는 환자들이 많았지만 우리는 필요한 물자와 무기 들을 챙기고 수레에, 말 등에, 걸을 수 있는 사람 등에 지고 갈 수 있는 건 뭐든 다 싣고 숲속으로 달아났다. 우리는 밤새 움직였고 그다음 날도, 그다음 날도 쉬지 않고 가서 마침내 바위투성이 절벽 밑 호수에 도착했다. 거기라면 적어도 물과 은신처를 구할 수 있으니까.

"여기면 될 거야." 코일 선생님이 말했다.

우리는 호숫가를 따라 진을 쳤다.

그리고 전쟁 준비를 시작했다.

선생님이 손바닥을 움직이자 나는 즉시 관목 밑으로 숨었다. 우리는 큰길로 이어지는 좁은 샛길에 도착했다. 멀리서 군인들 한 부대가 멀어져 가는 소리가 들렸다.

우리에게 있는 치료제는 날이 갈수록 줄어들고 있었다. 코일 선생님은 배급 시스템을 정립했지만, 감옥 공격 작전 후로 소음이 있건 없건 남자가 시내로 들어가는 일은 너무 위험해졌다. 그 말은 남자들이 우리를 수레 속에 숨겨서 시내를 오갈 수 없게 됐다는 뜻이다. 우리는 시내로 들어가기 전에 수레에서 내린 뒤 나머지 길은 걸어서 가야 했다.

도망치기 훨씬 더 어려워졌을 테니까 좀 더 조심하는 수밖에 없다.

"오케이." 코일 선생님이 속삭였다.

나는 일어섰다. 하늘에 뜬 두 개의 달만이 유일하게 길을 비춰주고 있었다.

우리는 계속 몸을 낮춘 채 길을 건넜다.

호수로 기지를 옮긴 후에, 그 사람들을 구한 후에, 코린이 죽은 후에…….

내가 해답에 가담한 후에…….

나는 교육을 받기 시작했다.

"기본 훈련." 코일 선생님은 그렇게 불렀다. 브레이스웨이트 선생님이 주도했는데, 나뿐만 아니라 훈련을 할 수 있을 만큼 상태가 호전된 환자들은 모두 받았다. 환자 대부분의 상태가 호전되어서 훈련을 받는 수는 생각보다 많았다. 우리는 소총을 장전하고 쏘는 방법, 적진에 잠입하는 기본 방법, 야간에 이동하는 방법, 추적하는 방법, 수신호를 나누는 법, 암호 쓰는 법을 배웠다.

그리고 폭탄을 제조해서 설치하는 방법도 배웠다.

"이런 것들은 다 어떻게 알았어요?" 어느 날 밤 저녁을 먹다가 물었다. 그날은 하루 종일 달리고, 다이빙을 하고, 짐을 지고 다니는 훈련을 하느라 기진맥진한 데다 온몸이 쑤시고 아팠다. "선생님들은 힐러잖아요. 그런데 어떻게 알……."

"군대를 운영하는 방법 말이니? 넌 스패클 전쟁을 잊었구나." 코일 선생님이 대답했다.

"우리에겐 따로 우리 사단이 있었어." 포스 선생님이 저쪽 테이블 끝에서 킁킁거리면서 수프 냄새를 맡으며 말했다.

선생님들은 내가 열심히 훈련받는 모습을 본 후로 내게 말을 걸기 시작했다.

"우린 별로 인기가 없었어." 로손 선생님이 포스 선생님 맞은편에 앉아 킬킬 웃으며 말했다.

"사령관들 몇 명이 전쟁을 하는 방법이 마음에 안 들었지. 우리에게는 지하로 접근하는 방법이 훨씬 효과가 있어 보였거든." 코일 선생님이 말했다.

"게다가 우리에게는 소음이 없으니까 몰래 여기저기 숨어 들어갈 수도 있고. 안 그래?" 테이블 저쪽에서 나다리 선생님이 말했다.

"하지만 전쟁을 지휘하고 있던 남자들은 그들에게 있는 문제에 대한 해답이 우리가 될 수 있다고 생각하지 않았어." 로손 선생님은 여전히 킬킬거리며 말했다.

"그래서 해답이라는 이름이 생겼지." 코일 선생님이 말했다.

"새 정부가 들어서고 도시가 재건됐을 때는 다들 필요도 없는 물건을 굳이 보관할 필요가 없다고 생각했지." 포스 선생님이 말했다.

"광산에 있던 그 폭약들. 선생님들이 오래전에 숨겨둔 거군요." 나는 문득 깨닫고 말했다.

"그런데 알고 보니 그게 얼마나 훌륭한 결정이었느냔 말이지. 니콜라 코일은 예나 지금이나 선견지명이 있지." 로손 선생님이 말했다.

코일 선생님 이름이 니콜라라는 걸 처음 듣자 놀라웠다. 선생님에게 이름도 있다니.

"아, 뭐 그렇지. 남자들은 타고나길 전쟁을 좋아하는 족속이라, 그 점을 기억해 두는 편이 현명하지."

우리 목표는 예상했던 대로 방치돼 있었다. 작지만 상징적인 의미가 있는 그 목표는 도시 동쪽에 있는 농지 위쪽의 우물이다. 우물과 거기 달린 장치가 그 아래 밭들에 물을 대고 있다. 그것은 거대한 장치나 건물은 아니다. 하지만 시장이 계속 사람들을 감옥에 가두고, 고문하고, 죽이는 걸 시민들이 허용한다면 그런 사람들은 먹어선 안 된다.

이곳은 또한 시내 중심가에서 멀리 떨어져 있기 때문에 토드를 만날 가능성이 전혀 없다.

그 점에 대해서 언쟁을 벌일 생각은 없다. 당분간은.

우리는 계속 배수로에 몸을 숨긴 채 숨을 죽이고 사람들이 자고 있는 농가 옆을 지나갔다. 2층에 아직 불이 켜져 있지만 야심한 시각인 지금은 그저 보안상의 이유로 켜져 있을 뿐이다.

코일 선생님이 또 다른 수신호를 보내자 그녀 옆을 지나서, 몸을 홱 숙여 빨래가 걸려 있는 철사 빨랫줄 밑을 지나갔다. 아이가 갖고 노는 소형 스쿠터에 발이 걸렸지만 간신히 넘어지지 않고 버텼다.

이 폭탄은 아무리 흔들리거나 부딪쳐도 영향을 받지 않고 안전하다고 했다.

하지만.

나는 숨을 내쉬면서 계속 우물을 향해 걸어갔다.

우리가 시내에 가지 않고 숨어 있던 몇 주 동안에도, 바짝 몸을 낮춘 채 숨을 죽이고 훈련을 받으며 준비하고 있던 동안에도 시내에서 도망친 사람들 몇 명이 우리를 찾아왔다.

"시장이 뭐라고 한다고요?" 코일 선생님이 물었다.

"당신들이 스패클을 다 죽였다고요." 여자는 피가 흐르는 자기 코에

습포제를 대고 누르면서 대답했다.

"잠깐만요. 스패클들이 다 죽었어요?" 내가 물었다.

그 여자가 고개를 끄덕였다.

"그런데 놈들이 우리 소행이라고 한단 말이에요?" 코일 선생님이 다시 물었다.

"그들이 왜 그런 말을 하죠?" 내가 물었다.

코일 선생님은 일어서서 호수 건너편을 내다봤다. "사람들을 우리의 적으로 돌리기 위해서지. 우리가 나쁜 인간들처럼 보이게 하려고."

"시장이 바로 그렇게 말했어요." 그 여자가 말했다. 나는 숲속을 달리는 훈련을 받다가 그녀를 발견했다. 그녀는 돌을 쌓아 만든 둑에서 굴러떨어졌지만 코만 깨졌다고 했다. "거기는 하루 걸러 집회를 열고 있어요. 사람들은 시장이 하는 연설을 듣고요."

"놀랍지도 않군." 코일 선생님이 말했다.

나는 고개를 들어 선생님을 바라봤다. "선생님이 그런 건 아니죠? 그들을 죽이지 않았죠?"

순간 코일 선생님의 얼굴이 분노로 활활 타올랐다. "대체 넌 우리가 어떤 사람들이라고 생각하니?"

나는 선생님의 험악한 눈빛에도 기죽지 않았다. "글쎄요, 내가 뭘 아나요? 선생님은 군인들이 있던 엄폐호를 폭파시켜서 그들을 죽였잖아요."

하지만 선생님은 고개를 절레절레 흔들기만 했다. 그게 내 질문에 대한 답인지는 알 수 없었다.

"미행당하지 않은 게 확실해요?" 선생님이 그 여자에게 물었다.

"난 사흘 동안 숲속을 헤맸어요. 그리고 내가 당신들을 찾아낸 것도 아니잖아요. 저 아이가 날 찾았지." 그 여자가 날 가리켰다.

"그래요. 바이올라가 그런 면에선 쓸모가 있지." 코일 선생님이 날 보며 말했다.

우물에 문제가 있었다.

"집에서 너무 가까워요." 내가 속삭였다.

"그렇지 않아." 코일 선생님도 속삭이면서 내 뒤로 가서, 내가 메고 있는 배낭의 지퍼를 열었다.

"확실해요? 선생님이 폭파시킨 그 통신 탑은……."

"폭탄에는 여러 종류가 있다." 선생님은 내 배낭에 있는 물건들을 몇 가지 정리하고 나서, 날 돌려세워 정면으로 바라봤다. "준비됐니?"

나는 고개를 들어 그 집 안에 무고한 여자나 남자 또는 아이들이 잠들어 있을지도 모르는 그곳을 바라봤다. 어쩔 수 없는 경우가 아니면 결코 누구도 죽이지 않을 것이다. 토드와 코린을 위해 이 일을 해야 한다면, 뭐, 그렇다면. "확실해요?" 나는 다시 물었다.

"넌 날 믿거나 믿지 않거나, 둘 중 하나를 선택해야 해. 어느 쪽을 택할래?" 선생님은 고개를 한쪽으로 기울이며 물었다.

바람이 다시 거세지면서 도로 저편에 있는 뉴 프렌티스타운에서 자고 있는 사람들의 소음이 조금 실려 왔다. 뭐라고 콕 집어 표현할 순 없지만 코를 킁킁거리거나 코를 고는 요란한 소리, 세상에 그런 게 있을지 모르겠지만 아주 고요하게 느껴지는 소음이 들렸다.

저기 어딘가에 토드가 있겠지.

(선생님이 뭐라고 하건 토드는 죽지 않았어.)

"어서 끝내죠." 나는 배낭을 벗으며 말했다.

그 구조 작전은 리를 위한 작전은 되지 못했다. 리의 누나와 엄마는 구조한 죄수들이나 죽은 죄수들 중에 없었다. 해답이 부수지 못한 감옥에 그들이 있었을 가능성도 있다.

하지만.

"그들이 죽었다 해도." 어느 날 밤 하루 종일 훈련을 받고 온몸이 쑤신 상태로 호숫가에 앉아 돌멩이를 던지고 있을 때 리가 말했다. "난 정말 알고 싶어."

나는 고개를 흔들었다. "네가 아직 모른다면, 여전히 가능성은 남아 있어."

"내가 알건 모르건 그것 때문에 살아 있는 건 아니잖아." 리는 다시 앉으면서, 이번에도 내 옆에 앉았다. "내 생각에 엄마랑 누나는 죽은 것 같아. 두 사람이 죽은 것처럼 느껴져."

"리……."

"내가 그놈을 죽일 거야." 리는 협박이 아니라 약속을 하고 있었다. "맹세코 놈에게 가까이 갈 수만 있다면."

우리 위에 두 개의 달이 뜨면서, 수면 위에 달 두 개가 더 생겼다. 나는 돌을 또 던져서 호수에 비친 달 위로 또르르 굴러가는 모습을 지켜봤다. 우리 뒤쪽과 강둑 위에 있는 기지에서 작고 부산스런 소리가 들렸다. 여기저기서 소음이 울렸고, 그 속에 점점 커져가는 리의 소음도 있었다. 그는 코일 선생님에게 치료제를 배급받을 자격이 되는 행운아가 아니었다.

"네가 생각하는 그런 것과는 달라." 나는 조용히 말했다.

"누군가를 죽이는 거 말이야?"

나는 고개를 끄덕였다. "죽어도 싼 인간이라고 해도, 네가 죽이지 않으면 너를 죽일 인간이라고 해도, 그렇다 해도 네가 생각한 것과는 달라."

좀 더 침묵이 흐른 후에 마침내 리가 입을 열었다. "나도 알아."

나는 그를 살펴봤다. "군인을 죽였구나."

리는 대답하지 않았는데 그걸로 대답이 됐다.

"리, 왜 내게 말하지 않았……."

"그건 네가 생각하는 것과는 다르니까. 아무리 죽어도 싼 인간이라고 해도."

리는 돌멩이 하나를 다시 호수에 던졌다. 우리의 어깨는 이제 맞닿아 있지 않았다. 우리 사이에는 어느새 틈이 벌어져 있었다.

"난 그래도 놈을 죽일 거야." 리가 말했다.

나는 여러 겹으로 싼 종이를 벗긴 후에 폭탄을 우물 옆에 대고 누른 다음, 나무 수액으로 만든 접착제를 붙였다. 그리고 배낭에서 전선 두 개를 꺼내서 이미 폭탄 끝에 삐져나와 있는 두 개의 전선에 대고 꼬아서 연결시켰다. 그리고 전선 한쪽 끝을 늘어뜨렸다.

폭탄에 이제 기폭 장치가 장착됐다.

나는 배낭 앞쪽 주머니에서 작은 초록색 키패드를 꺼내고 늘어진 전선 끝을 비틀어서 패드 끝에 튀어나온 부분에 연결시켰다. 그리고 패드에 있는 붉은 버튼과 회색 버튼을 차례로 눌렀다. 초록색 번호에 환하게 불이 들어왔다.

이제 폭탄에 시간을 설정할 준비가 됐다.

나는 디지털시계의 숫자가 30:00이 될 때까지 딸각딸각 소리를 내며 은색 버튼을 눌렀다. 그리고 붉은색 버튼을 다시 누르고 초록색 패드를 뒤집어서 금속 덮개 하나를 폭탄 속에 밀어 넣은 후에, 다시 한 번 회색 버튼을 눌렀다. 초록색 숫자가 곧바로 29:59, 29:58, 29:57로 변하기 시작했다.

폭탄이 작동되기 시작했다.

"아주 잘했다. 이제 가자." 코일 선생님이 속삭였다.

거의 한 달 동안 숲속에 숨어서 죄수들이 회복하길 기다리고, 남은 사람들이 훈련을 받고, 진짜 군대가 태어나길 기다린 후에, 마침내 기다림이 끝나는 이 밤이 온 것이다.

"일어나라, 얘야." 내 침대 발치에 무릎을 꿇고 앉은 코일 선생님이 말했다.

나는 눈을 깜박이며 잠에서 깼다. 아직 사방이 칠흑처럼 깜깜했다. 코일 선생님은 긴 텐트 속에서 자는 다른 사람들을 깨우지 않으려고 아주 작게 말했다.

"왜요?" 나도 아주 작은 소리로 물었다.

"네가 뭐든 하겠다고 했잖아."

나는 일어나서 추운 바깥으로 나와, 깡충깡충 뛰면서 부츠를 신으려고 애썼다. 그동안 코일 선생님은 내가 지고 갈 배낭을 준비했다.

"우린 시내로 가는 거죠?" 나는 부츠 끈을 묶으면서 말했다.

"천재네." 코일 선생님은 배낭에 대고 중얼거렸다.

"왜 오늘 밤이죠? 왜 지금이에요?"

선생님이 고개를 들어 나를 바라봤다. "우리가 아직 여기 있다는 걸 그들에게 일깨워 줄 필요가 있으니까."

이제 텅 빈 배낭이 내 등을 눌렀다. 우리는 마당을 가로질러 옆걸음

질을 쳐서 집 쪽으로 다가가며, 혹시 자다가 일어나는 사람이 있는지 소리를 들어보려고 멈췄다.

그런 사람은 없었다.

나는 가려고 했지만 코일 선생님이 고개를 뒤로 돌려 집 바깥쪽에 있는 희고 넓은 벽을 바라봤다.

"여기가 좋겠군."

"뭐가요?" 나는 주위를 둘러봤다. 이제 타이머가 작동되기 시작했기 때문에 겁이 났다.

"너 우리가 누군지 잊었니?" 선생님은 힐러들이 입는 긴 스커트 주머니에 손을 넣었다. 바지가 훨씬 더 실용적인데도 여전히 그 옷을 입고 다녔다. 선생님이 뭔가를 꺼내서 던졌고, 나는 무심결에 그걸 받았다.

"네가 그 영광스러운 임무를 수행하지 그러니?"

나는 손안을 들여다봤다. 그것은 모닥불에서 꺼낸 잘 부서지는 파란 숯으로, 추위를 피하기 위해 리처 나무를 태운 부스러기였다. 손에 파란 얼룩이 묻었다.

나는 잠시 그걸 바라봤다.

"똑, 딱." 코일 선생님이 말했다.

나는 침을 꿀꺽 삼켰다. 그리고 그 숯을 들어서 하얀 벽에 빠르게 줄 세 개를 그었다.

내가 쓴 **A**가 나를 마주 봤다.

나의 숨이 거칠어졌다는 걸 문득 깨달았다.

주위를 돌아보자 코일 선생님은 이미 길가에 있는 배수로로 내려가 있었다. 나는 얼른 고개를 숙이고 선생님을 쫓아갔다.

28분 후, 우리가 숲속 깊은 곳에 있는 수레에 막 도착했을 때 쾅 하는

굉음이 들렸다.

"축하한다, 병사여." 서둘러 기지로 돌아가기 시작했을 때 코일 선생님이 말했다. "네가 방금 마지막 전투의 첫 총성을 울렸어."

29

심문이란 업무

〈토드〉

두 손을 뒤로 올린 그 여자의 양 손목은 금속 창살에 따로따로 묶여 있었다.

금방이라도 호수에 뛰어들 것처럼 보이는 자세였다.

그녀의 얼굴에서 핏물이 흘러내리지만 않는다면 말이다.

"저 여자는 이제 자백할 거야." 데이비가 말했다.

하지만 그의 목소리는 이상하게 조용했다.

"한 번만 더 물어볼게. 그 폭탄은 누가 설치했지?" 해머 아저씨가 그 여자 뒤로 걸어가면서 물었다.

탈옥 사건 이후 처음으로 어젯밤 한 농장의 우물과 펌프가 폭탄에 의해 파괴됐다.

다시 시작된 것이다.

"나도 몰라요. 난 그 후로 헤이븐을 떠난 적도 없……." 여자는 조여든 목소리로 기침을 하면서 말했다.

"어디를 떠난 적이 없다고?" 해머 아저씨는 그 금속 틀의 손잡이를 잡아서 기울여 그 여자의 얼굴을 큰 물통에 처박았다. 여자가 몸부림을 치는 동안 그는 계속 그 자세로 있었다.

나는 고개를 숙여 내 발을 바라봤다.

"머리 들어라, 토드. 보지도 않고 어떻게 배우려고 그러니?" 시장이 우리 뒤에 와 서면서 말했다.

나는 고개를 들었다.

우리는 심문 현장이 보이는 양면 거울의 반대편에 서 있었다. 우리가 있는 작은 방은 높은 콘크리트 벽으로 둘러싸여 있고, 양옆으로 거울 달린 비슷한 방이 두 개 더 있다. 데이비와 나는 짧은 벤치에 나란히 앉아 있었다.

심문 광경을 지켜보면서.

해머 아저씨가 틀을 다시 위로 끌어 올렸다. 그 여자는 물속에서 나와 숨을 헐떡이면서 묶여 있는 팔을 한껏 잡아당겼다.

"넌 어디 산다고?" 해머 아저씨는 미소를 짓고 있었다. 그의 얼굴에 항상 맴도는 그 불쾌하고 고약한 미소.

"뉴 프렌티스타운요. 뉴 프렌티스타운." 여자가 헐떡이며 대답했다.

"맞았어." 해머 아저씨는 그렇게 대꾸하더니 여자가 기침을 너무 심하게 한 나머지 그 자리에서 토해버리는 모습을 지켜봤다. 아저씨는 사이드 테이블에서 수건을 집어 여자의 얼굴을 부드럽게 닦아주면서 최선을 다해 토사물을 닦아냈다.

그 여자는 가쁘게 숨을 몰아쉬면서도 자기 얼굴을 닦아주는 그에게서 한순간도 시선을 떼지 않았다.

아까보다 더 겁이 난 표정이었다.

"왜 저렇게 하죠?" 데이비가 물었다.

"뭘 말이냐?" 시장이 물었다.

데이비가 어깨를 으쓱했다. "왜 친절하게 구냐고요."

나는 아무 말도 않고, 시장이 내게 붕대를 붙여줬던 일이 소음에 나오지 않게 하려고 했다.

몇 달 전에 있었던 그 일.

시장이 자세를 바꾸면서 데이비가 내 소음을 듣지 못하도록 바스락거리는 소리를 냈다. "우린 인간이잖니, 데이비. 우리도 좋아서 이런 일을 하는 게 아니다."

나는 해머 아저씨의 미소를 바라봤다.

"그래, 토드. 해머 대위의 신이 난 것 같은 표정은 보기 흉하지만, 대위가 성과 하나는 제대로 낸다는 점은 너도 인정해야 한다." 시장이 말했다.

"정신이 드나?" 해머 아저씨가 여자에게 물었다. 방에 설치된 마이크를 통해 목소리를 들을 수 있다. 이런 시스템 때문에 현실이 아니라 비디오를 보는 것 같은 느낌이 든다.

"계속 물어봐서 미안한데, 네가 마음먹기만 하면 이 심문은 빨리 끝날 수 있어."

"제발, 제발 나는 아무것도 몰라요." 그 여자가 속삭였다.

그러더니 울기 시작했다.

"젠장." 데이비가 작은 소리로 말했다.

"적은 우리의 동정을 사기 위해 여러 가지 수법으로 우리를 속이려들 거야." 시장이 말했다.

데이비가 시장에게 고개를 돌렸다. "그러니까 저게 연기란 말인가요?"

"그렇지."

나는 계속 그 여자를 지켜봤다. 연기처럼 보이지는 않는다.

나는 원이고 원은 나다.

"그렇지." 시장이 중얼거렸다.

"이 상황을 주도하는 건 너야." 해머 아저씨가 다시 그 여자의 주위를 빙빙 돌면서 말했다. 여자는 고개를 돌려서 아저씨의 움직임을 보려고 했지만 틀에 묶여 있어서 움직일 수 없었다. 해머 아저씨는 여자의 시야 바로 바깥쪽에서 계속 맴돌았다. 여자를 불안하게 만들려는 수법이라고 짐작했다.

그에게는 소음이 없으니까.

나와 데이비는 있지만.

"아주 약하게 들린단다, 토드." 시장이 내 궁금증을 읽고 설명했다. "저 여자의 머리 양옆 틀에서 튀어나온 저 금속 봉들 보이니?"

나와 데이비는 시장이 손으로 가리키는 봉들을 봤다.

"저기서 계속 윙윙거리는 소리가 나오고 있다. 우리가 있는 방에서 흘러나와 여자가 듣게 될지도 모르는 소음들을 줄이는 효과가 있지. 여자가 심문 담당 장교에게만 정신을 집중하게 하려는 거야."

"우리가 이미 알고 있는 것들을 여자들이 못 듣게 하려는 거군요." 데이비가 말했다.

"그렇지. 바로 그거야, 데이비드." 시장이 조금 놀란 목소리로 말했다.

데이비가 싱긋 웃자 그의 소음이 조금 상기됐다.

"그 농장 벽에 적혀 있는 파란색 A를 봤어." 해머 아저씨는 계속 그 여자 주위를 맴돌면서 말했다. "그 폭탄은 네 조직이 설치한 다른 폭탄들과 똑같은 것으로……."

"내 조직이 아니라니까요!" 여자가 말했지만 해머 아저씨는 못 들은 것처럼 이야기를 계속했다.

"네가 그 밭에서 지난 한 달 동안 일했던 거 다 알고 있어."

"다른 여자들도 일했어요! 밀라 프라이스. 카시아 맥레이, 마사 서트펜……." 여자는 점점 더 필사적으로 외쳤다.

"그러니까 그들도 한패라는 말인가?"

"아뇨! 아니, 그게 아니라 그저……."

"프라이스 부인과 서트펜 부인은 이미 심문을 받았다."

여자가 말을 멈췄다. 갑자기 표정이 아까보다 더 두려워 보였다.

데이비가 내 옆에서 킬킬 웃으며 속삭였다. "너 딱 걸렸어."

하지만 이상하게도 그의 목소리에서 안도하는 느낌이 들었다.

시장도 그 소리를 들었는지 궁금해졌다.

"그들이……." 여자는 말을 도중에 멈추고 나서 다시 말했다. "그들이 뭐라고 했어요?"

"네가 자기들을 포섭하려 했다고 말했어. 네가 자기들을 테러리스트로 모집하려고 애쓰다가, 그들이 거부하니까 그럼 너 혼자서라도 하겠다고 했다고." 해머 아저씨가 침착하게 말했다.

여자의 얼굴에서 핏기가 싹 가셨다. 여자는 입을 떡 벌리고 믿을 수 없다는 표정으로 눈을 크게 떴다.

"저건 사실이 아니죠, 그렇죠?" 나는 침착한 목소리로 말했다. 나는 원이고 원은 나다. "대위가 저 여자 자백을 받아내려고 저런 소리를 하는 거죠?"

"잘 맞췄다, 토드. 넌 이 일에 소질이 있을지도 모르겠구나." 시장이 말했다.

데이비는 날 먼저 보더니 자기 아버지와 나를 다시 번갈아 봤다. 하지만 마음속에 떠오르는 의문은 말하지 않았다.

"우리는 이미 네 짓이라는 걸 알고 있어. 널 평생 감옥에서 썩게 할 정도로 충분한 증거가 있다고." 해머 아저씨는 그렇게 말하면서 그녀 앞에 멈춰 섰다. "난 지금 너의 친구로서 네 앞에 서 있는 거야. 감옥보다 더 끔찍한 운명에서 널 구해줄 수 있는 친구라고."

여자는 침을 꿀꺽 삼켰다. 금방이라도 다시 토할 것 같은 표정이었다.

"하지만 나는 아무것도 몰라요. 정말 아무것도 몰라." 여자는 힘없이 말했다.

해머 아저씨가 한숨을 쉬었다. "어쩐다, 그것 참 정말 실망스럽군."

아저씨는 다시 뒤로 걸어가서, 틀을 잡고, 여자를 다시 물속으로 처넣었다.

물속에 처박고…….

그대로 놔둔 채…….

고개를 들어 우리가 보고 있는 거울을 올려다봤다.

해머 아저씨는 우리에게 미소를 지어 보였고…….

그 여자는 물속에 처박혀 있었고…….

그 여자가 몸부림쳐서 수면이 사정없이 흔들렸고…….

나는 원이고 원은 나다. 나는 눈을 감으며 생각했고…….

"눈을 떠라, 토드." 시장이 말했고…….

나는 눈을 떴지만…….

여자는 여전히 물속에 처박혀 있었고…….

여자의 몸부림이 점점 격렬해졌고…….

너무 격렬해져서 양 손목을 묶은 끈 아래로 피가 흘러내리기 시작했
고…….

"맙소사." 데이비가 아주 작은 소리로 말했고…….

"저러다 저 여자 죽겠어요." 내가 여전히 낮은 목소리로 말했고…….

이건 그저 비디오야…….

이건 그저 비디오야…….

(다만 이건 비디오가 아니고…….)

(아무것도 느껴지지 않아…….)

(난 죽었으니까…….)

(난 죽었어…….)

시장이 내 옆을 지나서 벽에 있는 버튼 하나를 눌렀다. "그걸로 충분
할 것 같네, 대위." 시장의 목소리가 심문실로 들어갔다.

해머 대위가 그 틀을 물 위로 끌어 올렸다. 아주 천천히.

여자는 틀에 매달린 채 고개를 숙이고 있었다. 그녀의 입과 코에서
물이 흘러나왔다.

"대위가 저 여자를 죽였어요." 데이비가 말했다.

"아니야." 시장이 대꾸했다.

"말해. 그럼 이 모든 게 끝날 거야." 해머 아저씨가 여자에게 말했다.

긴 침묵이 흘렀고, 이어서 더 긴 침묵이 흘렀다.

그러다가 여자가 꺽꺽거리는 목소리로 말했다.

"뭐라고?" 해머 아저씨가 말했다.

"내가 했다고요." 여자가 꺽꺽거리며 말했다.

"맙소사!" 데이비가 말했다.

"네가 뭘 했는데?" 해머 아저씨가 물었다.

"내가 폭탄을 설치했어요." 여자는 여전히 고개를 숙인 채 말했다.

"그리고 넌 같이 일하는 여자 동료들을 설득해서 네 조직에 가담시키려고 했지."

"그래요. 뭐든 안 했겠어요." 여자가 속삭였다.

"하! 저 여자가 자백했어! 자기가 했대!" 데이비가 목소리에 서린 안도감을 감추려고 애쓰며 말했다.

"아니야, 저 여자는 하지 않았어." 나는 여자에게서 시선을 떼지 않은 채, 벤치에서 꿈쩍도 하지 않고 말했다.

"뭐라고?" 데이비가 반문했다.

"그냥 지어내고 있는 거야." 나는 거울을 보며 말했다. "더 이상 물속에 처박히지 않으려고." 나는 고개를 살짝 옆으로 움직여서 지금 데이비가 아니라 시장에게 이야기하고 있다는 뜻을 전달했다. "그렇죠?"

시장은 잠시 뜸을 들였다. 소음이 없어도 시장이 내 추측에 감탄한 걸 알 수 있었다. 원에 대한 주문을 읊기 시작한 후로 내 머리는 기분 나쁜 쪽으로 명쾌해지기 시작했다.

아마 그게 이 연습의 목적인지도 모르겠다.

"저 여자가 거짓말을 하고 있는 건 거의 확실해. 하지만 이제 자백을 받아냈으니 그걸 저 여자에게 불리하게 써먹을 수 있지." 시장이 마침내 대답했다.

데이비의 시선은 여전히 나와 자기 아버지 사이를 정신없이 오갔다. "아버지 말은, 그러니까…… 저 여자를 더 심문하겠다는 뜻인가요?"

"모든 여자는 해답의 일원이야. 심정적으로 공감만 한다고 해도 말이지. 우린 저 여자가 무슨 생각을 하는지 알아내야 해. 저 여자가 뭘 알고 있는지도 알아내야 하고." 시장이 말했다.

데이비는 틀에 묶여 숨을 헐떡이는 그 여자를 다시 봤다.

"이해가 안 돼요." 데이비가 말했다.

"저 여자를 다시 감옥에 보내면, 다른 여자들은 저 여자가 무슨 일을 겪었는지 알게 될 거야." 내가 말했다.

"그렇지." 시장이 말하면서 내 어깨에 잠시 한 손을 갖다 댔다. 마치 애정의 표시처럼. 내가 움직이지 않자 시장은 손을 뗐다. "여자들은 심문에 대답하지 않으면 어떤 일이 일어날지 알게 되겠지. 그런 식으로 우리는 누가 정보를 갖고 있건 그걸 알아내게 될 거야. 어젯밤 폭탄으로 공격이 다시 시작됐어. 전보다 더 큰일이 시작된 거야. 그들의 다음 수가 무엇인지 알아내야 해."

데이비는 계속 그 여자를 바라봤다. "저 여자는 어쩌고요?"

"저 여자는 물론 자백한 죄에 대한 처벌을 받겠지." 시장은 데이비가 뻔한 질문을 하려고 애쓰는 걸 보면서도 이야기를 계속했다. "그리고 누가 아니? 저 여자가 정말 뭔가 알고 있을지." 시장은 고개를 들어 거울을 바라봤다. "그걸 알아내는 방법은 하나밖에 없어."

"오늘 협조해 줘서 고마워." 해머 아저씨가 여자의 턱을 손으로 들어 올렸다. "넌 아주 용감했어. 끝까지 버틴 걸 자랑스럽게 생각해도 돼." 아저씨는 미소를 지어 보였지만 여자는 눈을 마주치려 하지 않았다. "넌 내가 심문한 어지간한 남자들보다 근성이 있었어."

해머 아저씨는 여자 옆에서 물러나 작은 사이드 테이블로 가서 그 위에 있는 천을 집었다. 그 천 밑에 반짝거리는 금속성 도구가 몇 개 있었다. 아저씨가 그중 하나를 집어 올렸다.

"이제 우리 심문의 2부로 넘어가 볼까." 해머 아저씨는 여자에게 다가가면서 말했다.

여자가 비명을 지르기 시작했다.

"저건." 밖에서 기다리는 동안 데이비는 왔다 갔다 하면서 그 말밖에 하지 않았다. "저건 참." 그러다가 내게 얼굴을 돌렸다. "말이 안 나오지 않냐, 토드."

나는 아무 대꾸도 하지 않고 아껴뒀던 사과 하나를 주머니에서 꺼냈다. "사과야." 나는 앙가르드에게 고개를 가까이 대면서 속삭였다. 사과. 앙가르드가 그렇게 대꾸하면서 입술을 뒤로 말고 이빨로 사과를 깨물었다. 토드. 앙가르드는 사과를 우적우적 씹으면서 내 이름을 말하고는 다시 날 불렀다. 토드?

"너 때문에 그런 거 아니야, 아가씨." 나는 그렇게 속삭이면서 앙가르드의 코를 문질렀다.

우리는 이반이 보초를 서고 있는 문에서 조금 떨어져 있었다. 이반은 계속 내 눈길을 끌려고 애썼다. 그가 소음으로 나를 조용히 불렀다.

나는 계속 그를 무시했다.

"저건 정말 치열했어." 데이비가 내 소음을 읽으려고 노력하면서, 그 일에 대한 내 생각을 보려고 애쓰면서 말했다. 하지만 나는 아무 내색도 하지 않고 감정도 드러내지 않았다.

나는 아무것도 느끼지 않고.

아무 감정도 받아들이지 않는다.

"너 요즘 완전 쿨하게 논다. 대위가 그짓을 할 때도 움찔하지……." 데이비는 자기에게도 사과를 줬으면 하는 데드폴을 무시하며 경멸하는 목소리로 말했다.

"얘들아." 시장이 길고 무거운 자루 하나를 들고 밖으로 나왔다.

이반은 다시 제꺽 차렷 자세로 섰다.

"오셨어요?" 데이비가 시장을 맞았다.

"그 여자는 죽었나요?" 나는 앙가르드의 눈을 들여다보며 물었다.

"그 여자가 죽으면 우리에겐 쓸모가 없지, 토드." 시장이 대답했다.

"분명 죽은 것처럼 보이던데." 데이비가 말했다.

"기절해서 그렇게 보이는 것뿐이야. 자, 너희 둘이 새롭게 할 일이 있다."

우리 둘이 새로운 일이라는 말을 받아들이기까지 얼마간 시간이 걸렸다.

나는 눈을 감았다. 나는 원이고 원은 나다.

"빌어먹을 그것 좀 안 하면 안 되냐?" 데이비가 내게 소리 질렀다.

하지만 우리 모두 그의 소음에 있는 공포, 점점 솟아오르는 불안, 아버지와 새로운 일에 대한 두려움, 그가 할 수 없는 일에 대한 무서움이 솟구쳐 오르는 걸 들을 수 있었다.

"너희가 심문을 하진 않을 거야. 그게 네가 두려워하는 거라면 말이다." 시장이 말했다.

"난 두렵지 않아요. 내가 두렵다고 누가 그래요?" 데이비가 너무 큰 소리로 대꾸했다.

시장이 우리 발치에 그 자루를 떨어뜨렸다.

그 형태로 뭔지 알 수 있었다.

나는 아무것도 느끼지 않고, 아무 감정도 받아들이지 않는다.

데이비도 그 자루를 내려다보고 있었다. 심지어 그마저도 충격을 받았다.

"그냥 죄수들일 뿐이야. 그래야 내부로 잠입하는 적들에 맞서 싸울 수 있으니까." 시장이 말했다.

"아버진 우리가 **사람들**에게 이걸 채우길 바라는 거예요?" 데이비가 고개를 들어 시장을 보면서 말했다.

"사람들이 아니고, 국가의 적들."

나는 여전히 그 자루를 내려다봤다.

우리 모두 그 자루에 숫자가 새겨진 금속 밴드들과 연장들이 들어 있다는 걸 알고 있었다.

30

그 밴드

〈바이올라〉

내가 막 타이머를 작동시키고 브레이스웨이트 선생님에게 돌아서서 이제 가도 된다고 말하려 했을 때, 한 여자가 우리 뒤쪽 덤불에서 뛰쳐나왔다.

"도와줘요." 그 여자가 말했다. 목소리가 너무 작아서 우리가 거기 있는 건 모르고 그냥 우주에게 어떻게든 도와달라고 요청하는 것 같았다.

그러더니 쓰러졌다.

"이게 뭐예요?" 나는 수레 속에 숨겨둔 아주 작은 구급상자에서 붕대 하나를 더 꺼내 흔들리는 수레 위에서 여자의 상처를 치료하려고 애쓰면서 물었다. 그녀의 팔뚝 중간에 동그란 금속 밴드 하나가 채워져 있었는데, 너무 꽉 물린 나머지 살 속으로 파고 들어간 것처럼 보였다. 게다가 밴드 주위가 벌겋게 감염돼서 그 부위에서 열이 나고 있었다.

"이건 가축에게 채우는 거야." 화가 난 브레이스웨이트 선생님이 황소들을 고삐로 탁 내려치면서 덜컹덜컹 수레를 몰았다. 수레를 몰면서 속도를 내면 안 되는 길인데. "그 잔인한 새끼."

"도와줘요." 그 여자가 속삭였다.

"지금 그러고 있어요." 나는 여자의 머리를 내 무릎에 올려서 울퉁불퉁한 길에서도 덜 흔들리게 했다. 금속 밴드 주위에 붕대를 감다가 밴드에 새겨진 숫자를 봤다.

1391.

"이름이 뭐예요?" 내가 물었다.

하지만 여자는 눈을 반쯤 감은 채 도와달라는 말만 반복했다.

"저 여자가 스파이가 아닌 건 확실해?" 코일 선생님이 팔짱을 끼고 말했다.

"맙소사. 선생님은 가슴에 심장이 아니라 돌덩이가 있는 거 아니에요?" 내가 쏘아붙였다.

선생님이 눈을 부라렸다. "그들이 어떤 속임수를 쓸지 모르는……."

"감염이 너무 심해서 저 여자의 팔을 구할 수 없어. 저 여자가 스파이라고 해도 정보를 가지고 돌아갈 상태가 아니라고." 브레이스웨이트 선생님이 말했다.

코일 선생님은 한숨을 쉬었다. "저 여자는 어디서 찾았어?"

"그동안 소문으로만 듣던 새로 생긴 심문 본부 근처에서." 브레이스웨이트 선생님이 아까보다 얼굴을 더 찡그리면서 말했다.

"그 근처에 있는 작은 창고에 폭탄 하나를 설치해 두고 왔어요. 거기가 우리가 접근할 수 있는 가장 가까운 곳이었어요." 내가 말했다.

"저거 낙인을 찍는 밴드야, 니콜라." 그렇게 말하는 브레이스웨이트 선생님의 입에서 분노가 뿜어져 나왔다.

코일 선생님은 손가락으로 자신의 이마를 문질렀다. "나도 알아."

"저거 그냥 잘라버리고 상처를 치료하면 안 돼요?" 내가 물었다.

브레이스웨이트 선생님이 고개를 저었다. "저기 화학물질이 묻어 있어서 한번 낙인이 찍힌 피부는 절대 낫지 않아. 그런 용도로 만든 거지. 억지로 떼어내면 계속 피를 흘리다가 죽게 돼. 저건 한 번 차면 영원히 차야 해. 영원히."

"맙소사."

"저 여자랑 이야기 좀 해봐야겠어." 코일 선생님이 말했다.

"나다리가 지금 치료하고 있어. 수술을 받기 전에 의식이 돌아올지도 모르겠다." 브레이스웨이트 선생님이 말했다.

"그럼 어서 가자." 그들은 치료 텐트를 향해 걸어갔다. 나도 따라가려고 했지만 코일 선생님이 노려봤다. "넌 안 돼, 애야."

"왜요?"

하지만 그들은 추운 바깥에 나를 내버려 둔 채 자기들끼리 가버렸다.

"힐디, 너 괜찮으냐?" 내가 황소들 사이를 하릴없이 돌아다니자 윌프 아저씨가 물었다. 아저씨는 황소들이 차고 있는 마구 주위 털을 빗질로 쓸어주고 있었다. **윌프**, 황소들이 말했다.

황소들이 하는 말은 그것뿐이었다.

"오늘 밤은 힘들었어요. 우리가 금속 밴드로 낙인이 찍힌 여자를 한 명 구했거든요."

윌프 아저씨는 한동안 생각에 잠겼다가 황소의 오른쪽 앞다리에 채워진 금속 밴드를 가리켰다. "이런 거?"

나는 고개를 끄덕였다.

"사람한티?" 아저씨는 놀라서 휘파람을 불며 물었다.

"상황이 변하고 있어요, 아저씨. 점점 악화되고 있어요."

"나도 알어. 우린 곧 행동에 들어갈 거여, 그럼 좋든 나쁘든 어느 쪽으로든 시작되겄지." 아저씨가 대꾸했다.

나는 고개를 들어 아저씨를 바라봤다. "선생님의 계획이 정확히 뭔지 아세요?"

아저씨는 고개를 젓고 나서 황소 한 마리의 다리에 채워진 금속 밴드를 쓰다듬었다. **월프**, 그 황소가 말했다.

"바이올라!" 기지 맞은편에서 날 부르는 소리가 들렸다.

고개를 돌리자 코일 선생님이 어두운 기지를 가로질러 우리에게 다가오고 있었다. "저러다 사람들 다 깨겄는디." 월프 아저씨가 말했다.

"이 사람은 지금 정신이 좀 혼미해. 기껏해야 1분 정도밖에 시간이 없어." 나다리 선생님이 말하는 동안 나는 구조된 여자가 누워 있는 침대 옆에 무릎을 꿇고 앉았다.

"우리에게 말한 걸 이 아이에게 말해줘요. 한 번만 더 말하면 잘 수 있게 해줄게." 코일 선생님이 그 여자에게 말했다.

"내 팔? 이젠 아프지 않네요." 그 여자가 흐릿한 눈으로 말했다.

"방금 우리에게 한 말을 다시 이 아이에게 좀 해봐요. 그럼 모든 게 괜찮아질 거야." 코일 선생님이 최대한 따뜻한 목소리로 말했다.

그 여자가 나를 보더니 눈을 살짝 크게 떴다. "너, 거기 있던 그 아이구나."

"바이올라예요." 나는 밴드를 차지 않은 여자의 다른 쪽 팔을 만지며 말했다.

"시간이 별로 없어요, 제스. 말해요." 코일 선생님이 조금 더 엄격한 목소리로 말했다. 제스가 이 여자의 이름인 모양이었다.

"뭘 말하라고요?" 나는 조금 짜증을 내며 물었다. 이런 식으로 이 사람을 깨어 있게 하는 건 잔인한 짓이다. 그렇게 말하려고 했을 때 코일 선생님이 말했다. "누가 당신에게 이런 짓을 했는지 말해요."

제스의 눈에 갑자기 두려움이 차올랐다. "아. 아, 아." 그녀는 이렇게 만 말했다.

"그것만 말하면 편하게 해줄게."

"코일 선생님……." 나는 화가 나서 입을 열었다.

"사내아이들. 아직 어른도 안 된 사내아이들." 그 여자가 말했다.

나는 헉 숨을 들이마셨다.

"어떤 아이들? 그 아이들 이름이 뭐지?" 코일 선생님이 물었다.

"데이비." 그렇게 말하는 그녀의 눈은 이제 우리가 있는 텐트 안이 아닌 다른 곳을 보고 있었다. "데이비가 나이가 더 많았어요."

코일 선생님이 나와 눈을 맞췄다. "그리고 다른 아이는?"

"말수가 적은 아이. 아무 말도 하지 않고 그냥 맡은 일만 했어요. 아무 말도 안 했어." 그 여자가 말했다.

"그 아이 이름이 뭐였지?" 코일 선생님이 끈질기게 물었다.

"난 갈래요." 나는 듣고 싶지 않아서 일어났다. 코일 선생님이 내 손을 꽉 잡고 붙들어 세웠다.

"그 아이 이름이 뭐라고?" 코일 선생님이 다시 물었다.

그 여자는 이제 숨을 헐떡이고 있었다.

"이제 충분해. 나는 애초에 이러고 싶지 않……." 나다리 선생님이 나섰다.

"1초만 더." 코일 선생님이 말했다.

"니콜라." 나다리 선생님이 경고했다.

"토드." 침대에 누워 있는 여자, 내가 구한 여자, 감염이 진행돼서 앞으로 팔을 잃게 될 이 여자, 지금은 내가 한 번도 본 적 없는 바닷속 깊은 곳에 있었으면 싶은 이 여자가 말했다. "또 다른 아이는 토드라고 했어요."

"따라오지 말아요." 코일 선생님이 나를 따라 텐트 밖으로 나오자 내가 말했다.

"그 아이는 살아 있어. 하지만 그들과 한패가 됐지."

"닥쳐!" 나는 그렇게 부르짖고, 남들이야 깨건 말건 아랑곳없이 쿵쿵 소리를 내며 걸어갔다.

코일 선생님이 앞으로 달려와서 내 팔을 그러쥐었다. "넌 그 애를 잃은 거야, 애야. 애초에 그 아이가 정말 네 사람이었다 해도 말이다."

나는 다짜고짜 코일 선생님의 뺨을 후려쳤다. 선생님은 자신을 방어할 틈도 없었다. 마치 나무 몸통을 때리는 것 같은 느낌이었다. 단단한 선생님의 몸이 뒤로 주춤거리며 물러났고, 순간 내 팔에 찡 하고 통증이 올라왔다.

"아무것도 모르면서 함부로 말하지 말아요." 나는 이글이글 불타오르는 목소리로 말했다.

"네가 감히." 선생님은 뺨에 손을 대며 말했다.

"당신은 내가 싸우는 걸 한 번도 본 적 없잖아. 나는 군대를 막기 위해 다리도 무너뜨렸어. 나는 칼로 미치광이 살인자의 목을 찔렀다고. 내가 다른 사람들의 목숨을 살리는 동안 당신은 그저 야밤에 여기저기 뛰어다니면서 사람들을 날려버렸지." 나는 그 자리에 버티고 서서 말했다.

"너야말로 아무것도 모르……."

나는 선생님을 향해 한 발자국 다가섰다.

그녀는 뒤로 물러서지 않았다.

하지만 말을 멈췄다.

"난 당신을 증오해. 당신이 뭔가 할 때마다 시장은 그보다 더 끔찍한 방식으로 대응하고 있어."

"이 전쟁은 내가 일으킨 게 아니……."

"하지만 당신은 이걸 좋아하잖아! 당신은 전쟁의 모든 면을 사랑하지. 폭탄, 싸움, 구조 전부 다." 선생님의 화가 난 얼굴은 달빛 아래서도 훤히 보였다.

하지만 두렵지 않았다.

선생님도 그걸 알고 있다는 생각이 들었다.

"넌 세상을 단순한 흑백논리로 보려 하지. 하지만 세상은 그렇게 돌아가지 않아. 그런 적은 단 한 번도 없었고, 앞으로도 그럴 거야." 선생님이 말했다. "그리고 잊지 마라. 넌 이 전쟁에서 나와 같이 싸우고 있으니까." 선생님은 살얼음이 얼 것 같은 차디찬 미소를 지으며 말했다.

나는 허리를 굽혀서 선생님의 얼굴에 내 얼굴을 바짝 댔다. "시장을 타도해야 하니까 당신을 돕는 것뿐이야. 하지만 그 일이 끝나면?" 얼굴을 너무 가까이 대서 선생님의 숨결까지 느껴졌다. "그다음엔 당신을 타도해야 하나?"

선생님은 아무 대꾸도 하지 않았다.

하지만 뒤로 물러서지도 않았다.

　　　　　　　　　　　　　　　카오스 워킹 2

나는 돌아서서 가기 시작했다.

"그 애는 변했어, 바이올라!" 코일 선생님이 뒤에서 소리쳤다.

하지만 나는 멈추지 않고 계속 걸었다.

"시내로 들어가야겠어요."

"시방? 곧 동이 틀 거여. 위험해." 윌프 아저씨가 하늘을 올려다보며 말했다.

"항상 위험하잖아요. 제겐 선택의 여지가 없어요."

아저씨는 눈을 깜박이며 나를 바라봤다. 그러다가 밧줄들을 챙겨서 수레에 묶어 다시 이동할 준비를 시작했다.

"아니에요. 아저씨는 거기 가는 법만 가르쳐 주시면 돼요. 아저씨까지 위험에 처하게 할 순 없어요."

"너 토드 때문에 그라제?"

나는 고개를 끄덕였다.

"그럼 내가 데려다줄게."

"아저씨……."

"아직 시간이 일러. 내가 최대한 가까운 곳까지 데려다줄게." 아저씨는 수레에 매려고 황소들을 뒤로 가게 하면서 말했다.

아저씨는 황소들에게 다시 수레의 마구를 채우면서 한 마디도 하지 않았다. 황소들은 일이 다 끝나서 이제 쉬려고 생각했는데 이렇게 빨리 다시 나가게 된 것에 놀라서 계속 윌프를 불렀다. **윌프? 윌프?**

나는 제인 아줌마를 생각했다. 남편인 윌프를 위험에 빠뜨리면 아줌마가 뭐라고 할지 생각했다.

하지만 이렇게만 말했다. "고마워요."

"나도 갈 거야." 돌아서자 리가 아직 졸린 눈을 비비며, 하지만 옷도 다 입고 준비한 채로 서 있었다.

"거기서 뭐 해? 그리고 넌 안 돼. 못 가."

"아니, 갈 거야. 아까 네가 그렇게 소리를 질러대는데 누가 잘 수 있겠어?"

"너무 위험해. 그들이 네 소음을 들을 거고……."

리는 입을 다물고 소음으로 말했다. 그럼 그냥 들으라지.

"리……."

"너 그 애를 찾으러 가는 거지, 그렇지?"

나는 답답해서 한숨을 쉬면서 다른 사람들을 위험에 몰아넣기 전에 그만 포기해야 하나 생각하기 시작했다.

"넌 심문 본부에 갈 거잖아." 리가 목소리를 낮추면서 말했다.

나는 고개를 끄덕였다.

그때 깨달았다.

리의 엄마와 누나도 거기 있을지 모른다.

나는 다시 고개를 끄덕였고, 이번에는 내가 동의했다는 걸 리가 알았다.

기지 사람들 절반은 우리가 가는 걸 아는 게 분명했지만 아무도 우리를 막으려 하지 않았다. 코일 선생님에겐 우리를 말리지 않는 이유가 있을 것이고.

우린 가면서 별말을 하지 않았다. 난 그저 리의 소음과 그의 가족에 대한 생각, 시장에 대한 생각, 시장에게 손을 댈 기회만 생긴다면 어떻게 할지에 대한 생각을 들으며 갔다.

그리고 나에 대한 생각도.

"뭐라고 말 좀 해. 그렇게 남의 소음을 엿듣는 건 무례한 행동이야." 리가 말했다.

"전에도 그런 말 들은 적 있는데." 내가 대꾸했다.

하지만 내 입속은 깔깔하니 말라 있었고, 별로 할 말이 없었다.

시내에 도착하기 전에 해가 떴다. 윌프 아저씨가 소들을 최대한 빨리 몰았지만, 그렇다 해도 이번에 시내로 들어가는 것은 위험한 여행이었다. 시내에 있는 사람들이 다 깨어 있고, 수레에 탄 남자들에게서 소음이 흘러나오고 있으니까. 우리는 어마어마한 위험을 짊어진 것이다.

하지만 윌프 아저씨는 계속 수레를 몰았다.

나는 뭘 보고 싶은지 설명했고, 아저씨는 아는 곳이 하나 있다고 했다. 아저씨는 수레를 깊은 숲속에 세우고 어떤 절벽 위로 가는 길을 일러줬다.

"이제부터 고개는 계속 숙이고 가야 혀. 딴 사람들에게 들키지 말고."

"안 그럴게요. 우리가 한 시간 내로 돌아오지 않으면 기다리지 말고 가세요."

윌프 아저씨는 나를 빤히 보기만 했다. 우리 모두 아저씨가 절대 우리를 두고 가지 않으리라는 걸 알았다.

리와 나는 고개를 푹 숙이고 울창한 나무들 사이를 지나 절벽을 올라갔다. 우리는 절벽 꼭대기에 서서 아저씨가 그곳을 고른 이유를 깨달았다. 통신 탑이 무너진 곳 근처에 솟은 언덕에서 심문 본부로 가는 도로가 한눈에 내려다보였다. 우리는 그 본부가 일종의 감옥이거나 고문실 같은 곳이라고 들었다.

정확히 뭐 하는 곳인지는 알고 싶지도 않지만.

우리는 덤불 속에 나란히 엎드려서 아래를 내려다봤다.

"무슨 소리가 나는지 잘 들어봐." 리가 속삭였다.

속삭일 필요도 없었지만. 해가 뜨자마자 뉴 프렌티스타운이 요란한 소음들과 함께 활기를 띠며 살아났다. 리가 소음을 감춰야 할 필요가 있을까 하는 생각마저 들기 시작했다. 그의 소음이 저 무수한 소음 속에 빠져 죽지나 않을까 싶었다.

"맞는 말이야. 저 속에서 사라지면 숨이 막혀 죽을지도 모르지." 내가 물어봤을 때 리는 그렇게 대답했다.

"저런 곳에서 자라는 게 어떤 느낌인지 상상도 못 하겠어."

"그래, 넌 상상 못 할 거야."

기분 나쁜 뜻으로 한 말은 아니었다.

햇살이 강해져서 나는 눈을 가늘게 뜨고 밑에 있는 도로를 내려다봤다. "쌍안경이 있으면 좋았을걸."

리가 주머니 속에 손을 넣어 쌍안경을 하나 꺼냈다.

나는 리를 쳐다봤다. "너 멋있어 보이려고 내가 이런 말 할 때까지 기다렸구나."

"무슨 소린지 모르겠네." 리는 웃으면서 쌍안경을 눈에 댔다.

"그러지 말고. 그것 좀 줘봐." 나는 어깨로 그를 툭 치며 말했다.

리는 내 손이 닿을 수 없게 쌍안경을 높이 들어 올렸다. 나는 킥킥 웃었고, 리도 같이 웃었다. 그에게 매달려 팔을 내리려고 애쓰면서 쌍안경을 낚아채려고 했지만, 리는 나보다 키가 훨씬 커서 팔을 계속 치켜 올렸다.

"그러다가 맞는다."

"어련하겠어." 리는 웃으면서 쌍안경을 다시 내려 도로를 바라봤다.

그의 소음이 갑자기 확 치솟았다. 소리가 어찌나 큰지 다른 사람들이 그 소리를 들었을까 봐 겁이 나기까지 했다.

"뭐가 보이는데 그래?" 나는 웃음을 멈추고 물었다.

리가 쌍안경을 건네면서 한곳을 가리켰다. "저기. 저 밑."

나는 이미 쌍안경으로 그들을 보고 있었다.

두 사람이 말을 타고 오고 있었다. 반짝거리는 새 제복을 입고, 그 중 하나는 뭐라고 이야기를 하면서 손짓을 하고 있었다.

웃고, 미소 짓고.

다른 하나는 계속 자기가 타고 있는 말만 보면서 일하러 가고 있었다.

심문 본부로 출근하는 길.

어깨에 반짝거리는 A가 달린 제복을 입고.

토드.

나의 토드가.

데이비 프렌티스와 나란히 말을 타고 가고 있었다.

내게 총을 쏜 남자와 나란히 말을 타고 일하러 가고 있었다.

31

숫자와 글자

〈토드〉

하루하루가 흘러갔다. 상태는 계속 악화됐다.

"모두 다요? 하나도 안 빼고?" 데이비의 소음이 미처 감추지 못한 두려움 때문에 윙윙거렸다.

"너희 둘을 믿어서 그래, 데이비드." 우리의 말들이 나갈 준비를 하는 동안 시장은 마구간 문 앞에서 우리와 함께 서 있었다. "너와 토드가 여자 죄수들의 신원을 영구적으로 식별 가능하게 하는 작업을 아주 훌륭하게 해냈잖니. 그러니 그 프로그램을 확장시키는 중책을 너희 말고 다른 누구에게 맡기겠어?"

나는 아무 말도 하지 않았다. 날 보는 데이비의 시선조차 못 본 척했다. 그의 소음은 아버지가 한 칭찬 때문에 분홍색으로 물든 와중에도 난감해하고 있었다.

하지만 그 소음 속에는 모든 여자에게 낙인을 찍어야 하는 일에 대한 그의 생각도 섞여 있었다.

여자들 하나하나.

심문 본부에 있는 여자들에게 낙인을 찍는 일은 우리가 생각했던 것보다 훨씬 끔찍했으니까.

"여자들이 계속 떠나고 있다. 한밤중에 시내를 몰래 빠져나가서 테러리스트들과 운명을 같이하고 있어." 시장이 말했다.

데이비는 작은 마구간에서 데드폴에게 안장이 얹히는 모습을 지켜봤다. 그의 소음은 낙인이 찍힌 여자들의 얼굴, 그들이 그때 질렀던 비명으로 철컹철컹 울렸다.

그들이 우리에게 했던 말들.

"그들이 계속 빠져나간다면, 분명 들어오기도 한다는 뜻이야." 시장이 말했다.

그 말은 폭탄이 들어온다는 뜻이다. 지난 2주 동안 밤마다 폭탄이 터졌다. 폭탄이 터지는 횟수가 급증하는 데는 이유가 있을 것이다. 분명 좀 더 큰 일이 터질 것이다. 그런데 지금까지 폭탄 관련해서 체포된 여자는 한 명도 없었다. 폭탄을 설치하다가 너무 빨리 터지는 바람에 죽은 여자는 있지만. 여자의 옷 조각과 살점들 말고는 그 자리에서 건진게 거의 없었다.

그 장면이 떠오르자 나는 눈을 감았다.

아무것도 느끼지 않고, 아무 감정도 받아들이지 않는다.

(바이올라였을까?)

아무것도 느끼지 않는다.

"우리가 모든 여자에게 번호를 찍길 바라시는 거예요?" 데이비는 아버지를 외면하면서 조용히 말했다.

"내가 전에도 말했잖니. 여자들은 다 해답의 일원이라고. 단순히 여자라는 이유로 다른 여자들에게 심정적으로 동조하는 거라고 해도 말이다." 시장이 한숨을 쉬며 말했다.

말을 돌보는 사람이 앙가르드를 울타리 가까이 데려왔다. 앙가르드는 울타리 너머로 고개를 내밀어서 나를 코로 툭 치며 불렀다. **토드.**

"여자들은 반발할 거예요. 남자들도 좋아하지 않을 거고." 나는 앙가르드의 머리를 쓰다듬으면서 말했다.

"아, 그렇지. 너희 어제 집회에 안 나왔지?" 시장이 말했다.

데이비와 나는 서로의 얼굴을 바라봤다. 우리는 어제 하루 종일 일하느라 집회에 대해선 아무 소리도 듣지 못했다.

"내가 뉴 프렌티스타운 남자들에게 이야기했어. 남자 대 남자로 말이야. 해답이 우리에게 얼마나 큰 위협이 되는지, 그리고 이것이 우리 모두의 안전을 보장하는 신중한 조치라는 점을 설명했다." 시장은 그렇게 말하고 나서 앙가르드의 목덜미를 한 손으로 문질렀다. 난 소음에서 발끈하는 기색을 감추려고 무진장 노력했다.

"반발하는 남자들은 하나도 없었어."

"그 집회에 여자들은 없었죠? 그렇죠?" 내가 물었다.

시장이 내게 돌아섰다. "우리 사이에 숨어 있는 적들의 용기를 북돋워 주는 일은 하고 싶지 않으니까."

"하지만 여자들은 망할 수천 명이라고요! 그들에게 다 낙인을 찍으려면 평생 걸릴 거예요." 데이비가 말했다.

"다른 팀들도 있어, 데이비드." 시장은 침착한 목소리로 아들이 자신의 말에 집중하게 했다. "하지만 너희 둘이 최고의 팀이라고 믿는다."

그 말에 데이비의 소음이 살짝 으쓱거렸다. "당연하죠, 아버지."

하지만 그렇게 말하면서도 데이비는 나를 바라봤다.

그 시선에 수심이 어려 있었다.

나는 다시 앙가르드의 코를 쓰다듬었다. 마부들이 새로 빗질을 하고 기름을 발라 반짝거리는 모페스를 데리고 나왔다. **복종해.**

"걱정된다면, 스스로에게 이런 질문을 해봐라." 시장이 모페스의 고삐를 잡으면서 말했다. 그는 마치 온몸이 액체로 만들어진 사람처럼 단한 번의 매끈한 동작으로 안장에 올라타서 우리를 내려다봤다.

"결백한 여자라면 왜 자신의 신원이 밝혀지는 조치에 반대하겠니?"

"이런 짓을 저지르고도 너희가 무사할 줄 알아?" 그 여자는 침착한 목소리로 말했다.

해머 아저씨는 우리 뒤에 서서 소총을 들고 여자의 머리를 겨누고 있었다.

"너 뵈는 게 없어? 누가 내 털끝 하나 건드리는 게 보여?" 데이비의 목소리에서 살짝 꺽꺽 소리가 났다.

해머 아저씨가 웃었다.

데이비는 공구를 홱 비틀어서 세게 꺾었다. 밴드가 그 여자의 팔뚝을 파고 들어갔다. 여자는 비명을 지르면서 밴드를 움켜쥐고 앞으로 쓰러지다가, 밴드를 차지 않은 팔로 바닥을 짚었다. 여자는 그 자리에 그렇게 멈춰서 한동안 헐떡거렸다.

금색과 갈색이 섞인 머리카락을 굵게 땋은 모습은 비디오 플레이어 뒤쪽의 필라멘트 다발을 연상시켰다. 머리 뒤쪽 허옇게 센 부분은 먼지 낀 땅을 가로지르며 흐르는 강물 같았다.

그 회색 땅을 바라보는 내 눈이 살짝 흐릿해졌다.

나는 원이고 원은 나다.

"일어나. 그래야 힐러들이 널 치료하지." 데이비가 그 여자에게 말했다. 그리고 복도 저쪽에서 우리를 빤히 보면서 자기 차례를 기다리며 한 줄로 서 있는 여자들을 바라봤다.

"일어나라잖아." 해머 아저씨가 소총을 휘두르며 말했다.

"당신은 여기 있을 필요 없어요. 감시하는 사람 없어도 우리는 잘하고 있으니까." 데이비가 딱딱한 목소리로 말했다.

"감시가 아니라 지켜주는 거야." 해머 아저씨가 씩 웃으며 말했다.

그 여자는 그 자리에 서서 날 봤다.

나는 모든 감정이 죽어버리고, 여기가 아닌 다른 곳에 있는 것 같은 표정을 짓고 있었다.

나는 원이고 원은 나다.

"네 심장은 어디 있니? 이런 짓을 저지를 수 있는 네 심장은 대체 어디 있는 거냐고?" 그 여자는 그렇게 말하고 힐러들이 있는 곳으로 돌아섰다. 우리는 이미 힐러들에게 밴드를 채워놨다. 그들은 여자를 치료하기 위해 기다리고 있었다.

나는 여자가 가는 모습을 지켜봤다.

그녀의 이름은 모른다.

하지만 그녀의 번호는 1484다.

"1485!" 데이비가 소리 질렀다.

대기하고 있던 다음번 여자가 앞으로 나왔다.

우리는 그날 내내 말을 타고 여자들이 있는 한 숙소에서 다른 숙소로 옮겨 다니면서 거의 300명에게 밴드를 채웠다. 스패클에게 했을 때보다 훨씬 속도가 빨랐다. 그리고 해가 지기 시작해서 뉴 프렌티스타운 사람들이 야간 통행금지를 생각하기 시작했을 때 집으로 향했다.

우리는 이야기는 별로 나누지 않았다.

"정말 엄청난 하루 아니냐?" 한참 후에 데이비가 말했다.

나는 아무 대꾸도 하지 않았지만, 데이비도 딱히 대답을 원한 건 아니었다.

"여자들은 괜찮을 거야. 힐러들이 안 아프게 치료해 줄 테니까." 데이비가 말했다.

다가닥, 다가닥. 우리는 계속 갔다.

나는 데이비의 생각을 들었다.

황혼이 지고 있었고 데이비의 얼굴은 보이지 않았다.

아마 그래서 데이비가 자신의 생각을 감추지 않는지도 몰랐다.

"하지만 여자들이 울 땐." 데이비가 말했다.

나는 여전히 아무 말도 하지 않았다.

"너 아무 말도 안 할 거야?" 데이비의 목소리가 조금 사나워졌다. "항상 입을 꾹 다물고. 아무 말도 하기 싫은 것처럼 말이지. 나랑은 말할 가치가 없는 것처럼 말이야."

그의 소음에서 탁탁 소리가 나기 시작했다.

"나한테는 달리 말할 사람도 없는데. 이 상황에서 나한테는 선택의 여지도 없잖아. 내가 아무리 용을 써도 다른 일을 할 수가 없다고. 아무리 맡은 일을 잘해도, 아무리 잘 싸운다고 해도 말이야. 지금까지 그 빌어먹을 스패클들 돌보는 일만 시키더니. 이제 와서 여자들에게 또 그 빌어먹을 짓을 해야 하고. 그 대가로 우리가 얻는 게 뭐냐? 대체 뭐냐고?"

데이비의 목소리가 낮아졌다.

"그래 봤자 여자들은 우리에게 욕이나 하고. 우리를 짐승 보듯 보지."

"우린 사람이 아니잖아." 나는 그렇게 말했다가 내가 그 말을 입 밖에 냈다는 걸 깨닫고 놀랐다.

"그래, 넌 그렇게 변했다 이거지? 아무 감정도 없고 '나는 그냥 원'인 터프가이다 이거잖아. 우리 아버지가 시키면 네 엄마 머리에도 총알을 박을 놈이구나." 데이비가 비웃으며 말했다.

나는 아무 대꾸도 하지 않고 그저 어금니에 힘을 꽉 줬다.

데이비도 한동안 입을 다물고 있다가 말했다. "미안해."

그리고 다시 말했다. "미안해, 토드." 이번에는 내 이름을 불렀다.

그러더니 다시 입을 뗐다. "대체 내가 왜 미안하다고 하는 거지? 글자도 못 읽는 너 같은 돼지오줌이 우리 아버지 비위나 맞추고 있는데. 누가 너 따위에게 신경이나 쓴대?"

나는 아무 대꾸도 하지 않고 계속 다가닥 다가닥 소리를 내며 말을 몰았다.

"앞으로." 앙가르드가 데드폴에게 히이잉거리며 말하자 데드폴도 대꾸했다. "앞으로."

앞으로. 앙가르드의 소음이 들렸다. **수망아지, 토드.**

"앙가르드." 나는 그녀의 귀 사이에 대고 불렀다.

"토드?" 데이비가 불렀다.

"응?" 내가 대답했다.

그가 코로 숨 쉬는 소리가 들렸다. "아무것도 아니야." 그러더니 마음을 바꿨다. "넌 어떻게 그렇게 해?"

"뭘?"

데이비가 황혼 속에서 어깨를 으쓱했다. "그렇게 침착한 거 말이야.

그게 아주, 그러니까, 아무것도 안 느끼는 거. 내 말은······." 데이비는 말끝을 흐리다가 다시 한번 아주 작은 목소리로 말했다. "여자들이 울 때 말이야."

나는 아무 말도 하지 않았다. 어떻게 그를 도울 수 있을지 모르니까. 아버지가 아들에게 그 원에 대해 감추지 않는 이상 어떻게 데이비가 그것에 대해 모를 수 있는가?

"나도 알아. 나도 그 썩을 걸 해보긴 했는데 효과가 없었어. 그리고 아버지는······."

데이비는 갑자기 말을 너무 많이 해버린 것처럼 멈췄다.

"아, 됐어."

우리는 계속 말을 타고 갔다. 시내 한복판으로 들어가자 뉴 프렌티스 타운의 소음이 우리를 휘감았다. 말들은 자신들이 받은 명령을 서로에게 말하면서, 자신들이 누구인지를 일깨우고 있었다.

"넌 나의 유일한 친구야, 돼지오줌. 이보다 더 큰 비극을 들어본 적 있어?" 데이비가 마침내 말했다.

"오늘 힘들었나 봐?" 감방에 들어갔을 때 레저 시장이 말했다. 그의 목소리는 이상하게 가벼웠다. 그리고 내게서 눈을 떼지 않았다.

"뭔 상관이에요?" 나는 가방을 바닥에 던져버리고 제복도 벗지 않은 채 침대 위에 털썩 드러누웠다.

"하루 종일 여자들을 고문하려면 진이 다 빠지겠지."

나는 놀라서 눈을 깜박이며 으르렁거렸다. "난 그들을 고문하지 않아요. 그 빌어먹을 입 닥쳐요."

"그래, 물론 너는 그들을 고문하지 않겠지. 내가 무슨 생각을 한 거야? 넌 그저 벗으면 출혈이 멈추지 않아 죽게 될, 살을 갉아먹는 밴드를 채웠을 뿐이지. 그걸 어떻게 고문이라고 하겠어?"

"이봐요! 우리는 빠르고 효율적으로 작업하고 있다고요. 더 아프게 할 수 있는 방법도 많지만 그렇게 안 한단 말이에요. 그 일을 누군가 해야 한다면, 우리가 하는 게 최선이라고요." 나는 벌떡 일어나 앉으며 말했다.

레저 시장은 팔짱을 끼었지만 목소리는 여전히 가벼웠다. "그렇게 변명하면 밤에 잠이 오니?"

내 소음이 훽 솟구쳐 올랐다. "아, 그래요? 어제 시장이 집회에서 연설할 때 당신은 왜 소리 지르지 않았어요? 왜 어제는 시장에게 용감하게 맞서지 않았는데?"

레저 시장의 얼굴이 험악해졌고, 소음에서 순간순간 분노에 찬 회색이 번득였다. "그러다가 총 맞으라고? 아니면 심문 본부로 질질 끌려가라고? 그게 대체 누구에게 도움이 되겠어?"

"그래서 그게 당신이 하는 일이에요? 사람들을 돕는 거?"

레저 시장은 아무 말 없이 돌아서서 창밖을 내다봤다. 그는 중요한 몇 곳에만 들어온 불빛들을 바라보며 해답이 언제 큰 결단을 내려 어디에 얼마나 심한 공격을 할 것인지, 누가 그들을 구해줄지 궁금해하는 사람들의 소음을 들었다.

내 소음은 붉게 치솟아 있었다. 나는 눈을 감고 아주 크게 심호흡했다.

나는 원이고 원은 나다.

아무것도 느끼지 않고, 아무것도 받아들이지 않는다.

"사람들은 다시 그자에게 익숙해지고 있어. 그자를 중심으로 뭉치고 있지. 여기저기 폭탄이 터지는 마당에 통행금지 좀 한다고 대수겠어?

하지만 이건 전술적인 실수야." 레저 시장은 창밖을 내다보며 말했다.

나는 전술적이란 말에 눈을 떴다. 이 사람이 하기엔 좀 이상한 말 같은데.

"남자들은 지금 겁에 질려 있어. 여자들 다음엔 자기들이 밴드를 차게 될까 봐 말이야." 레저 시장은 자신의 팔뚝을 내려다보며, 밴드를 찰 만한 자리를 문지르며 말했다. "대통령은 정치적인 실수를 한 거야."

나는 눈을 가늘게 뜨고 그를 바라봤다. "그가 실수를 했건 안 했건 당신이 무슨 상관이에요? 당신은 대체 누구 편이죠?"

레저 시장은 마치 모욕을 당한 사람처럼 고개를 홱 돌려서 나를 노려봤다. 사실 내가 모욕하긴 했다. "시민들 편이지. 넌 대체 어느 편인데, 토드 휴잇?" 그가 씩씩거리며 대답했다.

그때 노크 소리가 들렸다.

"저녁 식사 덕분에 산 줄 알아." 레저 시장이 말했다.

"저녁 줄 때는 노크하지 않거든요." 나는 대답하면서 일어서서 내 열쇠로 문을 열었다.

데이비였다.

데이비는 처음에는 말없이 긴장한 표정으로 여기저기 흘끔거리기만 했다. 나는 숙소에 문제가 생긴 걸로 짐작하고 한숨을 쉰 후에 소지품을 챙기러 다시 내 침대로 돌아갔다. 부츠를 벗을 시간조차 없었다.

"금방 준비될 거야. 앙가르드는 아직 저녁을 먹고 있겠지. 이렇게 금방 다시 안장을 얹으면 싫어할 텐데."

데이비가 아무 대꾸도 하지 않아서 나는 돌아서서 그를 바라봤다. 데이비는 여전히 긴장한 채 나와 눈을 마주치지 않고 있었다. "뭔데?"

데이비가 윗입술을 잘근잘근 씹었다. 그의 소음에서 보이는 거라곤 쑥스러운 감정과 여러 의문과 레저 시장이 여기 있는 것에 화가 난 마음뿐이었다. 그리고 더 많은 의문들과 그 이면에 서린 기이하게 강렬한 감정은 죄책감 같기도 한데…….

그러다가 재빨리 그걸 덮어버리더니 분노와 쑥스러운 마음만 앞으로 밀어냈다.

"빌어먹을 돼지오줌." 데이비는 혼잣말을 했다. 그러더니 어깨에 멘 끈을 짜증스럽게 잡아당겼다. 데이비는 가방을 메고 있었다. "빌어먹을……." 데이비는 말을 하다 말고 가방을 열더니 뭔가를 꺼냈다.

"자." 그는 소리를 지르다시피 내뱉으면서 그걸 내밀었다.

우리 엄마의 책이었다.

내게 엄마의 일기장을 돌려준 것이다.

"그냥 받아!"

나는 천천히 손을 뻗어서, 금방이라도 부서질 것처럼 조심스럽게 그걸 잡아당겼다. 가죽 표지는 여전히 부드러웠고, 아론이 날 찔렀을 때 관통한 앞부분에 구멍이 나 있었다. 손으로 그곳을 쓸어봤다.

나는 고개를 들어 데이비를 봤지만 그는 나와 눈을 마주치려 하지 않았다.

"뭐 됐고." 데이비는 그렇게 말하더니 돌아서서 쿵쿵 소리를 내며 계단을 내려가, 밤의 어둠 속으로 사라졌다.

32

마지막 준비

〈바이올라〉

나는 나무 뒤에 숨어 있었다. 심장이 쿵쿵 뛰었다.

손에는 권총 한 자루가 들려 있다.

나는 나뭇가지들이 밟혀서 부러지는 소리, 발걸음 소리, 군인이 어디 있는지 알려줄 만한 신호는 다 찾아서 온 정신을 집중해 들었다. 그가 거기 있었다. 그의 소음이 들렸으니까. 하지만 소리가 너무 낮고 범위도 넓어서 대충 어느 방향에서 오는지만 알 수 있었다.

그는 날 잡으러 오고 있으니까. 거기에는 의심의 여지가 없다.

그의 소음이 점점 커졌다. 나는 나무에 등을 댄 채 그가 내 왼쪽으로 가는 소리를 들었다.

나는 아주 절묘한 순간에 그에게 덤벼야 했다.

나는 총을 준비했다.

그의 소음 속에서 내 주위에 있는 나무들을 보며, 이 중 어느 나무 뒤에 내가 숨어 있을지 궁금해하는 모습을 보았다. 그는 나무들을 하나씩

좁혀가다가 마침내 두 그루를 골랐다. 하나는 실제로 내가 숨어 있는 나무고 또 하나는 내 왼쪽으로 몇 발짝 떨어진 곳에 있는 나무다.

만약 왼쪽에 있는 나무를 선택하면 내 손에 잡힐 것이다.

이제 그의 발소리가 들렸다. 축축한 숲속 바닥을 밟고 가는 조용한 소리였다. 나는 눈을 감고 그의 소음에만 정신을 집중하려고 노력했다.

그가 어디 서 있는지, 그가 어디에 발을 디디는지.

어느 나무로 접근하고 있는지.

그는 발을 내딛다가 망설였고, 다시 걸었다.

그는 선택했고…….

나도 선택했고…….

나는 펄쩍 뛴 후에 허리를 홱 숙이면서 내 다리로 그의 발을 쳐서 기습했다. 그는 쓰러지면서 소총으로 날 겨냥하려 했지만, 내가 그에게 달려들면서 총을 들고 있는 팔을 내 다리로 누르고 체중을 실어 그의 가슴을 누르면서 총을 그의 턱 밑에 갖다 댔다.

내가 그를 잡았다.

"잘했어." 리가 싱글싱글 웃으면서 날 올려다봤다.

"정말 잘했다." 브레이스웨이트 선생님이 어둠 속에서 나왔다. "이제 선택의 순간이 다가왔다, 바이올라. 네 손에 들어온 적을 어떻게 해야 하지?"

나는 숨을 거칠게 몰아쉬면서 리를 내려다보며, 그의 몸에서 뿜어져 나오는 온기를 느꼈다.

"어떻게 해야 하지?" 브레이스웨이트 선생님이 다시 물었다.

나는 내 총을 내려다봤다.

"내가 해야 할 일을 해야죠."

나는 그를 구하기 위해 해야 할 일을 할 것이다.

나는 토드를 구하기 위해 해야 할 일을 할 것이다.

"정말 할 거니?" 우리가 다음 날 아침 식사를 마치고 차를 더 마시라는 제인 아줌마의 만류를 뿌리치고 갔을 때, 코일 선생님이 백 번째로 또 물어봤다.

"확실히요." 내가 말했다.

"우리가 공격하기 전에 너에게는 단 한 번의 기회가 있어. 단 한 번."

"토드는 나를 구하러 왔었어요. 내가 잡혀 있을 때 구하러 와서 무엇보다 큰 희생을 치렀죠."

코일 선생님은 얼굴을 찡그렸다. "사람은 변해, 바이올라."

"토드가 내게 기회를 준 것처럼, 그 애도 그런 기회를 받을 자격이 있어요."

"음." 코일 선생님이 중얼거렸다. 선생님은 아직도 확신이 서지 않은 상태였다.

하지만 나는 선생님에게 선택의 여지를 주지 않았다.

"토드가 우리 편이 됐을 때, 그에게서 얻을 정보를 한번 생각해 보세요."

나는 토드를 아주 잘 알지만, 다른 사람들이 말을 탄 그를 어떻게 볼지도 잘 알았다. 그 제복을 입은 토드, 데이비와 함께 말을 타고 다니는 토드를 사람들은 배신자로 볼 것이다.

사실 한밤중에 담요를 덮고 누워 있을 때면 나도 잠이 오지 않았다.

나도 그 생각을 했다.

(토드는 뭐 하고 있는 거지?)

(데이비와 뭘 하고 있는 거야?)

나는 그 생각을 털어버리려고 최선을 다했다.

내가 그를 구할 것이다.

코일 선생님은 내 생각에 동의했다. 해답이 최후의 공격을 하기 전날 밤, 내가 목숨을 걸고 성당으로 가서 토드의 목숨을 구하겠다는 계획을 받아들였다.

그렇게 동의한 이유는 내가 안 그러면 그 어떤 것도 돕지 않겠다고 했기 때문이다. 폭탄에 관련된 일도 돕지 않고, 최후의 공격에도 참여하지 않을 것이고, 우리 우주선이 착륙했을 때도 돕지 않겠다고 했기 때문에. 이제 우주선이 도착하기까지 8주 남았다. 나는 토드를 구하러 갈 수 없다면 아무것도 하지 않겠다고 으름장을 놨다.

하지만 결정적으로 코일 선생님이 내 계획에 동의한 이유는 토드의 정보 때문이었다.

코일 선생님은 정보를 좋아하니까.

"그런 시도를 하다니 용감하구나. 어리석지만 용감해." 코일 선생님은 그렇게 말하면서 다시 한번 나를 위아래로 훑어봤다. 선생님의 표정은 여전히 읽을 수 없었다.

"왜요?"

선생님은 고개를 저었다. "그냥 네가 나와 너무 닮아서. 이 분노에 찬 아가씨야."

"내가 군대를 이끌 준비가 됐다고 생각하세요?" 나는 미소를 지어 보일 듯 말 듯하며 물었다.

선생님은 마지막으로 한 번 더 그 미묘한 표정으로 나를 바라보고 기지 쪽으로 걸어가기 시작했다. 가서 더 많은 지시를 내릴 준비를 하고,

우리 공격 계획에 대한 마무리 작업을 하려고.

공격은 내일이다.

"코일 선생님."

선생님이 돌아섰다.

"고마워요."

선생님은 놀란 듯한 표정으로 한껏 미간을 찡그렸다. 하지만 고개를 끄덕이며 내 인사를 받았다.

"됐어?" 리가 수레 위에서 물었다.

"응." 나는 그렇게 대답하면서 마지막 매듭을 비틀어서 죔쇠를 단단하게 고정시켰다.

"다 됐다." 윌프 아저씨가 손에 묻은 먼지를 털었다. 우린 수레들을 바라봤다. 모두 해서 열한 대가 이제 사람들이 쓸 보급품, 무기, 폭약으로 터질 듯이 꽉꽉 차 있었다. 해답에 있는 거의 모든 물자가 여기 실려 있다.

수레 열한 대로 수천 명에 달하는 군대와 맞서 싸우기엔 역부족으로 보이지만, 이게 우리가 가진 전부다.

"전에도 해봤어. 전략만 잘 세우면 된다." 윌프 아저씨가 코일 선생님이 하던 말을 했다. 아저씨는 항상 천연덕스럽게 말하는 사람이라 농담인지 아닌지 구분이 안 된다.

그러더니 아저씨는 코일 선생님이 항상 짓는 그 알 수 없는 미소를 똑같이 흉내 냈다. 너무 뜻밖인 데다 너무 웃겨서 그만 큰 소리로 웃음을 터트렸다.

하지만 리는 웃지 않았다. "그렇죠. 그건 코일 선생님의 일급비밀 계

획이죠." 리는 수레에 맨 밧줄을 잡아당겨서 제대로 묶여 있는지 확인
했다.

"시장과 관련이 있는 계획이겠지. 시장을 어떻게든 잡고, 그가 없어
지면⋯⋯." 내가 말했다.

"그의 군대는 와해되고, 사람들은 시장의 폭정에 맞서 반란을 일으키
고, 우리는 가까스로 승리하는 거지." 리가 별로 자신 없는 목소리로 말
하더니 윌프 아저씨를 바라봤다. "아저씨는 어떻게 생각하세요?"

"선생님이 그러면 다 끝난다고 했잖냐. 난 그만 끝내고 싶다." 윌프
아저씨는 어깨를 으쓱하며 말했다.

코일 선생님이 계속 그렇게 말하긴 했다. 이걸로 이 모든 싸움을 끝
낼 수 있고, 적절한 순간에 적절한 곳에 적절한 타격을 가하기만 하면
되며, 그러면 시내의 여자들만 우리 편에 서도 겨울이 오기 전에 시장
을 무너뜨릴 수 있다고. 우리 우주선들이 도착하기 전에, 시장이 우리
를 찾기 전에 그를 무너뜨릴 수 있다고.

그때 리가 말했다. "나는 알아선 안 될 일을 알고 있어."

윌프 아저씨와 나는 그를 바라봤다.

"코일 선생님이 브레이스웨이트 선생님과 함께 부엌 창문 옆을 지나
가면서 내일 어디서 최종 공격을 할지 말했어."

"리⋯⋯."

"말하지 마라." 윌프 아저씨가 말했다.

"시내 남쪽에 있는 언덕에서 시작될 거야." 리는 고집스럽게 이야기
를 이어가며 소음을 활짝 열어서 우리가 안 들을 수 없게 했다. "좁은
길이 파인 언덕, 시내 광장으로 바로 통하는 작은 길이 있는 바로 그
언덕 말이야."

윌프 아저씨의 눈이 튀어나올 것 같았다. "그런 말은 하면 안 되는디. 힐디가 그러다가 잡히기라도 하면⋯⋯."

하지만 리는 나만 보고 있었다. "만약 너에게 무슨 문제가 생기면 그 언덕을 향해 달려가. 거기로 곧장 달려가면 널 도와줄 사람들이 있을 거야."

그리고 그의 소음이 말했다. 거기에 내가 있을 거야.

"무거운 마음으로 당신을 이 땅에 묻습니다."

우리는 한 사람씩 텅 빈 관 위에 흙을 한 줌 던졌다. 곡물 창고에 폭탄을 설치하던 중에 너무 일찍 터져 수습할 시체조차 없어져 버린 포스 선생님의 관이었다.

장례식이 끝났을 때는 해가 저물어서 호수 맞은편에서 황혼이 차갑게 반짝이고 있었다. 오늘 아침 얼어 있던 호수 가장자리는 하루 내내 녹지 않았다. 사람들은 밤에 해야 할 일을 시작하기 위해 흩어지고 있었다. 짐을 챙기고 위에서 내려온 지시를 이행할 준비를 할 마지막 순간이었다. 곧 군인이 될 여자들과 남자들은 무기를 들고 행군해서 최후의 공격을 감행할 것이다.

지금은 모두 평범한 사람들로 보인다.

오늘 밤 어둠이 완전히 깔리면 나는 떠날 것이다.

내게 무슨 일이 일어나건 상관없이 그들은 내일 해 질 녘 여길 떠날 것이고.

"시간이 됐다." 코일 선생님이 옆으로 오면서 말했다.

이제 그만 떠날 시간이란 말이 아니었다.

그 전에 먼저 해야 할 일이 있다.

"준비됐니?" 선생님이 물었다.

"더 이상 준비할 수 없을 정도로요." 나는 선생님과 함께 걸어가면서 대답했다.

"우리는 지금 엄청난 위험을 무릅쓰고 있어, 얘야. 정말 어마어마해. 만약 네가 잡히면……."

"그럴 일 없어요."

"하지만 잡히면." 선생님은 그 말을 하면서 멈춰 섰다. "잡히면, 너는 우리 기지가 어디 있는지 알고 우리가 언제 공격하는지도 알아. 그러니까 지금 말해줄게. 우리는 동쪽 도로에서 공격할 거야. 심문 본부 옆에 있는 도로 말이야. 우리는 그 길을 통해 시내로 들어가서 놈의 목을 칠거야." 선생님은 내 두 손을 잡고 내 눈을 뚫어져라 바라봤다. "내가 지금 무슨 말을 하는지 이해하니?"

이해한다. 정말 이해한다. 선생님은 일부러 틀린 정보를 말해주고 있다. 그래야 내가 잡히더라도 틀린 정보를 사실이라고 말할 수 있으니까. 전에 바다 이야기를 했던 것처럼.

내가 선생님의 입장이었다고 해도 이렇게 했을 것이다.

"이해해요."

코일 선생님은 세차게 불어오는 얼음처럼 차가운 바람에 망토를 더욱 단단히 여몄다. 우리는 치유의 텐트를 향해 말없이 몇 발자국 걸었다.

"누구를 구해줬어요?"

"뭐라고?" 선생님은 정말 무슨 말인지 몰라서 어리둥절한 표정으로 나를 봤다.

우리는 다시 멈춰 섰다. 나로서는 그편이 좋았다. "코린이 말해줬어요. 오래전에 선생님이 누군가의 목숨을 구해서 의회에서 쫓겨났다고. 누굴 구했어요?"

선생님은 깊은 생각에 잠긴 얼굴로 날 보면서 손으로 자신의 이마를 문질렀다.

"난 돌아오지 못할지도 몰라요. 선생님을 다시 못 볼지도 모른다고 요. 하나쯤 선생님의 좋은 면에 대해 알고 있어도 좋잖아요. 그래야 죽 더라도 선생님이 마냥 나쁜 사람은 아니었다고 생각할 거고."

그 말에 선생님은 피식 웃을 뻔했지만 그 미소는 금방 사라졌다. 선 생님의 눈에 다시 괴로운 표정이 떠올랐다. "내가 누구를 구했을까?" 선생님은 혼잣말을 하다가 심호흡했다. "나는 국가의 적을 구했다."

"네?"

"너도 알겠지만 해답은 정확히 말해서 정식으로 인가를 받은 조직이 아니었다." 선생님은 텐트가 아니라 방향을 돌려 꽁꽁 얼어가는 호숫 가를 향해 걸어갔다. "스패클과 싸우던 남자들은 사실 우리 방법에 찬 성하지 않았어. 아무리 효과적이었다고 해도 말이야." 선생님은 다시 고개를 돌려 나를 바라봤다. "우리 방식은 정말이지 아주 효과적이었 어. 너무 효과적이어서 헤이븐이 재건됐을 때 의회에 해답의 지도자들 이 들어갔지."

"그래서 지금도 그 방법이 효과가 있을 거라고 생각하시는군요. 전보 다 더 강력한 적과 맞서도 효과가 있을 거라고 생각하시잖아요."

선생님은 내 말에 고개를 끄덕이며 다시 이마를 문질렀다. 그렇게 오 랜 세월 끊임없이 문질러 댔는데도 이마에 굳은살이 안 박인 게 놀라울 따름이다. "헤이븐은 다시 일어서기 시작했다. 포로로 잡힌 스패클들 을 재건 작업에 동원하는 등 이런저런 방법을 써서 말이야. 하지만 새 정부를 마음에 들어 하지 않는 사람들도 있었어. 자기들이 받아 마땅하다고 생각한 만큼 권력을 손에 쥐지 못해서였지." 선생님은 망토를 입은 채로 몸서리를 쳤다. "해답 조직원 중 일부가 그랬어."

선생님은 그 말이 무슨 뜻인지 내가 알아차릴 때까지 기다렸다. "폭탄을 썼군요." 내가 말했다.

"그래. 어떤 사람들은 전쟁에 너무 빠져든 나머지 스스로를 위해 싸우기 시작했어."

선생님은 그 말을 하면서 몸을 돌렸다. 나에게 얼굴을 보이고 싶지 않거나 혹은 내 표정을 보고 싶지 않아서 그랬을지도 모르겠다. 내 얼굴에 비난하는 기색이 떠오를지도 모르니까.

"그 사람 이름은 트레이스였다." 선생님은 이제 호수와 차가운 밤하늘에 대고 이야기하고 있었다. "영리하고, 강인하고, 존경받는 사람이었지만 매사를 자기가 주도하고 싶어 하는 성격이었지. 바로 그 이유 때문에 아무도 그녀가 의회에 들어가는 걸 원하지 않았어. 그건 해답도 마찬가지였지. 그래서 그녀는 자신이 따돌림을 당한 것에 격렬하게 반응했지."

선생님은 내게 다시 돌아섰다. "트레이스에겐 지지자들이 있었어. 그녀는 폭격 작전을 실시했지. 우리가 지금 시장을 상대로 펼치는 그런 작전과 비슷했다. 다만 그때는 전시가 아니라 평화로운 시절이었지만." 선생님은 하늘에 뜬 두 개의 달을 올려다봤다. "트레이스는 우리가 트레이스 폭탄이라고 이름 붙인 폭탄의 전문가였어. 그 폭탄을 군인들이 모여 있는 곳에 놔두고 오곤 했지. 그건 그냥 보면 단순한 꾸러미처럼 보여. 누가 그걸 손으로 집어 들었을 때 피부를 통해 심장박동이 느껴지기 전까지는 폭발하지 않아. 그 꾸러미를 든 사람의 맥박이 그걸 폭탄으로 만드는 거야. 그 사람이 폭탄이란 걸 깨닫고 손에서 놓는 바로 그 순간 폭발하지. 그래서 그걸 떨어뜨리거나 폭탄을 해체하지 못하면 쾅 터지는 거야." 선생님은 어깨를 으쓱했다.

우리는 두 개의 달 사이로 흘러가는 구름을 바라봤다. "재수 없는 폭탄이지." 코일 선생님이 중얼거렸다.

선생님은 다시 내 팔짱을 끼고 함께 치유의 텐트 쪽으로 돌아가기 시작했다. "그래서 그 후로는 전쟁이 아니라 소규모 충돌들이 이어졌지. 그러다가 모든 사람이 기뻐하는 일이 일어났어. 트레이스가 치명상을 입었지."

갑자기 침묵이 흐르면서 우리의 발소리와 남자들의 소음만 어둠 속을 선명하게 흘렀다.

"하지만 결국 치명상은 아니었던 거죠."

선생님은 고개를 저었다. "난 아주 솜씨 좋은 힐러거든." 우리는 텐트 입구에 도착했다. "나와 트레이스는 구세계에서 어렸을 때부터 알고 지낸 사이였어. 나로선 선택의 여지가 없었지." 선생님은 손을 비볐다. "그것 때문에 의회에서 쫓겨났다. 트레이스는 처형됐고."

나는 코일 선생님을 보면서 그녀를 이해하려고, 그녀에게 있는 선한 마음과 지금의 그녀를 만든 어렵고 복잡하고 힘든 일들을 이해해 보려고 애썼다.

우리는 우리가 내린 선택들로 만들어지는 존재다. 그리고 선택을 해야 하고. 선택 없이 우리는 아무것도 아니다.

"준비됐니?" 선생님이 다시 물었다. 이번에는 정말 마지막으로 하는 질문이었다.

"준비됐어요."

우리는 텐트 안으로 들어갔다.

내 가방이 거기 있었다. 코일 선생님이 직접 꾸려서 윌프 아저씨가 끄는 수레에 싣고 가다가 내가 시내까지 직접 가져갈 가방이다. 수상한 물건은 하나도 없이 음식으로 가득 차 있다. 모든 것이 계획대로 진행된다면 그 음식이 내가 시내로 진입해, 경비대를 지나, 성당으로 들어갈 수 있게 해줄 것이다.

모든 게 잘된다면.

그렇지 않을 경우를 대비해 바닥에 은밀히 숨겨진 주머니에 권총이 한 자루 들어 있다.

로손 선생님과 브레이스웨이트 선생님도 텐트에서 치료에 쓸 물품들을 준비하고 있었다.

내 부탁대로 리도 거기 있었다.

나는 그를 마주 보며 의자에 앉았다.

리는 내 손을 잡고 꽉 쥐었는데, 손바닥에 쪽지가 한 장 있는 게 느껴졌다. 리가 나를 바라봤다. 리의 소음은 이제부터 일어날 일로 가득 차 있었다.

나는 쪽지를 펴서 주위에 있는 여자 선생님 셋이 볼 수 없게 슬쩍 들여다봤다. 그들은 이 쪽지가 연애편지 같은 거라고 짐작할 것이다.

아무 반응 하지 마. 난 너랑 같이 가기로 결심했어. 숲속에 있는 수레에서 만나자. 넌 네 가족을 찾고 싶고, 난 내 가족을 찾고 싶잖아. 결코 혼자 해선 안 되는 일이야.

나는 리가 시키는 대로 아무 반응도 보이지 않았다. 그저 쪽지를 다시 접고 고개를 들어 리를 보면서 아주 살짝 고개를 끄덕였다.

"행운을 빈다, 바이올라." 코일 선생님이 말했다. 텐트에 있는 다른 사람들도 차례로 그렇게 말했고, 마지막으로 리가 행운을 빌어줬다.

나는 리가 이 일을 해주길 원했다. 코일 선생님이 하는 건 내가 참을 수 없을 것 같았고, 리는 특별히 신경을 써줄 테니까.

내가 뉴 프렌티스타운에서 군인들에게 잡히지 않고 돌아다닐 수 있는 방법은 하나밖에 없다. 우리가 수집한 정보를 토대로 한 유일한 방법.

내가 토드를 찾을 수 있는 유일한 방법.

"준비됐어?" 리가 그렇게 물어보니 기분이 남달랐다. 그래서 같은 질문을 또 받아도 신경에 거슬리지 않았다.

"준비됐어."

나는 팔을 내밀고 소매를 걷어 올렸다.

"제발 빨리 해." 나는 리의 눈을 들여다보며 말했다.

"그럴게."

리는 발치에 있는 가방에 손을 집어넣어 1391이라고 표시된 금속 밴드 하나를 꺼냈다.

33

아버지와 아들

〈토드〉

"아버지가 뭘 원하는지 말하셨어?" 데이비가 물었다.

"내가 언제 네가 없을 때 너희 아버지랑 말한 적 있어?"

"흥, 돼지오줌, 넌 아버지랑 같은 건물에 살잖아."

우리는 말을 타고 심문 본부로 가고 있었다. 하루 일이 끝나고 해가 뉘엿뉘엿 저물어 갔다. 오늘 여자 200명에게 낙인을 찍었다. 해머 아저씨가 총을 들고 감시하는 바람에 작업 속도가 빨라졌다. 모건 아저씨와 오헤어 아저씨가 이끄는 다른 팀들도 시내 곳곳에서 작업하고 있었다. 거의 모든 여자에게 밴드를 채웠다는 소문이 돌았다. 하지만 여자들은 양이나 스패클에게 채웠을 때처럼 빨리 낫지는 않는 것 같았다.

데이비와 함께 말을 타고 가면서 황혼이 지는 하늘을 올려다보다가 문득 뭔가를 깨달았다. "넌 어디 살아?"

"아이고, 참 **빨리**도 물어본다." 데이비가 데드폴/에이콘에게 고삐를 찰싹 내리치는 바람에 데드폴은 순간 두어 발자국 뛰다가 다시 속도를 줄였다. "같이 일한 지 거의 다섯 달이나 됐는데."

"지금 물어보잖아."

데이비의 소음이 살짝 윙윙거렸다. 대답을 꺼리는 게 느껴졌다.

"싫으면 말 안 해도……."

"마구간 위에 작은 방이 있어. 바닥에 매트리스가 깔려 있는데, 말똥 냄새가 죽인다."

우리는 계속 말을 타고 갔다. "앞으로." 앙가르드가 히이힝 울며 말했다. "앞으로." 데드폴도 히이힝 울며 대꾸했다. **토드**, 앙가르드가 생각했다. "앙가르드." 내가 불렀다.

나흘 전 밤에 데이비가 엄마의 책을 돌려준 후로 그 이야기는 나누지 않았다. 단 한 마디도. 우리 소음에 그 화제가 떠올라도 둘 다 무시해 버렸다.

하지만 우리는 전보다 자주 이야기를 나누었다.

시장이 내 아버지였다면 내가 어떤 종류의 인간이 됐을지 궁금해지기 시작했다. 시장이 내 아버지인데 내가 그가 바라는 아들이 아닐 경우에 나는 어떤 사람이 됐을까? 마구간 위에 있는 방에서 매트리스를 깔고 잤을까?

"나도 노력한다고. 하지만 아버지가 대체 뭘 바라는지 누가 알겠어?" 데이비가 나직이 말했다.

나도 모르니 아무 대꾸도 하지 않았다.

우리는 정문에 말들을 묶어놨다. 안으로 들어가는 동안 이반이 다시 나와 눈을 마주치려 했지만 내가 틈을 주지 않았다.

우리가 옆을 지나치자 이반이 평소보다 더 열심히 나를 불렀다. "토드."

"휴잇 씨라고 불러, 상병." 데이비가 쏘아붙였다.

나는 계속 걸어갔다. 우리는 정문에서 심문 본부 건물의 정문으로 이어지는 짧은 길을 걸었다. 군인들이 그 문도 지키고 있었지만, 우리는 그들을 지나 건물로 들어가 차가운 콘크리트 바닥을 가로질렀다. 그곳은 여전히 맨바닥이고, 난방장치도 없었다. 우리는 전처럼 거울이 있는 방으로 들어갔다.

"아, 얘들아, 어서 와라." 시장은 거울을 보다가 돌아서서 우리를 맞았다.

시장 뒤에 있는 방에는 고무 앞치마를 두른 해머 아저씨가 있었다. 그의 앞에 벌거벗은 어떤 남자가 앉아서 비명을 지르는 중이었다.

시장이 버튼 하나를 눌러서 그 소리를 차단시켰다.

"신원 식별 프로그램이 완료됐다지?" 시장이 밝고 또렷한 목소리로 물었다.

"저희가 알기론 그렇습니다." 내가 대답했다.

"저 사람은 누구예요?" 데이비가 그 남자를 가리키며 물었다.

"그 폭파된 테러리스트의 아들. 자기 엄마가 죽었을 때 도망치질 않았어, 바보 같은 놈. 이제 우리는 저자가 알고 있는 걸 보게 되겠지." 시장이 대답했다.

데이비가 입술을 삐죽거렸다. "하지만 자기 엄마가 죽었을 때 도망치지 않았다면……."

"너희 둘이 나를 위해 아주 큰일을 해줬다. 대단히 기쁘구나." 시장이 뒷짐을 지면서 말했다.

데이비가 싱긋 웃었고, 그의 소음이 다시 분홍색으로 물들었다.

"하지만 마침내 적들의 공격이 임박한 것 같다. 그들이 감옥을 공격했을 때 잡힌 테러리스트 하나가 우리에게 쓸 만한 정보를 말해줬다." 시장은 이야기를 계속하면서 거울 저편을 바라봤다. 해머 아저씨가 거의 다 가리고 있어서 지금 그 남자에게 무슨 짓을 하고 있는지 몰라도, 남자의 맨발이 사정없이 뒤틀리고 있었다. "그 여자 테러리스트가 죽기 전에 말해줬다. 최근 폭탄 공격들의 패턴으로 봐서 며칠 이내로 해답이 대대적인 공격을 감행할 것 같다는 거야. 이르면 내일 정도."

그 말에 데이비가 나를 힐끗 봤다. 나는 계속 시장 너머로 보이는 아무것도 없는 텅 빈 벽만 바라보고 있었다.

"물론 그들은 질 거야. 아주 쉽게. 그들은 우리에 비해 수적으로 열세라 하루를 넘기지 못할 거다."

"우리도 싸우게 해주세요, 아버지. 우리가 준비됐다는 건 아버지도 아시잖아요." 데이비가 간절하게 말했다.

시장이 미소를 지었다. 자신의 아들에게. 데이비의 소음은 너무나 진한 분홍빛으로 물들어서 차마 눈 뜨고 볼 수 없을 지경이었다.

"넌 진급됐다, 데이비드. 넌 프렌티스 상사가 될 거야."

순간 데이비의 소음이 기쁨에 넘쳐 폭발하면서 그의 얼굴에 미소가 활짝 피어올랐다. "와우, 완전 좋아." 데이비는 마치 혼자 있는 것처럼 감탄사를 내뱉었다.

"첫 전투가 시작될 때 너는 해머 대위와 나란히 최전선에 서서 싸우게 될 거다. 네가 바라는 바로 그런 전쟁을 하게 될 거야."

데이비는 너무 기쁜 나머지 얼굴을 환하게 빛냈다. "와우, 와우. 감사해요, 아버지!"

시장이 내게 얼굴을 돌렸다. "넌 휴잇 소위로 진급한다."

데이비의 소음이 갑자기 변했다. "소위요?"

"전쟁이 시작되면 넌 내 개인 경호병이 될 거다. 내가 전쟁을 지휘하는 동안 내 옆에서 내게 다가오는 모든 위협을 제거하며 나를 보호하게 될 거야." 시장이 이야기를 계속했다.

나는 아무 말도 하지 않고, 계속 텅 빈 벽만 바라봤다.

나는 원이고 원은 나다.

"이렇게 원이 순환하는 거야, 토드." 시장이 말했다.

"왜 토드는 소위죠?" 데이비의 소음에서 치직치직 소리가 났다.

"소위는 전투 계급이 아니다. 상사가 전투 계급이지. 상사가 아니라면 넌 싸울 수 없어." 시장이 차분하게 말했다.

"아." 데이비는 나와 시장을 번갈아 보면서 지금 자기가 조롱을 당하고 있는 건 아닌지 확인하려 했다. 나는 아무 생각도 하지 않았다.

"고맙다는 인사는 필요 없다, 소위."

"고맙습니다." 나는 여전히 벽만 보면서 말했다.

"그 일을 하면 네가 원하지 않는 일은 안 해도 된다. 살인하지 않을 수 있어."

"누가 당신을 공격하지 않는 한 말이죠." 내가 대꾸했다.

"누가 날 공격하지 않는 한, 그래. 그게 문제가 될까, 토드?"

"아뇨. 아닙니다."

"좋아."

나는 다시 거울을 바라봤다. 그 벌거벗은 남자는 고개를 숙인 채 축 늘어져 있었다. 벌어진 입에서 침이 뚝뚝 흘렀다. 해머 아저씨는 화가 나서 장갑을 벗어 테이블에 대고 내리쳤다.

"난 복이 아주 많다. 이 행성을 원래대로 되돌려 놓겠다는 내 야망을 이뤘으니까. 며칠 내로, 어쩌면 몇 시간 내로 나는 테러리스트들을 모두 진압할 거다. 그래서 새 정착민들이 왔을 때 그들을 환영하기 위해 자랑스럽게 평화의 손을 내미는 사람은 바로 내가 될 거야." 시장이 따뜻하게 말했다.

시장은 그때를 기다리지 못하겠다는 듯이 두 손을 들어 올렸다. "그때 누가 내 옆에 있을까?" 그리고 우리 둘에게 두 손을 내밀어 보였다. "너희 둘이야."

데이비는 분홍색으로 물든 소음을 윙윙거리며 손을 뻗어 아버지의 손을 잡았다.

"나는 여기에 아들 하나와 왔는데." 시장은 여전히 내게 한 손을 내민 채 말했다. "이 도시가 내게 한 명을 더 선물해 줬구나."

시장은 내가 손을 잡기를 기다렸다.

그의 두 번째 아들이 자신의 손을 잡기를.

"축하해, 돼지오줌 소위." 데이비가 다시 데드폴의 안장으로 훌쩍 뛰어올라 타면서 말했다.

"토드?" 내가 앙가르드에 올라타는 동안 이반이 자기 자리를 벗어나서 나를 불렀다. "이야기 좀 할 수 있을까?"

"토드는 이제 당신보다 계급이 높아. 전선으로 끌려가서 통통이나 파는 신세가 되고 싶지 않으면 이제부터는 소위님이라고 불러." 데이비가 말했다.

이반은 놀란 가슴을 진정하려는 것처럼 숨을 깊게 들이마셨다. "좋아, 소위님. 이야기 좀 할 수 있을까?"

나는 앙가르드 위에서 그를 내려다봤다. 이반의 소음은 폭력과, 다리에 총을 맞은 일과, 음모와, 분노와, 시장에게 복수할 방법들로 가득 차서 금방이라도 폭발할 것 같았다. 날 감동시키려는 것처럼 대놓고 그런 생각을 하고 있었다.

"그 생각은 조용히 혼자서 하는 게 좋아. 누가 들을지도 모르는데."

내가 말했다.

그리고 앙가르드의 고삐를 내려쳐서 다시 도로로 나갔다. 가는 사이에 이반의 소음이 따라왔다. 무시해 버렸다.

나는 아무것도 느끼지 않고, 받아들이지 않는다.

"아버지가 널 아들이라고 불렀어. 그러니까 우린 형제가 된 셈이지."

해가 폭포 너머로 사라지는 사이에 데이비가 앞을 보며 말했다.

나는 아무 말도 하지 않았다.

"축하하려면 뭘 좀 해야지."

"어디서? 어떻게?"

"음, 우린 이제 장교잖아, 안 그래, 형제? 내가 알기로 장교들에게는 특권이 있다던데." 데이비는 날 곁눈질로 스윽 훑어보면서 말했다. 그의 소음이 불꽃처럼 확 타올랐는데, 그 안에 올드 프렌티스타운에서 항상 보던 그런 이미지들이 가득 차 있었다.

아무것도 안 입은 여자들의 이미지.

나는 얼굴을 찌푸리고 그에게 아무것도 안 입고 팔에 밴드를 찬 여자의 이미지를 하나 보냈다.

"그래서?"

"이 변태야."

"아니야, 형제. 넌 지금 프렌티스 상사와 이야기하고 있는 거야. 난 마침내 잘나가게 됐다고."

데이비는 웃고 또 웃었다. 데이비가 너무 신나 해서 나까지 기분이 조금 좋아졌다. 내 소음도 감정과 상관없이 조금 밝아졌다.

"아, 그러지 말고, 돼지오줌 소위. 너 아직도 네 여자 친구를 그리워하는 건 아니겠지? 걔는 몇 달 전에 널 버리고 갔잖아. 너에게 새 여자를 대줘야겠어."

"닥쳐, 데이비."

"닥쳐, 데이비 상사라고 해. 좋아, 좋다고. 넌 그냥 집에 있으면서 네엄마 일기나 읽……." 데이비는 계속 웃으며 말하다가 멈췄다.

그러더니 급하게 말했다. "아, 젠장, 미안. 난 그런 뜻으로 한 말은 아니야. 내가 그만 깜박했어."

이상하게도 데이비는 정말로 미안해하는 것 같았다.

순간 조용해지면서 그의 소음이 다시 한 번 그가 숨기고 있는 격렬한 감정으로 고동쳤고…….

그가 그토록 감추려고 애썼던 그 감정, 그것 때문에 그가…….

그러더니 데이비가 입을 열었다. "있지……." 그때 그가 어떤 제안을 하려는지 알았고, 도저히 참을 수 없었다. 데이비가 그걸 입 밖으로 꺼내버리면 단 1분도 더 살 수 없을 것 같았다. "내가 대신 그걸 읽어주길 바란다면……."

"아니야, 데이비. 아니야, 괜찮지만 됐어." 내가 얼른 말했다.

"확실해?"

"응."

"음, 어쨌든 생각 있으면 말해." 그의 소음이 다시 환해지면서 자신의 새 직위와, 여자들과, 나와 그가 형제라는 생각을 하면서 꽃처럼 피어났다.

데이비는 시내로 가는 길 내내 행복하게 휘파람을 불었다.

나는 레저 시장에게 등을 돌린 채 침대에 누워 있었다. 시장은 평소처럼 쩝쩝 소리를 내며 저녁을 먹었다. 나 역시 저녁을 먹으며 엄마의 일기장을 꺼내서 그냥 바라보기만 하며 담요 위에 누워 있었다.

"언제 그 대대적인 공격이 시작될지 사람들이 궁금해하고 있어." 레저 시장이 말했다.

나는 대답하지 않았다. 나는 매일 밤 하는 것처럼 일기장 표지를 손으로 쓸어내리면서 가죽을 쓰다듬고, 칼이 뚫고 들어가서 찢어진 부분을 손가락 끝으로 만졌다.

"곧 공격할 거라고 하던데."

"뭐라고 하건 관심 없어요." 나는 표지를 열었다. 벤 아저씨가 접어넣은 지도가 아직 안에 있었다. 내가 숨긴 그곳에 있었다. 데이비는 이 일기장을 가지고 있는 내내 단 한 번도 펼쳐보지 않은 듯했다. 그동안 이게 어디 있었는지 알고 나니 여기서 살짝 마구간 냄새가 나는 것 같다. 그래도 여전히 엄마의 일기장이다.

엄마. 엄마의 말들.

당신 아들이 어떤 인간이 됐는지 보세요.

레저 시장이 큰 소리로 한숨을 쉬었다. "너도 알겠지만 그들이 여길 공격할 거야. 그런 일이 일어나면 넌 나를 내보내 줘야 해."

"단 5초 만이라도 그 입 좀 다물 수 없어요?" 나는 첫 페이지를 펼쳤다. 내가 태어나던 날 엄마가 쓴 첫 번째 일기. 한때 내가 들었던 말들로 가득 찬 페이지.

(……가 읽어줬던.)

"총도 없고, 무기도 없어. 난 완전 무방비 상태란 말이야." 레저 시장이 일어나서 다시 창밖을 내다보며 말했다.

"내가 챙겨줄게요. 이제 그 망할 입 좀 다물어요."

난 여전히 그를 등진 채 엄마의 첫 말들, 엄마가 손으로 쓴 말들을 바라봤다. 거기 무슨 말이 적혀 있는지 알지만 소리 내서 읽어보려고 애를 썼다.

나……이. 내. 이건 내, 구나. 나는 심호흡을 한 번 했다. 사. 사르. 사르르……사르라. 이건 사랑하는, 이라는 뜻이니 대충 맞는 것 같다. 내 사랑하는. 그리고 마지막 단어는 아들이다. 이건 안다. 오늘 아주 분명하게 들었으니까.

나는 시장이 내민 손을 생각했다.

그리고 내가 그 손을 잡았을 때를 생각했다.

내 사랑하는 아들.

"내가 읽어주겠다고 했잖아." 레저 시장은 내가 책을 읽느라 끙끙대는 소음 때문에 괴로움을 감추지 못한 얼굴로 말했다.

나는 고개를 돌려서 레저 시장을 매섭게 노려봤다. "내가 입 닥치라고 했잖아!"

시장은 두 손을 들어 보였다. "좋아, 좋다고. 알았어." 그는 다시 앉으면서 마지막으로 나를 비꼬는 말을 했다. "소위님."

나는 벌떡 일어나 앉아 허리를 똑바로 폈다. "지금 뭐라고 했어요?"

"아무 말 안 했는데." 레저 시장은 나와 눈을 마주치려 하지 않았다. "난 당신에게 그 이야기 안 했는데. 한 마디도 안 했어."

"네 소음에 있었어."

"아니, 없었어." 나는 이제 일어서면서 말했다. 내 말이 맞으니까.

나는 저녁을 먹으러 들어온 이후로 우리 엄마 책 말고는 아무 생각도 하지 않았으니까. "당신이 그걸 어떻게 알았지?"

레저 시장은 고개를 들어 나를 봤지만 그의 입에선 아무 말도 나오지 않았다. 그의 소음은 허겁지겁 뭔가 할 말을 찾고 있었다.

하지만 찾지 못했다.

나는 그를 향해 한 발자국 다가섰다.

그때 문에서 철컹 소리가 나면서 콜린스 아저씨가 들어왔다. "널 찾아온 사람이 있는데." 그는 그렇게 말했다가 내 소음이 커진 걸 눈치챘다. "무슨 일이야?"

"날 찾아올 사람은 없는데?" 나는 여전히 레저 시장을 노려보며 말했다.

"여자아이야. 데이비가 보냈다고 그러던데." 콜린스 아저씨가 말했다.

"젠장. 그러지 말라고 했는데."

"그건 내 알 바 아니고. 그 여자아이가 너하고만 이야기하겠다고 하더라. 아주 곱상하던데." 아저씨는 킬킬 웃으며 말했다.

나는 아저씨의 말투에 화가 났다. "걔가 누구건 건드리지 말아요. 그러지 말라고요."

"여기서 너무 오래 시간 끌지 마라." 아저씨는 계속 웃으면서 문을 닫았다.

나는 다시 레저 시장을 노려봤다. 내 소음은 여전히 높게 치솟아 있었다. "우리 이야기 아직 안 끝났어."

"그게 네 소음에 있었다니까." 시장이 그렇게 말했지만 나는 이미 밖으로 나가서 문을 잠가버렸다. 철컹.

나는 쿵쿵 소리를 내며 계단을 내려가면서 콜린스 아저씨가 여자아이를 괴롭히지 않고 돌려보낼 방법을, 어떤 이유에서든 그 소녀가 그런 일을 당하지 않게 할 방법을 생각했다. 그런 내내 내 소음은 레저 시장에 대한 의심으로 부글부글 끓어올랐고, 계단을 다 내려왔을 때는 어느 정도 그에 대한 짐작이 풀리기 시작했다.

콜린스 아저씨는 다리를 꼰 자세로 로비 벽에 기대, 느긋하니 긴장을 푼 채 실실 쪼개고 있었다. 그러다가 날 보고 엄지손가락으로 가리켰다.

나는 아저씨가 가리킨 곳을 바라봤다.

거기에 그녀가 있었다.

34

마지막 기회

〈바이올라〉

"자리 좀 피해줘요." 날 안으로 들여보내 준 남자에게 토드가 말했다. 그 말을 하면서도 토드는 내게서 눈을 떼지 않았다.

"내가 곱상하다고 했잖아." 그 남자는 징그럽게 웃으면서 옆에 있는 사무실로 들어갔다.

토드는 그 자리에 서서 날 빤히 바라봤다. "너구나."

하지만 나를 향해 오지는 않았다.

"토드." 나는 그를 부르면서 한 발자국 다가섰다.

그러자 그가 한 발자국 뒤로 물러났다.

나는 그 자리에서 멈췄다.

"저 사람은 누구야?" 토드는 리를 보면서 물었다. 리는 내 뒤에서 진짜 군인인 척 최선을 다해 연기하고 있었다.

"이 사람은 리라고 해. 친구야. 나랑 같이 와서……."

"여기서 뭐 하는 거야?"

"널 데리러 왔어. 널 구하러 왔다고."

나는 그가 침을 꿀꺽 삼키는 모습을 봤다. 그의 목젓이 움직이는 게 보였다. "바이올라." 토드가 마침내 말했다. 그의 소음 속에 내 이름이 사방에 있었다. 바이올라 바이올라 바이올라.

토드는 두 손을 들어 자신의 머리카락을 움켜쥐었다. 마지막으로 봤을 때보다 머리가 더 길고 텁수룩해졌다.

키도 더 커 보였다.

"바이올라." 토드가 다시 말했다.

"나야." 나는 그렇게 말하며 또 한 발자국 다가갔다. 그가 물러서지 않았기 때문에 그를 향해 계속 다가가며 로비를 가로질렀다. 달려가진 않고 그저 점점 가까이 다가갔다.

하지만 그에게 다다르자 그는 다시 뒤로 물러났다.

"토드?"

"여기서 뭐 하고 있는 거야?"

"널 데리러 왔다니까. 내가 그럴 거라고 했잖아." 순간 가슴이 철렁했다.

"넌 날 떠나지 않을 거라고 했잖아." 토드의 소음 속에서 이런 자신에게 화가 나서 짜증을 내는 소리가 들렸다. 그는 헛기침을 했다. "넌 날 여기 놔두고 가버렸잖아."

"그들이 날 잡아갔어. 선택의 여지가 없었어."

그의 소음이 점점 커졌다. 그 안에 기쁨도 있었지만…….

아, 맙소사, 토드. 그 안에는 분노도 있었다.

"내가 뭘 잘못했어? 우린 어서 가야 해. 해답이 곧……."

"그러니까 넌 이제 해답의 일원이야? 그 살인자들과 한패란 말이야?"

토드가 느닷없이 쏘아붙였다. 그 안에서 신랄한 기운이 점점 커져갔다.

"그럼 넌 이제 군인이 된 거야?" 나도 놀라서 반박했다. 내 목소리에도 열이 오르고 있었다. 나는 그의 소매에 있는 A를 가리켰다. "내 앞에서 살인자 이야긴 하지 마."

"해답이 스패클족을 몰살했잖아." 토드는 낮고 화난 목소리로 말했다. 그의 소음 속에서 스패클들의 시체가 나타났다.

산처럼 쌓인 시체들, 여기저기 쓰레기처럼 버려진 시체들.

벽에 적힌 해답의 **A**.

그 한가운데 서 있는 토드.

"그들을 죽일 때 나도 같이 죽인 거나 마찬가지야."

그리고 토드는 눈을 감았다.

나는 원이**고 원은 나다**, 라는 소음이 들렸다.

"바이올라?" 뒤에서 리의 목소리가 들렸다. 나는 돌아섰다. 그는 로비를 반쯤 가로질러 왔다.

"밖에서 기다려."

"바이올라……."

"밖에 있으라고."

리가 너무 걱정스러워 보였고, 날 위해 언제라도 싸울 준비가 돼 있었기 때문에 순간 마음이 살짝 흔들렸다. 여기까지 오는 내내 리가 나를 그의 죄수라고 얼마나 요란하게 알렸던지, 다른 군인들은 그가 날 강간하려는 속셈을 감추려고 저러는 거라고 생각해서 그에게 행운을 빌어주며 휘파람을 불어댔다. 그다음에 우리는 성당 옆에 숨어서 데이비 프렌티스가 말을 타고 여기를 떠나는 모습을 지켜봤다. 그러면서 다시는 그를 보고 싶지 않다는 생각을 하고, 그와 토드가 어떻게 진급을 축하할지 생각했다.

그래서 우리가 그 축하 행사의 일부인 척했다.

그 작전은 효과가 있었다.

솔직히 말해서 너무 쉽게 풀려 기분이 좀 나쁘기도 했다.

리는 양발을 번갈아 들었다 내렸다 하면서 안절부절못하고 있었다.

"필요하면 날 불러."

"그렇게." 내가 대답하자 리는 잠시 기다렸다가 앞문으로 나가면서, 우리를 계속 지켜볼 수 있게 문을 열어놨다.

토드는 여전히 눈을 감은 채 **나는 원이고 원은 나다**를 읊고 있었다. 시장에게서 들은 소리와 엄청 비슷하다는 생각이 들었다.

"우린 스패클족을 죽이지 않았어."

"우리?" 토드가 그렇게 대꾸하면서 눈을 떴다.

"누구 짓인지 모르겠지만 우리는 아니야."

"너희는 그 통신 탑을 폭파시켰을 때 스패클들이 있는 곳에도 폭탄을 날려서 그들을 죽이려고 했잖아. 그리고 탈옥 사건이 일어나던 날 돌아와서 그때 못한 일을 끝낸 거지." 토드는 침을 뱉듯이 말을 뱉어냈다.

"폭탄? 어떤 폭탄······?"

그러다가 기억났다.

통신 탑을 지키던 군인들이 달려가게 만든 그 첫 번째 폭발.

아니야.

선생님이 그랬을 리가 없어.

아니야, 선생님이라도 그럴 수는 없어. 대체 넌 우리가 어떤 사람들이라고 생각하니? 선생님이 그때 그랬잖아······.

하지만 선생님은 내 질문에 대답하지 않았어.

아니야, 아니라고. 그건 사실이 아니야. 게다가……

"누가 그런 말을 했어? 데이비 프렌티스?"

토드는 눈을 깜박였다. "뭐?"

"뭐라니 무슨 뜻이야? 네 새로운 절친, 날 총으로 쐈던 남자 말이야, 토드. 네가 매일 아침 웃으면서 같이 말을 타고 일하러 가는 그 남자 말이지." 내 목소리는 이제 더 냉정해졌다.

토드는 주먹을 불끈 쥐었다.

"너 나를 감시하고 있었어? 나는 너를 석 달이나 못 봤는데, 석 달 동안 아무 소식도 못 들었는데 그동안 날 염탐했던 거야? 너희는 사람들을 폭탄으로 날리지 않는 한가한 시간에는 그런 걸 하면서 시간을 보내니?"

"그래!" 나는 소리를 꽥 질렀다. 그의 목소리에 맞춰 내 목소리도 점점 커져갔다. "너를 적이라고 생각하는 사람들에게 석 달 동안 널 변호해 왔어, 토드. 석 달 동안 대체 네가 왜 그렇게 시장을 위해 열심히 일하는지 궁금해했고, 우리가 이야기를 한 바로 다음 날 어떻게 시장이 바다로 군대를 보냈는지 궁금해했어." 토드는 그 말을 듣고 움찔했지만 나는 가차 없이 팔을 내밀고 소매를 걷어 보였다. "석 달 동안 네가 왜 여자들에게 이런 걸 채웠는지 궁금해했다고!"

토드의 표정이 순식간에 변했다. 그는 마치 자신이 고통을 느낀 것처럼 소리를 지르다가 다급하게 손을 입으로 막아서 그 소리를 감추려고 했다. 그의 소음이 갑자기 암흑으로 뒤덮였다. 그는 다른 손을 내 밴드를 향해 뻗었지만 차마 만지지는 못하고 그 주위를 맴돌았다. 내 팔이 잘리지 않는 한 결코 벗지 못할 1391번 밴드 주위의 피부는 여전히 벌겋고, 사정없이 욱신거렸다. 힐러가 세 명이나 붙어서 치료해 줬는데도 그 모양이었다.

"아, 안 돼. 이럴 순 없어."

그때 옆문이 열리면서 날 들여보내 준 남자가 고개를 내밀었다. "거기 괜찮아, 소위?"

"소위라고?"

"우린 괜찮아요. 다 괜찮아요." 토드가 조금 목이 멘 소리로 말했다.

그 남자는 잠시 우리를 보다가 다시 안으로 들어갔다.

"소위라고?" 나는 목소리를 낮춰 다시 물었다.

토드는 무릎에 두 손을 짚은 채 허리를 숙이고 바닥을 빤히 바라봤다. "내가 한 건 아니지, 그렇지?" 토드의 목소리도 이제 조용해졌다. "내가 안 했……." 토드는 고개를 들지도 않고 내가 찬 밴드를 향해 손짓했다. "너라는 걸 알면서 내가 그 짓을 하진 않았어, 그렇지?"

"아니야." 그의 소음에서 그걸 읽고 대답했다. 밴드에 대한 그의 무감각함과 그가 그토록 무시하려고 애썼던, 마음속 깊이 자리 잡은 그 모든 공포와 처참한 심정을 읽어내고 말했다. "해답이 했어."

토드는 이해할 수 없다는 표정으로 고개를 홱 치켜들었다.

"이것만이 내가 여기 와서 널 찾아낼 수 있는 유일한 방법이었으니까. 이것만이 시내에서 행군하는 군인들 사이로 아무렇지 않게 다닐 수 있는 방법이었어. 내가 밴드를 찬 여자라고 여겨지는 것 말이야."

내 말을 이해하면서 토드의 표정이 다시 변했다. "아, 바이올라."

나는 힘겹게 숨을 내쉬었다. "토드. 제발 나랑 같이 가자."

그의 눈이 촉촉해졌다. 이제 토드가 보였다. 마침내 토드의 본모습이 보였다. 그의 얼굴에서, 소음에서, 마침내 전의를 상실하고 축 처진 두 팔에서 볼 수 있었다.

"너무 늦었어." 그렇게 말하는 토드의 목소리가 너무 슬퍼서 내 눈에도 눈물이 고이기 시작했다. "난 그동안 죽은 채로 살아왔어, 바이올라. 죽었다고."

"아니야. 지금은 너무 힘든 때라서 그럴 뿐이야." 나는 토드에게 조금 더 가까이 다가가면서 말했다.

토드는 이제 고개를 숙이고 있었다. 그의 눈은 그 어느 것도 보고 있지 않았다.

아무것도 느끼지 않는다. 아무것도 받아들이지 않는다.

나는 원이고 원은 나다.

"토드?" 나는 그의 손이 닿을 정도로 가까이 다가갔다. "토드, 나 좀 봐."

그가 고개를 들었다. 그의 소음에 있는 상실감이 너무 커서 마치 내가 심연의 가장자리에 서 있는 듯한, 금방이라도 그 안으로 떨어질 듯한, 결코 헤어 나오지 못하는 너무나 공허하고 외로운 그 암흑으로 빠질 듯한 느낌이 들었다.

"토드." 목이 메었다. "폭포 밑에 있는 그 절벽의 튀어나온 바위에서 네가 나에게 했던 말 기억나? 그때 네가 날 구하기 위해 했던 말 기억해?"

토드는 천천히 고개를 저었다. "난 끔찍한 일들을 했어, 바이올라. 끔찍한······."

"우리 모두 쓰러진다고 네가 그랬어. 우리 모두 쓰러지지만 중요한 건 그게 아니라고 했어. 중요한 건 다시 일어서는 거라고 네가 그랬잖아." 나는 토드의 팔을 더 세게 잡으면서 말했다.

하지만 그가 팔을 흔들어 내 손을 떨쳐버렸다.

"아니. 네가 여기 없었을 때가 더 쉬웠어. 너를 볼 수 없었을 때가 더 쉬웠⋯⋯." 토드는 고개를 돌리며 말했다.

"토드, 난 널 구하러 왔어."

"아니야, 난 아무것도 생각할 필요가⋯⋯."

"아직 늦지 않았어."

"너무 늦었어. 너무 늦었다고!" 토드는 고개를 흔들며 말했다.

그리고 움직였다.

날 피해 내게서 멀어졌다.

난 그를 잃고 있었고⋯⋯.

그때 좋은 아이디어가 하나 떠올랐다.

아주 위험한 아이디어가.

"내일 해가 지면 공격이 시작될 거야."

토드는 놀라서 눈을 깜박였다. "뭐라고?"

"공격 시간이 그때라고." 나는 침을 꿀꺽 삼키고 그를 향해 다가가면서 목소리를 떨지 않으려고 애썼다. "난 원래 가짜 계획만 알고 있어야 했지만 진짜 계획도 알아냈어. 해답은 좁은 길이 하나 있는 남쪽 언덕을 타고 내려올 거야. 바로 이 성당 남쪽 말이야, 토드. 그들은 바로 여기로 쳐들어와서 시장을 잡으려 할 거야."

토드는 문 쪽을 불안하게 바라봤지만 나는 계속 작은 목소리로 말했다. "해답은 200명밖에 안 돼, 토드. 하지만 모두 총과 폭탄으로 완전무장하고 있어. 그리고 전략이 있고, 시장을 무너뜨릴 때까지 절대 멈추지 않을 끝내주는 지도자도 있지."

"바이올라⋯⋯."

"그들이 오고 있어." 나는 그렇게 말하면서 토드에게 조금 더 가까이 다가갔다. "이제 넌 언제 어디서 공격할지 알고 있으니까, 만약 그 정보가 시장에게 들어가면……."

"나에게 말하지 말았어야지. 내가 어떻게든 숨겨보겠지만 시장이 알아낼 거야. 나에게 말하면 안 됐다고!" 토드가 내 눈을 피하면서 말했다.

나는 계속 앞으로 갔다. "그럼 너도 나와 같이 가야겠네, 안 그래? 그러지 않으면 시장이 계속 이길 거고, 그래서 이 행성을 지배하게 될 거고, 새 정착민들을 맞이하는 사람도 그가 될 거고……."

"두 손을 내밀면서." 토드가 갑자기 부드러운 목소리로 말했다.

"뭐라고?"

하지만 그는 허공에 뻗은 자신의 손을 바라보고 있었다. "그의 아들과 같이 맞이하겠지."

"음, 그건 우리도 바라지 않잖아." 나는 초조하게 문 주위를 둘러봤다. 리가 안으로 고개를 들이밀면서 이상하게 보이지 않으려고 노력하고 있었지만, 이제 군인들이 문 앞을 지나가고 있었다. "시간이 별로 없어."

토드는 여전히 허공에 손을 내밀고 있었다.

"나도 나쁜 일들을 저질렀어. 안 그랬으면 좋았겠지만 현실은 그렇지 않아. 우리에게 있는 건 지금 현재밖에 없어. 이 일에서 조금이라도 좋은 결과가 나오려면 넌 나와 함께 가야 해."

토드는 아무 말 없이 여전히 손을 뻗은 채 그 손을 바라봤다. 나는 한 발자국 더 나가서 그의 손을 잡았다.

"우린 세상을 구할 수 있어. 너와 내가." 나는 미소를 지으려고 애쓰면서 말했다.

그는 내 눈을 들여다보면서 찾고, 내 마음을 읽으려 하고, 내가 정말 여기 있는지, 이게 정말 사실인지, 내가 말한 것이 진실인지 찾고 또 찾았지만…….

그는 나를 찾아내지 못했다.

아, 토드…….

"어디 가나 봐?" 방 건너편에서 목소리가 들렸다.

권총을 들고 있는 남자의 목소리였다.

그 사람은 우리를 안으로 들여보내 준 그 남자가 아니었다. 한 번도 본 적이 없는 사람이었다.

다만 토드의 소음에서는 한 번 봤다.

"당신이 어떻게 나왔어?" 토드의 목소리에서 놀라움이 파문처럼 번져갔다.

"넌 이거 없이 떠나지 않을 텐데, 안 그래?" 그 남자가 말했다. 총을 들고 있지 않은 다른 손에 토드 엄마의 일기장이 들려 있었다.

"그거 내놔!" 토드가 소리 질렀다.

남자는 토드를 무시하고 리에게 권총을 휘둘러 댔다. "안으로 들어와. 안 그러면 우리의 친애하는 토드를 아주 기쁜 마음으로 쏴버릴 테니까."

나는 돌아봤다. 리의 소음에선 싸우고 싶은 마음이 간절했지만, 그 남자가 토드에게 권총을 겨누자 내 얼굴을 보며 앞으로 나왔다. 나를 여기 둔 채 떠나지 않겠다는 마음이 그의 소음에서 너무나 큰 소리로 울려 퍼져서, 순간 나는 권총에 집중하지 못할 뻔했다.

"그거 내려놔." 남자는 리가 들고 있는 소총을 가리키며 말했다. 리는 덜거덕 소리를 내며 소총을 바닥에 떨어뜨렸다.

"이 거짓말쟁이. 비겁자." 토드가 그 남자에게 말했다.

"다 이 도시를 위해서 그런 거야, 토드." 남자가 대꾸했다.

"그렇게 자나 깨나 투덜거리더니, 시장이 모든 걸 망치고 있다고 불평하고 욕하더니 넌 그저 스파이에 지나지 않았어." 토드의 목소리와 소음 모두 분노의 불길로 활활 타오르고 있었다.

"처음부터 그런 건 아니야." 남자는 우리를 향해 걸어오면서 말했다. "처음에는 네가 본 그대로였어. 망신살이 뻗친 전직 시장이자 살아남아 모든 치욕을 견디게 된 사람이었지." 그 남자는 일기장을 한쪽 겨드랑이에 낀 채 토드를 지나 나에게 다가왔다. "가방 내놔."

"뭐라고?"

"그거 내놓으라고." 남자는 내게 팔을 휘두르면서 다시 토드의 머리에 총을 겨냥했다. 나는 가방을 벗어서 건넸다. 그는 가방을 제대로 열지도 않고 바닥을 더듬어 보더니, 은밀하게 숨겨놓은 내 권총 주머니를 만졌다.

그 남자가 피식 웃었다. "여기 있군. 해답은 정말 변하질 않는단 말씀이야."

"바이올라의 머리카락 한 올이라도 건드리면 내 손에 죽는다." 토드가 말했다.

"나도 마찬가지야." 리가 말했다.

남자는 계속 싱글싱글 웃기만 했다. "토드, 너에게 경쟁자가 생긴 것 같은데."

"당신은 누구야?" 두 남자가 지켜준다고 서로 나서자 짜증이 난 내가 용기를 내서 물었다.

"콘 레저, 헤이븐의 시장이지. 잘 부탁한다, 바이올라." 남자가 살짝 고개를 숙이면서 인사했다. "네가 바이올라겠지, 안 그래?" 그는 토드 주위를 걸어 다녔다. "아, 대통령은 너의 꿈에서 나오는 소음에 아주 관심이 많았어, 애야. 네가 자는 동안 무슨 생각을 하는지 무지하게 궁금해하더라고. 네가 바이올라를 얼마나 그리워하는지, 네가 그녀를 찾기 위해 무슨 짓이든 할 것인지 알고 싶어 했지."

토드의 얼굴이 빨개지기 시작했다.

"그러다가 갑자기 내게 아주 상냥하게 대하더군. 그가 바라는 대로 너를 움직일 수 있을지 보려고 정보를 전해달라지 뭐야." 레저 시장은 꼴이 아주 우스꽝스러워 보였다. 한 손에는 권총을 들고, 다른 손에는 가방을 들고, 일기장은 겨드랑이에 끼고, 그런 내내 위협적으로 보이려고 안간힘을 쓰고 있었다. "이제 보니 아주 성공적인 작전이라고 해야 겠군." 남자는 내게 윙크를 하면서 말했다. "이제 해답이 언제 어디서 공격할지 알았으니까 말이야."

리의 소음이 확 치솟으면서 격노했고, 그 남자를 향해 한 발자국 다가갔다.

레저 시장이 권총의 공이치기를 당겼다. 리는 그 자리에 멈춰 섰다.

"이거 마음에 들어? 대통령이 내게 감방 열쇠를 줄 때 이것도 같이 줬어."

레저 시장은 다시 미소 짓더니 우리 모두 그를 어떤 표정으로 보는지 봤다. "아, 그만들 좀 해. 대통령이 해답을 물리치면 이 난리가 다 끝날 거야. 그 폭탄들, 답답한 규제들, 야간 통행금지 모두 끝난다고." 이제 그의 미소에 힘이 조금 빠졌다. "너희는 변화를 이루기 위해 체제 내에서 어떻게 일하는지 배워야 해. 내가 그의 부통령이 되면, 모두 지금보다 더 잘살 수 있도록 아주 열심히 일할 거야. 여자들도 마찬가지고."

그는 나에게 고개를 끄덕여 보이며 말했다.

"차라리 날 총으로 쏘는 편이 나을 거야. 그 총을 내려놓으면 당신 목숨이 위험해질 테니까." 토드의 소음이 불길처럼 뿜어져 나왔다.

레저 시장은 한숨을 쉬었다. "나는 누구도 쏘지 않을 거야, 토드. 다만……."

그때 갑자기 옆문이 열리면서 날 안으로 들여보내 준 남자가 나왔다. 우리를 본 그가 놀란 표정을 지었고, 그의 소음에도 놀란 기색이 비쳤다. "너희 대체 뭘……."

레저 시장이 그에게 총을 겨누고 방아쇠를 세 번이나 당겼다. 그 남자는 옆방 안쪽으로 쓰러져서 발만 방 밖으로 튀어나왔다.

우리 모두 충격을 받은 채 그 자리에 서 있었다. 총성의 메아리가 계속해서 대리석 바닥에 울려 퍼졌다.

레저 시장의 소음에 선명한 영상이 떠올랐다. 레저 시장의 멍든 눈과 찢어진 입술, 바닥에 쓰러진 그 남자가 시장을 때리는 모습.

시장은 돌아서서 자신을 빤히 바라보는 우리를 봤다. "뭐?"

"프렌티스 시장이 싫어할 텐데. 콜린스 아저씨는 올드 프렌티스타운에 있을 때부터 시장과 알고 지낸 사이야." 토드가 말했다.

"그 어떤 오해라도 바이올라와 해답의 공격 정보라는 선물이 있으니 다 풀릴 수 있을 거라고 믿는다." 레저 시장은 이제 주위를 둘러보면서 두 손을 자유롭게 둘 공간을 찾았다. 그는 이제 토드 어머니의 일기장을 원하지 않는 것처럼 토드에게 던져버렸다. 토드는 일기장을 떨어뜨릴 뻔하다가 간신히 잡았다.

"너희 엄마는 글을 잘 못 쓰더라, 토드. 간신히 문맹을 벗어난 수준이더군." 레저 시장은 허리를 숙여서 이제 자유로워진 손으로 내 배낭의 지퍼를 열었다.

"당신은 그 말을 내뱉은 대가를 치러야 할 거야." 토드가 순간 날 돌아봤다. 나는 그 말을 입 밖으로 낸 사람이 나라는 사실을 깨달았다.

레저 시장은 내 가방을 이리저리 뒤졌다. "음식이다!" 그의 얼굴이 환해지더니 제일 위에 있는 크레스티드 파인을 꺼내서 다짜고짜 입안에 쑤셔 넣었다. 그리고 가방을 더 뒤져서 빵과 과일을 더 찾아내 다 한 입씩 베어 먹었다. "넌 여기 얼마나 있을 계획이었던 거야?" 시장은 입속에 음식을 가득 넣은 채 물었다.

토드가 그를 향해 조금씩 다가가기 시작했다.

"내가 네 소리를 못 듣는 것도 아닌데 왜 그래." 레저 시장은 다시 토드를 향해 권총을 휘두르면서 배낭 바닥까지 뒤졌다. 그러다가 손을 배낭 깊숙이 넣은 채 멈추고 고개를 들었다. "이게 뭐야?" 그는 조금 더 더듬어 보더니 배낭 밑에서 뭔가 큼지막한 걸 끌어냈다. 처음에는 그게 권총일 거라고 짐작했다. 그러다가 시장이 그걸 흔들어서 주머니 속에서 꺼냈다.

레저 시장이 허리를 펴고 일어섰다.

그리고 자기 손에 들린 트레이스 폭탄을 호기심 어린 표정으로 바라봤다.

그럴 리가 없는 찰나의 순간이 흘렀다. 내 눈이 지금 보고 있는 광경을 믿을 수 없었다. 폭탄의 생김새를 내가 제대로 알고 있는지도 믿을 수 없었다. 그게 그의 손에 있는 찰나의 시간이 흘렀지만 아무런 의미도 없었다. 그건 아무 의미도 지니지 못했다.

하지만 그때 내 옆에 있던 리가 헉 소리를 내자 모든 게 이해됐다. 내가 생각할 수 있는 최악의 상황이 맞아떨어졌다.

"아니야."
토드가 홱 돌아섰다. "뭐? 저게 뭔데?"

시간이 천천히 흐르다가 정지해 버렸다. 레저 시장이 그걸 자신의 손바닥 위에서 굴리자 빠르게 삐 소리가 나기 시작했다. 분명 누구든 내 가방을 뒤져서 그걸 꺼내는 순간 작동되도록 설치했을 것이다. 그의 손에서 감지되는 맥박이 그걸 작동시켰고, 그걸 손에서 놓는 순간 폭탄이 그를 죽일 것이다.

"이건 설마……." 레저 시장이 고개를 들면서…….
하지만 리는 이미 내 팔을 잡으려고 손을 뻗고 있었고…….
우리가 앞문 쪽으로 달아날 수 있도록 내 팔을 잡으려고…….
"달려!" 리가 꽥 소리를 질렀고…….
하지만 나는 뒤가 아니라 앞쪽으로 뛰어들어서…….
토드를 옆으로 밀었고…….
그 죽은 남자가 쓰러져 있는 방을 향해 우리 둘이 휘청거렸고…….
레저 시장은 우리를 쏘려 하지 않았고…….
아무것도 하지 않은 채…….
그냥 가만히 서 있는 그의 얼굴에서 서서히 이해했다는 표정이 떠올랐고…….
우리가 그 문간으로 쓰러져서…….

카오스 워킹 2

죽은 남자의 몸 위로 굴러갔을 때…….

그리고 서로를 보호하기 위해 껴안고 몸을 웅크렸을 때…….

레저 시장은 멀리 던져버리려고…….

그 폭탄을 손에서 놨고…….

그리고……

콰아아앙

……그 폭탄이 그를 수천 조각으로 날려버리고, 뒤에 있던 벽들을 찢어
버리고, 우리가 쓰러진 방의 대부분을 날려버리고, 그 폭발로 인해 발
생한 열기에 우리의 옷과 머리카락이 그슬리고, 방의 잔해들이 우르르
굴러떨어지고, 우리는 테이블 밑으로 억지로 기어 들어갔고, 뭔가가 토
드의 뒤통수를 세게 내리쳤고, 기다란 기둥 하나가 내 발목 위로 떨어
지면서 둘 다 부러지는 게 느껴졌고, 나는 도저히 상상할 수도 없는 무
시무시한 고통에 비명을 지르면서 선생님이 날 배신했어, 선생님이 날
배신했어, 라는 생각만 되풀이했고, 이 작전은 토드를 구하기 위한 것
이 아니었어, 이건 토드를 죽이고, 운이 좋으면 시장도 죽일…….

선생님이 날 배신했다……

선생님이 날 또다시 배신했고……

어둠이 사방을 뒤덮었다.

시간이 좀 흐른 후에, 먼지와 잔해 속에서 고통으로 혼란스러운 내 머릿속으로 목소리가 들어왔다.

하나의 목소리.

그의 목소리.

나를 내려다보고 있는 그의 목소리.

"이런, 이런. 이게 누구야." 시장이 말했다.

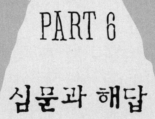

PART 6

심문과 해답

35

바이올라가 심문을 받다

〈토드〉

"그 애를 놔줘!"

나는 주먹으로 거울을 사정없이 내리쳤지만 아무리 세게 쳐도 부서지지 않았다.

"그 애를 놔주란 말이야!"

고래고래 고함을 지르느라 내 목소리는 갈라졌지만, 나는 소리가 나오지 않을 때까지 멈추지 않을 것이다.

"그 애에게 손가락 하나라도 대면, 널 죽여버리겠어!"

바이올라는 심문의 방에 있는 틀에 두 팔을 뒤로해서 위로 올린 채 묶여 있었다. 팔에 찬 금속 밴드 주위 피부가 화상을 입은 것처럼 시뻘겋다. 주변 소음을 들을 수 없도록 작게 윙윙거리는 소리가 나오는 금속 봉들이 머리 양옆에 놓여 있었다.

아래에는 커다란 물통이, 옆에는 날카로운 도구들이 놓여 있는 테이블이 있었다.

해머 아저씨가 거기 서서 팔짱을 낀 채 기다리고 있었고, 데이비도 저쪽 문에서 불안하게 방 건너편을 바라보고 있었다.

그리고 시장이 침착하게 바이올라 주위를 천천히 걸어 다니고 있었다.

내가 기억하는 거라곤 **쾅** 하는 폭발음과 함께 레저 시장이 어마어마한 화염과 연기에 휩싸여 사라지는 모습뿐이다.

나는 여기서 깨어났다. 머리는 깨질 듯이 아프고, 몸은 먼지와 잔해와 말라붙은 피 때문에 더러웠다.

나는 일어났다.

그런데 저기에 그녀가 있었다.

유리 너머에서.

심문을 받고 있었다.

나는 방에 있는 스피커 버튼을 다시 눌렀다. **"그 애를 놔줘!"**

하지만 모두가 내 말을 듣지 않은 것처럼 행동했다.

"나도 정말이지 내키지 않지만 어쩔 수 없구나." 시장은 그렇게 말하면서 계속 바이올라의 주위를 천천히 돌았다. 그의 목소리가 완벽하게 잘 들렸다. "우리가 친구가 될지도 모른다고 생각했지, 너와 나 말이야. 우리가 서로를 이해한다고 생각했지." 시장이 바이올라 앞에 멈춰 섰다. "하지만 너는 내 집을 폭파했어."

"거기에 폭탄이 있는지 몰랐어요." 바이올라의 얼굴은 고통으로 일그러져 있었다. 고통만이 아니라 피가 사방에 말라붙어 있다. 폭발하면서 여기저기 베이고 긁힌 상처에서 나온 것이다.

하지만 그녀의 발이 제일 상태가 안 좋아 보였다. 신발이 벗겨져 있는데, 발목이 퉁퉁 붓고 뒤틀린 데다 시커멓게 변해 있었다. 시장이 통증을 덜 수 있는 조치는 하나도 해주지 않은 것이다.

그녀의 얼굴을 보면 알 수 있다.

지금 얼마나 아픈지를.

나는 뒤에 있는 벤치를 들어 올려서 유리를 박살 내려고 했지만 콘크리트 바닥에 고정돼 있었다.

"네 말을 믿는다, 바이올라." 시장이 다시 걷기 시작하면서 말했다. 해머 아저씨가 능글맞게 웃으면서 그 광경을 지켜보다가 한 번씩 고개를 들어 거울을 바라봤다. 아저씨는 내가 여기 서 있는 걸 알고 히죽거리며 웃었다. "코일 선생에게 배신당해서 너도 경악했다고 믿는다. 다만 너로선 그렇게 놀랄 일은 아니잖니."

바이올라는 아무 대답 없이 고개만 푹 숙였다.

"그 애를 다치게 하지 말아요. 제발, 제발, 제발." 나는 속삭였다.

"이 말이 위로가 될지는 모르겠다만, 이 일을 개인적으로 불쾌하게 받아들여야 할지는 잘 모르겠다. 코일 선생은 내 성당 한복판에 폭탄을 들일 방법을 생각했겠지. 그래서 성당을 파괴하고 나도 죽일 생각을 했고."

시장은 거울 앞에 서 있는 나를 힐끗 바라봤다. 나는 다시 주먹으로 거울을 쾅쾅 쳤다. 분명 이 소리가 들릴 텐데도 시장은 날 무시했다.

데이비도 그 광경을 보고 있었는데, 지금까지 본 중에 가장 심각한 표정을 짓고 있었다.

심지어 여기에서도 데이비의 소음에 떠도는 걱정을 들을 수 있었다.

"네가 선생에게 그럴 기회를 준 준 셈이니 도저히 그냥 포기할 수 없었겠지. 토드에 대한 너의 헌신적인 애정 덕분에 다른 폭파범들과 달리 너는 실제로 성당 안에 들어갈 수도 있으니까. 아마 널 죽이고 싶진 않았을 거야, 하지만 날 무너뜨릴 기회가 있었고, 그게 더 중요하니까 결국 넌 소모품이 된 거지." 시장은 이야기를 계속했다.

나는 바이올라의 얼굴을 봤다.

고개를 숙인 그녀의 얼굴에 너무나 슬프고 참담한 표정이 떠올라 있었다.

그리고 다시 그녀의 침묵이 느껴졌다. 아주 오래전에 늪에서 처음 느꼈던 그 간절함과 상실감도. 그 마음이 너무나 절절하게 느껴져서 내 눈에 눈물이 고이고 뱃속이 죄어들면서 목이 메었다.

"바이올라. 제발, 바이올라."

하지만 그녀는 고개조차 들지 않았다.

"그래서 네가 코일 선생에게 그런 의미밖에 안 된다면." 시장은 이제 바이올라 앞에 서서 고개를 숙여 얼굴을 들여다봤다. "아마 너도 마침내 너의 진정한 적이 누군지 알았겠지." 시장은 잠시 뜸을 들이다가 말을 이었다. "너의 진정한 친구들이 누군지도 알고."

그때 바이올라가 뭔가를 아주 조용히 말했다.

"뭐라고?"

바이올라는 목을 가다듬더니 다시 말했다. "난 그저 토드를 찾으러 왔을 뿐이에요."

"나도 안다." 시장은 다시 허리를 펴고 일어서서 걷기 시작했다. "나도 토드가 좋아졌다. 토드는 내게 둘째 아들 같은 존재가 됐어." 시장이 그 말을 하면서 데이비를 흘끗 보자 데이비의 얼굴이 빨개졌다. "토드는 충성심이 있고 성실한 데다, 이 도시의 미래에 진정으로 기여하고 있지."

카오스 워킹 2

나는 다시 주먹으로 유리를 치면서 소리 질렀다. **"닥쳐! 닥치라고!"**

"토드가 우리 편이고 네 선생이 널 배신했다면, 네가 가야 할 길은 분명하지 않니?"

하지만 바이올라는 이미 고개를 젓고 있었다. "당신에겐 아무것도 말하지 않을 거야. 아무것도 말하지 않을 거라고."

"하지만 선생은 널 배신했어. 널 죽이려 했다고." 시장은 다시 바이올라의 앞으로 돌아왔다.

그 말에 바이올라가 고개를 들었다.

그리고 시장의 얼굴을 정면으로 노려봤다.

그리고 말했다. "아니, 선생님은 당신을 죽이려고 했지."

아, 바이올라, 잘했어.

내 소음은 그녀에 대한 자부심으로 부풀어 올랐다.

저게 바로 나의 바이올라야.

시장이 해머 아저씨에게 신호를 보냈다.

금속 틀을 맡고 있는 해머 아저씨가 바이올라를 물속으로 처박았다.

"안 돼!" 나는 소리를 지르며 다시 주먹으로 거울을 치기 시작했다. **"안 돼, 빌어먹을, 안 돼!"** 나는 문으로 가서 있는 힘껏 발길질을 하기 시작했다. **"바이올라! 바이올라!"**

그때 헉 하고 숨을 몰아쉬는 소리가 들려서 허겁지겁 다시 거울 앞으로 돌아왔다.

바이올라가 물 밖으로 나와 기침을 하며 물과 침을 정신없이 뱉어내고 있었다.

"시간이 별로 없다. 아무래도 본론으로 들어가야겠구나." 시장이 그의 코트에 있는 보푸라기를 하나 떼어내면서 말했다.

내가 계속 주먹으로 거울을 두드리면서 소리를 지르는 동안 시장은 이야기를 계속했다. 그러다가 돌아서서 날 바라봤다. 그가 있는 쪽에서는 내 모습이 보이지 않지만 나를 정면으로 보고 있었다.

"**바이올라!**" 나는 소리를 지르며 거울을 다시 주먹으로 쳤다.

시장은 얼굴을 조금 찡그렸고…….

"**바이올라!**"

그때 그가 소음으로 날 사정없이 후려쳤다.

그것은 전보다 훨씬 강력했다.

마치 내 머릿속 한가운데서 백만 명의 사람들이 고함을 지르는 것 같았다. 그 소리가 머릿속에 너무 깊이 들어와 손을 뻗어 날 보호할 수도 없었다. 그들은 계속 **넌 아무것도 아니야 넌 아무것도 아니야 넌 아무것도 아니야**라고 소리를 질렀는데, 마치 내 피가 보글보글 끓고 내 눈이 두개골에서 튀어나올 것만 같았다. 나는 서 있을 수도 없어서 거울에서 뒷걸음쳐 물러나 벤치에 털썩 주저앉았다. 시장이 후려친 소음이 영원히 끝나지 않을 것처럼 내 머릿속에서 울려댔다.

다시 눈을 뜨자 심문의 방을 나가려는 데이비를 시장이 막는 모습이 보였다. 데이비가 다시 거울을 봤다.

소음 속에서 데이비는 무척 걱정하고 있었다.

내 걱정을 하고 있었다.

"해답이 언제 공격할지 말해. 어디서 올지도." 시장의 목소리는 아까보다 더 차갑고 냉정했다.

바이올라가 고개를 흔들자 물방울들이 사방으로 날아갔다. "안 해."

"넌 하게 될 거야. 정말 유감스럽지만 하게 될 거야."

"안 해. 절대로."

바이올라는 계속 머리를 흔들었다.

시장이 거울을 힐끗 올려다보면서 나와 다시 눈을 맞췄다. 그는 나를 볼 수 없는데도. "유감스럽게도 네가 거부할 만한 시간이 없어."

그리고 해머 아저씨에게 고개를 끄덕였다.

아저씨는 다시 바이올라를 물속에 처박았다.

"멈춰! 그거 멈추라고!" 나는 소리 지르면서 거울을 쳤다.

해머 아저씨는 바이올라를 물속에 처박고…….

그대로 두었고…….

나는 거울을 너무 세게 쳐서 손에 멍이 들었고…….

"바이올라를 꺼내! 어서 꺼내라고! 어서!"

바이올라는 물속에서 몸부림을 쳤고…….

하지만 해머 아저씨는 바이올라를 물속에 처박아 두었고…….

바이올라는 여전히 물속에 있고…….

"바이올라!"

틀에 묶인 그녀의 두 손이 사정없이 뒤틀렸고…….

바이올라가 몸부림을 치면서 물이 사방으로 튀었고…….

아 맙소사 아 맙소사 아 맙소사 아 맙소사 바이올라 바이올라 바이올라…….

난 도저히…….

난 도저히 못 참…….

"안 돼!"

나를 용서해 줘…….

제발 나를 용서해 줘…….

"오늘이야! 해 질 녘! 성당 남쪽 언덕에서! 오늘 밤!" 내가 소리를 질렀다.

나는 계속 소리를 지르면서 그 버튼을 눌렀고…….

"오늘 밤이라니까!"

바이올라가 물속에서 몸부림을 쳤고…….

하지만 아무도 내 말을 들은 것 같지 않았다.

시장이 사운드 시스템을 꺼버렸으니까…….

빌어먹을 그걸 꺼버렸으니까…….

나는 다시 거울로 돌아와서 주먹으로 쳤고…….

하지만 아무도 움직이지 않았고…….

바이올라는 여전히 물속에 있었고…….

내가 아무리 주먹으로 거울을 세게 쳐도…….

왜 이건 부서지지 않는 거야…….

왜 이 망할 것이 부서지지 않는…….

시장이 신호를 하자 해머 아저씨가 금속 틀을 물속에서 끌어 올렸다. 바이올라가 헉헉거리면서 숨을 들이마셨고, (내가 기억하는 것보다 훨씬 긴) 그녀의 머리카락이 얼굴에 찰싹 달라붙었고, 귀 옆의 머리는 비틀려 있었고, 몸에서는 물이 졸졸 흘러내렸다.

"이 상황을 주도하는 사람은 너야, 바이올라. 해답이 언제 공격할지만 말하면 다 끝날 거야." 시장이 말했다.

"오늘 밤이라니까!" 내가 소리를 꽥 질렀는데 목소리가 너무 커서 바짝 마른 진흙처럼 사정없이 갈라졌다. **"남쪽에서!"**

하지만 바이올라는 고개를 젓기만 했다.

그리고 아무도 내 목소리를 들을 수 없었다.

"하지만 그 여자는 너를 배신했잖아. 왜 그 여자를 감싸지? 왜?" 시장은 놀란 척하는 목소리로 말했다.

그러다가 뭔가를 깨달은 것처럼 말을 멈췄다. "해답에 네가 아끼는 사람들이 있구나."

바이올라의 고개가 멈췄다. 고개를 들진 않았지만 더 이상 흔들지 않았다.

시장이 그녀 앞에 무릎을 꿇고 앉았다.

"그럴수록 더 내게 말해야지. 내가 너의 선생님을 어디서 찾을 수 있을지 알려줘야 하잖아." 그는 손을 뻗어서 바이올라의 얼굴에 달라붙은 젖은 머리카락 몇 가닥을 옆으로 넘겼다. "네가 날 도와주면 그들을 해치지 않겠다고 보장하마. 내가 원하는 건 코일 선생 하나다. 다른 선생들은 감옥에 있으면 돼. 그 외에 다른 사람들, 교활한 선동에 넘어간 무고한 피해자들은 일단 이야기를 나눠본 후에 풀어줄 수 있어."

시장은 해머 아저씨에게 수건을 건네라고 손짓해서 그걸로 바이올라의 얼굴을 닦았다. 바이올라는 여전히 시장을 외면하고 있었다.

"네가 내게 말해주면 그들은 살 수 있어. 약속하마." 시장은 부드럽게 그녀의 얼굴에 맺힌 물기를 닦으면서 말했다.

바이올라가 마침내 고개를 들었다.

"당신의 약속 따위." 바이올라는 시장을 지나 해머 아저씨를 똑바로 보면서 말했다.

그런 그녀의 얼굴에 너무나 격렬한 분노가 서려 있어서 시장마저도 놀란 표정이었다.

"아, 그래." 시장은 그렇게 말하면서 일어섰다. 그리고 해머 아저씨에게 다시 수건을 건넸다. "해머 대위는 내가 베푼 자비의 한 예로 봐야 해, 바이올라. 내가 그의 목숨을 구해줬지."

시장은 다시 걸음을 옮기며, 바이올라 뒤를 지나칠 때 고개를 들어 나를 바라봤다. "내가 너의 친구들과 사랑하는 사람들의 목숨을 구해주는 것처럼 말이지."

"오늘 밤이라니까." 내 목소리는 쉬어 있었다.

어떻게 내 목소리를 못 들을 수 있지?

"또 한편으로는, 만약 네가 모른다면 아마도 너의 좋은 친구인 리가 말해줄지도 모르지."

그때 바이올라가 고개를 홱 치켜들고 눈을 크게 뜨면서 숨을 거칠게 몰아쉬었다.

리가 어떻게 그 폭발 현장에서 살아남았는지 모르겠지만…….

"리는 아무것도 몰라. 언제, 어디서 하는지 모른다고." 바이올라가 재빨리 말했다.

"내가 그 말을 믿는다 쳐도, 확신이 들기 전까지 오랫동안 아주 열심히 심문할 수 있겠지."

"리는 건드리지 마!" 바이올라가 고개를 돌려서 시장을 보려고 안간힘을 쓰며 말했다.

시장은 거울 앞에 멈춰서 바이올라를 등진 채 나를 똑바로 봤다. "아니면 그냥 토드에게 물어보든가."

나는 시장의 얼굴이 비친 부분을 주먹으로 사정없이 쳤다. 시장은 움찔하지도 않았다.

그때 바이올라가 말했다. "토드는 절대로 당신에게 말하지 않을 거야. 절대로."

그러자 시장이 나를 바라봤다.

그리고 싱긋 미소 지었다.

순간 뱃속이 죄어들면서 가슴이 철렁 내려앉았다. 머리가 어질어질해져서 바로 방바닥으로 쓰러질 것 같았다.

아, 바이올라…….

바이올라, 제발…….

나를 용서해 줘.

"해머 대위." 시장이 말하자 바이올라는 다시 물속에 처박혔다. 물속으로 점점 더 깊이 들어가자 바이올라는 두려워서 비명도 지르지 못했다.

"**안 돼!**" 나는 소리를 지르며 거울을 온몸으로 밀었다.

하지만 시장은 바이올라를 보지도 않았다.

그는 내가 벽 뒤에 있어도 보인다는 듯이 똑바로 날 마주했다.

"**멈춰!**" 내가 소리 지르는 동안 바이올라는 다시 허우적거렸고…….

그리고 더…….

그리고 더…….

"**바이올라!**"

손이 부서질 것 같았지만 그래도 계속 거울을 주먹으로 쳤고…….

해머 아저씨는 싱글싱글 웃으면서 바이올라를 물속으로 눌렀고…….

"**바이올라!**"

안간힘을 쓰는 탓에 묶여 있는 바이올라의 두 손목에서 피가 나기 시작했고…….

"널 죽이겠어!"

나는 시장의 얼굴에 대고 소리를 질렀고…….

내 소음도 온통 그 소리를 질렀고…….

"널 죽여버리겠어!"

그런데도 바이올라는 계속 물속에 처박혀 있었고…….

"바이올라! 바이올라!"

그런데 데이비가…….

그 세 사람 중에…….

데이비가 그걸 멈췄다.

"그 애를 올려줘요!" 데이비가 구석에 서 있다가 갑자기 소리를 지르면서 앞으로 성큼성큼 걸어 나왔다. "맙소사, 그러다가 사람 죽겠어!" 그러더니 금속 틀을 움켜쥐고 물속에서 들어 올렸다. 시장이 해머 아저씨에게 가만있으라고 신호를 줬고, 데이비가 바이올라를 물속에서 끌어 올렸다. 바이올라는 정신없이 숨을 몰아쉬면서 캑캑거리며 물을 뿜어냈다.

한동안 아무도 말을 하지 않았다. 시장은 마치 새로운 종류의 물고기를 보는 듯한 눈빛으로 아들을 봤다.

"이 아이가 죽어버리면 어떻게 우리를 도울 수 있겠어요? 난 그런 뜻에서 조치를 취한 거예요." 데이비는 떨리는 목소리로 그 누구와도 눈을 마주치지 않고 말했다.

시장은 아무 말도 하지 않았다. 데이비는 물러나서 문 근처에 있는 자기 자리로 돌아갔다.

바이올라는 틀에 묶인 채 기침을 하면서 축 늘어졌다. 나는 거울을 뚫고 들어가 그녀에게 가려는 것처럼 거울에 몸을 찰싹 붙였다.

"흠, 어쨌든 우리가 알아야 할 건 이미 알아낸 것 같구나." 시장은 뒷짐을 지고 데이비를 보면서 말했다.

그리고 벽에 있는 버튼으로 걸어가서 눌렀다.

"좀 전에 한 말을 다시 해주겠니, 토드?"

바이올라는 내 이름을 부르는 소리에 고개를 들었다.

시장이 다시 틀로 걸어가서, 그녀의 머리 양옆에 있는 작은 소음 차단 봉들을 들어 올렸다. 바이올라는 갑자기 내 소음을 들을 수 있는 것처럼 주위를 둘러봤다.

"토드? 너 거기 있어?"

"나 여기 있어!" 나는 소리 질렀다. 이제 내 목소리가 심문의 방에 크게 울려 퍼져서 모두가 들을 수 있었다.

"몇 분 전에 네가 한 말을 다시 말해주겠니, 토드? 오늘 해 질 녘에 뭐가 어쨌다고?" 시장이 나를 보면서 다시 말했다.

바이올라가 고개를 들어 시장이 보는 곳을 바라봤다. 얼굴에는 놀랍고 충격을 받은 표정이 떠올라 있었다. "안 돼." 그녀의 속삭임은 고함을 지르는 것만큼이나 크게 들렸다.

"바이올라는 네가 아까 한 말을 다시 들을 자격이 있잖아, 토드." 시장이 말했다.

그는 알고 있었다. 처음부터 내 소음을 들었다. 당연히 들었겠지. 바이올라는 듣지 못해도 그는 내가 지르는 소리를 들었다.

"바이올라?" 내 목소리는 애원하듯 들렸다.

바이올라는 거울을 들여다보면서 내가 있을 만한 곳을 찾고 있었다.

"말하지 마! 제발 토드, 하지 마……."

"한 번 더 말해라, 토드. 안 그러면 바이올라는 다시 물속으로 들어간다." 시장이 바이올라가 묶여 있는 틀 가장자리에 한 손을 올리면서 말했다.

"토드, 안 돼!" 바이올라가 고함을 질렀다.

"이 개새끼! 내가 널 죽일 거야. 맹세코 **널 죽여버릴 거야!**" 나는 고래고래 소리를 질렀다.

"넌 그런 짓은 안 하지. 우리 둘 다 알고 있잖아." 시장이 말했다.

"토드, 제발 안 돼……."

"말해, 토드. 언제 어디라고?"

그리고 시장은 틀을 내리기 시작했다.

바이올라는 용감한 표정을 지으려고 했지만 몸을 오그리고 뒤틀면서 물속에 들어가지 않으려고 안간힘을 썼다. "안 돼! **안 된다고!**" 그녀는 계속 소리 질렀다.

제발 제발 제발…….

"안 돼!"

바이올라…….

"오늘 해 질 녘." 내 목소리가 증폭됐다. 바이올라의 고함 위로, 데이비의 소음을 넘어, 내 소음을 넘어, 내 목소리가 모든 걸 채워버렸다. "성당 남쪽 언덕에서."

"안 돼!" 바이올라가 비명을 질렀다.

그녀의 얼굴에 떠오른 표정…….

나를 향한 그녀의 표정…….

그 순간 내 가슴은 두 쪽으로 갈라져 버렸다.

시장이 틀에서 물러서면서 바이올라를 들어 올려 다시 세웠다.

"안 돼." 바이올라가 속삭였다.

그제야 바이올라는 울기 시작했다.

"고맙다, 토드." 시장이 말했다. 그리고 해머 아저씨에게 돌아섰다. "적들이 언제 어디서 들어올지 알았겠지, 대위. 모건 대위와 테이트 대위와 오헤어 대위에게 내 명령을 전해."

해머 아저씨가 차렷 자세로 섰다. "알겠습니다." 그는 방금 상이라도 받은 것 같은 목소리로 말했다. "군인들은 하나도 빼지 않고 다 데려가겠습니다. 적들은 순식간에 쓰러질 겁니다."

"내 아들도 데려가. 이 아이가 견딜 수 있는 전투란 전투는 다 보게 해줘." 시장이 데이비를 향해 고개를 끄덕여 보이며 말했다.

데이비는 긴장도 되지만 뿌듯하고 흥분한 표정이었다. 그러느라 해머 아저씨의 미소가 기이하게 뒤틀리는 걸 눈치채지 못했다.

"가라. 가서 아무도 살려두지 마." 시장이 명령했다.

"알겠습니다." 바이올라가 작은 소리로 흐느껴 우는 동안 해머 아저씨가 대답했다.

데이비는 아버지에게 경례하면서 용감한 소음을 내려고 노력했다. 그리고 거울 너머로 나를 동정하는 표정으로 바라봤다. 그의 소음은 공포와 설렘과 더 큰 공포로 가득 차 있었다.

그러더니 해머 아저씨를 따라 방을 나갔다.

이제 나와 바이올라와 시장만 남았다.

나는 틀에 묶인 채 매달려 있는 바이올라를 바라볼 수밖에 없었다. 그녀는 고개를 숙인 채 울고 있었다. 온몸이 물에 흠뻑 젖어 있는 데다 너무 처절한 슬픔이 흘러나와서 내 피부에 느껴질 지경이었다.

"네 친구를 보살펴 줘라. 나는 불타버린 내 집으로 돌아가서 새로운 새벽을 맞을 준비를 해야 하니까." 시장은 거울 반대편에 얼굴을 바짝 대며 말했다.

그는 눈도 깜박이지 않았다. 아무 일도 없는 사람처럼.

저 사람은 인간이 아니다.

"너무 인간적이라서 그래, 토드. 보초들이 너희 둘을 성당으로 호송할 거야. 너희의 미래에 대해 의논할 일이 많구나." 시장이 눈썹을 치켜 올리며 말했다.

36

패배

〈바이올라〉

토드가 방 안으로 들어오는 소리가 들렸다. 그의 소음이 먼저 들렸지만, 나는 고개를 들 수 없었다.

"바이올라?"

나는 여전히 고개를 들지 않았다.

다 끝났다.

우리가 졌다.

토드가 내 손목에 묶인 끈을 만지는 게 느껴졌다. 그가 끈을 잡아당기자 마침내 한쪽이 풀렸다. 하지만 오랫동안 매달려 있느라 팔이 너무 뻣뻣해져서 묶여 있을 때보다 더 큰 통증이 느껴졌다.

프렌티스 시장이 이겼다. 코일 선생님은 날 희생시키려 했다. 리는 시장이 거짓말을 하지 않았고 이미 죽지 않았다면 죄수가 됐다. 매디의 죽음은 개죽음이 됐다. 코린의 죽음도 개죽음이 됐다.

그리고 토드…….

토드는 내 앞으로 와서 다른 손목에 묶인 줄을 풀고, 내가 틀에서 떨어지자 날 받아서 무릎을 꿇고 부드럽게 안아 바닥으로 내렸다.

"바이올라?" 토드가 날 부르면서 꼭 끌어안았다. 내 머리가 그의 가슴에 닿았고, 흠뻑 젖은 내 몸의 물기가 그의 먼지 낀 제복으로 스며들었다. 아무것도 잡을 수 없는 내 팔은 그대로 일자로 뻗었고, 금속 밴드는 계속 욱신거렸다.

나는 고개를 들어 그의 어깨에서 반짝거리는 은빛 A를 힐끗 봤다.

"놔줘."

하지만 토드는 날 놓지 않았다.

"놔달라니까." 내가 더 큰 소리로 말했다.

"싫어."

나는 그를 밀어내려고 했지만 팔에서 힘이 너무 많이 빠진 데다 너무 지쳤고, 다 끝났다. 다 끝났다.

토드는 여전히 나를 안고 있었다.

다시 울음이 터졌다. 토드가 날 더 꼭 끌어안는 게 느껴져서 더 격렬하게 울었고, 팔을 조금 움직일 수 있게 됐을 때 토드를 안고 목 놓아 울었다. 나를 안고 있는 토드의 느낌과 토드의 체취와 그의 소음에서 나는 소리와 그의 걱정과 불안과 염려와 부드러움 때문에…….

이제야 내가 그동안 토드를 얼마나 그리워했는지 깨달았다.

하지만 토드가 시장에게 말했다.

토드가 시장에게 말해버렸고…….

그래서 너무나 힘들지만 그래도 그를 밀어내려고 했다.

"네가 말했어." 나는 목멘 소리로 말했다.

"미안해. 널 물에 빠뜨려 죽이려고 해서 도저히 어쩔 수가, 어쩔 수가······." 토드는 눈을 크게 뜨고 겁에 질려서 말했다.

나는 토드를 바라봤다. 토드의 소음 속에서 내가 물속에 빠지는 동안 토드가 거울 반대편에서 주먹으로 거울을 치는 모습이 보였다. 그때 그가 느낀 감정, 그 무력한 분노, 날 구하지 못해 괴로워하는 모습은 더욱······.

토드의 얼굴은 너무 큰 수심에 차 있었다.

"바이올라, 제발. 제발." 토드는 날 부르며 애원했다.

"시장이 사람들을 죽일 거야. 모두 다. 윌프 아저씨도 거기 있어, 토드. 윌프 아저씨 말이야."

토드의 얼굴이 두려움으로 가득 찼다. "윌프 아저씨?"

"제인 아줌마도 있고, 다른 사람들도 많아, 토드. 시장이 그들을 학살할거야. 모두 다. 그걸로 끝이야. 모든 게 끝난다고."

토드의 소음이 까맣고 황량해지면서 몸이 내 옆에서 축 늘어져 우리주위에 고인 작은 물웅덩이의 물을 튀겼다. "안 돼. 아, 안 돼."

이런 말은 하고 싶지 않지만 어쨌든 나와버렸다. "너는 시장이 원하는 바로 그대로 한 거야. 시장은 어떻게 해야 너에게서 자백을 끌어낼지 잘 알고 있었어."

토드가 날 바라봤다. "내게 무슨 선택권이 있었겠어?"

"날 죽이게 내버려 뒀어야지!"

그러자 토드가 날 바라봤고 그의 소음이 나, 진짜 바이올라, 이 혼란과 고통 속 깊은 곳에 있는 진짜 바이올라를 찾으려고 애썼다. 토드가 날 바라봤고······.

잠시 나는 그가 날 찾기를 바라지 않았다.

"날 죽이게 놔뒀어야지." 나는 다시 조용히 말했다.

하지만 토드는 그럴 수 없다. 안 그런가?

토드가 그랬다면 토드일 수가 없다.

토드가 그러고도 자기 자신으로 남아 있을 수는 없다.

사람을 죽일 수 없는 소년.

그럴 수 없는 사나이.

우리는 우리가 내린 선택들로 만들어지는 존재다.

"그들에게 경고해야 해. 그럴 수 있다면 말이야." 나는 수치심이 느껴져서 그의 눈을 외면한 채 말하며, 물이 가득 찬 물통 가장자리를 잡고 몸을 일으키려고 했다. 순간 발목에서부터 다리 위쪽으로 통증이 솟구쳤다. 나는 비명을 지르며 앞으로 쓰러졌다.

다시 한 번 토드가 날 잡았다.

"내 발." 우리는 검푸른색으로 퉁퉁 부은 내 맨발을 내려다봤다.

"힐러에게 데려다줄게." 토드가 내 어깨에 한 팔을 두르면서 날 끌어 올렸다.

"안 돼. 우린 해답에게 경고해야 해. 그게 가장 중요한 일이야." 나는 토드를 멈춰 세우며 말했다.

"바이올라……"

"그들의 목숨이 내 목숨보다 더……."

"그 여자는 널 죽이려고 했어, 바이올라. 널 폭파시키려 했다고."

나는 숨을 몰아쉬면서 다리의 통증을 느끼지 않으려고 사력을 다했다.

"넌 그 여자에게 빚진 게 없어."

하지만 나는 내 어깨에 두른 토드의 팔이 느껴지자 더 이상 이 상황을 바로잡는 것이 불가능하게 느껴지지 않았다. 내 몸에 닿는 토드를 느끼면 순간 화가 솟구쳐 올라왔지만 그에 대한 분노는 아니었다. 나는 끙끙거리면서 다시 일어나 그에게 기댔다. "난 선생님에게 빚진 게 있어. 살아 있는 나를 본 선생님의 표정을 꼭 봐야 해."

나는 시험 삼아 살살 걸어보려고 했지만 한 발자국도 떼지 못하고 다시 비명을 질렀다.

"나한테 말이 있어. 널 태워줄게."

"시장은 우리가 떠나게 놔두지 않을 거야. 보초들이 우리를 데리러 와서 그에게로 데려간다고 했잖아."

"그래. 그건 두고 보자고."

토드는 내 어깨 안쪽으로 팔을 더 깊숙이 찔러 넣고 허리를 숙여서 다른 팔을 내 무릎 밑에 넣었다.

그리고 나를 위로 올렸다.

순간 발목이 당겨져서 절로 비명이 나왔다. 그때 토드가 날 안고 헤이븐의 언덕을 내려갈 때와 같은 동작을 취했다.

나를 높이 안아 올렸다.

토드도 그걸 기억하고 있었다. 그의 소음에서 볼 수 있었다.

나는 토드의 목을 안았다. 토드는 미소를 지으려고 했다.

토드의 미소는 항상 그렇듯이 비딱했다.

"우린 계속 서로를 구해주네. 언젠가는 동점이 될까?" 토드가 말했다.

"그런 일은 없길 바라야지."

토드는 다시 얼굴을 찡그렸다. 그의 소음이 구름이 낀 것처럼 흐려졌다. "미안해." 토드가 조용히 말했다.

나는 토드의 셔츠 앞자락을 움켜쥐었다. "나도 미안해."

"그럼 우린 또 서로를 용서해 주는 거야? 또?" 토드의 뒤틀린 미소가 다시 떠올랐다.

나는 그의 눈을 최대한 깊이 들여다봤다. 토드가 내 말을 들어주길, 내가 의도하고 느끼고 말하는 모든 것을 잘 들어주길 바랐으니까.

"항상. 언제나."

토드는 날 의자에 내려놓고 문으로 가서 쾅쾅 두드리며 소리 질렀다. "우릴 내보내 줘!"

"여기엔 뭔가 의미가 있어, 토드. 우리가 기억해야 할 어떤 의미가." 발이 너무 아파서 최대한 숨을 참으려고 애쓰면서 내가 말했다.

"그게 뭔데?" 토드는 다시 문을 주먹으로 치다가 손이 아파서 조용히 중얼댔다. "아우."

"시장은 내가 너의 약점이라는 걸 알아. 날 협박하기만 하면 너는 시장이 원하는 대로 하겠지."

"그래. 그래, 난 이미 알고 있었어." 토드는 날 돌아보지 않은 채 대꾸했다.

"시장은 계속 그러려고 할 거야."

토드가 돌아서서 나를 봤다. 꽉 쥔 두 주먹을 허리에 댄 채. "그 자식이 다시는 너를 만나지 못하게 할 거야. 절대로."

"아니야. 그런 식으로는 할 수 없어, 토드. 그자를 막아야 해." 나는 고개를 저었다가 아파서 순간 움찔했다.

"음, 왜 우리가 그를 막아야 해?"

"누군가는 해야지." 나는 발에 체중이 실리지 않도록 등을 조금 더 뒤로 빼면서 말했다. "그자가 이겨선 안 돼."

토드는 문을 발로 차기 시작했다. "그럼 네 그 선생님이 하게 놔둬. 우린 어떻게든 그 여자에게 가서 할 수 있으면 경고하고, 이 일에서 빠지자."

"어디로 가는데?"

"나도 몰라." 토드는 문을 부술 수 있는 뭔가를 찾아 방 안을 둘러봤다. "버려진 마을 중 하나에 가든가, 너의 우주선들이 여기 착륙할 때까지 숨어 있지 뭐."

"그자가 이 전쟁에서 이길 거야. 그리고 바로 우주선을 맞으러 가겠지." 나는 토드를 따라 고개를 돌리다가 순간 헉 소리를 냈다. "우주선이 착륙할 때 깨어 있는 사람은 몇 명 안 돼, 토드. 시장은 그들을 제압할 수 있어. 그리고 그가 원하는 한 나머지 사람들은 언제까지나 깨우지 않을 수 있고. 그가 원하지 않으면 영원히 못 깨게 할 수도 있어."

토드는 뭔가를 찾다가 멈췄다. "그게 정말이야?"

나는 고개를 끄덕였다. "일단 시장이 해답을 쓸어버리면, 그다음엔 누가 그자를 막겠어?"

토드는 주먹을 쥐었다가 다시 풀었다. "우리가 해야겠군."

"먼저 해답을 찾아야 해. 우리가 그들에게 경고를……." 나는 다시 몸을 일으켜 세우려고 애쓰면서 말했다.

"그리고 그들의 리더가 어떤 인간인지 정확하게 말해주고 말이야."

나는 한숨을 쉬었다. "우린 둘 다 막아야 해, 그렇지 않니?"

"음, 그거야 쉽지. 해답에게 너의 선생님에 대해 폭로하고 그다음에 새로운 사람이 그들을 이끌면 되지. 어쩌면 네가 될 수도 있고." 토드가 날 보며 말했다.

"어쩌면 너일 수도 있고." 나는 호흡을 가다듬으려고 애썼다. 점점 힘들어지고 있었다. "어쨌든 여기서 빠져나가야 해."

그때 문이 갑자기 열렸다.

군인 하나가 소총을 들고 앞에 서 있었다.

"당신들을 성당으로 데려가라는 명령을 받았습니다."

순간 내가 아는 사람이라는 생각이 들었다.

"이반." 토드가 불렀다.

"소위님. 저는 명령을 받았습니다." 이반이 고개를 끄덕이며 말했다.

"당신은 파브랜치에서 왔죠." 내 말에도 이반은 눈도 깜박이지 않으며 토드만 바라봤다. 그의 소음에서 뭔가가 들렸다, 뭔가…….

"소위님." 이반이 일종의 신호처럼 느껴지는 목소리로 토드를 다시 불렀다.

나는 토드를 바라봤다. "이 사람 뭐 하는 거야?"

"당신은 명령을 받았지, 패로우 상병." 토드는 이반에게 정신을 집중하면서 말했다. 그들의 소음에서 뭔가 흐릿한 것들이 빠르게 오가는 소리가 들렸다.

"그렇습니다, 소위님. 제 상관이 내린 명령입니다." 이반은 차렷 자세로 대답했다.

토드가 날 바라봤다. 그의 생각이 들렸다.

"지금 뭐가 어떻게 되고 있는 거야?"

토드의 소음 속에서 리가 보였다. 토드는 이반에게 돌아섰다.

"다른 죄수가 있나? 소년 죄수? 텁수룩한 금발 머리?"

"있습니다, 소위님." 이반이 대답했다.

"그에게 데려다 달라고 명령하면 따를 텐가?"

"소위님은 제 상관이니 어떤 명령이건 따르겠습니다." 이반이 토드를 더 뚫어져라 바라보며 말했다.

"토드?" 차차 이 상황이 이해되기 시작했다.

"소위님에게 이 말을 하고 싶은 지 꽤 됐습니다." 이반이 초조한 목소리로 말했다.

"이 건물 안에 나보다 계급이 더 높은 장교가 있나?" 토드가 물었다.

"아닙니다. 저와 보초들뿐입니다. 나머지는 모두 전투에 나갔습니다."

"보초는 몇 명이나 있지?"

"저까지 모두 열여섯 명입니다, 소위님."

토드는 입술을 핥으며 생각에 잠겼다. "그들도 나를 상관으로 볼까, 상병?"

이반은 대화를 시작한 후 처음으로 고개를 돌려 재빨리 뒤를 돌아본 후에 다시 나직한 목소리로 말했다. "최근 우리 지도부를 우려하는 이들이 있습니다, 소위님. 그들을 설득할 수 있을 겁니다."

토드는 허리를 펴고 바로 서면서 입고 있는 제복 재킷의 단을 잡아당겼다. 그동안 키가 부쩍 자라서 마지막으로 봤을 때보다 훨씬 크고, 아이 같지 않은 주름이 지고, 전보다 목소리가 더 깊고 굵직해진 걸 이제야 알아차렸다.

이제 토드에게서 남자의 모습이 보이기 시작했다.

토드는 목을 가다듬고 이반 앞에 똑바로 섰다.

"그렇다면 나를 리라고 하는 죄수에게 안내하라, 상병."

"소위님을 바로 대통령에게 데려가라는 명령을 받았지만 소위님이 직접 내린 명령에 따르겠습니다." 이반은 격식을 갖춰 대답했다.

그리고 방 바깥으로 나가서 기다렸다. 토드는 의자에 앉아 있는 내 앞에 와서 무릎을 꿇었다.

"뭘 할 계획이야?" 나는 그렇게 물어보면서 그의 소음을 읽어보려고 했지만 정신없이 돌아가는 그것의 속도를 따라잡을 수 없었다.

"아무도 하지 않을 테니까 우리가 그자를 막아야 한다고 네가 그랬잖아. 음, 어쩌면 그렇게 할 수 있는 방법이 있을지도 몰라." 토드의 비뚤어진 미소가 조금 더 커졌다.

37

소위

〈토드〉

내가 방을 나가서 이반을 따라가는 동안 나를 지켜보는 바이올라의 시선이 느껴졌다. 바이올라는 우리가 이반을 믿어도 되는지 궁금해하고 있었다.

나도 마찬가지였다.

생각해 보면 아니라는 답이 나온다. 안 그런가? 이반은 파브랜치에서 자기 한 목숨 살자고 자원해서 군에 입대했고, 그 학살극이 벌어지기도 전에 내게 슬쩍 다가와 자기는 프렌티스타운 편이라고 말했다. 그 모든 게 생생히 기억난다. 군대가 파브랜치에 쳐들어왔을 때 아마 그는 어서 빨리 입대하고 싶었을 것이고, 그 후로 부대를 이끌면서 하사까지 진급했다.

프렌티스 시장이 총으로 그의 다리를 쏘기 전까지는.

사람은 권력이 있는 곳으로 움직여야 해. 그게 살아남는 법이야. 이반은 예전에 내게 그렇게 말했다.

그러니까 이제 새 권력을 찾았다고 생각하는 모양이다.

"맞습니다, 소위님." 이반이 어떤 방문 밖에서 멈추면서 말했다. "그 죄수는 여기 있습니다."

"그는 걸을 수 있나?" 이반이 문을 여는 사이에 내가 묻는데…….

리가 그때 벌써 **아아아아아아악악!!!** 소리를 지르며 뛰쳐나와서 이반을 쓰러뜨리고, 그의 얼굴을 주먹으로 연거푸 내리쳤다. 내가 어깨를 잡아서 뒤로 물러나게 해야 했다. 리는 주먹을 든 채 돌아서서 나를 치려다가 내 얼굴을 봤다.

"토드!" 리가 놀라서 말했다.

"우리는 빨리……." 내가 입을 열었다.

"바이올라는 어디 있어?" 리가 주위를 둘러보며 소리 질렀다. 이반이 소총으로 리의 머리를 갈겨서 기절시키기 전에 먼저 나서야 했다.

"바이올라는 다쳤어. 붕대를 감고 부목도 대야 해." 나는 리에게 말한 후에 이반에게 돌아섰다. "여기에 그런 것들이 있을까?"

"구급상자가 있습니다." 이반이 대답했다.

"그거면 될 거야. 그걸 리에게 가져다주면 바이올라를 치료할 거야. 그다음에 보초들에게 건물 앞에서 이야기를 하고 싶으니 다들 모이라고 전해."

이반은 리를 노려봤고, 그의 소음도 요란하게 울려댔다.

"이건 명령이다, 상병."

"알겠습니다, 소위님." 이반은 아주 뚱한 표정으로 대답하고 복도 저쪽으로 사라졌다.

리가 눈을 휘둥그레 뜨고 나를 바라봤다. "알겠습니다, 소위님이라니?"

"바이올라가 설명해 줄 거야. 어서 붕대를 감아줘! 바이올라가 많이 아파!" 나는 이반이 간 곳으로 리를 떠밀었다.

리는 그 말을 듣자 즉시 움직였다. 나는 돌아서서 현관으로 향했다. 보초 두 명이 내가 지나가는 모습을 지켜봤다. "무슨 일입니까?" 한 보초가 물었다.

"무슨 일입니까, 소위님?" 나는 돌아보지도 않고 쏘아붙였다. 그리고 심문 본부의 문을 나와서, 작은 길을 지나 건물 앞에 있는 정문으로 향했다.

그곳은 일견 평화로워 보였다.

거기에 앙가르드가 있었다.

데이비가 데려다 놓은 게 분명했다.

"안녕, 아가씨." 나는 앙가르드에게 천천히 다가가 코를 문질러 줬다.

수망아지. 토드? 앙가르드의 소음에서 의문이 떠올랐다.

"괜찮아, 아가씨. 난 괜찮아." 내가 속삭였다.

다쳤구나. 앙가르드는 내 얼굴에 말라붙은 피 냄새를 킁킁거리며 맡았다. 그러다가 커다랗고 촉촉한 혀를 내밀어서 내 입과 뺨을 핥았다.

나는 풋 웃음을 터트리며 앙가르드의 코를 다시 문질러 줬다. "난 괜찮아, 아가씨. 난 괜찮아."

앙가르드가 소음에서 계속 내 이름을 부르는 동안 나는 아직까지 안장에 묶여 있는 내 가방 쪽으로 갔다. 거기에 내 소총이 있었다.

우리 엄마 일기장도.

데이비가 가져다 놓은 게 분명했다.

나는 기둥에 묶여 있는 앙가르드의 고삐를 풀고 커다란 은빛 *A*가 붙어 있는 문 바로 앞에 세웠다. "난 짧은 연설을 해야 해. 그럴 때 너를 타고 하면 효과가 더 좋겠지." 나는 안장을 다시 바로잡으면서 말했다.

수망아지, 토드. 앙가르드가 불렀다.

"앙가르드." 내가 대꾸했다.

나는 등자에 발을 얹고 앙가르드 위로 훌쩍 올라타서 하늘을 올려다 봤다. 아직 어두워지진 않았지만 폭포 쪽으로 해가 서서히 기울고 있었 다. 째깍째깍 소리를 내며 오후가 저물어 갔다.

시간이 별로 없다.

"행운을 빌어줘." 내가 말했다.

"앞으로. 앞으로." 앙가르드가 히이잉거리며 말했다.

보초들이 고개를 들어 나를 보다가 다시 그들을 조용히 시키려고 애 를 쓰는 이반을 봤다. 그들의 소음마저 멈출 수 있다면 훨씬 더 도움이 될 것 같은데. 보초들은 마치 불타는 양 떼처럼 어마어마하게 큰 소리 로 투덜거리고 있었다.

"그 사람은 소위야." 이반이 말했다.

"그래 봤자 애야." 빨간 머리 보초가 말했다.

"대통령의 애지." 이반이 대꾸했다.

"그래. 그리고 너는 이 아이를 시내로 데려가야 하잖아, 상병." 배가 불뚝 튀어나오고 소매에 하사 계급장을 찬 또 다른 남자가 말했다. "너 지금 명령에 거역하는 건 아니겠지?"

"소위님이 내게 다른 명령을 내리셨어." 이반이 말했다.

"소위가 대통령보다 높은가?" 빨간 머리 보초가 말했다.

"그러지 좀 마! 너희는 원래 다른 일을 해야 하는데 징계를 받아서 보 초 서고 있고 있잖아."

그러자 모두 입을 다물었다.

"내가 이 아이를 따라 대통령에게 맞설 거라고 생각한다면 넌 바보 천치야." 배불뚝이 하사가 말했다.

"프렌티스 대통령은 아는 게 많아. 알아선 안 될 것까지도 안다고." 빨간 머리가 말했다.

"대통령이 우리를 총살시킬 거야." 이번에는 또 다른 병사가 말했다. 키가 훌쩍 크고 병색이 있는 보초였다.

"누가 쏠 건데? 군인들은 모두 싸우러 나갔고, 대통령은 폭발로 날아간 성당에 앉아서 여기 있는 토드를 데리고 오길 기다리고 있다고." 이반이 대꾸했다.

"거기서 뭐 한대? 왜 병사들과 같이 안 가고?" 빨간 머리가 물었다.

"그 사람 방식이 아니거든." 내가 말하자 모두 고개를 들어 나를 다시 봤다. "시장은 싸우지 않아. 그는 지배하고 다스리지만 방아쇠는 절대 당기지 않고 자기 손을 더럽히지도 않지." 앙가르드가 내 긴장을 느끼고 한쪽으로 몇 발짝 갔다. "더러운 짓은 항상 남에게 시키지."

그리고 나랑 이야기하는 걸 좋아하지, 나는 이 생각을 소음 속에서 감추려고 애썼다.

그것은 어떤 면에서 전쟁보다 더 기분이 나빴다.

"그래서 네가 대통령을 타도하겠다는 거야?" 하사가 팔짱을 끼면서 말했다.

"그도 인간일 뿐이야. 인간은 누구나 패배할 수 있어."

"보통 사람이 아니니까 그렇지. 사람들 말로는 대통령이 소음을 무기로 쓴다던데." 빨간 머리가 말했다.

"그리고 너무 가까이 다가가면 마음을 조종한대." 병색이 짙은 병사가 말했다.

이반이 비웃었다. "그건 다 노인네들이나 늘어놓는 헛소리지. 그런 짓은 하나도 못…….."

"그래, 시장은 그런 일을 할 수 있어." 모두 다시 나를 쳐다봤다. "시장은 소음으로 사람을 때릴 수 있어. 맞으면 정말 돌아버리게 아파. 시장은 당신의 마음을 들여다보고 조종해서 자기가 원하는 일을 억지로 시킬 수 있고, 하고 싶지 않은 말들도 하게 만들 수 있어. 그래, 시장은 그런 걸 다 할 수 있어."

그들은 날 빤히 보면서, 내가 언제 자기들에게 이익이 되는 말을 할지 궁금해했다.

"하지만 내 생각에 시장이 그런 일을 하려면 상대와 눈을 마주쳐야 하고……."

"네 생각에?" 빨간 머리가 말했다.

"그리고 시장이 무기로 쓰는 소음은 치명적이지 않아. 한 번에 한 사람에게만 쓸 수 있지. 우리가 동시에 다 같이 달려들면 시장은 우리를 상대할 수 없어."

하지만 나는 내 소음 속에, 아까 그가 나를 소음으로 후려쳤을 때 얼마나 강력했는지를 숨겼다.

시장은 계속 연습해서 자신의 무기를 날카롭게 단련시키고 있다.

"그건 중요하지 않아. 그에게는 경호원들이 있을걸. 거기 들어가는 건 어서 죽여달라고 목숨을 바치는 꼴이라고." 병색이 짙은 보초가 말했다.

"시장은 너희가 날 데려올 거라고 예상하고 있어. 우리는 보초들을 지나서 시장이 기다리는 곳으로 곧바로 들어갈 수 있어."

　　　　　　　　　　　　　　　　　　　카오스 워킹 2

"그런데 왜 우리가 너를 따라야 하지, 소위님? 우리에게 득 될 게 뭐가 있다고?" 하사가 내 계급을 비웃으며 말했다.

"독재자로부터 해방되는 거야!" 이반이 말했다.

그 말에 하사가 눈동자를 대굴대굴 굴렸다. 그만 그런 게 아니었다.

이반이 다시 설득했다. "시장이 무너지는 순간 우리가 권력을 접수할 수 있잖아."

이번에 눈동자를 굴리는 사람은 아까보다 적었다. 병색이 짙은 병사가 또다시 말했다. "여기서 이반 패로우 대통령을 따르고 싶은 사람 있어?"

웃자고 한 말이었지만 아무도 웃지 않았다.

"휴잇 대통령은 어때?" 이반이 기묘하게 눈빛을 번득이면서 나를 올려다보며 말했다.

배불뚝이 하사가 코웃음 쳤다. "애라니까."

"아니야. 이젠 아니지." 내가 말했다.

"대통령을 치려고 마음먹은 유일한 사람이야. 그것만 봐도 대단하지 않나?" 이반이 말했다.

보초들이 서로의 얼굴을 봤다. 그들의 소음 속에서 온갖 의문, 요란하게 덜걱거리는 온갖 의심과 두려움의 소리가 들렸다. 그 소음들 속에서 반역을 저지르겠다는 생각이 점점 수그러들고 있는 것도 들을 수 있었다.

하지만 그 소음 속에서 그 생각을 살려낼 방법도 알 수 있었다.

"날 도와준다면 치료제를 줄게."

그 말에 모두의 소음이 일제히 정지했다.

"네가 그렇게 할 수 있다고?" 빨간 머리가 물었다.

"아닐걸. 그냥 뻥치는 거야." 하사가 말했다.

"치료제는 성당 지하실에 비축돼 있어. 시장이 직접 거기에 넣는 걸 내 눈으로 봤어."

"왜 대통령을 계속 시장이라고 불러?" 병색이 짙은 군인이 물었다.

"나랑 같이 가서 나를 도와 그를 감옥에 집어넣으면, 여기 있는 사람들 모두 들고 갈 수 있을 만큼 치료제를 줄게. 이제 헤이븐이 다시 헤이븐으로 돌아갈 때도 됐잖아." 그들은 이제 내가 하는 말을 경청하고 있었다.

"대통령이 전군에게서 치료제를 몰수했잖아. 우리가 대통령을 무너뜨리고 치료제를 주면, 그들이 누구 말을 들을까?" 이반이 물었다.

"너는 아니지, 이반."

"그래. 하지만 저 소위는 될 수도 있잖아." 이반이 다시 날 이상한 눈빛으로 보면서 말했다.

보초들이 고개를 들어 나를 바라봤다. 앙가르드에 올라탄 채 소총을 들고, 먼지투성이 제복을 입고, 시장을 무너뜨리고 치료제를 주겠다고 약속한 나를. 이 기회를 받아들일 정도로 자신이 필사적인지 그들이 자문하는 동안, 그들의 소음에서 바스락거리는 소리들이 들려왔다.

나는 바이올라를 생각했다. 심문의 방에 앉아 있는 바이올라. 바이올라를 구하기 위해 내가 하고 싶은, 내가 할 수 있는 모든 일을.

그리고 이들을 정확히 어떻게 설득해야 할지 깨달았다.

"여자들은 이제 다 밴드를 차고 있어. 그다음엔 누가 밴드를 찰 거 같아?"

내가 다시 방으로 들어갔을 때, 리는 바이올라의 발에 마지막 붕대를 감고 있었다. 바이올라의 표정은 아까보다 통증이 한결 덜해 보였다.

"일어날 수 있겠어?" 내가 물었다.

"잠깐만."

"상관없어. 밖에 앙가르드가 있어. 앙가르드가 너와 리를 태우고 해답을 찾게 움직여 줄 거야."

"넌 어쩌고?" 바이올라가 허리를 세우고 앉으면서 말했다.

"나는 시장에게 맞설 거야. 내가 그를 무너뜨리겠어."

그 말을 듣고 바이올라는 아까보다 허리를 더 세우고 앉았다.

"나도 너랑 같이 갈게." 리가 곧바로 말했다.

"안 돼. 넌 해답에게 가서 공격을 취소하라고 해. 그리고 코일 선생이 어떤 꼼수를 썼는지 밝히고."

리의 입매가 굳었다. 그의 소음이 그 폭탄 때문에 화가 머리끝까지 났음을 말해줬다. 그도 그 폭발 때 죽을 수 있었다. "바이올라가 그러는데 넌 사람을 못 죽인다며."

나는 바이올라를 노려봤고, 그녀는 짐짓 나를 외면했다.

"그 인간은 내가 죽일 거야. 그 새끼가 우리 누나와 엄마에게 한 짓의 죗값을 치르게 할 거야." 리가 말했다.

"네가 해답에게 경고하지 않으면 그가 죗값을 치러야 할 사람들이 늘어날 거야." 내가 말했다.

"그 새끼가 코일 선생님을 잡든 말든 난 관심 없어." 리는 그렇게 말했지만, 그의 소음 속에 이미 다른 사람들이 떠오르고 있었다. 윌프 아저씨와 제인 아줌마와 다른 사람들과 무엇보다 바이올라, 바이올라, 바이올라, 바이올라.

"넌 뭘 어떻게 하려고, 토드? 시장과 일대일로 붙을 수는 없잖아?" 바이올라가 물었다.

"일대일 대결이 되진 않을 거야. 보초 몇 명이 같이 가기로 했어."

바이올라의 눈이 커졌다. "뭐라고?"

나는 피식 웃었다. "내가 소소한 반란을 일으켰지."

"몇 명이나 되는데?" 그렇게 묻는 리의 표정은 여전히 심각했다.

나는 머뭇거렸다. "일곱 명. 모두 설득하진 못했어."

바이올라가 고개를 푹 숙였다. "일곱 명을 데리고 시장에 맞서 싸우겠다고?"

"지금이 기회야. 군인들은 대부분 최후의 전투를 하러 갔어. 시장은 지금 나를 기다리는 중이고, 그의 옆에는 경호원 몇 명뿐이야."

바이올라는 잠시 나를 바라보더니, 리의 어깨에 한 손을 대고 다른 손을 내 어깨에 대고 일어났다. 통증이 밀려와 잠시 움찔했지만, 리가 붕대를 단단히 감아놔서 뼈까지 고쳐지지는 않았더라도 잠깐은 서 있을 수 있었다.

"나도 너랑 같이 갈래."

"아니, 안 돼." 내 말과 동시에 리도 소리를 질렀다. "말도 안 되는 소리!"

바이올라가 이를 악물었다. "대체 너희 둘은 왜 내 행동에 발언권이 있다고 생각해?"

"넌 못 걷잖아." 내가 말했다.

"너한테 말이 있잖아."

"넌 그 말을 타고 안전한 곳으로 가야 해."

"시장은 우리 둘 다 올 거라고 예상하고 있어, 토드. 나 없이 너 혼자 가면, 네가 입을 열기도 전에 네 계획이 어그러질 거야."

504   카오스 워킹 2

나는 두 손을 허리에 짚었다. "시장이 기회만 생기면 언제든 널 이용해서 날 조종할거라고 네 입으로 말했잖아."

바이올라는 이빨을 혀로 훑으면서 시험 삼아 발목에 자신의 체중을 실어봤다. "그러니까 네 계획이 제대로 풀려야겠지, 안 그래?"

"바이올라······." 리가 입을 뗐지만 바이올라가 노려보자 말을 멈췄다.

"해답을 찾아, 리. 그들에게 경고해 줘. 시간이 별로 없어."

"하지만······."

"가." 바이올라가 조금 더 단호하게 말했다.

그때 리의 소음에서 바이올라의 모습이 떠오르고, 그녀 곁을 떠나기가 얼마나 싫은지 느껴졌다. 그 감정이 너무 애틋해서 그를 외면해야 했다.

하지만 그것 때문에 리를 한 대 치고 싶기도 했다.

"난 토드를 떠나지 않아. 다시 그를 찾은 이상, 이제는 그럴 수 없어. 미안해, 리. 하지만 이렇게 해야 해."

리는 소음에서 상처받은 마음을 숨기지 못하고 한 발자국 뒤로 물러섰다. 바이올라의 목소리가 부드러워졌다. "미안해."

"바이올라······."

하지만 그녀는 다시 고개를 흔들었다. "시장은 자기가 모든 걸 안다고 생각하고 있어. 앞으로 일어날 일도 다 안다고 생각하지. 그냥 거기 앉아서 나와 토드가 나타나 자기를 막으려 들기를 기다리고 있다고."

리가 바이올라의 말에 끼어들려고 했지만 바이올라가 그러게 놔두지 않았다.

"하지만 시장은 나와 토드 우리 둘이서 이 행성의 절반을 가로질러 왔다는 사실을 잊고 있어. 우리 둘이서 말이야. 우린 그의 미치광이 목사를 이겼어. 우리는 군대와의 경주에서 이겼고, 총에 맞고 두들겨 맞았는데도 살아남았고, 그들에게 쫓겼지만 계속 살아남았어. 우리는 폭탄에 날아가지도 않고, 고문을 당해 죽지도 않고, 전투나 그 어떤 것에도 지지 않고 살아남았어."

바이올라는 리의 어깨에서 손을 떼고 내 어깨에만 기대섰다.

"나랑 토드? 시장이 우리 둘을 상대한다고? 시장이 이길 가능성은 전혀 없어." 바이올라가 미소 지으며 말했다.

38

성당으로의 행군

〈바이올라〉

"아까 저기서 한 말 진심이야?" 토드가 안장에 달린 끈을 잡아당기며 말했다. 그는 나직한 목소리로 말하면서 계속 말을 지켜봤다. "우릴 상대로 시장이 이길 가능성은 전혀 없다고?"

나는 어깨를 으쓱했다. "그래서 기운이 좀 났잖아, 안 그래?"

토드는 살며시 미소 지었다. "사람들에게 가서 이야기 좀 하고 올게."

토드는 우리와 좀 떨어진 곳에 서서 주머니에 손을 넣은 채, 우리가 이야기하는 모습을 지켜보고 있는 리에게 고개를 끄덕여 보였다. "쟤 힘들지 않게 이야기 잘해, 알았지?"

토드는 리에게 손을 흔들어 보이고, 커다란 석제 정문 옆에 옹기종기 모여 서서 우리를 호송해 가려고 기다리고 있는 군인들 쪽으로 갔다. 리가 내게 다가왔다.

"이 일이 잘될 거라고 확신해?"

"아니. 하지만 토드에 대해선 확신해."

리는 코로 숨을 내쉬면서 땅바닥만 보며 소음을 진정시키려고 애썼다. "토드를 사랑하는구나." 질문이 아니라 그냥 사실을 말하는 목소리였다.

"그래." 내가 대답했다. 그것이 사실이니까.

"저래서?"

우리는 저쪽에 있는 토드를 바라봤다. 토드는 두 팔을 움직이면서 남자들에게 우리의 계획과 그들이 뭘 해야 하는지를 설명하고 있었다.

토드는 리더처럼 보였다.

"바이올라?" 리가 불렀다.

나는 다시 그에게 고개를 돌렸다. "군대가 찾기 전에 네가 먼저 해답을 찾아야 해, 리. 네가 그럴 수 있다면 말이야."

리는 얼굴을 찡그렸다. "사람들은 코일 선생님에 대한 내 말을 믿지 않을지도 몰라. 선생님이 무조건 옳기를 바라는 사람들이 많으니까."

"흠." 나는 말고삐를 위로 치켜들면서 말했다. **수망아지**. 말은 그런 생각을 하면서 나처럼 토드를 지켜보고 있었다. "이렇게 생각해 봐. 네가 군대보다 먼저 그들에게 도착하고 우리가 시장을 처리할 수 있다면, 이 일은 오늘 안에 다 끝날 수 있어."

리는 눈을 가늘게 뜨고 태양을 바라봤다. "너희가 시장을 처리하지 못하면?"

난 미소를 지으려고 애썼다. "음, 그럼, 네가 우리를 구하러 와야겠지, 안 그래?"

리도 미소를 지으려고 애썼다.

"우린 준비됐어." 토드가 다시 돌아와서 말했다.

"이제 가야겠다." 내가 말했다.

토드가 리에게 손을 내밀었다. "행운을 빌어."

리는 토드의 손을 잡았다. "너도."

하지만 리는 내내 나만 보고 있었다.

리가 숲을 향해 출발해서 언덕을 달려 올라가 군대가 찾기 전에 먼저 해답을 만나려고 떠난 후, 우리는 도로를 따라 행군을 시작했다. 토드가 앙가르드를 이끌었다. 앙가르드는 계속 소음 속에서 **수망아지**라고 중얼거리면서 낯선 사람이 자기 등에 탄 것을 불안해했다. 토드는 앙가르드를 진정시키기 위해 가는 내내 다정한 말을 중얼거리고, 코를 문질러 주고, 옆구리를 토닥여 줬다.

"기분이 어때?" 제일 처음 나온 숙소들을 지나칠 때 토드가 물었다.

"발이 아파. 머리도." 나는 그렇게 말하면서 밴드를 차고 있는 팔을 문질렀다. "팔도 아프고."

"그거 말고 다른 건?" 토드가 미소를 지었다.

나는 우리를 둘러싼 군인들을 바라봤다. 그들은 대형을 이뤄서 정말 명령 받은 대로 나와 토드를 시장에게 호송해 가는 것처럼 행군하고 있었다. 이반과 다른 보초가 앞에서 가고, 두 명이 우리 뒤에서 따라오고, 두 명이 내 오른쪽, 마지막 한 명이 내 왼쪽에 있었다.

"우리가 시장을 이길 수 있다고 믿어?" 내가 토드에게 물었다.

"음." 토드는 그렇게 말하더니 조용히 웃었다. "우린 가고 있잖아, 안 그래?"

우리는 가고 있다.

도로를 따라 뉴 프렌티스타운으로 들어가고 있다.

"속도를 좀 내자." 토드가 조금 큰 목소리로 말했다.

남자들이 속도를 높였다.

"여긴 버려졌는데." 건물들이 점점 더 많아지는 지역을 지나가는 사이에 불타오르는 것처럼 머리가 빨간 보초가 속삭였다.

건물은 많은데 사람이 하나도 없었다.

"버려진 게 아니야. 사람들이 숨어 있는 거야." 배가 불뚝 튀어나온 보초가 말했다.

"군인들이 없으니까 으스스한데. 길가에 왔다 갔다 하는 군인들이 없잖아." 빨간 머리 병사가 말했다.

"우리가 지금 행군 중이잖아, 상병. 우리도 군인이거든." 이반이 말했다.

우리는 덧문을 완전히 내린 집들, 셔터를 내린 가게들, 수레나 자전거나 걸어 다니는 사람들도 하나 없이 텅 빈 도로를 지나쳤다. 닫힌 문들 뒤로 사람들의 거대한 소음이 들렸지만 그 소음의 크기도 절반 정도로 줄어 있었다.

사람들은 겁에 질려 있었다.

"사람들은 전쟁이 임박한 걸 알아. 이게 그동안 그들이 기다리던 전쟁일 수 있다고 직감한 거지." 토드가 말했다.

나는 앙가르드 위에서 주위를 둘러봤다. 불이 켜진 집은 하나도 없었고, 창문 밖으로 몰래 내다보는 사람도, 발에 붕대를 감은 소녀를 태우고 가는 말 주위에 이렇게 군인들이 몰려 있는 상황을 궁금해하는 기척조차 없었다.

그러다가 도로가 구부러지면서 성당이 나왔다.

"맙소사." 우리가 멈췄을 때 빨간 머리 병사가 말했다.

"너 저기서 살아남았단 말이야? 어쩌면 넌 정말 대단한 행운아인지도 모르겠다." 배불뚝이 병사가 토드에게 말하더니 놀랍다는 듯이 휘파람을 불었다.

성당의 종탑은 아직 서 있긴 했지만, 흔들거리는 벽돌들 위에서 쓰러질락 말락 하는 모습이 불안해 보였다. 본관 건물도 벽이 두 개 남아 있었는데 그중 하나가 채색 유리창이 끼워진 벽이었다.

하지만 나머지.

나머지는 돌무더기와 먼지만 남았다.

이렇게 뒤에서 봐도 지붕이 대부분 무너지고 가장 큰 벽 두 개가 도로와 광장 앞으로 날아가 있는 모습이 보였다. 아치들이 위험할 정도로 한쪽으로 기울어 있었고, 문들이 경첩에서 떨어져 나왔고, 실내 대부분이 야외에 그대로 노출돼서 지평선으로 떨어지는 마지막 햇살을 받고 있었다.

그곳을 지키는 군인은 단 한 명도 보이지 않았다.

"경호원이 하나도 없단 말이야?" 빨간 머리 병사가 말했다.

"그자답군." 토드가 말하면서 성당을 물끄러미 바라봤다. 마치 그 벽들 사이 어딘가로 시장이 보이는 것처럼.

"만약 대통령이 안에 있다면 말이지." 이반이 말했다.

"시장은 안에 있어. 내 말 믿어." 토드가 말했다.

빨간 머리 군인이 다시 도로로 뒷걸음치면서 물러나기 시작했다. "이건 아니야. 우린 지금 죽여달라고 제 발로 가고 있잖아. 이 사람들아, 이건 아니지."

그는 잔뜩 겁에 질린 표정으로 우리가 왔던 길을 다시 달려서 도망치기 시작했다.

토드가 한숨을 쉬었다. "또 갈 사람 없어?" 남자들은 서로의 얼굴을 바라봤다. 그들의 소음에서 애초에 왜 여기 왔는지 의아해하는 소리가 들렸다.

"대통령이 너희에게 밴드를 채울 거야." 이반이 말했다. 그리고 내게 고개를 끄덕여 보였다. 나는 소매를 걷어서 내가 찬 밴드를 보여줬다. 내 피부는 여전히 벌겋고 손을 대면 뜨거웠다. 감염됐겠다는 생각이 들었다. 구급상자에 있던 연고는 별 효과가 없었다.

"다음번엔 너희를 노예로 만들 거야. 너희는 모르겠지만 난 노예가 되려고 입대하진 않았어." 이반이 이야기를 계속했다.

"그럼 왜 입대했는데?" 또 다른 보초가 물었지만 딱히 대답을 바란 질문은 아니었다.

"우리가 놈을 무너뜨리는 거야. 그리고 영웅이 되는 거지." 이반이 말했다.

"치료제를 가진 영웅들이지. 그리고 치료제를 장악한 자가……." 배불뚝이 군인이 고개를 끄덕이며 말했다.

"이야기는 그 정도로 끝내지." 토드가 말했다. 그의 소음에서 지금 전개되는 이 상황을 불편해하는 느낌이 풍겼다. "이거 할 거야, 말 거야?" 남자들은 서로의 얼굴을 바라봤다.

그러자 토드가 언성을 높였다.

그들을 지휘하기 위해 목청을 높였다.

목소리를 얼마나 크게 냈는지 나까지 그를 바라봤다.

"내가 준비됐냐고 묻잖아?"

"됐습니다, 소위님." 남자들은 자기 입에서 그런 말이 나오자 놀란 표정이었다.

"그럼 출발하지." 토드가 말했다.

남자들은 다시 행군하기 시작했다. 한 발, 한 발, 한 발. 도로 여기저기에 흩어져 있는 자갈들을 밟으면서 작은 비탈길을 내려가, 시내로 들어가서 성당으로 향했다. 성당은 다가갈수록 점점 커졌다.

우리는 줄을 지어 나무들을 지나쳤다. 나는 우리 왼쪽, 남쪽 지평선 너머에 있는 언덕들을 바라봤다.

"맙소사." 배불뚝이가 말했다.

여기서도 군대가 멀리서 행군하는 모습을, 검은 군대 하나가 좁아서 다 같이 지나갈 수 없는 구불구불한 길을 한 줄로 올라가는 모습이 보였다. 그들은 언덕의 정상, 해답이 있는 곳을 향해 올라가고 있었다.

나는 저무는 해를 바라봤다.

"한 시간 정도. 아니면 그것도 안 남았을 수도 있고." 토드가 해를 보는 나를 향해 말했다.

"리는 제때 도착하지 못할 거야."

"도착할 수도 있어. 거기에 지름길들이 있을 수도 있잖아."

군대가 뱀처럼 구불구불한 그 길을 올라가고 있었다. 수가 너무 많아서 거기서 전투가 시작된다고 해도, 해답이 그들에 맞서 싸울 수 있는 가능성은 없었다.

"우린 실패해선 안 돼." 내가 말했다.

"실패하지 않을 거야." 토드가 말했다.

성당에 도착했다.

우리는 성당 옆으로 갔다. 그곳이 폭탄 피해가 가장 큰 곳이었다. 북쪽 벽 전체가 도로 쪽으로 무너져 내려 있었다.

"기억해 둬. 너희들은 명령대로 대통령에게 죄수 두 명을 호송하고 있는 거야. 모두 다른 생각은 절대 하면 안 돼." 잔해 더미를 올라가면서 토드가 남자들에게 중얼거렸다.

우리는 잔해가 쌓여 있는 도로를 조심스럽게 걸어갔다. 돌무더기가 너무 높게 쌓여 있어서 성당 안이 보이지 않았다. 시장이 어디에 있을지 알 수 없었다.

우리는 모퉁이를 돌아 성당 정면이 있던 곳으로 나왔다. 지금은 거대한 로비와 예배를 올리는 성당 안쪽까지 다 보이게 구멍이 뻥 뚫려 있었다. 종탑과 색유리 창은 여전히 남아 있었다. 우리 뒤에 있는 태양이 성당 안을 환히 비췄다. 위층에 있는 사방이 뚫린 방들도 바닥이 부서져가고 있었다. 대여섯 마리 정도 되는 피리새들이 돌 사이에 흩어진 음식 부스러기와 더 끔찍한 것들을 쪼아 먹고 있었다. 폭파되지 않고 남아 있는 건물은 지쳐서 언제라도 쓰러져 영원히 쉴 것처럼 한쪽으로 심하게 기울어 있었다.

그 불타버린 건물의 뼈대 안에는…….

"아무도 없어." 이반이 말했다.

"그래서 보초가 하나도 없는 거야. 대통령은 군대와 같이 있어." 배불뚝이가 말했다.

"그렇지 않아." 토드가 얼굴을 찌푸린 채 주위를 돌아보며 말했다.

"토드?" 내가 뭔가 느껴져서 불렀을 때…….

"대통령이 직접 토드를 여기로 데려오라고 말했어." 이반이 말했다.

"그럼 어디 있는데?" 배불뚝이가 물었다.

"아, 난 여기 있어." 시장이 그늘 속에서 나오면서 말했다. 그곳엔 도저히 숨어 있을 곳이 없었는데, 시장은 마치 벽돌 속에서 튀쳐나온 것

카오스 워킹 2

처럼, 보이지 않는 희미한 빛 속에 숨어 있다가 나온 것처럼 보였다.

"도대체 이게 무슨 악마 같은……?" 배불뚝이가 그렇게 소리치면서 뒤로 물러섰다.

"악마 아닌데." 시장은 그렇게 말하면서 우리를 향해 잔해 더미에서 내려와 한 발자국 다가섰다. 그는 두 손을 좍 편 채 허리 옆에 늘어뜨리고 있었다. 군인들 모두 총을 들어 시장에게 겨눴다. 시장은 무장을 한 것 같지도 않았다.

하지만 그가 마침내 나타났다.

"악마는 아니고, 그보다 더 무시무시한 거지." 시장이 미소를 지으며 말했다.

"거기서 멈춰. 이 사람들은 아주 기쁜 마음으로 당신을 쏠 테니까." 토드가 경고했다.

"나도 알아." 시장이 대꾸하면서 성당 입구 계단의 마지막 단에 멈춰서, 거기 떨어져 있는 커다란 돌멩이에 한 발을 올려놨다. "예를 들어 패로우 상병이 그렇지. 자기가 무능해서 처벌을 받은 주제에 아직도 열이 받아 있잖아." 그는 이반에게 고개를 끄덕여 보이며 말했다.

"그 입 닫아." 이반은 자신이 들고 있는 총을 내려다보면서 말했다.

"저자의 눈을 보지 마. 아무도 보지 마." 토드가 재빨리 말했다.

시장이 천천히 두 손을 들어 올렸다. "그럼 내가 너희의 죄수가 되는 건가?" 그는 주위에 있는 군인들, 모두 그에게 총을 겨누고 있는 이들을 둘러봤다. "아, 그래, 알겠어. 계획이 있다 이거지. 치료제를 사람들에게 돌려주고, 그들의 분노를 이용해 너희가 권력을 차지하겠다는 거군. 아주 영리한 계획인데."

"그건 우리 계획이 아니야. 당신이 군대를 철수시킬 거야. 모두를 자유롭게 풀어주게 될 거라고." 토드가 말했다.

시장은 마치 그 얘기를 고려해 보려는 것처럼 턱에 한 손을 댔다. "실은 말이지, 토드, 사람들은 자유를 원하지 않아. 아무리 자기들이 자유를 원한다고 푸념을 해대도 말이지. 아니, 내가 생각하기에 앞으로 일어날 일은 군대가 해답을 밟아버리고, 너와 같이 온 이 군인들은 반역죄로 사형당하고, 너와 나와 바이올라는 내 약속대로 너의 미래에 대해 짧은 대화를 나누게 되는 거야."

이반이 소총의 공이치기를 당기자 순간 딱 소리가 났다. "넌 그렇게 생각한단 말이지?"

"당신은 우리 포로고, 그걸로 우리 이야기는 끝났어." 토드가 앙가르드의 안장 가방에서 긴 밧줄 하나를 꺼냈다. "거기에 군대가 어떻게 반응하는지 두고 보면 돼."

"좋아." 시장은 기분이 좋은 것처럼 말했다. "하지만 네 부하 하나를 지하실로 보내서 치료제를 곧바로 복용할 수 있게 해야겠지. 너희 계획이 훤히 다 보이는데, 그런 상황은 너희도 싫을 거 아니야."

배불뚝이가 뒤를 돌아봤다. 토드가 그에게 고개를 끄덕이자 그는 계단을 뛰어 올라가 시장 옆을 지나쳤다. "저기 뒤쪽으로 쭉 가서 내려가면 돼. 찾기 쉬울 거야." 시장이 손짓하며 말했다.

토드는 밧줄을 가지고 시장을 향해 걸어가면서, 그를 향해 겨눠진 총들 옆을 지나갔다. 고삐를 잡고 있는 내 손에서 땀이 났다.

일이 이렇게 쉬울 리가 없는데.

이럴 리가 없……

시장이 두 손을 내밀자 토드는 그에게 가까이 다가가기 싫어서 잠시 망설였다. "이자가 조금이라도 수상쩍은 짓을 하면 쏴버려." 토드는 돌아보지도 않고 말했다.

"아주 기쁜 마음으로 하지." 이반이 대답했다.

토드가 시장의 두 손을 밧줄로 묶기 시작했다.

성당에서 발걸음 소리가 들렸다. 배불뚝이가 뛰어서 돌아왔다. 숨이 거칠고, 소음은 우레와 같았다.

"그게 지하실에 있다고 했잖아, 소위."

"거기 있어. 거기 있는 걸 내 눈으로 봤어."

배불뚝이가 고개를 저었다. "지하실은 텅 비었어. 아무것도 없다고."

토드가 다시 시장을 봤다. "당신이 옮겼지. 그거 어디 있어?"

"말 안 하면 어쩔 건데? 날 쏠 거야?"

"난 그 방법이 더 마음에 드네." 이반이 말했다.

"어디로 옮겼냐니까?" 토드의 목소리는 강하고 화가 잔뜩 나 있었다.

시장은 토드와 주위 남자들을 보더니, 마지막으로 고개를 들어 나를 바라봤다.

"내가 걱정한 사람은 너였어. 넌 제대로 걷지도 못하잖아, 안 그래?"

"쳐다보지 마. 그 더러운 눈으로 바이올라를 쳐다보지 말라고." 토드가 내뱉으면서 시장에게 한 발자국 다가섰다.

시장은 다시 미소 지었다. 그가 내밀고 있는 두 손은 밧줄에 느슨하게 묶여 있었다. "좋아. 내가 말해주지."

시장은 계속 싱글거리면서 주위에 있는 남자들을 둘러봤다.

"내가 태워버렸어. 슬프게도 스패클족이 우리 곁을 떠난 후로 더 이상 그걸 쓸 필요가 없어졌거든. 그래서 내가 마지막 남은 알약 하나, 그 알약의 재료인 마지막 남은 식물 하나까지 다 태워버린 후에 그걸 만드는 실험실을 폭파해 버리고 해답 탓으로 돌렸지."

경악에 찬 침묵이 흘렀다. 멀리서 군대의 거대한 소음이 들렸다. 그들은 언덕을 올라 목표를 향해 계속 행군하고 있었다.

"넌 거짓말쟁이야. 그 거짓말 하나도 제대로 못하는 놈이고." 이반이 계속 총을 든 채 마침내 시장을 향해 다가섰다.

"당신의 소음이 들리지 않는데. 그러니까 그걸 다 태웠을 수는 없어." 토드가 말했다.

"아, 토드, 내 아들. 난 한 번도 치료제를 먹은 적이 없어." 시장은 고개를 절레절레 흔들면서 말했다.

또다시 침묵이 흘렀다. 남자들의 소음에서 의심이 치솟는 소리가 들렸다. 심지어 몇 명은 뒤로 물러났다. 그들은 시장의 힘과, 그가 뭘 할 수 있는지를 생각하고 있었다. 어쩌면 시장은 자신의 소음을 통제할 수 있을지 모른다. 만약 그럴 수 있다면…….

"저자는 거짓말을 하고 있어. 저 사람은 거짓의 대통령이야." 나는 코일 선생님이 했던 말이 기억나서 말했다.

"좋군. 어쨌든 마침내 나를 대통령이라고 불렀군."

토드가 시장을 세게 밀쳤다. "그거 어디 있는지 말해."

시장이 비틀거리면서 한 발자국 뒤로 물러섰다가 다시 균형을 찾았다. 시장은 다시 우리 모두를 둘러봤다. 모든 사람의 소음, 그중에서도 특히 토드의 소음이 붉고 요란하게 올라가는 소리가 들렸다.

"난 거짓말은 하지 않아. 제대로만 단련하면 소음은 통제할 수 있어. 소음을 잠재울 수 있다고." 시장은 다시 모두를 둘러봤다. 그의 얼굴에 또 한 번 미소가 떠올랐다. "그리고 이용할 수도 있지."

나는 원이고 원은 나다, 라는 소리가 들렸다.

하지만 그게 시장에게서 나는 소리인지……

토드에게서 나는 건지 분간할 수 없었다.

"정말 더 이상 못 들어주겠군!" 이반이 소리 질렀다.

"있지, 패로우 상병, 나도 그래." 시장이 말했다.

그때 시장이 공격했다.

39

나의 가장 큰 적

〈토드〉

첫 번째 소음 일격이 나를 스쳐 지나 휙 소리를 내며 날아갔다. 고도
로 집중된 말과 소리와 이미지가 내 어깨 위로 휙 날아가서 소총을 들
고 있는 남자들을 향했다. 나는 움찔하면서 피하려고 땅으로 몸을 날렸
다……

그들이 총을 쏘기 시작했고…….

나는 총을 쏘는 그들 앞에 있었으니까…….

"토드!" 바이올라의 고함이 들렸다. 총들이 발사되고, 사람들은 비
명을 지르고, 나는 잔해 더미 위를 데굴데굴 굴러가다가 팔꿈치를 세
게 부딪쳤다. 내가 몸을 홱 돌렸을 때 배불뚝이 하사가 앙가르드 앞에
서 무릎을 꿇고 등을 돌린 채, 두 손으로 자신의 머리를 부여잡고 땅바
닥을 보며 비명을 지르고 있는 모습이 보였다. 바이올라는 그를 지켜보
면서 대체 지금 무슨 일이 일어나고 있는지 의아해하고 있었다. 또 다
른 군인은 땅바닥에 쓰러져 파버릴 것처럼 열 손가락으로 자기 눈을 쑤

셨고, 세 번째 군인은 의식을 잃고 엎드려 있었다. 나머지 두 명은 이미 달아나는 중이었다.

시장에게서 날아온 소음은 내가 지금까지 당한 소음 공격 중에서 제일 요란하고 강했다.

심문의 방에 있을 때 당했던 것보다 훨씬 소리가 컸다.

남자 다섯 명을 일거에 쓰러뜨릴 수 있을 정도로.

오직 이반만 아직까지 서 있었다. 그는 한 손을 귀에 대고 다른 손으로 시장에게 총을 겨냥하려고 애썼지만, 그 총구는 위험하게 사방으로 흔들리고 있었다.

탕.

총알 하나가 눈앞에 있는 땅바닥을 때려서 먼지와 흙이 내 눈으로 들어갔다.

탕.

또 한 방이 성당 깊숙한 곳에 있는 돌들에 맞고 튕겨났다.

"**이반!**" 내가 소리를 꽥 질렀다.

탕.

"그만 쏴. 그러다가 우리까지 다 죽겠어!"

탕.

이반의 총알이 앙가르드의 머리 바로 옆으로 날아갔다. 앙가르드는 놀라서 뒷발로 일어섰고, 바이올라가 고삐를 움켜쥔 채 앙가르드에게 매달리는 모습이 보였다.

그때 시장이 앞으로, 앞으로, 앞으로 걸어가는 모습이 보였고…….

그가 공격하는 남자들을 뚫어져라 응시하는 모습이 보였고…….

그가 나를 지나서…….

그런데 나는 아무 생각도 못 했고…….

내가 그를 막기 위해 땅바닥에서 펄쩍 뛰어올랐는데…….

그때 시장이 돌아서서 내게 소음을 쏘아 보냈고…….

갑자기 세상이 끔찍하게 고통스러울 정도로 환해졌고, 마치 모두 내가 얼마나 다쳤는지 보면서 웃고 있는데 내겐 숨을 곳이 없는 느낌이고, **넌 아무것도 아니야 넌 아무것도 아니야**, 이 말이 내 몸 속에서 총알처럼 사방으로 돌아다니고, 그것은 나의 잘못된 점들, 내가 살아오면서 평생 저지른 모든 나쁜 짓들을 고발하고, 넌 아무짝에도 쓸모없고, 쓰레기고, **아무것도 아니고**, 인생에 아무 의미도 없고, 존재 이유도 없고, 목적도 없다고 말하고, 넌 그저 네 인생을 찢어발기고 너라는 인간 자체를 해체해 버리고 죽어버리든가, 아니면 널 구해줄 수 있는 사람, 널 통제할 수 있는 사람, 이 모든 문제를 해결해 줄 수 있는 사람, 이 모든 걸 괜찮게 해줄 수 있는 사람에게 너 자신을 선물로 바치라고…….

하지만 아무리 소음이라고 해도 움직이고 있는 몸을 막을 수는 없다.

나는 그 모든 것을 느끼면서도 그에게 몸을 날려 성당 계단 위로 쓰러뜨렸다.

그가 내게 맞아서 순간 숨을 쉴 수 없게 되자 신음을 하는 사이에 잠시 소음 공격이 멈췄다. 배불뚝이 하사가 소리를 지르면서 쓰러졌고, 이반은 숨을 쉬려고 애썼고, 바이올라는 "토드!"라고 소리를 질렀다.

그때 손 하나가 내 목을 잡고 머리를 위로 치켜올려 시장이 내 눈을 똑바로 들여다봤고…….

이번에는 나를 제대로 정면에서 공격했다.

"그 소총 내놔!" 시장이 소리를 지르며 이반을 내려다보고 섰다. 이반은 시장 밑에 있는 땅바닥에 쭈그리고 앉아, 한 손으로는 귀를 막고 한 손으로 잡은 총을 여전히 시장에게 겨누고 있었다. "그거 내놔!"

나는 눈을 깜박였고, 내 눈에는 먼지와 흙이 들어간 상태에서 잠시 내가 어디 있는지 의아해하다가…….

넌 아무것도 아니야 넌 아무것도 아니야 넌 아무것도 아니야.

"그 총 내놔, 상병!"

시장이 이반에게 소리를 지르면서 계속 소음으로 그를 내리쳤다. 이반은 점점 땅바닥으로 움츠러들었지만…….

그의 소총은 여전히 시장을 향해 있었고…….

"토드!"

내 머리 옆에 선 말의 다리가 보였다. 바이올라가 앙가르드를 타고 있었다. "토드, 정신 차려!" 바이올라가 소리 질렀다. 나는 고개를 들어 그녀를 바라봤다. "아, 다행이다!" 바이올라의 얼굴이 좌절로 일그러져 있었다. "아, 멍청한 내 발! 이 빌어먹을 말에서 내릴 수가 없어!"

"난 괜찮아." 그렇게 말했지만 사실 괜찮은지는 나도 알 수 없었다. 가까스로 일어나려고 했지만 머리가 빙빙 돌았다.

넌 아무것도 아니야 넌 아무것도 아니야 넌 아무것도 아니야.

"토드, 도대체 지금 무슨 일이 일어나고 있는 거야? 내 귀에도 소음이 들리긴 하는데……." 내가 일어서려고 고삐를 잡는 사이에 바이올라가 물었다.

"그 총! 당장 내놔!" 시장이 소리를 지르면서 이반에게 더 가까이 다가섰다.

"이반을 도와줘야 해." 내가 말했지만…….

순간 지금까지 날아온 공격 중 가장 강한 공격이 가해져서 움찔하며 뒤로 물러났고…….

시장과 이반 사이에서 공기가 구부러지는 모습이 보일 정도로 확 타오르는 눈부신 소음이 보였고…….

이반은 신음을 하다가 자신의 혀를 깨물었고…….

그의 입에서 피가 흘러나왔고…….

그러다가 아이처럼 비명을 지르면서 쓰러져서…….

총을 놓치면서…….

시장이 내민 손에 떨어뜨렸다.

시장은 단 한 번의 매끄러운 동작으로 그 총을 들어서, 공이치기를 당기고, 우리에게 겨눴다. 이반은 땅바닥에 누워서 전신에 경련을 일으키고 있었다.

"방금 무슨 일이 일어난 거야?" 바이올라는 너무 화가 나서 소총에는 관심도 없는 것 같았다.

나는 고삐를 쥔 두 손을 번쩍 들었다.

"시장은 소음을 이용할 수 있어. 무기처럼 쓸 수 있지." 나는 계속 시장을 보면서 말했다.

"바로 그렇단다." 시장은 다시 싱글거리며 말했다.

"내가 들은 건 고함뿐이었는데 무기라니, 무슨 뜻이야?" 바이올라는 바닥에 누워 있는 남자들을 보면서 물었다. 그들은 숨은 쉬지만 의식을 잃고 있었다.

"바이올라, 진실은 가장 강력한 무기란다. 인간에게 그 자신에 대한 진실을 말해주면." 시장이 대답하면서 신고 있는 부츠로 이반을 쿡쿡 찔렀다. "그걸 받아들이기 아주 힘들어하지. 하지만 그걸로 사람을 죽일 순 없어." 시장은 얼굴을 찡그리더니 다시 우리를 바라봤다. "어쨌든 아직까진 아니야."

"하지만…… 하지만 어떻게? 어떻게 당신이 그럴 수 있어?" 바이올라는 이 사태를 믿으려 하지 않았다.

"내가 믿는 격언이 두 개가 있단다, 얘야." 시장은 우리를 향해 천천히 다가오면서 말했다. "하나는 스스로를 통제할 수 있다면 다른 사람들을 통제할 수 있다는 거야. 또 하나는 정보를 통제하면 다른 사람들을 통제할 수 있다는 거지." 피식 웃는 그의 눈이 번득였다. "나에게는 아주 효과가 좋은 철학이었어."

나는 해머 아저씨를 생각했다. 콜린스 아저씨도. 옛날 그 마을의 시장 집에서 들려오던 그 구호도.

"당신이 다른 사람들에게 가르쳤군. 프렌티스타운 남자들에게 자신의 소음을 통제하는 법을 가르쳤어."

"모두 성공하지는 못했어. 하지만 맞아. 내 장교들 중 치료제를 먹은 사람은 하나도 없어. 왜 그래야 해? 약에 의존한다는 건 약점일 뿐이야."

시장은 이제 우리에게 거의 다 왔다. "나는 원이고 원은 나다." 내가 말했다.

"그렇지. 넌 확실히 초반에 아주 잘하고 있었어. 안 그래, 토드? 그 여자들에게 말로 할 수 없는 짓들을 하면서 스스로를 잘 다스렸잖아."

내 소음이 붉게 물들었다. "닥쳐. 난 그저 당신이 시켜서……."

"난 그냥 명령에 따랐을 뿐이다. 그건 악당들이 고릿적부터 쓰는 변명일 뿐이잖아." 시장이 날 비웃으며 말했다. 그는 우리에게서 2미터 정도 떨어진 곳에 멈춰서 단호하게 내 가슴을 겨냥했다. "바이올라가 말에서 내릴 수 있게 도와줘라, 토드."

"뭐라고?"

"바이올라의 발목이 말을 안 들으니까 걸으려면 네가 도와줘야 하잖아."

나는 여전히 고삐를 손에 쥐고서 묻어버리려고 애쓰는 생각을 하나 했다.

수망아지? 앙가르드가 물었다.

"내가 보증할게, 바이올라. 네가 그 아름다운 짐승을 타고 도망칠 생각을 하고 있다면, 토드에게 총알을 하나 이상은 확실히 박아주지." 시장은 바이올라에게 말하며 나를 돌아봤다. "아무리 마음이 아프다고 해도 말이야."

"바이올라를 놔줘. 당신이 원하는 건 뭐든 할게."

"내가 그 말을 어디서 들어봤더라? 어서 내리는 거나 도와줘."

나는 망설였다. 어쨌든 앙가르드의 옆구리를 손으로 찰싹 때려 바이올라를 멀리 보내야 할지, 그녀를 안전하게 보낼 수 있을지 고민하는데……

"안 돼. 절대 안 돼. 난 널 떠나지 않아." 바이올라가 그렇게 말하면서 벌써 한쪽 다리를 안장 너머로 돌리려고 안간힘을 쓰고 있었다.

나는 바이올라의 팔을 잡고 말에서 내리는 걸 도왔다. 그녀는 일어서 있으려면 내게 기대야 했고, 나는 받쳐줬다.

"근사하군. 이제 안으로 들어가서 대화를 해보지."

"내가 아는 것부터 이야기를 시작해 볼까."

시장은 동그란 색유리 창문이 있는 방이었던 곳으로 우리를 데려갔다. 방은 이제 양쪽으로 뻥 뚫리고 천장도 날아간 상태였다. 창문은 여전히 같은 자리에서 아래를 내려다보고 있지만, 그 밑에는 잔해 더미만 있었다.

잔해 더미 옆에 부서진 테이블 하나와 의자 두 개가 있었다.

거기에 나와 바이올라가 앉았다.

"예를 들어 나는 네가 아론을 죽이지 않았다는 걸 알아, 토드. 너는 사나이가 되기 위한 최종 단계를 밟지 않았지. 아론의 목에 칼을 찔러 넣은 사람은 여기 있는 바이올라야."

바이올라가 내 팔을 잡고 힘을 줘서 시장이 알아도 괜찮다는 뜻을 전했다.

"네가 도망쳐서 바이올라와 이야기하게 했을 때, 바이올라가 네게 해답이 바닷가에 숨어 있다고 말한 것도 알고 있다."

순간 분노와 수치심에 내 소음이 확 치솟았다. 바이올라는 내 팔을 잡은 손에 힘을 더 줬다.

"네가 리라고 하는 소년을 해답에게 경고하라고 보낸 것도 알고 있어." 시장은 부서진 테이블에 몸을 기댔다. "물론 그들이 공격할 정확한 시간과 장소도 알고 있다."

"당신은 괴물이야." 내가 말했다.

"아니야. 그냥 지도자일 뿐이지. 네가 하는 모든 생각을 읽을 수 있는 지도자일 뿐이야. 너에 대한 생각, 바이올라에 대한 생각, 나에 대한 생각, 이 도시에 대한 생각, 네가 감추고 있다고 생각하는 모든 비밀을 읽을 수 있을 뿐이지. 난 모든 걸 읽을 수 있어, 토드. 넌 내가 하는 말을 제대로 안 들었어." 시장은 소총을 든 채 그의 앞에 앉아 있는 우리를 내려다봤다. "난 네가 입을 열기도 전인 오늘 아침부터 해답의 공격에 대한 모든 사실을 알고 있었어."

나는 의자에서 허리를 곧추세우고 앉았다. "당신이 뭘 어쨌다고?"

"바이올라를 심문하기도 전부터 군대를 집합시켜 놨지."

나는 몸을 일으키기 시작했다. "그럼 아무 이유도 없이 바이올라를 고문했단 말이야?"

"앉아." 시장에게서 휙 날아온 소음이 내가 다시 주저앉도록 내 무릎에서 힘을 뺐다. "아무 이유도 없이 그러진 않았어, 토드. 지금쯤이면 내가 뭐든 그냥 하는 법이 없다는 것쯤은 알잖아."

시장은 앉아 있던 테이블에서 일어나 다시 말하면서 걸어 다니기 시작했다.

"네 속은 훤히 들여다보여, 토드. 여기 이 방에서 우리가 제대로 만난 그 순간부터 오늘 네가 내 앞에 앉아 있는 이 순간까지, 난 모든 걸 알고 있었어. 언제나 그랬지."

시장은 바이올라를 바라봤다. "여기 있는 네 친구와는 달리 말이지. 이 친구는 내가 상상했던 것보다는 조금 더 힘들더구나."

바이올라가 얼굴을 찌푸렸다. 만약 바이올라에게 소음이 있다면 그 소음으로 그를 후려치고 있었을 것이다.

내게 생각이 하나 떠올랐는데······.

"시도도 하지 마. 넌 아직 그 정도 수준은 아니야. 해머 대위조차도 아직 그 단계로 올라가지 못했어. 그걸 시도하다간 넌 아주 심한 내상을 입게 될 거다." 시장은 다시 나를 바라봤다. "하지만 넌 배울 수 있어, 토드. 넌 아주 많이 발전할 수 있다. 프렌티스타운에서부터 날 따라왔던 그 불쌍한 얼간이들보다도 훨씬 더. 불쌍한 콜린스는 단순한 집사 정도로 써먹을 수 있고 해머 대위는 흔해빠진 사디스트일 뿐이지만 너,

토드 너." 그의 눈이 번뜩였다. "넌 군대를 이끌 수 있어."

"나는 군대를 이끌고 싶지 않아."

시장이 싱긋 웃었다. "너에겐 선택의 여지가 없을지도 모르지."

"누구에게나 선택의 여지는 있어." 바이올라가 옆에서 말했다.

"아, 사람들은 그렇게 말하길 좋아하더군. 그러면 기분이 좋아지니까." 시장은 내게 다가와 내 눈을 똑바로 들여다봤다. "나는 너를 계속 지켜봐 왔어, 토드. 사람을 죽일 수 없는 아이. 사랑하는 바이올라를 구하기 위해 자신의 목숨까지 던지는 아이. 자신이 저지르는 끔찍한 짓들에 너무 큰 죄책감을 느껴서 모든 감정을 차단하려고 했던 아이. 자신이 밴드를 채운 여자들의 얼굴에 나타난 모든 고통, 모든 아픔의 경련 하나까지 여실히 느끼는 아이."

시장은 허리를 숙여 내게 얼굴을 더 가까이 들이댔다. "자신의 영혼을 잃지 않으려는 아이."

시장이 느껴졌다. 시장이 이제 내 소음 속에 들어와 여기저기 뒤지고, 이것저것 뒤집어 놓으면서 내 머릿속 방을 헤집고 있었다. "난 나쁜 짓들을 저질렀어." 내가 말했다. 난 이 말을 할 생각이 없었는데.

"하지만 넌 그것 때문에 고통받았지, 토드." 시장의 목소리는 이제 부드럽고, 다정하기까지 했다. "네가 바로 너의 가장 큰 적이지, 내 의도보다 훨씬 더 심하게 너 스스로를 벌주고 있었잖아. 남자들에겐 소음이 있어. 그들은 그것을 다루면서 스스로를 조금씩 죽여가지. 하지만 너는 그러고 싶을 때조차도 그러지 못해. 토드, 너는 내가 본 사람 중에 가장 감정이 살아 있어."

"닥쳐." 나는 시장을 외면하려고 애썼지만 실패했다.

"하지만 그런 면이 바로 널 강하게 만들지, 토드 휴잇. 이 무감각하고 정보 과부하인 세상에서 감정을 느낄 수 있는 능력이란 정말 희귀한 재능이거든."

나는 두 손으로 귀를 막았지만, 그의 목소리가 머릿속에서 들렸다.

"내가 무너뜨릴 수 없는 유일한 사람이 바로 너야, 토드. 절대 타락하지 않는 사람. 손에 아무리 많은 피를 묻히더라도 항상 순수함을 잃지 않는 사람. 자신의 소음 속에서 날 여전히 시장이라고 부르는 유일한 사람."

"난 순수하지 않아!" 나는 여전히 두 귀를 막은 채 소리 질렀다.

"넌 내 옆에서 이 세상을 지배할 수 있어. 네가 나의 부사령관이 될 수 있다. 너의 소음을 통제하는 법을 배운다면 심지어 나를 능가하는 힘을 가지게 될지도 몰라."

그러더니 내 온몸에서 이 말이 천둥처럼 울려 퍼졌다.

나는 원이고 원은 나다.

"멈춰!" 바이올라가 지르는 소리가 들렸지만 몇 킬로미터 밖에서 나는 것처럼 멀게 느껴졌다.

시장이 내 어깨에 한 손을 올렸다. "네가 내 아들이 될 수 있어, 토드 휴잇. 나의 진정한 후계자. 난 항상 이런 아들을 원했……."

"아버지?" 마치 안개를 가르며 날아온 총알처럼 이 모든 것을 가르며 한 소리가 날아들었고, 우리 모두 그걸 들었다.

내 머릿속 소음이 멈추고 시장이 갑자기 뒤로 물러났다. 다시 숨통이 트인 듯한 느낌이 들었다.

데이비가 한 손에 소총을 든 채, 데드폴을 데리고 계단 앞까지 와서 우리 셋을 바라보며 서 있었다. "이게 다 무슨 일이에요? 저기 땅바닥에 쓰러져 있는 남자들은 누구예요?"

"넌 여기서 뭐 하는 거냐? 벌써 전투에서 이긴 거니?" 시장은 얼굴을 찌푸리며 쏘아붙였다.

"아뇨, 아버지." 데이비는 우리를 향해 잔해 더미를 넘어오면서 말했다. "그 정보는 가짜였어요." 데이비는 내 의자 옆으로 다가와 고개를 끄덕이며 인사했다. "안녕, 토드." 그리고 바이올라를 힐끗 봤지만 그녀와 눈을 마주치지는 못했다.

"뭐가 가짜라는 거야?" 시장이 다그쳤다. 이미 화가 난 표정이었다.

"해답은 언덕을 넘어오지 않았어요. 우리는 숲속 깊은 곳까지 행군했지만 거기엔 아무 흔적도 없고, 아무것도 없었어요."

바이올라가 순간 헉 소리를 냈다. 감추려고 했지만 기쁨과 놀라움에 찬 소리가 자신도 모르게 새어 나온 것이다.

시장이 바이올라를 매서운 눈빛으로 바라보면서 생각하고 또 생각하는 표정을 지었다.

그러더니 소총을 들어 그녀에게 겨눴다.

"뭐 하고 싶은 말 없니, 바이올라?"

40

변한 건 아무것도 없고, 모든 게 변했다

〈바이올라〉

토드는 이미 의자에서 벌떡 일어나 나와 시장 사이에 섰다. 그의 소음이 너무나 크게 격노해서 시장마저도 한 발자국 뒤로 물러섰다.

"네 안에 있는 그 힘이 보이니, 얘야? 그래서 바이올라가 심문당하는 걸 지켜보게 한 거야. 너의 고통이 널 강하게 만들지. 그걸 이용하는 법을 가르쳐 줄게. 그리고 우리 함께……."

"바이올라를 다치게 하면 당신 사지를 찢어버리겠어." 토드가 천천히, 아주 분명하게 말했다.

시장이 미소를 지었다. "네 말을 믿는다." 그러더니 소총을 들어 올렸다. "그렇다 해도."

"토드." 내가 불렀다.

토드가 고개를 돌렸다. "이자는 바로 이런 식으로 이기는 거야. 우리를 서로에게 불리한 쪽으로 이용해 먹는다고. 네가 말한 것처럼, 음, 이제 이것도 여기서 끝나야……."

나는 일어서려고 했지만 내 바보 같은 발목이 말을 들어먹지 않아서 비틀거렸다. "토드……." 토드가 날 잡으려고 손을 뻗었지만…….

데이비가…….

데이비가 내 팔을 잡아 부축한 후에 다시 의자에 앉혔다. 그러면서도 나와 눈은 마주치지 않았다. 토드와도. 자신의 아버지와도. 그가 나를 놔주고 다시 뒤로 물러나는 동안 창피해하는 그의 소음이 노란색으로 물들었다.

"이런. 고맙다, 데이비드." 시장은 놀라움을 감추지 못하고 그렇게 말했다. "자." 시장은 이제 내게 돌아서면서 말했다. "네가 해답의 진짜 공격 계획을 알려준다면 기쁘겠는데."

"아무 말도 하지 마." 토드가 말했다.

"나는 아는 게 없어. 리가 분명 거기 도착해서……."

"그럴 만한 시간이 없었다는 건 너도 알잖아. 무슨 일이 일어났는지 너도 알 텐데, 바이올라? 네 선생님이 다시 한번 널 속인 거야. 만약 그 폭탄이 계획대로 폭발했다면 네가 가짜 정보를 가지고 있었다고 해도 상관없었겠지. 너와 나는 죽었을 테니까. 하지만 네가 잡힌다면, 흠, 그렇다면 최고의 거짓말은 자기가 하는 말이 진실이라고 믿는 거니까." 시장이 말했다.

나는 아무 대꾸도 하지 않았다. 리가 우연히 엿들은 말로 선생님이 어떻게 날 속일 수 있겠나 싶었지만…….

그러다가 다시 생각해 보니…….

선생님은 리가 그 말을 엿듣길 원했다.

리가 내게 그 이야기를 하지 않고는 못 배길 거라는 걸 알았으니까.

"선생의 계획이 완벽하게 맞아떨어졌군. 그렇지, 바이올라?" 저물어가는 해 그림자가 시장의 얼굴을 까맣게 물들였다. "반전에 반전, 거짓말 위에 또 거짓말을 쌓고, 선생은 자기가 원하는 방식으로 널 가지고 놀았던 거야."

나는 시장을 노려봤다. "선생님이 당신을 이길 거야. 선생님은 당신만큼이나 가차 없는 사람이니까."

시장은 활짝 미소를 지었다. "아니, 나보다 더하다고 해야겠지."

"아버지?" 데이비가 물었다.

시장은 자기 아들이 거기 있는 걸 잊어버린 것처럼 눈을 깜박였다. "왜, 데이비드?"

"어, 저기 군대는요?" 데이비의 소음은 당혹스러움과 분노로 가득 차 있었고, 지금 아버지가 하는 짓을 이해하려고 애쓰면서 안절부절못한 채 혼란스러워했다. "우린 어떻게 해야 해요? 이제 어디로 가죠? 해머 대위가 아버지의 명령을 기다리고 있어요."

겁에 질린 뉴 프렌티스타운 사람들의 소음이 집집마다 바깥으로 스며 나왔지만 창밖으로 얼굴을 내미는 사람은 없었다. 언덕 위쪽에선 시커멓게 일그러진 채 윙윙거리는 군인들의 소음이 떠다녔다. 언덕 양쪽에 있는 군인들의 모습이 여기서도 보였다. 그들은 서로의 껍데기 위로 굴러떨어지면서도 끊임없이 걸어가는 검은 딱정벌레 행렬처럼 반짝거렸다.

그런데 우리는 여기서 시장과 그의 아들과 함께 사방이 툭 터진 성당의 폐허 속에 앉아 있다. 마치 이 행성에 유일하게 남은 생존자들처럼.

시장이 다시 나를 돌아봤다. "그래, 바이올라, 말해봐. 우린 이제 어떻게 해야 하지?"

"당신은 이제 그만 내려와야지. 당신은 패배해야 해." 나는 눈도 깜박이지 않고 그를 똑바로 노려보며 말했다.

시장이 나를 보며 피식 웃었다. "그건 또 어디서 나온 소리일까, 바이올라? 넌 똑똑한 아이잖아. 넌 뭔가 들은 게 분명해. 선생의 진짜 계획에서 어떤 단서를 본 게 확실하다고."

"바이올라는 당신에게 말하지 않아." 토드가 말했다.

"난 말할 수 없어. 아는 게 없으니까."

그리고 생각했다. 난 정말 아무것도 몰라…….

다만 그 동쪽 도로에 대해 선생님이 한 그 말…….

"난 기다리고 있다, 바이올라. 토드를 죽일 각오로." 시장이 총을 들어 토드의 머리를 겨냥하며 말했다.

"아버지? 지금 뭐 하시는 거예요?" 데이비의 소음에서 충격이 터져 나왔다.

"신경 쓰지 마, 데이비드. 네 말로 다시 돌아가라. 해머 대위에게 전할 메시지를 줄 테니까."

"아버지가 지금 토드에게 총을 겨누고 있잖아요."

토드가 고개를 돌려서 데이비를 바라봤다. 나도 바라봤다. 시장도 그랬다.

"토드를 쏠 건 아니죠? 그러시면 안 돼요." 데이비의 뺨이 이제 붉게 달아올랐다. 어찌나 시뻘건지 해가 져서 어두워지고 있는데도 아주 잘 보였다. "아버지가 토드는 둘째 아들이라고 했잖아요."

데이비가 자신의 소음을 감추려고 노력하는 동안 불편한 침묵이 흘렀다.

"권력이라고 하는 것이 어떤 의미인지 이제 알겠지, 토드? 네가 내 아들에게 얼마나 큰 영향을 미쳤는지 보란 말이다. 너에겐 이미 추종자가 생겼어."

데이비는 나를, 내 눈을 똑바로 바라봤다. "그들이 어디 있는지 말해. 제발 우리 아버지에게 말해." 데이비의 소음에는 지금 전개되고 있는 상황에 대한 걱정과 근심이 가득 차 있었다.

나는 다시 토드를 돌아봤다.

토드는 데이비의 소총을 보고 있었다.

"그래, 바이올라. 말해. 아니면 이렇게 해보는 게 어떻겠니? 너의 짐작을 말해봐라. 그들이 서쪽에서 오고 있을 것 같니?" 시장은 고개를 들어 폭포가 있는 쪽을, 지평선에서 가장 높은 지점을 바라봤다. 거기서 태양이 언덕 밑으로 지그재그 내려오는 도로 너머로 사라지고 있었다. 내가 내려왔던 그 길, 다시는 돌아가지 않았던 바로 그 도로로. 시장은 다시 고개를 돌렸다. "어쩌면 북쪽일지도 모르지. 하지만 그러려면 어떻게든 강을 건너야겠지? 아니면 동쪽 언덕으로 오나? 그래, 어쩌면 네 선생님이 통신 탑을 폭파시켜서 네가 너의 동료들과 연락할 기회를 날려버린 바로 그 언덕으로 올지도 모르지."

나는 이를 악물었다.

"그렇게 배신을 당했는데도 아직까지 충성한단 말이지?"

나는 아무 대꾸도 하지 않았다.

"각기 다른 방향으로 군대들을 나눠서 보내면 되잖아요, 아버지. 그러면 어디서든 오겠죠." 데이비가 말했다.

시장은 잠시 기다리면서 우리를 내려다봤다. 그러더니 마침내 데이비에게 고개를 돌려서 말했다. "가서 해머 대위에게……."

그때 멀리서 **쾅** 소리가 들려서 시장은 말을 잇지 못했다.

"저긴 완전 동쪽인데." 데이비가 말하는 사이에 우리 모두 고개를 들어 그쪽을 바라봤다. 다만 그쪽 성당 벽이 남아 있어서 볼 순 없었지만.

동쪽이다.

선생님이 말한 바로 그 도로다.

선생님은 거짓이 진실이고 진실이 거짓이라고 내가 믿게 만들었다.

여기서 빠져나가게 되면 진짜 한판 붙어야겠군.

"심문 본부가 있는 곳이군. 그렇지. 거기 말고 달리……."

시장은 갑자기 말을 멈추고 고개를 갸웃거리면서 바깥에서 나는 소리를 들었다. 몇 초 지난 후에 우리도 그 소리를 들었다. 누군가가 성당 뒤쪽에서 우리가 왔던 길을 지나 성당 옆으로 돌아와서 전속력으로 헉헉거리며 달려오고 있었다.

아까 도망친 빨간 머리 보초였다. 그는 지금 상황이 어떤지 제대로 알아차리지도 못한 채 폐허가 된 성당 안으로 허겁지겁 들어오며 소리쳤다. "오고 있어요! 해답이 오고 있다고!"

시장에게서 소음이 폭발하듯 터져 나오자 붉은 머리 병사는 뒤로 물러나 숨을 골랐다. "진정해, 병사. 무슨 일인지 똑똑히 말해봐라." 시장의 목소리는 뱀처럼 매끄러웠다.

그 병사는 제대로 숨도 쉬지 못하고 계속 헉헉거렸다. "그들이 심문 본부를 장악했습니다. 보초들을 다 죽였어요." 그는 고개를 들어 시장의 눈을 보며 말했다.

"물론 그랬겠지. 얼마나 왔던가?" 시장은 계속 그 빨간 머리 병사의 눈을 들여다보면서 물었다.

"200명이요. 하지만 그들이 죄수들을 풀어주고 있습니다." 빨간 머리 병사는 이제 눈을 깜박이지 않았다.

"무기는?"

"소총들. 예광탄들. 발사 장치들. 수레 뒤쪽에 공성포도 몇 개 실려 있었습니다." 병사는 여전히 시장에게서 눈을 떼지 않았다.

"전투 상황은 어떤가?"

"맹렬하게 싸우고 있습니다."

시장은 한쪽 눈썹을 치켜올리면서 병사에게 눈길을 고정했다.

"맹렬하게 싸우고 있습니다, 각하." 병사는 여전히 눈을 깜박이지 않으며 말했다. 마치 아무리 애를 써도 시장에게서 눈을 뗄 수 없는 것 같았다. 멀리서 또다시 **쾅** 소리가 울렸고 시장과 병사만 뺀 다른 사람 모두가 그 소리에 움찔했다. "그들은 전쟁을 하러 왔습니다, 각하."

시장은 계속 병사를 뚫어져라 바라봤다. "그럼 자네가 그들을 막으려고 노력해야지, 안 그래?"

"네?"

"그 소총을 들고 해답이 자네의 도시를 파괴하는 걸 막아야지."

병사는 혼란스러워하는 표정이었지만 여전히 눈은 깜박이지 않았다. "제가….."

"자네가 최전방에 서야지, 병사. 지금은 어려운 시기잖아."

"지금은 어려운 시기입니다." 병사는 마치 자기가 하는 말을 듣지 못하는 것처럼 중얼거렸다.

"아버지?" 데이비가 불렀지만 시장은 무시했다.

"뭘 기다리나, 병사? 지금은 싸울 때다."

"지금은 싸울 때입니다."

"가!" 시장이 갑자기 소리를 꽥 지르자 빨간 머리 병사는 휙 움직여서 아까 왔던 길로 돌아가 소총을 들고 앞뒤가 맞지 않는 소리를 지르며,

해답을 피해 도망쳐 나왔던 때처럼 이제는 죽을힘을 다해 그들을 향해 달려갔다.

우리는 경악해서 아무 말도 못 하고 그가 달려가는 모습만 지켜봤다.

시장은 입을 떡 벌린 채 그를 노려보는 토드에게로 고개를 돌렸다. "그렇지, 토드. 그편이 훨씬 낫네."

"당신은 저 사람을 죽인 거나 마찬가지야. 당신이 뭔 짓을 했건……."

"나는 그저 저놈에게 자신의 의무를 깨닫게 해줬을 뿐이야. 그 이상도 그 이하도 아니야. 자, 이 토론이 아주 흥미롭긴 하지만 나중에 마무리 짓기로 하지. 유감스럽지만 데이비가 너희 둘을 묶어야겠다."

"아버지?" 데이비가 또다시 경악해서 부르짖었다.

시장이 그를 바라봤다. "그다음에 말을 타고 해머 대위에게 가서 신속하게 전군을 이끌고 내려오라고 해." 시장은 군대가 기다리고 있는 머나먼 언덕 위를 바라봤다. "이제 이 사달을 끝낼 때가 됐다."

"전 묶을 수 없어요, 아버지. 토드잖아요."

시장은 아들을 보지도 않았다. "난 참을 만큼 참았다, 데이비드. 내가 지시를 내리면……."

쾅!

시장이 말을 멈췄고, 우린 모두 고개를 들어 소리가 들리는 쪽을 바라봤다.

이번에는 달랐으니까. 아까와는 다른 소리가 났으니까. 낮게 쉬익 소리가 들리고 나서 우르르 소리가 대기를 채우기 시작했다. 소리는 시간이 지날수록 점점 요란해졌다.

토드는 혼란스러운 표정으로 나를 바라봤다.

나는 어깨만 으쓱했다. "나도 저런 소리는 처음 들어봐."

그 우르르 소리가 점점 커지면서 어두워져 가는 하늘을 가득 채웠다.

"저건 폭탄 소리 같지는 않은데." 데이비가 말했다.

시장이 나를 바라봤다. "바이올라, 거기에……."

시장은 말을 멈추고 고개를 돌렸다.

그리고 우리 모두 깨달았다…….

소리가 나는 쪽은 동쪽이 아니었다.

"저기 저쪽이에요." 데이비가 손을 들어 폭포 쪽, 해가 지면서 하늘이 밝은 분홍색으로 물들어 가고 있는 곳을 가리켰다.

시장이 다시 나를 바라봤다. "저건 단순한 예광탄 소리치고는 너무 큰데." 시장의 얼굴이 딱딱해졌다. "해답에게 미사일이 있나?" 시장은 단번에 내 앞으로 성큼 다가와 날 내려다보고 섰다. "해답이 미사일을 만들었어?"

"물러서!" 토드가 소리를 꽥 지르면서 우리 사이에 끼어들려고 했다.

"난 이게 뭔지 알아낼 거야, 바이올라! 그러니까 지금 말해!" 시장이 외쳤다.

"난 저게 뭔지 몰라!"

토드는 계속 소리를 지르며 시장을 협박했다. "바이올라에게 손가락 하나라도 대면……."

"소리가 점점 커지고 있어요!" 데이비가 고함을 지르면서 두 손으로 자기 귀를 막았다. 우리 모두 고개를 돌려서 서쪽 지평선에 떠오르는 점 하나가 저물어 가는 태양 속에서 잠시 사라졌다가 다시 나타나 점점 커지는 모습을 바라봤다.

그것이 도시를 향해 곧바로 날아오고 있었다.

"바이올라!" 시장이 고함을 지르면서 이를 악물며 내게 소음을 날려 보냈지만, 남자들은 어떨지 몰라도 내게는 아무것도 느껴지지 않았다.

"난 모른다고!" 내가 소리를 꽥 질렀다.

그때 그걸 계속 보고 있던 데이비가 말했다. "저건 우주선이에요."

41

데이비 프렌티스의 순간

〈토드〉

그건 우주선이었다.

망할 우주선이었다.

"너와 같이 온 사람들." 내가 바이올라에게 말했다.

바이올라는 고개를 흔들었다. 하지만 아니라는 말은 안 하고 폭포 위로 올라오는 그걸 물끄러미 바라봤다.

"정착민들이 탄 우주선치고는 너무 작은데." 데이비가 말했다.

"너무 이르기도 하고." 시장이 그렇게 말하면서 이렇게 먼 곳에서도 격추시킬 수 있을 것처럼 그것을 향해 겨냥했다. "적어도 두 달은 있어야 올 텐데."

하지만 바이올라는 그들의 말이 하나도 들리지 않는 것처럼 그것만 뚫어져라 쳐다봤다. 그녀의 얼굴에 떠오르는 희망이 고통스러울 정도로 생생해서 내 마음이 다 아팠다. "정찰선." 바이올라가 속삭였다. 목소리가 아주 작아서 들은 사람은 나뿐이었다. "또 다른 정찰선이야. 날 찾으러 왔어."

나는 다시 고개를 돌려 우주선을 바라봤다.

그것은 언덕 꼭대기를 지나 강 위로 날아갔다.

몇 달 전, 아주 오래전에 늪지 뒤쪽에 추락해 부모님이 돌아가시고 바이올라 혼자 오도 가도 못하는 신세가 됐던 그 우주선과 똑같은 우주선. 그건 여전히 집채만 했고, 뭉툭한 양 날개는 너무 짧아서 그것만으로 어떻게 허공에 뜨는지 궁금할 정도였다. 우주선은 꼬리 쪽으로 불을 뿜어내면서 강 아래쪽으로 계속 날아가며 내려오고 있었다.

우리는 다가오는 우주선을 지켜봤다.

"데이비드. 내 말 준비해라." 시장이 계속 그 우주선에서 눈을 떼지 않은 채 말했다.

하지만 데이비는 계속해서 하늘만 바라봤다. 그의 소음은 경이와 놀라움으로 가득 차 활짝 열려 있었다.

나는 그가 어떻게 느낄지 정확히 알았다.

신세계에서는 새들을 제외하고는 아무것도 날아다니지 않는다. 도로를 달리는 자전거와 차가 몇 대 있지만 우리는 주로 말과 소와 수레를 타고 걸어 다닌다.

우리에게 날개는 없다.

우주선이 강으로 내려와 성당에 가까워지면서, 우리 머리 위를 지나갔다. 그것은 멈추지 않고 날아갔다. 너무 가까워서 우주선 밑에 있는 불빛들이 보이고, 거기서 뿜어져 나오는 배기가스 때문에 하늘이 열기로 희미하게 일렁거리는 모습도 보였다. 우주선은 우리가 있는 성당 바로 위를 지나 강 하류 쪽으로 향했다.

해답이 있는 동쪽으로.

"데이비드!" 시장이 사납게 불렀다.

"내가 일어서는 것 좀 도와줘. 저들에게 가야 해. 가야 한다고." 바이올라가 속삭였다.

그녀의 눈에는 몹시 흥분한 기색이 떠올라 있었고, 호흡은 거칠었다. 날 보는 눈빛이 너무나 강렬해서 손으로 건드리면 만질 수 있을 것만 같았다.

"아, 토드가 도와줄 거다. 넌 나랑 같이 갈 거니까." 시장이 총으로 겨냥하며 말했다.

"뭐라고요?"

"저들은 네 사람들이잖아, 바이올라. 그들은 네가 어디 있는지 궁금할 거야. 내가 너를 그들에게 곧장 데려다줄 수 있지." 시장은 그렇게 말하면서 나를 슬쩍 봤다. "아니면 슬프게도 우주선이 추락했을 때 네가 죽었다고 말할 수도 있고. 어느 쪽을 원하니?"

"난 당신과 같이 가지 않아. 당신은 거짓말쟁이에 살인자⋯⋯."

시장이 바이올라의 말을 잘라버렸다. "데이비드, 내가 바이올라를 저 우주선으로 데리고 가는 동안 넌 토드를 감시하고 있어." 그는 그렇게 말하고 다시 바이올라를 바라봤다. "내 아들이 얼마나 총질을 못 해서 안달인지는 네가 직접 겪어봤을 테니 협조하는 게 좋을 거다."

바이올라는 화가 머리끝까지 나서 데이비를 바라봤다. 나도 그를 봤다. 데이비는 한 손에 소총을 든 채 나와 자기 아버지를 번갈아 보고 있었다.

데이비의 소음이 미친 듯이 날뛰었다.

그 소음이 데이비가 날 쏠 일은 절대 없을 거라고 분명히 말했다.

"아버지?"

"이제 애처럼 굴지 좀 마라, 데이비드." 시장이 얼굴을 찌푸리면서 데이비와 눈을 마주치려고 애쓰다가…….

아들과 정통으로 눈을 마주 봤다.

"넌 내가 시키는 대로 할 거야. 너는 토드가 가져온 밧줄로 그를 묶고 내가 새로 도착한 손님들과 함께 돌아올 때까지 감시하고 있을 거다. 모든 게 평화롭고 행복해질 거야. 새로운 세상이 시작될 거다."

"새로운 세상." 데이비가 중얼거렸다. 그의 눈이 빨간 머리 병사처럼 게슴츠레해졌고, 의문과 의심이 소음에서 밀려 나갔다.

데이비는 아버지의 의지에 굴복하고 있었다.

내게 좋은 아이디어가 하나 떠올랐다.

날 용서해줘, 데이비.

"네 아버지가 너에게 그런 식으로 말하게 놔둘 거야, 데이비?"

데이비가 눈을 깜박였다. "뭐라고?"

그가 아버지에게서 눈길을 돌렸다.

"네 아버지가 나와 바이올라에게 총을 겨누게 놔둘 거야?"

"토드." 시장이 경고했다.

"당신이 듣는다고 하는 그 모든 소음들." 나는 여전히 데이비를 보면서, 그에게서 눈을 떼지 않으며 시장에게 말했다. "당신은 모든 걸 안다고 하지만 아들 마음은 잘 모르잖아, 안 그래?"

"데이비드." 시장이 아들을 불렀다.

하지만 이제 데이비의 눈길을 사로잡은 사람은 나다.

"네 아버지가 또다시 자기 마음대로 하게 놔둘 거야? 아무 상도 주지 않으면서 항상 이래라저래라 너를 부려먹게 놔둘 기냐고?"

데이비는 불안한 표정으로 나를 보면서 눈을 계속 깜박여 자기 아버지가 그의 머릿속에 심어 넣은 흐릿한 기운을 떨쳐버리려고 애썼다.

"저 우주선이 모든 걸 바꿀 거야, 데이비. 새로운 사람들이 오고 있어. 이 도시를 꽉 채울 만한 사람들이 와서 이 똥통을 전보다 나은 곳으로 바꿔놓을 거야."

"데이비드." 시장이 아들을 부르며 날카로운 소음을 그에게 홱 날렸다. 데이비가 움찔했다.

"그만 좀 해요, 아버지."

"넌 누가 그 우주선에 먼저 도착하길 바라니, 데이비? 나와 바이올라가 가서 도움을 청하길 바라? 아니면 네 아버지가 가서 그들까지 지배하는 거?"

"입 다물어! 너 지금 누가 총을 갖고 있는지 까먹은 거냐?" 시장이 말했다.

"총은 데이비에게도 있어." 내가 대꾸했다.

데이비가 자신이 총을 들고 있다는 사실을 기억해 내는 모습을 우리 모두 지켜보면서 잠시 상황이 정지했다.

시장이 또다시 소음을 날리자 데이비가 움찔했다. "맙소사, 아버지. 그 빌어먹을 것 좀 그만하라고요!"

하지만 데이비는 다시 아버지 쪽을 바라봤다.

그때 시장이 다시 아들의 시선을 붙들었다.

"토드를 묶고 내 말을 가져와, 데이비드." 시장이 아들을 보면서 말했다.

"아버지?" 데이비가 조용해진 목소리로 말했다.

"내 말. 내 말은 밖에 있다." 시장이 말했다.

"저 둘 사이에 끼어들어. 눈이 서로 마주치지 못하게 하라고!" 바이올라가 낮게 속삭였다.

내가 움직였지만 시장이 데이비에게서 눈을 떼지도 않고 곧바로 총을 바이올라에게 겨눴다. "한 발짝만 움직여 봐, 토드."

나는 멈춰 섰다.

"내 말을 가져와, 아들. 그리고 우리 둘이 나란히 서서 새 정착민들을 맞자꾸나. 넌 내 왕자가 될 거야." 그는 아들에게 미소를 지어 보이며 말했다.

"네 아버지는 전에도 그렇게 말했어. 하지만 네게 한 말이 아니었지." 내가 데이비에게 말했다.

"널 조종하는 거야! 자기 소음을 이용해서……." 바이올라가 소리 질렀다.

"제발 바이올라에게 조용히 하라고 해라." 시장이 말했다.

"조용히 해, 바이올라." 데이비의 목소리는 조용하고, 눈은 깜박이지 않았다.

"데이비!" 내가 소리 질렀다.

"토드는 그저 널 조종하려는 거야, 데이비드. 처음부터 그랬던 것처럼 말이야." 그렇게 말하는 시장의 목소리가 점점 올라갔다.

"뭐라고?" 내가 말했다.

"처음부터." 데이비가 중얼거렸다.

"네 진급을 누가 막았다고 생각하니, 아들아?" 시장은 데이비의 뇌 한가운데에 그 말을 꽂아 넣고 있었다. "네가 잘못한 일을 누가 내게 죄다 이르는 것 같니?"

"토드?" 데이비가 힘없이 말했다.

"거짓말이야. 나를 봐!"

하지만 데이비는 과부하되고 있었다. 그는 아버지를 뚫어져라 보면서 그 자리에 얼어붙어 꼼짝도 하지 않았다.

시장이 깊은 한숨을 쉬었다. "내 손으로 직접 해야 할 것 같군."

그는 앞으로 나오면서 손에 든 권총을 우리에게 휘둘렀다. 그리고 바이올라를 움켜잡고 억지로 일으켜 세웠다. 바이올라는 발목에서부터 올라오는 통증에 비명을 질렀다. 나는 자동적으로 도와주려고 움직였지만, 시장이 바이올라를 자기 앞으로 밀어버리면서 바로 총으로 그녀의 등을 겨눴다.

나는 고함을 지르려고, 시장을 위협하려고, 욕을 하려고 입을 벌렸지만…….

데이비가 먼저 입을 열었다.

"저게 착륙하고 있어요." 데이비가 조용히 말했다.

우리는 모두 동쪽으로 고개를 돌렸다. 우주선이 천천히 한 바퀴 돌면서 시내 동쪽에 있는 언덕 꼭대기 주위를 날았고…….

한때 통신 탑이 서 있던 그곳에…….

우주선이 그곳을 다시 돌더니 우듬지 뒤를 맴돌다가…….

천천히 내려가면서 우리의 시야에서 사라졌고…….

나는 데이비 쪽으로 돌아서서 멍해진 채 혼란스러워하는 눈을 봤지만…….

그는 이제 아버지에게서 눈을 떼서…….

그 우주선을 보고 있었고…….

그러다가 고개를 돌려서 나를 봤을 때…….

"토드?" 이제 막 잠에서 깬 것처럼 나를 불렀고…….

데이비의 총이 바로 거기, 그의 손에 걸려 있었고…….

그리고 또 한 번…….

날 용서해 줘.

나는 몸을 앞으로 날려서 데이비에게서 그 총을 낚아챘다. 데이비는 저항도 하지 않고, 그냥 총이 자기 손을 빠져나가 내 손에 잡히게 가만있었다. 나는 그 총을 들어서 공이치기를 잡아당긴 후 시장에게 겨눴다.

시장은 미소를 지은 채 여전히 바이올라의 등에 총을 겨눴다.

"그러니까 이젠 비긴 셈이 됐나?" 시장은 입이 찢어져라 활짝 웃으며 물었다.

"바이올라를 놔줘." 내가 말했다.

"제발 그 총을 토드에게서 다시 뺏어, 데이비드." 그러나 시장은 계속 나를, 총을 가지고 있는 나를 봐야 했다.

"그러지 마, 데이비."

"그만해!" 데이비가 외쳤다. 그의 목소리는 잠겼고, 소음은 점점 커져 갔다. 데이비가 두 손을 들어 자신의 머리를 부여잡는 게 느껴졌다. "제발 둘 다 그만할 수 없어?"

하지만 시장은 여전히 나를 바라봤고, 나는 시장을 바라봤다.

우주선이 착륙하는 어마어마하게 거대한 소리가 도시 위로, 다시 언덕을 행군해서 내려오는 군대의 소음 위로, 멀리서 해답이 쾅쾅 폭탄을 터트리며 진군하는 소리 위로, 그리고 우리 주위에서 겁에 질린 채 그들의 미래가 이 순간, 바로 지금 이 순간에 달려 있는 걸 모른 채 숨어 있는 뉴 프렌티스타운 주민의 소음 위로, 서로 총을 든 채 대치하고 있는 나와 시장 위로 울려 퍼졌다.

"바이올라를 놔줘."

"난 그럴 생각 없어, 토드." 시장에게서 소음이 우르르 몰려나오는 소리가 들렸다.

"난 지금 방아쇠에 손가락을 올려놓고 있어. 소음으로 나를 칠 생각이라면 당신은 죽은 목숨이야."

시장이 싱긋 웃었다. "좋아. 하지만 네가 스스로에게 물어봐야 할 것은, 나의 친애하는 토드, 네가 마침내 그 방아쇠를 당기기로 결심했을 때 나보다 더 빨리 쏠 수 있을까? 나를 죽이면 네가 사랑하는 바이올라도 죽지 않겠어? 그런 일이 벌어지면 그걸 감당하고 살 수 있겠니?" 시장이 고개를 숙이면서 물었다.

"당신은 죽을 거야."

"바이올라도 죽겠지."

"해, 토드. 이자가 이기게 놔두지 마." 바이올라가 말했다.

"이 사람이 이기는 일은 없을 거야." 내가 말했다.

"토드가 네 아비에게 총을 겨누게 놔둘 거니, 데이비드?" 시장이 물었다.

하지만 시장은 여전히 나를 바라보고 있었다.

"시대가 변하고 있어, 데이비. 우리 모두 앞으로 어떤 시대를 맞을지 결정해야 해. 너도 그 결정을 내려야 하고." 나는 계속 시장을 보면서 말했다.

"왜 꼭 이런 식으로 해야 하는데? 우리 모두 같이 갈 수 있잖아. 우리 모두 말을 타고……." 데이비가 말했다.

"아니, 데이비드. 그렇게는 할 수 없어." 시장이 말을 잘랐다.

"그 총 내려놔. 그 총 내려놓고 이걸 그만 끝내지." 내가 말했다.

시장의 눈이 번득였다. 나는 이제 무슨 일이 일어날지 알았고…….

"하지 마." 나는 눈을 사정없이 깜박이면서 시장의 어깨 너머를 봤다.

"넌 이길 수 없어." 시장의 목소리가 내 머릿속에서 두 배, 세 배, 일개 군단으로 늘어나서 외쳐댔다. "넌 날 쏠 수 없고, 바이올라의 목숨을 보장할 수 없어, 토드. 우리 모두 네가 절대 그런 위험을 무릅쓰지 않을 거라는 걸 알아."

시장은 한 발자국 앞으로 나가면서 바이올라를 밀었다. 바이올라는 또다시 발목 통증 때문에 소리를 질렀다.

하지만 나는 한 발자국 뒤로 물러섰다.

"이 사람의 눈을 보지 마." 바이올라가 말했다.

"그러려고 노력하고 있어." 그러나 내가 말하는 와중에도 시장의 목소리가 머릿속으로 들어왔다.

"이건 패배가 아니야, 토드." 내 머릿속에 있는 그의 목소리가 너무 커서 뇌가 진동하는 것처럼 느껴졌다. "난 내가 죽길 원치 않는 것처럼 너의 죽음도 바라지 않아. 내가 아까 한 말은 다 사실이었어. 널 내 옆에 두고 싶다. 그 우주선에서 누가 나오건 그 사람들과 우리가 만들어갈 미래에 너도 함께하길 바란다."

"닥쳐."

하지만 시장은 계속해서 앞으로 다가왔다.

나는 여전히 뒷걸음쳤고.

그러다가 데이비보다도 더 뒤로 물러났다.

"나는 바이올라 너도 해치고 싶지 않다. 처음부터 너희 둘에게 미래를 약속했잖니. 그 약속은 아직도 유효해."

시장을 바로 보고 있지 않는데도 그의 목소리가 머릿속에서 윙윙거리면서 나를 찍어 눌러서 그냥 내가…….

"이자가 하는 말 듣지 마! 이 사람은 거짓말쟁이야." 바이올라가 소리질렀다.

"토드. 난 너를 내 아들로 생각한다. 정말이야."

그때 데이비가 내 쪽으로 돌아섰다. 그의 소음이 희망으로 치솟아 올랐다. "제발, 토드. 너 아버지 말 들었지?"

데이비의 소음이 나에게 다가왔다. 그의 간절한 마음, 걱정스러운 마음이 마치 손길처럼 나를 향해 다가와 제발 그 총을 내려놓고 모든 걸 괜찮게 만들어 달라고, 이 모든 걸 멈춰달라고 부탁하고 애원했다.

"우린 형제가 될 수 있어……."

그리고 나는 데이비를 봤고…….

데이비의 눈에 비친 나, 그의 소음에 있는 나를 보고, 시장이 내 아버지고 데이비가 내 형제고 바이올라가 우리의 누이인 그의 생각을…….

데이비의 입술에 떠오르는 희망 찬 미소를…….

그리고 오늘 세 번째로 애원해야 했다…….

용서해 줘.

나는 데이비에게 총을 겨눴다.

"바이올라를 놔줘." 나는 차마 데이비의 얼굴을 보지 못한 채 시장에게 말했다.

"토드?" 데이비가 이맛살을 찌푸렸다.

"놔주라니까!" 나는 쏘아붙였다.

"안 그러면 어쩔 건데, 토드? 데이비드를 쏠 거니?" 시장이 놀렸다.

데이비의 소음에 수많은 의문과 함께 놀라움과 충격이 확 치솟았고…….

배신감이 그걸 점점 키웠고…….

"대답해, 토드. 안 그러면 어쩔 거냐고?" 시장이 다시 물었다.

"토드?" 데이비가 다시 나를 불렀다. 아까보다 목소리가 낮았다.

나는 데이비의 눈을 잠시 본 후 다시 외면해 버렸다.

"안 그러면 데이비를 쏘겠어. 당신 아들을 쏘겠다고."

데이비의 소음에서 실망이, 너무나 진한 진흙 같은 실망감이 뚝뚝 떨어져 내렸다. 그의 소음에선 더 이상 분노조차 읽을 수 없었다. 그래서 마음이 더 착잡했다. 데이비는 내게 덤벼들거나, 나를 주먹으로 한 대 치거나, 나와 몸싸움을 해서 총을 뺏을 생각조차 하지 않았다.

데이비의 소음에는 내가 그에게 총을 겨누고 있는 모습만 맴돌았다.

그의 유일한 친구가 그에게 총을 겨누고 있었다.

"미안해." 내가 속삭였다.

하지만 데이비는 내 말을 들은 것 같지 않았다.

"내가 네 일기장을 줬잖아. 네 엄마 일기장을 돌려줬잖아."

"바이올라를 놔줘!" 나는 데이비에게서 눈을 떼고 소리 질렀다. 스스로에게 화가 나서 목소리가 커졌다. "아니면 신에게 맹세코……."

"그럼 그렇게 해. 어디 한번 쏴봐." 시장이 말했다.

데이비가 시장을 봤다. "아버지?"

"어쨌든 저놈은 아들로서 별 쓸모가 없어. 내가 왜 저 자식을 최전방에 보냈겠어? 적어도 저놈이 영웅으로 죽길 바랐던 거야." 시장은 여전히 총으로 바이올라를 앞으로 가라고 쿡쿡 밀었다.

바이올라의 얼굴에 고통스러워하는 표정이 떠올랐다. 발목 때문만은
아니었다.

"저놈은 소음을 다루는 법도 익히지 못했지." 시장은 데이비를 보면
서 계속 말했다. 데이비의 소음은…….

데이비의 소음이 어땠는지는 말할 수 없다.

"내가 내린 지시 하나 제대로 처리하지 못했어. 널 잡아오지도 못했
고, 바이올라를 보살피지도 못했지. 네가 그에게 영향을 미쳤을 때만
좀 나아지더라, 토드."

"아버지……." 데이비가 입을 뗐다.

하지만 그의 아버지는 그를 무시했다.

"네가 바로 내가 바라던 아들이야, 토드. 항상 너였어. 이런 아무짝에
도 쓸모없는 놈은 단 한 번도 바란 적 없다."

데이비의 소음은…….

아, 맙소사. 데이비의 소음은…….

"바이올라를 놔줘! 안 그러면 데이비를 쏠 거야. 그렇게 한다니까!"
나는 더 이상 시장이 하는 말을 듣지 않으려고 소리를 질렀다.

"넌 쏘지 않아. 네가 살인자가 아니라는 건 모두가 알고 있어, 토드."
시장이 다시 미소를 지으며 말했다.

시장은 다시 바이올라를 앞으로 밀었고…….

바이올라는 고통스러워서 비명을 질렀고…….

바이올라…….

바이올라…….

나는 이를 악물고 총을 들어…….

공이치기를 당기고…….

그리고 진실을 말했다…….

"난 바이올라를 구하기 위해서라면 살인을 할 거야."

시장이 조금씩 앞으로 나아가다가 멈췄다. 그는 나와 데이비를 보다
가 다시 나를 봤다.

"아버지?" 데이비의 얼굴은 형편없이 뒤틀리고 일그러져 있었다.

시장은 나를 다시 보며 내 소음을 읽었다.

"네가 그런단 말이지? 네가 데이비드를 죽인단 말이지, 이 애를 위해
서." 시장의 목소리는 조금 작아졌다.

데이비는 다시 나를 봤다. 그의 눈은 젖어 있었지만 서서히 분노도
올라오고 있었다. "하지 마, 토드. 하지 마."

"바이올라를 놔줘. 당장." 내가 다시 말했다.

시장은 여전히 나를 봤다가 데이비를 보면서 내 말이 진심이란 걸,
내가 정말로 총을 쏘리라는 걸 알았다.

"그 총 내려놔. 이제 다 끝났어." 나는 차마 데이비의 눈을 보지 못하
고, 그의 소음을 읽지 않은 채 딱딱거렸다.

시장이 숨을 길게 한 번 들이마시더니 내쉬었다.

"좋다, 토드. 네 뜻대로 해주마."

그리고 시장은 바이올라에게서 물러섰다.

내 어깨에 힘이 풀렸다.

그리고 시장이 총을 쐈다.

42

최종전

〈바이올라〉

"토드!" 내가 소리 질렀다. 총이 탕 발사되는 소리가 내 귀 옆을 휙 날아가면서 토드를 제외한 모든 것을 지웠다. 이 세상은 토드가 괜찮은지 아닌지, 그가 총을 맞는지 아닌지에 대한 생각 하나로 줄어들었다.

하지만 토드가 아니었다.

토드는 여전히 총을 들고 있었고……

토드는 총을 쏘지 않았고……

토드는 데이비 바로 옆에 서 있었고……

데이비가 무릎을 꿇고 주저앉았고……

그러다가 돌무더기를 치면서 쓰러져 작은 먼지 구름이 두 개 피어올랐고…….

"아버지?" 그렇게 묻는 데이비의 목소리는 새끼 고양이처럼 애원하는 듯했고…….

그러다가 기침을 하는 데이비의 입술에서 피가 쏟아져 나왔고…….

"데이비?" 토드의 소음은 마치 자신이 총을 맞은 것처럼 홱 치솟아 올랐고…….

나는 봤다…….

데이비의 가슴 높은 곳, 그의 제복을 뚫고 들어가 그의 목 바로 밑에 구멍이 뚫려…….

토드가 그에게 달려가, 옆에 무릎을 꿇고 앉았고…….

"데이비!" 토드가 소리를 질렀고…….

하지만 데이비의 소음은 계속 자기 아버지만 빤히 바라봤고…….

그의 의문이 사방으로 퍼졌고…….

그의 얼굴에 경악한 표정이 떠올랐고…….

그의 손이 상처를 만져보려고 가슴 위로…….

그가 다시 기침을 했고…….

그러다가 구역질을 했고…….

토드도 시장을 봤고…….

그의 소음이 격노했고…….

"당신 대체 무슨 짓을 한 거야?" 토드가 소리를 질렀고…….

〈토드〉

"당신 대체 무슨 짓을 한 거야?"

"이 상황에서 그 아이를 뺀 거지." 시장이 차분하게 대답했다.

"아버지?" 데이비가 다시 아버지를 부르면서 피투성이 손을 뻗었지만…….

그의 아버지는 나만 보고 있었다.

"네가 항상 진정한 내 아들이었다, 토드. 잠재력을 가진 아이, 힘이 있는 아이, 내 옆에서 날 보필하는 게 자랑스러울 아이."

아버지? 데이비의 소음이 불렀고…….

시장이 하는 이 모든 말을 듣고 있었고…….

"당신은 빌어먹을 괴물이야. 내가 당신을 죽일 거야." 내가 말했다.

"넌 나와 하나가 될 거다. 네가 그럴 거라는 걸 너도 알잖니. 그저 시간문제일 뿐이야. 데이비는 약해빠지고 수치스러운……."

"닥쳐!" 내가 버럭 소리를 질렀다.

토드? 그 소리가 들렸고…….

내가 아래를 바라보자…….

데이비가 날 올려다보고 있었고…….

그의 소음이 소용돌이치고 있었고…….

그리고 **토드**……?

토드……?

미안해…….

미안해…….

"데이비, 그러지 마……." 내가 입을 뗐지만…….

하지만 데이비의 소음이 여전히 소용돌이쳤고…….

그리고 그게 보였고…….

내 눈에 보였고…….

진실이…….

마침내 그 진실이…….

데이비가 내게 진실을 보여줬다…….

그동안 내게 숨긴 진실…….

벤 아저씨에 대한 진실…….

정신없이 폭풍처럼 몰아치는 소음의 소용돌이 속에서…….

벤 아저씨가 데이비를 향해 도로 위를 달려가는 모습…….

데이비의 말이 앞다리를 들어 올리며 서는 모습…….

데이비가 말에서 떨어지면서 총을 쏘는 모습…….

그 총알이 벤 아저씨의 가슴에 맞는 모습…….

벤 아저씨가 비틀거리며 뒷걸음치다가 덤불 속으로 쓰러지는 모습…….

데이비가 너무 겁이 나서 아저씨를 쫓아가지 못하는 모습…….

그 후에 너무 두려워서 내게 진실을 말하지 못하는 모습…….

내가 데이비의 유일한 친구가 된 후에…….

일부러 그러려고 한 건 아니었어.

"데이비…….."

미안해. 데이비는 생각했고…….

그 말은 진심이었고…….

데이비는 미안해했고…….

그 모든 일에 대해…….

프렌티스타운에서 일어난 일에 대해…….

바이올라에 대해…….

벤 아저씨에 대해…….

그가 저지른 모든 실패와 잘못에 대해…….

그의 아버지를 실망시킨 것에 대해…….

그리고 데이비는 고개를 들어 나를 보고…….

내게 애원했고…….

내게 애원했고…….

마치 내가 데이비를 용서할 수 있는 유일한 사람인 것처럼……

마치 내게 그럴 힘이 있는 것처럼…….

토드……?

제발…….

내가 할 수 있는 말이라곤 "데이비"뿐이었고…….

데이비의 소음에 있는 두려움과 공포가 너무 커서…….

너무나 커서…….

그러다가 멈췄다.

데이비는 눈을 뜬 채, 나를 빤히 보면서, 계속 자신을 용서해 달라고 부탁하는(내가 맹세하건대) 눈으로 날 보며 축 늘어졌다.

데이비는 그 자리에 그대로 누워 있었다.

데이비 프렌티스가 죽었다.

〈바이올라〉

"당신은 미쳤어." 나는 뒤에 서 있는 시장에게 말했다.

"아니. 너희가 처음부터 옳았어. 너희 둘 다. 너를 조종하는 일에 이용할 수 있을 정도로 사랑하는 존재가 있으면 안 되는 법이야." 시장이 말했다.

이제 해는 졌지만 하늘은 여전히 분홍색으로 물들어 있었고, 마을의 소음은 여전히 거대했고, 멀리서 또다시 폭탄이 **쾅!** 터지는 소리가 나면서 해답이 다가오고 있었다. 우주선은 이제 분명히 착륙했을 것이다. 우주선의 문이 열리고 있을 것이다. 누군가, 아마 시몬 왓킨이나 브래들리 텐치, 내가 아는 사람들, 나를 아는 사람들이 바깥을 내다보면서 그들이 착륙한 곳이 어떤 곳인지 궁금해하고 있을 것이다.

토드는 데이비 프렌티스의 시체 옆에 무릎을 꿇고 그를 내려다보고 있었다.

그러더니 고개를 들었는데…….

부글부글 끓어오르면서 활활 타오르는 토드의 소음에서 비탄과 수치심과 격노가 들렸고…….

토드가 일어섰고…….

총을 들었고…….

토드의 소음 속에서 나와 내 뒤에 서서 내게 총을 겨눈 채 승리감에 젖어 두 눈을 번득이는 시장이 보였다.

나는 토드가 뭘 할지 정확히 알았다.

"해." 그렇게 말하는 나의 심장이 철렁했지만, 그게 옳은 일이고…….

토드가 총을 들어 시장의 눈을 겨냥했고…….

"해치워!"

그때 시장이 날 세게 밀어서 다리에 번개 같은 통증이 화악 치밀어 올랐고, 나는 참을 수 없어 비명을 지르며 앞으로, 토드를 향해, 땅바닥을 향해 쓰러졌고…….

시장이 다시 그 짓을 하고 있었고…….

날 이용해 토드를 조종하려는 짓…….

토드도 어쩔 수 없으니까…….

토드는 날 잡으려고 몸을 날렸고…….

쓰러지는 나를 잡으려고…….

그때 시장이 공격했다.

〈토드〉

내 뇌가 폭발하면서 시장이 내게 날린 모든 것과 함께 타오르며 맹렬하게 날뛰었고, 그것은 따귀처럼 찰싹 후려친 수준이 아니라 마치 불타오르는 금속이 나의 중심을 정통으로 찌르고 들어오는 것 같은 느낌이었고, 내가 쓰러지는 바이올라를 잡기 위해 펄쩍 뛰어 몸을 날린 순간 그것이 날 너무나 세게 때려서 머리가 징 하고 울리면서 다시 내 속으로 들어왔고, 그것은 시장의 목소리인 동시에 어찌된 일인지 모르겠지만 내 목소리이기도 했고, 역시 영문을 모르겠지만 바이올라의 목소리이기도 한 그 모든 것이 한 목소리로 **넌 아무것도 아니야 넌 아무것도 아니야 넌 아무것도 아니야 넌 아무것도 아니야**…….

바이올라와 나의 몸이 하나가 되어 움직였고, 우리가 서로의 몸에 차례로 굴러떨어지면서 그녀의 머리 위쪽이 내 입술을 쳤고, 그러는 내내 **넌 아무것도 아니야 넌 아무것도 아니야 넌 아무것도 아니야** 소리가 들리면서 바이올라가 내 품으로 쓰러졌고, 우리는 함께 돌무더기 위에 떨어졌고 **넌 아무것도 아니야 넌 아무것도 아니야 넌 아무것도 아니야** 소리가 사이렌처럼 울리며 내 뇌의 지붕을 찢고 나갔고, 내 총이 떨어져서 바닥에 튕겨 올랐다가 데굴데굴 굴러갔고, 바이올라의 몸이 내게 기대 있는 게 느껴졌고, 달 반대편에 있는 것 같은 그녀의 목소리가 들렸고, 그녀가 나를 불렀고, **넌 아무것도 아니야** 바이올라가 "토드"를 불렀고, **넌 아무것도 아니야 넌 아무것도 아니야** "토드!" 바이올라가 내 이름을 외쳤고, 나는 마치 물속에서 그녀를 보는 듯했고, 바이올라가 땅바닥에 손을 짚고 일어서서 나를 보호하려고 애쓰는 모습을 지켜봤고, 시장이 소총으로 뒤통수를 쳐서 바이올라가 바닥에 쓰러지는 모습이 보였고…….

내 머리는 부글부글 끓었고…….

내 머리는 부글부글 끓었고…….

내 머리는 부글부글 끓었고…….

넌 아무것도 아니야 넌 아무것도 아니야 넌 아무것도 아니야 넌 아무것도 아니야 넌 아무것도 아니야…….

바이올라의 눈이 감기는 것이 보였고…….

나를 누르는 그녀의 몸이 느껴졌고…….

나는 바이올라를 생각하고…….

바이올라!

바이올라!!!

그러자 시장은 마치 뭔가에 쏘인 것처럼 내게서 허겁지겁 물러났다.

"와우." 시장이 그렇게 중얼거리면서 고개를 흔드는 동안 나는 눈을 깜박여서 여전히 내 머릿속에서 윙윙거리는 소리를 털어버렸다. 내 눈에 다시 초점이 돌아왔고 내 생각도 원래대로 돌아왔다. "너에게 대단한 힘이 있다고 말했잖니, 얘야."

그렇게 말하는 시장의 눈은 크고 환하며 열망에 가득 차 있었다.

그러더니 다시 소음으로 나를 후려쳤다.

그러면 막을 수 있을 것처럼 나도 모르게 두 손을 번쩍 들어 귀에 갖다 댔지만(총은 안 잡고) 그 소음은 귀로 듣는 것이 아니어서 그는 내 머릿속에, 내 속에, 마치 내 속에 나는 없는 것처럼 마음대로 침범해 들어왔고, **넌 아무것도 아니야 넌 아무것도 아니야 넌 아무것도 아니야** 소리가 내 소음을 휩쓸어 묻어버리면서 다시 날 후려쳤고, 마치 내가 주먹으로 나를 힘껏 치면서 외치는 것 같았고, **넌 아무것도 아니야 넌 아무것도 아니야 넌 아무것도 아니야**…….

나는 바이올라를 생각했지만 나는 사라지고 있었고, 시장의 소음 속으로 점점 깊이 떨어지면서 힘을 잃었고, 내 뇌는 덜거덕덜거덕 요란한 소리를 냈고…….

바이올라…….

〈바이올라〉

바이올라, 마치 협곡의 바닥에서 나는 듯한 그 소리가 들렸다. 시장이 휘두른 총에 맞은 뒤통수에서 피가 나면서 아팠고, 내 얼굴은 먼지 바닥에 처박혀 있었고, 내 눈은 반쯤 뜨고 있었지만 아무것도 보이지 않았고…….

바이올라, 다시 그 소리가 들렸다.

나는 눈을 번쩍 떴다.

토드가 바위들 사이로 허겁지겁 들어가면서 두 손으로 귀를 막고 눈을 질끈 감은 채…….

시장이 토드를 내려다보고 서 있었다. 그리고 전에 들은 것과 똑같이 요란하고 날카로우며 레이저처럼 환한 소음이 토드에게 사정없이 날아들었고…….

바이올라, 덜거덕거리는 요란한 소리 속에서…….

나는 눈을 떴고…….

나는 소리를 질렀고…….

〈토드〉

"**토드!**" 어딘가에서 고함이 들렸고…….

그건 그녀였고…….

그건 그녀였고…….

그녀가 살아 있었고…….

그녀가 나를 부르는 소리가 들렸고…….

바이올라…….

바이올라…….

바이올라…….

신음이 들리면서 내 머릿속에 있는 소음이 다시 멈췄고, 내가 눈을
뜨자 시장이 비틀거리며 뒤로 물러섰고, 그는 한 손을 귀에 대고 있었
는데 그건 다른 사람들이 반사적으로 보이는…….

소음 공격을 받았을 때 보이는 반응이었다.

바이올라, 나는 시장을 향해 다시 생각했지만 그는 고개를 숙이고
총을 들어 나에게 겨눴다. 나는 다시 생각했고…….

바이올라.

또 한 번…….

바이올라.

그러자 시장은 뒤로 물러나다가 데이비의 몸에 걸려 넘어져서 돌무
더기 속으로 떨어졌고…….

나는 바닥에 손을 짚고 일어섰고…….

그녀에게 달려갔고…….

〈바이올라〉

토드가 내게 달려와서 활짝 벌린 두 손을 뻗어 내 어깨를 잡고 나를
일으켜 앉히면서 말했다. "너 다쳤니? 다쳤어? 다쳤…….."

"시장이 총을 가지고…….."

그러자 토드가 돌아봤고…….

〈토드〉

내가 돌아보자 시장이 일어서서 날 보며 다시 소음을 날렸고, 나는 몸을 굴려서 공격을 피했지만 내가 바위 위로 비틀거리며 총을 떨어뜨린 곳으로 가는 사이에 그것이 날 따라오는 소리가 들렸고…….

그때 총성이 한 발 들렸고…….

내 손 앞에서 먼지가 허공으로 피어올랐고…….

나는 멈춰서…….

고개를 들었고…….

시장이 날 똑바로 노려보고 있었고…….

바이올라가 다시 내 이름을 부르는 소리가 들렸고…….

바이올라가 이 상황을 이해하고 있다는 걸 알았고…….

바이올라가 내 이름을 불러야 내가 정신을 차린다는 걸 그녀는 이해했고…….

그런 식으로 나는 바이올라를 무기로 쓸 수 있고…….

"시도도 하지 마, 토드." 시장이 날 향해 겨눈 총구를 내려다보며 말했고…….

그때 머릿속에서 시장의 목소리가 들렸고…….

공격이 아니라…….

뱀처럼 매끄러운, 스르륵스르륵 다가오는 목소리…….

내가 내리는 모든 선택을 장악하는 목소리…….

그 모든 선택을 자기 것으로 만들어 버리는 그 목소리…….

"넌 더 이상 싸우지 않는다." 시장이 말했고…….

내게 한 발자국 다가왔고…….

"넌 더 이상 싸우지 않을 것이고, 그걸로 끝날 거다……."

나는 시장을 외면했지만…….

다시 몸을 돌려야 했고…….

다시 몸을 돌려서 시장의 눈을 봐야 했고…….

"내 말을 들어, 토드……."

내 두 귀 사이에서 그 목소리가 쉭쉭거렸고…….

그의 뜻에 따르는 건 너무나 쉬웠고…….

그냥…….

그냥 뒤로 물러나서 그가 하라는 대로 하면…….

"안 돼!" 내가 소리를 꽥 질렀고…….

하지만 나는 이를 악물고 있었고…….

시장은 여전히 그 자리에 서 있었고…….

여전히 나를 조종하려 애썼고…….

나는 그렇게 할 것이고…….

그렇게 할 것이고…….

넌 아무것도 아니야…….

나는 아무것도 아니고…….

"바로 그거야, 토드." 시장이 그렇게 말하면서, 나를 향해 다가와 총으로 겨냥하며 말했다. "넌 아무것도 아니야."

나는 아무것도 아니고…….

"하지만." 시장이 말했고…….

그의 목소리는 내 마음속 가장 깊은 곳을 스윽 할퀴고 지나가는 속삭임이었고…….

"하지만." 시장이 말했고…….

"내가 널 대단한 사람으로 만들어 줄 거야."

나는 시장의 눈을 똑바로 바라보았고…….

그 심연 같은 두 눈으로 내가 떨어지는 게 느껴졌고…….

그 어두운 심연 속으로…….

그때 내 눈 가장자리에서…….

〈바이올라〉

나는 있는 힘껏 돌을 던지면서, 그 돌이 내 손을 떠나는 순간 리가 말했던 것처럼 내 겨냥이 정확하길 기도하며…….

제발, 주여…….

만약 당신이 거기 있다면…….

제발…….

탁!

그 돌이 시장의 관자놀이에 명중했고…….

〈토드〉

갑자기 뭔가가 확 찢어지는 느낌, 마치 내 소음의 한 가닥이 확 찢기는 것 같은 느낌이 들었고…….

그때 심연이 사라졌고…….

그것이 내 소음에서 쫓겨나면서…….

시장이 한쪽으로 휘청거리며 관자놀이를 잡았는데 이미 피가 뚝뚝 떨어지고 있었고…….

"**토드!**" 바이올라가 소리 질렀고…….

내가 그녀를 바라봤고…….

돌을 던지느라 힘껏 뻗은 그녀의 팔을 봤고…….

나는 그녀를 봤다…….

나의 바이올라.

나는 일어섰다.

〈바이올라〉

토드가 일어섰다.

토드는 당당하게 우뚝 섰고…….

나는 다시 목청껏 그의 이름을 불렀고…….

"토드!"

이게 뭔가 영향을 미치니까…….

그에게 뭔가 영향을 미치니까…….

그를 위해 뭔가 영향을 미치니까…….

시장은 틀렸다…….

그는 언제나 틀렸다…….

뭔가에 조종당할 정도로 누군가를 깊이 사랑해선 안 된다는 말은 틀
렸다.

그 무엇에도 결코 조종당하지 않을 정도로 누군가를 깊이 사랑해야
한다는 말이 옳다.

사랑은 약점이 아니라…….

가장 큰 강점이니까…….

"토드!" 나는 다시 소리를 질렀고…….

그가 나를 봤고…….

그의 소음 속에서 내 이름을 부르는 소리가 들렸고…….

나는 안다…….

마음으로 절절하게 알고 있다…….

지금 이 순간…….

토드 휴잇…….

우리가 함께 이루지 못할 일은 없고…….

우리는 이길 것이고…….

〈토드〉

반쯤 주저앉은 채, 시장이 옆머리를 누른 손가락 사이로 피를 뚝뚝 흘리며 고개를 들었고…….

고개를 돌려 잔뜩 찡그린 얼굴로 나를 봤고…….

또다시 소음이 날아왔는데…….

그런데…….

바이올라.

나는 그 소음을 후려쳐서 시장에게 돌려보냈고…….

시장이 움찔하면서 피했지만…….

다시 공격을 시도했고…….

바이올라.

"당신은 우리를 이길 수 없어." 내가 말했고…….

"난 할 수 있어. 내가 이길 거야." 시장이 이를 악물고 대답했다.

바이올라.

시장이 다시 움찔했고…….

그가 총을 들려고 했지만…….

내가 소음으로 그를 세게 후려쳤고…….

바이올라.

시장은 총을 떨어뜨리고 비틀거리면서 뒤로 물러났고…….

그의 소음이 윙윙거리면서 내게 날아와 내 머릿속을 비집고 들어오려 하는 소리가 들렸고…….

하지만 그는 지금 머리가 아팠고…….

내 공격 때문에…….

아주 끝내주게 던진 바이올라의 돌 때문에…….

"이게 정확히 뭘 증명한다고 생각하니? 너에겐 힘이 있지만 그걸 어떻게 써야 할지 모르고 있어." 시장이 뱉어내듯 말했다.

바이올라.

"난 아주 잘하고 있는 것 같은데."

그러자 시장이 이를 악문 채 피식 웃었다. "그렇단 말이지?"

그때 내 손이 덜덜 떨리고 있는 걸 알아챘고…….

내 소음이 날아가면서 환한 물체처럼 지글지글 타는 소리가 나는 걸 알아챘고…….

밑에 있는 내 발이 더 이상 느껴지지 않았고…….

"그걸 제대로 하려면 연습이 필요해. 안 그러면 네 머리가 박살 난다." 시장은 그 말을 하면서 허리를 펴고 일어서서 다시 내 눈을 똑바로 보려고 애썼다. "내가 한 수 가르쳐 줄 수 있는데."

바로 그 순간 때맞춰서 바이올라가 소리 질렀다. "**토드!**"

그때 나는 모든 걸 쏟아부어서 그를 후려쳤고…….

내 뒤에 있는 그녀의 모든 힘까지…….

모든 분노와 좌절과 공허함을 다 쏟아서…….

그녀를 볼 수 없던 그 모든 때 느꼈던 감정들…….

내가 걱정했던 순간에 느꼈던 그 모든 감정…….

그 모든 것…….

내가 그녀에 대해 알고 있는 작고 사소한 모든 것…….

나는 그것을 시장의 한가운데를 향해 직구로 날렸고…….

바이올라.

그는 뒤로…….

쓰러져서…….

눈동자가 하염없이 돌아갔고…….

머리도 뒤틀렸고…….

다리도 휘면서…….

그렇게 쓰러져서…….

땅바닥에 쿵 쓰러져서…….

꼼짝도 못 하고 누워 있었다.

〈바이올라〉

"토드?" 내가 불렀다.

토드는 이제 서 있을 수 없을 정도로 온몸을 덜덜 떨었고, 아픈 것처럼 윙윙거리는 소리가 그의 소음을 가르고 지나갔다. 토드는 한 발자국을 떼면서 조금 비틀거렸다.

"토드?" 나는 일어나려고 했지만 발목이…….

"맙소사. 이거 완전 진이 다 빠지는데." 토드는 내 옆에 무너지듯 앉으면서 말했다.

숨을 거칠게 몰아쉬고, 눈은 초점이 풀려 있었다.

"괜찮아?" 나는 토드의 팔에 한 손을 대면서 물었다.

토드는 고개를 끄덕였다. "그런 것 같아."

우리는 다시 시장을 돌아봤다.

"네가 해냈어."

"우리가 해낸 거야." 토드의 소음이 조금 더 또렷해지면서 허리를 펴고 자세를 고쳐 앉았다.

하지만 손은 여전히 떨고 있었다.

"불쌍한 데이비." 토드가 말했다.

나는 토드의 팔을 꽉 잡으며 조용히 말했다. "우주선. 선생님이 먼저 거기에 도착할 거야."

"내가 막을 건데." 토드는 일어섰다가 순간 어지러워했지만, 소음으로 **에이콘**을 불렀다.

수망아지. 그 소리가 또렷하게 들리더니 데이비의 말이 묶여 있던 줄을 잡아당겨서 풀고 돌무더기 폐허 위를 걸어왔다. **수망아지, 수망아지, 수망아지**.

토드. 저쪽 멀리서 그 소리가 들리면서 다가닥 발굽 소리와 함께 앙가르드가 에이콘을 따라와 옆에 서는 게 보였다. "앞으로." 앙가르드가 히이잉거리며 말했다. "앞으로." 에이콘도 대답했다.

"그래, 앞으로 가야지." 토드가 말들에게 말했다.

토드가 내 어깨 밑에 한 팔을 넣고 나를 안아 올렸다. 에이콘이 토드의 소음에서 보고 무릎을 꿇어서 내가 타기 쉬운 자세를 취했다. 내가

안장 위에 앉았을 때 토드가 에이콘의 옆구리를 부드럽게 토닥여서 일
으켜 세웠다.

앙가르드가 토드에게 가까이 다가와 무릎을 꿇으려 했지만 토드는
"아니야, 아가씨"라고 말하며 코를 토닥거렸다.

"뭐라고? 넌 어쩌고?" 나는 놀라서 물었다.

토드는 시장을 향해 고개를 끄덕이면서, 날 외면한 채 말했다. "난 저
자를 처리해야 해."

"처리하다니 무슨 뜻이야?"

토드가 날 지나 앞을 봤다. 나는 고개를 돌렸다. 딱정벌레 행렬 같은
군대가 행군의 진로를 바꿔 이제 언덕 밑까지 다다라 있었다.

군대는 여기로 올 것이다.

"가, 우주선으로 가." 토드가 말했다.

"토드, 넌 저자를 죽일 수 없잖아."

토드가 나를 바라봤다. 소음이 뒤죽박죽으로 헝클어진 채 여전히 몸
을 똑바로 세우려고 애쓰고 있었다. "죽어도 싼 인간이야."

"그렇긴 하지만……."

하지만 토드는 이미 고개를 끄덕이고 있었다. "우리는 우리가 내린
선택들로 만들어지는 존재야."

나도 고개를 끄덕였다. 우리는 서로를 이해하고 있다. "넌 천생 토드
휴잇이야. 다시는 널 잃지 않을 거야."

〈토드〉

바이올라가 다시는 나를 잃지 않겠다고 했을 때, 나는 웃었다.

"너도 알겠지만 나는 시장과 같이 있어야 해. 넌 최대한 빨리 우주선

카오스 워킹 2

으로 가야 하고, 나는 군대가 오는 걸 기다려야 해."

바이올라가 고개를 끄덕였지만 거기엔 슬픔이 어려 있었다. "그다음엔 뭘 할 건데?"

나는 바위 위에 널브러져 있는 시장을 바라봤다. 그는 의식을 잃은 채 작은 소리로 신음하고 있었다.

온몸이 너무나 무겁게 느껴졌다.

하지만 나는 말했다. "시장이 진 걸 보고 군대가 그렇게 불쾌해할 것 같진 않아. 그저 새로운 지도자를 물색하겠지."

바이올라가 피식 웃었다. "그 지도자가 너다?"

"너 가다가 해답을 만나면 어떻게 할 거야?" 나도 웃으며 물었다.

바이올라는 눈가에 떨어진 머리카락을 쓸어 올렸다. "그들에게도 새로운 지도자가 필요할 것 같은데."

나는 앞으로 가서 에이콘의 옆구리에 내 손을 댔다. 바이올라는 날 외면한 채 손을 내려서 나와 손가락이 닿을 때까지 미끄러트렸다.

"네가 거기 가고 내가 여기 남는다고 해서 우리가 헤어진다는 뜻은 아니야." 내가 말했다.

"그건 아니지. 그래, 그건 절대 아니야." 바이올라가 말했다. 내 말의 의미를 바이올라가 이해했다는 걸 알았다.

"다시는 너와 헤어지지 않을 거야. 내 머릿속에서조차도." 나는 계속 우리의 손가락만 보며 말했다.

바이올라가 손을 밀어 내려서 내 손에 깍지를 꼈다. 우리는 깍지를 낀 우리의 손을 바라봤다.

"난 가야 해, 토드."

"나도 알아."

나는 에이콘의 소음을 깊숙이 들여다보면서 도로가 어디 있는지, 그 우주선이 어디 착륙했는지, 그가 얼마나 빨리 달려야 하는지를 보여줬다.

"앞으로." 에이콘은 크고 또렷한 소리로 히이힝거리며 말했다.

"앞으로." 내가 말했다.

나는 다시 고개를 들어 바이올라를 봤다.

"난 준비됐어." 바이올라가 말했다.

"나도." 내가 말했다.

"우리가 이길 거야."

"내 생각에도 그럴 것 같아."

마지막으로 한 번 더.

마지막으로 한 번 더 눈길을.

마지막으로 한 번 더 우리의 영혼까지 바라보고.

나는 에이콘의 옆구리를 세게 때렸다.

그렇게 그들은 출발해서, 돌무더기를 넘어 도로로 내려가 (간절히 바라고 또 바라기를) 우리를 도울 수 있는 사람들을 향해 달렸다.

나는 여전히 땅바닥에 누워 있는 시장을 내려다봤다.

군대가 언덕을 내려오는 소리가 들렸다. 멀어 봤자 3킬로미터 밖에서 나는 소리였다.

나는 밧줄을 찾았다.

밧줄이 보였지만 먼저 잠시 시간을 들여 데이비의 눈을 감겼다.

〈바이올라〉

우리는 나는 듯이 도로 위를 달렸다. 말 등에서 떨어져 목이 부러지지 않도록 안간힘을 쓰는 것밖에 할 수 있는 일이 없었다.

"군인들 조심해!" 나는 뒤로 납작하게 누운 에이콘의 두 귀 사이에 대고 소리쳤다.

해답이 얼마나 마을 깊숙이 들어가는 데 성공했는지, 그들이 나를 도로 위에서 날려버리기 전에 내가 누군지 살펴보기나 할지 알 수 없었다.

선생님이 날 보게 되면 어떤 반응을 할지도 역시 알 수 없었고…….

선생님이 나를 볼 때…….

내가 선생님과 다른 사람들에게 꼭 해야 할 말을 할 때…….

"가능하면 더 빨리 달려봐!" 내가 소리를 지르자 마치 엔진에 불이 붙은 것처럼 에이콘의 몸이 거세게 움직이더니 아까보다 더 빠르게 달리기 시작했다.

선생님은 우주선을 향해 갈 것이다. 거기에는 의심의 여지가 없다. 선생님은 우주선이 착륙하는 것을 보고 곧바로 그쪽으로 향했을 것이다. 만약 선생님이 먼저 도착한다면 내가 그렇게 비극적으로 죽어서 얼마나 유감스러운지 모르며, 해답이 전복시키려고 사력을 다하는 그 독재자를 내가 얼마나 잔인하다고 느꼈는지 모르며, 만약 그 정찰선에 공중에서 쓸 수 있는 무기가 있다면 혹시……, 이런 식으로 이야기를 끌고 갈 것이다.

정찰선에는 그런 무기가 있다.

나는 앉은 자세를 조금 더 낮추면서, 발목에 느껴지는 통증을 참기 위해 이를 악물고 더 빨리 달리려고 안간힘을 썼다.

우리는 오래전에 성당을 지나 덧문을 내린 상점들과 빗장을 지른 집들이 줄줄이 늘어서 있는 거리를 달렸다. 해가 완전히 지고 어두워져

가는 하늘을 배경으로 모든 것이 실루엣으로만 보이기 시작했다.

나는 시장이 쓰러졌다는 걸 해답이 알아내면 어떻게 반응할지 생각했고…….

토드가 그랬다는 걸 알아내면 무슨 생각을 할지 생각했고…….

나는 그를 생각했고…….

나는 그를 생각했고…….

나는 그를 생각했고…….

토드, 에이콘이 생각했다.

우리는 도로를 미친 듯이 질주했고…….

그러다가 멀리서 **쾅** 소리가 나서 안장에서 굴러떨어질 뻔했다.

에이콘도 사정없이 흔들리다가 내가 떨어지지 않도록 몸을 비틀어서 가까스로 멈췄다. 고개를 돌리자…….

도로 저쪽에서 타오르는 불길들이 보였다.

집들이 불에 타는 광경이 보였다.

가게들도.

곡물 창고들도.

그리고 사람들이 연기를 헤치고 이쪽으로 달려오는 모습도 보였다. 군인들이 아니라 민간인들이 어둠 속에서 우리를 지나쳐서 달려갔다.

잠시 멈춰 서서 우리를 볼 새도 없이 쏜살같이 지나가 버렸다.

그들은 해답을 피해 도망치고 있었다.

"선생님이 무슨 짓을 하고 있는 거야?" 나는 큰 소리로 말했다.

불. 에이콘은 발굽으로 길바닥을 초조하게 탁탁 치면서 생각했다.

"선생님이 모든 걸 불태우고 있어. 다 태워버리고 있어."

왜?

왜?

"에이콘……." 내가 입을 떼려던 찰나.

계곡 전체로 낮은 뿔피리 소리가 길게 울려 퍼졌다.

그 소리를 듣자 에이콘은 날카롭게 히이힝 소리를 내며 울었다. 그의 소음에 아무 말 없이 그저 너무나 날카로운 두려움과 공포가 비쳐서 내 심장도 철렁했다. 우리 옆을 지나쳐서 헉헉거리며 달리는 사람들의 소음에서도 그런 두려움이 비쳤다. 수많은 사람이 비명을 지르며 멈춰 서서 내 뒤를, 그들이 달려온 도시를 돌아봤다.

하늘이 너무 어두워서 보이는 것도 별로 없지만 나도 돌아봤다.

멀리서 불빛이, 폭포 옆에 지그재그로 난 도로 위로 불빛들이 보였다.

저기는 군대가 있는 도로가 아닌데.

"저게 뭐지? 저 불빛들은 뭐야? 저 소리는 뭐냐고?" 나는 누구에게랄 것도 없이 그냥 물었다.

그때 내 옆에 멈춰 선 한 남자, 경이로움과 믿을 수 없어 하는 마음과 칼날처럼 선명한 두려움들이 소음 속에서 빙빙 돌고 있는 남자가 속삭였다. "안 돼."

남자가 속삭였다. "안 돼. 그럴 리가 없어."

"뭐라고요? 이게 대체 무슨 일인데요?" 내가 소리 질러 물었다.

그때 계곡 전체에 다시 낮고 긴 뿔피리 소리가 들렸다.

마치 세상의 종말을 알리는 듯한 소리였다.

시작

내가 그의 손을 미처 다 묶기도 전에 시장이 깨어났다.

끙끙거리며 신음하는 시장에게서 아무것도 섞이지 않은, 그가 경계를 풀면서 처음으로 듣게 된 진짜 소음이 점점 크게 흘러나왔다.

이제 시장은 졌으니까.

"진 건 아니야. 잠시 멈춘 것뿐이지."

"닥쳐." 나는 밧줄을 세게 잡아당기며 말했다.

그리고 시장의 앞으로 갔다. 내가 한 공격 때문에 여전히 눈이 흐릿했지만 어쨌든 시장은 미소를 지어 보였다.

나는 개머리판으로 그의 뺨을 후려쳤다.

"아주 작은 소음이라도 내기만 하면." 나는 총구를 그에게 겨냥하며 경고했다.

"알았어. 그러면 네가 쏜다는 거 아냐?" 시장은 피가 흘러내리는 입으로 싱긋 미소를 지으면서 대꾸했다.

나는 아무 대답도 하지 않았다.

그게 내 대답이니까.

시장은 한숨을 쉬면서 스트레칭하듯 목을 뒤로 길게 젖혔다. 그리고 고개를 들어 색유리 창을 올려다봤다. 그 창은 놀랍게도 아직 무너지지 않고 서 있는 벽에 달려 있었다. 두 개의 달이 그 창 너머로 떠올라 창문을 밝혔다.

"다시 여기에 있게 됐구나, 토드. 우리가 처음 제대로 만난 곳 말이야." 시장이 그렇게 말하면서 주위를 둘러보며, 이제 의자에 묶여 있는 사람은 자신이고 내려다보고 있는 사람은 나인 것을 봤다. "모든 건 변하기 마련이지만 변하지 않는 것도 있어."

"기다릴 동안 당신의 헛소리를 들을 필요는 없어."

"뭘 기다린다는 거지?" 시장의 의식이 점점 더 또렷하게 돌아왔다.

그의 소음이 사라져 가고 있었다.

"너 그걸 해보고 싶지, 그렇지? 단 한 번이라도 네가 무슨 생각을 하는지 아무도 모르길 바라잖아."

"닥치라고 했잖아."

"지금 너는 군대에 대해 생각하고 있어."

"닥쳐."

"군대가 정말로 너의 말을 들어줄지 궁금해하고 있군. 바이올라의 사람들이 정말 너를 도와줄지도 궁금해하고……."

"이 망할 놈의 총으로 다시 한 번 갈겨줘?"

"네가 정말로 이긴 건지 궁금해하고 있지."

"난 정말로 이겼어. 당신도 그걸 알고 있고."

그때 멀리서 **쾅** 소리가 또다시 들렸다.

"그 여자가 모든 걸 파괴하고 있어. 흥미롭군." 시장은 소리가 나는 쪽을 보면서 말했다.

"누구 말이야?" 내가 물었다.

"너 한 번도 코일 선생을 만나본 적 없지?" 시장은 두 팔이 묶여 있는 상태로 한쪽 어깨를 스트레칭한 후에 다른 쪽 어깨를 잡아당겼다. "놀라운 여자고, 비범한 적이지. 선생은 나를 상대로 이겼을지도 몰라. 정말 그런 일을 해낼 만한 여자지." 시장은 다시 활짝 미소 지었다. "하지만 네가 먼저 해냈잖아, 그렇지?"

"그 여자가 모든 걸 파괴하고 있다니, 무슨 뜻이야?"

"항상 그렇듯이 내가 한 말 그대로야."

"그 사람이 왜 그런 짓을 하겠어? 왜 모든 걸 다 폭파시키냐고?"

"두 가지 이유에서지. 먼저 자기를 상대로 맞서 싸우기 힘들게 혼란을 일으키지. 두 번째로 싸우지 않으려는 사람들을 위험에 빠뜨려서 자신을 결코 이길 수 없다는 느낌을 주지. 그래야 전쟁이 끝나면 사람들을 다스리기가 훨씬 쉬워지거든. 그 여자 같은 사람에겐 모든 게 전쟁인 거지." 시장은 어깨를 으쓱하며 말했다.

"당신 같은 사람이겠지."

"넌 한 독재자를 다른 독재자로 교체한 것뿐이야, 토드. 내 입으로 이런 말을 하게 돼서 유감이구나."

"난 아무것도 교체하지 않았어. 그리고 조용히 하라고 했잖아."

나는 계속 총을 시장에게 겨냥한 채 앙가르드에게 갔다. 앙가르드는 폐허 속 비좁은 공간에서 우리 둘을 지켜보고 있었다. **토드. 목말라.**

"저 앞쪽에 아직 여물통이 있나? 아니면 그곳도 날아가 버렸나?" 시장에게 물었다.

"날아갔지. 하지만 뒤쪽으로 돌아가면 하나 더 있어. 내 말이 묶여 있는 곳에 말이야. 앙가르드는 거기로 가면 돼."

모페스, 내가 앙가르드에게 시장이 타고 다니는 말의 이름을 떠올리자 앙가르드의 마음에 소음이 떠올랐다.

모페스. 복종해.

"장하다, 우리 아가씨. 당연히 그놈이 복종할 거야." 나는 그렇게 말하면서 앙가르드의 코를 문질렀다.

앙가르드는 장난스럽게 나를 한두 번 밀더니 다가닥 소리를 내며 성당 뒤쪽으로 걸어갔다.

또다시 **쾅** 소리가 들렸다. 순간 바이올라가 걱정됐다. 지금쯤 얼마나 멀리 갔을지 궁금했다. 분명 해답이 있는 곳에 가까워졌을 것이고, 분명⋯⋯.

그때 시장이 슬쩍 몸을 움직이는 소음이 들렸다.

나는 총의 공이치기를 잡아당겼다.

"내가 꿈도 꾸지 말라고 했지."

"너 그거 아니, 토드?" 시장은 마치 우리가 아주 분위기 좋게 점심을 먹고 있는 듯한 투로 말했다. "공격하는 소음은 쉬워. 그냥 마음을 다잡고 너의 소음으로 공격하려는 사람을 최대한 세게 후려치면 돼. 어마어마하게 집중해야 하지만, 일단 요령을 제대로 익히면 어느 정도까지는 네 마음대로 공격을 할 수 있어." 시장은 입 밖으로 피를 조금 뱉어내면서 말했다. "너와 바이올라가 한 것처럼 말이야."

"그 더러운 입에 그 이름은 올리지도 마."

"하지만 그거 말고 다른 거. 다른 사람의 소음을 조종하는 거, 그건 훨씬 까다롭고 어려워. 그건 마치 천 개의 각기 다른 레버를 동시에 올리거나 내리는 동작을 하려는 것과 같아. 물론 어떤 사람, 마음이 단순한 사람에게는 훨씬 잘되는 경향이 있긴 해. 군중을 상대로 할 때도 놀랄 정도로 쉽지. 나는 그걸 유용한 도구로 쓸 수 있을 때까지 몇 년을 노력해 왔는데, 조금이라도 성공한 건 최근 들어서야."

나는 잠시 생각해 봤다. "레저 시장."

"아니, 아니야. 레저 시장은 날 도우려고 안달이 나 있었지. 정치가는 절대 믿어선 안 돼, 토드. 정치가란 줏대가 없는 인종이거든. 레저 시장이 먼저 날 찾아왔어. 네가 꾸는 꿈들이며 네가 한 말들을 정보로 가져왔지. 아니야, 나는 레저 시장을 조종하지 않았어. 그건 그의 평범한 약점일 뿐이야." 시장이 밝은 목소리로 말했다.

나는 한숨을 쉬었다. "제발 좀 조용히 있을 수 없어?"

"내 요지는 오늘에서야 내가 원하는 걸 너에게 억지로 시킬 수 있을 정도의 경지에 다다랐다는 말이야." 시장은 굴하지 않고 이야기를 계속했다. 그러면서 내가 자기 말을 이해했는지 확인하려고 나를 빤히 바라봤다. "오늘에서야 그랬다고."

그때 멀리서 **쾅** 소리가 들리면서 또다시 그럴듯한 이유도 없이 해답이 뭔가를 파괴했다. 너무 어두워서 보이지 않았지만, 지금쯤이면 군대가 여기로 오기 위해 도로 위를 행군하고 있을 것이다.

그리고 밤이 다가오고 있었다.

"당신이 무슨 소리를 하는지 잘 알고 있어. 내가 무슨 짓을 했는지도 잘 알고 있고."

"그건 다 네가 한 짓이야, 토드. 그 스패클들, 그 여자들, 다 네 손으로 한 거라고. 널 조종할 필요는 없었다." 시장이 날 똑바로 보면서 말했다.

"나도 내가 한 짓을 알고 있다고." 나는 다시 낮은 목소리로 말하면서 그 속에 부글부글 끓어오르는 경고 신호를 담았다.

"내 제안은 아직 유효해. 정말 진지하게 하는 말이야. 너에겐 힘이 있어. 그걸 쓰는 법을 내가 가르쳐 줄 수 있어. 넌 내 옆에서 이 땅을 지배할 수 있어." 시장 역시 낮은 목소리로 말했다.

나는 원이고 원은 나다. 그 소리가 들렸다.

"이게 그 원천이야. 너의 소음을 통제하면 너 스스로를 통제하게 돼. 너 스스로를 통제하면 세상을 통제할 수 있지." 시장이 턱을 수그리며 말했다.

"당신은 데이비를 죽였어. 당신이야말로 줏대가 없는 인간이야. 그리고 이젠 정말 빌어먹을 아가리 좀 닥쳐." 나는 그에게 총을 겨냥한 채 다가가 말했다.

그때 저음의 거대한 뿔피리 같은 소리, 아주 강력한 소리가 하늘에서 우르르 퍼져 나왔다.

신이 인간의 주목을 끌고 싶을 때 낼 만한 소리였다.

말들이 히이힝거리는 소리가 들렸다. 집 안에 숨어 있는 뉴 프렌티스 타운 사람들이 경악에 차서 뱉어낸, 필라멘트처럼 얇은 충격의 소음이 우리를 휩쓸고 지나갔다. 질서 정연하게 다가오던 군대의 행군 소리가 일거에 끊기며 모두 혼란에 차 우왕좌왕하는 소음이 들렸다.

시장의 소음이 확 치솟으면서 뒤로 물러났다.

"대체 저게 뭐지?" 나는 고개를 들어 하늘을 올려다보고 주위를 둘러보며 말했다.

"아니야." 시장이 나직이 말했다.

그 목소리에는 일말의 기쁨이 서려 있었다.

"뭐야? 대체 무슨 일이야?" 나는 소총으로 그를 쿡쿡 찔렀다.

하지만 시장은 미소만 지으면서 고개를 돌렸다.

폭포 옆에 있는 언덕을 향해, 시내로 들어오는 지그재그 도로가 있는 쪽을 향해.

나도 그쪽을 바라봤다.

언덕 위에 불빛들이 있었다.

그 불빛들이 지그재그 도로를 내려오기 시작했다.

"오, 토드. 오, 토드, 내 아이. 너는 무슨 짓을 해버린 거니?" 시장의 목소리에서 경이로움과 환희가 솟구쳐 나오고 있었다.

"저게 뭐야? 뭐가 저런 소리를……." 나는 그렇게 하면 좀 더 잘 보일 것처럼 눈을 가늘게 뜨고 어둠 속을 들여다봤다.

두 번째 뿔피리 소리가 울려 퍼졌다. 너무 커서 마치 하늘이 절반으로 접힐 때 나는 소리 같았다.

그때 시내에서 사람들의 소음들이 커지는 것이 느껴졌다. 거기에 너무나 많은 의문이 떠 있어서 그 속에 빠져 죽을 수도 있을 것 같았다.

"말해봐, 토드. 군대가 도착하면 너는 정확히 뭘 할 계획이었지?" 시장은 여전히 밝은 목소리로 물었다.

"뭐라고?" 나는 이맛살을 찌푸린 채 그 지그재그 도로로 뭐가 내려오고 있는지 보려고 애썼지만, 너무 멀고 어두워서 분간할 수 없었다. 그냥 불빛들, 밝게 빛나는 불빛 하나하나가 언덕을 내려오고 있었다.

"나를 인질로 잡고 몸값을 요구할 속셈이었니? 나를 그들에게 넘겨주고 처형하라고 할 생각이었어?" 시장은 여전히 기분 좋은 목소리로 물었다.

"저 요란한 소리는 뭐야? 정착민들이 착륙하는 소리야? 그들이 침략 같은 걸 하는 소리야?" 나는 그의 멱살을 잡고 말했다.

시장은 반짝거리는 눈으로 내 눈을 빤히 보기만 했다.

"그들이 너를 지도자로 추대하고, 너 혼자 힘으로 평화의 시대를 이끌 수 있다고 생각했니?"

"내가 그들의 지도자가 될 거야. 눈 똑바로 뜨고 잘 봐둬." 나는 그의 얼굴에 대고 씩씩거리며 말했다.

그리고 시장을 놓아주고 높이 쌓여 있는 잔해 더미 위로 올라갔다.

이제 사람들이 집 밖으로 고개를 내밀고, 서로를 부르고, 여기저기로 도망치는 모습이 보였다.

그것의 정체가 뭐건 뉴 프렌티스타운 사람들이 밖으로 뛰쳐나오기에 충분한 위력을 가지고 있었다.

그때 뒤통수에서 소음이 윙윙거리는 게 느껴졌다.

나는 홱 돌아서서 다시 시장에게 총을 겨누며 잔해 더미를 내려와 말했다. "내가 말했잖아, 그런 개수작하지 말라고!"

"난 그저 우리의 대화를 계속하려는 것뿐이야, 토드. 이제 네가 군 지휘관이자 이 행성의 대통령이 될 거니까 어떻게 사람들을 이끌 계획인지 아주 궁금해져서 말이야." 시장은 불순한 의도가 하나도 없다는 듯이 말했다.

싱글거리는 그 면상을 주먹으로 한 대 치고 싶었다.

"지금 대체 무슨 일이 벌어지고 있는 거야? 저 언덕으로 뭐가 내려오고 있냐고?" 나는 소리를 질렀다.

그때 거대한 뿔피리 소리가 세 번째로 울려 퍼졌다. 이번에는 아까보다 더 커서 온몸이 울리는 게 느껴질 정도였다.

사람들은 이제 정말로 비명을 지르기 시작했다.

"내 셔츠 앞주머니에 손을 넣어봐, 토드. 한때 네 것이었던 물건이 있을 거야." 시장이 말했다.

나는 그를 빤히 보면서 혹시 다른 꿍꿍이가 있나 표정을 살폈지만, 시장은 그저 바보같이 싱글거리고 있을 뿐이었다.

마치 다시 이기고 있는 것처럼.

나는 총으로 그를 밀면서 남은 한 손을 주머니에 넣어 안을 뒤졌다. 뭔가 단단한 금속성 물질이 스쳤다. 나는 안에 있는 것을 끄집어냈다.

바이올라의 쌍안경.

"정말 쪼그만 게 놀랍단 말이야. 나머지 정착민들이 착륙하는 게 너무나 기대가 돼. 그들이 우리에게 또 어떤 새로운 선물을 갖다줄지 보고 싶거든." 시장이 말했다.

나는 아무 대꾸도 하지 않고 그냥 그 잔해 더미를 다시 올라가서 남은 한 손으로 쌍안경을 잡아 눈에 대고 서툴게 야간 모드를 작동시키려고 애썼다. 이걸 쓴 지도 참 오랜만이라……

마침내 맞는 버튼을 눌렀다.

그러자 초록색과 흰색 계곡이 나타나면서 어둠을 헤치고 도시가 보였다.

나는 쌍안경을 도로 위쪽, 강 위쪽, 언덕의 지그재그 도로 쪽으로, 불빛들이 내려오는 쪽으로 맞췄고…….

그리고…….

그리고…….

아, 맙소사.

의자에 묶인 시장의 웃음소리가 들렸다.

"아, 그렇지, 토드. 그건 너의 상상이 아니라 진짜야."

순간 아무 말도 할 수 없었다.

어떤 말도 나오지 않았다.

어떻게?

어떻게 이런 일이 일어날 수 있지?

스패클 군대가 이 도시를 향해 행군해 오고 있었다.

맨 앞에 있는 스패클들은 갑옷처럼 보이는 것으로 덮인 거대하고 넓적한 생물들의 등에 타고 있었다. 그 생물들의 코끝에는 동그랗게 흰 거대한 뿔 하나가 달려 있었다. 그들 뒤로 대규모 군대가 따라왔다. 이들은 우호적인 목적으로 행군하고 있지 않았다. 그곳에는 지그재그 도로를 내려오는 부대들이 있었고, 폭포 꼭대기에서 언덕 가장자리를 향해 행군해 오는 부대들도 있었다.

그들은 전쟁을 하기 위해 오고 있었다.

그리고 그들은 수천 명에 달했다.

"하지만." 나는 거친 숨을 몰아쉬느라 제대로 말을 할 수도 없었다.

"그들은 다 죽었잖아. 스패클 전쟁 때 모두 죽었다며!"

"모두라고, 토드? 인간은 고작 이 행성의 작은 끄트머리에 살고 있는데, 이 행성에 사는 스패클들이 하나도 남김없이 다 죽었다고? 그게 말이 되는 소리라고 생각하니?"

내가 본 불빛들은 그 거대한 생물의 등에 탄 스패클들이 들고 있는 횃불, 군대를 이끌기 위해 불을 붙인 횃불, 부대들이 운반하는 창, 활과 화살, 몽둥이들을 환하게 밝히는 횃불에서 나오는 것이었다.

모두 무기를 들고 있었다.

"아, 우린 그들을 물리쳤지. 확실히 그들을 수천은 죽였어. 여기서 몇 킬로미터 내에 있는 스패클들은 다 죽였지. 그들은 우리보다 수적으로 상당히 우세했지만, 우리에겐 더 좋은 무기와 더 강력한 동기가 있었거든. 우리는 그들이 다시는 여기로 돌아오지 않는다는 조건하에, 다시는 우리에게 방해가 되지 않는다는 조건하에 이 땅에서 몰아냈어. 물론 전쟁이 끝난 후에 우리의 도시를 재건하기 위해 그중 일부는 살려뒀다가 노예로 부렸지. 그 정도면 공정한 셈이잖아."

이제 시내는 소음으로 난리도 아니었다. 군대의 행군은 멈췄고, 사람들은 여기저기로 달리면서 서로에게 고함을 질러댔다. 그들이 하는 말은 이치에 맞지 않았고, 이 상황을 믿을 수 없어 했으며, 공포로 가득 차 있었다.

나는 다시 잔해 더미를 내려와 시장의 가슴팍을 총으로 세게 찔렀다. "그들이 왜 돌아온 거야? 왜 지금이냐고?"

시장은 여전히 싱글거리고 있었다. "아마도 우리를 어떻게 완전히 없애버릴지 연구하느라 시간이 걸렸겠지, 안 그래? 지금까지 그 오랜 세월 동안 말이야. 내 짐작에 그들은 싸울 이유만 찾고 있었을 거야."

"무슨 이유? 왜?" 나는 그에게 소리를 꽥 질렀다.

그러다가 입을 다물었다.

그 집단 학살.

노예의 몰살.

쓰레기처럼 쌓여 있던 시체들.

"맞아, 토드. 분명 그게 이유일 거야, 안 그래?" 시장은 마치 날씨 이야기를 하듯 고개를 끄덕이며 말했다.

나는 그를 내려다보면서 항상 그렇듯 너무 늦게 진실을 깨달았다.

"당신 짓이야. 물론 당신 짓이지. 당신이 그 스패클들을 하나도 남김

없이 다 죽여놓고 해답이 한 짓처럼 보이게 만들었어. 당신은 저들이 쳐들어오길 바랐던 거야." 나는 총으로 시장의 가슴을 밀면서 말했다.

시장은 어깨를 으쓱하며 입술을 오므렸다. "저들을 상대로 압도적인 승리를 거둘 기회가 오길 바랐던 것 같아, 맞아. 하지만 그 계획의 속도를 앞당겨 줘서 고맙다는 인사를 받아야 할 사람은 너인데."

"나라고?"

"아, 그렇지. 확실히 너야, 토드. 내가 밑 준비를 다 해놓긴 했지. 하지만 그들에게 메신저를 보낸 사람은 너야."

"메신……?"

아니야.

아니야.

나는 돌아서서 다시 잔해 더미 위로 달려 올라가, 쌍안경을 눈에 대고 계속 보고 또 보고 또 봤다.

거기엔 스패클이 너무 많았고, 너무 멀리 있었다.

하지만 거기 있다, 그렇지 않은가?

저기 저 무리 속 어딘가에 있다.

1017.

아, 안 돼.

"그래, 토드. 너로서는 그렇게 말해야 할 것 같다. 내가 그놈을 살려 뒀어. 네가 찾아낼 수 있도록 말이지. 너와 아주 특별한 관계가 있는데도 그 스패클은 너를 별로 안 좋아했지, 안 그래? 네가 아무리 그를 도와주려고 애써도 말이지. 그에게 너는 그를 고문하는 인간들을 대표하는 얼굴이니까. 그가 자신의 형제자매에게 돌아가서 보여줄 얼굴이란 말이지. 지금은 난 절대 네가 되고 싶지 않은데, 토드." 나를 향해 소리치는 시장의 목소리가 들리더니, 나직한 웃음소리가 났다.

나는 돌아서서 사방의 지평선을 바라봤다. 그리고 다시 돌았다. 남쪽으로 가는 군대가 있고, 동쪽으로 가는 군대가 있고, 지금 서쪽에서 행군해 오는 군대가 하나 있었다.

"그리고 우리는 여기 앉아 있지. 이 한가운데에 말이야." 시장은 여전히 침착한 목소리로 말했다. 그리고 어깨로 자신의 코를 긁었다. "정찰선에 탄 저 불쌍한 사람들이 무슨 생각을 하고 있을지 궁금하군."

안 돼.

안 돼.

나는 그들을 전부 볼 것처럼 사방을 다시 한 번 빙 돌았다.

나를 잡으러 오는 그들.

내 마음이 정신없이 달음박질쳤다.

내가 뭘 해야 하지?

내가 뭘 해야 해?

시장은 이 세상에서 가장 한가한 사람인 양 휘파람을 불었다.

그리고 바이올라는 저기 밖 어딘가에 있고…….

아, 맙소사, 바이올라가 저기 어딘가에 있는데…….

"군대. 군대가 저들과 맞서 싸워야 하는데."

"남는 시간에 싸우면 되나? 해답과 싸우다 보면 과연 몇 분이나 남을까?" 시장이 눈썹을 치켜올리며 말했다.

"해답도 우리랑 같이 싸워야지."

"우리?" 시장이 물었다.

"해답이 군대와 함께 싸워야겠지. 그래야 해."

"너 정말 코일 선생이 그렇게 할 거라고 생각하니?" 시장은 싱글싱글 웃었지만, 그의 다리가 위아래로 들썩이고 있었다. 그의 전신에 에너지가 넘쳐흐르고 있었다. "코일 선생은 자기와 스패클들이 공동의 적에 맞서 싸우고 있다고 생각할걸. 내 말 똑똑히 들어. 그 여자는 스패클과 협상하려고 들 거야." 시장은 다시 내 눈을 바라봤다. "그러면 너는 어떻게 될까, 토드?"

나는 힘겹게 숨을 쉬었다. 시장에게 뭐라고 대꾸할 말이 없었다.

"그리고 바이올라는 저 밖 어딘가에 있지. 혼자서." 시장이 내게 그 사실을 다시 상기시켰다.

그렇다.

바이올라가 밖에 있다.

제대로 걷지조차 못하는데.

아, 바이올라, 내가 무슨 짓을 한 걸까?

"이런 상황에서, 애야, 너 정말 군대가 너를 지도자로 원할 거라고 생각하니?" 시장은 마치 그게 세상에서 가장 멍청한 생각인 것처럼 웃었다. "네가 그들을 이끌고 전투에 나갈 거라고, 정말 그렇게 생각해?"

나는 쌍안경을 눈에 댄 채 다시 한 번 빙 돌았다. 뉴 프렌티스타운은 혼란 그 자체였다. 동쪽에서는 건물들이 불타고 있었다. 사람들은 거리를 내달리며 해답을 피해 도망치고, 시장의 군대를 피해 도망치고, 이제는 스패클들을 피해 도망치고 있었다. 그들은 사방으로 달아났지만 갈 곳이 없었다.

다시 거대한 뿔피리 소리가 울리자 몇몇 유리창들이 깨져 나갔다.

나는 쌍안경으로 그 광경을 봤다.

어마어마하게 크고 긴 트럼펫 같은 것, 스패클 넷을 붙인 길이보다 더 긴 악기가 뿔이 달린 생물 두 마리의 등에 실려 있었다. 내가 지금까지 본 스패클 중에 가장 크고 거대한 스패클이 그걸 불고 있었다.

그들은 이제 언덕을 내려와 평지에 도착했다.

"이제 네가 날 풀어줘야 할 때가 된 것 같은데, 토드." 시장의 목소리가 허공에서 낮게 윙윙거렸다.

나는 돌아서서 그를 보며 다시 한 번 총구를 겨눴다. "당신은 날 조종하지 못해. 더 이상은 안 돼."

"그럴 생각도 없어. 하지만 우리 둘 다 이게 좋은 생각이라는 걸 알고 있잖아, 안 그래?"

나는 숨을 거칠게 내쉬며 망설였다.

"너도 알겠지만 나는 전에도 스패클과 전쟁해서 승리했어. 시민들도 그 사실을 다 알지. 군대도 알고. 이제 자신들이 어떤 상황에 처했는지 알게 된 사람들이 날 없애버리고 너를 중심으로 모일 것 같지는 않은데."

나는 아무 말도 하지 않았다.

"그리고 네가 내 뒤통수를 엄청나게 치긴 했지만, 토드, 난 아직도 네가 내 옆에 있기를 바란다. 난 아직도 네가 내 옆에서 싸우길 바라. 우린 이 전쟁에서 함께 승리할 수 있어." 시장은 나를 올려다보며 말했다.

"난 당신과 같이 이기고 싶지 않아. 내가 당신을 이겼어." 나는 총구를 내려다보며 말했다.

시장은 내 말에 동의하는 것처럼 고개를 끄덕이고는 아까 했던 말을 다시 했다. "모든 것이 변하지만 그래도 변하지 않는 게 있지."

나는 성당 쪽으로 점점 다가오는 군대의 발소리를 들었다. 부대 하나가 마침내 혼란 속에서도 정신을 차리고 시내로 들어올 정도로 가까이 온 것이다. 그들이 옆길을 통해 광장으로 향하는 소리가 들려왔다.

시작

시간이 별로 없었다.

"네가 나를 묶은 것도 별로 기분 나쁘지 않아, 토드. 하지만 날 풀어 줘야 해. 그들을 상대로 이길 수 있는 사람은 나뿐이야."

바이올라…….

바이올라, 내가 어떻게 해야 해?

"그래, 바이올라. 그렇지." 시장의 목소리는 나긋나긋하면서 따뜻했다.

"바이올라가 저 밖 어딘가 그들 사이에 혼자 있잖아." 시장은 내가 그의 눈을 똑바로 볼 때까지 기다렸다. "그들이 바이올라를 죽일 거야, 토드. 그들은 그럴 거야. 바이올라를 구할 수 있는 사람은 나뿐이야. 너도 알잖아."

다시 뿔피리 소리가 들렸다.

동쪽에서 또다시 **쾅** 소리가 들렸다.

시장의 군인들의 발소리가 점점 가까워졌다.

나는 그를 바라봤다.

"내가 당신을 이겼어. 그걸 잊지 마. 내가 당신을 이겼고, 다시 그렇게 할 거야."

"그럴 거라고 믿는다."

하지만 시장은 싱글거리기만 했다.

바이올라. 내가 생각을 날리자 시장이 움찔했다.

"당신이 바이올라를 구해. 그러면 살 수 있어. 바이올라가 죽으면 당신도 죽어."

시장은 고개를 끄덕였다. "그렇게 하지."

"날 조종하려 들면 쏴버리겠어. 날 공격하려 하면 쏴버리겠어. 알아 들었어?"

"알았어." 시장이 대답했다.

나는 잠시 기다렸지만, 이젠 그럴 시간조차 없었다.

이제 뭔가를 결정할 시간은 없었다.

온 세상이 바로 이 순간 여기서 만나기 위해 행군해 오고 있었다.

그 한가운데에 바이올라가 있다.

나는 절대로 그녀와 헤어지지 않을 것이다. 이렇게 우리가 떨어져 있는 순간조차도.

날 용서해 줘.

그리고 시장 뒤로 가서 밧줄을 풀었다.

시장은 천천히 일어나면서 손목을 문질렀다.

그리고 또다시 뿔피리 소리가 나는 쪽으로 고개를 들어 올렸다.

"이제 이렇게 은밀하게 숨어서 하는 전쟁은 끝났다. 싸구려 첩보 영화 같은 추격전도 끝났고." 시장은 돌아서서 나와 눈을 마주쳤다. 그의 미소 너머에서 진정한 광기가 번득였다. "마침내 우리는 진짜배기를 만나게 됐다. 사나이를 사나이로 만드는 것, 우리가 태어날 **때**부터 운명 지워진 것을 만나게 됐다고, 토드." 시장은 두 손을 슥슥 비볐다. 그 말을 하는 순간 그의 눈이 번득였다.

"전쟁이다."

《카오스 워킹3: 인간이라는 괴물》에서 계속됩니다.

시작

옮긴이 **박산호**

한양대학교 영어교육학과에서 영어를 가르치는 방법을 공부했고, 영국 브루넬대학교 대학원에서 영문학을 전공했다. 영어를 처음 배우는 아이들을 위해 초등학생이었던 딸을 모델로 삼아 《깔깔마녀는 영어마법사》라는 책을 썼고, 기본 영단어 100개를 엄선하여 단어와 관련한 정치, 경제, 역사, 문화 등의 상식을 함께 살펴보는 영어 교양서 《단어의 배신》을 비롯 《번역가 모모씨의 일일》, 《어른에게도 어른이 필요하다》와 같은 에세이를 썼다. 《카리 모라》, 《전화하지 않는 남자, 사랑에 빠진 여자》, 《죽음을 문신한 소녀》, 《지팡이 대신 권총을 든 노인》, 《거짓말을 먹는 나무》, 《토니와 수잔》, 《레드 스패로우》, 《하우스 오브 카드 3》, 《차일드 44》, 《싸울 기회》, 《다크 할로우》, 《콰이어트 걸》, 《퍼시픽 림》, 《용서해줘, 레너드 피콕》, 《세계대전 Z》 등 다수의 소설과 에세이를 번역했다.

카오스 워킹 2

초 판 1쇄 발행 2011년 5월 18일
개정판 1쇄 발행 2021년 3월 26일

지은이 | 패트릭 네스
옮긴이 | 박산호
발행인 | 강봉자, 김은경

펴낸곳 | (주)문학수첩
주소 | 경기도 파주시 회동길 503-1(문발동 633-4) 출판문화단지
전화 | 031-955-9088(마케팅부), 9534(편집부)
팩스 | 031-955-9066
등록 | 1991년 11월 27일 제16-482호

홈페이지 | www.moonhak.co.kr
블로그 | blog.naver.com/moonhak91
이메일 | moonhak@moonhak.co.kr

ISBN 978-89-8392-854-2 04840
      978-89-8392-851-1 (세트)

* 파본은 구매처에서 바꾸어 드립니다.

THE WIDE, WIDE SEA

패트릭 네스 지음
박산호 옮김

A CHAOS WALKING SHORT STORY

또 다른 이야기 · 넓고 넓은 바다

카오스 워킹

문학수첩

심 문 과   해 답

카오스 워킹

또 다른 이야기 · 넓고 넓은 바다

A CHAOS WALKING SHORT STORY

또 다른 이야기 · 넓고 넓은 바다

카오스 워킹

패트릭 네스 지음 | **박산호** 옮김

문학수첩

THE
WIDE,
WIDE SEA

13년 전

"끝내야 해, 데클란. 너도 알잖아. 우린 곧 떠날 거야."

"선생님……."

"너 여기서 혼자 살 작정이야? 열여섯 살이면 충분히 혼자 살 수 있는 나이라고 생각하는 건 안다만……."

"전 혼자가 아니……."

"데클란……."

"선생님은 저보고 그만두라고 하신 적 없잖아요. 사람들을 자극하지 말라고만 하셨지……."

"그건 절대 안 될 일이야. 난 네가 스스로 깨우치길 기다렸……."

"왜요? 엘리 핀친 아저씨가 그렇게 말해서요?"

"엘리 핀친은 인종차별주의자에 가증스러운 인간이야."

"그럼 제가 왜⋯⋯?"

"엘리 핀친이 떠들어 대는 헛소리 말고도 다른 이유들이 있으니까 그렇지!"

선생은 벌떡 일어서서 데클란이 여태까지 본 적이 없을 정도로 화가 난 표정으로 차를 끓었다.

"선생님⋯⋯."

"그리고 내게 거짓말하지 마, 데클란. 내가 하는 말은 한마디도 안 듣는 거 네 소음에 다 보인다."

데클란은 얼굴을 찌푸렸다. "좋아요. 그럼 이걸 한번 들어보세요."

데클란은 자신의 소음을 활짝 열어 그녀에게 보여줬다.

호라이즌에 남은 마지막 주민들이 모래로 뒤덮인 작은 광장에서 수레 여러 대에 짐을 싣고 있었다. 데클란은 사람들의 시선을 외면하며 엄마와 함께 사는 집으로 향했다.

이젠 그렇지도 않지만, 안 그래? 데클란은 가면서 생각했다. 엄마는 오늘 아침에 이미 다른 사람들과 함께 헤이븐으로 떠났다. 떠나기 전에 엄마는 코일 선생이 조금 전에 한 것보다 더 심한 말들을 데클란에게 하며 소리를 질러댔다. 데클란 모자는 서로에게 모진 말을 퍼붓고 화해도 하지 않았다. 그 일이 가슴에 채 아물지 못한 상처로 남아 못내 마음에 걸렸다. 데클란은 엄마와도, 코일 선생과도, 마을 사람들과도 이렇게 다투고 싶지 않았다. 원래 이렇게 싸우는 성격이 아닌데.

하지만 아무리 애를 써도 사람들을 설득할 수 없었다. 사람들이 그를 이해하지 못한다면 그때는…….

"데클란 로우." 엘리 핀친의 목소리는 항상 속삭이는 듯하다. 설사 그 목소리가 모래언덕에서 천둥 치듯 울려 퍼질 때도 그렇게 느껴졌다. 데클란은 저도 모르게 뒤돌아봤다. 엘리는 최종 이주 작업의 책임자로 마을 사람들에게 남은 가장 중요한 재산인 발전기와 남아 있는 약, 물자들을 여기서 헤이븐을 오가는 핵분열 차와 황소가 끄는 수레 네 대에 싣고 있었다.

엘리 핀친이야말로 사람들과 다투기 좋아하는 부류로, 모자 쓴 그의 얼굴은 신이 내린 분노처럼 험상궂기 그지없다. 그를 도와 일하고 있는 사람들도 모두 일손을 멈췄다. 남자들에게서 흘러나온 소음의 벽이 요란하게 들끓었는데, 그중에서도 엘리의 소음은 마치 흉벽을 따라 행군하는 지휘관처럼 그 벽 위를 성큼성큼 걸어 데클란에게 다가오고 있었다.

그 소음은 보기에 기분 좋은 광경은 아니었다. 데클란이 하고 있다고 마을 사람들이 상상하는 짓거리, 그래서 역겹다고 그들이 공언한 그런 짓거리들로 가득 찬 소음이었다. 다들 역겹다면서 잘도 생생하게 떠올리는군.

우린 그런 사이가 아니에요, 전혀 그렇지 않다고요. 데클란은 경험상 사람들이 자신의 말을 믿지 않을 거라는 걸 알면서도 소음으로 그렇게 말했다.

데클란은 엘리에게 큰 소리로 말했다. "난 아저씨에게 할 말 없어요."

"너의 최후가 다가오고 있다, 얘야." 엘리가 대꾸했다.

"안 그런 사람이 있나요?" 데클란은 엘리에게 말대꾸하는 것만으로도 잔뜩 긴장해서 뱃속이 조여들었다. 엘리는 그보다 몸무게가 20킬로그램이나 더 나가고 키도 13센티미터나 크다. 그와 한판 붙으면 얼마 버티지 못할 것이다. "아저씨도 피할 수 없어요."

"우린 내일 아침 떠난다. 우리 모두 가는 거야. 너도 빠질 순 없어."

엘리의 소음에서 두 손이 묶이고 입에는 재갈이 물린 데클란이 수레 뒤쪽에서 질질 끌려가는 광경이 떠올랐다.

데클란은 주머니에 두 손을 찔러 넣고 돌아섰다. 하지만 해변을 따라 걷는 동안에도 엘리의 시선이 마치 단도처럼, 날갯죽지 사이를 누르는 총구처럼 등을 파고드는 것이 느껴졌다. 데클란은 억지로 힘을 내서 물가로 내려가는 비탈길을 향해 방향을 홱 틀었다.

다만 물 옆에 너무 가까이 가지 않도록 조심했다.

잡아먹는다. 데클란은 물고기가 하는 말을 듣고, 그들의 길고 검은 그림자가 물속에서 어뢰처럼 빠르고 힘 있게 움직이는 모습을 봤다. 바로 이 물고기들이 호라이즌 마을 사람들이 이곳을 버리고 떠나는 이유다. 지난 10년 동안 마을 사람들은 물고기를 잡아서 먹고살려고 무진 애를 썼다. 그뿐 아니라 주민들은 신세계의 다른 지역에 사는 사람들과 교역을 할 수 있는 중요한 자원이 물고기가 되기를 간절히 바랐다. 사람들은 이 신세계에 온 다른 이주자들처럼 그들이 떠나온 구세계의 결점들이 존재하지 않는 자유로운 보금자리를 꿈꿨다.

하지만 신세계가 소음으로 가득 찬 곳일 것이라고는 아무도 예상하지 못했다. 이곳 바다에 괴물들이 득실대고 있다는 사실도 몰랐고.

이곳 물고기들도 천하무적은 아니다. 사람의 눈을 빤히 보면서 너희를 잡아먹겠다고 공공연히 말하고 바로 실행에 옮기는 괴물들을 물고기라고 불러도 될지는 모르겠지만. 이 물고기들도 잡아서 먹을 수는 있다. 아무리 양념을 진하게 쳐도 사라지지 않는 금속성 맛에 신경 쓰지 않는다면. 여기 와서 이 물고기들과 10년 동안 전쟁을 했는데도 물속에는 물고기들이 너무 많았다. 생계는 둘째치고 우선 목숨이 위험했다. 설상가상으로 물고기들은 마치 인간 농부처럼 그들이 잡아먹는 작은 물고기 떼, 해변가 사람들도 먹고 싶어 하는 그 무리를 필사적으로 지켰다. 매일 보트를 타고 바다로 나가는 일은 겁에 질린 양 한 마리를 잡기 위해 사자 굴로 뛰어드는 것과 다름없었다.

호라이즌 마을 사람들은 낙관적인 생각으로 고기잡이에 뛰어들어 괴물 물고기들에게 맞서 싸웠지만 결국 서서히, 서서히, 아주 서서히 무너지면서 패배해갔다. 한 달 전, 코일 선생은 이제 가져갈 수 있는 건 다 챙겨서 헤이븐으로 다시 돌아가자는 주장을 내세워 논쟁에서 이겼다. 그곳으로 가면 적어도 밥은 굶지 않을 테니까. 어부들이 농부로 살아가는 수밖에 없었다. 혼자 끝까지 버티면서 반대했던 엘리 핀친마저도 올여름에 타고 있던 배를 물고기가 들이받아서 둘째 아들이 물에 빠져 죽자 결국 코일 선생의 의견에 동의했다.

마을 사람들은 이제 이곳에 애착을 가지고 남아 있을 이유가 하나도 없다고 느꼈다. 그 점에서 그들의 생각은 어느 정도 맞았다. 모두가 그렇게 생각하지는 않았지만.

데클란은 재킷 지퍼를 올리면서 교회 뒤쪽을 지나갔다. 바다에서 거세게 불어오는 얼음장처럼 찬 바람에 겨울이 머지않았음을 알 수 있었다. 공기가 평소보다 차가웠다. 그러니 마을 사람들로서는 첫 혹한이 닥치기 전에 내일 아침에 떠나야 할 이유가 하나 더 생긴 셈이다.

내일 아침이라. 데클란은 집으로 통하는 작은 길을 걸어갔다.

아직도 어떻게 해야 할지 알 수 없었다. 왜 나일까? 왜 마을에 있는 많고 많은 소년 중에 하필 나지? 난 소년들 중에서도 가장 온순하고, 가장 말수가 적으며, 가장 소란을 일으킬 가능성이 없는 아이인데.

그런데 그 소란이 제 발로 찾아온 셈이라고 데클란은 생각했다.

데클란은 집 현관문을 열었다. "누구 있어요?"

아무도 대답하지 않았다. 번듯하다기보다는 오두막집에 가까운 이곳에는 커튼으로 공간을 나눈 작은 방이 세 개 있지만 살림살이는 별로 없어서 휑했다. 오늘 아침에 엄마가 엄마 짐은 다 가져갔고, 데클란의 짐은 별로 없었다. 옷가지와 사진 몇 장, 깨끗하게 닦고 광을 낸 그의 낚시 장비가 전부였다. 짐은 아직 하나도 안 쌌지만 그래 봤자 5분도 안 돼 끝낼 수 있었다.

하지만 그럴 생각은 없었다. 아니, 하지 않을 것이다.

"누구 없어요?" 다시 물었다. 이제는 조금 걱정이 됐다. 사람들이 설마 무슨 짓을 하지는 않았을 텐데…….

안 했을까?

데클란이 생각보다 세게 밀어버린 뒷문이 쾅 소리를 내며 벽에 부딪치는 바람에…….

초라한 뒤뜰 한구석에 앉은 그녀가 깜짝 놀랐다. 그녀는 매서운 바람에도 아랑곳하지 않고, 항상 그렇듯이 가벼운 이끼 옷을 입고 그의 태블릿에 있는 책을 읽고 있었다. 인간의 문자에 대한 그녀의 기묘한 흥미와 관심은 여전했다. 그녀는 어떻게 문장 안에 그들의 생각을 그렇게 많이 욱여넣을 수 있는지 항상 놀라고 경이로워했다. 뭐든 팽

창이 훨씬 더 자연스러워 보이는 이 세계에서 문자는 반대로 생각을 수축시키는 행위라고 그녀는 생각했다. 그런데도 다시 그의 집에 와서 다른 종족의 언어를 이해하는 데 시간을 보냈다.

아마 데클란을 이해하려고 애쓰고 있는지도 모른다는 생각이 들었다.

만약 그렇다면 뭘 알아냈는지 아주 기쁜 마음으로 들어 보고 싶은데.

데클란을 본 그녀의 소음은 이내 온기로 가득 차 높고 짧게 떨리는 소리를 냈지만, 그 자리에 금세 슬픔이 들어섰다. 그를 보자마자 곧바로 그의 마음을 읽어버린 것이다. 둘 다 몇 주 전부터 이런 일이 생길 줄 알고 있긴 했지만.

내일 아침이구나. 그녀의 소음에 나타났다.

"우린 방법을 찾아낼 거야." 데클란이 말했다.

그리고 그녀를 껴안고 자신의 소음을 열어서 보여줬다.

"그건 반인륜적인 짓이야. 걔는 짐승이라고!" 어젯밤에도 엄마는 데클란에게 또다시 이렇게 소리 질렀다.

"그 아이는 짐승이 아니라고요! 그 애는 생각도 하고 말도 해요. 느끼기도……." 데클란도 엄마에게 소리 질렀다.

"그들의 느낌이란 건 그저 우리를 흉내 내는 것일 뿐이야. 너도 잘 알잖니."

"난 몰라요. 그건 엘리 핀친 아저씨가 한 말일 뿐이잖아요. 엄마가 언제부터 그 아저씨 말을 들었다고……."

"넌 스스로를 욕보이고 있어. 나에게도……."

"이 일은 엄마랑 아무 상관 없어요."

"콧구멍만 한 마을에 살면서 어떻게 네 행동이 나와 아무 상관이 없다는 거야? 사람들이 눈치 못 챌 것 같니?"

"그건 그 사람들 일이 아니……."

"이곳에 남의 일이란 없다. 그런 건 없어. 넌 그 아이를 두고 가야 해. 그걸로 이 이야기는 끝났다. 선택하고 말 것도 없어."

"난 절대……."

"앞으로 무슨 일이 일어날 것 같니, 데클란? 엘리 핀친이 너의 반려자로 그 아이를 환영할 거 같아? 그 아이와의 결혼을 축복할……."

"그 아저씨 축복은 필요 없어요. 엄마 축복도……."

"네가 나의 축복을 원하면 좋겠구나. 아들아, 스패클족은 위험해. 서쪽에서 그들이 공격해 온다는 소문이 있어. 전쟁이 일어난다는 말도……."

"그건 엘리 핀친 아저씨가 퍼트리는 소문이고, 아저씨가 한 말이잖아요. 아저씨는 시장도 아니……."

"코일 선생님도 달가워하지 않으시잖니."

"그 사람들이 뭐라고 내 일에 이래라저래라 해요? 이 바보 같은 행성까지 날아온 건 다 자유롭게 살자고 그런 거 아니었나요?"

"그 아이는 우리와 같이 헤이븐에 못 간다."

"하지만 거기엔 스패클이 더 많잖아요. 다들 같이 일하고 있……."

"난 그 아이를 내 집에 들이지 않을 거야."

"그럼 저는 따로 나가서 살겠어요."

이유는 잘 모르겠지만 엄마는 그 말에 더 이상 못 참고 폭발했다. 엄마는 욕을 퍼부으며 스패클에 대해 상스러운 말을 했고, 데클란도 화가 나서 기분 내키는 대로 말대꾸를 하다가 결국 집 밖으로 쫓겨났다. 데클란은 바깥에서 잤고, 두 사람은 서로에게 말도 걸지 않은 데다, 먼저 나서서 화해하려는 시도조차 하지 않았다. 데클란은 오늘 아침에 엄마가 수레를 타고 떠나는 모습을 멀리서 보면서도 손을 흔들지 않았다. 엄마도 마찬가지였고, 그런 후에 텅 빈 집에 돌아온 것이다.

사실 데클란에게는 텅 비지 않은 집으로.

그녀의 이름은 명사지만, 정확히 말해서 명사라고 할 수도 없었다. 데클란과 그녀는 고심해서 그녀의 이름과 비슷한 표현을 찾아냈다. 돌의 중심 또는 굳은 의지 또는 물결에 스치는 바위. 인간에게 그런 이름을 지어줬다면 모욕으로 받아들일 수도 있겠지만 스패클들에게는 그렇지 않았다. 그들의 언어에서 돌과 바위는 변함없음을 상징했다. 물결에 스치는 바위는 단단할 뿐 아니라, 강하면서도 어려움을 견뎌냄을 의미했다.

하지만 그건 내가 생각하는 의미와는 여전히 달라. 겹겹의 의미가 있는 이 이름은 구체적인 사실을 나타내기보다 이름 주인을 격려하는 의미가 더 크지.

"너희 종족은 너의 중심이 돌보다 더 단단하길 바란 거야?"

그러면서 동시에 돌처럼 단단하고 확고하길 바란 거지.

"아, 뭐 그 말이 그 말 아닌가."

그 말에 그녀는 웃음을 터뜨렸다. 그것은 스패클이 실제로 내는 몇 안 되는 아주 희귀한 소리 중 하나로 즐거워서 혀를 차는 소리였다. 둘은 물결에 스치는 바위는 너무 길고 발음하기 힘드니까 그냥 타이(물결이란 뜻의 '타이드 Tide'를 줄인 말 – 옮긴이)라고 부르기로 했다.

스패클과 인간의 접촉은 신세계에서의 다른 모든 일이 그랬듯 매우 낙관적으로 시작됐다. 이 행성의 원주민인 그들은 인간 이주자들에게 또 다른 놀라움이었다. 이들은 이주자들이 이곳에 착륙하기 전에 궤도에서 살펴봤을 때도 기기에 잡히지 않았고, 설사 보였다 해도 야생 동물로 생각했을 것이다. 적어도 이주자들이 이 행성에서 일어나는 다른 놀라운 일들과 대처하고 있는 동안은 그렇게 믿기로 했다.

이주자들을 실은 우주선들이 처음 이곳에 착륙했을 때 그들이 소음 때문에 겪은 트라우마를 기억하기에 데클란 은 너무 어렸지만, 그의 엄마가 일단의 사람들과 함께 멀리 떠나 호라이즌이라는 마을을 세웠을 무렵에는 다들 어쩔 수 없이 소음을 받아들이고 감내하게 됐다. 그래서 많은 이주민들이 뿔뿔이 흩어져서 상대적으로 평화롭고 조용한 곳을 찾아 떠난 것이다. 항상 어부로 살아보고 싶어 했던 몇 가구가 있었고, 거기에 데클란의 엄마도 합류했다. 그래서 그들은 강을 따라 바다로 갔고, 몇 년이 흐르면서 소음에 좀 더 익숙해졌다.

사람들은 소음보다 스패클에 조금 더 빨리 익숙해졌다. 초기에 인간과 스패클의 관계는 짐작하기 힘들었고 재앙도 몇 번 일어났다. 어른들은 그 일에 대해 말하기를 꺼려했지만, 데클란은 그들의 소음에서 그 참극을 자세히 볼 수 있었다. 결국 두 그룹 사이에 일종의 서먹서먹한 평화가 이뤄졌다. 그들은 대개 멀찍이 떨어져 지냈다. 호라이즌을 세운 사람들이 바다에 도착했을 무렵 거기서 원래부터 살던 스패클족은 자기들 것보다 날카롭고 효과적이고 뛰어난 살상 무기를 가지고 있는 인간과 거리를 둬야 한다는 사실을 알고 있었다.

다만 스패클은 뛰어난 어부였다. 그들은 가벼운 산들바람에도 뒤집힐 것처럼 보이는 작고 평평한 1인용 보트를 타고 바다를 항해하면서 바닷속 생물들을 잡아들였다. 북쪽 바다에서는 인간이 나무로 만든 무거운 배를 타고 어설프게 움직이다가 물에 빠져 물고기들에게 잡아먹히는 반면, 스패클은 보기만 해도 위태위태한 보트에 똑바로 서서 정교하고 날카로운 창과 그물로 아주 민첩하게 사냥해서 어마어마하게 잡아들인 물고기들을 배에 싣는 광경이 종종 목격됐다.

호라이즌 마을 사람들은 살기 위해 스패클과 교역을 할

수밖에 없었다. 마을 시장이자 유일한 힐러인 니콜라 코일 선생이 제일 먼저 그들과 협상을 벌여서 철제 도구들과 대장장이 기술을 제공하겠다고 제안했다. 스패클은 가축을 다룰 때 그런 연장을 쓰는 대가로 인간에게 물고기와 고기 잡는 기술을 제공했지만, 인간은 그 기술을 잘 익히지 못했다. 그래도 두 종족은 그럭저럭 공존했다. 그들은 거의 10년 동안 그렇게 살았다. 그것도 강어귀에 사는 호라이즌 마을 사람들이 남쪽에 머물고, 스패클 부락은 북쪽에서 따로 살아갔기 때문에 지속될 수 있었다.

데클란이 반년 전에 강둑에서 책을 읽고 있기 전까지는 그랬다. 그날 그가 늦잠을 자고 일어났을 때, 일하러 나갈 배는 엘리 핀친의 보트밖에 없었기 때문에 아프다고 애원해서 나가지 않는 데 성공했다. 엘리의 배를 타고 고기잡이 나가는 건 누구나 힘들어했지만, 그중에서도 특히 데클란이 심했다. 경멸하는 눈빛으로 시종일관 노려보는 엘리만 없으면 데클란은 일을 잘하는 편이었다. 하지만 엘리만 보면 밧줄도 제대로 못 묶고, 낚싯대의 릴도 감아올리지 못하고, 그물도 들어 올리지 못해 쩔쩔매면서 창피해서 소음을 분홍색으로 물들이곤 했다. 매번 그런 일이 벌어지는 바람에 엘리와 데클란과 같은 배에 탄 사람들은 시선을 어디에 둬야 할지 모른 채 몹시 난감해했다. 그날 아침 데클란이 감기에 걸렸다고 말하자 엘리와 선원들은 어서 가서 쉬라고 등을 떠밀었다.

그래서 데클란은 그가 좋아하는 조용하고 구석진 강가로 몰래 갔다. 그곳에서는 밀려오는 파도 소리에 마을의 소음이 대부분 지워졌다. 데클란이 읽고 있는 책 내용이 허공에 펼쳐지는 그의 소음에 떠올랐다. 행복하게 책 읽기에 푹 빠져 있던 데클란은 한 장을 다 읽었을 무렵 갑자기 멈췄다.

그 소년에게 무슨 일이 일어나지? 인간의 것이 아닌 억양으로 나뭇가지 속에서 목소리가 들렸다. 스패클 하나가 나뭇가지 위에 누워서 강렬한 눈빛으로 그를 내려다보고 있었다. *설마 소년이…… 굶어 죽는 건 아니지? 이렇게 하면 제대로 보이는 거 맞니?*

"제대로라니, 뭐가?"

그녀는 아주 편안하고 민첩하게 나뭇가지에서 미끄러져 내려왔다. 데클란이 백 년 동안 그것만 연습해도 결코 하지 못할 근사한 동작이었다. 그녀가 데클란이 읽고 있는 태블릿을 가리켰다. *그 소년 말이야. 실제로 있는 소년이 아니잖아. 기억이 뒤틀려서 생긴 존재지. 의미를 전달하기 위한*

19

전달자라고나 할까?

"아, 이건 이야기라고 하는 거야."

그녀의 소음이 은은하게 빛났다. 이야기. 그렇구나.

그리고 둘은 서로를 빤히 바라봤다. 데클란은 소음으로 그녀에게 자기가 알고 있는 이야기를 말해줬고, 그녀는 그것보다 좀 더 정돈된 이미지로 보여줬다. 그녀의 소음은 호기심에 차 있었고, 그와 교감을 나누려고 하면서도 동시에 그래도 되는지 이 상황을 판단하고 있었다. 그녀가 소음이 있는 소녀라는 사실만으로도 데클란은 순간 깜짝 놀랐다. 인간 여자들은 소음이 없는데, 그것만으로도 문제가 끊이질 않고 있다. 인간이란 원래 자기와 다른 대상에게 아주 쉽게 화를 내기 마련이니까.

하지만 여기 있는 이 소녀는 그와 의사소통하려고 노력하고, 그와 친해지고 싶어 했다.

그래서 다음에 무슨 일이 일어나는 거야? 그녀의 소음에 그 말이 나타났고, 데클란은 잠시 후에야 소녀가 책에서 무슨 일이 벌어지느냐고 묻고 있다는 사실을 깨달았다.

그다음에 그들은 다음 날 만나 그 이야기를 끝까지 읽었다. 그리고 그다음 날 또 만나 새 이야기를 함께 읽기 시작했다. 그 일은 그토록 단순하면서도 또 한편으로는 결코 있을 수 없는 일이기도 했다.

둘은 금방 그의 작은 서재에 있는 책들을 다 읽고, 마을에 있는 책들도 계속 태블릿에 다운받았다. 소녀는 인간의 문자를 놀라울 만큼 빠르게 습득했고, 결국 소녀에게 걸핏하면 태블릿을 빌려주는 바람에 나중에는 그게 그녀의 것처럼 느껴졌다. 둘 다 하루 일을 끝내면(둘 다 고기를 잡아야 하니, 너무나 힘들고 지겨워서 다른 이야기를 하고 싶어지고는 했다) 강둑에서 만나 함께 책을 읽었다. 데클란의 소음에서 펼쳐지는 이야기를 그녀가 지켜보거나, 혹은 좀 더 근사하게 반전시켜 스패클의 관점에서 다시 해석해서 보여주는 소음을 데클란이 보기도 했다. 그것은 데클란이 본 그 어떤 비디오보다 근사했다.

생각보다 훨씬 빨리 그 소녀는 데클란에게 중요한 존재가 됐다. 비록 둘이 너무 다르고, 육체적으로 잘 맞지 않으며, 삶의 경험 자체가 어마어마하게 다른 데다, 무엇보다 서로 다른 종이라는 사실을 부인할 수 없었지만 데클란에게 그녀는 친구 이상이었다.

그녀를 보면 마음이 설렌다는 말로만 자신의 감정을 설명할 수 있었다. 그녀도 같은 마음이라는 걸 알 수 있었다. 온 동네 사람들이 시도 때도 없이 상상하는 이상야릇

한 육체적 결합은 할 수 없다 해도, 둘은 함께 만들어 낼 수 있는 다른 방식으로 마음을 나눴다. 둘이 공유하는 소음 속에서 그들은 여태까지 알던 것과 완전히 다른 방식, 심지어 기존의 방식보다 훨씬 아름다운 방식으로 친밀해졌다. 그것만으로도 온 세상이 멈출 정도로 근사한 방식으로.

이제 어떻게 되는 거야? 그녀는 뜰의 작은 테이블에 태블릿을 내려놓고 물었다.

"나도 몰라. 넌 여전히 시도해 보고 싶어? 우리끼리 떠나고 싶어?"

그래. 스패클의 말에는 항상 단순한 말 이상의 의미가 깃들어 있다. 그녀는 그래, 라고 말했지만 그 안에는 가족을 두고 떠나야 하는 슬픔, 그들이 헤이븐으로 같이 가거나 아니면 데클란이 선호하는 대안인 둘만 있을 수 있는 외딴곳을 찾기가 그리 쉽지 않으리라는 걱정이 들어 있었다. 그런 곳이 있을 것 같지는 않았다. 사실 계획이라고 할 수도 없지만, 그들에겐 그 길뿐이었다.

데클란과 물결에 스치는 바위의 교제에 대해 인간이나 스패클이나 다 반대하고 있으니까.

데클란은 마을 사람들의 주목을 받은 적이 한 번도 없지만, 물론 그런 일을 소음에서 감출 수는 없는 법이다. 처음 몇 주는 가까스로 무사히 지나갔지만 교회에서 멍하니 생각에 잠겨 있다가 엘리 핀친에게 들키고 말았다. 뭐 특별하게 나쁜 일은 없었고, 그저 전날 처음으로 그녀의 손을 잡았다가 생각지도 못했던 온기에 놀랐던 생각을 하고 있었다.

데클란은 교회 신도석에서 고개를 들었다가 엘리가 그를 노려보고, 주위 사람들도 그를 따라 그렇게 하고 있는 광경을 봤다.

그때부터 마을 사람들의 압박이 시작됐다. 사람들이 그를 욕하기 시작했고, 심지어 교회 설교에서도 '불순한 행위'의 위험성을 경고하기 시작했다. 코일 선생은 분명 둘의 관계에 반감을 가졌지만 사태가 걷잡을 수 없어지려고 했을 때 그들을 보호해 줬다. 데클란의 엄마는 그냥 울다가, 그다음에는 소리를 질렀다가, 그다음에는 또 울었다. 데클란이 둘은 그저 친구일 뿐이고, 그게 다고, 아무 일도 일어나지 않았다고 주장해도 들은 척하지 않았다.

하지만 데클란이 한 말도 전적으로 사실은 아니었다.

타이는 동족인 스패클들에게 데클란은 애완동물에 지나

지 않는다고 설득했다. 그 말에 데클란이 모욕을 느끼자 타이는 웃었다. *하지만 너희 인간이 자기가 키우는 동물들을 어떻게 사랑하는지 나는 잘 봤는데.*

그때 처음으로 그 말이 나왔다. 사랑이란 말.

타이의 소음에 이제 슬픔이 보였다. *넌 가끔 그들이 옳다는 생각은 해본 적 없니? 우리가 세상에 너무 많은 걸 요구하고 있다는 생각?*

"아니. 세상이 너무 적은 걸 요구하고 있는 거지."

데클란의 대답이 마음에 든 타이의 소음이 따뜻해졌지만, 그 밑에 있는 걱정을 감출 수는 없었다.

그리고 거기에는 뭔가 새로운 감정도 들어 있었다.

"뭐야? 무슨 일인데?" 데클란은 그녀의 마음을 읽으려고 애쓰면서 물었다.

데클란은 타이가 자신의 소음과 싸우면서 그에게 얼마나 드러내야 안전할지 몰라 고민하는 마음을 감지했다.

"나에겐 말해도 돼. 뭐든 다 말해도 돼." 데클란이 말했다.

상황이 얼마나 악화됐는지 처음 알아차린 때는 엘리 핀친의 배를 타고 바다에 나간 어느 날이었다. 엘리의 두 아들은(이 중 동생이 시간이 좀 지나 그해 여름에 괴물에 잡아먹한다) 긴 창을 들고 그들이 탄 보트에 관심을 가진 커다란 물고기의 공격에 대비하고 있었다. 배에 탄 또 다른 소년 앤드루는 그물 작업을 하는 데클란을 도왔고, 데보라라고 하는 소녀가 엔진과 키를 맡았다. 데클란이 서툰 손으로 무거운 그물을 끌어 올리고 있을 때, 엘리는 데클란이 그물을 잽싸게 감아놓지 못해 안달을 했다.

"너는 그 나이를 먹도록 어쩌면 그렇게 손재주가 없냐?"

다른 아이들이 웃는 소리가 들렸다. 데클란은 그물만 계속 끌어 올렸다.

"네 마음은 콩밭에 가 있지? 강가에 나오는 그 망할 잡것을 생각하고 있지?"

데클란은 잠시 멈칫했다가 다시 작업을 계속했다.

갑자기 데클란의 귓가에 엘리의 뜨거운 입김이 느껴졌다. "넌 역겨운 놈이야."

데클란이 홱 돌아봤다. 그는 보트의 낮은 벽을 등지고 있었다. 키가 훌쩍 큰 엘리가 그를 내려다봤고, 배에 타고 있는 다른 사람들은 그 광경을 지켜보고 있었다.

"내 배에 이런 변태 새끼를 태우다니 영 찝찝해서 말이지." 엘리는 다들 들으라고 아주 큰 소리로 말했다.

"난 변태가 아니에요. 그 아이는 그냥 친구……"

"음, 뻔한 거짓말 하지 마. 네 소음에 다 보여. 우리 모두 다 보는 소음에 나온다고."

"어쨌든 아저씨가 무슨 상관이에요?" 데클란은 벌겋게 달아오른 얼굴로 대꾸했다.

고개를 숙여 그를 내려다보는 엘리의 입에서는 썩은 내가 났고, 눈은 휘둥그렜다. "코일 선생님은 괜찮다고 할지 몰라도……."

"코일 선생님도 사실……."

"하지만 여기 바다에 나오면 선장이 대장이야. 이 배의 선장인 나는 너 같은 놈이 내 배의 분위기를 흐리는 걸 바라지 않는단 말이지."

잠시 낮은 뱃전에 스치는 파도 소리와 배 주위를 헤엄치는 괴물 물고기의 소음만 들렸다. 하지만 엘리의 마음속 깊은 곳에서 어떤 불순한 의도가 올라오는 것이 보였다.

"하지 말……." 데클란이 입을 열었지만 너무 늦었다. 엘리가 데클란의 멱살을 잡아서 놀랄 만큼 쉽게 들어 올려 보트 바깥에 던지려다가…….

손을 놓지는 않았다.

데클란의 몸은 보트 바깥쪽으로 나온 채 무게가 완전히 물 쪽에 쏠려 있었고, 발만 배 안에 있었다. 엘리가 짐승

같은 힘으로 데클란을 붙잡았고, 바로 밑에서는 괴물 물고기가 이제 곧 먹이를 잡을 것 같은 느낌에 **잡아먹는다** 소음을 내고 있었다.

"아무도 널 그리워하지 않을 거야. 네 엄마는 통곡하겠지만 내심 너처럼 더러운 놈을 없애버려서 기뻐하겠지."

"선장님……." 엘리의 아들 하나가 창을 든 채 초조하게 말했다.

"그들은 해충 같은 놈들이야. 놈들이 서쪽에서 사람들을 학살하고 있어. 전쟁이 다가오고 있다고. 그런데 너는 그런 스패클과 살림을 차릴 권리가 있다고 생각하냐?" 엘리가 아들을 무시하고 데클란에게 침을 뱉으면서 말했다.

데클란은 멱살을 잡힌 채 버둥거렸고, 이제 위험할 정도로 물과 가까워졌다. "그 아이는 그런……."

"아버지!" 엘리의 아들이 이번에는 더 큰 소리를 냈다.

"뭐야?" 엘리가 으르렁거리듯 말했다.

"괴물 두 마리가 왔어요." 아들이 대답했다.

"세 마리야." 데보라가 물속 깊은 곳을 빤히 보면서 말했다.

"계속 그렇게 배 밖에 대롱거리고 있으면 더 몰려올 거예요. 그 자식을 물속에 처넣든가 아니면 다시 배 안으로 끌어 올리든가 하세요." 아들이 말했다.

엘리는 비웃으며 데클란을 지나 물 밑을 살펴봤다. 데클란도 고개를 돌려서 내려다봤다. 정말 깊은 물속에서 어두운 형체 세 마리가 빙빙 돌고 있었다.

이젠 네 마리가 됐다.

엘리와 데클란은 다시 서로의 얼굴을 봤다. 엘리의 소음에서 데클란을 놓아버려서 그가 물속으로, 기다리고 있는 괴물들의 입속으로 떨어지는 모습이 보였지만…….

엘리는 툴툴거리면서 데클란을 다시 배 안으로 끌어 올려 거칠게 바닥으로 내던졌다. "해안으로 돌아가!" 엘리는 아무도 토를 달지 말라는 목소리로 명령했다. 데보라가 작은 핵분열 엔진의 속도를 높여 호라이즌 부두가 있는 쪽으로 배를 조종했다.

마을로 돌아가는 내내 배에 탄 누구 하나 데클란과 눈을 마주치려 하지 않았다.

두 개의 달이 한쪽 지평선에 뜨는 동안 태양이 반대편으로 지기 시작했다.

타이가 방금 한 말을 받아들일 수 없어서 데클란의 소음도 떠오르지 않았다.

"만약 상황이 그렇게 된다면 어쩔 수 없겠지." 데클란은 마침내 그녀를 외면하면서 입을 열었다. 아직 하지 못한 말들이 목에 걸려 있었다. "우린 서로를 포기해야 하고, 아마도……."

내가 아까 한 말은 다 사실이야. 우린 길을 찾을 거야.

"하지만 타이……."

넌 너만 희생한다고 생각하지. 하지만 그렇지 않아.

데클란은 어떻게 해야 할지 몰라 두 손으로 얼굴을 감쌌다. 타이는 쫓겨날 것이다. 타이가 그렇게 말했다. 그녀는 동족의 적이 될 것이다. 타이가 고기를 잡으러 갔다가 오늘 오후에 배를 타고 돌아왔을 때, 부두에서 그녀의 가족이 기다리고 있었다. 그들은 이제 데클란이 그녀의 '애완동물' 같은 존재라는 말을 믿지 않았다. 물론 처음부터 타이의 소음에서 그녀의 감정이 심상치 않다는 걸 알고 있었지만, 그냥 지나가는 풋사랑이라고 생각했다. 그들이 지금까지 참았던 이유는 데클란을 포함한 호라이즌 마을 사람들이 떠날 작정이라는 사실을 알고 있었기 때문이다. 타이의 소음에서 둘이 같이 있으려 한다는 생각을 읽은 그들은 그녀가 어떤 대가를 치러야 하는지 확실히 전했다.

전쟁이 다가오고 있어. 너의 종족과 우리 종족 사이에. 타이

가 그에게 보여줬다.

"하지만 그게 사실이라면 우리가 어디로 갈 수 있겠어? 그 전쟁을 피해 갈 수 있는 곳이 어디 있겠냐고?"

바다 건너로. 거기에는 다른 땅이 있고, 다른 의견들이……

"바다는 어떻게 건너고?"

우린 우리가 반드시 해야 할 일을 하는 거야. 세상은 커. 분명 너와 나 같은 이들을 위한 곳이 있을 거야.

"넌 그렇게 생각하지만, 그런 일이 일어난 적은 아마 한 번도 없었을걸." 데클란은 작은 뒤뜰 주위를 둘러봤다. 울타리는 금방이라도 쓰러질 것 같았고, 제대로 베지 못한 잡초가 무성하게 자라 있었다. 부푼 꿈을 안고 이곳에 와서 살기 시작했던 이들은 떠나버렸고, 나무로 지은 이 오두막집은 한쪽으로 심하게 기울어 있다. 이곳에서 희망은 찾을 수 없었다.

타이는 순식간에 데클란의 그런 생각을 다 읽었다. 벌써 그녀의 소음에서 그런 그를 꾸짖으려 하는 기색을 감지할 수 있었다.

"나는 너를 포기할 거야. 그래야 한다면, 그렇게 해서 네가 안전할 수 있다면 말이야." 데클란은 계속 타이의 눈을 외면하며 다시 말했다.

하지만 넌 뭣 때문에 내가 널 포기할 거라고 생각하는데? 그녀의 소음이 다시 변했다. 그 안에 그를 위한 공간을 만들어 놓은 것이 보였다. 데클란도 그녀를 위해 그렇게 하려고 했지만, 그녀와 달리 희망을 가질 수 없었다. 그저 그녀의 품에 기댄 채 둘의 탈출구를 찾았지만, 미래에도 그런 건 없을 것 같았다.

그때 누가 현관문을 노크하는 소리에 둘은 깜짝 놀라 벌떡 일어났다. 해가 언덕 너머로 지고 있었다. 날씨가 더 쌀쌀해지면서 황혼이 내렸다. 다가오는 겨울은 분명 혹독할 것이다.

다시 노크 소리가 들렸다.

"거기 있는 거 안다, 데클란. 눈먼 사람이라도 네 소음은 볼 수 있을 거야." 누군가가 소리치는 목소리가 들렸다.

"코일 선생님이야." 데클란이 속삭였다.

그분은 우리를 동정해 주시잖아.

"어느 정도까지는 말이지." 데클란이 일어났다. 타이가 그를 따라 집 안으로 들어갔다. 그들은 현관으로 나가서 문을 열었다. 코일 선생이 둘을 힐끗 봤다.

"너랑 이야기를 좀 해야겠다, 데클란. 너와 단둘이서."

"제가 말했잖아요, 선생님. 전 아무 데도 안 가요."

"그것 때문에 온 게 아니야." 선생의 표정은 굳어 있었고, 더 이상 아무 말도 하지 않았다.

데클란은 선생이 말할 때까지 기다리려고 했지만 코일 선생을 상대로 그럴 수 있는 사람은 없었다. 데클란은 타이를 봤다가 다시 코일 선생을 봤다.

"타이가 여기 있어도 안전할까요?"

"여기나 어디나 다 마찬가지지."

어디서든 특별히 안전하지 않다는 거지, 안 그래?

"이렇게 멍청한 짓만 하려고 하지 않았다면, 너희 둘은 꽤 똑똑한 아이들이라고 할 수 있었을 텐데." 코일 선생이 타이에게 그렇게 말하고 데클란 쪽으로 돌아섰다. "나랑 같이 좀 가자."

가. 난 괜찮을 거야.

데클란은 잠시 가만있다가 현관문을 나서서 코일 선생을 따라갔는데…….

코일 선생은 돌아서서 한 손을 문틈에 넣어 문이 닫히지 않게 한 뒤 고개를 기울여 타이에게 말했다. "사람들 눈에 띄지 마. 집 안에서 책을 읽고 있어. 네가 독서를 아주 좋아하는 거 알고 있다."

코일 선생은 데클란의 소음에서 떠오르는 수많은 의문을 무시하고 다시 앞으로 가다가 돌아봤다. "안 올 거니?"

"어디로 가는 거예요?" 가파른 언덕길을 점점 더 높이 올라가는 동안 데클란이 물었다.

"어디로 가는 것 같니?" 코일 선생은 툴툴거리면서 나뭇가지 하나를 잡고 위로 올라갔다. 그들은 바다 맞은편에서 마을을 벽처럼 둘러싸고 있는 언덕길을 오르고 있었다. 강을 따라 큰 도로가 헤이븐까지 뻗어 있지만, 인간과 스패클 둘 다 사냥을 다니는 숲속으로 들어가는 샛길도 몇 군데 있다. 코일 선생은 데클란을 데리고 가장 가파른 길의 끝까지 올라갔다. 언덕 꼭대기에 서자 금방이라도 무너질 것 같은 마을 건물들이 전부 내려다보였다. 단 하나 있는 가게, 교회, 헤이븐에 있는 큰 광장과 형태는 같지만 좀 더 작고 허름한 마을 광장뿐만 아니라, 그 너머로 남쪽과 북쪽으로 쭉 뻗어서 사방에 보이는 거라고는 물밖에 없는 거대한 바다도 보였다. 마치 해변에 있는 이 조그만 땅이 끝없는 바다가 시작되기 전의 마지막 대지처럼 보이는 풍경이었다.

"절 마을에서 가장 멀리 떨어진 곳까지 데려오려고 하신 것 같은데요."

코일 선생은 키 작은 나무가 있는 구석에 앉았다. "아까 한 말을 다시 해주고 싶구나. 그렇게 멍청한 짓만 하지 않았어도 너는 꽤 똑똑한 아이였을 텐데."

"전 그 애를 떠나지 않을 거예요, 선생님. 그렇게 할 수 있을지조차 모르겠어요."

코일 선생은 화가 나서 한숨을 쉬었다. "넌 정말 이런 일이 생전 처음 일어났다고 생각하니, 데클란? 이 빌어먹을 세계의 짧은 역사에서 점잖은 사람들이 눈살을 찌푸릴 정도로 인간과 스패클이 서로에게 흥미를 느낀 적이 없었을 것 같아?"

"그럼 선생님 말씀은……?"

"다들 섞여 있다 보면, 아무리 서로 다르더라도 때로는 놀라운 일들이 자연스럽게 일어나기 마련이야. 하지만 너와 비슷한 상황에서 해피엔딩이 몇 번이나 있었을 것 같니, 데클란?"

그가 대답하지 않자 선생은 그걸로 만족한 것 같았다.

"너에게 할 말이 있어서 여기로 데려왔다." 코일 선생의 목소리는 스패클이 본보기로 삼을 만한 물가의 바위처럼 단단했다. "너와 이야기를 할 때 다른 사람이 네 소음을 들으면 안 되니까 여기까지 온 거다. 이미 상황이 아주 안 좋아." 선생은 점점 거세지는 바람을 피해 팔짱을 끼면서 말했다.

"무슨 상황요?"

그늘에 앉은 코일 선생의 눈동자에 뭔가가 슬쩍 비쳤다. 선생님에게 소음만 있었어도 그게 뭔지 읽을 수 있을 텐데⋯⋯.

"너에게 전할 소식이 있다. 아주 심각한 소식이야, 데클란."

데클란은 침을 꿀꺽 삼켰다. "말씀하세요."

그늘 속에서 코일 선생이 고개를 끄덕였다. "오늘 아침에 우리 마을을 떠난 사람들이 헤이븐에 도착하지 못했다."

코일 선생은 그 말만 하고 멈췄다. 기다리던 데클란은 눈치를 챘다. "우리 엄마. 엄마에게 무슨 일이 생겼나요?"

"지금 상황이 아주 안 좋아졌다, 데클란. 엘리 핀친이 떠들어 대는 소리보다 훨씬 더 네가 믿지 못할⋯⋯."

"우리 엄마에게 무슨 일이 생겼냐고요?"

코일 선생은 부당한 공격을 받아들이는 것처럼 턱을 들어 올렸다. "어머니는 돌아가셨다, 데클란. 정말 유감이야. 사람들이 스패클의 공격을 받았어."

데클란은 잠시 아무 말도 못 했다. 아직은 차마 생각할 수조차 없는 수많은 암시가 그 말에 깃들어 있었다.

"전쟁이 시작됐어. 여기도 전쟁이 터진 거야. 누가 옳고 그른지, 그 전쟁을 누가 왜 시작했는지, 그런 건 이제 다 아무 힘 없는 말에 지나지 않아. 중요한 사실은 우리에게 전쟁이 터졌다는 거야. 그리고 서로 공격하고 있고. 오늘 일은 그 일부일 뿐이다." 코일 선생은 고개를 숙여 자신의 손을 바라봤다. "유감스럽게도 그런 일은 이제 수도 없이 일어날 거야."

데클란은 주먹을 꽉 쥔 채 그 자리에 버티고 서서 선생의 생각을 읽으려고 애썼다. "믿을 수 없어요. 그들이 그런 짓을 했다니 믿을 수 없다고요."

"그들이 그랬어, 데클란. 미안하지만 그게 전쟁이란다. 헤이븐에 있는 힐러들과 계속 연락하면서 앞으로 어떻게 할지 열심히 의논했다만, 한동안은 상황이 계속 나빠질 것 같다."

"엄마……." 데클란은 오늘 아침에 엄마와 했던 서먹한 이별, 두 사람이 서로에게 마지막까지 미처 못 했던 말들을 생각했다.

"우린 계획대로 할 거야. 마을에 남은 사람들은 내일 해가 뜨자마자 곧바로 헤이븐으로 떠날 거다. 위험하겠지만 여기 남는 것보다는 덜 위험하겠지." 코일 선생이 몸을 앞으로 기울였다. "너도 우리와 같이 가야 해, 데클란. 이제 그럴 이유가 더 절실해졌잖니. 넌 여기서 지낼 수 없다. 그 아이와 함께할 수 없어."

데클란은 고개를 흔들었다. 코일 선생의 말을 거부해서라기보다는 혼란스러운 감정이 더 컸다. "그 일은 타이와 아무 상관 없어요. 타이와 조금이라도 관계가 있었다면 제가 알아차렸……."

"어쩌면 그들을 공격한 건 타이의 부족이 아닐지도 몰라. 아니면 그들이 우리보다 마음을 더 잘 속이는지도 모르고. 넌 그 아이를 사랑하는 네 마음을 내게 보여줬지. 그 아이가 너에게 얼마나 큰 의미가 있는지도 보여줬고. 하지만 그 아이를 정말 얼마나 잘 아니, 데클란?"

데클란은 그 말에 고개를 들어서 생각해 봤다. 나는 그녀에 대해 얼마나 잘 알지? 그가 지난 반년간 그녀와 함께 보낸 시간은, 이제껏 알았던 그 어떤 사람과 보낸 시간보다 길었다. 엄마를 빼고. 엄마에 대한 고통은 그와 따로 떨어진 어딘가에서, 생각만 해도 걷잡을 수 없을 정도로 큰 아픔과 고통이 되어 그를 덮치기만을 기다리며 마음속에 자리 잡고 있었다. 하지만 타이는 그와 너무 다르다. 달라도 너무 다르다. 어쩌면 그들 사이에는 영영 건널 수 없는 다리가, 좁힐 수 없는 거리와 의심이 남아 있을지도……

순간 코일 선생의 눈에서 뭔가가 반짝 빛났다. 데클란은 생각을 멈췄다.

점점 커지는 선생의 검은 눈동자 한가운데서 순간적으로 밝고 흰 점이 나타났다가 사라졌는데…….

하지만 선생님은 해를 등지고 있으니 그건 아마도…….

데클란은 홱 돌아서서 마을을 내려다봤다.

나무와 모래언덕을 가로질러 강둑 가까이, 바다에서 100미터도 채 떨어지지 않은 곳…….

그의 집이 활활 불타고 있었다.

데클란은 코일 선생을 돌아보지도 않고 곧장 달려갔다.

이미 날이 어두워졌고 길은 너무나도 가팔랐다. 뛰어가다가 몇 번은 떨어지지 않으려고 나무 몸통을 잡고 매달려야 했다. 머리 위로 툭 튀어나온 나뭇가지에 부딪치기도 했지만 그래도 멈추지 않았다. 피가 그의 눈으로 뚝뚝 떨어져 내렸다. 그래도 계속 달렸다.

타이! 데클란의 소음이 말했다. 그걸로 충분했다.

언덕길을 내려가는 내내 그 불이 보였다. 지붕에서 위로 솟구친 불길이 일종의 등대가 되어 바다에 길고 환한 줄무늬들을 죽죽 긋고 있었다.

"데클란!" 뒤에서 코일 선생이 소리 질렀지만 데클란은 절대 멈추지 않을 작정이었다. 그는 언덕 밑에 도착해서 집으로 가는 작은 길로 내처 달렸다.

집은 이미 불길에 사라져 버린 후였다. 그동안 바닷바람을 맞으며 사정없이 말라서 갈라지던 집의 목재 뼈대가 불쏘시개처럼 사정없이 타올랐다. 불길이 근처에 있는 나무들의 우듬지보다 훨씬 높이 올라갔다. 집을 동그랗게 둘러싸고 있던 사람들은 그 무시무시한 열기를 피해 멀찍이 물러서야 했다.

사람들은 손에 햇불을 들고 있었다.

사람들은 데클란이 그들을 헤치고 집으로 달려가는 모습을 지켜봤다. 집은 이미 완벽하게 불길에 휩싸여 있었다.

"그녀가 안에 있나요?!" 데클란은 소리를 꽥 지르면서 미친 듯이 앞뒤로 왔다 갔다 하며 안으로 들어갈 길을 찾았다.

하지만 길은 없었다. 불길이 너무 거셌고, 문이란 문은 모조리 타고 있었다.

데클란은 엘리 핀친에게 달려가 얼굴을 바짝 들이대고 고래고래 소리 질렀다. "그녀가 저기 안에 있냐고?!"

엘리는 꿈쩍도 하지 않고 속삭이듯 말했다. "이건 너 때문에 생긴 일이야, 이 자식아." 엘리를 제외한 다른 사람들의 소음에서 충격이 일었다. 그들은 그녀가 도망치지 못하게 그의 집을 동그랗게 둘러싸고 있다가 불길이 너무 높이 치솟아 충격받고, 자기들이 어떤 일에 휘말렸는지 깨닫고 충격을 받고 있었다. 그래도 그 안에는 여전히 분노와 반항심이 있었다.

평소에 마을 사람들에게서 느꼈던 스패클에 대한 분노보다 훨씬 강렬한 분노가.

"아저씨도 알고 있잖아요. 헤이븐으로 가는 길에 받은 공격은⋯⋯."

"네 엄마가 죽었어, 새끼야. 그런데도 너는 여전히 네 엄마를 죽인 그 해충 같은 년 때문에 성질을 내는 거냐?"

"타이는 해충이 아니야! 그리고 타이가 우리 마을 사람들을 공격한 것도 아니라고. 그건⋯⋯."

하지만 순간 엘리의 주먹이 얼굴에 정통으로 날아들었

다. 데클란은 모래가 섞인 땅바닥에 벌렁 쓰러지고 말았다. 데클란은 입에서 피투성이 이를 하나 뱉어내며 턱이 부러진 건 아닌가 생각했다.

"이제 넌 어느 편에 설지 골라야 해!" 엘리가 그를 내려다보고 서서 말했다. 엘리의 거침없이 부글부글 끓어오르는 단단한 소음에서 불길이 타오르는 장면이 떠올랐고……

그 안에 갇힌 타이가 지르는 비명이 메아리쳤고……

불길이 거세지면서 점점 죽어가는 그 비명.

화가 머리끝까지 난 데클란이 벌떡 일어나서 엘리를 향해 주먹을 날렸지만……

다시 주먹으로 옆얼굴을 맞고 허무하게 땅바닥에 쓰러져 버렸다. 머리가 뱅뱅 도는 것 같았다. 뒤에서 불길이 너무나 거세게 타올라 자신의 옷이 그슬리는 냄새까지 맡을 수 있었다.

타이. 타이.

하지만 이번에는 일어날 수 없었다. 그 광경을 지켜보던 사람들이 슬금슬금 뒤로 물러나서 어둠 속으로 사라지는 게 느껴졌다.

뒤에서 그의 집이 활활 타올랐다. 어머니는 세상을 떠났고, 타이 역시 죽었다.

하루 만에 그는 모든 걸 잃었다.

데클란은 얼굴에 붕대를 감은 채 깨어났다. 사방이 완전히 깜깜했고, 불길은 여전히 뜨겁긴 하지만 서서히 잦아들고 있었다. 누군가 그를 불길에서 멀리 끌어놔서 타진 않았다.

코일 선생이었다.

"넌 그 아이를 구할 수 없었어, 데클란. 그럴 기회는 없었다." 코일 선생이 무릎을 꿇고 앉아 그의 얼굴에 흐른 피를 닦아주며 말했다.

데클란은 고개를 들어 코일 선생을 바라봤다. 턱이 너무 쑤셔서 말을 할 수 없었다. 하지만 이제 상황이 어떻게 돌아가는지 파악했으니 더 이상 입을 다물 수 없었다. "당신…… 당신이 날 거기로 데려가서……."

"그게 내가 할 수 있는 최선이었다." 선생은 그의 얼굴에 붕대를 한 겹 더 감으면서 말했다. "난 너희 둘 중 하나를 구하거나 아니면 둘 다 구할 수 없었어. 어떻게든 선택을 해야만 했다."

"마을 사람들은 도로에서 습격 사건이 일어난 걸 알고 있었어요. 선생님 입으로 타이 부족의 소행이 아니라고 말했잖아요. 마을 사람들에게도 그렇게 말할 수⋯⋯."

데클란은 다시 고개를 돌려 불을 바라봤다. 타이를 생각하자 주먹을 한 방 맞은 것처럼 크나큰 고통에 몸이 저절로 움츠러드는 느낌이었다.

"내가 너에게 한 말은 다 사실이었다. 네 어머니는 돌아가셨어. 우리는 스패클과 전쟁을 시작했고. 엘리 핀친은 내가 어쩌지 못하는 사이에 이미 사실을 알아냈어. 그들은 너희 둘 다 마을에서 가장 높은 나무에 목매달 준비를 하고 있었다." 코일 선생의 얼굴에 단호한 표정이 떠올랐다. "내가 설득해서 그 계획은 단념시키고 집만 태우기로 합의한 거야."

"타이를 안에 가둬놓고 말이죠. 그런데도 선생님은 자신을 영웅이라고 생각하는군요." 코일 선생을 빤히 쳐다보는 데클란의 눈에 눈물이 흘렀다. 지금 이 현실을 믿을 수 없었다.

코일 선생은 고개를 흔들었다. "가끔 지도자들은 끔찍한 일을 해야 한다, 데클란. 끔찍한 일들, 비인간적인 일들을 말이다."

데클란은 일어나 앉았다. 마음 같아서는 확 일어나고 싶었지만 그럴 수 없었다. 그래도 어떻게든 힘을 내서 일어나 무거운 발을 끌었다. 코일 선생은 여전히 무릎을 꿇고 있었다.

"타이가 죽었어요, 선생님."

"그건 정말, 정말 미안하다, 데클란."

"타이가 죽었어요. 그리고 전 선생님을 죽이겠어요." 데클란은 주먹을 불끈 쥐고 말했다.

코일 선생은 꿈쩍도 하지 않고, 눈도 하나 깜짝하지 않았다. "그럼 그렇게 해라."

데클란은 무엇보다도 코일 선생의 그 확신, 그녀의 얼굴에 떠오른 자신이 정의롭다는 믿음에 화가 났다. 데클란은 주위를 둘러보다가 집에서 떨어진 짧고 두툼한, 시커멓지만 불에 타진 않은 널빤지 하나를 집어 들었다.

그걸 가지고 뭘 할지 알고 있다는 생각이 들었다. 그 생각에 충격을 받았지만, 마치 멀리서 일어나고 있는 일처럼 현실감이 느껴지지 않았다.

데클란은 그 널빤지를 치켜들었다. 사람을 해칠 수 있을 정도로 아주 묵직했다. 멀리서 그런 자신을 보고 있는 것 같은 멍한 느낌으로 그걸 가지고 선생에게 다가갔다. 거기엔 둘뿐이었고, 불을 지른 사람들은 자기 집에 숨어서 이 마을을 영원히 떠날 아침이 오길 기다리고 있었다.

"무슨 짓을 할 생각이니, 데클란. 이제 선택은 네게 달렸다." 코일 선생은 짜증이 날 정도로 침착하게 말했다.

"선생님은 그들이 타이를 죽일 수 있도록 절 속여서 빼돌렸어요. 우린 같이 달아날 수도 있었는데. 우린 같이……." 데클란은 손에 든 판자를 다시 고쳐 잡으며 말했다.

"그 아이 부족도 너를 원하지 않아, 데클란. 전쟁이 시작됐다니까."

"선생님이 타이를 죽였어요. 선생님이 불을 지른 거나 마찬가지예요."

여전히 땅바닥에 무릎을 꿇고 있는 코일 선생의 눈에 처음으로 긴장한 빛이 떠올랐다. "데클란."

"더 이상 내 이름을 부르지 마세요. 우린 이제 모르는 사이예요."

"데클란." 코일 선생은 다시 이름을 부르다가 고개를 돌려 다른 집들을 보고, 거기 있는 소음을 읽었다. 도우러 와줄 사람은 하나도 없었다. 그녀는 다시 고개를 돌려 어깨를 좍 폈다. "네 마음대로 해라."

"뭘 하라는 거죠?"

코일 선생은 고개를 들어 저항하는 눈빛으로 데클란을 올려다봤다. "네가 한 말은 다 사실이다. 난 말도 안 되는 선택을 했어. 그래야만 했다. 그러니 그 결과도 내가 감당해야겠지."

데클란은 다시 선생을 내려다보면서 그 널빤지를 치켜들었다. 어머니가 돌아가셨다는 충격적인 소식과 타이를 잃은 상실감이라는 끔직한 슬픔이 뒤에서 타오르고 있는 불길과 뒤섞이며, 그의 소음에서 분노가 솟구쳤다.

그런데 코일 선생은 그 모든 분노를 자기에게 쏟으라고 스스로를 바치고 있었다.

선생은 고개를 들어 그를 보고 있었다. 아마 두렵지도 않을 것이다.

데클란이 그 널빤지를 들자…….

코일 선생의 눈이 살짝 감겼지만 그것만이 유일한 반응이었고…….

그러다가 데클란이 퍽 소리를 내며 코일 선생 옆을 널빤지로 내리치자 움찔했다.

"언젠가는 그날이 올 거예요, 선생님. 매사에 그렇게 확신을 가지고 행동하는 것도 끝날 날이 올 겁니다. 그때 선생님은 무너질 거예요. 그날 선생님은 쓰러질 것이라고요. 그때 제가 그 자리에서 그 모습을 볼 수 있으면 좋겠군요."

그리고 불길로 돌아서서 무릎을 꿇고, 울기 시작했다.

다음 날 아침 마을 사람들이 떠날 때, 데클란을 데리러 온 사람은 하나도 없었다. 아무도 보이지 않았다. 그가 타다 남은 집 앞 재가 쌓인 풀밭 위에 몸을 동그랗게 말고 누워 있는 동안 엘리 핀친, 심지어 코일 선생까지도 오지 않았다. 데클란은 그들이 데리러 오면 거부한 후에 그들이 뭘 어떻게 할 수 있는지, 헤이븐까지 가는 동안 무슨 일이 일어날지 말할 준비가 돼 있었지만 같이 가겠냐고 물으러 오는 사람조차 없었다.

코일 선생이 그렇게 지시한 것이 아닌가 하는 생각도 들었다.

동이 튼 직후 광장에 있는 핵분열 차에 시동이 걸리고, 황소가 끄는 수레들이 삐걱거리며 강변도로로 향하는 소리가 들리고, 마지막 남은 마을 사람들이 모여서 헤이븐에 도착하기 전에 어떤 일을 당할지 두려워하는 소음이 들렸다.

데클란은 그들이 몰살당하기를 빌었다.

그러다가 마음은 굴뚝같지만 생각을 바꿨다. 무리에 있는 사람 중에 그가 아는 사람들, 어제 그의 집에 불을 지른 사람 중에는 적극적으로 가담한 게 아니라 그냥 엘리 핀친에 대항할 만한 힘이 없던 사람들도 있으니까. 다만 엘리 핀친은 정말 살해되기를 바랐다.

엔진 소리, 수레 소리, 사람들의 소음이 다 희미해지고 마침내 이제 너무나 익숙하고 일상적인 파도 부서지는 소리만이 남았다.

이제 뭘 해야 할지 알 수 없었다. 어딜 갈 수 있을지도 알 수 없었다. 여기서 혼자 살 수 있을까, 하는 생각이 들었다.

아니면 그냥 두 팔 벌리고 물속으로 들어가서 자기를 잡아먹고 싶어 하는 괴물들을 안도하는 마음으로 맞을까 하는 생각도 들었는데…….

그럼 우리가 그렇게 고생한 게 헛수고가 되잖아. 타이가 나타나 웅크린 그의 어깨를 한 팔로 감싸 안고 자신의 소음으로 휘감았다.

데클란은 여전히 놀라움에서 헤어 나오지 못한 채 무서울 정도로 바닥이 얕은 타이의 고기잡이배 이물에 누워 있었다. 타이가 강 하구에 있던 그 배의 덮개를 벗기고 그에게 타라고, 어서 서두르라고 재촉했다. 그리고 배를 밀어 물살에 띄우는 동안 아무 소리도 내지 말고 최대한 납작하게 배에 몸을 붙이고 누워 있으라고 했다.

데클란은 손에 든 낡은 통신기를 계속 돌려봤다. "이게 작동이 되는지도 모르고 있었는데."

집 안에서 책을 읽고 있어. 코일 선생은 데클란을 데리고 가면서 타이에게 그렇게 말했다. 데클란의 태블릿에 경고와 탈출 가능성에 대한 메시지를 보내서 타이가 읽을 수 있게 해놨기 때문이었다.

시간이 없다고 그녀가 써놨어. 타이가 소음에 보여주면서 스패클 어부들이 하는 방식대로 배 양쪽에 발을 붙이고 섰다. 그녀는 긴 노 하나를 저어 수심이 더 깊어지는 곳과의 경계에서 방파제 작용을 하는 산호초를 향해 가고 있었다. *그리고 내가 아주 그럴듯하게 연기해야 한다고 했어.*

코일 선생은 데클란의 현관문 옆에 있는 벽돌 밑에 타이를 위해 통신기 두 개를 남겨놨다. 하나는 불타게 될 집 안에 남겨놓고, 또 하나는 안전하게 멀리 떨어진 곳에서 타이가 대고 말하는 용도로. 집에서 불이 나기 시작했을 때 타이가 들고 있는 통신기에 대고 비명을 지르면 집에 있는 통신기가 마치 그녀가 지금 불타고 있는 것처럼 소리를 내보내게 돼 있었다.

그녀는 이 작전이 잘될 거라고 생각하지 않았지만, 그래도 시

도해 볼 만한 가치는 있다고 했어. 그 점에서 그녀가 옳았어.

타이는 데클란을 내려다봤다.

"선생님은 내게 미리 말해줄 수도 없었지. 그러면 내 소음에 다 나와서 사람들이 알게 될 테니까. 난 그 상황이 정말이라고 믿어야 했어." 데클란은 놀라서 타이를 올려다봤다. "난 선생님을 죽이겠다고 협박했어. 정말 그러려고 했는데." 그는 다시 통신기를 바라봤다. "선생님은 마을 사람들이 다 알아내서 우리 둘에게 린치를 가하는 위험을 무릅쓰니 기꺼이 내 손에 죽을 결심이었던 거야."

그들은 내가 죽었다고 믿어야 했어. 너도 믿어야 했고. 아주 힘든 일이었지.

"그래. 정말 그랬어. 선생님은 정말 대단한 양반이야, 그렇지?" 데클란은 통신기를 내려놨다.

그래, 말은 못 하는 사람이지만. 불쌍하기도 하지.

그들이 탄 배가 산호초를 넘어갔다. 더 먼 바다로 나가자 더 큰 물고기가 주위를 맴돌기 시작했다. 물고기의 움직임은 조심스러웠다. 스패클의 배에는 항상 속임수가 있다는 걸 아니까.

어머니 일은 참 안됐어.

데클란은 아무 말도 하지 않았다. 그의 소음이 비탄에

젖어 다시 움츠러들었다.

우리 스패클들이 다 전쟁을 원하지는 않아. 그 전쟁이 몰고 올 고통을 원하지도 않고.

예를 들어 그녀가 사는 부락의 스패클들은 평화를 사랑하는 이들로, 그들은 이 시기가 지나가기를 빌면서 참전하지 않았다. 하지만 그녀가 그와 같이 떠나고 싶어 하자 욕을 하면서 서쪽에서 인간들이 벌이는 학살에 대해 말해 줬다. 데클란은 그저 한 사람일 뿐이지 인간 전체를 대변하지 않는다고 타이가 말하자 모두 그녀를 역겨워하면서 등을 돌렸다.

타이가 노를 저어 더 멀리 나아가는 동안 데클란은 그녀에게서 사랑하는 이들과 헤어진 고통을 읽었다.

그러니까, 우리 둘 다 슬퍼하고 있네.

그렇지. 하지만 적어도 우리가 함께 슬퍼하고 있잖아. 그의 생각을 읽은 타이가 대답했다.

그들은 노를 저어 점점 해변에서 멀리 나아갔다. 괴물 같은 물고기들은 이제 멀찍이 떨어져 있지만, 데클란에게는 여전히 놀라울 정도로 이 배가 얄팍하게 느껴졌다.

"우리가 지금 어디 가고 있는지 다시 말해줘."

우리가 있을 수 있는 곳으로 가. 바다 건너로. 타이는 계속

노를 저으며 소음에 보여줬다.

"하지만 거긴 불가능할 정도로 멀잖아."

멀지. 하지만 불가능하지는 않아.

데클란은 몸을 돌려 멀리서 작아져 가는 호라이즌을 지켜봤다. 그곳은 아주 작아 보였다. 그들 앞에, 또 다른 지평선을 향해 끝도 없는 바다가 펼쳐졌다. 수면 아래서 괴물들이 날뛰고 있는데 이 작고 작은 보트를 타고 건너가야만 하는 바다.

하지만 지금 그들은 함께 살아남아 배를 타고, 넓고 넓은 바다를 조금씩 가로지르며 앞으로 나아가고 있었다.

지금 당장 〈카오스 워킹〉 3부작을 읽어보라고
모든 이에게 적극 추천하겠다.
―가디언

무시무시하고, 흥미진진하면서, 가슴을 울리는 이야기.
―선데이 텔레그래프

전속력으로 결말에 다다르기까지 두려움과 감동의 오묘한 조합을 느끼게 한다.
홀로 늦게까지 밤을 새며 읽게 될 것이다.
―시카고 트리뷴

모두를 충격에 빠뜨릴 멋진 작품.
―타임스

장르의 수준을 한층 높였다.
―인디펜던트